中国现代文学经典 1915—2022（一）（第三版）

朱栋霖 主编
张福贵 本卷主编

北京大学出版社
PEKING UNIVERSITY PRESS

图书在版编目(CIP)数据

中国现代文学经典.1915—2022.一／朱栋霖主编，张福贵本卷主编．—3版．—北京：北京大学出版社，2024.1

（博雅大学堂·文学）

ISBN 978-7-301-34401-9

Ⅰ.①中… Ⅱ.①朱…②张… Ⅲ.①中国文学—现代文学—作品综合集—高等学校—教材 Ⅳ.①I216.1

中国国家版本馆 CIP 数据核字（2023）第 174780 号

书　　名	中国现代文学经典 1915—2022（一）（第三版） ZHONGGUO XIANDAI WENXUE JINGDIAN 1915—2022（YI）（DI-SAN BAN）
著作责任者	朱栋霖 主编　张福贵 本卷主编
责任编辑	张雅秋
标准书号	ISBN 978-7-301-34401-9
出版发行	北京大学出版社
地　　址	北京市海淀区成府路 205 号　100871
网　　址	http://www.pup.cn　新浪微博：@北京大学出版社
电子邮箱	编辑部 wsz@pup.cn　总编室 zpup@pup.cn
电　　话	邮购部 010-62752015　发行部 010-62750672 编辑部 010-62757065
印　刷　者	河北博文科技印务有限公司
经　销　者	新华书店 965 毫米×1300 毫米　16 开本　27.25 印张　495 千字 2007 年 1 月第 1 版　2014 年 6 月第 2 版 2024 年 1 月第 3 版　2024 年 8 月第 2 次印刷
定　　价	96.00 元

未经许可，不得以任何方式复制或抄袭本书之部分或全部内容。
版权所有，侵权必究
举报电话：010-62752024　电子邮箱：fd@pup.cn
图书如有印装质量问题，请与出版部联系，电话：010-62756370

前　言

《中国现代文学经典 1915—2022》(第三版)系汉语言文学、新闻传播学等专业的主干课教材，与朱栋霖、吴义勤、朱晓进主编的《中国现代文学史 1915—2022》(第四版，上下卷)相配套，被列为教育部普通高等教育"十五"国家级规划教材、国家精品资源共享课配套教材。习近平总书记在《高举中国特色社会主义伟大旗帜　为全面建设社会主义现代化国家而团结奋斗——在中国共产党第二十次全国代表大会上的报告》中指出："坚守中华文化立场，提炼展示中华文明的精神标识和文化精髓，加快构建中国话语和中国叙事体系，讲好中国故事，传播好中国声音，展现可信、可爱、可敬的中国形象。"本书秉承这一思想，为国内各高校汉语言文学等相关专业的广大师生编写了这套文学经典。

此次修订，除了或增或删若干篇目，以表与时俱进外，最大的变化，是调整了体裁编排顺序，将戏剧这一叙事文体，放到了诗歌、散文之前，小说之后。这一调整，是为了顺应我们的文学史编排顺序的最新调整。

本书选目，旨在以新的文学史观、新的文学观重新遴选中国现当代文学经典。选篇包括小说、戏剧、新诗、散文诸文体，各时期重要作家、各种风格流派的最具代表性作品，也适当遴选了台湾、香港、澳门地区的代表性作品。本选本以精练的选目，希望从中呈现出中国现当代文学发展的一个缩影，为高校中国现当代文学的教学提供一个有新意的、实用性强的作品选读本。

本选本强调教学实用性。根据各校教师在使用本教材过程中给我们提出的建议，考虑到高校扩招，各校学生多而图书少，本书节选了重要的长篇小说与多幕剧，以供教学必需。我们的目的，是引导学生直接阅读原著。有一些文学名篇，已被现行中学语文课本列为精讲篇目，又为各种选本多次选录，为节省篇幅，本书一般不再重复选入。

入选作品多采用通行的重要版本。所有入选作品的初版本，均在该作品后以括号注明，以供教学过程中参考。

本书编目，在每卷每一文体内以作品最初发表或出版时间为序编排，同一作家有若干篇作品入选的，则相对集中于该作家首篇入选作品之后。中国的台湾、香港、澳门地区的文学作品本应与大陆(内地)的作家作品一起按发表或出版时间编排,考虑到教学时查阅方便,这部分作品相应集中在每一文体的后半部分。

本书编选工作由吉林大学、浙江大学、福建师范大学、苏州大学合作完成,中国作家协会方面提供了若干建议。

编选工作得到海内外专家的支持和指导,提供了不少宝贵意见与建议;教育部高教司和文科处领导一贯高度重视与支持;北京大学出版社方面高度重视,责任编辑张雅秋投入了大量劳动,及时编发稿件,与入选作家联系,使本书能保证高质量的出版水平。在此,向大家表示衷心的感谢!

我们热诚的希望海内外教师、大学生对本教材提出宝贵意见。

朱栋霖
2023 年 5 月 10 日

目录

前言/1

小说

鲁迅
　　狂人日记/3
　　阿Q正传/10
　　伤逝
　　　　——涓生的手记/35

郁达夫
　　沉沦/47

冰心
　　超人/71

许地山
　　缀网劳蛛/76

冯沅君
　　隔绝/89

叶圣陶
　　潘先生在难中/96

台静农
　　拜堂/109

丁玲
　　莎菲女士的日记/113

张恨水
　　啼笑因缘(第一回)/140

刘呐鸥
　　两个时间的不感症者/149

茅盾
　　春蚕/154
　　子夜(第二章)/168

目录

穆时英
夜总会里的五个人/189

施蛰存
梅雨之夕/205

巴 金
家(第二十六章)/213

艾 芜
山峡中/223

废 名
菱荡/235

柔 石
为奴隶的母亲/239

老 舍
月牙儿/255
骆驼祥子(第六章)/274

李劼人
死水微澜(第四部分)/281

张天翼
华威先生/295

沙 汀
在其香居茶馆里/301

萧 红
呼兰河传(第三章)/311

苏 青
蛾/328

赵树理
小二黑结婚/333

张爱玲
倾城之恋/344
金锁记/371

钱锺书
围城(第九章)/400

中长篇小说作品存目(1915—1949)

柔 石
　　《二月》(1929年11月上海春潮书局)
茅 盾
　　《蚀》(1930年5月开明书店)
张恨水
　　《啼笑因缘》(1930年12月三友书社)
茅 盾
　　《子夜》(1933年1月开明书店)
巴 金
　　《家》(1933年5月开明书店)
沈从文
　　《边城》(1934年10月生活书店)
李劼人
　　《死水微澜》(1936年上海中华书局)
老 舍
　　《骆驼祥子》(1936年9月连载于《宇宙风》第25—48期,1939年3月人间书屋出版单行本)
萧 红
　　《呼兰河传》(1941年5月上海杂志公司)
秦瘦鸥
　　《秋海棠》(1941年2月至12月连载于《申报·春秋》,1942年7月上海金城图书公司出版)
路 翎
　　《财主底儿女们》(1945年11月重庆希望社)
巴 金
　　《寒夜》(1946年连载于《文艺复兴》第2卷第1—6期,1947年3月晨光出版公司出版)

老　舍

《四世同堂》(第一、二部,上海晨光出版公司1946年11月;第三部初载于1950—1951年上海《小说月报》第4卷第1—6期)

钱锺书

《围城》(1947年5月晨光出版公司)

丁　玲

《太阳照在桑干河上》(1948年8月东北书店)

小　说

（1915—1949）

鲁 迅

狂人日记

　　某君昆仲,今隐其名,皆余昔日在中学校时良友;分隔多年,消息渐阙。日前偶闻其一大病;适归故乡,迂道往访,则仅晤一人,言病者其弟也。劳君远道来视,然已早愈,赴某地候补矣。因大笑,出示日记二册,谓可见当日病状,不妨献诸旧友。持归阅一过,知所患盖"迫害狂"之类。语颇错杂无伦次,又多荒唐之言;亦不著月日,惟墨色字体不一,知非一时所书。间亦有略具联络者,今撮录一篇,以供医家研究。记中语误,一字不易;惟人名虽皆村人,不为世间所知,无关大体,然亦悉易去。至于书名,则本人愈后所题,不复改也。七年四月二日识。

一

　　今天晚上,很好的月光。
　　我不见他,已是三十多年;今天见了,精神分外爽快。才知道以前的三十多年,全是发昏;然而须十分小心。不然,那赵家的狗,何以看我两眼呢?
　　我怕得有理。

二

　　今天全没月光,我知道不妙。早上小心出门,赵贵翁的眼色便怪:似乎怕我,似乎想害我。还有七八个人,交头接耳的议论我,又怕我看见。一路上的人,都是如此。其中最凶的一个人,张着嘴,对我笑了一笑;我便从头直冷到脚跟,晓得他们布置,都已妥当了。
　　我可不怕,仍旧走我的路。前面一伙小孩子,也在那里议论我;眼色也同赵贵翁一样,脸色也都铁青。我想我同小孩子有什么仇,他也这样。忍不住大声说,"你告诉我!"他们可就跑了。
　　我想:我同赵贵翁有什么仇,同路上的人又有什么仇;只有廿年以前,把古久先生的陈年流水簿子,踹了一脚,古久先生很不高兴。赵贵翁虽然不认识他,一定也听到风声,代抱不平;约定路上的人,同我作冤对。但是小孩子呢?那时候,他们还没有出世,何以今天也睁着怪眼睛,似乎怕我,似乎想害我。这真教我怕,教我纳罕而且伤心。

我明白了。这是他们娘老子教的!

三

晚上总是睡不着。凡事须得研究,才会明白。

他们——也有给知县打枷过的,也有给绅士掌过嘴的,也有衙役占了他妻子的,也有老子娘被债主逼死的;他们那时候的脸色,全没有昨天这么怕,也没有这么凶。

最奇怪的是昨天街上的那个女人,打他儿子,嘴里说道,"老子呀!我要咬你几口才出气!"他眼睛却看着我。我出了一惊,遮掩不住;那青面獠牙的一伙人,便都哄笑起来。陈老五赶上前,硬把我拖回家中了。

拖我回家,家里的人都装作不认识我;他们的眼色,也全同别人一样。进了书房,便反扣上门,宛然是关了一只鸡鸭。这一件事,越教我猜不出底细。

前几天,狼子村的佃户来告荒,对我大哥说,他们村里的一个大恶人,给大家打死了;几个人便挖出他的心肝来,用油煎炒了吃,可以壮壮胆子。我插了一句嘴,佃户和大哥便都看我几眼。今天才晓得他们的眼光,全同外面的那伙人一模一样。

想起来,我从顶上直冷到脚跟。

他们会吃人,就未必不会吃我。

你看那女人"咬你几口"的话,和一伙青面獠牙人的笑,和前天佃户的话,明明是暗号。我看出他话中全是毒,笑中全是刀。他们的牙齿,全是白厉厉的排着,这就是吃人的家伙。

照我自己想,虽然不是恶人,自从踹了古家的簿子,可就难说了。他们似乎别有心思,我全猜不出。况且他们一翻脸,便说人是恶人。我还记得大哥教我做论,无论怎样好人,翻他几句,他便打上几个圈;原谅坏人几句,他便说"翻天妙手,与众不同。"我那里猜得到他们的心思,究竟怎样;况且是要吃的时候。

凡事总须研究,才会明白。古来时常吃人,我也还记得,可是不甚清楚。我翻开历史一查,这历史没有年代,歪歪斜斜的每叶上都写着"仁义道德"几个字。我横竖睡不着,仔细看了半夜,才从字缝里看出字来,满本都写着两个字是"吃人"!

书上写着这许多字,佃户说了这许多话,却都笑吟吟的睁着怪眼睛看我。

我也是人,他们想要吃我了!

四

早上,我静坐了一会。陈老五送进饭来,一碗菜,一碗蒸鱼;这鱼的眼睛,白而且硬,张着嘴,同那一伙想吃人的人一样。吃了几筷,滑溜溜的不知是鱼是人,便把他兜肚连肠的吐出。

我说,"老五,对大哥说,我闷得慌,想到园里走走。"老五不答应,走了,停一会,可就来开了门。

我也不动,研究他们如何摆布我;知道他们一定不肯放松。果然!我大哥引了一个老头子,慢慢走来;他满眼凶光,怕我看出,只是低头向着地,从眼镜横边暗暗看我。大哥说,"今天你仿佛很好。"我说"是的。"大哥说,"今天请何先生来,给你诊一诊。"我说"可以!"其实我岂不知道这老头子是刽子手扮的!无非借了看脉这名目,揣一揣肥瘠:因这功劳,也分一片肉吃。我也不怕;虽然不吃人,胆子却比他们还壮。伸出两个拳头,看他如何下手。老头子坐着,闭了眼睛,摸了好一会,呆了好一会;便张开他鬼眼睛说,"不要乱想。静静的养几天,就好了。"

不要乱想,静静的养!养肥了,他们是自然可以多吃;我有什么好处,怎么会"好了"?他们这群人,又想吃人,又是鬼鬼祟祟,想法子遮掩,不敢直捷下手,真要令我笑死。我忍不住,便放声大笑起来,十分快活。自己晓得这笑声里面,有的是义勇和正气。老头子和大哥,都失了色,被我这勇气正气镇压住了。

但是我有勇气,他们便越想吃我,沾光一点这勇气。老头子跨出门,走不多远,便低声对大哥说道,"赶紧吃罢!"大哥点点头。原来也有你!这一件大发见,虽似意外,也在意中:合伙吃我的人,便是我的哥哥!

吃人的是我哥哥!

我是吃人的人的兄弟!

我自己被人吃了,可仍然是吃人的人的兄弟!

五

这几天是退一步想:假使那老头子不是刽子手扮的,真是医生,也仍然是吃人的人。他们的祖师李时珍做的"本草什么"上,明明写着人肉可以煎吃；他还能说自己不吃人么？

至于我家大哥，也毫不冤枉他。他对我讲书的时候，亲口说过可以"易子而食"；又一回偶然议论起一个不好的人，他便说不但该杀，还当"食肉寝皮"。我那时年纪还小，心跳了好半天。前天狼子村佃户来说吃心肝的事，他也毫不奇怪，不住的点头。可见心思是同从前一样狠。既然可以"易子而食"，便什么都易得，什么人都吃得。我从前单听他讲道理，也胡涂过去；现在晓得他讲道理的时候，不但唇边还抹着人油，而且心里满装着吃人的意思。

六

黑漆漆的，不知是日是夜。赵家的狗又叫起来了。
狮子似的凶心，兔子的怯弱，狐狸的狡猾，……

七

我晓得他们的方法，直捷杀了，是不肯的，而且也不敢，怕有祸祟。所以他们大家连络，布满了罗网，逼我自戕。试看前几天街上男女的样子，和这几天我大哥的作为，便足可悟出八九分了。最好是解下腰带，挂在梁上，自己紧紧勒死；他们没有杀人的罪名，又偿了心愿，自然都欢天喜地的发出一种呜呜咽咽的笑声。否则惊吓忧愁死了，虽则略瘦，也还可以首肯几下。

他们是只会吃死肉的！——记得什么书上说，有一种东西，叫"海乙那"的，眼光和样子都很难看；时常吃死肉，连极大的骨头，都细细嚼烂，咽下肚子去，想起来也教人害怕。"海乙那"是狼的亲眷，狼是狗的本家。前天赵家的狗，看我几眼，可见他也同谋，早已接洽。老头子眼看着地，岂能瞒得我过。

最可怜的是我的大哥，他也是人，何以毫不害怕；而且合伙吃我呢？还是历来惯了，不以为非呢？还是丧了良心，明知故犯呢？

我诅咒吃人的人，先从他起头；要劝转吃人的人，也先从他下手。

八

其实这种道理，到了现在，他们也该早已懂得，……

忽然来了一个人；年纪不过二十左右，相貌是不很看得清楚，满面笑容，对了我点头，他的笑也不像真笑。我便问他，"吃人的事，对么？"他仍然笑着说,"不是荒年,怎么会吃人。"我立刻就晓得,他也是一伙,喜欢吃人的;便自勇气百倍,偏要问他。

"对么?"

"这等事问他什么。你真会……说笑话。……今天天气很好。"

天气是好,月色也很亮了。可是我要问你,"对么?"

他不以为然了。含含胡胡的答道,"不……"

"不对?他们何以竟吃?!"

"没有的事……"

"没有的事?狼子村现吃;还有书上都写着,通红斩新!"

他便变了脸,铁一般青。睁着眼说,"有许有的,这是从来如此……"

"从来如此,便对么?"

"我不同你讲这些道理;总之你不该说,你说便是你错!"

我直跳起来,张开眼,这人便不见了。全身出了一大片汗。他的年纪,比我大哥小得远,居然也是一伙;这一定是他娘老子先教的。还怕已经教给他儿子了;所以连小孩子,也都恶狠狠的看我。

九

自己想吃人,又怕被别人吃了,都用着疑心极深的眼光,面面相觑。……

去了这心思,放心做事走路吃饭睡觉,何等舒服。这只是一条门槛,一个关头。他们可是父子兄弟夫妇朋友师生仇敌和各不相识的人,都结成一伙,互相劝勉,互相牵掣,死也不肯跨过这一步。

十

大清早,去寻我大哥;他立在堂门外看天,我便走到他背后,拦住门,格外沉静,格外和气的对他说,

"大哥,我有话告诉你。"

"你说就是,"他赶紧回过脸来,点点头。

"我只有几句话,可是说不出来。大哥,大约当初野蛮的人,都吃过一点人。后来因为心思不同,有的不吃人了,一味要好,便变了人,变了真的人。有的却还吃,——也同虫子一样,有的变了鱼鸟猴子,一直变到人。有的不要好,至今还是虫子。这吃人的人比不吃人的人,何等惭愧。怕比虫子的惭愧猴子,还差得很远很远。

易牙蒸了他儿子,给桀纣吃,还是一直从前的事。谁晓得从盘古开辟天

地以后,一直吃到易牙的儿子;从易牙的儿子,一直吃到徐锡林;从徐锡林,又一直吃到狼子村捉住的人。去年城里杀了犯人,还有一个生痨病的人,用馒头蘸血舐。

他们要吃我,你一个人,原也无法可想;然而又何必去入伙。吃人的人,什么事做不出;他们会吃我,也会吃你,一伙里面,也会自吃。但只要转一步,只要立刻改了,也就人人太平。虽然从来如此,我们今天也可以格外要好,说是不能!大哥,我相信你能说,前天佃户要减租,你说过不能。"

当初,他还只是冷笑,随后眼光便凶狠起来,一到说破他们的隐情,那就满脸都变成青色了。大门外立着一伙人,赵贵翁和他的狗,也在里面,都探头探脑的挨进来。有的是看不出面貌,似乎用布蒙着;有的是仍旧青面獠牙,抿着嘴笑。我认识他们是一伙,都是吃人的人。可是也晓得他们心思很不一样,一种是以为从来如此,应该吃的;一种是知道不该吃,可是仍然要吃,又怕别人说破他,所以听了我的话,越发气愤不过,可是抿着嘴冷笑。

这时候,大哥也忽然显出凶相,高声喝道,

"都出去!疯子有什么好看!"

这时候,我又懂得一件他们的巧妙了。他们岂但不肯改,而且早已布置;预备下一个疯子的名目罩上我。将来吃了,不但太平无事,怕还会有人见情。佃户说的大家吃了一个恶人,正是这方法。这是他们的老谱!

陈老五也气愤愤的直走进来。如何按得住我的口,我偏要对这伙人说,

"你们可以改了,从真心改起!要晓得将来容不得吃人的人,活在世上。

你们要不改,自己也会吃尽。即使生得多,也会给真的人除灭了,同猎人打完狼子一样!——同虫子一样!"

那一伙人,都被陈老五赶走了。大哥也不知那里去了。陈老五劝我回屋子里去。屋里面全是黑沉沉的。横梁和椽子都在头上发抖;抖了一会,就大起来,堆在我身上。

万分沉重,动弹不得;他的意思是要我死。我晓得他的沉重是假的,便挣扎出来,出了一身汗。可是偏要说,

"你们立刻改了,从真心改起!你们要晓得将来是容不得吃人的人,……"

十一

太阳也不出,门也不开,日日是两顿饭。

我捏起筷子,便想起我大哥;晓得妹子死掉的缘故,也全在他。那时我妹子才五岁,可爱可怜的样子,还在眼前。母亲哭个不住,他却劝母亲不要哭;大

约因为自己吃了,哭起来不免有点过意不去。如果还能过意不去,……

妹子是被大哥吃了,母亲知道没有,我可不得而知。

母亲想也知道;不过哭的时候,却并没有说明,大约也以为应当的了。记得我四五岁时,坐在堂前乘凉,大哥说爷娘生病,做儿子的须割下一片肉来,煮熟了请他吃,才算好人;母亲也没有说不行。一片吃得,整个的自然也吃得。但是那天的哭法,现在想起来,实在还教人伤心,这真是奇极的事!

十二

不能想了。

四千年来时时吃人的地方,今天才明白,我也在其中混了多年;大哥正管着家务,妹子恰恰死了,他未必不和在饭菜里,暗暗给我们吃。

我未必无意之中,不吃了我妹子的几片肉,现在也轮到我自己,……

有了四千年吃人履历的我,当初虽然不知道,现在明白,难见真的人!

十三

没有吃过人的孩子,或者还有?

救救孩子……

1918 年 4 月

(初载 1918 年 5 月 15 日《新青年》第 4 卷第 5 期)

阿 Q 正传

第一章　序

　　我要给阿 Q 做正传,已经不止一两年了。但一面要做,一面又往回想,这足见我不是一个"立言"的人,因为从来不朽之笔,须传不朽之人,于是人以文传,文以人传——究竟谁靠谁传,渐渐的不甚了然起来,而终于归结到传阿 Q,仿佛思想里有鬼似的。

　　然而要做这一篇速朽的文章,才下笔,便感到万分的困难了。第一是文章的名目。孔子曰,"名不正则言不顺"。这原是应该极注意的。传的名目很繁多:列传,自传,内传,外传,别传,家传,小传……,而可惜都不合。"列传"么,这一篇并非和许多阔人排在"正史"里;"自传"么,我又并非就是阿 Q。说是"外传","内传"在那里呢?倘用"内传",阿 Q 又决不是神仙。"别传"呢,阿 Q 实在未曾有大总统上谕宣付国史馆立"本传"——虽说英国正史上并无"博徒列传",而文豪迭更司也做过《博徒别传》这一部书,但文豪则可,在我辈却不可的。其次是"家传",则我既不知与阿 Q 是否同宗,也未曾受他子孙的拜托;或"小传",则阿 Q 又更无别的"大传"了。总而言之,这一篇也便是"本传",但从我的文章着想,因为文体卑下,是"引车卖浆者流"所用的话,所以不敢僭称,便从不入三教九流的小说家所谓"闲话休题言归正传"这一句套话里,取出"正传"两个字来,作为名目,即使与古人所撰《书法正传》的"正传"字面上很相混,也顾不得了。

　　第二,立传的通例,开首大抵该是"某,字某,某地人也",而我并不知道阿 Q 姓什么。有一回,他似乎是姓赵,但第二日便模糊了。那是赵太爷的儿子进了秀才的时候,锣声镗镗的报到村里来,阿 Q 正喝了两碗黄酒,便手舞足蹈的说,这于他也很光采,因为他和赵太爷原来是本家,细细的排起来他还比秀才长三辈呢。其时几个旁听人倒也肃然的有些起敬了。那知道第二天,地保便叫阿 Q 到赵太爷家里去;太爷一见,满脸溅朱,喝道:

　　"阿 Q,你这浑小子!你说我是你的本家么?"

　　阿 Q 不开口。

赵太爷愈看愈生气了，抢进几步说："你敢胡说！我怎么会有你这样的本家？你姓赵么？"

阿 Q 不开口，想往后退了；赵太爷跳过去，给了他一个嘴巴。

"你怎么会姓赵！——你那里配姓赵！"

阿 Q 并没有抗辩他确凿姓赵，只用手摸着左颊，和地保退出去了；外面又被地保训斥了一番，谢了地保二百文酒钱。知道的人都说阿 Q 太荒唐，自己去招打；他大约未必姓赵，即使真姓赵，有赵太爷在这里，也不该如此胡说的。此后便再没有人提起他的氏族来，所以我终于不知道阿 Q 究竟什么姓。

第三，我又不知道阿 Q 的名字是怎么写的。他活着的时候，人都叫他阿 Quei，死了以后，便没有一个人再叫阿 Quei 了，那里还会有"著之竹帛"的事。若论"著之竹帛"，这篇文章要算第一次，所以先遇着了这第一个难关。我曾经仔细想：阿 Quei，阿桂还是阿贵呢？倘使他号叫月亭，或者在八月间做过生日，那一定是阿桂了。而他既没有号——也许有号，只是没有人知道他，——又未尝散过生日征文的帖子：写作阿桂，是武断的。又倘若他有一位老兄或令弟叫阿富，那一定是阿贵了；而他又只是一个人：写作阿贵，也没有佐证的。其余音 Quei 的偏僻字样，更加凑不上了。先前，我也曾问过赵太爷的儿子茂才先生，谁料博雅如此公，竟也茫然，但据结论说，是因为陈独秀办了《新青年》提倡洋字，所以国粹沦亡，无可查考了。我的最后的手段，只有托一个同乡去查阿 Q 犯事的案卷，八个月之后才有回信，说案卷里并无与阿 Quei 的声音相近的人。我虽不知道是真没有，还是没有查，然而也再没有别的方法了。生怕注音字母还未通行，只好用了"洋字"，照英国流行的拼法写他为阿 Quei，略作阿 Q。这近于盲从《新青年》，自己也很抱歉，但茂才公尚且不知，我还有什么好办法呢。

第四，是阿 Q 的籍贯了。倘他姓赵，则据现在好称郡望的老例，可以照《郡名百家姓》上的注解，说是"陇西天水人也"，但可惜这姓是不甚可靠的，因此籍贯也就有些决不定。他虽然多住未庄，然而也常常宿在别处，不能说是未庄人，即使说是"未庄人也"，也仍然有乖史法的。

我所聊以自慰的，是还有一个"阿"字非常正确，绝无附会假借的缺点，颇可以就正于通人。至于其余，却都非浅学所能穿凿，只希望有"历史癖与考据癖"的胡适之先生的门人们，将来或者能够寻出许多新端绪来，但是我这《阿 Q 正传》到那时却又怕早经消灭了。

以上可以算是序。

第二章　优胜记略

　　阿Q不独是姓名籍贯有些渺茫,连他先前的"行状"也渺茫。因为未庄的人们之于阿Q,只要他帮忙,只拿他玩笑,从来没有留心他的"行状"的。而阿Q自己也不说,独有和别人口角的时候,间或瞪着眼睛道:

　　"我们先前——比你阔的多啦!你算是什么东西!"

　　阿Q没有家,住在未庄的土谷祠里;也没有固定的职业,只给人家做短工,割麦便割麦,舂米便舂米,撑船便撑船。工作略长久时,他也或住在临时主人的家里,但一完就走了。所以,人们忙碌的时候,也还记起阿Q来,然而记起的是做工,并不是"行状";一闲空,连阿Q都早忘却,更不必说"行状"了。只是有一回,有一个老头子颂扬说:"阿Q真能做!"这时阿Q赤着膊,懒洋洋的瘦伶仃的正在他面前,别人也摸不着这话是真心还是讥笑,然而阿Q很喜欢。

　　阿Q又很自尊,所有未庄的居民,全不在他眼睛里,甚而至于对于两位"文童"也有以为不值一笑的神情。夫文童者,将来恐怕要变秀才者也;赵太爷,钱太爷大受居民的尊敬,除有钱之外,就因为都是文童的爹爹,而阿Q在精神上独不表格外的崇奉,他想:我的儿子会阔得多啦!加以进了几回城,阿Q自然更自负,然而他又很鄙薄城里人,譬如用三尺长三寸宽的木板做成的凳子,未庄叫"长凳",他也叫"长凳",城里人却叫"条凳",他想:这是错的,可笑!油煎大头鱼,未庄都加上半寸长的葱叶,城里却加上切细的葱丝,他想:这也是错的,可笑!然而未庄人真是不见世面的可笑的乡下人呵,他们没有见过城里的煎鱼!

　　阿Q"先前阔",见识高,而且"真能做",本来几乎是一个"完人"了,但可惜他体质上还有一些缺点。最恼人的是在他头皮上,颇有几处不知起于何时的癞疮疤。这虽然也在他身上,而看阿Q的意思,倒也似乎以为不足贵的,因为他讳说"癞"以及一切近于"赖"的音,后来推而广之,"光"也讳,"亮"也讳,再后来,连"灯""烛"都讳了。一犯讳,不问有心与无心,阿Q便全疤通红的发起怒来,估量了对手,口讷的他便骂,气力小的他便打;然而不知怎么一回事,总还是阿Q吃亏的时候多。于是他渐渐的变换了方针,大抵改为怒目而视了。

　　谁知道阿Q采用怒目主义之后,未庄的闲人们便愈喜欢玩笑他。一见面,他们便假作吃惊的说:

　　"哙,亮起来了。"

　　阿Q照例的发了怒,他怒目而视了。

"原来有保险灯在这里!"他们并不怕。

阿Q没有法,只得另外想出报复的话来:

"你还不配……"这时候,又仿佛在他头上的是一种高尚的光荣的癞头疮,并非平常的癞头疮了;但上文说过,阿Q是有见识的,他立刻知道和"犯忌"有点抵触,便不再往底下说。

闲人还不完,只撩他,于是终而至于打。阿Q在形式上打败了,被人揪住黄辫子,在壁上碰了四五个响头,闲人这才心满意足的得胜的走了,阿Q站了一刻,心里想,"我总算被儿子打了,现在的世界真不像样……"于是也心满意足的得胜的走了。

阿Q想在心里的,后来每每说出口来,所以凡有和阿Q玩笑的人们,几乎全知道他有这一种精神上的胜利法,此后每逢揪住他黄辫子的时候,人就先一着对他说:

"阿Q,这不是儿子打老子,是人打畜生。自己说:人打畜生!"

阿Q两只手都捏住了自己的辫根,歪着头,说道:

"打虫豸,好不好?我是虫豸——还不放么?"

但虽然是虫豸,闲人也并不放,仍旧在就近什么地方给他碰了五六个响头,这才心满意足的得胜的走了,他以为阿Q这回可遭了瘟。然而不到十秒钟,阿Q也心满意足的得胜的走了,他觉得他是第一个能够自轻自贱的人,除了"自轻自贱"不算外,余下的就是"第一个"。状元不也是"第一个"么?"你算是什么东西"呢!?

阿Q以如是等等妙法克服怨敌之后,便愉快的跑到酒店里喝几碗酒,又和别人调笑一通,口角一通,又得了胜,愉快的回到土谷祠,放倒头睡着了。假使有钱,他便去押牌宝,一堆人蹲在地面上,阿Q即汗流满面的夹在这中间,声音他最响:

"青龙四百!"

"咳～～开～～啦!"桩家揭开盒子盖,也是汗流满面的唱。"天门啦～～角回啦～～!人和穿堂空在那里啦～～!阿Q的铜钱拿过来～～!"

"穿堂一百——一百五十!"

阿Q的钱便在这样的歌吟之下,渐渐的输入别个汗流满面的人物的腰间。他终于只好挤出堆外,站在后面看,替别人着急,一直到散场,然后恋恋的回到土谷祠,第二天,肿着眼睛去工作。

但真所谓"塞翁失马安知非福"罢,阿Q不幸而赢了一回,他倒几乎失败了。

这是未庄赛神的晚上。这晚上照例有一台戏,戏台左近,也照例有许多的赌摊。做戏的锣鼓，在阿Q耳朵里仿佛在十里之外；他只听得桩家的歌唱了。他赢而又赢，铜钱变成角洋，角洋变成大洋，大洋又成了叠。他兴高采烈得非常：

"天门两块！"

他不知道谁和谁为什么打起架来了。骂声打声脚步声，昏头昏脑的一大阵，他才爬起来，赌摊不见了，人们也不见了，身上有几处很似乎有些痛，似乎也挨了几拳几脚似的，几个人诧异的对他看。他如有所失的走进土谷祠，定一定神，知道他的一堆洋钱不见了。赶赛会的赌摊多不是本村人，还到那里去寻根柢呢？

很白很亮的一堆洋钱，而且是他的——现在不见了！说是算被儿子拿去了罢，总还是忽忽不乐；说自己是虫豸罢，也还是忽忽不乐：他这回才有些感到失败的苦痛了。

但他立刻转败为胜了。他擎起右手，用力的在自己脸上连打了两个嘴巴，热刺刺的有些痛；打完之后，便心平气和起来，似乎打的是自己，被打的是别一个自己，不久也就仿佛是自己打了别个一般，——虽然还有些热刺刺，——心满意足的得胜的躺下了。

他睡着了。

第三章　续优胜记略

然而阿Q虽然常优胜，却直待蒙赵太爷打他嘴巴之后，这才出了名。

他付过地保二百文酒钱，愤愤的躺下了，后来想："现在的世界太不成话，儿子打老子……"于是忽而想到赵太爷的威风，而现在是他的儿子了，便自己也渐渐的得意起来，爬起身，唱着《小孤孀上坟》到酒店去。这时候，他又觉得赵太爷高人一等了。

说也奇怪，从此之后，果然大家也仿佛格外尊敬他。这在阿Q，或者以为因为他是赵太爷的父亲，而其实也不然。未庄通例，倘如阿七打阿八，或者李四打张三，向来本不算一件事，必须与一位名人如赵太爷者相关，这才载上他们的口碑。一上口碑，则打的既有名，被打的也就托庇有了名。至于错在阿Q，那自然是不必说。所以者何？就因为赵太爷是不会错的。但他既然错，为什么大家又仿佛格外尊敬他呢？这可难解，穿凿起来说，或者因为阿Q说是赵太爷的本家，虽然挨了打，大家也还怕有些真，总不如尊敬一些稳当。否则，也如孔庙里的太牢一般，虽然与猪羊一样，同是畜生，但既经圣人下箸，先儒们便不敢妄动了。

阿Q此后倒得意了许多年。

有一年的春天,他醉醺醺的在街上走,在墙根的日光下,看见王胡在那里赤着膊捉虱子,他忽然觉得身上也痒起来了。这王胡,又癞又胡,别人都叫他王癞胡,阿Q却删去了一个癞字,然而非常渺视他。阿Q的意思,以为癞是不足为奇的,只有这一部络腮胡子,实在太新奇,令人看不上眼。他于是并排坐下去了。倘是别的闲人们,阿Q本不敢大意坐下去。但这王胡旁边,他有什么怕呢?老实说:他肯坐下去,简直还是抬举他。

阿Q也脱下破夹袄来,翻检了一回,不知道因为新洗呢还是因为粗心,许多工夫,只捉到三四个。他看那王胡,却是一个又一个,两个又三个,只放在嘴里毕毕剥剥的响。

阿Q最初是失望,后来却不平了:看不上眼的王胡尚且那么多,自己倒反这样少,这是怎样的大失体统的事呵!他很想寻一两个大的,然而竟没有,好容易才捉到一个中的,恨恨的塞在厚嘴唇里,狠命一咬,劈的一声,又不及王胡响。

他癞疮疤块块通红了,将衣服摔在地上,吐一口唾沫,说:

"这毛虫!"

"癞皮狗,你骂谁?"王胡轻蔑的抬起眼来说。

阿Q近来虽然比较的受人尊敬,自己也更高傲些,但和那些打惯的闲人们见面还胆怯,独有这回却非常武勇了。这样满脸胡子的东西,也敢出言无状么?

"谁认便骂谁!"他站起来,两手叉在腰间说。

"你的骨头痒了么?"王胡也站起来,披上衣服说。

阿Q以为他要逃了,抢进去就是一拳。这拳头还未达到身上,已经被他抓住了,只一拉,阿Q踉踉跄跄的跌进去,立刻又被王胡扭住了辫子,要拉到墙上照例去碰头。

"'君子动口不动手'!"阿Q歪着头说。

王胡似乎不是君子,并不理会,一连给他碰了五下,又用力的一推,至于阿Q跌出六尺多远,这才满足的去了。

在阿Q的记忆上,这大约要算是生平第一件的屈辱,因为王胡以络腮胡子的缺点,向来只被他奚落,从没有奚落他,更不必说动手了。而他现在竟动手,很意外,难道真如市上所说,皇帝已经停了考,不要秀才和举人了,因此赵家减了威风,因此他们也便小觑了他么?

阿Q无可适从的站着。

远远的走来了一个人,他的对头又到了。这也是阿Q最厌恶的一个人,就是钱太爷的大儿子。他先前跑上城里去进洋学堂,不知怎么又跑到东洋去了,半年之后他回到家里来,腿也直了,辫子也不见了,他的母亲大哭了十几场,他的老婆跳了三回井。后来,他的母亲到处说,"这辫子是被坏人灌醉了酒剪去的。本来可以做大官,现在只好等留长再说了。"然而阿Q不肯信,偏称他"假洋鬼子",也叫作"里通外国的人",一见他,一定在肚子里暗暗的咒骂。

阿Q尤其"深恶而痛绝之"的,是他的一条假辫子。辫子而至于假,就是没有了做人的资格;他的老婆不跳第四回井,也不是好女人。

这"假洋鬼子"近来了。

"秃儿。驴……"阿Q历来本只在肚子里骂,没有出过声,这回因为正气忿,因为要报仇,便不由的轻轻的说出来了。

不料这秃儿却拿着一支黄漆的棍子——就是阿Q所谓哭丧棒——大踏步走了过来。阿Q在这刹那,便知道大约要打了,赶紧抽紧筋骨,耸了肩膀等候着,果然,拍的一声,似乎确凿打在自己头上了。

"我说他!"阿Q指着近旁的一个孩子,分辩说。

拍!拍拍!

在阿Q的记忆上,这大约要算是生平第二件的屈辱。幸而拍拍的响了之后,于他倒似乎完结了一件事,反而觉得轻松些,而且"忘却"这一件祖传的宝贝也发生了效力,他慢慢的走,将到酒店门口,早已有些高兴了。

但对面走来了静修庵里的小尼姑。阿Q便在平时,看见伊也一定要唾骂,而况在屈辱之后呢?他于是发生了回忆,又发生了敌忾了。

"我不知道我今天为什么这样晦气,原来就因为见了你!"他想。

他迎上去,大声的吐一口唾沫:

"咳,呸!"

小尼姑全不睬,低了头只是走。阿Q走近伊身旁,突然伸出手去摩着伊新剃的头皮,呆笑着,说:

"秃儿!快回去,和尚等着你……"

"你怎么动手动脚……"尼姑满脸通红的说,一面赶快走。

酒店里的人大笑了。阿Q看见自己的勋业得了赏识,便愈加兴高采烈起来:

"和尚动得,我动不得?"他扭住伊的面颊。

酒店里的人大笑了。阿Q更得意,而且为满足那些赏鉴家起见,再用力的一拧,才放手。

他这一战,早忘却了王胡,也忘却了假洋鬼子,似乎对于今天的一切"晦气"都报了仇;而且奇怪,又仿佛全身比拍拍的响了之后更轻松,飘飘然的似乎要飞去了。

"这断子绝孙的阿Q!"远远地听得小尼姑的带哭的声音。

"哈哈哈！"阿 Q 十分得意的笑。

"哈哈哈！"酒店里的人也九分得意的笑。

第四章　恋爱的悲剧

有人说：有些胜利者，愿意敌手如虎，如鹰，他才感得胜利的欢喜；假使如羊，如小鸡，他便反觉得胜利的无聊。又有些胜利者，当克服一切之后，看见死的死了，降的降了，"臣诚惶诚恐死罪死罪"，他于是没有了敌人，没有了对手，没有了朋友，只有自己在上，一个，孤另另，凄凉，寂寞，便反而感到了胜利的悲哀。然而我们的阿 Q 却没有这样乏，他是永远得意的：这或者也是中国精神文明冠于全球的一个证据了。

看哪，他飘飘然的似乎要飞去了！

然而这一次的胜利，却又使他有些异样。他飘飘然的飞了大半天，飘进土谷祠，照例应该躺下便打鼾。谁知道这一晚，他很不容易合眼，他觉得自己的大拇指和第二指有点古怪：仿佛比平常滑腻些。不知道是小尼姑的脸上有一点滑腻的东西粘在他指上，还是他的指头在小尼姑脸上磨得滑腻了？……

"断子绝孙的阿 Q！"

阿 Q 的耳朵里又听到这句话。他想：不错，应该有一个女人，断子绝孙便没有人供一碗饭，……应该有一个女人。夫"不孝有三无后为大"，而"若敖之鬼馁而"，也是一件人生的大哀，所以他那思想，其实是样样合于圣经贤传的，只可惜后来有些"不能收其放心"了。

"女人，女人！……"他想。

"……和尚动得……女人，女人！……女人！"他又想。

我们不能知道这晚上阿 Q 在什么时候才打鼾。但大约他从此总觉得指头有些滑腻，所以他从此总有些飘飘然；"女……"他想。

即此一端，我们便可以知道女人是害人的东西。

中国的男人，本来大半都可以做圣贤，可惜全被女人毁掉了。商是妲己闹亡的；周是褒姒弄坏的；秦……虽然史无明文，我们也假定他因为女人，大约未必十分错；而董卓可是的确给貂蝉害死了。

阿 Q 本来也是正人，我们虽然不知道他曾蒙什么明师指授过，但他对于"男女之大防"却历来非常严；也很有排斥异端——如小尼姑及假洋鬼子之类——的正气。他的学说是：凡尼姑，一定与和尚私通；一个女人在外面走，一定想引诱野男人；一男一女在那里讲话，一定要有勾当了。为惩治他们起见，所以他往往怒目而视，或者大声说几句"诛心"话，或者在冷僻处，便从后面掷一块小石头。

谁知道他将到"而立"之年,竟被小尼姑害得飘飘然了。这飘飘然的精神,在礼教上是不应该有的,——所以女人真可恶,假使小尼姑的脸上不滑腻,阿Q便不至于被蛊,又假使小尼姑的脸上盖一层布,阿Q便也不至于被蛊了,——他五六年前,曾在戏台下的人丛中拧过一个女人的大腿,但因为隔一层裤,所以此后并不飘飘然,——而小尼姑并不然,这也足见异端之可恶。

"女……"阿Q想。

他对于以为"一定想引诱野男人"的女人,时常留心看,然而伊并不对他笑。他对于和他讲话的女人,也时常留心听,然而伊又并不提起关于什么勾当的话来。哦,这也是女人可恶之一节:伊们全都要装"假正经"的。

这一天,阿Q在赵太爷家里舂了一天米,吃过晚饭,便坐在厨房里吸旱烟。倘在别家,吃过晚饭本可以回去的了,但赵府上晚饭早,虽说定例不准掌灯,一吃完便睡觉,然而偶然也有一些例外:其一,是赵太爷未进秀才的时候,准其点灯读文章;其二,便是阿Q来做短工的时候,准其点灯舂米。因为这一条例外,所以阿Q在动手舂米之前,还坐在厨房里吸旱烟。

吴妈,是赵太爷家里唯一的女仆,洗完了碗碟,也就在长凳上坐下了,而且和阿Q谈闲天:

"太太两天没有吃饭哩,因为老爷要买一个小的……"

"女人……吴妈……这小孤孀……"阿Q想。

"我们的少奶奶是八月里要生孩子了……"

"女人……"阿Q想。

阿Q放下烟管,站了起来。

"我们的少奶奶……"吴妈还唠叨说。

"我和你困觉,我和你困觉!"阿Q忽然抢上去,对伊跪下了。

一刹时中很寂然。

"阿呀!"吴妈愣了一息,突然发抖,大叫着往外跑,且跑且嚷,似乎后来带哭了。

阿Q对了墙壁跪着也发愣,于是两手扶着空板凳,慢慢的站起来,仿佛觉得有些糟。他这时确也有些忐忑了,慌张的将烟管插在裤带上,就想去舂米。蓬的一声,头上着了很粗的一下,他急忙回转身去,那秀才便拿了一支大竹杠站在他面前。

"你反了,……你这……"

大竹杠又向他劈下来了。阿Q两手去抱头,拍的正打在指节上,这可很有一些痛。他冲出厨房门,仿佛背上又着了一下似的。

"忘八蛋！"秀才在后面用了官话这样骂。

阿Q奔入舂米场，一个人站着，还觉得指头痛，还记得"忘八蛋"，因为这话是未庄的乡下人从来不用，专是见过官府的阔人用的，所以格外怕，而印象也格外深。但这时，他那"女……"的思想却也没有了。而且打骂之后，似乎一件事也已经收束，倒反觉得一无挂碍似的，便动手去舂米。舂了一会，他热起来了，又歇了手脱衣服。

脱下衣服的时候，他听得外面很热闹，阿Q生平本来最爱看热闹，便即寻声走出去。寻声渐渐的寻到赵太爷的内院里，虽然在昏黄中，却辨得出许多人，赵府一家连两日不吃饭的太太也在内，还有间壁的邹七嫂，真正本家的赵白眼，赵司晨。

少奶奶正拖着吴妈走出下房来，一面说：

"你到外面来，……不要躲在自己房里想……"

"谁不知道你正经，……短见是万万寻不得的。"邹七嫂也从旁说。

吴妈只是哭，夹些话，却不甚听得分明。

阿Q想："哼，有趣，这小孤孀不知道闹着什么玩意儿了？"他想打听，走近赵司晨的身边。这时他猛然间看见赵太爷向他奔来，而且手里捏着一支大竹杠。他看见这一支大竹杠，便猛然间悟到自己曾经被打，和这一场热闹似乎有点相关。他翻身便走，想逃回舂米场，不图这支竹杠阻了他的去路，于是他又翻身便走，自然而然的走出后门，不多工夫，已在土谷祠内了。

阿Q坐了一会，皮肤有些起粟，他觉得冷了，因为虽在春季，而夜间颇有余寒，尚不宜于赤膊。他也记得布衫留在赵家，但倘若去取，又深怕秀才的竹杠。然而地保进来了。

"阿Q，你的妈妈的！你连赵家的用人都调戏起来，简直是造反。害得我晚上没有觉睡，你的妈妈的！……"

如是云云的教训了一通，阿Q自然没有话。临末，因为在晚上，应该送地保加倍酒钱四百文，阿Q正没有现钱，便用一顶毡帽做抵押，并且订定了五条件：

一　明天用红烛——要一斤重的——一对，香一封，到赵府上去赔罪。
二　赵府上请道士祓除缢鬼，费用由阿Q负担。
三　阿Q从此不准踏进赵府的门槛。
四　吴妈此后倘有不测，惟阿Q是问。
五　阿Q不准再去索取工钱和布衫。

阿Q自然都答应了，可惜没有钱。幸而已经春天，棉被可以无用，便质了二千大钱，履行条约。赤膊磕头之后，居然还剩几文，他也不再赎毡帽，统统喝了酒了。但赵家也并不烧香点烛，因为太太拜佛的时候可以用，留着了。那破布衫是大半做了少奶奶八月间生下来的孩子的衬尿布,那小半破烂的便都做了吴妈的鞋底。

第五章　生计问题

　　阿Q礼毕之后,仍旧回到土谷祠,太阳下去了,渐渐觉得世上有些古怪。他仔细一想,终于省悟过来:其原因盖在自己的赤膊。他记得破夹袄还在,便披在身上,躺倒了,待张开眼睛,原来太阳又已经照在西墙上头了。他坐起身,一面说道,"妈妈的……"

　　他起来之后,也仍旧在街上逛,虽然不比赤膊之有切肤之痛,却又渐渐的觉得世上有些古怪了。仿佛从这一天起,未庄的女人们忽然都怕了羞,伊们一见阿Q走来,便个个躲进门里去。甚而至于将近五十岁的邹七嫂,也跟着别人乱钻,而且将十一岁的女儿都叫进去了。阿Q很以为奇,而且想:"这些东西忽然都学起小姐模样来了。这娼妇们……"

　　但他更觉得世上有些古怪,却是许多日以后的事。其一,酒店不肯赊欠了;其二,管土谷祠的老头子说些废话,似乎叫他走;其三,他虽然记不清多少日,但确乎有许多日,没有一个人来叫他做短工。酒店不赊,熬着也罢了;老头子催他走,噜苏一通也就算了;只是没有人来叫他做短工,却使阿Q肚子饿:这委实是一件非常"妈妈的"的事情。

　　阿Q忍不下去了,他只好到老主顾的家里去探问,——但独不许踏进赵府的门槛,——然而情形也异样:一定走出一个男人来,现了十分烦厌的相貌,像回复乞丐一般的摇手道:

　　"没有没有!你出去!"

　　阿Q愈觉得稀奇了。他想,这些人家向来少不了要帮忙,不至于现在忽然都无事,这总该有些蹊跷在里面了。他留心打听,才知道他们有事都去叫小Don。这小D,是一个穷小子,又瘦又乏,在阿Q的眼睛里,位置是在王胡之下的,谁料这小子竟谋了他的饭碗去。所以阿Q这一气,更与平常不同,当气愤愤的走着的时候,忽然将手一扬,唱道:

　　"我手执钢鞭将你打!……"

　　几天之后,他竟在钱府的照壁前遇见了小D。"仇人相见分外眼明",阿Q便迎上去,小D也站住了。

　　"畜生!"阿Q怒目而视的说,嘴角上飞出唾沫来。

　　"我是虫豸,好么?……"小D说。

　　这谦逊反使阿Q更加愤怒起来,但他手里没有钢鞭,于是只得扑上去,伸手去拔小D的辫子。小D一手护住了自己的辫根,一手也来拔阿Q的辫子,阿Q便也将空着的一只手护住了自己的辫根。从先前的阿Q看来,小D本来是不足齿数的,但他近来挨了饿,又瘦又乏已经不下于小D,所以便成了势均力敌的现象,四只手拔着两颗头,都弯了腰,在钱家粉墙上映出一个蓝色的虹形,至于半点钟之久了。

"好了,好了!"看的人们说,大约是解劝的。

"好,好!"看的人们说,不知道是解劝,是颂扬,还是煽动。

然而他们都不听。阿Q进三步,小D便退三步,都站着;小D进三步,阿Q便退三步,又都站着。大约半点钟,——未庄少有自鸣钟,所以很难说,或者二十分,——他们的头发里便都冒烟,额上便都流汗,阿Q的手放松了,在同一瞬间,小D的手也正放松了,同时直起,同时退开,都挤出人丛去。

"记着罢,妈妈的……"阿Q回过头去说。

"妈妈的,记着罢……"小D也回过头来说。

这一场"龙虎斗"似乎并无胜败,也不知道看的人可满足,都没有发什么议论,而阿Q却仍然没有人来叫他做短工。

有一日很温和,微风拂拂的颇有些夏意了,阿Q却觉得寒冷起来,但这还可担当,第一倒是肚子饿。棉被,毡帽,布衫,早已没有了,其次就卖了棉袄;现在有裤子,却万不可脱的;有破夹袄,又除了送人做鞋底之外,决定卖不出钱。他早想在路上拾得一注钱,但至今还没有见;他想在自己的破屋里忽然寻到一注钱,慌张的四顾,但屋内是空虚而且了然。于是他决计出门求食去了。

他在路上走着要"求食",看见熟识的酒店,看见熟识的馒头,但他都走过了,不但没有暂停,而且并不想要。他所求的不是这类东西了;他求的是什么东西,他自己不知道。

未庄本不是大村镇,不多时便走尽了。村外多是水田,满眼是新秧的嫩绿,夹着几个圆形的活动的黑点,便是耕田的农夫。阿Q并不赏鉴这田家乐,却只是走,因为他直觉的知道这与他的"求食"之道是很辽远的。但他终于走到静修庵的墙外了。

庵周围也是水田,粉墙突出在新绿里,后面的低土墙里是菜园。阿Q迟疑了一会,四面一看,并没有人。他便爬上这矮墙去,扯着何首乌藤,但泥土仍然簌簌的掉,阿Q的脚也索索的抖;终于攀着桑树枝,跳到里面了。里面真是郁郁葱葱,但似乎并没有黄酒馒头,以及此外可吃的之类。靠西墙是竹丛,下面许多笋,只可惜都是并未煮熟的,还有油菜早经结子,芥菜已将开花,小白菜也很老了。

阿Q仿佛文童落第似的觉得很冤屈,他慢慢走近园门去,忽而非常惊喜了,这分明是一畦老萝卜。他于是蹲下便拔,而门口突然伸出一个很圆的头来,又即缩回去了,这分明是小尼姑。小尼姑之流是阿Q本来视若草芥的,但世事须"退一步想",所以他便赶紧拔起四个萝卜,拧下青叶,兜在大襟里。然而老尼姑已经出来了。

"阿弥陀佛,阿Q,你怎么跳进园里来偷萝卜!……阿呀,罪过呵,阿唷,阿弥陀佛!……"

"我什么时候跳进你的园里来偷萝卜?"阿Q且看且走的说。

"现在……这不是?"老尼姑指着他的衣兜。

"这是你的?你能叫得他答应你么?你……"

阿Q没有说完话,拔步便跑;追来的是一匹很肥大的黑狗。这本来在前门的,不知怎的到后园来了。黑狗哼而且追,已经要咬着阿Q的腿,幸而从衣兜里落下一个萝卜来,那狗给一吓,略略一停,阿Q已经爬上桑树,跨到土墙,连人和萝卜都滚出墙外面了。只剩着黑狗还在对着桑树嗥,老尼姑念着佛。

阿Q怕尼姑又放出黑狗来,拾起萝卜便走,沿路又捡了几块小石头,但黑狗却并不再出现。阿Q于是抛了石块,一面走一面吃,而且想道,这里也没有什么东西寻,不如进城去……

待三个萝卜吃完时,他已经打定了进城的主意了。

第六章　从中兴到末路

在未庄再看见阿Q出现的时候,是刚过了这年的中秋。人们都惊异,说是阿Q回来了,于是又回上去想道,他先前那里去了呢?阿Q前几回的上城,大抵早就兴高采烈的对人说,但这一次却并不,所以也没有一个人留心到。他或者也曾告诉过管土谷祠的老头子,然而未庄老例,只有赵太爷钱太爷和秀才大爷上城才算一件事。假洋鬼子尚且不足数,何况是阿Q:因此老头子也就不替他宣传,而未庄的社会上也就无从知道了。

但阿Q这回的回来,却与先前大不同,确乎很值得惊异。天色将黑,他睡眼蒙眬的在酒店门前出现了,他走近柜台,从腰间伸出手来,满把是银的和铜的,在柜上一扔说,"现钱!打酒来!"穿的是新夹袄,看去腰间还挂着一个大搭连,沉钿钿的将裤带坠成了很弯很弯的弧线。未庄老例,看见略有些醒目的人物,是与其慢也宁敬的,现在虽然明知道是阿Q,但因为和破夹袄的阿Q有些两样了,古人云,"士别三日便当刮目相待",所以堂倌,掌柜,酒客,路人,便自然显出一种疑而且敬的形态来。掌柜既先之以点头,又继之以谈话:

"嚄,阿Q,你回来了!"

"回来了。"

"发财发财,你是——在……"

"上城去了!"

这一件新闻,第二天便传遍了全未庄。人人都愿意知道现钱和新夹袄的阿Q的中兴史,所以在酒店里,茶馆里,庙檐下,便渐渐的探听出来了。这结果,是阿Q得了新敬畏。

据阿Q说,他是在举人老爷家里帮忙。这一节,听的人都肃然了。这老爷本姓白,但因为合城里只有他一个举人,所以不必再冠姓,说起举人来就是他。这也不独在未庄是如此,便是一百里方圆之内也都如此,人们几乎多以为他的姓名就叫举人老爷的了。在这人的府上帮忙,那当然是可敬的。但据阿Q又说,他却不高兴再帮忙了,因为这举人老爷实在太"妈妈的"了。这一节,听的人都叹息而且快意,因为阿Q本不配在举人老爷家里帮忙,而不帮忙是可惜的。

据阿Q说,他的回来,似乎也由于不满意城里人,这就在他们将长凳称为条凳,而且煎鱼用葱丝,加以最近观察所得的缺点,是女人的走路也扭得不很好。然而也偶有大可佩服的地方,即如未庄的乡下人不过打三十二张的竹牌,只有假洋鬼子能够叉"麻酱",城里却连小乌龟子都叉得精熟的。什么假洋鬼子,只要放在城里的十几岁的小乌龟子的手里,也就立刻是"小鬼见阎王"。这一节,听的人都赧然了。

"你们可看见过杀头么?"阿Q说,"咳,好看。杀革命党。唉,好看好看,……"他摇摇头,将唾沫飞在正对面的赵司晨的脸上。这一节,听的人都凛然了。但阿Q又四面一看,忽然扬起右手,照着伸长脖子听得出神的王胡的后项窝上直劈下去道:

"嚓!"

王胡惊得一跳,同时电光石火似的赶快缩了头,而听的人又都悚然而且欣然了。从此王胡瘟头瘟脑的许多日,并且再不敢走近阿Q的身边;别的人也一样。

阿Q这时在未庄人眼睛里的地位,虽不敢说超过赵太爷,但谓之差不多,大约也就没有什么语病的了。

然而不多久,这阿Q的大名忽又传遍了未庄的闺中。虽然未庄只有钱赵两姓是大屋,此外十之九都是浅闺,但闺中究竟是闺中,所以也算得一件神异。女人们见面时一定说,邹七嫂在阿Q那里买了一条蓝绸裙,旧固然是旧的,但只化了九角钱。还有赵白眼的母亲,——一说是赵司晨的母亲,待考,——也买了一件孩子穿的大红洋纱衫,七成新,只用三百大钱九二串。于是伊们都眼巴巴的想见阿Q,缺绸裙的想问他买绸裙,要洋纱衫的想问他买洋纱衫,不但见了不逃避,有时阿Q已经走过了,也还要追上去叫住他,问道:

"阿Q,你还有绸裙么?没有?纱衫也要的,有罢?"

后来这终于从浅闺传进深闺里去了。因为邹七嫂得意之余,将伊的绸裙请赵太太去鉴赏,赵太太又告诉了赵太爷而且着实恭维了一番。赵太爷便在晚饭桌上,和秀才大爷讨论,以为阿Q实在有些古怪,我们门窗应该小心些;但他的东西,不知道可还有什么可买,也许有点好东西罢。加以赵太太也正想买一件价廉物美的皮背心。于是家族决议,便托邹七嫂即刻去寻阿Q,而且为此新辟了第三种的例外:这晚上也姑且特准点油灯。

油灯干了不少了,阿Q还不到。赵府的全眷都很焦急,打着呵欠,或恨阿Q太飘忽,或怨邹七嫂不上紧。赵太太还怕他因为春天的条件不敢来,而赵太爷以为不足虑;因为这是"我"去叫他的。果然,到底赵太爷有见识,阿Q终于跟着邹七嫂进来了。

"他只说没有没有,我说你自己当面说去,他还要说,我说……"邹七嫂气喘吁吁的走着说。

"太爷!"阿Q似笑非笑的叫了一声,在檐下站住了。

"阿Q,听说你在外面发财,"赵太爷踱开去,眼睛打量着他的全身,一面说。"那很好,那很好的。这个,……听说你有些旧东西,……可以都拿来看一看,……这也并不是别的,因为我倒要……"

"我对邹七嫂说过了。都完了。"

"完了?"赵太爷不觉失声的说,"那里会完得这样快呢?"

"那是朋友的,本来不多。他们买了些,……"

"总该还有一点罢。"

"现在,只剩了一张门幕了。"

"就拿门幕来看看罢。"赵太太慌忙说。

"那么,明天拿来就是,"赵太爷却不甚热心了。"阿Q,你以后有什么东西的时候,你尽先送来给我们看,……"

"价钱决不会比别家出得少!"秀才说。秀才娘子忙一瞥阿Q的脸,看他感动了没有。

"我要一件皮背心。"赵太太说。

阿Q虽然答应着,却懒洋洋的出去了,也不知道他是否放在心上。这使赵太爷很失望,气忿而且担心,至于停止了打呵欠。秀才对于阿Q的态度也很不平,于是说,这忘八蛋要提防,或者竟不如吩咐地保,不许他住在未庄。但赵太爷以为不然,说这也怕要结怨,况且做这路生意的大概是"老鹰不吃窝下食",本村倒不必担心的;只要自己夜里警醒点就是了。秀才听了这"庭训",非常之以为然,便即刻撤消了驱逐阿Q的提议,而且叮嘱邹七嫂,请伊万不要向人提起这一段话。

但第二日,邹七嫂便将那蓝裙去染了皂,又将阿Q可疑之点传扬出去了,可是确没有提起秀才要驱逐他这一节。然而这已经于阿Q很不利。最先,地保寻上门了,取了他的门幕去,阿Q说是赵太太要看的,而地保也不还,并且要议定每月的孝敬钱。其次,是村人对于他的敬畏忽而变相了,虽然还不敢来放肆,却很有远避的神情,而这神情和先前的防他来"嚓"的时候又不同,颇混着"敬而远之"的分子了。

只有一班闲人们却还要寻根究底的去探阿Q的底细。阿Q也并不讳饰,傲然的说出他的经验来。从此他们才知道,他不过是一个小脚色,不但不能上墙,并且不能进洞,只站在洞外接东西。有一夜,他刚才接到一个包,正手再进去,不一会,只听得里面大嚷起来,他便赶紧跑,连夜爬出城,逃回未庄来了,从此不敢再去做。然而这故事却于阿Q更不利,村人对于阿Q的"敬而远之"者,本因为怕结怨,谁料他不过是一个不敢再偷的偷儿呢?这实在是"斯亦不足畏也矣"。

第七章 革 命

宣统三年九月十四日——即阿Q将搭连卖给赵白眼的这一天——三更四点,有一只大乌篷船到了赵府上的河埠头。这船从黑魆魆中荡来,乡下人睡得熟,都没有知道;出去时将近黎明,却很有几个看见的了。据探头探脑的调查来的结果,知道那竟是举人老爷的船!

那船便将大不安载给了未庄,不到正午,全村的人心就很摇动。船的使命,赵家本来是很秘密的,但茶坊酒肆里却都说,革命党要进城,举人老爷到我们乡下来逃难了。惟有邹七嫂不以为然,说那不过是几口破衣箱,举人老爷想来寄存的,却已被赵太爷回复转去。其实举人老爷和赵秀才素不相能,在理本不能有"共患难"的情谊,况且邹七嫂又和赵家是邻居,见闻较为切近,所以大概该是伊对的。

然而谣言很旺盛,说举人老爷虽然似乎没有亲到,却有一封长信,和赵家排了"转折亲"。赵太爷肚里一轮,觉得于他总不会有坏处,便将箱子留下了,现就塞在太太的床底下。至于革命党,有的说是便在这一夜进了城,个个白盔白甲:穿着崇正皇帝的素。

阿Q的耳朵里,本来早听到过革命党这一句话,今年又亲眼见过杀掉革命党。但他有一种不知从那里来的意见,以为革命党便是造反,造反便是与他为难,所以一向是"深恶而痛绝之"的。殊不料这却使百里闻名的举人老爷有这样怕,于是他未免也有些"神往"了,况且未庄的一群鸟男女的慌张的神情,也使阿Q更快意。

"革命也好罢,"阿Q想,"革这伙妈妈的的命,太可恶!太可恨!……便是我,也要投降革命党了。"

阿Q近来用度窘,大约略略有些不平;加以午间喝了两碗空肚酒,愈加醉得快,一面想一面走,便又飘飘然起来。不知怎么一来,忽而似乎革命党便是自己,未庄人却都是他的俘虏了。他得意之余,禁不住大声的嚷道:

"造反了!造反了!"

未庄人都用了惊惧的眼光对他看。这一种可怜的眼光,是阿Q从来没有见过的,一见之下,又使他舒服得如六月里喝了雪水。他更加高兴的走而且喊道:

"好,……我要什么就是什么,我欢喜谁就是谁。

得得,锵锵!

悔不该,酒醉错斩了郑贤弟,

悔不该,呀呀呀……

得得,锵锵,得,锵令锵!

我手执钢鞭将你打……"

赵府上的两位男人和两个真本家,也正站在大门口论革命。阿Q没有见,昂了头直唱过去。

"得得,……"

"老Q,"赵太爷怯怯的迎着低声的叫。

"锵锵,"阿Q料不到他的名字会和"老"字联结起来,以为是一句别的话,与己无干,只是唱。"得,锵,锵令锵,锵!"

"老Q。"

"悔不该……"

"阿Q!"秀才只得直呼其名了。

阿Q这才站住,歪着头问道,"什么?"

"老Q,……现在……"赵太爷却又没有话,"现在……发财么?"

"发财?自然。要什么就是什么……"

"阿……Q哥,像我们这样穷朋友是不要紧的……"赵白眼惴惴的说,似乎想探革命党的口风。

"穷朋友?你总比我有钱。"阿Q说着自去了。

大家都怅然,没有话。赵太爷父子回家,晚上商量到点灯。赵白眼回家,便从腰间扯下搭连来,交给他女人藏在箱底里。

阿Q飘飘然的飞了一通,回到土谷祠,酒已经醒透了。这晚上,管祠的老头子也意外的和气,请他喝茶;阿 Q 便向他要了两个饼,吃完之后,又要了一支点过的四两烛和一个树烛台,点起来,独自躺在自己的小屋里。他说不出的新鲜而且高兴,烛火像元夜似的闪闪的跳,他的思想也迸跳起来了:——

"造反?有趣,……来了一阵白盔白甲的革命党,都拿着板刀,钢鞭,炸弹,洋炮,三尖两刃刀,钩镰枪,走过土谷祠,叫道,'阿 Q!同去同去!'于是一同去。……

这时未庄的一伙鸟男女才好笑哩,跪下叫道,'阿 Q,饶命!'谁听他!第一个该死的是小 D 和赵太爷,还有秀才,还有假洋鬼子,……留几条么?王胡本来还可留,但也不要了。……

东西,……直走进去打开箱子来:元宝,洋钱,洋纱衫,……秀才娘子的一张宁式床先搬到土谷祠,此外便摆了钱家的桌椅,——或者也就用赵家的罢。自己是不动手的了,叫小 D 来搬,要搬得快,搬得不快打嘴巴。……

赵司晨的妹子真丑。邹七嫂的女儿过几年再说。假洋鬼子的老婆会和没有辫子的男人睡觉,吓,不是好东西!秀才的老婆是眼胞上有疤的。……吴妈长久不见了,不知道在那里,——可惜脚太大。"

阿 Q 没有想得十分停当,已经发了鼾声,四两烛还只点去了小半寸,红焰焰的光照着他张开的嘴。

"荷荷!"阿 Q 忽而大叫起来,抬了头仓皇的四顾,待到看见四两烛,却又倒头睡去了。

第二天他起得很迟,走出街上看时,样样都照旧。他也仍然肚饿,他想着,想不起什么来;但他忽而似乎有了主意了,慢慢的跨开步,有意无意的走到静修庵。

庵和春天时节一样静,白的墙壁和漆黑的门。他想了一想,前去打门,一只狗在里面叫。他急急拾了几块断砖,再上去较为用力的打,打到黑门上生出许多麻点的时候,才听得有人来开门。

阿 Q 连忙捏好砖头,摆开马步,准备和黑狗来开战。但庵门只开了一条缝,并无黑狗从中冲出,望进去只有一个老尼姑。

"你又来什么事?"伊大吃一惊的说。

"革命了……你知道?……"阿 Q 说得很含胡。

"革命革命,革过一革的,……你们要革得我们怎么样呢?"老尼姑两眼通红的说。

"什么?……"阿 Q 诧异了。

"你不知道,他们已经来革过了!"

"谁?……"阿 Q 更其诧异了。

"那秀才和洋鬼子!"

阿Q很出意外,不由的一错愕;老尼姑见他失了锐气,便飞速的关了门,阿Q再推时,牢不可开,再打时,没有回答了。

那还是上午的事。赵秀才消息灵,一知道革命党已在夜间进城,便将辫子盘在顶上,一早去拜访那历来也不相能的钱洋鬼子。这是"咸与维新"的时候了,所以他们便谈得很投机,立刻成了情投意合的同志,也相约去革命。他们想而又想,才想出静修庵里有一块"皇帝万岁万万岁"的龙牌,是应该赶紧革掉的,于是又立刻同到庵里去革命。因为老尼姑来阻挡,说了三句话,他们便将伊当作满政府,在头上很给了不少的棍子和栗凿。尼姑待他们走后,定了神来检点,龙牌固然已经碎在地上了,而且又不见了观音娘娘座前的一个宣德炉。

这事阿Q后来才知道。他颇悔自己睡着,但也深怪他们不来招呼他。他又退一步想道:

"难道他们还没有知道我已经投降了革命党么?"

第八章　不准革命

未庄的人心日见其安静了。据传来的消息,知道革命党虽然进了城,倒还没有什么大异样。知县大老爷还是原官,不过改称了什么,而且举人老爷也做了什么——这些名目,未庄人都说不明白——官,带兵的也还是先前的老把总。只有一件可怕的事是另有几个不好的革命党夹在里面捣乱,第二天便动手剪辫子,听说那邻村的航船七斤便着了道儿,弄得不像人样子了。但这却还不算大恐怖,因为未庄人本来少上城,即使偶有想进城的,也就立刻变了计,碰不着这危险。阿Q本也想进城去寻他的老朋友,一得这消息,也只得作罢了。

但未庄也不能说是无改革。几天之后,将辫子盘在顶上的逐渐增加起来了,早经说过,最先自然是茂才公,其次便是赵司晨和赵白眼,后来是阿Q。倘在夏天,大家将辫子盘在头顶上或者打一个结,本不算什么稀奇事,但现在是暮秋,所以这"秋行夏令"的情形,在盘辫家不能不说是万分的英断,而在未庄也不能说无关于改革了。

赵司晨脑后空荡荡的走来,看见的人大嚷说,

"嚯,革命党来了!"

阿Q听到了很羡慕。他虽然早知道秀才盘辫的大新闻,但总没有想到自己可以照样做,现在看见赵司晨也如此,才有了学样的意思,定下实行的决心。他用一支竹筷将辫子盘在头顶上,迟疑多时,这才放胆的走去。

他在街上走,人也看他,然而不说什么话,阿Q当初很不快,后来便很不平。他近来很容易闹脾气了;其实他的生活,倒也并不比造反之前反艰难,人见他也客气,店铺也不说要现钱。而阿Q总觉得自己太失意;既然革了命,不应该只是这样的。况且有一回看见小D,愈使他气破肚皮了。

小D也将辫子盘在头顶上了,而且也居然用一支竹筷。阿Q万料不到他也敢这样做,自己也决不准他这样做!小D是什么东西呢?他很想即刻揪住他,拗断他的竹筷,放下他的辫子,并且批他几个嘴巴,聊且惩罚他忘了生辰八字,也敢来做革命党的罪。但他终于饶放了,单是怒目而视的吐一口唾沫道"呸!"

这几日里,进城去的只有一个假洋鬼子。赵秀才本也想靠着寄存箱子的渊源,亲身去拜访举人老爷的,但因为有剪辫的危险,所以也就中止了。他写了一封"黄伞格"的信,托假洋鬼子带上城,而且托他给自己绍介绍介,去进自由党。假洋鬼子回来时,向秀才讨还了四块洋钱,秀才便有一块银桃子挂在大襟上了;未庄人都惊服,说这是柿油党的顶子,抵得一个翰林;赵太爷因此也骤然大阔,远过于他儿子初隽秀才的时候,所以目空一切,见了阿Q,也就很有些不放在眼里了。

阿Q正在不平,又时时刻刻感着冷落,一听得这银桃子的传说,他立即悟出自己之所以冷落的原因了:要革命,单说投降,是不行的;盘上辫子,也不行的;第一着仍然要和革命党去结识。他生平所知道的革命党只有两个,城里的一个早已"嚓"的杀掉了,现在只剩了一个假洋鬼子。他除却赶紧去和假洋鬼子商量之外,再没有别的道路了。

钱府的大门正开着,阿Q便怯怯的蹩进去。他一到里面,很吃了惊,只见假洋鬼子正站在院子的中央,一身乌黑的大约是洋衣,身上也挂着一块银桃子,手里是阿Q曾经领教过的棍子,已经留到一尺多长的辫子都拆开了披在肩背上,蓬头散发的像一个刘海仙。对面挺直的站着赵白眼和三个闲人,正在必恭必敬的听说话。

阿Q轻轻的走近了,站在赵白眼的背后,心里想招呼,却不知道怎么说才好:叫他假洋鬼子固然是不行的了,洋人也不妥,革命党也不妥,或者就应该叫洋先生了罢。

洋先生却没有见他,因为白着眼睛讲得正起劲:

"我是性急的,所以我们见面,我总是说:洪哥!我们动手罢!他却总说道No!——这是洋话,你们不懂。否则早已成功了。然而这正是他做事小心的地方。他再三再四的请我上湖北,我还没有肯。谁愿意在这小县城里做事情。……"

"唔,……这个……"阿Q候他略停,终于用十二分的勇气开口了,但不知道因为什么,又并不叫他洋先生。

听着说话的四个人都吃惊的回顾他。洋先生也才看见:

"什么?"

"我……"

"出去!"

"我要投……"

"滚出去!"洋先生扬起哭丧棒来了。

赵白眼和闲人们便都吆喝道:"先生叫你滚出去,你还不听么!"

阿Q将手向头上一遮,不自觉的逃出门外;洋先生倒也没有追。他快跑了六十多步,这才慢慢的走,于是心里便涌起了忧愁:洋先生不准他革命,他再没有别的路;从此决不能望有白盔白甲的人来叫他,他所有的抱负,志向,希望,前程,全被一笔勾销了。至于闲人们传扬开去,给小D王胡等辈笑话,倒是还在其次的事。

他似乎从来没有经验过这样的无聊。他对于自己的盘辫子,仿佛也觉得无意味,要侮蔑;为报仇起见,很想立刻放下辫子来,但也没有竟放。他游到夜间,赊了两碗酒,喝下肚去,渐渐的高兴起来了,思想里才又出现白盔白甲的碎片。

有一天,他照例的混到夜深,待酒店要关门,才踱回土谷祠去。

拍,吧～～～!

他忽而听得一种异样的声音,又不是爆竹。阿Q本来是爱看热闹,爱管闲事的,便在暗中直寻过去。似乎前面有些脚步声;他正听,猛然间一个人从对面逃来了。阿Q一看见,便赶紧翻身跟着逃。那人转弯,阿Q也转弯,既转弯,那人站住了,阿Q也站住。他看后面并无什么,看那人便是小D。

"什么?"阿Q不平起来了。

"赵……赵家遭抢了!"小D气喘吁吁的说。

阿Q的心怦怦的跳了。小D说了便走;阿Q却逃而又停的两三回。但他究竟是做过"这路生意"的人,格外胆大,于是蹩出路角,仔细的听,似乎有些嚷嚷,又仔细的看,似乎许多白盔白甲的人,络绎的将箱子抬出了,器具抬出了,秀才娘子的宁式床也抬出了,但是不分明,他还想上前,两只脚却没有动。

这一夜没有月,未庄在黑暗里很寂静,寂静到像羲皇时候一般太平。阿Q站着看到自己发烦,也似乎还是先前一样,在那里来来往往的搬,箱子抬出了,器具抬出了,秀才娘子的宁式床也抬出了,……抬得他自己有些不信他的眼睛了。但他决计不再上前,却回到自己的祠里去了。

土谷祠里更漆黑；他关好大门，摸进自己的屋子里。他躺了好一会，这才定了神，而且发出关于自己的思想来：白盔白甲的人明明到了，并不来打招呼，搬了许多好东西，又没有自己的份，——这全是假洋鬼子可恶，不准我造反，否则，这次何至于没有我的份呢？阿Q越想越气，终于禁不住满心痛恨起来，毒毒的点一点头："不准我造反，只准你造反？妈妈的假洋鬼子，——好，你造反！造反是杀头的罪名呵，我总要告一状，看你抓进县里去杀头，——满门抄斩，——嚓！嚓！"

第九章　大团圆

赵家遭抢之后，未庄人大抵很快意而且恐慌，阿Q也很快意而且恐慌。但四天之后，阿Q在半夜里忽被抓进县城里去了。那时恰是暗夜，一队兵，一队团丁，一队警察，五个侦探，悄悄地到了未庄，乘昏暗围住土谷祠，正对门架好机关枪；然而阿Q不冲出。许多时没有动静，把总焦急起来了，悬了二十千的赏，才有两个团丁冒了险，踰垣进去，里应外合，一拥而入，将阿Q抓出来；直待擒出祠外面的机关枪左近，他才有些清醒了。

到进城，已经是正午，阿Q见自己被摋进一所破衙门，转了五六个弯，便推在一间小屋里。他刚刚一蹡跄，那用整株的木料做成的栅栏门便跟着他的脚跟阖上了，其余的三面都是墙壁，仔细看时，屋角上还有两个人。

阿Q虽然有些忐忑，却并不很苦闷，因为他那土谷祠里的卧室，也并没有比这间屋子更高明。那两个也仿佛是乡下人，渐渐和他兜搭起来了，一个说是举人老爷要追他祖父欠下来的陈租，一个不知道为了什么事。他们问阿Q，阿Q爽利的答道，"因为我想造反。"

他下半天便又被抓出栅栏门去了，到得大堂，上面坐着一个满头剃得精光的老头子。阿Q疑心他是和尚，但看见下面站着一排兵，两旁又站着十几个长衫人物，也有满头剃得精光像这老头子的，也有将一尺来长的头发披在背后像那假洋鬼子的，都是一脸横肉，怒目而视的看他；他便知道这人一定有些来历，膝关节立刻自然而然的宽松，便跪了下去了。

"站着说！不要跪！"长衫人物都吆喝说。

阿Q虽然似乎懂得，但总觉得站不住，身不由己的蹲了下去，而且终于趁势改为跪下了。

"奴隶性！……"长衫人物又鄙夷似的说，但也没有叫他起来。

"你从实招来罢，免得吃苦。我早都知道了。招了可以放你。"那光头的老头子看定了阿Q的脸，沉静的清楚的说。

"招罢！"长衫人物也大声说。

"我本来要……来投……"阿Q胡里胡涂的想了一通,这才断断续续的说。

"那么,为什么不来的呢?"老头子和气的问。

"假洋鬼子不准我!"

"胡说!此刻说,也迟了。现在你的同党在那里?"

"什么?……"

"那一晚打劫赵家的一伙人。"

"他们没有来叫我。他们自己搬走了。"阿Q提起来便愤愤。

"走到那里去了呢?说出来便放你了。"老头子更和气了。

"我不知道,……他们没有来叫我……"

然而老头子使了一个眼色,阿Q便又被抓进栅栏门里了。他第二次抓出栅栏门,是第二天的上午。

大堂的情形都照旧。上面仍然坐着光头的老头子,阿Q也仍然下了跪。

老头子和气的问道,"你还有什么话说么?"

阿Q一想,没有话,便回答说,"没有。"

于是一个长衫人物拿了一张纸,并一支笔送到阿Q的面前,要将笔塞在他手里。阿Q这时很吃惊,几乎"魂飞魄散"了:因为他的手和笔相关,这回是初次。他正不知怎样拿;那人却又指着一处地方教他画花押。

"我……我……不认得字。"阿Q一把抓住了笔,惶恐而且惭愧的说。

"那么,便宜你,画一个圆圈!"

阿Q要画圆圈了,那手捏着笔却只是抖。于是那人替他将纸铺在地上,阿Q伏下去,使尽了平生的力画圆圈。他生怕被人笑话,立志要画得圆,但这可恶的笔不但很沉重,并且不听话,刚刚一抖一抖的几乎要合缝,却又向外一耸,画成瓜子模样了。

阿Q正羞愧自己画得不圆,那人却不计较,早已掣了纸笔去,许多人又将他第二次抓进栅栏门。

他第二次进了栅栏,倒也并不十分懊恼。他以为人生天地之间,大约本来有时要抓进抓出,有时要在纸上画圆圈的,惟有圈而不圆,却是他"行状"上的一个污点。但不多时也就释然了,他想:孙子才画得很圆的圆圈呢。于是他睡着了。

然而这一夜,举人老爷反而不能睡:他和把总呕了气了。举人老爷主张第一要追赃,把总主张第一要示众。把总近来很不将举人老爷放在眼里了,拍案打凳的说道,"惩一儆百!你看,我做革命党还不上二十天,抢案就是十几件,全不破案,我的面子在那里?破了案,你又来迂。不成!这是我管的!"举人老爷窘急了,然而还坚持,说是倘若不追赃,他便立刻辞了帮办民政的职务。而把总却道,"请便罢!"于是举人老爷在这一夜竟没有睡,但幸而第二天倒也没有辞。

阿Q第三次抓出栅栏门的时候,便是举人老爷睡不着的那一夜的明天的上午了。他到了大堂,上面还坐着照例的光头老头子;阿Q也照例下了跪。

老头子很和气的问道,"你还有什么话么?"

阿Q一想,没有话,便回答说,"没有。"

许多长衫和短衫人物,忽然给他穿上一件洋布的白背心,上面有些黑字。阿Q很气苦;因为这很像是带孝,而带孝是晦气的。然而同时他的两手反缚了,同时又被一直抓出衙门外去了。

阿Q被抬上了一辆没有篷的车,几个短衣人物也和他同坐在一处。这车立刻走动了,前面是一班背着洋炮的兵们和团丁,两旁是许多张着嘴的看客,后面怎样,阿Q没有见。但他突然觉到了:这岂不是去杀头么?他一急,两眼发黑,耳朵里嗡的一声,似乎发昏了。然而他又没有全发昏,有时虽然着急,有时却也泰然;他意思之间,似乎觉得人生天地间,大约本来有时也未免要杀头的。

他还认得路,于是有些诧异了:怎么不向着法场走呢?他不知道这是在游街,在示众。但即使知道也一样,他不过以为人生天地间,大约本来有时也未免要游街要示众罢了。

他省悟了,这是绕到法场去的路,这一定是"嚓"的去杀头。他惘惘的向左右看,全跟着马蚁似的人,而在无意中,却在路旁的人丛中发现了一个吴妈。很久违,伊原来在城里做工了。阿Q忽然很羞愧自己没志气:竟没有唱几句戏。他的思想仿佛旋风似的在脑里一回旋:《小孤孀上坟》欠堂皇,《龙虎斗》里的"悔不该……"也太乏,还是"手执钢鞭将你打"罢。他同时想将手一扬,才记得这两手原来都捆着,于是"手执钢鞭"也不唱了。

"过了二十年又是一个……"阿Q在百忙中,"无师自通"的说出半句从来不说的话。

"好!!!"从人丛里,便发出豺狼的嗥叫一般的声音来。

车子不住的前行,阿Q在喝采声中,轮转眼睛去看吴妈,似乎伊一向并没有见他,却只是出神的看着兵们背上的洋炮。

阿Q于是再看那些喝采的人们。

这刹那中,他的思想又仿佛旋风似的在脑里一回旋了。四年之前,他曾在山脚下遇见一只饿狼,永是不近不远的跟定他,要吃他的肉。他那时吓得几乎要死,幸而手里有一柄斫柴刀,才得仗这壮了胆,支持到未庄;可是永远记得那狼眼睛,又凶又怯,闪闪的像两颗鬼火,似乎远远的来穿透了他的皮肉。而这回他又看见从来没有见过的更可怕的眼睛了,又钝又锋利,不但已经咀嚼了他的话,并且还要咀嚼他皮肉以外的东西,永是不远不近的跟他走。

这些眼睛们似乎连成一气,已经在那里咬他的灵魂。

"救命,……"

然而阿Q没有说。他早就两眼发黑,耳朵里嗡的一声,觉得全身仿佛微尘似的迸散了。

至于当时的影响,最大的倒反在举人老爷,因为终于没有追赃,他全家都号咷了。其次是赵府,非特秀才因为上城去报官,被不好的革命党剪了辫子,而且又破费了二十千的赏钱,所以全家也号咷了。从这一天以来,他们便渐渐的都发生了遗老的气味。

至于舆论,在未庄是无异议,自然都说阿Q坏,被枪毙便是他的坏的证据;不坏又何至于被枪毙呢?而城里的舆论却不佳,他们多半不满足,以为枪毙并无杀头这般好看;而且那是怎样的一个可笑的死囚呵,游了那么久的街,竟没有唱一句戏:他们白跟一趟了。

1921 年 12 月

(初载 1921 年 12 月 4 日—1922 年 2 月 12 日《晨报副刊》)

伤 逝

——涓生的手记

　　如果我能够,我要写下我的悔恨和悲哀,为子君,为自己。

　　会馆里的被遗忘在偏僻里的破屋是这样地寂静和空虚。时光过得真快,我爱子君,仗着她逃出这寂静和空虚,已经满一年了。事情又这么不凑巧,我重来时,偏偏空着的又只有这一间屋。依然是这样的破窗,这样的窗外的半枯的槐树和老紫藤,这样的窗前的方桌,这样的败壁,这样的靠壁的板床。深夜中独自躺在床上,就如我未曾和子君同居以前一般,过去一年中的时光全被消灭,全未有过,我并没有曾经从这破屋子搬出,在吉兆胡同创立了满怀希望的小小的家庭。

　　不但如此。在一年之前,这寂静和空虚是并不这样的,常常含着期待;期待子君的到来。在久待的焦躁中,一听到皮鞋的高底尖触着砖路的清响,是怎样地使我骤然生动起来呵!于是就看见带着笑涡的苍白的圆脸,苍白的瘦的臂膊,布的有条纹的衫子,玄色的裙。她又带了窗外的半枯的槐树的新叶来,使我看见,还有挂在铁似的老干上的一房一房的紫白的藤花。

　　然而现在呢,只有寂静和空虚依旧,子君却决不再来了,而且永远,永远地!……

　　子君不在我这破屋里时,我什么也看不见。在百无聊赖中,随手抓过一本书来,科学也好,文学也好,横竖什么都一样;看下去,看下去,忽而自己觉得,已经翻了十多页了,但是毫不记得书上所说的事。只是耳朵却分外地灵,仿佛听到大门外一切往来的履声,从中便有子君的,而且橐橐地逐渐临近,——但是,往往又逐渐渺茫,终于消失在别的步声的杂沓中了。我憎恶那不象子君鞋声的穿布底鞋的长班的儿子,我憎恶那太象子君鞋声的常常穿着新皮鞋的邻院的搽雪花膏的小东西!

　　莫非她翻了车么?莫非她被电车撞伤了么?……

　　我便要取了帽子去看她,然而她的胞叔就曾经当面骂过我。

　　蓦然,她的鞋声近来了,一步响于一步,迎出去时,却已经走过紫藤棚下,脸上带着微笑的酒窝。她在她叔子的家里大约并未受气,我的心宁帖了,默默地相视片时之后,破屋里便渐渐充满了我的语声,谈家庭专制,谈打破旧习惯,谈男女平等,谈伊孛生,谈泰戈尔,谈雪莱……。她总是微笑点头,两眼里弥漫着稚气的好奇的光泽。壁上就钉着一张铜板的雪莱半身像,是从杂志上裁下来的,是他的最美的一张像。当我指给她看时,她却只草草一看,便低了头,似乎不好意思了。这些地方,子君就大概还未脱尽旧思想的束缚,——我后来也想,倒不如换一张雪莱淹死在海里的记念像或是伊孛生的罢;但也终于没有换,现在是连这一张也不知那里去了。

"我是我自己的,他们谁也没有干涉我的权利!"

这是我们交际了半年,又谈起她在这里的胞叔和在家的父亲时,她默想了一会之后,分明地,坚决地,沉静地说了出来的话。其时是我已经说尽了我的意见,我的身世,我的缺点,很少隐瞒,她也完全了解的了。这几句话很震动了我的灵魂,此后许多天还在耳中发响,而且说不出的狂喜,知道中国女性,并不如厌世家所说那样的无法可施,在不远的将来,便要看见辉煌的曙色的。

送她出门,照例是相离十多步远,照例是那鲇鱼须的老东西的脸又紧贴在脏的窗玻璃上了,连鼻尖都挤成一个小平面,到外院,照例又是明晃晃的玻璃窗里的那小东西的脸,加厚的雪花膏。她目不邪视地骄傲地走了,没有看见;我骄傲地回来。

"我是我自己的,他们谁也没有干涉我的权利!"这彻底的思想就在她的脑里,比我还透澈,坚强得多。半瓶雪花膏和鼻尖的小平面,于她能算什么东西呢?

我已经记不清那时怎样地将我的纯真热烈的爱表示给她。岂但现在,那时的事后便已模胡,夜间回想,早只剩了一些断片了;同居以后一两月,便连这些断片也化作无可追踪的梦影。我只记得那时以前的十几天,曾经很仔细地研究过表示的态度,排列过措辞的先后,以及倘或遭了拒绝以后的情形。可是临时似乎都无用,在慌张中,身不由己地竟用了在电影上见过的方法了。后来一想到,就使我很愧恧,但在记忆上却偏只有这一点永远留遗,至今还如暗室的孤灯一般,照见我含泪握着她的手,一条腿跪了下去……。

不但我自己的,便是子君的言语举动,我那时就没有看得分明;仅知道她已经允许我了。但也还仿佛记得她脸色变成青白,后来又渐渐转作绯红,——没见过,也没有再见的绯红,孩子似的眼里射出悲喜,但是夹着惊疑的光,虽然力避我的视线,张皇地似乎要破窗飞去。然而我知道她已经允许我了,没有知道她怎样说或是没有说。

她却是什么都记得：我的言辞，竟至于读熟了的一般，能够滔滔背诵；我的举动，就如有一张我所看不见的影片挂在眼下，叙述得如生，很细微，自然连那使我不愿再想的浅薄的电影的一闪。夜阑人静，是相对温习的时候了，我常是被质问，被考验，并且被命复述当时的言语，然而常须由她补足，由她纠正，象一个丁等的学生。

　　这温习后来也渐渐稀疏起来。但我只要看见她两眼注视空中，出神似的凝想着，于是神色越加柔和，笑窝也深下去，便知道她又在自修旧课了，只是我很怕她看到我那可笑的电影的一闪。但我又知道，她一定要看见，而且也非看不可的。

　　然而她并不觉得可笑。即使我自己以为可笑，甚而至于可鄙的，她也毫不以为可笑。这事我知道得很清楚，因为她爱我，是这样地热烈，这样地纯真。

　　去年的暮春是最为幸福，也是最为忙碌的时光。我的心平静下去了，但又有别一部分和身体一同忙碌起来。我们这时才在路上同行，也到过几回公园，最多的是寻住所。我觉得在路上时时遇到探索，讥笑，猥亵和轻蔑的眼光，一不小心，便使我的全身有些瑟缩，只得即刻提起我的骄傲和反抗来支持。她却是大无畏的，对于这些全不关心，只是镇静地缓缓前行，坦然如入无人之境。

　　寻住所实在不是容易事，大半是被托辞拒绝，小半是我们以为不相宜。起先我们选择得很苛酷，——也非苛酷，因为看去大抵不象是我们的安身之所；后来，便只要他们能相容了。看了二十多处，这才得到可以暂且敷衍的处所，是吉兆胡同一所小屋里的两间南屋；主人是一个小官，然而倒是明白人，自住着正屋和厢房，他只有夫人和一个不到周岁的女孩子，雇一个乡下的女工，只要孩子不啼哭，是极其安闲幽静的。

　　我们的家具很简单，但已经用去了我的筹来的款子的大半；子君还卖掉了她唯一的金戒指和耳环。我拦阻她，还是定要卖，我也就不再坚持下去了；我知道不给她加入一点股分去，她是住不舒服的。

　　和她的叔子，她早经闹开，至于使他气愤到不再认她做侄女；我也陆续和几个自以为忠告，其实是替我胆怯，或者竟是嫉妒的朋友绝了交。然而这倒很清静。每日办公散后，虽然已近黄昏，车夫又一定走得这样慢，但究竟还有二人相对的时候。我们先是沉默的相视，接着是放怀而亲密的交谈，后来又是沉默。大家低头沉思着，却并未想着什么事。我也渐渐清醒地读遍了她的身体，她的灵魂，不过三星期，我似乎于她已经更加了解，揭去许多先前以为了解而现在看来却是隔膜，即所谓真的隔膜了。

子君也逐日活泼起来。但她并不爱花,我在庙会时买来的两盆小草花,四天不浇,枯死在壁角了,我又没有照顾一切的闲暇。然而她爱动物,也许是从官太太那里传染的罢,不一月,我们的眷属便骤然加得很多,四只小油鸡,在小院子里和房主人的十多只一同走。但她们却认识鸡的相貌,各知道那一只是自家的。还有一只花白的叭儿狗,从庙会买来,记得似乎原有名字,子君却给它另起了一个,叫作阿随。我就叫它阿随,但我不喜欢这名字。

这是真的,爱情必须时时更新,生长,创造。我和子君说起这,她也领会地点点头。

唉唉,那是怎样的宁静而幸福的夜呵!

安宁和幸福是要凝固的,永久是这样的安宁和幸福。我们在会馆里时,还偶有议论的冲突和意思的误会,自从到吉兆胡同以来,连这一点也没有了;我们只在灯下对坐的怀旧谭中,回味那时冲突以后的和解的重生一般的乐趣。

子君竟胖了起来,脸色也红活了;可惜的是忙。管了家务便连谈天的工夫也没有,何况读书和散步。我们常说,我们总还得雇一个女工。

这就使我也一样地不快活,傍晚回来,常见她包藏着不快活的颜色,尤其使我不乐的是她要装作勉强的笑容。幸而探听出来了,也还是和那小官太太的暗斗,导火线便是两家的小油鸡。但又何必硬不告诉我呢?人总该有一个独立的家庭。这样的处所,是不能居住的。

我的路也铸定了,每星期中的六天,是由家到局,又由局到家。在局里便坐在办公桌前钞,钞,钞些公文和信件;在家里是和她相对或帮她生白炉子,煮饭,蒸馒头。我的学会了煮饭,就在这时候。

但我的食品却比在会馆里时好得多了。做菜虽不是子君的特长,然而她却于此倾注着全力;对于她的日夜的操心,使我也不能不一同操心,来算作分甘共苦。况且她又这样地终日汗流满面,短发都粘在脑额上;两只手又只是这样地粗糙起来。

况且还要饲阿随,饲油鸡,……都是非她不可的工作。

我曾经忠告她:我不吃,倒也罢了;却万不可这样地操劳。她只看了我一眼,不开口,神色却似乎有点凄然;我也只好不开口。然而她这是这样地操劳。

我所豫期的打击果然到来。双十节的前一晚,我呆坐着,她在洗碗。听到打门声,我去开门时,是局里的信差,交给我一张油印的纸条。我就有些料到了,到灯下去一看,果然,印着的就是——

> 奉
> 局长谕史涓生着毋庸到局办事
> 　　　　　　　秘书处启　十月九号

这在会馆里时,我就早已料到了;那雪花膏便是局长的儿子的赌友,一定要去添些谣言,设法报告的。到现在才发生效验,已经要算是很晚的了。其实这在我不能算是一个打击,因为我早就决定,可以给别人去钞写,或者教读,或者虽然费力,也还可以译点书,况且《自由之友》的总编辑便是见过几次的熟人,两月前还通过信。但我的心却跳跃着。那么一个无畏的子君也变了色,尤其使我痛心,她近来似乎也较为怯弱了。

"那算什么。哼,我们干新的。我们……"她说。

她的话没有说完;不知怎地,那声音在我听去却只是浮浮的;灯光也觉得格外黯淡。人们真是可笑的动物,一点极微末的小事情,便会受着很深的影响。我们先是默默地相视,逐渐商量起来,终于决定将现有的钱竭力节省,一面登"小广告"去寻求钞写和教读,一面写信给《自由之友》的总编辑,说明我目下的遭遇,请他收用我的译本,给我帮一点艰辛时候的忙。

"说做,就做罢!来开一条新的路!"

我立刻转身向了书案,推开盛香油的瓶子和醋碟,子君便送过那黯淡的灯来。我先拟广告;其次是选定可译的书,迁移以来未曾翻阅过,每本的头上都满漫着灰尘了;最后才写信。

我很费踌躇,不知道怎样措辞好,当停笔凝思的时候,转眼去一瞥她的脸,在昏暗的灯光下,又很见得凄然。我真不料这样微细的小事情,竟会给坚决的,无畏的子君以这么显著的变化。她近来实在变得很怯弱了,但也并不是今夜才开始的。我的心因此更缭乱,忽然有安宁的生活的影像——会馆里的破屋的寂静,在眼前一闪,刚刚想定睛凝视,却又看见了昏暗的灯光。

许久之后,信也写成了,是一封颇长的信;很觉得疲劳,仿佛近来自己也较为怯弱了。于是我们决定,广告和发信,就在明日一同实行。大家不约而同地伸直了腰肢,在无言中,似乎又都感到彼此的坚忍倔强的精神,还看见从新萌芽起来的将来的希望。

外来的打击其实倒是振作了我们的新精神。局里的生活,原如鸟贩子手里的禽鸟一般,仅有一点小米维系残生,决不会肥胖;日子一久,只落得麻痹了翅子,即使放出笼外,早已不能奋飞。现在总算脱出这牢笼了,我从此要在新的开阔的天空中翱翔,趁我还未忘却了我的翅子的扇动。

小广告是一时自然不会发生效力的；但译书也不是容易事，先前看过，以为已经懂得的，一动手，却疑难百出了，进行得很慢。然而我决计努力地做，一本半新的字典，不到半月，边上便有了一大片乌黑的指痕，这就证明着我的工作的切实。《自由之友》的总编辑曾经说过，他的刊物是决不会埋没好稿子的。

　　可惜的是我没有一间静室，子君又没有先前那么幽静，善于体贴了，屋子里总是散乱着碗碟，弥漫着煤烟，使人不能安心做事，但是这自然还只能怨我自己无力置一间书斋。然而又加以阿随，加以油鸡们。加以油鸡们又大起来了，更容易成为两家争吵的引线。

　　加以每日的"川流不息"的吃饭；子君的功业，仿佛就完全建立在这吃饭中。吃了筹钱，筹来吃饭，还要喂阿随，饲油鸡；她似乎将先前所知道的全都忘掉了，也不想到我的构思就常常为了这催促吃饭而打断。即使在坐中给看一点怒色，她总是不改变，仍然毫无感触似的大嚼起来。

　　使她明白了我的作工不能受规定的吃饭的束缚，就费去五星期。她明白之后，大约很不高兴罢，可是没有说。我的工作果然从此较为迅速地进行，不久就共译了五万言，只要润色一回，便可以和做好的两篇小品，一同寄给《自由之友》去。只是吃饭却依然给我苦恼。菜冷，是无妨的，然而竟不够；有时连饭也不够，虽然我因为终日坐在家里用脑，饭量已经比先前要减少得多。这是先去喂了阿随了，有时还并那近来连自己也轻易不吃的羊肉。她说，阿随实在瘦得太可怜，房东太太还因此嗤笑我们了，她受不住这样的奚落。

　　于是吃我残饭的便只有油鸡们。这是我积久才看出来的，但同时也如赫胥黎的论定"人类在宇宙间的位置"一般，自觉了我在这里的位置：不过是叭儿狗和油鸡之间。

　　后来，经多次的抗争和催逼，油鸡们也逐渐成为肴馔，我们和阿随都享用了十多日的鲜肥；可是真实都很瘦，因为它们早已每日只能得到几粒高粱了。从此便清静得多。只有子君很颓唐，似乎常觉得凄苦和无聊，至于不大愿意开口。我想，人是多么容易改变呵！

　　但是阿随也将留不住了。我们已经不能再希望从什么地方会有来信，子君也早没有一点食物可以引它打拱或直立起来。冬季又逼近得这么快，火炉就要成为很大的问题；它的食量，在我们其实早是一个极易觉得的很重的负担。于是连它也留不住了。

　　倘使插了草标到庙市去出卖，也许能得几文钱罢，然而我们都不能，也不愿这样做。终于是用包袱蒙着头，由我带到西郊去放掉了，还要追上来，便推在一个并不很深的土坑里。

我一回寓,觉得又清静得多多了;但子君的凄惨的神色,却使我很吃惊。那是没有见过的神色,自然是为阿随。但又何至于此呢?我还没有说起推在土坑里的事。

到夜间,在她的凄惨的神色中,加上冰冷的分子了。

"奇怪。——子君,你怎么今天这样儿了?"我忍不住问。

"什么?"她连看也不看我。

"你的脸色……。"

"没有什么,——什么也没有。"

我终于从她言动上看出,她大概已经认定我是一个忍心的人。其实,我一个人,是容易生活的,虽然因为骄傲,向来不与世交往,迁居以后,也疏远了所有旧识的人,然而只要能远走高飞,生路还宽广得很。现在忍受着这生活压迫的苦痛,大半倒是为她,便是放掉阿随,也何尝不如此。但子君的识见却似乎只是浅薄起来,竟至于连这一点也想不到了。

我拣了一个机会,将这些道理暗示她;她领会似的点头。然而看她后来的情形,她是没有懂,或者是并不相信的。

天气的冷和神情的冷,逼迫我不能在家庭中安身。但是往那里去呢?大道上,公园里,虽然没有冰冷的神情,冷风究竟也刺得人皮肤欲裂。我终于在通俗图书馆里觅得了我的天堂。

那里无须买票;阅书室里又装着两个铁火炉。纵使不过是烧着不死不活的煤的火炉,但单是看见装着它,精神上也就总觉得有些温暖。书却无可看:旧的陈腐,新的是几乎没有的。

好在我到那里去也并非为看书。另外时常还有几个人,多则十余人,都是单薄衣裳,正如我,各人看各人的书,作为取暖的口实。这于我尤为合式。道路上容易遇见熟人,得到轻蔑的一瞥,但此地却决无那样的横祸,因为他们是永远围在别的铁炉旁,或者靠在自家的白炉边的。

那里虽然没有书给我看,却还有安闲容得我想。待到孤身枯坐,回忆从前,这才觉得大半年来,只为了爱,——盲目的爱,——而将别的人生的要义全盘疏忽了。第一,便是生活。人必生活着,爱才有所附丽。世界上并非没有为了奋斗者而开的活路;我也还未忘却翅子的扇动,虽然比先前已经颓唐得多……。

屋子和读者渐渐消失了,我看见怒涛中的渔夫,战壕中的兵士,摩托车中的贵人,洋场上的投机家,深山密林中的豪杰,讲台上的教授,昏夜的运动者和深夜的偷儿……。子君,——不在近旁。她的勇气都失掉了,只为着阿随悲愤,为着做饭出神;然而奇怪的是倒也并不怎样瘦损……。

冷了起来,火炉里的不死不活的几片硬煤,也终于烧尽了,已是闭馆的时候。又须回到吉兆胡同,领略冰冷的颜色去了。近来也间或遇到温暖的神情,但这却反而增加我的苦痛。记得有一夜,子君的眼里忽而又发出久已不见的稚气的光来,笑着和我谈到还在会馆时候的情形,时时又很带些恐怖的神色。我知道我近来的超过她的冷漠,已经引起她的忧疑来,只得也勉力谈笑,想给她一点慰藉。然而我的笑貌一上脸,我的话一出口,却即刻变为空虚,这空虚又即刻发生反响,回向我的耳目里,给我一个难堪的恶毒的冷嘲。

子君似乎也觉得的,从此便失掉了她往常的麻木似的镇静,虽然竭力掩饰,总还是时时露出忧疑的神色来,但对我却温和得多了。

我要明告她,但我还没有敢,当决心要说的时候,看见她孩子一般的眼色,就使我只得暂且改作勉强的欢容。但是这又即刻来冷嘲我,并使我失却那冷漠的镇静。

她从此又开始了往事的温习和新的考验,逼我做出许多虚伪的温存的答案来,将温存示给她,虚伪的草稿便写在自己的心上。我的心渐被这些草稿填满了,常觉得难于呼吸。我在苦恼中常常想,说真实自然须有极大的勇气的;假如没有这勇气,而苟安于虚伪,那也便是不能开辟新的生路的人。不独不是这个,连这人也未尝有!

子君有怨色,在早晨,极冷的早晨,这是从未见过的,但也许是从我看来的怨色。我那时冷冷地气愤和暗笑了;她所磨练的思想和豁达无畏的言论,到底也还是一个空虚,而对于这空虚却并未自觉。她早已什么书也不看,已不知道人的生活的第一着是求生,向着这求生的道路,是必须携手同行,或奋身孤往的了,倘使只知道捶着一个人的衣角,那便是虽战士也难于战斗,只得一同灭亡。

我觉得新的希望就只在我们的分离;她应该决然舍去,——我也突然想到她的死,然而立刻自责,忏悔了。幸而是早晨,时间正多,我可以说我的真实。我们的新的道路的开辟,便在这一遭。

我和她闲谈,故意地引起我们的往事,提到文艺,于是涉及外国的文人,文人的作品:《诺拉》,《海的女人》。称扬诺拉的果决……。也还是去年在会馆的破屋里讲过的那些话,但现在已经变成空虚,从我的嘴传入自己的耳中,时时疑心有一个隐形的坏孩子,在背后恶意地刻毒地学舌。

她还是点头答应着倾听,后来沉默了。我也就继续地说完了我的话,连余音都消失在虚空中了。

"是的。"她又沉默了一会,说,"但是,……涓生,我觉得你近来很两样了。可是的?你,——你老实告诉我。"

我觉得这似乎给了我当头一击,但也立即定了神,说出我的意见和主张来:新的路的开辟,新的生活的再造,为的是免得一同灭亡。

临末,我用了十分的决心,加上这几句话——

"……况且你已经可以无须顾虑,勇往直前了。你要我老实说;是的,人是不该虚伪的。我老实说罢:因为,因为我已经不爱你了!但这于你倒好得多,因为你更可以毫无挂念地做事……。"

我同时豫期着大的变故的到来,然而只有沉默。她脸色陡然变成灰黄,死了似的;瞬间便又苏生,眼里也发了稚气的闪闪的光泽。这眼光射向四处,正如孩子在饥渴中寻求着慈爱的母亲,但只在空中寻求,恐怖地回避着我的眼。

我不能看下去了,幸而是早晨,我冒着寒风径奔通俗图书馆。

在那里看见《自由之友》,我的小品文都登出了。这使我一惊,仿佛得了一点生气。我想,生活的路还很多,——但是,现在这样也还是不行的。

我开始去访问久已不相闻问的熟人,但这也不过一两次;他们的屋子自然是暖和的,我在骨髓中却觉得寒洌。夜间,便蜷伏在比冰还冷的冷屋中。

冰的针刺着我的灵魂,使我永远苦于麻木的疼痛。生活的路还很多,我也还没有忘却翅子的扇动,我想。——我突然想到她的死,然而立刻自责,忏悔了。

在通俗图书馆里往往瞥见一闪的光明,新的生路横在前面。她勇猛地觉悟了,毅然走出这冰冷的家,而且,——毫无怨恨的神色。我便轻如行云,漂浮空际,上有蔚蓝的天,下是深山大海,广厦高楼,战场,摩托车,洋场,公馆,晴明的闹市,黑暗的夜……。

而且,真的,我豫感得这新生面便要来到了。

我们总算度过了极难忍受的冬天,这北京的冬天;就如蜻蜓落在恶作剧的坏孩子的手里一般,被系着细线,尽情玩弄,虐待,虽然幸而没有送掉性命,结果也还是躺在地上,只争着一个迟早之间。

写给《自由之友》的总编辑已经有三封信,这才得到回信,信封里只有两张书券:两角的和三角的。我却单是催,就用了九分的邮票,一天的饥饿,又都白挨给了已一无所得的空虚了。

然而觉得要来的事,却终于来到了。

这是冬春之交的事,风已没有这么冷,我也要久地在外面徘徊;待到回家,大概已经昏黑。就在这样一个昏黑的晚上,我照常没精打采地回来,一看见寓所的门,也照常更加丧气,使脚步放得更缓。但终于走进自己的屋子里了,没有灯火;摸火柴点起来时,是异样的寂寞和空虚!

　　正在错愕中,官太太便到窗外来叫我出去。

　　"今天子君的父亲来到这里,将她接回去了。"她很简单地说。

　　这似乎又不是意料中的事,我便如脑后受了一击,无言地站着。

　　"她去了么?"过了些时,我只问出这样一句话。

　　"她去了。"

　　"她,——她可说什么?"

　　"没说什么。单是托我见你回来时告诉你,说她去了。"

　　我不信;但是屋子里是异样的寂寞和空虚。我遍看各处,寻觅子君;只见几件破旧而黯淡的家具,都显得极其清疏,在证明着它们毫无隐匿一人一物的能力。我转念寻信或她留下的字迹,也没有;只是盐和干辣椒,面粉,半株白菜,却聚集在一处了,旁边还有几十枚铜元。这是我们两人生活材料的全副,现在她就郑重地将这留给我一个人,在不言中,教我借此去维持较久的生活。

　　我似乎被周围所排挤,奔到院子中间,有昏黑在我的周围;正屋的纸窗上映出明亮的灯光,他们正在逗着孩子玩笑。我的心也沉静下来,觉得在沉重的迫压中,渐渐隐约地现出脱走的路径:深山大泽,洋场,电灯下的盛筵,壕沟,最黑最黑的深夜,利刃的一击,毫无声响的脚步……。

　　心地有些轻松,舒展了,想到旅费,并且嘘一口气。

　　躺着,在合着的眼前经过的豫想的前途,不到半夜已经现尽;暗中忽然仿佛看见一堆食物,这之后,便浮出一个子君的灰黄的脸来,睁了孩子气的眼睛,恳托似的看着我。我一定神,什么也没有了。

　　但我的心却又觉得沉重。我为什么偏不忍耐几天,要这样忽忽地告诉她真话呢?现在她知道,她以后所有的只是她父亲——儿女的债主——的烈日一般的严威和旁人的赛过冰霜的冷眼。此外便是虚空。负着虚空的重担,在严威和冷眼中走着所谓人生的路,这是怎么可怕的事呵!而况这路的尽头,又不过是——连墓碑也没有的坟墓。

　　我不应该将真实说给子君,我们相爱过,我应该永久奉献她我的说谎。如果真实可以宝贵,这在子君就不该是一个沉重的空虚。谎语当然也是一个空虚,然而临末,至多也不过这样的沉重。

　　我以为将真实说给子君,她便可以毫无顾虑,坚决地毅然前行,一如我们将要同居时那样。但这恐怕是我错误了。她当时的勇敢和无畏是因为爱。

我没有负着虚伪的重担的勇气,却将真实的重担卸给她了。她爱我之后,就要负了这重担,在严威和冷眼中走着所谓人生的路。

我想到她的死……。我看见我是一个卑怯者,应该被摈于强有力的人们,无论是真实者,虚伪者。然而她却自始至终,还希望我维持较久的生活……。

我要离开吉兆胡同,在这里是异样的空虚和寂寞。我想,只要离开这里,子君便如还在我的身边;至少,也如还在城中,有一天,将要出乎意表地访我,象住在会馆时候似的。

然而一切请托和书信,都是一无反响;我不得已,只好访问一个久不问候的世交去了。他是我伯父的幼年的同窗,以正经出名的拔贡,寓京很久,交游也广阔的。

大概因为衣服的破旧罢,一登门便很遭门房的白眼。好容易才相见,也还相识,但是很冷落。我们的往事,他全都知道了。

"自然,你也不能在这里了,"他听了我托他在别处觅事之后,冷冷地说,"但那里去呢?很难。——你那,什么呢,你的朋友罢,子君,你可知道,她死了。"

我惊得没有话。

"真的?"我终于不自觉地问。

"哈哈。自然真的。我家的王升的家,就和她家同村。"

"但是,——不知道是怎么死的?"

"谁知道呢。总之是死了就是了。"

我已经忘却了怎样辞别他,回到自己的寓所。我知道他是不说谎话的;子君总不会再来的了,象去年那样。她虽是想在严威和冷眼中负着虚空的重担来走所谓人生的路,也已经不能。她的命运,已经决定她在我所给与的真实——无爱的人间死灭了。

自然,我不能在这里了;但是,"那里去呢?"

四围是广大的空虚,还有死的寂静。死于无爱的人们的眼前的黑暗,我仿佛一一看见,还听得一切苦闷和绝望的挣扎的声音。

我还期待着新的东西到来,无名的,意外的。但一天一天,无非是死的寂静。

我比先前已经不大出门,只坐卧在广大的空虚里,一任这死的寂静侵蚀着我的灵魂。死的寂静有时也自己战栗,自己退藏,于是在这绝续之交,便闪出无名的,意外的,新的期待。

一天是阴沉的上午,太阳还不能从云里面挣扎出来,连空气都疲乏着。

耳中听到细碎的步声和咻咻的鼻息,使我睁开眼。大致一看,屋子里还是空虚;但偶然看到地面,却盘旋着一匹小小的动物,瘦弱的,半死的,满身灰土的……。

我一细看,我的心就一停,接着便直跳起来。

那是阿随。它回来了。

我的离开吉兆胡同,也不单是为了房主人们和他家女工的冷眼,大半就为着这阿随。但是,"那里去呢?"新的生路自然还很多,我约略知道,也间或依稀看见,觉得就在我面前,然而我还没有知道跨进那里去的第一步的方法。

经过许多回的思量和比较,也还只有会馆是还能相容的地方。依然是这样的破屋,这样的板床,这样的半枯的槐树和紫藤,但那时使我希望,欢欣,爱,生活的,却全都逝去了,只有一个虚空,我用真实去换来的虚空存在。

新的生路还很多,我必须跨进去,因为我还活着。但我还不知道怎样跨出那第一步。有时,仿佛看见那生路就象一条灰白的长蛇,自己蜿蜒地向我奔来,我等着,等着,看看临近,但忽然便消失在黑暗里了。

初春的夜,还是那么长。长久的枯坐中记起上午在街头所见的葬式,前面是纸人纸马,后面是唱歌一般的哭声。我现在已经知道他们的聪明了,这是多么轻松简截的事。

然而子君的葬式却又在我的眼前,是独自负着虚空的重担,在灰白的长路上前行,而又即刻消失在周围的严威和冷眼里了。

我愿意真有所谓鬼魂,真有所谓地狱,那么,即使在孽风怒吼之中,我也将寻觅子君,当面说出我的悔恨和悲哀,祈求她的饶恕;否则,地狱的毒焰将围绕我,猛烈地烧尽我的悔恨和悲哀。

我将在孽风和毒焰中拥抱子君,乞她宽容,或者使她快意……。

但是,这却更虚空于新的生路;现在所有的只是初春的夜,竟还是那么长。我活着,我总得向着新的生路跨出去,那第一步,——却不过是写下我的悔恨和悲哀,为子君,为自己。

我仍然只有唱歌一般的哭声,给子君送葬,葬在遗忘中。

我要遗忘;我为自己,并且要不再想到这用了遗忘给子君送葬。

我要向着新的生路跨进第一步去,我要将真实深深地藏在心的创伤中,默默地前行,用遗忘和说谎做我的前导……。

1925 年 10 月 21 日毕

(初载《彷徨》,北新书局 1926 年初版)

郁达夫

沉　　沦

一

他近来觉得孤冷得可怜。

他的早熟的性情，竟把他挤到与世人绝不相容的境地去，世人与他的中间介在的那一道屏障，愈筑愈高了。

天气一天一天的清凉起来，他的学校开学之后，已经快半个月了。那一天正是九月的二十二日。

晴天一碧，万里无云，终古常新的皎日，依旧在她的轨道上，一程一程的在那里行走。从南方吹来的微风，同醒酒的琼浆一般，带着一种香气，一阵阵的拂上面来。在黄苍未熟的稻田中间，在弯曲同白线似的乡间的官道上面，他一个人手里捧了一本六寸长的 Wordsworth 的诗集，尽在那里缓缓的独步。在这大平原内，四面并无人影；不知从何处飞来的一声两声的远吠声，悠悠扬扬的传到他耳膜上来。他眼睛离开了书，同做梦似的向有犬吠声的地方看去，但看见了一丛杂树，几处人家，同鱼鳞似的屋瓦上，有一层薄薄的蜃气楼，同轻纱似的，在那里飘荡。

"Oh, you serene gossamer! You beautiful gossamer!"

这样的叫了一声，他的眼睛里就涌出了两行清泪来，他自己也不知道是什么缘故。

呆呆的看了好久，他忽然觉得背上有一阵紫色的气息吹来，息索的一响，道旁的一枝小草，竟把他的梦境打破了。他回转头来一看，那枝小草还是颠摇不已，一阵带着紫罗兰气息的和风，温微微的喷到他那苍白的脸上来。在这清和的早秋的世界里，在这澄清透明的以太中，他的身体觉得同陶醉似的酥软起来。他好象是睡在慈母怀里的样子。他好象是梦到了桃花源里的样子。他好象是在南欧的海岸，躺在情人膝上，在那里贪午睡的样子。

他看看四边，觉得周围的草木，都在那里对他微笑。看看苍空，觉得悠久无穷的大自然，微微的在那里点头。一动也不动的向天看了一会，他觉得

天空中,有一群小天神,背上插着了翅膀,肩上挂着了弓箭,在那里跳舞。他觉得乐极了。便不知不觉开了口,自言自语的说:

"这里就是你的避难所。世间的一般庸人都在那里妒忌你,轻笑你,愚弄你;只有这大自然,这终古常新的苍空皎日,这晚夏的微风,这初秋的清气,还是你的朋友,还是你的慈母,还是你的情人;你也不必再到世上去与那些轻薄的男女共处去,你就在这大自然的怀里,这纯朴的乡间终老了吧。"

这样的说了一遍,他觉得自家可怜起来,好像有万千哀怨,横亘在胸中,一口说不出来的样子。含了一双清泪,他的眼睛又看到他手里的书上去。

  Behold her, single in the field,
  You solitary Highland lass!
  Reaping and singing by herself;
  Stop here, or gently pass!
  Alone she cuts, and binds the grain,
  And sings a melancholy strain;
  Oh, listen! for the vale profound,
  is overflowing with the sound.

看了这一节之后,他又忽然翻过一张来,脱头脱脑的看到那第三节去。

  Will no one tell me what she sings?
  Perhaps the plaintive numbers flow
  For old, unhappy far-off things,
  And battle long ago:
  Or is it some more humble lay,
  Familiar matter of today?
  Some natural sorrow, loss, or pain,
  That has been and may be again!

这也是他近来的一种习惯,看书的时候,并没有次序的。几百页的大书,更可不必说了,就是几十页的小册子,如爱美生的《自然论》(Emerson's On Nature)、沙离的《逍遥游》(Thoreau's Excursion)之类,也没有完完全全从头至尾的读完一篇过。当他起初翻开一册书来看的时候,读了四行五行或一页二页,他每被那一本书感动,恨不得要一口气把那一本书吞下肚子里去的样子,到读了三页四页之后,他又生起一种怜惜的心来,他心里似乎说:

"象这样的奇书,不应该一口气就把它念完,要留着细细儿的咀嚼才好。一下子就念完了之后,我的热望也就不得不消灭,那时候我就没有好望,没有梦想了,怎么使得呢?"

他的脑里虽然有这样的想头，其实他的心里早有一些儿厌倦起来，到了这时候，他总把那本书收过一边，不再看下去。过几天或者过几个钟头之后，他又用了满腔的热忱，同初读那一本书的时候一样的，去读另外的书去；几日前或者几点钟前那样的感动他的那一本书，就不得不被他遗忘了。

　　放大了声音把渭迟渥斯的那两节诗读了一遍之后，他忽然想把这一首诗用中国文翻译出来。

　　《孤寂的高原刈稻者》

　　他想想看，"The Solitary Highland Reaper"，诗题只有如此的译法。

> 你看那个女孩儿，她只一个人在田里，
> 你看那边的那个高原的女孩儿，她只一个人冷清清地！
> 她一边刈稻，一边在那儿唱着不已：
> 她忽儿停了，忽而又过去了，轻盈体态，风光细腻！
> 她一个人，刈了，又重把稻儿捆起，
> 她唱的山歌，颇有些儿悲凉的情味：
> 听呀听呀！这幽谷深深，
> 全充满了她的歌唱的清音。
>
> 有人能说否，她唱的究是什么？
> 或者她那万千的痴话
> 是唱着前代的哀歌，
> 或者是前朝的战事、千兵万马：
> 或者是些坊间的俗曲，
> 便是目前的家常闲说？
> 或者是些天然的哀怨，必然的丧苦，自然的悲楚，
> 这些事虽是过去的回思，将来想亦必有人指诉。

　　他一口气译了出来之后，忽又觉得无聊起来，便自嘲自骂的说：

　　"这算是什么东西呀，岂不同教会里的赞美歌一样的乏味么？英国诗是英国诗，中国诗是中国诗，又何必译来对去呢！"

　　这样的说了一句，他不知不觉便微微儿的笑起来。向四边一看，太阳已经打斜了；大平原的彼岸，西边的地平线上，有一座高山，浮在那里，饱受了一天残照，山的周围酝酿成一层朦朦胧胧的岚气，反射出一种紫不紫红不红的颜色来。

　　他正在那里出神呆看的时候，喀的咳嗽了一声，他的背后忽然来了一个农夫。回头一看，他就把他脸上的笑容改装了一副忧郁的面色，好象他的笑

容是怕被人看见的样子。

二

他的忧郁症愈闹愈甚了。

他觉得学校里的教科书,味同嚼蜡,毫无半点生趣。天气清朗的时候,他每捧了一本爱读的文学书,跑到人迹罕至的山腰水畔,去贪那孤寂的深味去。在万籁俱寂的瞬间,在天水相映的地方,他看看草木虫鱼,看看白云碧落,便觉得自家是一个孤高傲世的贤人,一个超然独立的隐者。有时在山中遇着一个农夫,他便把自己当作了 Zaratustra,把 Zaratustra 所说的话,也在心里对那农夫讲了。他的 megalomania 也同他的 hypochondria 成了正比例,一天一天的增加起来。他竟有连续四五天不上学校去听讲的时候。

有时候到学校里去,他每觉得众人都在那里凝视他的样子。他避来避去想避他的同学,然而无论到了什么地方,他的同学的眼光,总好象怀了恶意,射在他的背脊上面。

上课的时候,他虽然坐在全班学生的中间,然而总觉得孤独得很;在稠人广众之中,感得的这种孤独,倒比一个人在冷清的地方,感得的那种孤独,还更难受。看看他的同学们,一个个都是兴高采烈的在那里听先生的讲义,只有他一个人身体虽然坐在讲堂里头,心思却同飞云逝电一般,在那里作无边无际的空想。

好容易下课的钟声响了!先生退去之后,他的同学说笑的说笑,谈天的谈天,个个都同春来的燕雀似的,在那里作乐;只有他一个人锁了愁眉,舌根好象被千钧的巨石锤住的样子,兀的不作一声。他也很希望他的同学来对他讲些闲话,然而他的同学却都自家管自家的去寻欢作乐去,一见了他那一副愁容,没有一个不抱头奔散的,因此他愈加怨他的同学了。

"他们都是日本人,他们都是我的仇敌,我总有一天来复仇,我总要复他们的仇。"

一到了悲愤的时候,他总这样的想的,然而到了安静之后,他又不得不嘲骂自家说:

"他们都是日本人,他们对你当然是没有同情的,因为你想得他们的同情,所以你怨他们,这岂不是你自家的错误么?"

他的同学中的好事者,有时候也有人来向他说笑的,他心里虽然非常感激,想同那一个人谈几句知心的话,然而口中总说不出什么话来;所以有几个解他的意的人,也不得不同他疏远了。

他的同学日本人在那里欢笑的时候,他总疑他们是在那里笑他,他就一霎时的红起脸来。他们在那里谈天的时候,若有偶然看他一眼的人,他又忽然红起脸来,以为他们是在那里讲他。他同他同学中间的距离,一天一天的远背起来。他的同学都以为他是爱孤独的人,所以谁也不敢来近他的身。

有一天放课之后,他挟了书包,回到他的旅馆里来,有三个日本学生系同他同路的。将要到他寄寓的旅馆的时候,前面忽然来了两个穿红裙的女学生。在这一区市外的地方,从没有女学生看见的,所以他一见了这两个女子,呼吸就紧缩起来。他们四个人同那两个女子擦过的时候,他的三个日本人的同学都问她们说:

"你们上哪儿去?"

那两个女学生就作起娇声来回答说:

"不知道!"

"不知道!"

那三个日本学生都高笑起来,好象是很得意的样子;只有他一个人似乎是他自家同她们讲了话似的,害了羞,匆匆跑回旅馆里来。进了他自家的房,把书包用力的向席上一丢,他就在席上躺下了。他的胸前还在那里乱跳,用了一只手枕着头,一只手按着胸口,他便自嘲自骂的说:

"你这卑怯者!"

"你既然怕羞,何以又要后悔?"

"既要后悔,何以当时你又没有那样的胆量?不同她们去讲一句话?"

"Oh, coward, coward!"

说到这里,他忽然想起刚才那两个女学生的眼波来了。

那两双活泼的眼睛!

那两双眼睛里,确有惊喜的意思含在里头。然而再仔细想了一想,他又忽然叫起来说:

"呆人呆人!她们虽有意思,与你有什么相干?她们所送的秋波,不是单送给那三个日本人的么?唉!唉!她们已经知道了,已经知道我是支那人了,否则他们何以不来看我一眼呢!复仇复仇,我总要复她们的仇。"

说到这里,他那火热的颊上忽然滚了几颗冰冷的眼泪下来。他是伤心到极点了。这一天晚上,他记的日记说:

我何苦要到日本来,我何苦要求学问。既然到了日本,那自然不得不被他们日本人轻侮的。中国呀中国!你怎么不富强起来,我不能再隐忍过去了。

故乡岂不有明媚的山河,故乡岂不有如花的美女?我何苦要到这东海的岛国里来!

到日本来倒也罢了,我何苦又要进这该死的高等学校。他们留了五个月学回去的人,岂不在那里享荣华安乐么?这五六年的岁月,教我怎么能挨得过去。受尽了千辛万苦,积了十数年的学识,我回国去,难道定能比他们来胡闹的留学生更强么?

人生百岁,年少的时候,只有七八年的光景,这最纯最美的七八年,我就不得不在这无情的岛国里虚度过去,可怜我今年已经是二十一了。

槁木的二十一岁!

死灰的二十一岁!

我真还不如变了矿物质的好,我大约没有开花的日子了。

知识我也不要,名誉我也不要,我只要一个安慰我体谅我的"心",一副白热的心肠!从这一副心肠里生出来的同情!从同情而来的爱情!

我所要求的就是爱情!

若有一个美人,能理解我的苦楚,她要我死,我也肯的。

若有一个妇人,无论她是美是丑,能真心真意的爱我,我也愿意为她死的。

我所要求的就是异性的爱情!

苍天呀苍天,我并不要知识,我并不要名誉,我也不要那些无用的金钱,你若能赐我一个伊甸园内的"伊扶",使她的肉体与心灵,全归我有,我就心满意足了。

三

他的故乡,是富春江上的一个小市,去杭州水程不过八九十里。这一条江水,发源安徽,贯流全浙,江形曲折,风景常新,唐朝有一个诗人赞这条江水说"一川如画"。他十四岁的时候,请了一位先生写了这四个字,贴在他的书斋里,因为他的书斋的小窗,是朝着江面的。虽则这书斋结构不大,然而风雨晦明,春秋朝夕的风景,也还抵得过滕王高阁。在这小小的书斋里过了十几个春秋,他才跟了他的哥哥到日本来留学。

他三岁的时候就丧了父亲,那时候他家里困苦得不堪。好容易他长兄在日本 W 大学卒了业,回到北京,考了一个进士,分发在法部当差,不上两年,武昌的革命起来了。那时候他已在县立小学堂卒了业,正在那里换来换去的换中学堂。他家里的人都怪他无恒性,说他的心思太活;然而依他自己讲来,他以为他一个人同别的学生不同,不能按部就班的同他们同在一处求学的。所以他进了 K 府中学之后,不上半年又忽然转到 H 府中学来;在 H 府中学住了三个月,革命就起来了。H 府中学停学之后,他依旧只能回到他那小小的书斋里来。第二年的春天,正是他十七岁的时候,他就进了大学的预科。这大学是在杭州城外,本来是美国长老会捐钱创办的,所以学校里浸润了一种专制的弊风,学生的自由,几乎被缩服得同针眼儿一般的小。礼拜三的晚上有什么祈祷会,礼拜日非但不准出去游玩,并且在家里看别的书也不准的,除了唱赞美诗祈祷之外,只许看新旧约书。每天早晨从九点钟到九点二十分,定要去做礼拜,不去做礼拜,就要扣分数记过。他虽然非常爱那学校近旁的山水景物,然而他的心里,总有些反抗的意思,因为他是一个爱自由的人,对那些迷信的管束,怎么也不甘心服从。住不上半年,那大学里的厨子,托了校长的势,竟打起学生来。学生中间有几个不服的,便去告诉校长,校长反说学生不是。他看看这些情形,实在是太无道理了,就立刻去告了退,仍复回家,到那小小的书斋里去。那时候已经是六月初了。

在家里住了三个多月,秋风吹到富春江上,两岸的绿树,就快凋落的时候,他又坐了帆船,下富春江,上杭州去。恰好那时候石牌楼的 W 中学正在那里招插班生,他进去见了校长 M 氏,把他的经历说给了 M 氏夫妻听,M 氏就许他插入最高的班里去。这 W 中学原来也是一个教会学校,校长 M 氏,也是一个糊涂的美国宣教师,他看看这学校的内容倒比 H 大学不如了。与一位很卑鄙的教务长——原来这一位先生就是 H 大学的卒业生——闹了一场,第二年春天,他就出来了。出了 W 中学,他看看杭州的学校,都不能如他的意,所以他就打算不再进别的学校去。

正是这个时候,他的长兄也在北京被人排斥了。原来他的长兄为人正直得很,在部里办事,铁面无私,并且比一般部内的人物又多了一些学识,所以部内上下,都忌惮他。有一天某次长的私人,来问他要一个位置,他执意不肯,因此次长就同他闹起意见来,过了几天他就辞了部里的职,改到司法界去做司法官去了。他的二兄那时候正在绍兴军队里作军官,这一位二兄军人习气颇深,挥金如土,专喜结交侠少。他们弟兄三人,到这时候都不能如意之所为,所以那一小市镇里的闲人都说他们的风水破了。

他回家之后,便镇日镇夜的蛰居在他那小小的书斋里。他父祖及他长兄所藏的书籍,就作了他的良师益友。他的日记上面,一天一天的记起诗来。有时候他也用了华丽的文章做起小说来,小说里就把他自己当作了一个多情的勇士,把他邻近的一家寡妇的两个女儿,当作了贵族的苗裔,把他故乡的风物,全编作了田园的清景;有兴的时候,他还把他自家的小说,用单纯的外国文翻译起来;他的幻想,愈演愈大了,他的忧郁病的根苗,大约也就在这时候培养成功的。

在家里住了半年,到了七月中旬,他接到他长兄的来信说:

"院内近有派予赴日本考察司法事务之意,予已许院长以东行,大约此事不日可见命令。渡日之先,拟返里小住。三弟居家,断非上策,此次当偕伊赴日本也。"

他接到了这一封信之后,心中日日盼他长兄南来,到了九月下旬,他的兄嫂才自北京到家。住了一月,他就同他的长兄长嫂同到日本去了。

到了日本之后,他的 dreams of the romantic age 尚未醒悟,模模糊糊的过了半载,他就考入了东京第一高等学校。这正是他十九岁的秋天。

第一高等学校将开学的时候,他的长兄接到了院长的命令,要他回去。他的长兄便把他寄托在一家日本人的家里,几天之后,他的长兄长嫂和他的新生的侄女儿就回国去了。

东京的第一高等学校里有一班预备班,是为中国学生特设的。

在这预科里预备一年,卒业之后,才能入各地高等学校的正科,与日本学生同学。他考入预科的时候,本来填的是文科,后来将在预科卒业的时候,他的长兄定要他改到医科去,他当时亦没有什么主见,就听了他长兄的话把文科改了。

预科卒业之后,他听说 N 市的高等学校是最新的,并且 N 市是日本产美人的地方,所以他就要求到 N 市的高等学校去。

四

他的二十岁的八月二十九日的晚上,他一个人从东京的中央车站乘了夜行车到 N 市去。

那一天大约刚是旧历的初三四的样子,同天鹅绒似的又蓝又紫的天空里,洒满了一天星斗。半痕新月,斜挂在西天角上,却似仙女的蛾眉,未加翠黛的样子。他一个人靠着三等车的车窗,默默的在那里数窗外人家的灯火。火车在暗黑的夜气中间,一程一程的进去,那大都市的星星灯火,也一点一点的朦胧起来,他的胸中忽然生了万千哀感,他的眼睛就忽然觉得热起来了。

"Sentimental, too sentimental!"

这样的叫了一声,把眼睛揩了一下,他反而自家笑起自家来。

"你也没有情人留在东京,你也没有弟兄知己住在东京,你的眼泪究竟是为谁洒的呀!或者是对于你过去的生活的伤感,或者是对你二年间的生活的余情,然而你平时不是说不爱东京的么?"

"唉,一年人住岂无情。"

"黄莺住久浑相识,欲别频啼四五声!"

胡思乱想的寻思了一会,他又忽然想到初次赴新大陆去的清教徒的身上去。

"那些十字架下的流人,离开他故乡海岸的时候,大约也是悲壮淋漓,同我一样的。"

火车过了横滨,他的感情方才渐渐儿的平静起来。呆呆的坐了一忽,他就取了一张明信片出来,垫在海涅(Heine)的诗集上,用铅笔写了一首诗寄他东京的朋友。

　　娥眉月上柳梢初,又向天涯别故居。四壁旗亭争赌酒,六街灯火远随车。

　　乱离年少无多泪,行李家贫只旧书。夜后芦根秋水长,凭君南浦觅双鱼。

在朦胧的电灯光里,静悄悄的坐了一会,他又把海涅的诗集翻开来看了。

　　Lebet Wohl, ihr glatten Saele,
　　Glatte Herren, glatte Frauen!
　　Auf die Berge Will ich steigen,
　　Lachend auf euch niederschauen!
　　　　Heine's《Harzreise》.

　　浮薄的尘寰,
　　无情的男女,
　　你看那隐隐的青山,
　　我欲乘风飞去,
　　且住且住,
　　我将从那绝顶的高峰,
　　笑看你终归何处。

单调的轮声,一声声连连续续的飞到他的耳膜上来,不上三十分钟他竟被这催眠的车轮声引诱到梦幻的仙境里去了。

早晨五点钟的时候,天空渐渐儿的明亮起来。在车窗里向外一望,他只见一线青天还被夜色包住在那里。探头出去一看,一层薄雾,笼罩着一幅天然的画图,他心里想了一想:

"原来今天又是清秋的好天气,我的福分真可算不薄了。"

过了一个钟头,火车就到了N市的停车场。

下了火车,在车站上遇见了一个日本学生;他看看那学生的制帽上也有两条白线,便知道他也是高等学校的学生。他走上前去,对那学生脱了一脱帽,问他说:

"第X高等学校是在什么地方的?"

那学生回答说：

"我们一路去吧。"

他就跟了那学生跑出火车站来，在火车站的前头，乘了电车。

早晨还早得很，N市的店家都还未曾起来。他同那日本学生坐了电车，经过了几条冷清的街巷，就在鹤舞公园前面下了车。他问那日本学生说：

"学校还远得很么？"

"还有二里多路。"

穿过了公园，走到稻田中间的细路上的时候，他看看太阳已经起来了。稻上的露滴，还同明珠似的挂在那里。前面有一丛树林，树林阴里，疏疏落落的看得见几椽农舍。有两三条烟囱筒子，突出在农舍的上面，隐隐约约的浮在清晨的空气里。一缕两缕的青烟，同炉香似的在那里浮动，他知道农家已在那里炊早饭了。

到学校近边的一家旅馆去一问，他一礼拜前头寄出的几件行李，早已经到在那里。原来那一家人家是住过中国留学生的，所以主人待他也很殷勤。在那一家旅馆里住下了之后，他觉得前途好象有许多欢乐在那里等他的样子。

他的前途的希望，在第一天的晚上，就不得不被目前的实情嘲弄了。原来他的故里，也是一个小小的市镇。到了东京之后，在人山人海的中间，他虽然时常觉得孤独，然而东京的都市生活，同他幼时的习惯尚无十分龃龉的地方。如今到了这N市的乡下之后，他的旅馆，是一家孤立的人家，四面并无邻舍，左首门外便是一条如发的大道，前后都是稻田，西面是一方池水，并且因为学校还没有开课，别的学生还没有到来，这一间宽旷的旅馆里，只住了他一个客人。白天倒还可以支吾过去，一到了晚上，他开窗一望，四面都是沉沉的黑影，并且因N市的附近是一大平原，所以望眼连天，四面并无遮障之处，远远里有一点灯火，明灭无常，森然有些鬼气。天花板里，又有许多虫鼠，息栗索落的在那里争食。窗外有几株梧桐，微风动叶，咄咄的响得不已，因为他住在二层楼上，所以梧桐的叶战声，近在他的耳边。他觉得害怕起来，几乎要哭出来了。他对于都市的怀乡病（Nostalgia）从未有比那一晚更甚的。

学校开了课，他朋友也渐渐儿的多起来。感受性非常强烈的他的性情，也同天空大地丛林野水融和了。不上半年，他竟变成了一个大自然的宠儿，一刻也离不了那天然的野趣了。

他的学校是在N市外，刚才说过N市的附近是一个大平原，所以四边的地平线，界限广大得很。那时候日本的工业还没有十分发达，人口也还没有增加得同目下一样，所以他的学校的近边，还多是丛林空地，小阜低冈。

除了几家与学生做买卖的文房具店及菜馆之外，附近并没有居民。荒野的人间，只有几家为学生设的旅馆，同晓天的星影似的，散缀在麦田瓜地的中央。晚饭毕后，披了黑呢的缦斗（斗篷），拿了爱读的书，在迟迟不落的夕照中间，散步逍遥，是非常快乐的。他的田园趣味，大约也是在这 Idyllic Wanderings 的中间养成的。

在生活竞争不十分猛烈，逍遥自在，同中古时代一样的时候；在风气纯良，不与市井小人同处，清闲雅淡的地方；过日子正如做梦一样。他到了 N 市之后，转瞬之间，已经有半年多了。

熏风日夜的吹来，草色渐渐儿的绿起来。旅馆近旁麦田里的麦穗，也一寸一寸的长起来了。草木虫鱼都化育起来，他的从始祖传来的苦闷也一日一日的增长起来，他每天早晨，在被窝里犯的罪恶，也一次一次的加起来了。

他本来是一个非常爱高尚爱洁净的人，然而一到了这邪念发生的时候，他的智力也无用了，他的良心也麻痹了，他从小服膺的"身体发肤不敢毁伤"的圣训，也不能顾全了。他犯了罪之后，每深自痛悔，切齿的说，下次总不再犯了，然而到了第二天的那个时候，种种幻想，又活泼泼的到他的眼前来。他平时所看见的"伊扶"的遗类，都赤裸裸的来引诱他。中年以后的妇人的形体，在他的脑里，比处女更有挑发他情动的地方。他苦闷一场，恶斗一场，终究不得不做她们的俘虏。这样的一次成了两次，两次之后，就成了习惯了。他犯罪之后，每到图书馆里去翻出医书来看，医书上都千篇一律的说，于身体最有害的就是这一种犯罪。从此之后，他的恐惧心也一天一天的增加起来了。有一天他不知道从什么地方得来的消息，好象是一本书上说，俄国近代文学的创设者 Gogol 也犯这一宗病，他到死竟没有改过来，他想到了郭歌里，心里就宽了一宽，因为这《死了的灵魂》的著者，也是同他一样的。然而这不过自家对自家的宽慰而已，他的胸里，总有一种非常的忧虑存在那里。

因为他是非常爱洁净的，所以他每天总要去洗澡一次，因为他是非常爱惜身体的，所以他每天总要去吃几个生鸡子和牛乳；然而他去洗澡或吃牛乳鸡子的时候，他总觉得惭愧得很，因为这都是他的犯罪的证据。

他觉得身体一天一天的衰弱起来，记忆力也一天一天的减退了。他又渐渐儿的生了一种怕见人面的心思：见了妇人女子的时候，他觉得更加难受。学校的教科书，他渐渐的嫌恶起来，法国自然派的小说，和中国那几本有名的诲淫小说，他念了又念，几乎记熟了。

有时候他忽然做出一首好诗来，他自家便喜欢得非常，以为他的脑力还没有破坏。那时候他每对着自家起誓说：

"我的脑力还可以使得，还能做得出这样的诗，我以后决不再犯罪了。

过去的事实是没法,我以后总不再犯罪了。若从此自新,我的脑力,还是很可以的。"

然而一到了紧迫的时候,他的誓言又忘了。

每礼拜四五,或每月的二十六七的时候,他索性尽意的贪起欢来。他的心里想,自下礼拜一或下月初一起,我总不犯罪了。有时候正合到礼拜六或月底的晚上,去剃头洗澡去,以为这就是改过自新的记号,然而过几天他又不得不吃鸡子和牛乳了。

他的自责心同恐惧心,竟一日也不使他安闲,他的忧郁症也从此厉害起来了。这样的状态继续了一二个月,他的学校里就放了暑假。暑假的两个月内,他受的苦闷,更甚于平时;到了学校开课的时候,他的两颊的颧骨更高起来,他的青灰色的眼窝更大起来,他的一双灵活的瞳人,变了同死鱼的眼睛一样了。

五

秋天又到了。浩浩的苍空,一天一天的高起来。他的旅馆旁边的稻田,都带起黄金色来。朝夕的凉风,同刀也似的刺到人的心骨里去,大约秋冬的佳日,来也不远了。

一礼拜前的有一天午后,他拿了一本 Wordsworth 的诗集,在田塍路上逍遥漫步了半天。从那一天以后,他的循环性的忧郁症,尚未离他的身边。前几天在路上遇着的那两个女学生,常在他的脑里,不使他安静,想起那一天的事情,他还是一个人要红起脸来。

他近来无论上什么地方去,总觉得有坐立难安的样子。他上学校去的时候,觉得他的日本同学都似在那里排斥他。他的几个中国同学,也许久不去寻访了,因为去寻访了回来,他心里反觉得空虚。因为他的几个中国同学,怎么也不能理解他的心理。他去寻访的时候,总想得些同情回来的,然而到了那里,谈了几句之后,他又不得不自悔寻访错了。有时候和朋友讲得投机,他就任了一时的热意,把他的内外的生活都对朋友讲了出来,然而到了归途,他又自悔失言,心里的责备,倒反比不去访友的时候,更加厉害。他的几个中国朋友,因此都说他是染了神经病了。他听了这话之后,对了那几个中国同学,也同对日本学生一样,起了一种复仇的心。他同他的几个中国同学,一日一日的疏远起来。嗣后虽在路上,或在学校里遇见的时候,他同那几个中国同学,也不点头招呼。中国留学生开会的时候,他当然是不去出席的。因此他同他的几个同胞,竟宛然成了两家仇敌。

他的中国同学的里边,也有一个很奇怪的人,因为他自家的结婚有些道德上的罪恶，所以他专喜讲人家的丑事，以掩己之不善，说他是神经病，也是这一位同学说的。

　　他交游离绝之后，孤冷得几乎到将死的地步，幸而他住的旅馆里，还有一个主人的女儿，可以牵引他的心，否则他真只能自杀了。他旅馆的主人的女儿，今年正是十七岁，长方的脸儿，眼睛大得很，笑起来的时候，面上有两颗笑靥，嘴里有一颗金牙看得出来，因为她自家觉得她自家的笑容是非常可爱，所以她平时常在那里弄笑。

　　他心里虽然非常爱她，然而她送饭来或来替他铺被的时候，他总装出一种兀不可犯的样子来。他心里虽想对她讲几句话，然而一见了她，他总不能开口。她进他房里来的时候，他的呼吸竟急促到吐气不出的地步。他在她的面前实在是受苦不起了，所以近来她进他的房里来的时候，他每不得不跑出房外去。然而他思慕她的心情，却一天一天的浓厚起来。有一天礼拜六的晚上，旅馆里的学生，都上N市去行乐去了。他因为经济困难，所以吃了晚饭，上西面池上去走了一回，就回到旅舍里来枯坐。

　　回家来坐了一会，他觉得那空旷的二层楼上，只有他一个人在家。静悄悄的坐了半响，坐得不耐烦起来的时候，他又想跑出外面去。然而要跑出外面去，不得不由主人的房门口经过，因为主人和他女儿的房，就在大门的边上。他记得刚才进来的时候，主人和他的女儿正在那里吃饭。他一想到经过她面前的时候的苦楚，就把跑出外面去的心思丢了。

　　拿出了一本G. Gissing的小说来读了三四页之后，静寂的空气里，忽然传了几声刹刹的泼水声音过来。他静静儿的听了一听，呼吸又一霎时的急了起来，面色也涨红了。迟疑了一会，他就轻轻的开了房门，拖鞋也不拖，幽脚幽手的走下扶梯去。轻轻的开了便所的门，他尽兀自的站在便所的玻璃窗口偷看。原来他旅馆里的浴室，就在便所的间壁，从便所的玻璃窗里看去，浴室里的动静了了可见。他起初以为看一看就可以走的，然而到了一看之后，他竟同被钉子钉住的一样，动也不能动了。

　　那一双雪样的乳峰！

　　那一双肥白的大腿！

　　这全身的曲线！

　　呼气也不呼，仔仔细细的看了一会，他面上的筋肉，都发起痉挛来了。愈看愈颤得厉害，他那发颤的前额部竟同玻璃窗冲击了一下。被蒸气包住的那赤裸裸的"伊扶"便发了娇声问说：

　　"是谁呀？……"

　　他一声也不响，急忙跳出了便所，就三脚两步的跑上楼上去了。

　　他跑到了房里，面上同火烧的一样，口也干渴了。一边他自家打自家的嘴巴，一边就把他的被窝拿出来睡了。他在被窝里翻来复去，总睡不着，便立起了两耳，听起楼下的动静来。他听听泼水的声音也息了，浴室的门开了之后，他听见她的脚步声好象是走上楼来的样子，用被包着了头，他心里的耳朵明明告诉他说：

"她已经立在门外了。"

他觉得全身的血液，都在往上奔注的样子。心里怕得非常，羞得非常，也喜欢得非常。然而若有人问他，他无论如何，总不肯承认说，这时候他是喜欢的。

他屏住了气息，尖着了两耳听了一会，觉得门外并无动静，又故意咳嗽了一声，门外亦无声响。他正在那里疑惑的时候，忽听见她的声音，在楼下同她的父亲在那里说话。他手里捏了一把冷汗，拼命想听出她的话来，然而无论如何总听不清楚。停了一会，她的父亲高声笑了起来，他把被蒙头的一罩，咬紧了牙齿说：

"她告诉了他了！她告诉了他了！"

这一天的晚上他一睡也不曾睡着。第二天的早晨，天亮的时候，他就惊心吊胆的走下楼来。洗了手面，刷了牙，趁主人和他的女儿还没有起来之先，他就同逃也似的出了那个旅馆，跑到外面来。

官道上的沙尘，染了朝露，还未曾干着。太阳已经起来了。他不问皂白，便一直的往东走去。远远有一个农夫，拖了一车野菜慢慢的走来。那农夫同他擦过的时候，忽然对他说：

"你早啊！"

他倒惊了一跳，那清瘦的脸上，又起了一层红潮，胸前又乱跳起来，他心里想：

"难道这农夫也知道了么？"

无头无脑的跑了好久，他回转头来看看他的学校，已经远得很了，举头看看，太阳也升高了。他摸摸表看，那银饼大的表，也不在身边。从太阳的角度看起来，大约已经是九点钟前后的样子。他虽然觉得饥饿得很，然而无论如何，总不愿意再回到那旅馆里去，同主人和他的女儿相见。想去买些零食充一充饥，然而他摸摸自家的袋看，袋里只剩了一角二分钱在那里。他到一家乡下的杂货店内，尽那一角二分钱，买了些零碎的食物，想去寻一处无人看见的地方去吃。走到一处两路交叉的十字路口，他朝南的一望，只见与他的去路横交的那一条自北趋南的路上，行人稀少得很。那一条路是向南的斜低下去的，两面更有高壁在那里，他知道这路是从一条小山中开辟出来的。他刚才走来的那条大道，便是这山的岭脊，十字路当作了中心，与岭脊上的那条大道相交的横路，是两边低斜下去的。在十字路口迟疑了一会，他就取了那一条向南斜下的路走去。走尽了两面的高壁,他的去路就穿入大平原去,直通到彼岸的市内。平原的彼岸有一簇深林,划在碧空的心里,他心里想,

"这大约就是 A 神宫了。"

他走尽了两面的高壁,向左手斜面上一望,见沿高壁的那山面上有一道女墙,围住着几间茅舍,茅舍的门上悬着了"香雪海"三字的一方匾额。他离开了正路,走上几步,到那女墙的门前,顺手的向门一推,那两扇柴门竟自开了。他就随随便便的踏了进去。门内有一条曲径,自门口通过了斜面,直达到山上去的。曲径的两旁,有许多苍老的梅树种在那里,他知道这就是梅林了。顺了那一条曲径,往北的从斜面上走到山顶的时候,一片同图画似的平地,展开在他的眼前。这园自从山脚上起,跨有朝南的半山斜面,同顶上的一块平地,布置得非常幽雅。

山顶平地的西面是千仞的绝壁,与隔岸的绝壁相对峙,两壁的中间,便是他刚走过的那一条自北趋南的通路。背临着了那绝壁,有一间楼屋、几间平屋造在那里。因为这几间屋,门窗都闭在那里,他所以知道这定是为梅花开日,卖酒食用的。楼屋的前面,有一块草地,草地中间,有几方白石,围成了一个花园,圈子里,卧着一枝老梅,那草地的南尽头,山顶的平地正要向南斜下去的地方,有一块石碑立在那里,系记这梅树的历史的。他在碑前的草地上坐下之后,就把买来的零食拿出来吃了。

吃了之后,他兀兀的在草地上坐了一会。四面并无人声,远远的树枝上,时有一声两声的鸟鸣声飞来。他仰起头来看看澄清的碧落,同那皎洁的日轮,觉得四面的树枝房屋,小草飞禽,都一样的在和平的太阳光里,受大自然的化育。他那昨天晚上的犯罪的记忆,正同远海的帆影一般,不知道消失到哪里去了。

这梅林的平地上和斜面上,叉来叉去的曲径很多。他站起来走来走去的走了一会,方晓得斜面上梅树的中间,更有一间平屋造在那里。从这一间房屋往东的走去几步,有眼古井,埋在松叶堆中。他摇摇井上的唧筒看,呷呷的响了几声,却抽不起水来。他心里想:

"这园大约只有梅花开的时候,开放一下,平时总没有人住的。"

想到这里他又自言自语的说:

"既然空在这里,我何妨去问园主人去借住借住。"

想定了主意,他就跑下山来,打算去寻园主人去。他将走到门口的时候,恰好遇见了一个五十来岁的农夫走进园来。他对那农夫道歉之后,就问他说:

"这园是谁的,你可知道?"

"这园是我经管的。"

"你住在什么地方的?"

"我住在路的那面。"

一边这样的说,一边那农民指着通路西边的一间小屋给他看。他向西一看,果然在西边的高壁尽头的地方,有一间小屋在那里。他点了点头,又问说:

"你可以把园内的那间楼屋租给我住住么?"

"可是可以的,你只一个人么?"

"我只一个人。"

"那你可不必搬来的。"

"这是什么缘故呢?"

"你们学校里的学生,已经有几次搬来过了,大约都因为冷静不过,住不上十天,就搬走。"

"我可同别人不同,你但能租给我,我是不怕冷静的。"

"这样哪里有不租的道理,你想什么时候搬来?"

"就是今天午后吧。"

"可以的,可以的。"

"请你就替我扫一扫干净,免得搬来之后着忙。"

"可以可以。再会!"

"再会!"

六

搬进了山上梅园之后,他的忧郁症(Hypochondria)又变起形状来了。

他同他的北京的长兄,为了一些儿细事,竟生起龃龉来。他发了一封长长的信,寄到北京,同他的长兄绝了交。

那一封信发出之后,他呆呆的在楼前草地上想了许多时候。他自家想想看,他便是世界上最不幸的人了。其实这一次的决裂,是发始于他的。同室操戈,事更甚于他姓之相争,自此之后,他恨他的长兄竟同蛇蝎一样。他被他人欺侮的时候,每把他长兄拿出来作比:

"自家的弟兄,尚且如此,何况他人呢!"

他每达到这一个结论的时候,必尽把他长兄待他苛刻的事情,细细回想出来。把各种过去的事迹,列举出来之后,就把他长兄判决是一个恶人,他自家是一个善人。他又把自家的好处列举出来,把他所受的苦处,夸大的细数起来。他证明得自家是一个世界上最苦的人的时候,他的眼泪就同瀑布

似的流下来。他在那里哭的时候,空中好象有一种柔和的声音在对他说:

"啊呀,哭的是你么?那真是冤屈了你了。象你这样的善人,受世人的那样虐待,这可真是冤屈了你了。罢了罢了,这也是天命,你别再哭了,怕伤害了你的身体!"

他心里一听到这一种声音,就舒畅起来。他觉得悲苦的中间,也有无穷的甘味在那里。

他因为想复他长兄的仇,所以就把所学的医科丢弃了,改入文科里去。他的意思,以为医科是他长兄要他改的,仍旧改回文科,就是对他长兄宣战的一种明示。并且他由医科改入文科,在高等学校须迟卒业一年。他心里想,迟卒业一年,就是早死一岁,你若因此迟了一年,就到死可以对你长兄含一种敌意。因为他恐怕一二年之后,他们兄弟两人的感情,仍旧要和好起来;所以这一次的转科,便是帮他永久敌视他长兄的一个手段。

气候渐渐儿的寒冷起来,他搬上山来之后,已经有一个月了。几日来天气阴郁,灰色的层云,天天挂在空中。寒冷的北风吹来的时候,梅林的树叶,每息索息索的飞掉下来。

初搬来的时候,他卖了些旧书,买了许多炊饭的器具,自家烧了一个月饭,因为天冷了,他也懒得烧了。他每天的伙食,就一切包给了山脚下的园丁家包办,所以他近来只同退院的闲僧一样,除了怨人骂己之外,更没别的事情了。

有一天早晨,他侵早的起来,把朝东的窗门开了之后,他看见前面的地平线上有几缕红云,在那里浮荡。东天半角,反照出一种银红的灰色。因为昨天下了一天微雨,所以他看了这清新的旭日,比平日更添了几分欢喜。他走到山的斜面上,从那古井里汲了水,洗了手面之后,觉得满身的气力,一霎时都回复了转来的样子。他便跑上楼去,拿了一本黄仲则的诗集下来,一边高声朗读,一边尽在那梅林的曲径里,跑来跑去的跑圈子。不多一会,太阳起来了。

从他住的山顶向南方看去,眼下看得出一大平原。平原里的稻田,都尚未收割起。金黄的谷色,以绀碧的天空作了背景,反映着一天太阳的晨光,那风景正同看密来(Millet)的田园清画一般。他觉得自家好象已经变了几千年前的原始基督教徒的样子,对了这自然的默示,他不觉笑起自家的气量狭小起来。

"饶赦了!饶赦了!你们世人得罪于我的地方,我都饶赦了你们吧,来,你们来,都来同我讲和吧!"

手里拿着了那一本诗集,眼里浮着了两泓清泪,正对了那平原的秋色,呆呆的立在那里想这些事情的时候,他忽听见他的近边,有两人在那里低声的说：

"今晚上你一定要来的哩！"

这分明是男子的声音。

"我是非常想来的，但是恐怕……"

他听了这妖滴滴的女子的声音之后，好象是被电气贯穿了的样子，觉得自家的血液循环都停止了。原来他的身边有一丛长大的苇草生在那里，他立在苇草的右面，那一男女，大约是在苇草的左面，所以他们两个还不晓得隔着苇草，有人站在那里。那男人又说：

"你心真好，请你今晚来吧，我们到如今还没在被窝里睡过觉。"

"……"

他忽然听见两人的嘴唇，灼灼的好象在那里吮吸的样子。他同偷了食的野狗一样，就惊心吊胆的把身子屈倒去听了。

"你去死吧，你去死吧，你怎么会下流到这样的地步！"

他心里虽然如此的在那里痛骂自己，然而他那一双尖着的耳朵，却一言半语也不愿意遗漏，用了全精神在那里听着。

地上的落叶索息索息的响了一下。

解衣带的声音。

男人嘶嘶的吐了几口气。

舌尖吮吸的声音。

女人半轻半重，断断续续的说：

"你！……你！……你快……快○○吧。……别……别……别被人……被人看见了。"

他的面色，一霎时的变了灰色了。他的眼睛同火也似的红了起来。他的上腭骨同下腭骨呷呷的发起颤来。他再也站不住了。他想跑开去，但是他的两只脚，总不听他的话。他苦闷了一场，听听两人出去了之后，就同落水的猫狗一样，回到楼上房里去，拿出被窝来睡了。

七

他饭也不吃，一直在被窝里睡到午后四点钟的时候才起来。那时候夕阳洒满了远近。平原的彼岸的树林里，有一带苍烟，悠悠扬扬的笼罩在那里。他踉踉跄跄的走下了山，上了那一条自北趋南的大道，穿过了那平原，无头无绪的尽是向南的走去。走尽了平原，他已经到了神宫前的电车停留处了。那时候恰好从南面有一乘电车到来，他不知不觉就跳了上去，既不知道他究竟为什么要乘电车，也不知道这电车是往什么地方去的。

走了十五六分钟,电车停了,开车的教他换车,他就换了一乘车。走了二三十分钟,电车又停了,他听见说是终点了,他就走了下来。他的面前就是筑港了。

前面一片汪洋的大海,横在午后的太阳光里,在那里微笑。超海而南有一发青山,隐隐的浮在透明的空气里。西边是一脉长堤,直驰到海湾的心里去。堤外有一处灯台,同巨人似的,立在那里。几艘空船和几只舢板,轻轻的在系着的地方浮荡。海中近岸的地方,有许多浮标,饱受了斜阳,红红的浮在那里。远处风来,带着几句单调的话声,既听不清楚是什么话,也不知道是从哪里来的。

他在岸边上走来走去走了一会,忽听见那一边传过了一阵击磬的声音。他跑过去一看,原来是为唤渡船而发的。他立了一会,看有一只小火轮从对岸过来了。跟着了一个四五十岁的工人,他也进了那只小火轮去坐下了。

渡到东岸之后,上前走了几步,他看见靠岸有一家大庄子在那里。大门开得很大,庭内的假山花草,布置得楚楚可爱。他不问是非,就踱了进去。走不上几步,他忽听得前面家中有女人的娇声叫他说:

"请进来呀!"

他不觉惊了一下,就呆呆的站住了。他心里想:

"这大约就是卖酒食的人家,但是我听见说,这样的地方,总有妓女在那里的。"

一想到这里,他的精神就抖擞起来,好象是一桶冷水浇上身来的样子。他的面色立时变了。要想进去又不能进去,要想出来又不得出来;可怜他那同兔儿似的小胆,同猿猴似的淫心,竟把他陷到一个大大的难境里去了。

"进来呀!请进来呀!"里面又娇滴滴的叫了起来,带着笑声。

"可恶东西,你们竟敢欺我胆小么?"

这样的怒了一下,他的面色更同火也似的烧了起来。咬紧了牙齿,把脚在地上轻轻的蹬了一蹬,他就握了两个拳头,向前进去,好象是对了那几个年轻的侍女宣战的样子。但是他那青一阵红一阵的面色,和他的面上的微微儿在那里震动的筋肉,总隐藏不过。他走到那几个侍女的面前的时候,几乎要同小孩似的哭出来了。

"请上来!"

"请上来!"

他硬了头皮,跟了一个十七八岁的侍女走上楼去,那时候他的精神已经有些镇静下来了。走了几步,经过一条暗暗的夹道的时候,一阵恼人的花粉香气,同日本女人特有的一种肉的香味,和头发上的香油气息合作了一处,哼的扑上他的鼻孔来。他立刻觉得头晕起来,眼睛里看见了几颗火星,向后

边跌也似的退了一步。他再定睛一看,只见他的前面黑暗暗的中间,有一长圆形的女人的粉面,堆着了微笑,在那里问他说:

"你!你还是上靠海的地方去呢?还是怎样?"

他觉得女人口里吐出来的气息,也热和和的喷上他的面来。他不知不觉把这气息深深的吸了一口。他的意识,感觉到他这行为的时候,他的面色又立刻红了起来。他不得已只能含含糊糊的答应她说:

"上靠海的房间里去。"

进了一间靠海的小房间,那侍女便问他要什么菜。他就回答说:

"随便拿几样来吧。"

"酒要不要?"

"要的。"

那侍女出去之后,他就站起来推开了纸窗,从外边放了一阵空气进来。因为房里的空气,沉浊得很,他刚才在夹道中闻过的那一阵女人的香味,还剩在那里,他实在是被这一阵气味压迫不过了。

一湾大海,静静的浮在他的面前。外边好象是起了微风的样子,一片一片的海浪,受了阳光的返照,同金鱼的鱼鳞似的,在那里微动。他立在窗前看了一会,低声的吟了一句诗出来:

"夕阳红上海边楼。"

他向西的一望,见太阳离西南的地平线只有一丈多高了。呆呆的看了一会,他的心思怎么也离不开刚才的那个侍女。她的口里的头上的面上的和身体上的那一种香味,怎么也不容他的心思去想别的东西。他才知道他想吟诗的心是假的,想女人的肉体的心是真的了。

停了一会,那侍女把酒菜搬了进来,跪坐在他的面前,亲亲热热的替他上酒。他心里想仔仔细细的看她一看,把他的心里的苦闷都告诉了她,然而他的眼睛怎么也不敢平视她一眼,他的舌根怎么也不能摇动一摇动。他不过同哑子一样,偷看看她那搁在膝上一双纤嫩的白手,同衣缝里露出来的一条粉红的围裙角。

原来日本的妇人都不穿裤子,身上贴肉只围着一条短短的围裙。外边就是一件长袖的衣服,衣服上也没有钮扣,腰里只缚着一条一尺多宽的带子,后面结着一个方结。她们走路的时候,前面的衣服每一步一步的掀开来,所以红色的围裙,同肥白的腿肉,每能偷看。这是日本女子特别的美处;他在路上遇见女子的时候,注意的就是这些地方。他切齿的痛骂自己,畜生!狗贼!卑怯的人!也便是这个时候。

他看了那侍女的围裙角,心里便乱跳起来。愈想同她说话,但愈觉得讲不出话来。大约那侍女是看得不耐烦起来了,便轻轻的问他说:

"你府上是什么地方?"

一听了这一句话,他那清瘦苍白的面上,又起了一层红色;含含糊糊的回答了一声,他呐呐的总说不出清晰的回话来。可怜他又站在断头台上了。

原来日本人轻视中国人,同我们轻视猪狗一样。日本人都叫中国人作"支那人",这"支那人"三字,在日本,比我们骂人的"贱贼"还更难听,如今在一个如花的少女前头,他不得不自认说"我是支那人"了。

"中国呀中国,你怎么不强大起来!"

他全身发起抖来,他的眼泪又快滚下来了。

那侍女看他发颤发得厉害,就想让他一个人在那里喝酒,好教他把精神安镇安镇,所以对他说:

"酒就快没有了,我再去拿一瓶来吧。"

停了一会他听得那侍女的脚步声又走上楼来。他以为她是上他这里来的,所以就把衣服整了一整,姿势改了一改。但是他被她欺骗了。她原来是领了两三个另外的客人,上间壁的那一间房间里去的。那两三个客人都在那里对那侍女取笑,那侍女也娇滴滴的说:

"别胡闹了,间壁还有客人在那里。"

他听了就立刻发起怒来。他心里骂他们说:

"狗才!俗物!你们都敢来欺侮我么?复仇复仇,我总要复你们的仇。世间哪里有真心的女子!那侍女的负心东西,你竟敢把我丢了么?罢了罢了,我再也不爱女人了,我再也不爱女人了。我就爱我的祖国,我就把我的祖国当作了情人吧。"

他马上就想跑回去发愤用功。但是他的心里,却很羡慕那间壁的几个俗物。他的心里,还有一处地方在那里盼望那个侍女再回到他这里来。

他按住了怒,默默的喝干了几杯酒,觉得身上热起来。打开了窗门,他看太阳就快要下山去了。又连饮了几杯,他觉得他面前的海景都朦胧起来。西面堤外的灯台的黑影,长大了许多。一层茫茫的薄雾,把海天融混作了一处。在这一层浑沌不明的薄纱影里,西方的将落不落的太阳,好象在那里惜别的样子。他看了一会,不知道是什么缘故,只觉得好笑。呵呵的笑了一回,他用手擦擦自家那火热的双颊,便自言自语的说:

"醉了醉了!"

那侍女果然进来了。见他红了脸,立在窗口在那里痴笑,便问他说:

"窗开了这样大,你不冷的么?"

"不冷不冷,这样好的落照,谁舍得不看呢?"

"你真是一个诗人呀!酒拿来了。"

"诗人!我本来是一个诗人。你去把纸笔拿了来,我马上写首诗给你看看。"

那侍女出去了之后,他自家觉得奇怪起来。他心里想:

"我怎么会变了这样大胆的?"

痛饮了几杯新拿来的热酒,他更觉得快活起来,又禁不得呵呵笑了一阵。他听见间壁房间里的那几个俗物,高声的唱起日本歌来,他也放大了嗓子唱着说:

> 醉拍阑干酒意寒,江湖寥落又冬残。
> 剧怜鹦鹉中州骨,未拜长沙太傅官。
> 一饭千金图报易,几人五噫出关难。
> 茫茫烟水回头望,也为神州泪暗弹。

高声的念了几遍,他就在席上醉倒了。

八

一醉醒来,他看看自家睡在一条红绸的被里,被上有一种奇怪的香气。这一间房间也不很大,但已不是白天的那一间房间了。房中挂着一盏十烛光的电灯,枕头边上摆着了一壶茶,两只杯子。他倒了二三杯茶,喝了之后,就跟跟跄跄的走到房外去。他开了门,恰好白天的那侍女也跑过来了。她问他说:

"你!你醒了么?"

他点了一点头,笑微微的回答说:

"醒了。便所是在什么地方的?"

"我领你去吧。"

他就跟了她去。他走过日间的那条夹道的时候,电灯点得明亮得很。远近有许多歌唱的声音,三弦的声音,大笑的声音传到他的耳朵里来。白天的情节,他都想出来了。一想到酒醉之后,他对那侍女说的那些话的时候,他觉得面上又发起烧来。

从厕所回到房里之后,他问那侍女说:

"这被是你的么?"

侍女笑着说:

"是的。"

"现在是什么时候了?"

"大约是八点四五十分的样子。"

"你去开了帐来吧!"

"是。"

他付清了帐,又拿了一张纸币给那侍女,他的手不觉微颤起来。那侍女说：

"我是不要的。"

他知道她是嫌少了。他的面色又涨红了,袋里摸来摸去,只有一张纸币了,他就拿了出来给她说：

"你别嫌少了,请你收了吧。"

他的手震动得更加厉害,他的话声也颤动起来了。那侍女对他看了一眼,就低声的说：

"谢谢！"

他一直的跑下了楼,套上了皮鞋,就走到外面来。

外面冷得非常,这一天大约是旧历的初八九的样子。半轮寒月,高挂在天空的左半边。淡青的圆形天盖里,也有几点疏星,散在那里。

他在海边上走了一回,看看远岸的渔灯,同鬼火似的在那里招引他。细浪中间,映着了银色的月光,好象是山鬼的眼波,在那里开闭的样子。不知是什么道理,他忽想跳入海里去死了。

他摸摸身边看,乘电车的钱也没有了。想想白天的事情,他又不得不痛骂自己。

"我怎么会走上那样的地方去的？我已经变了一个最下等的人了。悔也无及,悔也无及。我就在这里死了吧。我所求的爱情,大约是求不到的了。没有爱情的生涯,岂不同死灰一样么？唉,这干燥的生涯,这干燥的生涯,世上的人又都在那里仇视我,欺侮我,连我自家的亲弟兄,自家的手足,都在那里排挤我到这世界外去。我将何以为生,我又何必生存在这多苦的世界里呢！"

想到这里,他的眼泪就连连续续的滴了下来。他那灰白的面色,竟同死人没有分别了。他也不举起手来揩揩眼泪,月光射到他的面上,两条泪线,倒变了叶上的朝露一样放起光来。他回转头来,看看他自家的那又瘦又长的影子,就觉得心痛起来。

"可怜你这清影,跟了我二十一年,如今这大海就是你的葬身地了。我的身子,虽然被人家欺辱,我可不该累你也瘦弱到这步田地。影子呀影子,你饶了我吧！"

他向西面一看,那灯台的光,一霎变了红一霎变了绿的在那里尽它的本职。那绿的光射到海面上的时候,海面就现出一条淡青的路来。再向西天一看,他只见西方青苍苍的天底下,有一颗明星,在那里摇动。

"那一颗摇摇不定的明星的底下,就是我的故国,也就是我的生地。我在那一颗星的底下,也曾送过十八个秋冬,我的乡土呵,我如今再也不能见你的面了。"

他一边走着,一边尽在那里自伤自悼的想这些伤心的哀话。走了一会,再向那西方的明星看了一眼,他的眼泪便同骤雨似的落下来了。他觉得四边的景物,都模糊起来。把眼泪揩了一下,立住了脚,长叹了一声,他便断断续续的说:

"祖国呀祖国!我的死是你害我的!

"你快富起来!强起来吧!

"你还有许多儿女在那里受苦呢!"

1921年5月9日改作

(初载郁达夫《沉沦》,泰东图书局1921年版)

冰　心

超　人

　　何彬是一个冷心肠的青年,从来没有人看见他和人有什么来往。他住的那一座大楼上,同居的人很多,他却都不理人家,也不和人家在一间食堂里吃饭,偶然出入遇见了,轻易也不招呼。邮差来的时候,许多青年欢喜跳跃着去接他们的信,何彬却永远得不着一封信。他除了每天在局里办事,和同事们说几句公事上的话;以及房东程姥姥替他端饭的时候,也说几句照例的应酬话,此外就不开口了。

　　他不但是和人没有交际,凡带一点生气的东西,他都不爱;屋里连一朵花,一根草,都没有,冷阴阴的如同山洞一般。书架上却堆满了书。他从局里低头独步的回来,关上门,摘下帽子,便坐在书桌旁边,随手拿起一本书来,无意识的看着,偶然觉得疲倦了,也站起来在屋里走了几转,或是拉开帘幕望了一望,但不多一会儿,便又闭上了。

　　程姥姥总算是他另眼看待的一个人;她端进饭去,有时便站在一边,絮絮叨叨的和他说话,也问他为何这样孤零。她问上几十句,何彬偶然答应几句说:"世界是虚空的,人生是无意识的。人和人,和宇宙,和万物的聚合,都不过如同演剧一般:上了台是父子母女,亲密的了不得;下了台,摘下假面具,便各自散了。哭一场也是这么一回事,笑一场也是这么一回事,与其互相牵连,不如互相遗弃;而且尼采说得好,爱和怜悯都是恶……"程姥姥听着虽然不很明白,却也懂得一半,便笑道:"要这样,活在世上有什么意思?死了,灭了,岂不更好,何必穿衣吃饭?"他微笑道:"这样,岂不又太把自己和世界都看重了。不如行云流水似的,随他去就完了。"程姥姥还要往下说话,看见何彬面色冷然,低着头只管吃饭,也便不敢言语。

　　这一夜他忽然醒了。听得对面楼下凄惨的呻吟着,这痛苦的声音,断断续续的,在这沉寂的黑夜里只管颤动。他虽然毫不动心,却也搅得他一夜睡不着。月光如水,从窗纱外泻将进来,他想起了许多幼年的事情,——慈爱的母亲,天上的繁星,院子里的花……他的脑子累极了,极力的想摈绝这些思想,无奈这些事只管奔凑了来,直到天明,才微微的合一合眼。

他听了三夜的呻吟,看了三夜的月,想了三夜的往事——

眠食都失了次序,眼圈儿也黑了,脸色也惨白了。偶然照了照镜子,自己也微微的吃了一惊,他每天还是机械似的做他的事——然而在他空洞洞的脑子里,凭空添了一个深夜的病人。

第七天早起,他忽然问程姥姥对面楼下的病人是谁?程姥姥一面惊讶着,一面说:"那是厨房里跑街的孩子禄儿,那天上街去了,不知道为什么把腿摔坏了,自己买块膏药贴上了,还是不好,每夜呻吟的就是他。这孩子真可怜,今年才十二岁呢,素日他勤勤恳恳极疼人的……"何彬自己只管穿衣戴帽,好像没有听见似的,自己走到门边。程姥姥也住了口,端起碗来,刚要出门,何彬慢慢的从袋里拿出一张钞票来,递给程姥姥说:"给那禄儿罢,叫他请大夫治一治。"说完了,头也不回,径自走了。——程姥姥一看那巨大的数目,不禁愕然,何先生也会动起慈悲念头来,这是破天荒的事情呵!她端着碗,站在门口,只管出神。

呻吟的声音,渐渐的轻了,月儿也渐渐的缺了。何彬还是朦朦胧胧的——慈爱的母亲,天上的繁星,院子里的花……他的脑子累极了,竭力的想摈绝这些思想,无奈这些事只管奔凑了来。

过了几天,呻吟的声音住了,夜色依旧沉寂着,何彬依旧"至人无梦"的睡着。前几夜的思想,不过如同晓月的微光,照在冰山的峰尖上,一会儿就过去了。

程姥姥带着禄儿几次来叩他的门,要跟他道谢;他好像忘记了似的,冷冷的抬起头来看了一看,又摇了摇头,仍去看他的书。禄儿仰着黑胖的脸,在门外张着,几乎要哭了出来。

这一天晚饭的时候,何彬告诉程姥姥说他要调到别的局里去了,后天早晨便要起身,请她将房租饭钱,都清算一下。程姥姥觉得很失意,这样清净的住客,是少有的,然而究竟留他不得,便连忙和他道喜。他略略的点一点头,便回身去收拾他的书籍。

他觉得很疲倦,一会儿便睡下了。——忽然听得自己的门钮动了几下,接着又听见似乎有人用手推的样子。他不言不动,只静静的卧着,一会儿也便渺无声息。

第二天他自己又关着门忙了一天,程姥姥要帮助他,他也不肯,只说有事的时候再烦她。程姥姥下楼之后,他忽然想起一件事来,绳子忘了买了。慢慢的开了门,只见人影儿一闪,再看时,禄儿在对面门后藏着呢。他踌躇着四围看了一看,一个仆人都没有,便唤:"禄儿,你替我买几根绳子来。"禄儿越趄的走过来,欢天喜地的接了钱,如飞走下楼去。

不一会儿,禄儿跑得通红的脸,喘息着走上来,一只手拿着绳子,一只手背在身后,微微露着一两点金黄色的星儿。他递过了绳子,仰着头似乎要说话,那只手也渐渐的回过来。何彬却不理会,拿着绳子自己走进去了。

他忙着都收拾好了,握着手周围看了看,屋子空洞洞的——睡下的时候,他觉得热极了,便又起来,将窗户和门,都开了一缝,凉风来回的吹着。

"依旧热得很。脑筋似乎很杂乱,屋子似乎太空沉。——累了两天了,起居上自然有些反常。但是为何又想起深夜的病人。——慈爱的……,不想了,烦闷的很!"

微微的风,吹扬着他额前的短发,吹干了他头上的汗珠,也渐渐的将他扇进梦里去。

四面的白壁,一天的微光,屋角几堆的黑影。时间一分一分的过去了。
慈爱的母亲,满天的繁星,院子里的花。不想了,——烦闷……闷……
黑影漫上屋顶去,什么都看不见了,时间一分一分的过去了。
风大了,那壁厢放起光明。繁星历乱的飞舞进来。星光中间,缓缓的走进一个白衣的妇女,右手撩着裙子,左手按着额前。走近了,清香随将过来;渐渐的俯下身来看着,静穆不动的看着,——目光里充满了爱。
神经一时都麻木了!起来罢,不能,这是摇篮里,呀!母亲,——慈爱的母亲。
母亲呵!我要起来坐在你的怀里,你抱我起来坐在你的怀里。
母亲呵!我们只是互相牵连,永远不互相遗弃。
渐渐的向后退了,目光仍旧充满了爱。模糊了,星落如雨,横飞着都聚到屋角的黑影上。——

"母亲呵,别走,别走!……"
十几年来隐藏起来的爱的神情,又呈露在何彬的脸上;十几年来不见点滴的泪儿,也珍珠般散落了下来。

清香还在,白衣的人儿还在。微微的睁开眼,四面的白壁,一天的微光,屋角的几堆黑影上,送过清香来,——刚动了一动,忽然觉得有一个小人儿,蹑手蹑脚的走了出去,临到门口,还回过小脸儿来,望了一望。他是深夜的病人——是禄儿。

何彬竭力的坐起来。那边捆好了的书籍上面,放着一篮金黄色的花儿。他穿着单衣走了过去,花篮底下还压着一张纸,上面大字纵横,借着微光看时,上面是:

> 我也不知道怎样可以报先生的恩德。我在先生门口看了几次,桌子上都没有摆着花儿。——这里有的是卖花的,不知道先生看见过没

有?——这篮子里的花,我也不知道是什么名字,是我自己种的,倒是香得很,我最爱它。我想先生也必是爱它。我早就要送给先生了,但是总没有机会。昨天听见先生要走了,所以赶紧送来。

我想先生一定是不要的。然而我有一个母亲,她因为爱我的缘故,也很感激先生。先生有母亲么?她一定是爱先生的。这样我的母亲和先生的母亲是好朋友了。所以先生必要收母亲的朋友的儿子的东西。

禄儿叩上

何彬看完了,捧着花儿,回到床前,什么定力都尽了,不禁呜呜咽咽的痛哭起来。

清香还在,母亲走了! 窗内窗外,互相辉映的,只有月光,星光,泪光。

早晨程姥姥进来的时候,只见何彬都穿着好了,帽儿戴得很低,背着脸站在窗前。程姥姥陪笑着问他用不用点心,他摇了摇头。——车也来了,箱子也都搬下去了,何彬泪痕满面,静默无声的谢了谢程姥姥,提着一篮的花儿,遂从此上车走了。

禄儿站在程姥姥的旁边,两个人的脸上,都堆着惊讶的颜色。看着车尘远了,程姥姥才回头对禄儿说:"你去把那间空屋子收拾收拾,再锁上门罢,钥匙在门上呢。"

屋里空洞洞的,床上却放着一张纸,写着:

小朋友禄儿:

我先要深深的向你谢罪,我的恩德,就是我的罪恶。你说你要报答我,我还不知道我应当怎样的报答你呢!

你深夜的呻吟,使我想起了许多的往事。头一件就是我的母亲,她的爱可以使我止水似的感情,重要荡漾起来。我这十几年来,错认了世界是虚空的,人生是无意识的,爱和怜悯都是恶德。我给你那医药费,里面不含着丝毫的爱和怜悯,不过是拒绝你的呻吟,拒绝我的母亲,拒绝了宇宙和人生,拒绝了爱和怜悯。上帝呵! 这是什么念头呵!

我再深深的感谢你从天真里指示我的那几句话。小朋友呵! 不错的,世界上的母亲和母亲都是好朋友,世界上的儿子和儿子也都是好朋友,都是互相牵连,不是互相遗弃的。

你送给我那一篮花之先,我母亲已经先来了。她带了你的爱来感动我。我必不忘记你的花和你的爱,也请你不要忘了,你的花和你的爱,是借着你朋友的母亲带了来的!

我是冒罪丛过的,我是空无所有的,更没有东西配送给你。——然而这时伴着我的,却有悔罪的泪光,半弦的月光,灿烂的星光。宇宙间只有它们是纯洁无疵的。

　　我要用一缕柔丝,将泪珠儿穿起,系在弦月的两端,摘下满天的星儿来盛在弦月的圆凹里,不也是一篮金黄色的花儿么?它的香气,就是悔罪的人呼吁的言词,请你收了罢。只有这一蓝花配送给你!

　　天已明了,我要走了。没有别的话说了,我只感谢你,小朋友,再见!再见!世界上的儿子和儿子都是好朋友,我们永远是牵连着呵!

何彬草

　　我写了这一大段,你未必都认得都懂得;然而你也用不着都懂得,因为你懂得的,比我多得多了!又及。

　　"他送给我的那一篮花儿呢?"禄儿仰着黑胖的脸儿,呆呆的望着天上。

　　　　（初载1921年4月10日《小说月报》第12卷第4号）

许地山

缀网劳蛛

"我像蜘蛛,
　　命运就是我的网。"
我把网结好,
　　还住在中央。

呀,我的网甚时节受了损伤!
　　这一坏,教我怎地生长?
生的巨灵说:"补缀补缀罢,
　　世间没有一个不破的网。"

我再结网时,
　　要结在玳瑁梁栋,
　　　　珠玑帘栊;
或结在断井颓垣,
　　荒烟蔓草中呢?
生的巨灵按手在我头上说:
　　"自己选择去罢,
　　你所在的地方无不兴隆,亨通。"

虽然,我再结的网还是像从前那么脆弱,
　　敌不过外力冲撞;
我网的形式还要像从前那么整齐——
　　平行的丝连成八角、十二角的形状吗?
他把"生的万花筒"交给我,说:
"望里看罢,

你爱怎样,就结成怎样。"

呀,万花筒里等等的形状和颜色
　　仍与从前没有什么差别!
求你再把第二个给我,
　　我好谨慎地选择。
"咄咄!贪得而无智的小虫!
　　自而今回溯到濛鸿,
从没有人说过里面有个形式与前相同。
去罢,生的结构都由这几十颗'彩琉璃屑'幻成种种,
　　不必再看第二个生的万花筒。"

那晚上底月色格外明朗,只是不时来些微风把满园的花影移动得不歇地作响。素光从椰叶下来,正射在尚洁和她的客人史夫人身上。她们二人的容貌,在这时候,自然不能认得十分清楚,但是二人对谈的声音却像幽谷的回响,没有一点模糊。

周围的东西都沉默着,像要让她们密谈一般:树上的鸟儿把喙插在翅膀底下;草里的虫儿也不敢做声;就是尚洁身边那只玉狸,也当主人所发的声音为催眠歌,只管躈躬地沉睡着。她用纤手抚着玉狸,目光注在她的客人身上,懒懒地说:"夺魁嫂子,外间的闲话是听不得的。这事我全不计较——我虽不信定命的说法,然而事情怎样来,我就怎样对付,毋庸在事前预先谋定什么方法。"

她的客人听了这场冷静的话,心里很是着急,说:"你对于自己的前程太不注意了!若是一个人没有长久的顾虑,就免不了遇着危险,外人的话虽不足信,可是你得把你的态度显示得明了一点,教人不疑惑你才是。"

尚洁索性把玉狸抱在怀里,低着头,只管摩弄。一会儿,她才冷笑了一声,说:"吓吓,夺魁嫂子,你的话差了!危险不是顾虑所能闪避的。后一小时的事情,我们也不敢说准知道,那里能顾到三四个月,三两年那么长久呢?你能保我待一会不遇着危险,能保我今夜里睡得平安么?纵使我准知道今晚上会遇着危险,现在的谋虑也未必来得及。我们都在云雾里走,离身二三尺以外,谁还能知道前途的光景呢?经里说:'不要为明日自夸,因为一日要生何事,你尚且不能知道。'这句话,你忘了么?……唉,我们都是从渺茫中来,在渺茫中住,望渺茫中去。若是怕在这条云封雾锁的生命路程里走动,莫如止住你的脚步;若是你有漫游的兴趣,纵然前途和四围的光景暧昧,不能使你赏心快意,你也是要走的。横竖是往前走,顾虑什么?

"我们从前的事,也许你和一般侨寓此地的人都不十分知道。我不愿

意破坏自己的名誉,也不忍教他出丑。你既是要我把态度显示出来,我就得略把前事说一点给你听,可是要求你暂时守这个秘密。

"论理,我也不是他的……"

史夫人没等她说完,早把身子挺起来,作很惊讶的样子,回头用焦急的声音说:"什么,这又奇怪了!"

"这倒不是怪事,且听我说下去。你听这一点,就知道我的全意思了。我本是人家的童养媳,一向就不曾和人行过婚礼——那就是说,夫妇的名分,在我身上用不着。当时,我并不是爱他,不过要仗着他的帮助,救我脱出残暴的婆家。走到这个地方,依着时势的境遇,使我不能不认他为夫。……"

"原来你们的家有这样特别的历史。……那么,你对于长孙先生可以说没有精神的关系,不过是不自然的结合罢了。"

尚洁庄重地回答说:"你的意思是说我们没有爱情么?诚然,我从不曾在别人身上用过一点男女的爱情;别人给我的,我也不曾辨别过那是真的,这是假的。夫妇,不过是名义上的事;爱与不爱,只能稍微影响一点精神的生活,和家庭的组织是毫无关系的。

"他怎样想法子要奉承我,凡认识我的人都觉得出来。然而我却没有领他的情,因为他从没有把自己的行为检点一下。他的嗜好多,脾气坏,是你所知道的。我一到会堂去,每听到人家说我是长孙可望的妻子,就非常地惭愧。我常想着从不自爱的人所给底爱情都是假的。

"我虽然不爱他,然而家里的事,我认为应当替他做的,我也乐意去做。因为家庭是公的,爱情是私的。我们两人的关系,实在就是这样。外人说我和谭先生的事,全是不对的。我的家庭已经成为这样,我又怎能把它破坏呢?"

史夫人说:"我现在才看出你们的真相,我也回去告诉史先生,教他不要多信闲话。我知道你是好人,是一个纯良的女子,神必保佑你。"说着,用手轻轻地拍一拍尚洁底肩膀,就站立起来告辞。

尚洁陪她在花阴底下走着,一面说:"我很愿意你把这事的原委单说给史先生知道。至于外间传我和谭先生有秘密的关系,说我是淫妇,我都不介意。连他也好几天不回来啦。我估量他是为这事生气,可是我并不辩白。世上没有一个人能够把真心拿出来给人家看;纵然能够拿出来,人家也看不明白,那么,我又何必多费唇舌呢?人对于一件事情一存了成见,就不容易把真相观察出来。凡是人都有成见,同一件事,必会生出歧异的评判,这也是难怪的。我不管人家怎样批评我,也不管他怎样疑惑我,我只求自己无愧,对得住天上底星辰和地下底蝼蚁便了。你放心罢,等到事情临到我身上,我自有方法对付。我的意思就是这样,若是有工夫,改天再谈罢。"

她送客人出门,就把玉狸抱到自己房里。那时已经不早,月光从窗户进来,歇在椅桌、枕席之上,把房里的东西染得和铅制的一般。她伸手向床边按了一按铃子,须臾,女佣妥娘就上来。她问:"佩荷姑娘睡了么?"妥娘在门边回答说:"早就睡了。消夜已预备好了,端上来不?"她说着,顺手把电灯拧着,一时满屋里都着上颜色了。

在灯光之下,才看见尚洁斜倚在床上。流动的眼睛,软润的颔颊,玉葱似的鼻,柳叶似的眉,桃绽似的唇,衬着蓬乱的头发,……凡形体上各样的美都凑合在她头上。她的身体,修短也很合度。从她口里发出来的声音,都合音节,就是不懂音乐的人,一听了她的话语,也能得着许多默感。她见妥娘把灯拧亮了,就说:"把它拧灭了罢。光太强了,更不舒服。方才我也忘了留史夫人在这里消夜。我不觉得十分饥饿,不必端上来,你们可以自己方便去。把东西收拾清楚,随着给我点一枝洋烛上来。"

妥娘遵从她的命令,立刻把灯灭了,接着说:"相公今晚上也许又不回来,可以把大门扣上吗?"

"是,我想他永远不回来了。你们吃完,就把门关好,各自歇息去罢,夜很深了。"

尚洁独坐在那间充满月亮的房里,桌上一枝洋烛已燃过三分之二,轻风频拂火焰,眼看那枝发光底小东西要泪尽了。她于是起来,把烛火移到屋角一个窗户前头的小几上。那里有一个软垫,几上搁几本经典和祈祷文。她每夜睡前的功课就是跪在那垫上默记三两节经句,或是诵几句祷词。别的事情,也许她会忘记,惟独这圣事是她所不敢忽略的。她跪在那里冥想了许久,睁眼一看,火光已不知道在什么时候从烛台上逃走了。

她立起来,把卧具整理妥当,就躺下睡觉。可是她怎能睡着呢?呀,月亮也循着宾客的礼,不敢相扰,慢慢地辞了她,走到园里和他的花草朋友、木石知交周旋去了!

月亮虽然辞去,她还不转眼地望着窗外的天空,像要诉她心中的秘密一般。她正在床上辗来转去,忽听园里"曜哔"一声,响得很厉害。她起来,走到窗边,往外一望,但见一重一重的树影和夜雾把园里盖得非常严密,教她看不见什么。于是她蹑步下楼,唤醒妥娘,命她到园里去察看那怪声的出处。妥娘自己一个人,那里敢出去;她走到门房把团哥叫醒,央他一同到围墙边察一察。团哥也就起来了。

妥娘去不多会,便进来回话。她笑着说:"你猜是什么呢?原来是一个蹇运的窃贼摔倒在我们底墙根。他底腿已摔坏了,脑袋也撞伤了,流得满地都是血,动也动不得了。团哥拿着一枝荆条正在抽他哪。"

尚洁听了,一霎时前所有的恐怖情绪一时尽变为慈祥的心意。她等不得回答妥娘,便跑到墙根。团哥还在那里,"你这该死的东西……不知厉害底坏种……"一句一鞭,打骂得很高兴。尚洁一到,就止住他,还命他和妥娘把受伤的贼扛到屋里来。她吩咐让他躺在贵妃榻上,仆人们都显出不愿意的样子,因为他们想着一个贼人不应该受这么好的待遇。

尚洁看出他们的意思,便说:"一个人走到做贼的地步是最可怜悯的,若是你们不得着好机会,也许……。"她说到这里,觉得有点失言,教她的佣人听了不舒服,就改过一句说话:"若是你们明白他的境遇,也许会体贴他。我见了一个受伤的人,无论如何,总得救护的。你们常常听见'救苦救难'的话,遇着忧患的时候,有时也会脱口地说出来,为何不从'他是苦难人'那方面体贴他呢?你们不要怕他的血沾脏了那垫子,尽管扶他躺下罢。"团哥只得扶他躺下,口里沉吟地说:"我们还得为他请医生去吗?"

"且慢,你把灯移近一点,待我来看一看。救伤的事,我还在行。妥娘,你上楼去把我们那个'常备药箱'捧下来。"又对团哥说:"你去倒一盆清水来罢。"

仆人都遵命各自干事去了。那贼虽闭着眼,方才尚洁所说的话,却能听得分明。他心里的感激可使他自忘是个罪人,反觉他是世界里一个最能得人爱惜的青年。这样的待遇,也许就是他生平第一次得着的。他呻吟了一下。用低沉的声音说:"慈悲的太太,菩萨保佑慈悲的太太!"

那人的太阳边受了一伤很重,腿部倒不十分利害。她用药棉蘸水轻轻地把伤处周围的血迹涤净,再用绷带裹好。等到事情做得清楚,天早已亮了。

她正转身要上楼去换衣服,蓦听得外面敲门底声很急,就止步问说:"谁这么早就来敲门呢?"

"是警察罢。"

妥娘提起这四个字,教她很着急。她说:"谁去告诉警察呢?"那贼躺在贵妃床上,一听见警察要来,恨不能立刻起来跪在地上求恩。但这样的行动已从他那双劳倦的眼睛表白出来了。尚洁跑到他跟前,安慰他说:"我没有叫人去报警察……"正说到这里,那从门外来底脚步已经踏进来。

来底并不是警察,却是这家底主人长孙可望。他见尚洁穿着一件睡衣站在那里和一个躺着的男子说话,心里底无明业火已从身上八万四千个毛孔里发射出来。他第一句就问:"那人是谁?"

这个问实在教尚洁不容易回答,因为她从不曾问过那受伤者的名字,也不便说他是贼。

"他……他是受伤的人。……"

可望不等说完,便拉住她的手,说:"你办的事,我早已知道。我这几天不回来,正要侦察你的动静,今天可给我撞见了。我何尝辜负你呢?……一同上去罢,我们可以慢慢地谈。"不由分说,拉着她就往上跑。

妥娘在旁边,看得情急,就大声嚷着:"他是贼!"

"我是贼,我是贼!"那可怜的人也嚷了两声。可望只对着他冷笑,说:"我明知道你是贼。不必报名,你且歇一歇罢。"

一到卧房里,可望就说:"我且问你,我有什么对你不起的地方?你要入学堂,我便立刻送你去;要到礼拜堂听道,我便特地为你预备车马。现在你有学问了,也入教了;我且问你,学堂教你这样做,教堂教你这样做么?"

他的话意是要诘问她为什么变心,因为他许久就听见人说尚洁嫌他鄙陋不文,要离弃他去嫁给一个姓谭的。夜间的事,他一概不知,他进门一看尚洁底神色,老以为她所做的是一段爱情把戏。在尚洁方面,以为他是不喜欢她这样待遇窃贼。她的慈悲性情是上天所赋的,她也觉得这样办,于自己的信仰和所受的教育没有冲突,就回答说:"是的,学堂教我这样做,教会也教我这样做。你敢是……"

"是吗?"可望喝了一声,猛将怀中小刀取出来向尚洁的肩脖上一击。这不幸的妇人立时倒在地上,那玉白的面庞已像渍在胭脂膏里一样。

她不说什么,但用一种沉静的和无抵抗的态度,就足以感动那愚顽的凶手。可望当此情景,心中恐怖的情绪已把凶猛的怒气克服了。他不再有什么动作,只站在一边出神。他看尚洁动也不动一下,估量她是死了;那时,他觉得自己底罪恶压住他,不许再逗留在那里,便溜烟似地望外跑。

妥娘见他跑了,知道楼上必有事故,就赶紧上来。她看尚洁那样子,不由得"啊,天公!"喊了一声,一面上去,要把她搀扶起来。尚洁这时,眼睛略略挣开,像要对她说什么,只是说不出。她指着肩脖示意,妥娘才看见一把小刀插在她肩上。妥娘底手便即酥软,周身发抖,待要扶她,也没有气力了。她含泪对着主妇说:"容我去请医生罢。"

"史……史……"妥娘知道她是要请史夫人来,便回答说:"好,我也去请史夫人来。"她教团哥看门,自己雇一辆车找救星去了。

医生把尚洁扶到床上,慢慢施行手术;赶到史夫人来时,所有的事情都弄清楚啦。医生对史夫人说:"长孙夫人的伤不甚要紧,保养一两个星期便可复元。幸而那刀从肩胛骨外面脱出来,没有伤到肺叶,——那两个创口是不要紧的。"

医生辞去以后,史夫人便坐在床沿用法子安慰她。这时,尚洁的精神稍微恢复,就对她的知交说:"我不能多说话,只求你把底下那个受伤的人先送到公医院去;其余的,待我好了再给你说。……唉,我的嫂子,我现在不能离开你,你这几天得和我同在一块儿住。"

史夫人一进门就不明白底下为什么躺着一个受伤的男子。妥娘去时，也没有对她详细地说。她看见尚洁这个样子，又不便往下问。但尚洁的颖悟性从不会被刀所伤，她早明白史夫人猜不透这个闷葫芦，就说："我现在没有气力给你细说，你可以向妥娘打听去。就要速速去办，若是他回来，便要害了他的性命。"

史夫人照她所吩咐的去做；回来，就陪着她在房里，没有回家。那四岁的女孩佩荷更不知道这是怎么一回事，还是啼啼、笑笑，过她的平安日子。

一个星期，两个星期，在她病中嘿嘿地过去。她也渐次复元了。她想许久没有到园里去，就央求史夫人扶着她慢慢走出来。她们穿过那晚上谈话的柳阴，来到园边一个小亭下，就歇在那里。她们坐的地方满开了玫瑰，那清静温香的景色委实可以消灭一切忧闷和病害。

"我已忘了我们这里有这些好花，待一会，可以折几枝带回屋里。"

"你且歇歇，我为你选择几枝罢。"史夫人说时，便起来折花。尚洁见她脚下有一朵很大的花，就指着说："你看，你脚下有一朵很大、很好看的，为什么不把它摘下？"

史夫人低头一看，用手把花提起来，便叹了一口气。

"怎么啦？"

史夫人说："这花不好。"因为那花只剩地上那一半，还有一边是被虫伤了。她怕说出伤字，要伤尚洁底心，所以这样回答。但尚洁看底，明明是一朵好花，直教递过来给她看。

"夺魁嫂，你说它不好么？我在此中找出道理咧！这花虽然被虫伤了一半，还开得这么好看，可见人的命运也是如此——若不把他的生命完全夺去，虽然不完全，也可以得着生活上一部分的美满，你以为如何呢？"

史夫人知道她连想到自己的事情上头，只回答说："那是当然的，命运的偃蹇和亨通，于我们的生活没有多大关系。"

谈话之间，妥娘领着史夺魁先生进来。他向尚洁和他的妻子问过好，便坐在她们对面一张凳上。史夫人不管她丈夫要说什么，头一句就问："事情怎样解决呢？"

史先生说："我正是为这事情来给长孙夫人一个信。昨天在会堂里有一个很激烈的纷争，因为有些人说可望底举动是长孙夫人迫他做成的，应当剥夺她赴圣筵的权利。我和我奉真牧师在席间极力申辩，终归无效。"他望着尚洁说："圣筵赴与不赴也不要紧。因为我们的信仰决不能为仪式所束缚；我们的行为，只求对得起良心就算了。"

"因为我没有把那可怜的人交给警察，便责罚我么？"

史先生摇头说："不，不。现在的问题不在那事上头。前天可望寄一封长信到会里,说到你怎样对他不住,怎样想弃绝他去嫁给别人。他对于你和某人、某人往来的地点、时间都说出来。且说,他不愿意再见你的面;若不与你离婚,他永不回家。信他所说的人很多,我们怎样申辩也挽不过来。我们虽然知道事实不是如此,可是不能找出什么凭据来证明。我现在正要告诉你,若是要到法庭去的话,我可以帮你的忙。这里不像我们祖国,公庭上没有女人说话的地位。况且他的买卖原先都是你拿资本出来;要离异时,照法律,最少总得把财产分一半给你。……像这样的男子,不要他也罢了。"

尚洁说:"那事实现在不必分辩,我早已对嫂子说明了。会里因为信条的缘故,说我的行为不合道理,便禁止我赴圣筵——这是他们所信的,我有什么可说的呢!"她说到末一句,声音便低下了。她的颜色很像为同会的人误解她和误解道理惋惜。

"唉,同一样道理,为何信仰的人会不一样?"

她听了史先生这话,便兴奋起来,说:"这何必问?你不常听见人说:'水是一样,牛喝了便成乳汁,蛇喝了便成毒液'吗?我管保我所得能化为乳汁,那能干涉人家所得的变成毒液呢?若是到法庭去的话,倒也不必。我本没有正式和他行过婚礼,自毋须乎在法庭上公布离婚。若说他不愿意再见我的面,我尽可以搬出去。财产是生活的赘瘤,不要也罢,和他争什么?……他赐给我底恩惠已是不少,留着给他……"

"可是你一把财产全部让给他,你立刻就不能生活。还有佩荷呢?"

尚洁沉吟半晌便说:"不妨,我私下也曾积聚些少,只不能支持到一年罢了。但不论如何,我总得自己挣扎。至于佩荷……"她又沉思了一会,才续下去说:"好罢,看他的意思怎样,若是他愿意把那孩子留住,我也不和他争。我自己一个人离开这里就是。"

他们夫妇二人深知道尚洁的性情,知道她很有主意,用不着别人指导。并且她在无论什么事情上头都用一种宗教的精神去安排。她的态度常显出十分冷静和沉毅;做出来的事,有时超乎常人意料之外。

史先生深信她能够解决自己将来的生活,一听了她的话,便不再说什么,只略略把眉头皱了一下而已。史夫人在这两三个星期间,也很为她费了些筹划。他们有一所别业在土华地方,早就想教尚洁到那里去养病;到现在她才开口说:"尚洁妹子,我知道你一定有更好的主意,不过你的身体还不甚复原,不能立刻出去做什么事情,何不到我们的别庄里静养一下,过几个月再行打算?"史先生接着对他妻子说:"这也好,只怕路途远一点,由海船去,最快也得两天才可以到。但我们都是惯于出门的人,海涛的颠簸当然不能制服我们。若是要去的话,你可以陪着去,省得寂寞了长孙夫人。"

尚洁也想找一个静养的地方,不意他们夫妇那么仗义,所以不待踌躇便应许了。她不愿意为自己的缘故教别人麻烦，因此不让史夫人跟着前去。她说："寂寞的生活是我尝惯的。史嫂子在家里也有许多当办的事情，那里能够和我同行？还是我自己去好一点。我很感谢你们二位的高谊，要怎样表示我的谢忱，我却不懂得；就是懂，也不能表示得万分之一。我只说一声'感激莫名'便了。史先生，烦你再去问他要怎样处置佩荷，等这事弄清楚，我便要动身。"她说着，就从方才摘下的玫瑰中间选出一朵好看的递给史先生，教他插在胸前底钮门上。不久，史先生也就起立告辞，替她办交涉去了。

土华在马来半岛底西岸，地方虽然不大，风景倒还幽致。那海里出的珠宝不少，所以住在那里的多半是搜宝之客。尚洁住的地方就在海边一丛棕林里。在她的门外，不时看见采珠的船往来于金的塔尖和银的浪头之间。这采珠的工夫赐给她许多教训。因为她这几个月来常想着人生就同入海采珠一样；整天冒险入海里去，要得着多少，得着什么，采珠者一点把握也没有。但是这个感想决不会妨害她的生命。她见那些人每天迷蒙蒙地搜求，不久就理会她在世间的历程也和采珠的工作一样。要得着多少，得着什么，虽然不在她的权能之下，可是她每天总得入海一遭，因为她的本分就是如此。

她对于前途不但没有一点灰心，且要更加奋勉。可望虽是剥夺她们母女的关系，不许佩荷跟着她，然而她仍不忍弃掉她的责任，每月要托人暗地里把吃的用的送到故家去给她女儿。

她现在已变主妇的地位为一个珠商底记室了。住在那里的人，都说她是人家的弃妇，就看轻她，所以她所交游的都是珠船里的工人。那班没有思想的男子在休息的时候，便因着她的姿色争来找她开心。但她的威仪常是调伏这班人的邪念，教他们转过心来承认她是他们的师保。

她一连三年，除干她的正事以外，就是教她那班朋友说几句英吉利语，念些少经文，知道些少常识。在她的团体里，使令，供养，无不如意。若说过快活日子，能像她这样，也就不劣了。

虽然如此，她还是有缺陷的。社会地位，没有她的分；家庭生活，也没有她的分；我们想想，她心里到底有什么感觉？前一项，于她是不甚重要的；后一项，可就缭乱她的衷肠了！史夫人虽常寄信给她，然而她不见信则已，一见了信，那种说不出来的伤感就加增千百倍。

她一想起她的家庭，每要在树林里徘徊，树上的蚱蜢常要幻成她女儿底声音对她说："母思儿耶？母思儿耶？"这本不是奇迹，因为发声者无情，听音者有意；她不但对于那些小虫的声音是这样，即如一切的声音和颜色，偶一触着她的感官，便幻成她的家庭了。

她坐在林下,遥望着无涯的波浪,一度一度地掀到岸边,常觉得她的女儿踏着浪花踊跃而来,这也不止一次了。那天,她又坐在那里,手拿着一张佩荷的小照,那是史夫人最近给她寄来的。她翻来翻去地看,看得眼昏了。她猛一抬头,又看着常时所现的异象。她看见一个人携着她的女儿从海边上来,穿过林樾,一直走到跟前。那人说:"长孙夫人,许久不见,贵体康健啊!我领你的女儿来找你哪。"

尚洁此时,展一展眼睛,才理会果然是史先生携着佩荷找她来。她不等回答史先生的话,便上前用力搂住佩荷;她的哭声从她爱心的深密处殷雷似地震发出来。佩荷因为不认得她,害怕起来,也放声哭了一场。史先生不知道感触了什么,也在旁边只尽管擦眼泪。

这三种不同情绪的哭泣止了以后,尚洁就呜咽地问史先生说:"我实在喜欢。想不到你会来探望我,更想不到佩荷也能来!……"她要问的话很多,一时摸不着头绪。只搂定佩荷,眼看着史先生出神。

史先生很庄重地说:"夫人,我给你报好消息来了。"

"好消息?"

"你且镇定一下,等我细细地告诉你。我们一得着这消息,我的妻子就教我和佩荷一同来找你。这奇事,我们以前都不知道,到前十几天才听见我奉真牧师说的。我牧师自那年为你底事卸职后,他的生活,你已经知道了。"

"是,我知道。他不是白天做裁缝匠,晚间还做制饼师吗?我信得过,神必要帮助他,因为神的儿子说:'为义受逼迫的人是有福的。'他的事业还顺利吗?"

"倒没有什么过不去的地方。他不但日夜劳动,在合宜的时候,还到处去传福音哪,他现在不用这样地吃苦,因为他底老教会看他的行为,请他回国仍旧当牧师去,在前一个星期已经动身了。"

"是吗!谢谢神!他必不能长久地受苦。"

"就是因为我牧师回国的事,我才能到这里来。你知道长孙先生也受了他的感化么?这事详细地说起来,倒是一种神迹。我现在来,也是为告诉你这件事。

"前几天,长孙先生忽然到我家里找我。他一向就和我们很生疏,好几年也不过访一次,所以这次的来,教我们很诧异。他第一句就问你的近况如何,且诉说他的懊悔。他说这反悔是忽然的,是我牧师警醒他的。现在我就将他的话,照样地说一遍给你听——

"'在这两三年间,我牧师常来找我谈话,有时也请我到他的面包房里去听他讲道。我和他来往那么些次,就觉得他是我的好师傅。我每有难决的事情或疑虑的问题,都去请教他。我自前年生事,二人分离以后,每疑惑尚洁官的操守,又常听见家里佣人思念她的话,心里就十分懊悔。但我总想着,男人说话将军箭,事已做出,那里还有脸皮收回来?本是打算给它一个错到底的。然而日子越久,我就越觉得不对。到我牧师要走,最末次命我去领教训的时候,讲了一章经,教我很受感动。散会后,他对我说,他盼望我做的是请尚洁官回来。他又念《马可福音》十章给我听,我自得着那教训以后,越觉得我很卑鄙、凶残、淫秽,很对不住她。现在要求你先把佩荷带去见她,盼望她为女儿的缘故赦免我。你们可以先走,我随后也要亲自前往。'

"他说懊悔底话很多,我也不能细说了。等他来时,容他自己对你细说罢。我很奇怪我牧师对于这事,以前一点也没有对我说过,到要走时,才略提一提;反教他来到我那里去,这不是神迹吗?"

尚洁听了这一席话,却没有显出特别愉悦的神色,只说:"我的行为本不求人知道,也不是为要得人家的怜悯和赞美;人家怎样待我,我就怎样受,从来是不计较的。别人伤害我,我还饶恕,何况是他呢?他知道自己的卤莽,是一件极可喜的事。——你愿意到我屋里去看一看吗?我们一同走走罢。"

他们一面走,一面谈。史先生问起她在这里的事业如何,她不愿意把所经历的种种苦处尽说出来,只说:"我来这里,几年的工夫也不算浪费,因为我已找着了许多失掉底珠子了!那些灵性的珠子,自然不如入海去探求那么容易,然而我竟能得着二三十颗!此外,没有什么可以告诉你。"

尚洁把她的事情结束停当,等可望不来,打算要和史先生一同回去。正要到珠船里和她的朋友们告辞,在路上就遇见可望跟着一个本地人从对面来。她认得是可望,就堆着笑容,抢前几步去迎他,说:"可望君,平安哪!"可望一见她,也就深深地行了一个敬礼,说:"可敬的妇人,我所做一切的事都是伤害我的身体,和你我二人的感情,此后我再不敢了。我知道我多多地得罪你,实在不配再见你的面,盼望你不要把我的过失记在心中。今天来到这里,为的是要表明我悔改的行为;还要请你回去管理一切所有的。你现在要到那里去呢?我想你可以和史先生先行动身,我随后回来。"

尚洁见他那番诚恳的态度,比起从前,简直是两个人,心里自然满是愉快,且暗自谢她的神在他身上所显底奇迹。她说:"呀,往事如梦中之烟,早已在虚幻里消散了,何必重行提起呢?凡人都不可积聚日间的怨恨、怒气和一切伤心的事到夜里,何况是隔了好几年的事?请你把那些事情搁在脑后罢。我本想到船里去,向我那班同工的人辞行。你怎样不和我们一起回去,还有别的事情要办么?史先生现时在他的别业——就是我住的地方——我们一同到那里去罢,待一会,再出来辞行。"

"不必，不必。你可以去你的，我自己去找他就可以。因为我还有些正当的事情要办。恐怕不能和你们一同回去；什么事，以后我才教你知道。"

"那么，你教这土人领你去罢，从这里走不远就是。我先到船里，回头再和你细谈。再见哪！"

她从土华回来，先住在史先生家里，意思是要等可望来到，一同搬回她的旧房子去。谁知等了好几天，也不见他的影。她才知道可望在土华时，所说的话意有所含蓄。可是他到那里去呢？去干什么呢？她正想着，史先生拿了一封信进来，对她说："夫人，你不必等可望了，明后天就搬回去罢。他寄给我这一封信说，他有许多对不起你的地方，都是出于激烈的爱情所致，因他爱你的缘故，所以伤了你。现在他要把从前邪恶的行为和暴躁的脾气改过来，且要偿还你这几年来所受的苦楚，故不得不暂时离开你。他已经到槟榔屿了。他不直接写信给你的缘故，是怕你伤心，故此写给我，教我好安慰你；他还说从前一切的产业都是你的，他不应独自霸占了许久，要求你尽量地享用，直等到他回来。

"这样看来，不如你先搬回去，我这里派人去找他回来如何？唉，想不到他一会儿就能悔改到这步田地！"

她遇事本来很沉静，史先生说时，她的颜色从不曾显出什么变态，只说："为爱情么？为爱而离开我么？这是当然的，爱情本如极利的斧子，用来剥削命运常比用来整理命运的时候多一些。他既然规定他自己的行程，又何必费工夫去寻找他呢？我是没有成见的，事情怎样来，我怎样对付就是。"

尚洁搬回来那天，可巧下了一点雨，好像上天使园里的花木特地沐浴得很妍净来迎接他们的旧主人一样。她进门时，妥娘正在整理厅堂，一见她来，便嚷着："奶奶，你回来了！我们很想念你哪！你的房间乱得很，等我把各样东西安排好再上去。先到花园去看看罢，你手植各样的花木都长大了。后面那棵释迦头长得像罗伞一样，结果也不少，去看看罢。史夫人早和佩荷姑娘来了，他们现时也在园里。"

她和妥娘说了几句话，便到园里。一拐弯，就看见史夫人和佩荷坐在树荫底下一张凳上——那就是几年前，她要被刺那夜，和史夫人坐着谈话的地方。她走来，又和史夫人并肩坐在那里。史夫人说来说去，无非是安慰她的话。她像不信自己这样的命运不甚好，也不信史夫人用定命论的解释来安慰她，就可以使她满足。然而她一时不能说出合宜的话，教史夫人明白她心中毫无忧郁在内。她无意中一抬头，看见佩荷拿着树枝把结在玫瑰花上一个蜘蛛网撩破了一大部分。她注神许久，就想出一个意思来。

她说："呀，我给这个比喻，你就明白我的意思。

"我像蜘蛛，命运就是我的网。蜘蛛把一切有毒无毒的昆虫吃入肚里，回头把网组织起来。他第一次放出来的游丝,不晓得要被风吹到多么远;可是等到粘着别的东西的时候,他的网便成了。

"它不晓得那网什么时候会破,和怎样破法。一旦破了,它还暂时安安然然地藏起来;等有机会再结一个好的。

"它的破网留在树梢上,还不失为一个网。太阳从上头照下来,把各条细丝映成七色;有时粘上些少水珠,更显得灿烂可爱。

"人和他的命运,又何尝不是这样?所有的网都是自己组织得来,或完或缺,只能听其自然罢了。"

史夫人还要说时,妥娘来说屋子已收拾好了,请她们进去看看。于是,她们一面谈,一面离开那里。

园里没人,寂静了许久。方才那只蜘蛛悄悄地从叶底出来,向着网的破裂处,一步一步,慢慢补缀。它补这个干什么?因为它是蜘蛛,不得不如此!

(初载1922年2月10日《小说月报》第13卷第2期)

冯沅君

隔　　绝

青霭！再想不到我们计划得那样周密竟被我们的反动的势力战败了。固然我们的精神是绝对融洽的,然形式上竟被隔绝了。这是何等的厄运,对于我们的神圣的爱情！你现在也许悲悲切切的为我们的不幸的命运痛哭,也许在筹画我出去的方法。如果你是个有为的青年你就走第二条路。

从车站回来就被幽禁在这间小屋内。这间屋内有床,有桌,有茶机,有椅子,及茶碗面盆之类都也粗备。只是连张破纸一枝秃头笔都寻不到。若不是昨晚我求我的表妹给我偷偷的送来几张纸和枝自来水钢笔,恐怕我真要寂寞死了。死了你还不知道我是怎样死的！

今天已是我被幽禁的第二天！我在这小屋内已经孤零零的过了一夜。我的哥哥姐姐们虽然很和我表同情,屡次谏我的母亲不要这般执拗,可是都失败了。她说我们这种行为直同妍识一样,我不但已经丢尽她的面子,并且使祖宗在九泉之下为我气愤,为我含羞。假如他们要再帮我,她就不活了。青霭阿！怎的爱情在我们看来是神圣的,高尚的,纯洁的,而他们却看得这样卑鄙污浊！

身命可以牺牲,意志自由不可以牺牲,不得自由我宁死。人们要不知道争恋爱自由,则所有的一切都不必提了。这是我的宣言,也是你常常听见的。我又屡次说道:我们的爱情是绝对的,无限的,万一我们不能抵抗外来的阻力时,我们就同走去看海去。你现在看我已到了这样境地,还是这样偷安苟活着,或者以为我背前约了。唉,若然,你是完全错误了。

世界原是个大牢狱,人生的途中又偏生许多荆棘,我们还留恋些什么。况且万一有了什么意外的变动,你是必殉情的？那末我怎能独生！我所以不在我母亲捉我回来的时候,就往火车轨道中一跳,只待车轮子一动我就和这恶浊世界长别的原因,就是这样。此刻离那可怕的日子(逼我做刘家的媳妇的一天)还有三天,慕汉现尚未到家,我现在方运动我的表妹和姐姐设法救我出去。假如爱情怜我们的至诚,保佑我们成功,则我们日后或逃往这个世界的别个空间,或径往别个世界去,仍然是相互搀扶着。不然,我怕我现在纵然消灭了,我的母亲或许仍把我这付皮囊送葬在刘家坟内,那是多么可耻的事。

  我的姊姊责备我,说我不该回此地来看母亲,不然则鸿飞冥冥弋人何慕?我虽不曾同她深辩,我原谅她为我计画的苦心,可是,青霭!我承认她是错了,我爱你,我也爱我的妈妈,世界上的爱情,都是神圣的,无论是男女之爱,母子之爱。试想:六十多岁的老母六七年不得见面了,现在有了可以亲近她老人家的机会,而还是一点归志没有,这算人吗?我此次冒险归来的目的是要使爱情在各方面的都满足。不想爱情的根本是只一个,但因为表现出来的方面不同就矛盾得不能两立了。

  当我刚被送进这间小屋子的时候,我曾为我不幸的命运痛哭,哭得我的泪也枯了,嗓也哑了。我的母亲向来是何等慈善的性质,此刻不知道怎样变得这样惨酷,不但不来安慰我,还在隔壁对我的哥哥数我的罪状,说我们的爱情是大逆不道的。我听了更气,气了更哭,哭得倦了,呵!青霭呵!真奇怪,我不知几时室内的一切都变了,都变得和我们在京时一样!仿佛是热天,河中的荷叶密密的将水面盖了起来,好像一面翠色的毯子。红的花儿红得像我的双面,白的更是清妍。在微波清浅的地方可以看得见游鱼唼喋萍藻,垂柳的条儿因风结了许多不同样的结子,风过处远远的送来阵阵清香,大概是栀子之类。又似乎是早上,荷叶、荷花、柳枝,道旁的小草,都满带着滚滚的零露。天边残月的光辉映得白色的荷花更显清丽绝伦。我们都穿着极薄的白色衣服,因晨风过凉,相互拥抱着,坐在个石矶上边。你伸手折了个荷叶,当顶帽子往我头上戴。我登时抓了下来放在你的头上时,你夺去丢在一边。我生气了,你来陪罪,把我手紧紧握着,对我微笑。我也就顺势倚在你的怀里,一切自然的美景顷刻都已忘了,只觉笑的甜蜜神妙。天边起块黑云渐渐的长大起来,接着就落下青铜钱大的雨点子,更加着雷声隆隆,电光闪灼。忽然间你失了踪迹,我急得仰天大叫我的爱人那去了?……一急醒来,方知我是方才哭得太狠了,精神虚弱,因有此似梦非梦的幻觉。青霭!过去的一段玫瑰路上的光景比这好的多呢,世间的一切都是梦,也都是真。幻与真究有什么分别,我们暂且多作几个好梦吧!

  晚上没有月,星是极稠密的。十一点钟后人都睡了,四围真寂静呵,恐怕个绣花针儿落在地上也可以听得出声音。黑洞的天空中点缀着的繁星,其间有些不知叫作什么名字,手扯手作成了个大圆圈,看去同项圈上嵌的一颗一颗的明珠宝石相仿佛。我此刻真不能睡了,我披衣下床来到窗前呆呆的对天空望着,历乱的星光,沉寂的夜景,假如加上个如眉的新月,不和去年冬天我们游中央公园那夜的景色一般吗?

    就在这样的夜里,
     月瘦如眉,

星光历乱,
一切喧嚣的声音,
都被摒在别个世界了。
就在这样的夜里,
我们相挽扶着,
一会伫立在社稷坛的西侧,
一会散步在小河边的老柏树下,
踏碎了柏子,
惊醒了宿鸦,
听得河冰夜裂的声音。
就在这样的夜里,
我们相拥抱着,
说了平日含羞不敢说的话,
拌了嘴,
又陪了罪,
更深深的了解了彼此的心际。
就在这样的夜里,
我们回想到初次见面的情况,
说着想着,
最后是相视而笑了。
爱的神秘,
夜的神秘,
这时节并在一起!

　　青霭!这不是我们去年的履迹吗?这不是你所称为极好的写实诗吗?朋友们读了这首诗不是都很羡慕我们的甜蜜的生活吗?当我望着黑而无际的天空,低低的含泪念着的时候,我觉得那天晚上的情景都在我的眼前再现了。但是……但是情形的再现终究和真的差得远,他来得越甜蜜,我的心越觉得酸苦,越觉得痛楚,现在想使我得安慰,除非你把我拥抱在你的怀里,然而事实上怎样能够哟!

　　青霭!记得吗?在会馆我们初次见面的时候,你从人缝中钻了出来,什么话都不说,先问别人那位是维乃华女士?你记得吗?初秋天气,一个很清爽的早晨,我们趁着"鬼东西"在考试,去游三贝子花园。刚进动物园门,阵阵凉风吹来,树林间都发出一种沙刺的声音,我那时因为穿得过少,支持不了这凉风的势力,就紧紧的靠着你走。你开始敢于握我的手,待走到了畅观楼旁绿树丛里,你左手抱着我的右肩,右手拉着我的右手,在那里踱来踱去,几次,试着要接吻我终归不敢。现在老实告诉你吧,青霭!那时我的心神也已经不能自持了,同"维特"的脚和"绿蒂"的脚接触时所感受的一样。你记得吗?因为在你室里你抱了我,把脸紧紧贴着我的右腮,我生气了,回去写信骂你,你约我在东便门外河沿上道歉,刚相逢的时候两人都是默默无言,虽肚里装了千言万语,眼里充满了热泪。后来还是你勉强嗫嚅的说:"我明知道对于异性的爱恋的本能不应该在你身上发展,你的问题是能解决的,我的问题是不能解决的,……但是我不明白为什么对于我不爱的人非教我亲近不可,而对于我的爱人略亲近点,他们就视为大逆不道?……"那时我虽然有些害怕,很诧异你怎的为爱情迷到这步田地,怕我们这段爱史得不着幸福的归结,但是听了你的"假如你承认这种举动对于你是失礼的地方,我只有自沉在这小河里:只要我们能永久这样,以后我听信你的话,好好读书"教我心软了,我牺牲自己完成别人的情感,春草似的生遍了我的心田。我仿佛受了什么尊严的天命立刻就允许了你的要求,你记得吗?在这桩事发生后,不久我们又去逛二闸,踏遍了秋郊,寻不到个人们的眼光注射不到的地方。后来还是你借事支开了舟子,躲在芦花深处拥抱了一会,kiss 了几下,那时太阳已快要落了,红光与远山的黛色相映,煊染出片紫色的晚霞来。林头水边也还有他的余光依恋着。满目秋色显出一片无限的萧瑟和悲壮的美,更亲得我们的行为的艺术化了。无何苍茫的暮色自远而来,水上的波纹也辨不清悉,雪白的鸭儿更早已被人家唤了回去,我们不得不舍陆登舟,重寻来时的途径。我们并肩坐在船板上,我半身都靠在你的怀里,小舟过处,桨儿拨水的声音和芦荻的叶子发出的声音相和,宛如人们叹息的声气,但是我们心中的愉快,并不为外物所移。我们偎倚得更紧些,有时我想到前途的艰难,我几乎要倒在你怀里哭,你说我们的爱情是这样神圣纯洁,你还难受吗?……我们立志要实现易卜生、托尔斯泰所不敢实现的……你记得吗?就在那年冬天,万牲园内宴春园茶楼上,你在我的面前哭着,说除我而外你什么都不信仰……我就是你的上帝。……实行……的请求。我回答你:自此而后我除了你而外不再爱任何一个人,我们永久是这样。待有了相当时机我们再……你的目的达到了,温柔的微笑登时在你那还含着余泪的眼上涌现出来,你先用手按着我的双肩,低低的叫我声姐姐。并说我们是……后来你拉我坐在你的怀里。我手摸着你的颈子,你的头部低低垂着,恰恰当我的胸前。你哭诉了你在这个世界上所经历的,所遭逢的,最末一句是"我自略知人事以来,没有碰到一桩满意的事,只有在我的爱人跟前,不曾受过一次委曲……"往事怎堪回首呵!爱的种子何啻痛苦烦恼的源泉,在人们未生之前,造物主已把甜蜜的花和痛苦的刺调得均均匀匀的散布在人生的路上。造物主在造爱的糖果的时候,已将其中掺了痛苦的汁儿啊。不说了吧……我们的甜蜜生活岂是述叙得尽的,这种情景的回忆,已经将我的心撕碎了,怎忍再教他们撕你的心呢?……爱的人儿啊!……。

青霭!我的唯一的爱人!不要为我伤心!Hamlet说只要我的躯壳属我的时候,我终是你的。我可以对你说,只要我的灵魂还有一星半点儿知觉,我说不负你。

糊里糊涂地昨天给你写了两大张,此后无论我的精神怎样错乱,我总努力将我每天在这小屋内发生的感想写出来,这种办法我认为是于人无损于我却有莫大的利益的。因为万一我今生不出这个樊笼,就到别个世界去了,你也可以由此得略知我被拘后的生活情况。我的表妹已自告奋勇说将来无论如何总使你看到我这点血泪。唉,我的泪又流了,世间最惨的事,还有过于一个连死在那里的自由都被剥夺了的吗?我现在还不及个已判决死刑而又将就法场的囚徒。因为他可以预先知道在什么时候什么地方死,好教他的亲人看他咽临终一口气。我呢,也许当我咽这口气的时候,在我跟前的是我的不共戴天的仇人。

昨晚从给你写了那几句话后,我就勉强躺在床上,打算平心静气的想法儿逃走,谁知我们的过去的生活——甜蜜的生活,好像水被地心的吸力吸得不能不就下似的,在我心中涌出来了。呵,可惜人类的心在污浊了,最爱拿他们那卑鄙不堪的心,来推测别人。不然我怕没有一个人,只要他们曾听见我们这回事,不相信并且羡慕我们的爱情的纯洁神圣的。试想以两个爱到生命可以为他们的爱情牺牲的男女青年,相处十几天而除了拥抱和接吻密谈外,没有丝毫其他的关系,算不算古今中外爱史中所仅见的。爱的人儿,我愿我们永久别忘了郑州旅馆中的最神圣的一夜哟!我们俩第一次上最甜蜜的爱的功课的一夜。啊,它的神秘和美妙!我含羞的默默的挨坐在床沿上不肯去睡,你来给我解衣服解到最里的一层,你代我把已解开的衣服掩了起来,低低的说道,请你自己解吧……说罢就远远的站在一边像有什么尊严的什么监督着似的……。当你抱我在你的怀里的时候,我虽说曾想到将来家庭会用再强横没有的手段压迫我们,破坏我们,社会上会怎样非难我们,伏在你怀里哭,可是我真觉得置身在个四无人烟,荆棘塞路,豺虎咆哮的山谷中一样,只有你是可依托的,你真爱我,能救我。……由此我深的永久的承认人们的灵魂的确是纯洁的。这种纯洁只在绝对的无限的实用时才表现出来。人之所以能为人也就在这点灵魂的纯洁。

当我这样想时天忽然下了雨了,淅淅沥沥打在窗外的芭蕉叶上,如怨如慕,如泣如诉。我曾竭诚默默的祝道,快下吧,雨呀,下大了把被人类踏践脏了的地面,好好洗净,从新播自由,高尚,纯洁的爱的种子。

我的一生可说为爱情播弄够了。因为母亲的爱,所以不敢毅然解除和刘家的婚约,所以冒险回来看她老人家。因为情人的爱,所以宁愿牺牲社会上的名誉,天伦的乐趣。这幕惨剧的作者是爱情,扮演给大家看的是我。我真要对上帝起交涉了。以后假如他不能使爱情在各方面都是调和的,我誓要他种一颗爱子,我拔一颗爱苗,决不让爱字在这个世界再发现一次。率性让他们残酷得同野兽一样,你食我的肉,我寝你的皮,倒也痛快。

两天不自由的生活使我对于人间的一切明白了解了许多。我发现人类是自私的,纵然物质上可以牺牲自己以为别人,而精神上不妨因为要实现自己由历史环境得来的成见,置别人于不顾。母女可算世间最亲爱的了,然而她们也不能逃出这个公例。其他更不用说了。又发现人间的关系无论是谁,你受他的栽培,就要受他的裁制。你说对吗?

今晨天忽晴了,阳光射在我的床上,屋内的一切似乎也都添了些生意。可是我的表妹同我的嫂嫂来看我时都很惊异的说我比昨天憔悴得更多了。我的表妹的大而有光的眼里,更装满了清泪,这也是不足为怪的。好生原是人类的本能,人生的经途中也不尽是毒蛇猛兽,我们这样轻生的心理,原是变态的。

她们因为慰藉我的无聊起见,送了一瓶花来,嫣红姹紫,清香扑鼻,不过我心中的难受由此更加几倍。我想到你送我的海棠花映着灯光娇艳的样儿,想到你在你的小花园内海棠树下读书的情形。花原是爱的象征,你送我的花我都用从心坎上流出来的津液浸润着。当你在花下读书的时候,我曾用我的灵魂拥护你。现在呢,送花的人,爱花的人,都为造化小儿播弄到这步田地,眼看爱的花已经快枯萎了,还说什么慰藉呢?

下午我又听见我的母亲对我姐姐谈我们去年春天规定的计画并且痛痛的骂我们……。青霭呵,伊尔文说每种关于爱情的计画都是可以原谅的,他们的见解怎的却和伊氏相反呢?……

谢天谢地!我的表妹把我们的消息传通了,不然,我怕我们连死在一处的希望也没有了。可是再告你个怕人的消息:就是刘家的儿子今晚十二点就到家了(我的表妹说的)。我若不于今晚设法脱离此地,一定要像我说的看我咽最后一口气的人就是我的不共戴天之仇的人。但是事实上……不写明白,你总可猜得住。

青霭,虽然我们相见的希望还有一丝存在,但是我觉得穿黑衣的神已来我身旁了,我们的爱史的末一页怕就翻到了。我们统共都只活了廿四五年,学问上不能对于社会有所贡献,但是我们的历史确是我们自己应该珍重的。我们的精神我们自己应该佩服的。无论如何我们总未向过我们良心上所不信任的势力乞怜。我们开了为要求心爱自由而死的血路。我们应将此路的情形指示给青年们,希望我们成功。不遭人忌是庸才,我也不必难受了。我能跑出去同你搬家到大海中住,听悲壮的涛声,看神秘的月色更好,万一不幸我是死了,你千万不要短气,你可以将我们的爱史的前前后后详详细细写出。六百封信,也将他整好发表。……

我的表妹来了,她愿将此信送给你,并告诉我这间房的窗子只隔道墙就是一条僻巷,很可以逾越。今晚十二时你可以墙外候我。

(初载1924年2月28日《创造季刊》第2卷第2期)

叶圣陶

潘先生在难中

一

车站里挤满了人，各有各的心事，都现出异样的神色。脚夫的两手插在号衣的口袋里，睡着一般地站着；他们知道可以得到特别收入的时间离得还远，也犯不着老早放出精神来。空气沉闷得很，人们略微感到呼吸受压迫，大概快要下雨了。电灯亮了一会了，仿佛比平时昏黄一点儿，望去好像一切的人物都在雾里梦里。

揭示处的黑漆板上标明西来的快车须迟到四点钟。这个报告在几点钟以前早就叫人家看熟了，现在便同风化了的戏单一样，没有一个人再望它一眼。像这种报告，在这一个礼拜里，几乎每天每趟的行车都有；大家也习以为当然了。

不知几多人心系着的来车居然到了，闷闷的一个车站就一变而为扰扰的境界。来客的安心，候客者的快意，以及脚夫的小小发财，我们且都不提。单讲一位从让里来的潘先生。他当火车没有驶进月台之先，早已安排得十分周妥：他领头，右手提着个黑漆皮包，左手牵着个七岁的孩子；七岁的孩子牵着他哥哥（今年九岁），哥哥又牵着他母亲。潘先生说人多照顾不齐，这么牵着，首尾一气，犹如一条蛇，什么地方都好钻了。他又屡次叮嘱，叫大家握得紧紧，切勿放手；尚恐大家万一忘了，又屡次摇荡他的左手，意思是叫把这警告打电报一般一站一站递过去。

首尾一气诚然不错，可是也不能全然没有弊端。火车将停时，所有的客人和东西都要涌向车门，潘先生一家的那条蛇是有点儿尾大不掉了。他用黑漆皮包做前锋，胸腹部用力向前抵，居然进展到距车门只两个窗洞的地位。但是他的七岁的孩子还在距车门四个窗洞的地方，被挤在好些客人和坐椅之间，一动不能动；两臂一前一后，伸得很长，前后的牵引力都很大，似乎快要把胳臂拉了去的样子。他急得直喊，"啊！我的胳臂！我的胳臂！"

一些客人听见了带哭的喊声,方才知道腰下挤着个孩子;留心一看,见他们四个人一串,手联手牵着。一个客人呵斥道,"赶快放手;要不然,把孩子拉做两半了!"

"怎么的,孩子不抱在手里!"又一个客人用鄙夷的声气自语,一方面他仍注意在攫得向前行进的机会。

"不,"潘先生心想他们的话不对,牵着自有牵着的妙用;再转一念,妙用岂是人人能够了解的,向他们辩白,也不过徒费唇舌,不如省些精神吧:就把以下的话咽了下去。而七岁的孩子还是"胳臂!胳臂!"喊着。潘先生前进后退都没有希望,只得自己失约,先放了手,随即惊惶地发命令道,"你们看着我!你们看着我!"

车轮一顿,在轨道上站定了;车门里弹出去似地跳下了许多人。潘先生觉得前头松动了些;但是后面的力量突然增加,他的脚作不得一点儿主,只得向前推移;要回转头来招呼自己的队伍,也不得自由,于是对着前面的人的后脑叫喊,"你们跟着我!你们跟着我!"

他居然从车门里被弹出来了。旋转身子一看,后面没有他的儿子同夫人。心知他们还挤在车中,守住车门老等总是稳当的办法。又下来了百多人,方才看见脚踏上人丛中现出七岁的孩子的上半身,承着电灯光,面目作哭泣的形相。他走前去,几次被跳下来的客人冲回,才用左臂把孩子抱了下来。再等了一会,潘师母同九岁的孩子也下来了;她吁吁地呼着气,连喊,"哎唷,哎唷",凄然的眼光相着潘先生的脸,似乎要求抚慰的孩子。

潘先生到底镇定,看见自己的队伍全下来了,重又发命令道,"我们仍旧像刚才一样联起来。你们看月台上的人这么多,收票处又挤得厉害,要不是联着,就走散了!"

七岁的孩子觉得害怕,拦住他的膝头说,"爸爸,抱。"

"没用的东西!"潘先生颇有点儿愤怒,但随即耐住,蹲下身子把孩子抱了起来。同时关照大的孩子拉着他的长衫的后幅,一手要紧紧牵着母亲,因为他自己两只手都不空了。

潘师母从来不曾受过这样的困累,好容易下了车,却还有可怕的拥挤在前头,不禁发怨道,"早知道这样子,宁可死在家里,再也不要逃难了!"

"悔什么!"潘先生一半发气,一半又觉得怜惜。"到了这里,懊悔也是没用。并且,性命到底安全了。走吧,当心脚下。"于是四个一串向人丛中蹒跚地移过去。

一阵的拥挤,潘先生像在梦里似的,出了收票处的隘口。他仿佛急流里的一滴水滴,没有回旋转侧的余地,只有顺着大家的势,脚不点地地走。一会儿已经出了车站的铁栅栏,跨过了电车轨道,来到水门汀的人行道上。慌忙地回转身来,只见数不清的给电灯光耀得发白的面孔以及数不清的提箱与包裹,一齐向自己这边涌来,忽然觉得长衫后幅上的小手没有了,不知什么时候放了的;心头怅惘到不可言说,只是无意识地把身子乱转。转了几回,一丝影踪也没有。家破人亡之感立时袭进他的心,禁不住渗出两滴眼泪来,望出去电灯人形都有点儿模糊了。

幸而抱着的孩子眼光敏锐,他瞥见母亲的疏疏的额发,便认识了,举起手来指点着,"妈妈,那边。"

潘先生一喜;但是还有点儿不大相信,眼睛凑近孩子的衣衫擦了擦,然后望去。搜寻了一会,果然看见他的夫人呆鼠一般在人丛中瞎撞,前面护着那大的孩子,他们还没跨过电车轨道呢。他便向前迎上去,连喊"阿大",把他们引到刚才站定的人行道上。于是放下手中的孩子,舒畅地吐一口气,一手抹着脸上的汗说,"现在好了!"的确好了,只要跨出那一道铁栅栏,就有人保险,什么兵火焚掠都遭逢不到;而已经散失的一妻一子,又幸福得很,一寻即着:岂不是四条性命,一个皮包,都从毁灭和危难之中捡了回来么?岂不是"现在好了"?

"黄包车!"潘先生很入调地喊。

车夫们听见了,一齐拉着车围拢来,问他到什么地方。

他稍微昂起了头,似乎增加了好几分威严,伸出两个指头扬着说,"只消两辆!两辆!"他想了一想,继续说,"十个铜子,四马路,去的就去!"这分明表示他是个"老上海"。

辩论了好一会,终于讲定十二个铜子一辆。潘师母带着大的孩子坐一辆,潘先生带着小的孩子同黑漆皮包坐一辆。

车夫刚要拔脚前奔,一个背枪的印度巡捕一条胳臂在前面一横,只得缩住了。小的孩子看这个人的形相可怕,不由得回过脸来,贴着父亲的胸际。

潘先生领悟了,连忙解释道,"不要害怕,那就是印度巡捕,你看他的红包头。我们因为本地没有他,所以要逃到这里来;他背着枪保护我们。他的胡子很好玩的,你可以看一看,同罗汉的胡子一个样子。"

孩子总觉得怕,便是同罗汉一样的胡子也不想看。直到听见当当的声音,才从侧边斜睨过去,只见很亮很亮的一个房间一闪就过去了;那边一家家都是花花灿灿的,灯点得亮亮的,他于是不再贴着父亲的胸际。

到了四马路,一连问了八九家旅馆,都大大的写着"客满"的牌子;而且一望而知情商也没用,因为客堂里都搭起床铺,可知确实是住满了。最后到一家也标着"客满",但是一个伙计懒懒地开口道,"找房间么?"

"是找房间,这里还有么?"一缕安慰的心直透潘先生的周身,仿佛到了家似的。

"有是有一间，客人刚刚搬走，他自己租了房子了。你先生若是迟来一刻，说不定就没有了。"

"那一间就归我们住好了。"他放了小的孩子，回身去扶下夫人同大的孩子来，说，"我们总算运气好，居然有房间住了！"随即付车钱，慷慨地照原价加上一个铜子；他相信运气好的时候多给人一些好处，以后好运气会连续而来的。但是车夫偏不知足，说跟着他们回来回去走了这多时，非加上五个铜子不可。结果旅馆里的伙计出来调停，潘先生又多破费了四个铜子。

这房间就在楼下，有一张床，一盏电灯，一张桌子，两把椅子，此外就只有烟雾一般的一房间的空气了。潘先生一家跟着茶房走进去时，立刻闻到刺鼻的油腥味，中间又混着阵阵的尿臭。潘先生不快地自语道，"讨厌的气味！"随即听见隔壁有食料投下油锅的声音，才知道那里是厨房。再一想时，气味虽讨厌，究比吃枪子睡露天好多了；也就觉得没有什么，舒舒泰泰地在一把椅子上坐下。

"用晚饭吧？"茶房放下皮包回头问。

"我要吃火腿汤淘饭，"小的孩子咬着指头说。

潘师母马上对他看个白眼，凛然说，"火腿汤淘饭！是逃难呢，有得吃就好了，还要这样那样点戏！"

大的孩子也不知道看看风色，央着潘先生说，"今天到上海了，你给我吃大菜。"

潘师母竟然发怒了，她回头呵斥道，"你们都是没有心肝的，只配什么也没得吃，活活地饿……"

潘先生有点儿窘，却作没事的样子说，"小孩子懂得什么。"便吩咐茶房道，"我们在路上吃了东西了，现在只消来两客蛋炒饭。"

茶房似答非答地一点头就走，刚出房门，潘先生又把他喊回来道，"带一斤绍兴，一毛钱熏鱼来。"

茶房的脚声听不见了，潘先生舒快地对潘师母道，"这一刻该得乐一乐，喝一杯了。你想，从兵祸凶险的地方，来到这绝无其事的境界，第一件可乐。刚才你们忽然离开了我，找了半天找不见，真把我急死了；倒是阿二乖觉（他说着，把阿二拖在身边，一手轻轻地拍着），他一眼便看见了你，于是我迎上来，这是第二件可乐。乐哉乐哉，陶陶酌一杯。"他作举杯就口的样子，迷迷地笑着。

潘师母不响，她正想着家里呢。细软的虽然已经装在皮箱里，寄到教堂里去了，但是留下的东西究竟还不少。不知王妈到底可靠不可靠；又不知隔壁那家穷人家有没有知道他们一家都出来了，只剩个王妈在家里看守；又不知王妈睡觉时,会不会忘了关上一扇门或是一扇窗。她又想起院子里的三只母鸡,没有完工的阿二的裤子,厨房里的一碗白煨鸭……真同通了电一般,一刻之间,种种的事情都涌上心头,觉得异样地不舒服;便叹口气道,"不知弄到怎样呢!"

两个孩子都怀着失望的心情,茫昧地觉得这样的上海没有平时父母嘴里的上海来得好玩而有味。

疏疏的雨点从窗外洒进来,潘先生站起来说,"果真下雨了,幸亏在这时候下",就把窗子关上。突然看见原先给窗子掩没的旅客须知单,他便想起一件顶紧要的事情,一眼不眨地直望那单子。

"不折不扣,两块!"他惊讶地喊。回转头时,眼珠瞪视着潘师母,一段舌头从嘴里伸了出来。

二

第二天早上,走廊中茶房们正蜷在几条长凳上熟睡,狭得只有一条的天井上面很少有晨光透下来,几许房间里的电灯还是昏黄地亮着。但是潘先生夫妇两个已经在那里谈话了;两个孩子希望今天的上海或许比昨晚的好一点,也醒了一会了,只因父母叫他们再睡一会,所以还躺在床上,彼此呵痒为戏。

"我说你一定不要回去,"潘师母焦心地说。"这报上的话,知道它靠得住靠不住的。既然千难万难地逃了出来,哪有立刻又回去的道理!"

"料是我早先也料到的。顾局长的脾气就是一点儿不肯马虎。'地方上又没有战事,学自然照常要开的,'这句话确然是他的声口。这个通信员我也认识,就是教育局里的职员,又哪里会靠不住?回去是一定要回去的。"

"你要晓得,回去危险呢!"潘师母凄然地说,"说不定三天两天他们就会打到我们那地方去,你就是回去开学,有什么学生来念书?就是不打到我们那地方,将来教育局长怪你为什么不开学时,你也有话回答。你只要问他,到底性命要紧还是学堂要紧?他也是一条性命,想来决不会对你过不去。"

"你懂得什么!"潘先生颇怀着鄙薄的意思。"这种话只配躲在家里,伏在床角里,由你这种女人去说;你道我们也说得出口么!你切不要拦阻我(这时候他已转为抚慰的声调),回去是一定要回去的;但是包你没有一点儿危险,我自有保全自己的法子。而且(他自喜心思灵敏,微微笑着),你不是很不放心家里的东西么?我回去了,就可以自己照看,你也能定心定意住在这里了。等到时局平定了,我马上来接你们回去。"

潘师母知道丈夫的回去是万无挽回的了。回去可以照看东西固然很好;但是风声这样紧,一去之后,犹如珠子抛在海里,谁保得定必能捞回来呢!生离死别的哀感涌上心头,她再不敢正眼看她的丈夫,眼泪早在眼角边偷偷地想跑出来了。她又立刻想起这个场面不大吉利,现在并没有什么不好的事情,怎么能凄惨地流起眼泪来。于是勉强忍住眼泪,聊作自慰的请求道,"那么你去看看情形,假使教育局长并没有照常开学这句话,要是还来得及,你就搭了今天下午的车来,不然,搭了明天的早车来。你要知道(她到底忍不住,一滴眼泪落在手背,立刻在衫子上擦去了),我不放心呢!"

潘先生心里也着实有点烦乱,局长的意思照常开学,自己万无主张暂缓开学之理,回去当然是天经地义,但是又怎么放得下这里!看他夫人这样的依依之情,断然一走,未免太没有恩义。又况一个女人两个孩子都是很懦弱的,一无依傍,寄住在外边,怎能断言决没有意外?他这样想时,不禁深深地发恨:恨这人那人调兵遣将,预备作战,恨教育局长主张照常开课,又恨自己没有个已经成年,可以帮助一臂的儿子。

但是他究竟不比女人,他更从利害远近种种方面着想,觉得回去终于是天经地义。便把恼恨搁在一旁,脸上也不露一毫形色,顺着夫人的口气点头道,"假若打听明白局长并没有这个意思,依你的话,就搭了下午的车来。"

两个孩子约略听得回去和再来的话,小的就伏在床沿作娇道,"我也要回去。"

"我同爸爸妈妈回去,剩下你独个儿住在这里,"大的孩子扮着鬼脸说。

小的听着,便迫紧喉咙叫唤,作啼哭的腔调,小手擦着眉眼的部分,但眼睛里实在没有眼泪。

"你们都跟着妈妈留在这里,"潘先生提高了声音说。"再不许胡闹了,好好儿起来等吃早饭吧。"说罢,又嘱咐了潘师母几句,径出雇车,赶往车站。

模糊地听得行人在那里说铁路已断火车不开的话,潘先生想,"火车如果不开,倒死了我的心,就是立刻免职也只得由他了。"同时又觉得这消息很使他失望;又想他是运气好,未必会逢到这等失望的事,那么行人的话也未必可靠。欲决此疑,只希望车夫三步并作一步跑。

他的运气果然不坏,赶到车站一看,并没有火车不开的通告;揭示处只标明夜车要迟四点钟才到,这时候还没到呢。买票处绝不拥挤,时时有一两个人前去买票。聚集在站中的人却不少,一半是候客的,一半是来看看的,也有带着照相器具的,专等夜车到时摄取车站拥挤的情形,好作《风云变幻史》的一页。行李房满满地堆着箱子铺盖,各色各样,几乎碰到铅皮的屋顶。

他心中似乎很安慰,又似乎有点儿怅惘,顿了一顿,终于前去买了一张三等票,就走入车厢里坐着。晴明的阳光照得一车通亮,可是不嫌燠热;座位很宽舒,勉强要躺躺也可以。他想,"这是难得逢到的。倘若心里没有事,真是一趟愉快的旅行呢。"

这趟车一路耽搁,听候军人的命令,等待兵车的通过。开到让里,已是下午三点过了。潘先生下了车,急忙赶到家,看见大门紧紧关着,心便一定,原来昨天再四叮嘱王妈的就是这一件。

扣了十几下,王妈方才把门开了。一见潘先生,出惊地说,"怎么,先生回来了!不用逃难了么?"

潘先生含糊回答了她;奔进里面四周一看,便开了房门的锁,直闯进去上下左右打量着。没有变更,一点儿没有变更,什么都同昨天一样。于是他吊起的半个心放下来了。还有半个心没放下,便又锁上房门,回身出门;吩咐王妈道,"你照旧好好把门关上了。"

王妈摸不清头绪,关了门进去只是思索。她想主人们一定就住在本地,恐怕她也要跟去,所以骗她说逃到上海去。"不然,怎么先生又回来了?奶奶同两个孩子不同来,又躲在什么地方呢?但是,他们为什么不让我跟去?这自然嫌得人多了不好。——他们一定就住在那洋人的红房子里,那些兵都讲通的,打起仗来不打那红房子。——其实就是老实告诉我,要我跟去,我也不高兴去呢。我在这里一点儿不怕;如果打仗打到这里来,反正我的老衣早就做好了。"她随即想起甥女儿送她的一双绣花鞋真好看,穿了那双鞋上西方,阎王一定另眼相看;于是她感到一种微妙的舒快,不再想主人究竟在哪里的问题。

潘先生出门,就去访那当通信员的教育局职员,问他局长究竟有没有照常开学的意思。那人回答道,"怎么没有?他还说有些教员只顾逃难,不顾职务,这就是表示教育的事业不配他们干的;乘此淘汰一下也是好处。"潘先生听了,仿佛觉得一凛;但又赞赏自己有主意,决定从上海回来到底是不错的。一口气奔到自己的学校里,提起笔来就起草送给学生家属的通告。通告中说兵乱虽然可虑,子弟的教育犹如布帛菽粟,是一天一刻不可废弃的,现在暑假期满,学校照常开学。从前欧洲大战的时候,人家天空里布着御防炸弹的网,下面学校里却依然在那里上课:这种非常的精神,我们应当不让他们专美于前。希望家长们能够体谅这一层意思,若无其事地依旧把子弟送来:这不仅是家庭和学校的益处,也是地方和国家的荣誉。

他起好草稿,往复看了三遍,觉得再没有可以增损,局长看见了,至少也得说一声"先得我心"。便得意地誊上蜡纸,又自己动手印刷了百多张,派校役向一个个学生家里送去。公事算是完毕了,开始想到私事;既要开学,上海是去不成了,他们母子三个住在旅馆里怎么挨得下去!但也没有办法,唯有叫他们一切留意,安心住着。于是蘸着刚才的残墨写寄与夫人的信。

下一天,他从茶馆里得到确实的信息,铁路真个不通了。他心头突然一沉,似乎觉得最亲热的一妻两儿忽地乘风飘去,飘得很远,几乎至于渺茫。没精没采地踱到学校里,校役回报昨天的使命道,"昨天出去送通告,有二十多家关上了大门,打也打不开,只好从门缝里塞进去。有三十多家只有佣人在家里,主人逃到上海去了,孩子当然跟了去,不一定几时才能回来念书。其余的都说知道了;有的又说性命还保不定安全,读书的事再说吧。"

"哦,知道了。"潘先生并不留心在这些上边,更深的忧虑正萦绕在他的心头。他抽完了一支烟卷以后,应走的路途决定了,便赶到红十字会分会的办事处。

他缴纳会费愿做会员;又宣称自己的学校房屋还宽敞,愿意作为妇女收容所,到万一的时候收容妇女。这是慈善的举措,当然受热诚的欢迎,更兼潘先生本来是体面的大家知道的人物。办事处就给他红十字的旗子,好在学校门前张起来;又给他红十字的徽章,标明他是红十字会的一员。

潘先生接旗子和徽章在手,像捧着救命的神符,心头起一种神秘的快慰。"现在什么都安全了!但是……"想到这里,便笑向办事处的职员道,"多给我一面旗,几个徽章吧。"他的理由是学校还有个侧门,也得张一面旗,而徽章这东西太小巧,恐怕偶尔遗失了,不如多备几个在那里。

办事员同他说笑话,这东西又不好吃的,拿着玩也没有什么意思,多拿几个也只作一个会员,不如不要多拿吧。但是终于依他的话给了他。

两面红十字旗立刻在新秋的轻风中招展,可是学校的侧门上并没有旗,原来移到潘先生家的大门上去了。一个红十字徽章早已跳上潘先生的衣襟,闪耀着慈善庄严的光,给与潘先生一种新的勇气。其余几个呢,重重包裹,藏在潘先生贴身小衫的一个口袋里。他想,"一个是她的,一个是阿大的,一个是阿二的。"虽然他们远处在那渺茫难接的上海,但是仿佛给他们加保了一重险,他们也就各各增加一种新的勇气。

三

碧庄地方两军开火了。

让里的人家很少有开门的,店铺自然更不用说,路上时时有兵士经过。

他们快要开拔到前方去，觉得最高的权威附灵在自己身上，什么东西都不在眼里，只要高兴提起脚来踩，都可以踩做泥团踩做粉。这就来了拉夫的事情：恐怕被拉的人乘隙脱逃，便用长绳一个联一个拴着胳臂，几个弟兄在前，几个弟兄在后，一串一串牵着走。因此，大家对于出门这件事都觉得危惧，万不得已时，也只从小巷僻路走，甚至佩着红十字徽章如潘先生之辈，也不免怀着戒心，不敢大模大样地踱来踱去。于是让里的街道见得又清静又宽阔了。

上海的报纸好几天没来。本地的军事机关却常常有前方的战报公布出来，无非是些"敌军大败，我军进展若干里"的话。街头巷尾贴出一张新鲜的战报时，也有好些人慢慢聚拢来，注目看着。但大家看罢以后依然不能定心，好似这布告背后还有许多话没说出来，于是怅怅地各自散了，眉头照旧皱着。

这几天潘先生无聊极了。最难堪的，自然是妻儿远离，而且消息不通，而且似乎有永远难通的征兆。次之便是自身的问题，"碧庄冲过来只一百多里路，这徽章虽说有用处，可是没有人写过笔据，万一没有用，又向谁去说话？——枪子炮弹劫掠放火都是真家伙，不是耍的，到底要多打听多走门路才行。"他于是这里那里探听前方的消息，只要这消息与外间传说的不同，便觉得真实的成分越多，即根据着盘算对于自身的利害。街上如其有一个人神色仓皇急忙行走时，他便突地一惊，以为这个人一定探得确实而又可怕的消息了；只因与他不相识，"什么！"一声就在喉际咽住了。

红十字会派人在前方办理救护的事情，常有人搭着兵车回来，要打听消息自然最可靠了。潘先生虽然是个会员，却不常到办事处去探听，以为这样就是对公众表示胆怯，很不好意思。然而红十字会究竟是可以得到真消息的机关，舍此他求未免有点傻，于是每天傍晚到姓吴的办事员家里去打听。姓吴的告诉他没有什么，或者说前方抵住在那里，他才透了口气回家。

这一天傍晚，潘先生又到姓吴的家里；等了好久，姓吴的才从外面走进来。

"没有什么吧？"潘先生急切地问。"照布告上说，昨天正向对方总攻击呢。"

"不行，"姓吴的忧愁地说；但随即咽住了，捻着唇边仅有的几根二三分长的髭须。

"什么！"潘先生心头突地跳起来，周身有一种拘牵不自由的感觉。

姓吴的悄悄地回答，似乎防着人家偷听了去的样子，"确实的消息，正安（距碧庄八里的一个镇）今天早上失守了！"

"啊！"潘先生发狂似地喊出来。顿了一顿，回身就走，一壁说道，"我回去了！"

路上的电灯似乎特别昏暗，背后又仿佛有人追赶着的样子，惴惴地，歪斜的急步赶到了家，叮嘱王妈道，"你关着门安睡好了，我今夜有事，不回来住了。"他看见衣橱里有一件绉纱的旧棉袍，当时没收拾在寄出去的箱子里，丢了也可惜；又有孩子的几件布夹衫，仔细看时还可以穿穿；又有潘师母的一条旧绸裙，她不一定舍得便不要它：便胡乱包在一起，提着出门。

"车！车！福星街红房子，一毛钱。"

"哪里有一毛钱的？"车夫懒懒地说，"你看这几天路上有几辆车？不是拼死寻饭吃的，早就躲起来了。随你要不要，三毛钱。"

"就是三毛钱，"潘先生迎上去，跨上脚踏坐稳了，"你也得依着我，跑得快一点！"

"潘先生，你到哪里去？"一个姓黄的同业在途中瞥见了他，站定了问。

"哦，先生，到那边……"潘先生失措地回答，也不辨问他的是谁；忽然想起回答那人简直是多事——车轮滚得绝快，那人决不会赶上来再问，——便缩住了。

红房子里早已住满了人，大都是十天以前就搬来的，儿啼人语，灯火这边那边亮着，颇有点热闹的气象。主人翁见面之后，说，"这里实在没有余屋了。但是先生的东西都寄在这里，也不好拒绝。刚才有几位匆忙地赶来，也因不好拒绝，权且把一间做厨房的厢房让他们安顿。现在去同他们商量，总可以多插你先生一个。"

"商量商量总可以，"潘先生到了家似地安慰。"何况在这样时候。我也不预备睡觉，随便坐坐就得了。"

他提着包裹跨进厢房的当儿，以为自己受惊太厉害了，眼睛生了翳，因而引起错觉；但是闭一闭眼睛再睁开来时，所见依然如前，这靠窗坐着，在那里同对面的人谈话，上唇翘起两笔浓须的，不就是教育局长么？

他顿时踌躇起来，已跨进去的一只脚想要缩出来，又似乎不大好。那局长也望见了他，尴尬的脸上故作笑容说，"潘先生，你来了，进来坐坐。"主人翁听了，知道他们是相识的，转身自去。

"局长先在这里了。还方便吧，再容一个人？"

"我们只三个人，当然还可以容你。我们带着席子；好在天气不很凉，可以轮流躺着歇歇。"

潘先生觉得今晚上局长特别可亲，全不像平日那副庄严的神态，便忘形地直跨进去说，"那么不客气，就要陪三位先生过一夜了。"

这厢房不很宽阔。地上铺着一张席子，一个戴眼镜的中年人坐在上面，

潘先生在难中

略微有疲倦的神色,但绝无欲睡的意思。锅灶等东西贴着一壁。靠窗一排摆着三只凳子,局长坐一只,头发梳得很光的二十多岁的人,局长的表弟,坐一只,一只空着。那边的墙角有一只柳条箱,三个衣包,大概就是三位先生带来的。仅仅这些,房间里已没有空地了。电灯的光本来很弱,又蒙上了一层灰尘,照得房间里的人物都昏暗模糊。

潘先生也把衣包放在那边的墙角,与三位的东西合伙。回过来谦逊地坐上那只空凳子。局长给他介绍了自己的同伴,随后说,"你也听到了正安的消息么?"

"是呀,正安。正安失守,碧庄未必靠得住呢。"

"大概这方面对于南路很疏忽,正安失守,便是明证。那方面从正安袭取碧庄是最便当的,说不定此刻已被他们得手了。要是这样,不堪设想!"

"要是这样,这里非糜烂不可!"

"但是,这方面的杜统帅不是庸碌无能的人,他是著名善于用兵的,大约见得到这一层,总有方法抵挡得住。也许就此反守为攻,势如破竹,直捣那方面的巢穴呢。"

"若能这样,战事便收场了,那就好了!——我们办学的就可以开起学来,照常进行。"

局长一听到办学,立刻感到自己的尊严,捻着浓须叹道,"别的不要讲,这一场战争,大大小小的学生吃亏不小呢!"他把坐在这间小厢房里的局促不舒的感觉忘了,仿佛堂皇地坐在教育局的办公室里。

坐在席子上的中年人仰起头来含恨似地说,"那方面的朱统帅实在可恶!这方面打过去,他抵抗些什么,——他没有不终于吃败仗的。他若肯漂亮点儿让了,战事早就没有了。"

"他是傻子,"局长的表弟顺着说,"不到尽头不肯死心的。只是连累了我们,这当儿坐在这又暗又窄的房间里。"他带着玩笑的神气。

潘先生却想念起远在上海的妻儿来了。他不知道他们可安好,不知道他们出了什么乱子没有,不知道他们此刻睡了不曾,抓既抓不到,想象也极模糊;因而想自己的被累要算最深重了,凄然望着窗外的小院子默不作声。

"不知道到底怎么样呢!"他又转而想到那个可怕的消息以及意料所及的危险,不自主地吐露了这一句。

"难说,"局长表示富有经验的样子说,"用兵全在趁一个机,机是刻刻变化的,也许竟不为我们所料,此刻已……所以我们……"他对着中年人一笑。

中年人,局长的表弟同潘先生三个已经领会局长这一笑的意味;大家想坐在这地方总不至于有什么,也各安慰地一笑。

小院子里长满了草,是蚊虫同各种小虫的安适的国土。厢房里灯光亮着,虫子齐飞了进来。四位怀着惊恐的先生就够受用了;扑头扑面的全是那些小东西,蚊虫突然一针,痛得直跳起来。又时时停语侧耳,惶惶地听外边有没有枪声或人众的喧哗。睡眠当然是无望了,只实做了局长所说的轮流躺着歇歇。

下一天清晨,潘先生的眼球上添了几缕红丝;风吹过来,觉得身上很凉。他急欲知道外面的情形,独个儿闪出红房子的大门。路上同平时的早晨一样,街犬竖起了尾巴高兴地这头那头望,偶尔走过一两个睡眼惺忪的人。他走过去,转入又一条街,也听不见什么特别的风声。回想昨夜的匆忙情形,不禁心里好笑。但是再一转念,又觉得实在并无可笑,小心点儿总比冒险好。

四

二十余天之后,战事停止了。大众点头自慰道,"这就好了!只要不打仗,什么都平安了!"但是潘先生还不大满意,铁路还没通,不能就把避居上海的妻儿接回来。信是来过两封了,但简略得很,比不看更叫他想念。他又恨自己到底没有先见之明;不然,这一笔冤枉的逃难费可以省下,又免得几十天的孤单。

他知道教育局里一定要提到开学的事情了,便前去打听。跨进招待室,看见局里的几个职员在那里裁纸磨墨,像是办喜事的样子。

一个职员喊道,"巧得很,潘先生来了!你写得一手好颜字,这个差使就请你当了吧。"

"这么大的字,非得潘先生写不可。"其余几个人附和着。

"写什么东西?我完全茫然。"

"我们这里正筹备欢迎杜统帅凯旋的事务。车站的两头要搭起四个彩牌坊,让杜统帅的花车在中间通过。现在要写的就是牌坊上的几个字。"

"我哪里配写这上边的字?"

"当仁不让,""一致推举,"几个人一哄地说;笔杆便送到潘先生手里。

潘先生觉得这当儿很有点儿意味,接了笔便在墨盆里蘸墨汁。凝想一下,提起笔来在蜡笺上一并排写"功高岳牧"四个大字。第二张写的是"威镇东南"。又写第三张,是"德隆恩溥"。——他写到"溥"字,仿佛看见许多影片,拉夫,开炮,焚烧房屋,奸淫妇人,菜色的男女,腐烂的死尸,在眼前一闪。

旁边看写字的一个人赞叹说,"这一句更见恳切。字也越来越好了。"
"看他对上一句什么,"又一个说。

1924 年 11 月 27 日完毕

(初载 1925 年 1 月《小说月报》第 16 卷第 1 期)

台静农

拜　堂

　　黄昏的时候,汪二将蓝布夹小袄托蒋大的屋里人当了四百大钱。拿了这些钱一气跑到吴三元的杂货店,一屁股坐在柜台前破旧的大椅上,椅子被坐得格格地响。

　　"那里来,老二?"吴家二掌柜问。

　　"从家里来。你给我请三股香,数二十张黄表。"

　　"弄什么呢?"

　　"人家下书子,托我买的。"

　　"那么不要蜡烛吗?"

　　"他妈的,将蜡烛忘了,那么就给我拿一对蜡烛罢。"

　　吴家二掌柜将香表蜡烛裹在一起,算了账,付了钱。汪二在回家的路上走着,心里默默地想:同嫂子拜堂成亲,世上虽然有,总不算好事。哥哥死了才一年,就这样了,真有些对不住。转而想,要不是嫂子天天催,也就可以不用磕头,糊里糊涂地算了。不过她说得也有理:肚子眼看一天大似一天,要是生了一男半女,到底算谁的呢? 不如率性磕了头,遮遮羞,反正人家是笑话了。

　　走到家,将香纸放在泥砌的供桌上。嫂子坐在门口迎着亮上鞋。

　　"都齐备了么?"她停了针向着汪二问。

　　"都齐备了,香、烛、黄表。"汪二蹲在地上,一面答,一面搽了火柴吸起旱烟来。

　　"为什么不买炮呢?"

　　"你怕人家不晓得么,还要放炮?"

　　"那么你不放炮,就能将人家瞒住了!"她深深地叹了一口气。"既然丢了丑,总得图个吉利,将来日子长,要过活。我想哈要买两张灯红纸,将窗户糊糊。"

　　"俺爹可用告诉他呢?"

　　"告诉他作什么? 死多活少的,他也管不了这些,他天天只晓得问人要钱灌酒。"她愤愤地说。"夜里还少不掉牵亲的,我想找赵二的家里同田大娘,你去同她两个说一声。"

"我不去,不好意思的。"

"哼,"她向他重重地看了一眼。"要讲意思,就不该作这样丢脸的事!"她冷悄地说。

这时候,汪二的父亲缓缓地回来了。右手提了小酒壶,左手端着一个白碗,碗里放着小块豆腐。他将酒壶放在供桌上,看见了那包香纸,于是不高兴地说:

"妈的,买这些东西作什么?"

汪二不理他,仍旧吸烟。

"又是许你妈的什么愿,一点本事都没有,许愿就能保佑你发财了?"

汪二还是不理他。他找了一双筷子,慢慢地在拌豆腐,预备下酒。全室都沉默了,除了筷子捣碗声,汪二的吸旱烟声,和汪大嫂的上鞋声。

镇上已经打了二更,人家大半都睡了,全镇归于静默。

她趁着夜静,提了篾编的小灯笼,悄悄地往田大娘那里去。才走到田家荻柴门的时候,已听到屋里纺线的声音,她知道田大娘还没有睡。

"大娘,你开开门。哈在纺线呢。"她站在门外说。

"是汪大嫂么?在那里来呢,二更都打了?"田大娘早已停止了纺线,开开门,一面向她招呼。

她坐在田大娘纺线的小椅上,半晌没有说话,田大娘很奇怪,也不好问。终于她说了:

"大娘,我有事……就是……"她未说出又停住了。"真是丑事,现在同汪二这样了。大娘,真是丑事,如今有了四个月的胎了。"她头是深深地低着,声音也随之低微。"我不恨我的命该受苦,只恨汪大丢了我,使我孤零零地,又没有婆婆,只这一个死多活少的公公。……我好几回就想上吊死去,……"

"唉,汪大嫂你怎么这样说!小家小户守什么?况且又没有个牵头;就是大家的少奶奶,又有几个能守得住的?"

"现在真没有脸见人……"她的声音有些哽咽了。

"是不是想打算出门呢?本来应该出门,找个不缺吃不缺喝的人家。"

"不呀,汪二说不如磕个头,我想也只有这一条路。我来就是想找大娘你去。"

"要我牵亲么?"

"说到牵亲,真丢脸,不过要拜天地,总得要旁人的;要是不恭不敬地也不好,将来日子长,哈要过活的。"

"那么,总得哈要找一个人,我一个也不大好。"

"是的,我想找赵二嫂。"

"对啦,她很相宜,我们一阵去。"田大娘说着,在房里摸了一件半旧的老蓝布裇穿了。

这深夜的静寂的帷幕,将大地紧紧地包围着,人们都酣卧在梦乡里,谁也不知道大地上有这么两个女人,依着这小小的灯笼的微光,在这漆黑的帷幕中走动。

渐渐地走到了,不见赵二嫂屋里的灯光,也听不见房内有什么声音,知道她们是早已睡了。

"赵二嫂,你睡了吗?"田大娘悄悄地走到窗户外说。

"是谁呀?"赵二嫂丈夫的口音。

"是田大娘么?"赵二嫂接着问。

"是的,二嫂开开门,有话跟你说。"

赵二嫂将门开开,汪大嫂就便上前招呼:

"二嫂已经睡了,又麻烦你开门。"

"怎么,你两个吗,这夜黑头从那里来呢?"赵二嫂很惊奇地问。"你俩请到屋里坐,我来点灯。"

"不用,不用,你来我跟你说!"田大娘一把拉了她到门口一棵柳树的底下,低声地说了她们的来意。结果赵二嫂说:

"我去,我去,等我换件裇子。"

少顷,她们三个一起在这黑的路上缓缓走着了,灯笼残烛的微光,更加暗弱。柳条迎着夜风摇摆,荻柴莎莎地响,好象幽灵出现在黑夜中的一种阴森的可怕,顿时使三个女人不禁地感觉着恐怖的侵袭。汪大嫂更是胆小,几乎全身战栗得要叫起来了。

到了汪大嫂家以后,烛已熄灭,只剩下烛烬上的一点火星子了。汪二将茶已煮好,正在等着;汪大嫂端了茶敬奉这两位来客。赵二嫂于是问:

"什么时候拜堂呢?"

"就是半夜子时吧,我想。"田大娘说。

"你两位看着吧,要是子时,就到了,马上要打三更的。"汪二说。

"那么,你就净净手,烧香吧。"赵二嫂说着,忽然看见汪大嫂还穿着孝。"你这白鞋怎么成,有黑鞋么?"

"有的,今天下晚才赶着上起来的。"她说了,便到房里换鞋去了。

"扎头绳也要换大红的,要是有花,哈要戴几朵。"田大娘一面说,一面到了房里帮着她去打扮。

汪二将香烛都已烧着,黄表预备好了。供桌检得干干净净的。于是轻轻地跑到东边墙外半间破屋里,看看他的爹爹是不是睡熟了,听在打鼾,倒放下心。

赵二嫂因为没有红毡子,不得已将汪大嫂床上破席子拿出铺在地上。汪二也穿了一件蓝布大褂,将过年的洋缎小帽戴上,帽上小红结,系了几条水红线;因为没有红丝线,就用几条绵线替代了。汪大嫂也穿戴周周正正地同了田大娘走出来。

烛光映着陈旧退色的天地牌,两人恭敬地站在席上,顿时显出庄严和寂静。

"站好了,男左女右,我来烧黄表。"田大娘说着,向前将表对着烛焰燃起,又回到汪大嫂身边。"磕吧,天地三个头。"赵二嫂说。

汪大嫂本来是经过一次的,也倒不用人扶持;听赵二嫂说了以后,却静静地和汪二磕了三个头。

"祖宗三个头。"

汪大嫂和汪二,仍旧静静地磕了三个头。

"爹爹呢?请来,磕一个头。"

"爹爹睡了,不要惊动吧,他的脾气又不好。"汪二低声说。

"好罢,那就给他老人家磕一个堆着罢。"

"再给阴间的妈妈磕一个。"

"哈有……给阴间的哥哥也磕一个。"

忽而汪大嫂的眼泪扑的落下地了,全身是颤动和抽搐;汪二也木然地站着,颜色变得难看,可怕。全室中的情调,顿成了阴森惨淡。双烛的光辉,竟暗了下去,大家都张皇失措了。终于田大娘说:

"总得图个吉利,将来还要过活的!"

汪大嫂不得已,忍住了眼泪,同了汪二,又呆呆地磕了一个头。

第二天清晨,汪二的爹爹,提了小酒壶,买了一个油条,坐在茶馆里。

"给你老头道喜呀,老二安了家。"推车的吴三说。

"道他妈的喜,俺不问他妈的这些屁事!"汪二的爹爹愤然地说。"以前我叫汪二将这小寡妇卖了,凑个生意本。他妈的,他不听,居然他俩个弄起来了!"

"也好。不然,老二到哪里安家去,这个年头?"拎画眉笼的齐二爷庄重地说。

"好在肥水不落外人田。"好象摆花生摊的小金从后面这样说。

汪二的爹爹没有听见,低着头还是默默地喝着他的酒。

1927 年 6 月 6 日

(初载 1927 年 6 月 10 日《莽原》第 2 卷第 11 期)

丁　玲

莎菲女士的日记

十二月二十四

今天又刮风！天还没亮，就被风刮醒了。伙计又跑进来生火炉。我知道，这是怎样都不能再睡得着了的，我也知道，不起来，便会头昏，睡在被窝里是太爱想到一些奇奇怪怪的事上去。医生说顶好能多睡，多吃，莫看书，莫想事，偏这就不能，夜晚总得到两三点才能睡着，天不亮又醒了。像这样刮风天，真不能不令人想到许多使人焦躁的事。并且一刮风，就不能出去玩，关在屋子里没有书看，还能做些什么？一个人能呆呆的坐着，等时间的过去吗？我是每天都在等着，挨着，只想这冬天快点过去；天气一暖和，我咳嗽总可好些，那时候，要回南便回南，要进学校便进学校，但这冬天可太长了。

太阳照到纸窗上时，我在煨第三次的牛奶。昨天煨了四次。次数虽煨得多，却不定是要吃，这只不过是一个人在刮风天为免除烦恼的养气法子。这固然可以混去一小点时间，但有时却又不能不令人更加生气，所以上星期整整的有七天没玩它，不过在没想出别的法子时，又不能不借重它来像一个老年人耐心着消磨时间。

报来了，便看报，顺着次序看那大号字标题的国内新闻，然后又看国外要闻，本埠琐闻……把教育界，党化教育，经济界，九六公债盘价……全看完，还要再去温习一次昨天前天已看熟了的那些招男女编级新生的广告，那些为分家产起诉的启事，连那些什么六〇六，百零机，美容药水，开明戏，真光电影……都熟习了过后才懒懒的丢开报纸。自然，有时会发现点新的广告，但也除不了是些绸缎铺五年六年纪念的减价，怨讥不周的讣闻之类。

报看完，想不出能找点什么事做，只好一人坐在火炉旁生气。气的事，也是天天气惯了的。天天一听到从窗外走廊上传来的那些住客们喊伙计的声音，便头痛，那声音真是又粗，又大，又嘎，又单调；"伙计，开壶！"或是"脸水,伙计!"这是谁也可以想象出来的一种难听的声音。还有,那楼下电话也不断地有人在电机旁大声地说话。没有一些声息时,又会感到寂沉沉的可怕,尤其是那四堵粉垩的墙。它们呆呆地把你眼睛挡住,无论你坐在哪方;逃到床上躺着吧,那同样的白垩的天花板,便沉沉地把你压住。真找不出一件事是能令人不生嫌厌的心的;如那麻脸伙计,那有抹布味的饭菜,那扫不干净的窗格上的沙土,那洗脸台上的镜子——这是一面可以把你的脸拖到一尺多长的镜子,不过只要你肯稍微一偏你的头,那你的脸又会扁得使你自己也害怕……这都可以令人生气了又生气。也许只我一人如是。但我宁肯能找到些新的不快活,不满足;只是新的,无论好坏,似乎都隔我太远了。

　　吃过午饭,苇弟便来了,我一听到那特有的急遽的皮鞋声从走廊的那端传来时,我的心似乎便从一种窒息中透出一口气来感到舒适。但我却不会表示,所以当苇弟进来时,我只默默地望着他;他以为我又在烦恼,握紧我一双手,"姊姊,姊姊"那样不断地叫着。我,我自然笑了!我笑的什么呢,我知道!在那两颗只望到我眼睛下面的跳动的眸子中,我准懂得那收藏在眼睑下面,不愿给人知道的是些什么东西!这有多么久了,你,苇弟,你在爱我!但他捉住过我吗?自然,我是不能负一点责,一个女人应当这样。其实,我算够忠厚了;我不相信会有第二个女人这样不捉弄他的,并且我还确确实实地可怜他,竟有时忍不住想指点他:"苇弟,你不可以换个方法吗?这样只能反使我不高兴的……"对的,假使苇弟能够再聪明一点,我是可以比较喜欢他些,但他却只能如此忠实地去表现他的真挚!

　　苇弟看见我笑了,便很满足。跳过床头去脱大氅,还脱下他那顶大皮帽。假使他这时再掉过头来望我一下,我想他一定可以从我的眼睛里得些不快活去。为什么他不可以再多地懂得我些呢?

　　我总愿意有那末一个人能了解得我清清楚楚的,如若不懂得我,我要那些爱,那些体贴做什么?偏偏我的父亲,我的姊姊,我的朋友都如此盲目地爱惜我,我真不知他们爱惜我的什么;爱我的骄纵,爱我的脾气,爱我的肺病吗?有时我为这些生气,伤心,但他们却都更容让我,更爱我,说一些错到更使我想打他们的一些安慰话。我真愿意在这种时候会有人懂得我,便骂我,我也可以快乐而骄傲了。

　　没有人来理我,看我,我会想念人家,或恼恨人家,但有人来后,我不觉得又会给人一些难堪,这也是无法的事。近来为要磨练自己,常常话到口边便咽住,怕又在无意中竟刺着了别人的隐处,虽说是开玩笑。因为如此,所以可以想象出来,我是拿一种什么样的心情在陪苇弟坐。但苇弟若站起身来喊走时,我又会因怕寂寞而感到怅惘,而恨起他来。这个,苇弟是早就知道的,所以他一直到晚上十点钟才回去。不过我却不骗人,并不骗自己,我清白,苇弟不走,不特于他没有益处,反只能让我更觉得他太容易支使,或竟更可怜他的太不会爱的技巧了。

十二月二十八

今天我请毓芳同云霖看电影,毓芳却邀了剑如来。我气得只想哭,但我却纵声地笑了。剑如,她是多么可以损害我自尊之心的;因为她的容貌,举止,无一不像我幼时所最投洽的一个朋友,所以我不觉地时常在追随她,她又特意给了我许多敢于亲近她的勇气。但后来,我却遭受了一种不可忍耐的待遇,无论什么时候想起,我都会痛恨我那过去的,不可追悔的无赖行为:在一个星期中我曾足足地给了她八封长信,而未被人理睬过。毓芳真不知想的哪一股劲,明知我不愿再提起从前的事,却故意邀着她来,像有心要挑逗我的愤恨一样,我真气了。

我的笑,毓芳和云霖不会留意这有什么变异,但剑如,她能感觉到;可是她会装,装糊涂,同我毫无芥蒂地说话。我预备骂她几句,不过话到口边便想到我为自己定下的戒条。并且做得太认真,反令人越得意。所以我又忍下心去同她们玩。

到真光时,还很早,在门口遇着一群同乡的小姐们,我真厌恶那些惯做的笑靥,我不去理她们,并且我无缘无故地生气到那许多去看电影的人。我乘毓芳同她们说到热闹中,丢下我所请的客,悄悄回来了。

除了我自己,没有人会原谅我的。谁也在批评我,谁也不知道我在人前所忍受的一些人们给我的感触。别人说我怪僻,他们哪里知道我却时常在讨人好,讨人欢喜。不过人们太不肯鼓励我说那太违心的话,常常给我机会,让我反省我自己的行为,让我离人们却更远了。

夜深时,全公寓都静静的,我躺在床上好久了。我清清白白的想透了一些事,我还能伤心什么呢?

十二月二十九

一早毓芳就来电话。毓芳是好人,她不会扯谎,大约剑如是真病。毓芳说,起病是为我,要我去,剑如将向我解释。毓芳错了,剑如也错了,莎菲不是欢喜听人解释的人。根本我就否认宇宙间要解释。朋友们好,便好;合不来时,给别人点苦头吃,也是正大光明的事。我还以为我够大量,太没报复人了。剑如既为我病,我倒快活,我不会拒绝听别人为我而病的消息。并且剑如病,还可以减少点我从前自怨自艾的烦恼。

我真不知应怎样才能分析我自己。有时为一朵被风吹散了的白云,会感到一种渺茫的,不可捉摸地难过;但看到一个二十多岁的男子(苇弟其实还大我四岁)把眼泪一颗一颗掉到我手背时,却像野人一样在得意地笑了。苇弟从东城买了许多信纸信封来我这里玩,为了他很快乐,在笑,我便故意去捉弄,看到他哭了,我却快意起来,并且说:"请珍重点你的眼泪吧,不要以为姊姊像别的女人一样脆弱得受不起一颗眼泪……""还要哭,请你转家去哭,我看见眼泪就讨厌……"自然,他不走,不分辩,不负气,只蜷在椅角边老老实实无声地去流那不知从哪里得来的那末多的眼泪。我,自然,得意够了,又会惭愧起来,于是用着姊姊的态度去喊他洗脸,抚摩他的头发。他镶着泪珠又笑了。

在一个老实人面前,我已尽自己的残酷天性去磨折他,但当他走后,我真想能抓回他来,只请求他:"我知道自己的罪过,请不要再爱这样一个不配承受那真挚的爱的女人了吧!"

一月一号

我不知道那些热闹的人们是怎样的过年,我只在牛奶中加了一个鸡子,鸡子是昨天苇弟拿来的,一共二十个,昨天煨了七个茶卤蛋,剩下十三个,大约够我两星期来吃它。若吃午饭时,苇弟会来,则一定有两个罐头的希望。我真希望他来。因为想到苇弟来,我便上单牌楼去买了四盒糖,两包点心,一篓橘子和苹果,预备他来时给他吃。我断定今天只有他才能来。

但午饭吃过了,苇弟却没来。

我一共写了五封信,都是用前几天苇弟买来的好纸好笔。我想能接得几个美丽的画片,却不能。连几个最爱弄这个玩艺儿的姊姊们都把我这应得的一份儿忘了。不得画片,不希罕,单单只忘了我,却是可气的事。不过自己从不曾给人拜过一次年,算了,这也是应该的。

晚饭还是我一人独吃,我烦恼透了。

夜晚毓芳云霖来了,还引来一个高个儿少年,我想他们才真算幸福;毓芳有云霖爱她,她满意,他也满意。幸福不是在有爱人,是在两人都无更大的欲望,商商量量平平和和地过日子。自然,有人将不屑于这平庸。但那只是另外人的,与我的毓芳无关。

毓芳是好人,因为她有云霖,所以她"愿天下有情人皆成眷属"。她去年曾替玛丽作过一次恋爱婚姻的介绍。她又希望我能同苇弟好,她一来便问苇弟。但她却和云霖及那高个儿把我给苇弟买的东西吃完了。

那高个儿可真漂亮,这是我第一次感觉到男人的美,从来我还没有留心到。只以为一个男人的本行是会说话,会看眼色,会小心能够了。今天我看了这高个儿,才懂得男人是另铸有一种高贵的模型,我看出在他面前的云霖显得多么委琐,多么呆拙……我真要可怜云霖,假使他知道他在这个人前所衬出的不幸时,他将怎样伤心他那些所有的粗丑的眼神,举止。我更不知,当毓芳拿这一高一矮的男人相比时,会起一种什么情感!

他,这生人,我将怎样去形容他的美呢?固然,他的颀长的身躯,白嫩的面庞,薄薄的小嘴唇,柔软的头发,都足以闪耀人的眼睛,但他还另外有一种说不出,捉不到的丰仪来煽动你的心。比如,当我请问他的名字时,他会用那种我想不到的不急遽的态度递过那只擎有名片的手来。我抬起头去,呀,我看见那两个鲜红的,嫩腻的,深深凹进的嘴角了。我能告诉人吗,我是用一种小儿要糖果的心情在望着那惹人的两个小东西。但我知道在这个社会里面是不准许任我去取得我所要的来满足我的冲动,我的欲望,无论这于人并没有损害的事,我只得忍耐着,低下头去,默默地念那名片上的字:

"凌吉士,新加坡……"

凌吉士,他能那样毫无拘束地在我这儿谈话,像是在一个很熟的朋友处,难道我能说他这是有意来捉弄一个胆小的人?我为要强迫地拒绝引诱,不敢把眼光抬平去一望那可爱慕的火炉的一角。两只不知羞惭的破烂拖鞋,也逼着我不准走到桌前的灯光处。我气我自己:怎么会那样拘束,不调皮应对?平日看不起别人的交际,今天才知道自己是显得又呆,又傻气。唉,他一定以为我是一个乡下才出来的姑娘了!

云霖同毓芳两人看见我木木的,以为我不欢喜这生人,常常去打断他的话,不久带着他走了。这个我也感激他们的好意吗?我望着那一高两矮的影子在楼下院子中消失时,我真不愿再回到这留得有那人的靴印,那人的声音,和那人吃剩的饼屑的屋子。

一月三号

这两夜通宵通宵地咳嗽。对于药,简直就不会有信仰,药与病不是已毫无关系吗?我明明厌烦那苦水,但却又按时去吃它,假使连药也不吃,我能拿什么来希望我的病呢?神要人忍耐着生活,安排许多痛苦在死的前面,使人不敢走近死去。我呢,我是更为了我这短促的不久的生,我越求生得厉害;不是我怕死,是我总觉得我还没享有我生的一切。我要,我要使我快乐。无论在白天,在夜晚,我都在梦想可以使我没有什么遗憾在我死的时候的一些事情。我想能睡在一间极精致的卧房的睡榻上,有我的姊姊们跪在榻前的熊皮毡子上为我祈祷,父亲悄悄地朝着窗外叹息,我读着许多封从那些爱我的人儿们寄来的长信,朋友们都纪念我流着忠实的眼泪……我迫切地需要这人间的感情,想占有许多不可能的东西。但人们给我的是什么呢?整整又两天,又一人幽囚在公寓里,没有一个人来,也没有一封信来,我躺在床上咳嗽,坐在火炉旁咳嗽,走到桌子前也咳嗽,还想念这些可恨的人们……其实还是收到一封信的,不过这除了更加我一些不快外,也只不过是加我不快。这是一年前曾骚扰过我的一个安徽粗壮男人寄来的,我没有看完就扯了。我真肉麻那满纸的"爱呀爱的!"我厌恨我不喜欢的人们的殷勤……

我,我能说得出我真实的需要是些什么呢?

一月四号

事情不知错到什么地方去了。我为什么会想到搬家,并且在糊里糊涂中欺骗了云霖,好像扯谎也是本能一样,所以在今天能毫不费力地便使用了。假使云霖知道莎菲也会骗他,他不知应如何伤心,莎菲是他们那样爱惜的一个小妹妹。自然我不是安心的,并且我现在在后悔。但我能决定吗,搬呢,还是不搬?

我不能不向我自己说:"你是在想念那高个儿的影子呢!"是的,这几天几夜我无时不神往到那些足以诱惑我的。为什么他不在这几天中单独来会我呢?他应当知道他不该让我如此地去思慕他。他应当来看我,说他也想念我才对。假使他来,我是不会拒绝去听他所说的一些爱慕我的话,我还将令他知道我所要的是些什么。但他却不来。我估定这像传奇中的事是难实现了。难道我去找他吗?一个女人这样放肆,是不会得好结果的。何况还要别人能尊敬我呢。我想不出好法子,只好先到云霖处试一试,所以吃过午饭,我便冒风向东城去。

云霖是京都大学的学生,他租的住房在京都大学一院和二院之间青年胡同里。我到他那里时,幸好他没有出去,毓芳也没有来。云霖当然很诧异我在大风天出来,我说是到德国医院看病,顺便来这里。他就毫不疑惑,问我的病状,我却把话头故意引到那天晚上。不费一点气力,我便打探得那人儿住在第四寄宿舍,在京都大学二院隔壁。不久,我又叹起气来,我用许多言辞把在西城公寓里的生活,描摹得寂寞,暗淡。我又扯谎,我说惟一只想能贴近毓芳(我知道毓芳已预备搬来云霖处)。我要求云霖同我在近处找房。云霖当然高兴这差事,不会迟疑的。

在找房的时候,凑巧竟碰着了凌吉士。他也陪着我们。我真高兴,高兴使我胆大了,我狠狠地望了他几次,他没有觉得。他问我的病,我说全好了,他不信似的在笑。

我看上一间又低,又小,又霉的东房,在云霖的隔壁一家大元公寓里。他和云霖都说太湿,我却执意要在第二天便搬来,理由是那边太使我厌倦,而我急切地要依着毓芳。云霖无法,就答应了,还说好第二天一早他和毓芳过来替我帮忙。

我能告诉人,我单单选上这房子的用意吗?它位置在第四寄宿舍和云霖住所之间。

他不曾向我告别,我又转到云霖处,尽我所有的大胆在谈笑。我把他什么细小处都审视遍了,我觉得都有我嘴唇放上去的需要。他不会也想到我在打量他,盘算他吗?后来我特意说我想请他替我补英文,云霖笑,他却受窘了,不好意思地含含糊糊地回答,于是我向心里说,这还不是一个坏蛋呢,那样高大的一个男人还会红脸?因此我的狂热更炎炽了。但我不愿让人懂得我,看得我太容易,所以我驱遣我自己,很早就回来了。

现在仔细一想,我惟恐我的任性,将把我送到更坏的地方去,暂时且住在这有洋炉的房里吧,难道我能说得上是爱上了那南洋人吗?我还一丝一毫都不知道他呢。什么那嘴唇,那眉梢,那眼角,那指尖……多无意识,这并不是一个人所应需的,我着魔了,会想到那上面。我决计不搬,一心一意来养病。

我决定了,我懊悔,懊悔我白天所做的一些不是,一个正经女人所做不出来的。

一月六号

都奇怪我,听说我搬了家,南城的金英,西城的江周,都来到我这低湿的小屋里。我笑着,有时在床上打滚,她们都说我越小孩气了,我更大笑起来。我只想告诉她们我想的是什么。下午苇弟也来了。苇弟最不快活我搬家,因为我未曾同他商量,并且离他更远了。他见着云霖时,竟不理他。云霖摸不着他为什么生气。望着他。他更板起脸孔。我好笑,我向自己说:"可怜,冤枉他了,一个好人!"

毓芳不再向我说剑如。她决定两三天便搬来云霖处,因为她觉得我既这样想傍着她住,她不能让我一人寂寂寞寞地住在这里。她和云霖待我比以前更亲热。

一月十号

　　这几天我都见着凌吉士,但我从没同他多说几句话,我决不先提补英文事。我看见他一天两次往云霖处跑,我发笑,我断定他以前一定不会同云霖如此亲密的。我没有一次邀请他来我那儿玩,虽说他问了几次搬了家如何,我都装出不懂的样儿笑一下便算回答。我把所有的心计都放在这上面,好像同什么东西搏斗一样。我要那样东西,我还不愿去取得,我务必想方设计让他自己送来。是的,我了解我自己,不过是一个女性十足的女人,女人只把心思放到她要征服的男人们身上。我要占有他,我要他无条件地献上他的心,跪着求我赐给他的吻呢。我简直癫了,反反复复地只想着我所要施行的手段的步骤,我简直癫了!

　　毓芳云霖看不出我的兴奋,只说我病快好了。我也正不愿他们知道,说我病好,我就装着高兴。

一月十二

　　毓芳已搬来,云霖却搬走了。宇宙间竟会生出这样一对人来,为怕生小孩,便不肯住在一起。我猜想他们连自己也不敢断定:当两人抱在一床时是不会另外干出些别的事来,所以只好预先防范,不给那肉体接触的机会。至于那单独在一房时的拥抱和亲嘴,是不会发生危险,所以悄悄表演几次,便不在禁止之列。我忍不住嘲笑他们了,这禁欲主义者!为什么会不需要拥抱那爱人的裸露的身体?为什么要压制住这爱的表现?为什么在两人还没睡在一个被窝里以前,会想到那些不相干足以担心的事?我不相信恋爱是如此的理智,如此的科学!

　　他俩不生气我的嘲笑,他俩还骄傲着他们的纯洁,而笑我小孩气呢。我体会得出他们的心情,但我不能解释宇宙间所发生的许许多多奇怪的事。

　　这夜我在云霖处(现在要说毓芳处了)坐到夜晚十点钟才回来,说了许多关于鬼怪的故事。

　　鬼怪这东西,我在一点点大的时候就听惯了,坐在姨妈怀里听姨爹讲《聊斋》是常事,并且一到夜里就爱听。至于怕,又是另外一件不愿告人的。因为一说怕,准就听不成,姨爹便会踱过对面书房去,小孩就不准下床了。到进了学校,又从先生口里得知点科学常识,为了信服那位周麻子二先生,所以连书本也信服,从此鬼怪便不屑于害怕了。近来人更在长高长大,说起来,总是否认有鬼怪的,但鸡粟却不肯因为不信便不出来,毫毛一根根也会竖起的。不过每次同人说到鬼怪时,别人不知道我想抛开说到别的闲话上去,为的怕夜里一个人睡在被窝里时想到死去了的姨爹姨妈就伤心。

回来时,看到那黑魆魆的小胡同,真有点胆悸。我想,假使在哪个角落里露出一个大黄脸,或伸一只毛手,在这样像冻住了的冷巷里,我不会以为是意外。但看到身边的这高大汉子(凌吉士)做镖手,大约总可靠,所以当毓芳问我时,我只答应"不怕,不怕"。

云霖也同我们出来,他回他的新房子去,他向南,我们向北,所以只走了三四步,便听不清那橡皮鞋底在泥板上发出的声音。

他伸来一只手,拢住了我的腰:

"莎菲,你一定怕哟!"

我想挣,但挣不掉。

我的头停在他的胁前,我想,如若在亮处,看起来,我会像个什么东西,被挟在比我高一个头还多的人的腕中。

我把身一蹲,便窜出来了,他也松了手陪我站在大门边打门。

小胡同里黑极了,但他的眼睛望到何处,我却能很清楚地看见。心微微有点跳,等着开门。

"莎菲,你怕哟!"

门闩已在响,是伙计在问谁。我朝他说:

"再——"

他猛地握住我的手,我无力再说下去。

伙计看到我身后的大人,露着诧异。

到单独只剩两人在一房时,我的大胆,已经变得毫无用处了,想故意说几句客套话,也不会,只说:"请坐吧!"自己便去洗脸。

鬼怪的事,已不知忘到什么地方去了。

"莎菲!你还高兴读英文吗?"他忽然问。

这是他来找我,提到英文,自然他未必欢喜白白牺牲时间去替人补课,这意思,在一个二十岁的女人面前,怎能瞒过,我笑了(这是只在心里笑)。我说:

"蠢得很,怕读不好,丢人。"

他不说话,把我桌上摆的照片拿来玩弄着,这照片是我姊姊的一个刚满一岁的女儿。

我洗完脸,坐在桌子那头。

他望望我,又去望那小女孩,然后又望我。是的,这小女孩长得真像我。于是我问他:

"好玩吗？你说像我不像？"

"她,谁呀!"显然,这声音表示着非常认真。

"你说可爱不可爱？"

他只追问着是谁。

忽的,我明白了他意思,我又想扯谎了。

"我的。"于是我把相片抢过来吻着。

他信了。我竟愚弄了他,我得意我的不诚实。

这得意,似乎便能减少他的妩媚,他的英爽。要不,为什么当他显出那天真的诧愕时,我会忽略了他那眼睛,我会忘掉了他那嘴唇？否则,这得意一定将冷淡下我的热情。

然而当他走后,我却懊悔了。那不是明明安放着许多机会吗？我只要在他按住我手的当儿,另做出一种眼色,让他懂得他是不会遭拒绝,那他一定可以做出一些比较大胆的事。这种两性间的大胆,我想只要不厌烦那人,会像把肉体融化了的感到快乐无疑。但我为什么要给人一些严厉,一些端庄呢？唉,我搬到这破房子里来,到底为的是什么呢？

一月十五

近来我是不算寂寞了,白天在隔壁玩,晚上又有一个新鲜的朋友陪我谈话。但我的病却越深了。这真不能不令我灰心,我要什么呢,什么也于我无益。难道我有所眷恋吗？一切又是多么的可笑,但死却不期然地会让我一想到便伤心。每次看见那克利大夫的脸色,我便想:是的,我懂得,你尽管说吧,是不是我已没希望了？但我却拿笑代替了我的哭。谁能知道我在夜深流出的眼泪的分量!

几夜,凌吉士都接着接着来,他告人说是在替我补英文,云霖问我,我只好不答应。晚上我拿一本"Poor People"放在他面前,他真个便教起我来。我只好又把书丢开,我说:"以后你不要再向人说在替我补英文吧,我病,谁也不会相信这事的。"他赶忙便说:"莎菲,我不可以等你病好些教你吗？莎菲,只要你喜欢。"

这新朋友似乎是来得如此够人爱,但我却不知怎的,反而懒于注意到这些事。我每夜看到他丝毫得不着高兴地出去,心里总觉得有点歉仄。我只好在他穿大氅的当儿向他说:"原谅我吧,我有病!"他会错了我的意思,以为我同他客气。"病有什么要紧呢,我是不怕传染的。"后来我仔细一想,也许这话含得有别的意思,我真不敢断定人的所作所为像可以想象出来的那样单纯。

一月十六

今天接到蕴姊从上海来的信,更把我引到百无可望的境地。我哪里还能找得几句话去安慰她呢?她信里说:"我的生命,我的爱,都于我无益了……"那她是更不需要我的安慰,我为她而流的眼泪了。唉!从她信中,我可以揣想得出她婚后的生活,虽说她未肯明明地表白出来。神为什么要去捉弄这些在爱中的人儿?蕴姊是最神经质,最热情的人,自然她更受不住那渐渐的冷淡,那遮饰不住的虚情……我想要蕴姊来北京,不过这是做得到的吗?这还是疑问。

苇弟来的时候,我把蕴姊的信给他看;他真难过,因为那使我蕴姊感到生之无趣的人,不幸便是苇弟的哥哥。于是我向他说了我许多新得的"人生哲学"的意义;他又尽他惟一的本能在哭。我只是很冷静地去看他怎样使眼睛变红,怎样拿手去擦干,并且我在他那些举动中,加上许多残酷的解释。我未曾想到在人世中,他是一个例外的老实人,不久,我一个人悄悄地跑出去了。

为要躲避一切的熟人,深夜我才独自从冷寂寂的公园里转来,我不知怎样度过那些时间,我只想:"多无意义啊!倒不如早死了干净……"

一月十七

我想:也许我是发狂了!假使是真发狂,我倒愿意。我想,能够得到那地步,我总可以不会再感到这人生的麻烦了吧……

足足有半年为病而禁了的酒,今天又开始痛饮了。明明看到那吐出来的是比酒还红的血。但我心却像被什么别的东西主宰一样,似乎这酒便可在今晚致死我一样,我不愿再去细想那些纠纠葛葛的事……

一月十八

现在我还睡在这床上,但不久就将与这屋分别了,也许是永别,我断得定我还能再亲我这枕头,这棉被……的幸福吗?毓芳,云霖,苇弟,金夏都守着一种沉默围绕着我坐着,焦急地等着天明了好送我进医院去。我是在他们忧愁的低语中醒来的,我不愿说话,我细想昨天上午的事,我闻到屋子中遗留下来的酒气和腥气,才觉得心正在剧烈地痛,于是眼泪便汹涌了。因了他们的沉默,因了他们脸上所显现出来的凄惨和暗淡,我似乎感到这便是我死的预兆。假设我便如此长睡不醒了呢，是不是他们也将如此沉默地围绕着我僵硬的尸体？他们看见我醒了，便都走拢来问我。这时我真感到了那可怕的死别！我握着他们，仔细望着他们每个的脸，似乎要将这记忆永远保存着。他们都把眼泪滴到我手上，好像我就要长远离开他们走向死之国一样。尤其是苇弟，哭得现出丑脸。唉，我想：朋友呵，请给我一点快乐吧……于是我反而笑了。我请他们替我清理一下东西，他们便在床铺底下拖出那口大藤箱来，箱子里有几捆花手绢的小包，我说："这我要的，随着我进协和吧。"他们便递给我，我给他们看，原来都满满是信札，我又向他们笑："这，你们的也在内！"他们才似乎也快乐些了。苇弟又忙着从抽屉里递给我一本照片，是要我也带去的样子，我更笑了。这里面有七八张是苇弟的单像，我又容许苇弟吻我的手，并握着我的手在他脸上摩擦，于是这屋子才不像真有个僵尸停着的一样，天这时也慢慢显出了鱼肚白。他们忙乱了，慌着在各处找洋车。于是我病院的生活便开始了。

三月四号

　　接蕴姊死电是二十天以前的事，我的病却一天好一天。一号又由送我进院的几人把我送转公寓来，房子已打扫得干干净净。因为怕我冷，特生了一个小小的洋炉，我真不知怎样才能表示我的感谢，尤其是苇弟和毓芳。金和周在我这儿住了两夜才走，都充当我的看护，我每日都躺着，舒服得不像住公寓，同在家里也差不了什么了！毓芳决定再陪我住几天，等天气暖和点便替我上西山找房子，我好专去养病，我也真想能离开北京，可恨阳历三月了，还如是之冷！毓芳硬要住在这儿，我也不好十分拒绝，所以前两天为金和周搭的一个小铺又不能撤了。

　　近来在病院把我自己的心又医转了，实实在在是这些朋友们的温情把它重暖了起来，觉得这宇宙还充满着爱呢。尤其是凌吉士，当他到医院看我时，我觉得很骄傲，他那种丰仪才够去看一个在病院的女友的病，并且我也懂得，那些看护妇都在羡慕着我呢。有一天，那个很漂亮的密司杨问我：

　　"那高个儿，是你的什么人呢？"

　　"朋友！"我忽略了她问的无礼。

　　"同乡吗？"

　　"不，他是南洋的华侨。"

　　"那末是同学？"

　　"也不是。"

　　于是她狡猾地笑了，"就仅是朋友吗？"

自然，我可以不必脸红，并且还可以警诫她几句，但我却惭愧了。她看到我闭着眼装要睡的狼狈样儿，便得意地笑着走去。后来我一直都恼着她。并且为了躲避麻烦，有人问起苇弟时，我便扯谎说是我的哥哥。有一个同周很好的小伙子，我便说是同乡，或是亲戚地乱扯。

　　当毓芳上课去，我一个人留在房里时，我就去翻在一月多中所收到的信，我又很快活，很满足，还有许多人在纪念我呢。我是需要别人纪念的，总觉得能多得点好意就好。父亲是更不必说，又寄了一张像来，只有白头发似乎又多了几根。姊姊们都好，可惜就为小孩们忙得很，不能多替我写信。

　　信还没有看完，凌吉士又来了。我想站起来，但他却把我按住。他握着我的手时，我快活得真想哭了。我说：

　　"你想没想到我又会回转这屋子呢？"

　　他只瞅着那侧面的小铺，表示不高兴的样子，于是我告诉他从前的那两位客已走了，这是特为毓芳预备的。

　　他听了便向我说他今晚不愿再来，怕毓芳厌烦他。于是我心里更充满乐意了，便说：

　　"难道你就不怕我厌烦吗？"

　　他坐在床头更长篇地述说他这一个多月中的生活，怎样和云霖冲突，闹意见，因为他赞成我早些出院，而云霖执着说不能出来。毓芳也附着云霖，他懂得他认识我的时间太短，说话自然不会起影响，所以以后他不管这事了，并且在院中一和云霖碰见，自己便先回来。

　　我懂得他的意思，但我却装着说：

　　"你还说云霖，不是云霖我还不会出院呢，住在里面舒服多了。"

　　于是我又看见他默默地把头掉到一边去，不答我的话。

　　他算着毓芳快来时，便走了，悄悄告诉我说等明天再来。果然，不久毓芳便回来了。毓芳不曾问，我也不告她，并且她为我的病，不愿同我多说话，怕我费神，我更乐得藉此可以多去想些另外的小闲事。

三月六号

　　当毓芳上课去后，把我一人摆在房里时，我便会想起这所谓男女间的怪事；其实，在这上面，不是我爱自夸，我所受的训练，至少也有我几个朋友们的相加或相乘，但近来我却非常不能了解了。当独自同着那高个儿时，我的心便会跳起来，又是羞惭，又是害怕，而他呢，他只是那样随便地坐着，近乎天真地讲他过去的历史，有时握着我的手，不过非常自然，然而我的手便不会很安静地被握在那大手中，慢慢地会发烧。一当他站起身预备走时，不由得我心便慌张了,好像我将跌入那可怕的不安中,于是我盯着他看,真说不清那眼光是求怜,还是怨恨;但他却忽略了我这眼光,偶尔懂得了,也只说:"毓芳要来了哟!"我应当怎样说呢?他是在怕毓芳!自然,我也不愿有人知道我暗地所想的一些不近情理的事,不过我又感到有别人了解我感情的必要;几次我向毓芳含糊地说起我的心境,她还是那样忠实地替我盖被子,留心我的药,我真不能不有点烦闷了。

三月八号

毓芳已搬回去,苇弟又想代替那看护的差事。我知道,如若苇弟来,一定比毓芳还好,夜晚若想茶吃时,总不至于因听到那浓睡中的鼾声而不愿搅扰人便把头缩进被窝算了;但我自然拒绝他这好意,他固执着,我只好说:"你在这里,我有许多不方便,并且病呢,也好了。"他还要证明间壁的屋子空着,他可以住间壁,我正在无法时,凌吉士来了,我以为他们还不认识,而凌吉士已握着苇弟的手,说是在医院见过两次。苇弟冷冷地不理他,我笑着向凌吉士说:"这是我的弟弟,小孩子,不懂交际,你常来同他玩吧。"苇弟真的变成了小孩子,丧着脸站起身就走了。我因为有人在面前,便感得不快,也只掩藏住,并且觉得有点对凌吉士不住,但他却毫没介意,反问我:"不是他姓白吗,怎会变成你的弟弟?"于是我笑了:"那末你是只准姓凌的人叫你做哥哥弟弟的!"于是他也笑了。

近来青年人在一处时,老喜欢研究到这一个"爱"字,虽说有时我似乎懂得点,不过终究还是不很说得清。至于男女间的一些小动作,似乎我又太看得明白了。也许是因为我懂得了这些小动作,于"爱"才反迷糊,才没有勇气鼓吹恋爱,才不敢相信自己是一个纯粹的够人爱的小女子,并且才会怀疑到世人所谓的"爱",以及我所接受的"爱"……

在我稍微有点懂事的时候,便给爱我的人把我苦够了,给许多无事的人以诬蔑我,凌辱我的机会,以致我顶亲密的小伴侣们也疏远了。后来又为了爱的胁迫,使我害怕得离开了我的学校。以后,人虽说一天天大了,但总常常感到那些无味的纠缠,因此有时不特怀疑到所谓"爱",竟会不屑于这种亲密。苇弟说他爱我,为什么他只常常给我一些难过呢?譬如今晚,他又来了,来了便哭,并且似乎带了很浓的兴味来哭一样,无论我说:"你怎么了,说呀!""我求你,说话呀,苇弟!……"他都不理会。这是从未有的事,我尽我的脑力也猜想不出他所骤遭的这灾祸。我应当把不幸朝哪一方去揣测呢?后来,大约他哭够了,才大声说:"我不喜欢他!""这又是谁欺侮了你呢,这样大嚷大闹的?""我不喜欢那高个子!那同你好的!"哦,我这才知道原来是怄我的气。我不觉得笑了。这种无味的嫉妒,这种自私的占有,便是所谓爱吗?我发笑,而这笑,自然不会安慰那有野心的男人的。并且因我不屑的态度,更激起他那不可抑制的怒气。我看看他那放亮的眼光,我以为他要噬人了,我想:"来吧!"但他却又低下头去哭了,还揩着眼泪,踉跄地走出去。

这种表示,也许是称为狂热的,真率的爱的表现吧,但苇弟却不加思索地用在我面前,自然是只会失败;并不是我愿意别人虚伪,做作,我只觉得想靠这种小孩般举动来打动我的心,全是无用。或者因为我的心生来便如此硬;那我之种种不惬于人意而得来烦恼和伤心,也是应该的。

苇弟一走,自自然然我把我自己的心意去揣摩,去仔细回忆那一种温柔的,大方的,坦白而又多情的态度上去,光这态度已够人欣赏像吃醉一般的感到那融融的蜜意,于是我拿了一张画片,写了几个字,命伙计即刻送到第四寄宿舍去。

三月九号

我看见安安闲闲坐在我房里的凌吉士,不禁又可怜苇弟,我祝祷世人不要像我一样,忽略了蔑视了那可贵的真诚而把自己陷到那不可拔的渺茫的悲境里;我更愿有那末一个真诚纯洁的女郎去饱领苇弟的爱,并填实苇弟所感得的空虚啊!

三月十三

好几天又不提笔,不知是因为我心情不好,或是找不出所谓的情绪。我只知道,从昨天来我是只想哭了。别人看到我哭,以为我在想家,想到病,看见我笑呢,又以为我快乐了,还欣庆着这健康的光芒……但所谓朋友皆如是,我能告谁以我的不屑流泪,而又无力笑出的痴呆心境?因我看清了自己在人间的种种不愿舍弃的热望以及每次追求而得来的懊丧,所以连自己也不愿再同情这未能悟彻所引起的伤心。更哪能捉住一管笔去详细写出自怨和自恨呢!

是的,我好像又在发牢骚了。但这只是隐忍在心头反复向自己说,似乎还无碍。因为我未曾有过那种胆量,给人看我的蹙紧眉头,和听我的叹气,虽说人们早已无条件地赠送过我以"狷傲""怪僻"等等好字眼。其实,我并不是要发牢骚,我只想哭,想有那末一个人来让我倒在他怀里哭,并告诉他:"我又糟蹋我自己了!"不过谁能了解我,抱我,抚慰我呢?是以我只能在笑声中咽住"我又糟蹋我自己了"的哭声。

　　我到底又为了什么呢,这真难说! 自然我未曾有过一刻私自承认我是爱恋上那高个儿了的,但他在我的心心念念中又蕴蓄着一种分析不清的意义。虽说他那颀长的身躯,嫩玫瑰般的脸庞,柔软的嘴唇,惹人的眼角,可以诱惑许多爱美的女子,并以他那娇贵的态度倾倒那些还有情爱的。但我岂肯为了这些无意识的引诱而迷恋一个十足的南洋人! 真的,在他最近的谈话中,我懂得了他的可怜的思想,他需要的是什么? 是金钱,是在客厅中能应酬买卖中朋友们的年轻太太,是几个穿得很标致的白胖儿子。他的爱情是什么? 是拿金钱在妓院中,去挥霍而得来的一时肉感的享受,和坐在软软的沙发上,拥着香喷喷的肉体,抽着烟卷,同朋友们任意谈笑,还把左腿叠压在右膝上;不高兴时,便拉倒,回到家里老婆那里去。热心于演讲辩论会,网球比赛,留学哈佛,做外交官,公使大臣,或继承父亲的职业,做橡树生意,成资本家……这便是他的志趣! 他除了不满于他父亲未曾给他过多的钱以外,便什么都可使他在一夜不会做梦地睡觉;如有,便只是嫌北京好看的女人太少,有时也会厌腻起游戏园,戏场,电影院,公园来……唉,我能说什么呢? 当我明白了那使我爱慕的一个高贵的美型里,是安置着如此一个卑劣灵魂,并且无缘无故还接受过他的许多亲密。这亲密,还值不了他从妓院中挥霍里剩余下的一半! 想起那落在我发际的吻来,真使我悔恨到想哭了! 我岂不是把我献给他任他来玩弄来比拟到卖笑的姊妹中去! 这只能责备我自己使我更难受,假设只要我自己肯,肯把严厉的拒绝放到我眸子中去,我敢相信,他不会那样大胆,并且我也敢相信,他之所以不会那样大胆,是由于他还未曾有过那恋爱的火焰燃炽……唉! 我应该怎样来诅咒我自己了!

三月十四

　　这是爱吗,也许爱才具有如此的魔力,要不,为什么一个人的思想会变幻得如此不可测! 当我睡去的时候,我看不起美人,但刚从梦里醒来,一揉开睡眼,便又思念那市侩了。我想:他今天会来吗? 什么时候呢,早晨,过午,晚上? 于是我跳下床来,急忙忙地洗脸,铺床,还把昨夜丢在地下的一本大书捡起,不住地在边缘处摩挲着,这是凌吉士昨夜遗忘在这儿的一本《威尔逊演讲录》。

三月十四晚上

我有如此一个美的梦想,这梦想是凌吉士给我的。然而同时又为他而破灭。我因了他才能满饮着青春的醇酒,在爱情的微笑中度过了清晨;但因了他,我认识了"人生"这玩艺,而灰心而又想到死;至于痛恨到自己甘于堕落,所招来的,简直只是最轻的刑罚!真的,有时我为愿保存我所爱的,我竟想到"我有没有力去杀死一个人呢"?

我想遍了,我觉得为了保存我的美梦,为了免除使我生活的力一天天减少,顶好是即刻上西山,但毓芳告诉我,说她所托找房子的那位住在西山的朋友还没有回信来,我怎好再去询问或催促呢?不过我决心了,我决心让那高小子来尝一尝我的不柔顺,不近情理的倨傲和侮弄。

三月十七

那天晚上苇弟赌气回去,今天又小小心心地自己来和解,我不觉笑了,并感到他的可爱。如若一个女人只要能找得一个忠实的男伴,做一生的归宿,我想谁也没有我苇弟可靠。我笑问:"苇弟,还恨姊姊不呢?"他羞惭地说:"不敢。姊姊,你了解我吧!我除了希冀你不摈弃我以外不敢有别的念头。一切只要你好,你快乐就够了!"这还不真挚吗?这还不动人吗?比起那白脸庞红嘴唇的如何?但后来我说:"苇弟,你好,你将来一定是一切都会很满意的。"他却露出凄然的一笑。"永世也不会——但愿如你所说……"这又是什么呢?又是给我难受一下!我恨不得跪在他面前求他只赐我以弟弟或朋友的爱吧!单单为了我的自私,我愿我少些纠葛,多点快乐。苇弟爱我,并会说那样好听的话,但他忽略了:第一他应当真的减少他的热望,第二他也应该藏起他的爱。我为了这一个老实的男人,感到无能的抱歉,也够受了。

三月十八

我又托夏在替我往西山找房了。

三月十九

凌吉士居然几日不来我这里了。自然,我不会打扮,不会应酬,不会治事理家,我有肺病,无钱,他来我这里做什么!我本无须乎要他来,但他真的不来却又更令我伤心,更证实他以前的轻薄。难道他也是如苇弟一样老实,当他看到我写给他的字条:"我有病,请不要再来扰我",就信为是真话,竟不可违背,而果真不来吗?我只想再见他一面,审看一下这高大的怪物到底是怎样地在觑看我。

三月二十

今天我往云霖处跑了三次,都未曾遇见我想见的人,似乎云霖也有点疑惑,所以他问我这几天见着凌吉士没有。我只好怅怅地跑回来。我实在焦烦得很,我敢自己欺自己说我这几日没有思念他吗?

晚上七点钟的时候,毓芳和云霖来邀我到京都大学第三院去听英语辩论会,乙组的组长便是凌吉士。我一听到这消息,心就立刻怦怦地跳起来。我只得拿病来推辞了这善意的邀请。我这无用的弱者,我没有胆量去承受那激动,我还是希望我能不见着他。不过他俩走时,我却请他俩致意凌吉士,说我问候他。唉,这又是多无意识啊!

三月二十一

我刚吃过鸡子牛奶,一种熟悉的叩门声响着,纸格上映印上一个颀长的黑影。我只想跳过去开门,但不知为一种什么情感所支使,我咽着气,低下头去了。

"莎菲,起来没有?"这声音如此柔嫩,令我一听到会想哭。

为了知道我已坐在椅子上吗?为了知道我无能发气和拒绝吗?他轻轻地托开门走进来了。我不敢仰起我滋润的眼皮。

"病好些没有,刚起来吗?"

我答不出一句话。

"你真在生我的气啊。莎菲,你厌烦我,我只好走了。莎菲!"

他走,于我自然很合适,但我又猛然抬起头拿眼光止住了他开门的手。谁说他不是一个坏蛋呢,他懂得了。他敢于把我的双手握得紧紧的。他说:

"莎菲,你捉弄我了。每天我走你门前过,都不敢进来,不是云霖告诉我说你不会生我气,那我今天还不敢来。你,莎菲,你厌烦我不呢?"

谁都可以体会得出来,假使他这时敢于拥抱我,狂乱的吻我,我一定会倒在他手腕上哭出来:"我爱你呵!我爱你呵!"但他却如此的冷淡,冷淡得使我又恨他了。然而我心里在想:"来呀,抱我,我要吻你咧!"自然,他依旧握着我的手,把眼光紧盯在我脸上,然而我搜遍了,在他的各种表示中,我得不着我所等待于他的赐予。为什么他仅仅只懂得我的无用,我的不可轻侮,而不够了解他在我心中所占的是一种怎样的地位!我恨不得用脚尖踢他出去,不过我又为另一种情绪所支配,我向他摇头,表示不厌烦他的来到。

于是我又很柔顺地接受了他许多浅薄的情意,听他说着那些使他津津回味的卑劣享乐,以及"赚钱和花钱"的人生意义,并承他暗示我许多做女人的本分。这些又使我看不起他,暗骂他,嘲笑他,我拿我的拳头,隐隐痛击我的心,但当他扬扬地走出我房时,我受逼得又想哭了。因为我压制住我那狂热的欲念,未曾请求他多留一会儿。

唉,他走了!

三月二十一夜

去年这时候,我过的是一种什么生活!为了蕴姊千依百顺地疼我,我便装病躺在床上不肯起来。为了想蕴姊抚摩我,我伏在桌上想到一些小不满意的事而哼哼唧唧地哭。有时因在整日静寂的沉思里得了点哀戚,但这种淡淡的凄凉,更令我舍不得去扰乱这情调,似乎在这里面我可以品味出一缕甜意一样的。至于在夜深的法国公园,听躺在草地上的蕴姊唱《牡丹亭》,那是更不愿想到的事了。假使她不被神捉弄般地去爱上那苍白脸色的男人,她一定不会死得这样快,我当然不会一人漂流到北京,无亲无爱地在病中挣扎。虽说有几个朋友,他们也很体惜我,但在我所感应得出的我和他们的关系能和蕴姊的爱在一个天平上相称吗?想起蕴姊,我真应当像从前在蕴姊面前撒娇一样地纵声大哭,不过这一年来,因为多懂得了一些事,虽说时时想哭却又咽住了,怕让人知道了厌烦。近来呢,我更不知为了什么只能焦急。想得点空闲去思虑一下我所做的,我所想的,关于我的身体,我的名誉,我的前途的好歹的时间也没有,整天把紊乱的脑筋放到一个我不愿想到的去处,因为是我想逃避的,所以越把我弄成焦烦苦恼得不堪言说!但是我除了说"死了也活该!"是不能再希冀什么了。我能求得一些同情和慰藉吗?然而我又似乎在向人乞怜了。

晚饭一吃过,毓芳和云霖来我这儿坐,到九点我还不肯放他俩走。我知道,毓芳碍住面子只好又坐下来,云霖藉口要预备明天的课,执意一人先回去了。于是我隐隐向毓芳吐露我近来所感得的窘状,我想她能懂得这事,并且能作主把我的生活改变一下,做我自己所不能胜任的。但她完全把话听到反面去了,她忠实地告诫我:"莎菲,我觉得你太不老实,自然你不是有意,你可太不留心你的眼波了。你要知道,凌吉士他们比不得在上海同我们玩耍的那群孩子,他们很少机会同女人接近,受不起一点好意的,你不要令他将来感到失望和痛苦。我知道,你哪里会爱他呢?"这错误是不是又该归我,假设我不想求助于她而向她饶舌,是不是她不会说出这更令我生气,更令我伤心的话来?我噎着气又笑了:"芳姊,不要把我说得太坏了吓!"

毓芳愿意留下住一夜时,我又赶她走了。

像那些才女们,因为得了一点点不得受用,便能"我是多愁善感呀","悲哀呀我的心……""……"做出许多新旧的诗。我呢,没出息,白白被这些诗境困着,想以哭代替诗句来表现一下我的情感的搏斗都不能。光在这上面,为了不如人,也应撇开一切去努力做人才对,便退一千步说,为了自己的热闹,为了得一群浅薄眼光之赞颂,我也不该拿不起笔或枪来。真的便把自己陷到比死还难忍的苦境里,单单为了那男人的柔发,红唇……

我又梦想到欧洲中古的骑士风度,拿这来比拟不会有错,如其有人看到过凌吉士的话。他把那东方特长的温柔保留着。神把什么好的,都慨然赐给他了,但神为什么不再给他一点聪明呢?他还不懂得真的爱情呢,他确是不懂,虽说他已有了妻(今夜毓芳告我的),虽说他,曾在新加坡乘着脚踏车追赶坐洋车的女人,因而恋爱过一小段时间,虽说他曾在韩家潭住过夜。但他真得到过一个女人的爱吗?他爱过一个女人吗?我敢说不曾!

一种奇怪的思想又在我脑中燃烧了。我决定来教教这大学生。这宇宙并不是像他所懂的那样简单啊!

三月二十二

在心的忙乱中,我勉强竟写了这些日记了。早先因为蕴姊写信来要,再三再四的,我只好开始写。现在蕴姊死了好久,我还舍不得不继续下去,心想为了蕴姊在世时所谆谆向我说的一些话便永远写下去纪念蕴姊也好。所以无论我那样不愿提笔,也只得胡乱画下一页半页的字来。本来是睡了的,但望到挂在壁上蕴姊的像,忍不住又爬起,为免掉想念蕴姊的难受而提笔了。自然,这日记,我是除了蕴姊不愿给任何人看。第一因为这是为了蕴姊要知道我的生活而记下的一些琐琐碎碎的事,二来我怕别人给一些理智的面孔给我看,好更刺透我的心;似乎我自己也会因了别人所尊崇的道德而真的感到像犯罪一样的难受。所以这黑皮的小本子我许久以来都安放在枕头底下的垫被的下层。今天不幸我却违背我的初意了,然而也是不得已,虽说似乎是出于毫未思考。原因是苇弟近来非常误解我,以致常常使得他自己不安,而又常常波及我,我相信在我平日的一举一动中,我都能表示出我的态度来。为什么他不懂我的意思呢？难道我能直捷的说明,和阻止他的爱吗？我常常想,假设这不是苇弟而是另外一人,我将会知道怎样处置是最合法的。偏偏又是如此令我忍不下心去的一个好人！我无法了,只好把我的日记给他看。让他知道他在我的心里是怎样的无希望,并知道我是如何凉薄的反反复复的不足爱的女人。假使苇弟知道我,我自然会将他当做我惟一可诉心肺的朋友,我会热诚地拥着他同他接吻。我将替他愿望那世界上最可爱,最美的女人……日记,苇弟看过一遍,又一遍了,虽说他曾经哭过,但态度非常镇静,是出我意料之外的。我说：

"懂得了姊姊吗？"

他点头。

"相信姊姊吗？"

"关于哪方面的？"

于是我懂得那点头的意义。谁能懂得我呢,便能懂得这只能表现我万分之一的日记,也只令我看到这有限的伤心哟！何况,希求人了解,以想方设计用文字来反复说明的日记给人看,是多么可伤心的事！并且,后来苇弟还怕我以为他未曾懂得我,于是不住地说：

"你爱他,你爱他！我不配你！"

我真想一赌气扯了这日记。我能说我没有糟踏这日记吗？我只好向苇弟说："我要睡了,明天再来吧。"

在人里面,真不必求什么！这不是顶可怕的吗？假设蕴姊在,看见我这日记,我知道,她会抱着我哭："莎菲,我的莎菲！我为什么不再变得伟大点,让我的莎菲不至于这样苦啊……"但蕴姊已死了,我拿着这日记应怎样地痛哭才对！

三月二十三

凌吉士向我说："莎菲！你真是一个奇怪的女子。"我了解这并不是懂得了我的什么而说出的一句赞叹。他所以为奇怪的,无非是看见我的破烂了的手套,搜不出香水的抽屉,无缘无故扯碎了的新棉袍,保存着一些旧的小玩具,……还有什么？听见些不常的笑声,至于别的,他便无能去体会了,我也从未向他说过一句我自己的话。譬如他说"我以后要努力赚钱呀",我便笑；他说到邀起几个朋友在公园追着女学生时,"莎菲那真有趣",我也笑。自然,他所说的奇怪,只是一种在他生活习惯上不常见的奇怪。并且我也很伤心,我无能使他了解我而敬重我。我是什么也不希求了,除了往西山去。我想到我过去的一切妄想,我好笑!

三月二十四

当他单独在我面前时,我觑着那脸庞,聆着那音乐般的声音,心便在忍受那感情的鞭打!为什么不扑过去吻他的嘴唇,他的眉梢,他的……无论什么地方?真的,有时话都到口边了:"我的王!准许我亲一下吧!"但又受理智,不,我就从没有过理智,是受另一种自尊的情感所裁制而又咽住了。唉!无论他的思想怎样坏,他使我如此癫狂的动情,是曾有过而无疑,那我为什么不承认我是爱上了他啊?并且,我敢断定,假使他能把我紧紧地拥抱着,让我吻遍他全身,然后他把我丢下海去,丢下火去,我都会快乐地闭着眼等待那可以永久保藏我那爱情的死的来到。唉!我竟爱他了,我要他给我一个好好的死就够了……

三月二十四夜深

我决心了。我为拯救我自己被一种色的诱惑而堕落,我明早便到夏那儿去,以免看见凌吉士又痛苦,这痛苦已缠缚我如是之久了!

三月二十六

为了一种纠缠而去,但又遭逢着另一种纠缠,我不得不又急速地转来了。我去夏那儿的第二天,梦如便去了。虽说她是看另一人去的,但使我感到很不快活。夜晚,她大发其对感情的一种新近所获得的议论,隐隐含着讥刺向我,我默然。为不愿让她更得意,我睁着眼,睡在夏的床上等到天明,才忍着气转来……

毓芳告诉我,说西山房子已找好了,并且另外替我邀了一个女伴,也是养病的,而女伴同毓芳又是很好的朋友。听到这消息,应该是很欢喜吧,但我刚刚在眉头舒展了一点喜色,一种黯然的凄凉便罩上了。虽说我从小便离开家,在外面混,但都有我的亲戚朋友随着我,这次上西山,固然说起来离城只有几十里,但在我,一个活了二十岁的人,开始一人跑到陌生的地方去,还是第一次。假使我竟无声无息地死在那山上,谁是第一个发现我死尸的?我能担保我不会死在那里吗?也许别人会笑我担忧到这些小事,而我却真的哭过。当我问毓芳舍不舍得我时,毓芳却笑,笑我问小孩话,说这一点点路有什么舍不得,直到毓芳答应我每礼拜上山一次,我才不好意思地揩干眼泪。

下午我到苇弟那儿去了,苇弟也说他一礼拜上山一次,填毓芳不去的空日。

回来已夜了,我一人寂寂寞寞地收拾东西,想到我要离开北京的这些朋友们,我又哭了。但一想到朋友们都未曾向我流泪,我又擦去我脸上的泪痕。我又将一人寂寂寞寞地离开这古城了。

在寂寞里,我又想到凌吉士了,其实,话不是这样说,凌吉士简直不能说"想起""又想起",完全是整天都在系念到他,只能说:"又来讲我的凌吉士吧。"这几天我故意造成的离别,在我是不可计的损失,我本想放松他,而我把他捏得更紧了。我既不能把他从心里压根儿拔去,我为什么要躲避着不见他的面呢?这真使我懊恼,我不能便如此同他离别,这样寂寂寞寞地走上西山……

三月二十七

一早毓芳便上西山去了,去替我布置房子,说好明天我便去。为她这番盛情,我应怎样去找得那些没有的字来表示我的感谢。我本想再呆一天在城里,也不好说了。

我正焦急的时候,凌吉士才来,我握紧他双手,他说:

"莎菲!几天没见你了!"

我很愿意这时我能哭出来,抱着他哭,但眼泪只能噙在眼里,我只好又笑了。他听见明天我要上山时,显出的那惊诧和嗟叹,很安慰到我,于是我真的笑了。他见到我笑,便把我的手反捏得紧紧的,紧得使我生痛。他怨恨似地说:

"你笑!你笑!"

这痛,是我从未有过的舒适,好像心里也正锥下去一个什么东西,我很想倒向他的手腕,而这时苇弟却来了。

苇弟知道我恨他来,他偏不走。我向凌吉士使眼色,我说:"这点钟有课吧?"于是我送凌吉士出来。他问我明早什么时候走,我告他;我问他还来不来呢,他说回头便来;于是我望着他快乐了,我忘了他是怎样可鄙的人格,和美的相貌了,这时他在我的眼里,是一个传奇中的情人。哈,莎菲有一个情人了!……

三月二十七晚

自从我赶走苇弟到这时已整整五个钟头了。在这五点钟里,我应怎样才想得出一个恰合的名字来称呼它？像热锅上的蚂蚁在这小房子里不安地坐下，又站起，又跑到门缝边瞧，但是——他一定不来了，他一定不来了，于是我又想哭，哭我走得这样凄凉，北京城就没有一个人陪我——哭吗？是的，我应该离开这冷酷的北京，为什么我要舍不得这板床，这油腻的书桌，这三条腿的椅子……是的，明早我就要走了，北京的朋友们不会再腻烦莎菲的病。为了朋友们轻快舒适，莎菲便为朋友们死在西山也是该的！但如此让莎菲一人看不着一点热情孤孤寂寂上山去，想来莎菲便不死，也不会有损害或激动于人心吧……不想了！不想！有什么可想的？假使莎菲不如此贪心攫取感情，那莎菲不是便很可满足于那些眉目间的同情了吗？……

关于朋友，我不说了。我知道永世也不会使莎菲感到满足这人间的友谊的！

但我能满足些什么呢？凌吉士答应来，而这时已晚上九点了。纵是他来了，我会很快乐吗？他会给我所需要的吗？……

想起他不来，我又该痛恨自己了！在很早的从前，我懂得对付哪一种男人应用哪一种态度，而现在反蠢了。当我问他还来不来时，我怎能显露出那希求的眼光，在一个漂亮人面前是不应老实，让人瞧不起……但我爱他，为什么我要使用技巧？我不能直接向他表明我的爱吗？并且我觉得只要于人无损，便吻人一百下，为什么便不可以被准许呢？

他既答应来，而又失信，显见得是在戏弄我。朋友，留点好意在莎菲走时，总不至于是一种损失吧。

今夜我简直狂了。语言，文字是怎样在这时显得无用！我心像被许多小老鼠啃着一样，又像一盆火在心里燃烧。我想把什么东西都摔破，又想冒着夜气在外面乱跑，我无法制止我狂热的感情的激荡，我躺在这热情的针毡上，反过去也刺着，翻过来也刺着，似乎我又是在油锅里听到那油沸的响声，感到浑身的灼热……为什么我不跑出去呢？我等着一种渺茫的无意义的希望到来！哈……想到红唇，我又癫了！假使这希望是可能的话——我独自又忍不住笑，我再三再四反复问我自己："爱他吗？"我更笑了。莎菲不会傻到如此地步去爱上南洋人。难道因了我不承认我的爱，便不可以被人准许做一点儿于人无损的事？

假使今夜他竟不来，我怎能甘心便恝然上西山去……

唉！九点半了！

九点四十分！

三月二十八晨三时

莎菲生活在世上，要人们了解她体会她的心太热太恳切了，所以长远的沉溺在失望的苦恼中，但除了自己，谁能够知道她所流出的眼泪的分量？

在这本日记里，与其说是莎菲生活的一段记录，不如直接算为莎菲眼泪的每一个点滴，是在莎菲心上，才觉得更切实。然而这本日记现在要收束了，因为莎菲已无须乎此——用眼泪来泄愤和安慰，这原因是对于一切都觉得无意识，流泪更是这无意识的极深的表白。可是在这最后一页的日记上，莎菲应该用快乐的心情来庆祝，她从最大的失望中，蓦然得到了满足，这满足似乎要使人快乐得死才对。但是我，我只从那满足中感到胜利，从这胜利中得到凄凉，而更深的认识我自己的可怜处，可笑处，因此把我这几月来所萦萦于梦想的一点"美"反缥缈了，——这个美便是那高个儿的丰仪！

我应该怎样来解释呢？一个完全癫狂于男人仪表上的女人的心理！自然我不会爱他，这不会爱，很容易说明，就是在他丰仪的里面是躲着一个何等卑丑的灵魂！可是我又倾慕他，思念他，甚至于没有他，我就失掉一切生活意义了；并且我常常想，假使有那末一日，我和他的嘴唇合拢来，密密的，那我的身体就从这心的狂笑中瓦解去，也愿意。其实，单单能获得骑士般的那人儿的温柔的一抚摩，随便他的手尖触到我身上的任何部分，因此就牺牲一切，我也肯。

我应当发癫，因为这些幻想中的异迹，梦似的，终于毫无困难地都给我得到了。但是从这中间，我所感到的是我所想象的那些会醉我灵魂的幸福吗？不啊！

当他——凌吉士——晚间十点钟来到时候，开始向我嗫嚅地表白，说他是如何地在想我……还使我心动过好几次；但不久我看到他那被情欲燃烧的眼睛，我就害怕了。于是从他那卑劣的思想中发出的更丑的誓语，又振起我的自尊心！假使他把这串浅薄肉麻的情话去对别个女人说，一定是很动听的，可以得一个所谓的爱的心吧。但他却向我，就由这些话语的力，把我推得隔他更远了。唉，可怜的男子！神既然赋与你这样的一副美形，却又暗暗地捉弄你，把那样一个毫不相称的灵魂放到你人生的顶上！你以为我所希望的是"家庭"吗？我所欢喜的是"金钱"吗？我所骄傲的是"地位"吗？"你，在我面前，是显得多么可怜的一个男子啊！"我真要为他不幸而痛哭，然而他依样把眼光镇住我脸上，是被情欲之火燃烧得如何的怕人！倘若他只限于肉感的满足,那末他倒可以用他的色来摧残我的心;但他却哭声地向我说:"莎菲,你信我,我是不会负你的!"啊,可怜的人!他还不知道在他面前的这女人,是用如何的轻蔑去可怜他的这些做作,这些话!我竟忍不住笑出声来,说他也知道爱,会爱我,这只是近于开玩笑!那情欲之火的巢穴——那两只灼闪的眼睛,不正宣布他除了可鄙的浅薄的需要,别的一切都不知道吗?

"喂,聪明一点,走开吧,韩家潭那个地方才是你寻乐的场所!"我既然认清他,我就应该这样说,教这个人类中最劣种的人儿滚出去。然而,虽说我暗暗地在嘲笑他,但当他大胆地贸然伸开手臂来拥我时,我竟又忘了一切,我临时失掉了我所有的一些自尊和骄傲,我完全被那仅有的一副好丰仪迷住了,在我心中,我只想,"紧些!多抱我一会儿吧,明早我便走了。"假使我那时还有一点自制力,我该会想到他的美形以外的那东西,而把他像一块石头般,丢到房外去。

唉!我能用什么言语或心情来痛悔?他,凌吉士,这样一个可鄙的人,吻了我!我静静默默地承受着!但那时,在一个温润的软热的东西放到我脸上,我心中得到的是些什么呢?我不能像别的女人一样晕倒在她那爱人的臂膀里!我张大着眼睛望他,我想:"我胜利了!我胜利了!"因为他所使我迷恋的那东西,在吻我时,我已知道是如何的滋味——我同时鄙夷我自己了!于是我忽然伤心起来,我把他用力推开,我哭了。

他也许忽略了我的眼泪,以为他的嘴唇给我如何的温软,如何的嫩腻,把我的心融醉到发迷的状态里吧,所以他又挨我坐着,继续说了许多所谓爱情表白的肉麻话。

"何必把你那令人惋惜处暴露得无余呢?"我真这样的又可怜起他来。

我说:"不要乱想吧,说不定明天我便死去了!"

他听着,谁知道他对于这话是得到怎样的感触?他又吻我,但我躲开了,于是那嘴唇便落到我手上……

我决心了,因为这时我有的是充足的清晰的脑力,我要他走,他带点抱怨颜色,缠着我。我想:"为什么你也是这样傻劲呢?"他直挨到夜十二点半钟才走。

他走后,我想起适间的事情。我用所有的力量,来痛击我的心!为什么呢,给一个如此我看不起的男人接吻?既不爱他,还嘲笑他,又让他来拥抱?真的,单凭了一种骑士般的风度,就能使我堕落到如此地步吗?

总之,我是给我自己糟蹋了,凡一个人的仇敌就是自己,我的天,这有什么法子去报复而偿还一切的损失?

好在在这宇宙间,我的生命只是我自己的玩品,我已浪费得尽够了,那末因这一番经历而使我更陷到极深的悲境里去,似乎也不成一个重大的事件。

但是我不愿留在北京,西山更不愿去了,我决计搭车南下,在无人认识的地方,浪费我生命的余剩;因此我的心从伤痛中又兴奋起来,我狂笑地怜惜自己:

"悄悄地活下来,悄悄地死去,啊!我可怜你,莎菲!"

(初载1928年2月10日《小说月报》第19卷第2号)

张恨水

啼笑因缘(第一回)

第一回　豪语感风尘倾囊买醉　哀音动弦索满座悲秋

……

樊家树平常出去游览，都是这里的主人翁表兄陶伯和相伴，到底有些拘束。今天自己能自由自在的去游玩一番，比较的痛快，也就不嫌寂寞，坐着车子直向天桥而去。到了那里，车子停住，四围乱轰轰地，全是些梆子胡琴及锣鼓之声。在自己面前，一路就是三四家木板支的高楼，楼面前挂了许多红纸牌，上面用金字或黑字标着什么"狗肉缸"，"娃娃生"，又是什么"水仙花小牡丹合演《锯沙锅》"。给了车钱，走过去一看，门楼边牵牵连连，摆了许多摊子。就以自己面前而论，一个大平头独轮车，车板上堆了许多黑块，都有饭碗来大小，成千成百的苍蝇，只在那里乱飞。黑块中放了二把雪白的刀，车边站着一个人，拿了黑块，提刀在一块木板上一顿乱切，切了许多紫色的薄片，将一小张污烂旧报纸托着给人。大概是卖酱牛肉或熟驴肉的了。又一个摊子，是平地放了一口大铁锅，锅里有许多漆黑绵长一条条的东西，活像是剥了鳞的死蛇，盘满在锅里。一股又腥又臭的气味，在锅里直腾出来。原来那是北方人喜欢吃的煮羊肠子。家树皱了一皱眉头，转过身去一看，却是几条土巷，巷子两边，全是芦棚。前面两条巷，远远望见，芦棚里挂了许多红红绿绿的衣服，大概那是最出名的估衣街了。这边一个小巷，来来往往的人极多。巷口上，就是在灰地上摆了一堆的旧鞋子。也有几处是零货摊，满地是煤油灯，洋瓷盆，铜铁器。由此过去，南边是芦棚店，北方一条大宽沟，沟里一片黑泥浆，流着蓝色的水，臭气熏人。家树一想：水心亭既然有花木之胜，当然不在这里。又回转身来，走上大街，去问一个警察。警察告诉他，由此往南，路西便是水心亭。

原来北京城是个四四方方的地方，街巷都是由北而南，由东而西，人家的住房，也是四方的四合院。所以到此的人，无论老少，都知道四方，谈起来不论上下左右，只论东西南北。当下家树听了警察的话，向前直走，将许多芦棚地摊走完，便是一片旷野之地。马路的西边有一道水沟，虽然不清，倒也不臭。在水沟那边，稀稀的有几棵丈来长的柳树。再由沟这边到沟那边，不能过去。南北两头，有两架平板木桥，桥头上有个小芦棚子，那里摆了一张小桌，两个警察守住。过去的人，都在桥这边掏四个铜子，买一张小红纸进去。这样子，就是买票了。家树到了此地，不能不去看看，也就掏了四个铜子买票过桥。到了桥那边，平地上挖了一些水坑，里面种了水芋之属，并没有花园。过了水坑，有五六处大芦棚，里面倒有不少的茶座。一个棚子里都有一台杂耍。所幸在座的人，还是些中上等的分子，不作气味。穿过这些芦棚，又过一道水沟，这里倒有一所浅塘，里面新出了些荷叶。荷塘那边有一片木屋，屋外斜生着四五棵绿树，树下一个倭瓜架子，牵着一些瓜豆蔓子。那木屋是用蓝漆漆的，垂着两副湘帘，顺了风，远远的就听到一阵管弦丝竹之声。家树一想，这地方多少还有点意思，且过去看看。

家树顺着一条路走去，那木屋向南敞开，对了先农坛一带红墙，有一丛古柏，屋子里摆了几十副座头，正北有一座矮台，上面正有七八个花枝招展的大鼓娘，在那里坐着，依次唱大鼓书。家树本想坐下休息片刻，无奈所有的座位人都满了，于是折转身复走回来。所谓水心亭，不过如此。这种风景，似乎也不值得留恋。先是由东边进来的，这且由西边出去。一过去却见一排都是茶棚。穿过茶棚，人声喧嚷，远远一看，有唱大鼓书的，有卖解的，有摔跤的，有弄口技的，有说相声的。左一个布棚，外面围住一圈人；右一个木棚，也围住一圈人。这倒是真正的下等社会俱乐部。北方一个土墩，围了一圈人，笑声最烈。家树走上前一看，只见一根竹竿子，挑了一块破蓝布，脏得像小孩子用的尿布一般。蓝布下一张小桌子，有三四个小孩子围着打锣鼓拉胡琴，蓝布一掀，出来一个四十多岁的黑汉子，穿一件半截灰布长衫，拦腰虚束了一根草绳，头上戴了一个烟卷纸盒制的帽子，嘴上也挂了一挂黑胡须，其实不过四五十根马尾。他走到桌子边一瞪眼，看的人就叫好，他一伸手摘下胡道："我还没唱，怎么样就叫起好来？胡琴赶来了，我来不及说话。"说着马上挂起胡子又唱起来。大家看见，自是一阵笑。

家树在这里站着看了好一会子，觉得有些乏，回头一看，有一家茶馆，倒还干净，就踏了进去，找个座位坐下。那柱子上贴了一张红纸条，上面大书一行字："每位水钱一枚。"家树觉得很便宜，是有生以来所不曾经过的茶馆了。走过来一个伙计，送一把白瓷壶在桌上，问道："先生带了叶子没有？"家树答："没有。"伙计道："给你沏钱四百一包的吧！香片？龙井？"这北京人喝茶叶，不是论斤两，乃是论包的。一包茶叶，大概有一钱重。平常是论几个铜子一包，又简称几百一包。一百就是一个铜板。茶不分名目，泡过的茶叶，加上茉莉花，名为"香片"。不曾泡过，不加花的，统名之为"龙井"。

家树虽然是浙江人，来此多日，很知道这层缘故。当时答应了"龙井"两个字，因道："你们水钱只要一个铜子，怎样倒花四个铜子卖茶叶给人喝？"伙计笑道："你是南边人，不明白。你自己带叶子来，我们只要一枚。你要是吃我们的茶叶，我们还只收一个子儿水钱，那就非卖老娘不可了。"家树听他这话，笑道："要是客人都带叶子来，你们全只收一个子儿水钱，岂不要大赔钱？"伙计听了，将手向后方院子里一指，笑道："你瞧！我们这儿是不靠卖水的。"

家树向后院看去，那里有两个木架子，插着许多样武器，胡乱摆了一些石墩石锁，还有一副千斤担。院子里另外有重屋子，有一群人在那里品茗闲谈。屋子门上，写了一副横额贴在那里，乃是"以武会友"。就在这个时候，有人走了出来，取架子上的武器，在院子里舞练。家树知道了，这是一般武术家的俱乐部。家树在学校里，本有一个武术教员教练武术，向来对此感到有些趣味，现在遇到这样的俱乐部，有不少的武术可以参观，很是欢喜，索性将座位挪了一挪，靠近后院的扶栏。先是看见有几个壮年人在院子里，练了一会儿刀棍，最后走出来一个五十上下的老者，身上穿了一件紫花布汗衫，横腰系了一根大板带，板带上挂了烟荷包小褡裢，下面是青布裤，裹腿布系靠了膝盖，远远的就一摸胳膊，精神抖擞。走近来，见他长长的脸，一个高鼻子，嘴上只微微留几根须。他一走到院子里，将袖子一阵卷，先站稳了脚步，一手提着一只石锁，颠了几颠，然后向空中一举，举起来之后，望下一落，一落之后，又望上一举。看那石锁，大概有七八十斤一只，两只就一百几十斤。这向上一举，还不怎样出奇，只见他双手向下一落，右手又向上一起，那石锁飞了出去，直冲过屋脊。家树看见，先自一惊，不料那石锁刚过屋脊，照着那老人的头顶，直落下来，老人脚步动也不曾动，只把头微微向左一偏，那石锁平平稳稳落在他右肩上。同时，他把左手的石锁抛出，也把左肩来承住。家树看了，不由暗地称奇。看那老人，倒行所无事，轻轻的将两只石锁向地下一扔。在场的一班少年，于是吆喝了一阵，还有两个叫好的。老人见人家称赞他，只是微微一笑。

这时，有一个壮年汉子，坐在那千斤担的木杠上笑道："大叔，今天你很高兴，玩一玩大家伙吧。"老人道："你先玩着给我瞧瞧。"那汉子果然一转身双手拿了木杠，将千斤担拿起，慢慢提起，平齐了双肩，咬着牙，脸就红了，他赶紧弯腰，将担子放下，笑道："今天乏了，更是不成。"老人道："瞧我的吧。"走上前，先平了手，将担子提着平了腹，顿了一顿，反手向上一举，平了下颏，又顿了一顿，两手伸直，高举过顶。这担子两头是两个大石盘，仿佛像两片磨石，木杠有茶杯来粗细，插在石盘的中心。一个石磨，至少也有二百斤重，加上安在木杠的两头，更是吃力。这一举起来，总有四五百斤气力，才可以对付。家树不由自主的拍着桌子叫了一声"好!"

那老人听到这边的叫好声,放下千斤担,看看家树,见他穿了一件蓝湖绉夹袍,在大襟上挂了一个自来水笔的笔插。白净的面孔,架了一副玳瑁边圆框眼镜,头上的头发虽然分齐,却又卷起有些蓬乱,这分明是个贵族式的大学生,何以会到此地来?不免又看家树两眼。家树以为人家是要招呼他,就站起来笑脸相迎。那老人笑道:"先生!你也爱这个吗?"家树笑道:"爱是爱,可没有这种力气。这个千斤担,亏你举得起。贵庚过了五十吗?"那老人微笑道:"五十几?——望来生了!"家树道:"这样说过六十了。六十岁的人,有这样大力气,真是少见!贵姓……"那人说是姓关。家树便斟了一杯茶,和他坐下来谈话,才知道他名关寿峰,是山东人,在京以做外科大夫为生。便问家树姓名,怎样会到这种茶馆里来?家树告诉了他姓名,又道:"家住在杭州。因为要到北京来考大学,现在补习功课。住在东四三条胡同表兄家里。"寿峰道:"樊先生,这很巧,我们还是街坊啦!我也住在那胡同里,你是多少号门牌?"家树道:"我表兄姓陶。"寿峰道:"是那红门陶宅吗?那是大宅门啦,听说他们老爷太太都在外洋。"家树道:"是,那是我舅舅。他是一个总领事,带我舅母去了。我的表兄陶伯和,现在也在外交部有差事。不过家里还可过,也不算什么大宅门。你府上在哪里?"寿峰哈哈大笑道:"我们这种人家,哪里talk'府上'啦?我住的地方,就是个大杂院。你是南方人,大概不明白什么叫大杂院。这就是说一家院子里,住上十几家人家,做什么的都有。你想,这样的地方,哪里安得上'府上'两个字?"家树道:"那也不要紧,人品高低,并不分在住的房子上。我也很喜欢谈武术的,既然同住在一个胡同,过一天一定过去奉看大叔。"

寿峰听他这样称呼,站了起来,伸着手将头发一顿乱搔,然后抱着拳连拱几下,说道:"我的先生,你是怎样称呼啊?我真不敢当。你要是不嫌弃,哪一天我就去拜访你去。"又道:"说到练把式,你要爱听,那有的是……"说时,一拍肚腰带道:"可千万别这样称呼。"家树道:"你老人家,不过少几个钱,不能穿好的,吃好的,办不起大事,难道为了穷,把年岁都丢了不成?我今年只二十岁。你老人家有六十多岁,大我四十岁,跟着你老人家同行叫一句大叔,那不算客气。"寿峰将桌子一拍,回头对在座喝茶的人道:"这位先生爽快,我没有看见过这样的少爷们。"家树也觉着这老头子很爽直,又和他谈了一阵,因已日落西山,就给了茶钱回家。

到了陶家,那个听差刘福进来伺候茶水,便问道:"表少爷,水心亭好不好?"家树道:"水心亭倒也罢了,不过我在小茶馆里认识了一个练武的老人家谈得很好。我想和他学点本事,也许他明后天要来见我。"刘福道:"唉!表少爷!你初到此地来,不懂这里的情形。天桥这地方,九流三教,什么样子的人都有,怎样和他们谈起交情来了?"家树道:"那要什么紧!天桥那地方,我看虽是下等社会的人多,不能说那里就没有好人,这老头子人极爽快,说话很懂情理。"刘福微笑道:"走江湖的人,有个不会说话的吗?"家树道:"你没有看见那人,你哪里知道那人的好坏?我知道,你们一定要看见坐汽车带马弁的,那才是好人。"刘福不敢多事辩驳,只得笑着去了。

到了次日上午,这里的主人陶伯和夫妇,已经由西山回来。陶伯和在上房休息了一会,赶着上衙门。陶太太又因为上午有个约会,出门去了。家树一个人在家里,也觉得很是无聊,心想既然约会了那个老头子要去看看他,不如就趁今天无事,了却这一句话,管他是好是坏,总不可失信于他,免得他说我瞧不起人。昨天关寿峰也曾说到,他家就住在这胡同东口,一个破门楼子里,门口有两棵槐树,是很容易找的。于是随身带了些零碎钱,出门而去。

走到胡同东口,果然有这样一个所在。他知道北京的规矩,无论人家大门是否开着,先要敲门才能进去的。因为门上并没有什么铁环之类,只拍拍的将门敲了两下。这时出来一个姑娘,约莫有十八九岁,挽了辫子在后面梳着一字横髻,前面只有一些很短的刘海,一张圆圆的脸儿,穿了一身的青布衣服,衬着手脸倒还白净,头发上拖了一根红线,手上拿了一块白十字布,走将出来。她见家树穿得这样华丽,便问道:"你找谁?这里是大杂院,不是住宅。"家树道:"我知道是大杂院。我是来找一个姓关的,不知道在家没有?"那姑娘对家树浑身上下打量一番,笑道:"我就姓关,你先生姓樊吗?"家树道:"对极了。那关大叔……"姑娘连忙接住道:"是我父亲。他昨天晚上一回来就提起了。现在家里,请进来坐。"说着便在前面引导,引到一所南屋子门口就叫道:"爸爸快来,那位樊先生来了。"寿峰一推门出来了,连连拱手道:"哎哟!这还了得,实在没有地方可坐。"家树笑道:"不要紧的,我昨天已经说了,大家不要拘形迹。"关寿峰听了,便只好将客向里引。

家树一看屋子里面,正中供了一幅画的关羽神像,一张旧神桌,摆了一副洋铁五供,壁上随挂弓箭刀棍,还有两张獾子皮。下边一路壁上,挂了许多一束一束的干药草,还有两个干葫芦。靠西又一张四方旧木桌,摆了许多碗罐,下面紧靠放了一个泥炉子。靠东边陈设了一张铺位,被褥虽是布的,却还洁净。东边一间房,挂了一个红布门帘子,那红色也半成灰色了。这样子,父女二人,就是这两间屋了。寿峰让家树坐在铺上,姑娘就进屋去捧了一把茶壶出来,笑道:"真是不巧,炉子灭了。到对过小茶馆里找水去。"家树道:"不必费事了。"寿峰笑道:"贵人下降贱地,难道茶都不肯喝一口?"家树道:"不是那样说,我们交朋友,并不在乎吃喝,只要彼此相处得来,喝茶不喝茶,那是没有关系的。不客气一句话,要找吃找喝,我不会到这大杂院里来了。没有水,就不必张罗了。"寿峰道:"也好,就不必张罗了。"

这样一来,那姑娘捧了一把茶壶,倒弄得进退两难。她究竟觉得人家来了,一杯茶水都没有,太不成话,还是到小茶馆里沏了一壶水来了。找了一阵子,找出一只茶杯,一只小饭碗,斟了茶放在桌上。然后轻轻的对家树道:"请喝茶!"自进那西边屋里去了。寿峰笑道:"这茶可不必喝了。我们这里,不但没有自来水,连甜井水都没有的。这是苦井的水,可带些咸味。"姑娘就在屋子里答道:"不,这是在胡同口上茶馆里沏来的,是自来水呢。"寿峰笑道:"是自来水也不成。我们这茶叶太坏呢!"

当他们说话的时候,家树已经捧起茶杯喝了一口,笑道:"人要到哪里说哪里话,遇到喝咸水的时候,自然要喝咸水。在喝甜水的时候,练习练习咸水也好。像关大叔是没有遇到机会罢了,若是早生五十年,这样大的本领,不要说作官,就是到镖局里走镖,也可顾全衣食。像我们后生,一点能力没有,靠着祖上留下几个钱,就是穿好的,吃好的,也没有大叔靠了本事,喝一碗咸水的心安。"说到这里,只听见噗通一下响,寿峰伸开大手掌,只在桌上一拍,把桌上的茶碗都溅倒了。昂头一笑道:"痛快死我了。我的小兄弟!我没遇到人说我说得这样中肯的。秀姑!你把我那钱口袋拿来,我要请这位樊先生去喝两盅,攀么一个好朋友。"姑娘在屋子里答应了一声,便拿出一个蓝布小口袋来,笑道:"你可别请人家樊先生上那山东二荤铺,我这里今天接来作活的一块钱,你也带了去。"寿峰笑道:"樊先生你听,连我闺女都愿意请你,你千万别客气。"家树笑道:"好,我就叨扰了。"

当下关寿峰将钱口袋向身上一揣,就引家树出门而去。走到胡同口,有一家小店,是很窄小的门面,进门是煤灶,煤灶上放了一口大锅,热气腾腾,一望里面,像一条黑巷。寿峰向里一指道:"这是山东人开的二荤铺,只卖一点面条馒头的,我闺女怕我请你上这儿哩。"家树点了头笑笑。

上了大街,寿峰找了一家四川小饭馆,二人一同进去。落座之后,寿峰先道:"先来一斤花雕。"又对家树道:"南方菜我不懂,请你要。多了吃不下,也不必,可是少了不够吃。为客气,心里不痛快,也没意思。"家树因这人脾气是豪爽的,果然就照他的话办。一会酒菜上来,各人面前放着一只酒杯,寿峰道:"樊先生,你会喝不会喝?会喝,敬你三大杯。不会喝敬你一杯。可是要说实话。"家树道:"三大杯可以奉陪。"寿峰道:"好!大家尽量喝。我要客气,是个老混账。"家树笑着,陪他先喝了三大杯。

老头子喝了几杯酒,一高兴,就无话不谈。他自道年壮的时候,在口外当了十几年的胡匪,因为被官兵追剿,妇人和两个儿子都杀死了。自己只带得这个女儿秀姑,逃到北京来,洗手不干,专做好人。自己当年做强盗,未曾杀过一个人,还落个家败人亡。杀人的事,更是不能干,所以在北京改做外科医生,做救人的事,以补自己的过。秀姑是两岁到北京来的,现在有二十一岁。自己做好人也二十年了。好在他们喝酒的时候,不是上座之际,楼上无人,让寿峰谈了一个痛快。话谈完了,他那一张脸成了家里供的关神像了。

家树道:"关大叔,你不是说喝醉为止吗?我快醉了,你怎么样?"寿峰突然站起来,身子晃了两晃,两手按住桌子笑道:"三斤了,该醉了。喝酒本来只应够量就好,若是喝了酒又去乱吐,那是作孽了,什么意思。得!我们回去,有钱下次再喝。"当时伙计一算账,寿峰掏出口袋里钱,还多京钱十吊,都倒在桌上,算了伙计的小费了。家树陪他下了楼,在街上要给他雇车。寿峰将胳膊一扬,笑道:"小兄弟!你以为我醉了?笑话!"昂着头自去了。

从这天起,家树和他常有往来,又请他喝过几回酒,并且买了些布匹送秀姑做衣服。只是一层,家树常去看寿峰,寿峰并不来看他。其中三天的光景,家树和他不曾见面,再去看他时,父女两个已经搬走了。问那院子里的邻居,他们都说:"不知道。他姑娘说是要回山东去。"家树本以为这老人是风尘中不可多得的人物,现在忽然隐去,尤其是可怪,心里倒恋恋不舍。

有一天,天气很好,又没有风沙,家树就到天桥那家老茶馆里去探关寿峰的踪迹。据茶馆里说,有一天到这里坐了一会,只是唉声叹气,以后就不见他来了。家树听说,心里更是奇怪,慢慢的走出茶馆,顺着这小茶馆门口的杂耍场走去。由这里向南走便是先农坛的外坛。四月里天气,坛里的芦苇,长有一尺来高。一片青郁之色,直抵那远处城墙。青芦里面,路面画出几条黄色大界线,那正是由外坛而去的。坛内两条大路,路的那边,横三竖四的有些古柏。古柏中间,直立着一座伸入半空的钟塔。在那钟塔下面,有一片敞地,零零碎碎,有些人作了几堆,在那里团聚。家树一见,就慢慢的也走了过去。

走到那里看时,也是些杂耍。南边钟塔的台基上,坐了一个四十多岁的人,抱着一把三弦子在那里弹。看他是黄黝黝的小面孔,又长满了一腮短桩胡子,加上浓眉毛深眼眶,那样子是脏得厉害,身上穿的黑布夹袍,反而显出一条一条的焦黄之色。因为如此,他尽管抱着三弦子弹,却没有一个人过去听。家树见他很着急的样子,那只按弦的左手,上起下落,忙个不了,调子倒是很入耳。心想弹得这样好,没有人理会,实在替他叫屈。不免走上前去,看他如何。那人弹了一会,不见有人向前,就把三弦子放下,叹了一口气道:"这个年头儿……"话还没有往下讲,家树过意不去,在身上掏一把铜子给他,笑道:"我给你开开张吧。"那人接了钱,放出苦笑来,对家树道:"先生!你真是好人。不瞒你说,天天不是这样,我有个侄女儿今天还没来……"说到这里,他将右掌平伸,比着眉毛,向远处一看道:"来了,来了!先生你别走,你听她唱一段儿,准不会错。"

说话时,来了一个十六七岁的姑娘,面孔略尖,却是白里泛出红来,显得清秀,梳着复发,长齐眉边,由稀稀的发网里,露出白皮肤来。身上穿的旧蓝竹布长衫,倒也干净齐整。手上提着面小鼓,和一个竹条鼓架子。她走近前对那人道:"二叔!开张了没有?"那人将嘴向家树一努道:"不是这位先生给我两吊钱,就算一个子儿也没有捞着。"那姑娘对家树微笑着点了点头,她一面支起鼓架子,把鼓放在上面,一面却不住的向家树浑身上下打量。看她面上,不免有惊奇之色,以为这种地方,何以有这种人前来光顾。那个弹三弦子的,在身边的一个蓝布袋里抽出两根鼓棍,一副拍板,交给那姑娘。姑娘接了鼓棍,还未曾打鼓一下,早就有七八个人围将上来观看。家树要看这姑娘究竟唱得怎样?也就站着没有动。

一会儿功夫,那姑娘打起鼓板来。那个弹三弦子的先将三弦子弹了一个过门,然后站了起来笑道:"我这位姑娘,是初学的几套书,唱得不好,大家包涵一点。我们这是凑付劲儿,诸位就请在草地上台阶上坐坐吧。现在先让她唱一段《黛玉悲秋》。这是《红楼梦》上的故事,不敢说好,姑娘唱着,倒是对劲。"说毕,他又坐在石阶上弹起三弦子来。这姑娘重复打起鼓板,她那一双眼睛,不知不觉之间,就在家树身上溜了几回。——刚才家树一见她,先就猜她是个聪明女郎。虽然十分寒素,自有一种清媚态度,可以引动看的人。现在她不住的用目光溜过来,似乎她也知道自己怜惜她的意思,就更不愿走。四周有一二十个听书的,果然分在草地和台阶上坐下。家树究竟不好意思坐,看见身边有一棵歪倒树干的古柏,就踏了一只脚在上面,手撑着脑袋,看了那姑娘唱。

当下这个弹三弦子的便伴着姑娘唱起来,因为先得了家树两吊钱,这时更是努力。那三弦子一个字一个字,弹得十分凄楚。那姑娘垂下了她的目光,慢慢的向下唱。其中有两句是:"清清冷冷的潇湘院,一阵阵的西风吹动了绿纱窗。孤孤单单的林姑娘,她在窗下暗心想,有谁知道女儿家这时候的心肠?"她唱到末了一句,拖了很长的尾音,目光却在那深深的睫毛里又向家树一转。家树先还不曾料到这姑娘对自己有什么意思,现在由她这一句唱上看来,好像对自己说话一般,不由得心里一动。

这种大鼓词,本来是通俗的,那姑娘唱得既然婉转,加上那三弦子音调又弹得凄楚,四围听的人,都低了头,一声不响的向下听去。唱完之后,有几个人却站起来扑着身上的土,搭讪着走开去,那弹三弦子的,连忙放下乐器,在台阶上拿了一个小柳条盘子分向大家要钱。有给一个大子的,有给二个子的,收完之后,也不过十多个子儿。他因为家树站得远一点,刚才又给了两吊钱,原不好意思过来再要,现在将柳条盘子一摇,觉得钱太少,又遥遥对着他一笑，跟着也就走上前来。家树知道他是来要钱的，于是伸手就在身上去一掏。不料身上的零钱，都已花光，只有几块整的洋钱，人家既然来要钱，不给又不好意思，就毫不踌躇的拿了一块现洋，向柳条盘子里一抛，银元落在铜板上，"当"的打了一响。那弹三弦子的，见家树这样慷慨，喜出望外，忘其所以的把柳条盘交到左手，蹲了一蹲，垂着右手，就和家树请了一个安。

　　这时，那个姑娘也露出十分诧异的样子，手扶了鼓架，目不转睛的只向家树望着。家树出这一块钱，原不是示惠，现在姑娘这样看自己，一定是误会了，倒不好意思再看。那弹三弦子的，把一片络腮胡桩子几乎要笑得竖起来，只管向家树道谢。他拿了钱去，姑娘却迎上前一步，侧眼珠看了家树，低低的和弹三弦子的说了几句。他连点了几下头，却问家树道："你贵姓？"家树道："我姓樊。"家树答这话时，看那姑娘已背转身去收那鼓板，似乎不好意思，而且听书的人还未散开，自己丢了一块钱，已经够人注意的了，再加以和他们谈话，更不好。说完这句话，就走开了。

　　由这钟塔到外坛大门，大概有一里之遥，家树就缓缓的踱着走去。快要到外坛门的时候，忽然有人在后叫道："樊先生！"家树回头看，却是一个大胖子中年妇人追上前来，抬起一只胳膊，遥遥的只管在日影里招手。家树并不认识她，不知道她何以知道自己姓樊？心里好生奇怪，就停住了脚，看她说些什么。要知道她是谁，下回交代。

（初载《啼笑因缘》，三友书社1930年版）

刘呐鸥

两个时间的不感症者

晴朗的午后。

游倦了的白云两大片，流着光闪闪的汗珠，停留在对面高层建筑物造成的连山的头上。远远地眺望着这些都市的围墙，而在眼下俯瞰着一片旷大的青草原的一座高架台，这会早已被为赌心热狂了的人们滚成为蚁巢一般了。紧张变为失望的纸片，被人撕碎满在水门汀上。一面欢喜便变了多情的微风，把紧密地依贴着爱人身边的女儿的绿裙翻开了。除了扒手和姨太太，望远镜和春大衣便是今天的两大客人。但是这单说他们的衣袋里还充满着五元钞票的话。尘埃，嘴沫，暗泪和马粪的臭气发散在郁悴的天空里，而跟人们的决意，紧张，失望，落胆，意外，欢喜造成一个饱和状态的氛围气。可是太得意的 Union Jack 却依然在美丽的青空中随风飘漾着朱红的微笑。There, they are off! 八匹特选的名马向前一趋，于是一哩一挂得的今天的最终赛便开始了。

这时极度的紧张已经旋风一般地捉住了站在台阶上人堆里的 H 的全身了。因为他把今天所赢的三四十张钞票想试个自己的运气，尽都买了一匹五号马的独赢。

——啊，三马落后了。

——不。三马是棕色的。

——你买七号吗？

——不，七号骑手靠不住，我买了五号。

虽然有人在身边交换着这样兴奋了的高声的会话，但是走不进 H 的耳里，他把垂下来的前发用手向后搔上去，仍把眼睛钉住在草原的那面一堆移动着的红红绿绿的人马。

忽然一阵 Cyclamen 的香味使他的头转过去了。不晓得几时背后来了这一个温柔的货色，当他回头时眼睛里便映入一位 sportive 的近代型女性。透亮的法国绸下，有弹力的肌肉好像跟着轻微运动一块儿颤动着。

视线容易地接触了。小的樱桃儿一绽裂微笑便从碧湖里射过来。H 只觉眼睛有点不能从那被 opera bag 稍为遮着的，从灰黑色的袜子透出来的两只白膝头离开,但是另外一个强烈的意识却还占住在他的脑里。

——Come on Onta……!

——Bravo,大拉司!

一阵轰音把他唤到周围不安的空气和嚣声中,随后一团的速力便在他眼前箭一般的穿过了。五号马不是确在前头吗! 这突然的意识真使他全身的神经战动起来。他不觉喝了个彩。于是便紧握着手里的纸票,推出了人堆,不顾前后的跑到台下的支付处去。

H把支付窗口占住了时,随后早就暴风一般地吹上了一团的人,个个脸上都有点悦色。不知道分配多少,这就像是他们这会唯一的关心。但H,隐忍着背后的人们的压力,思想已经飞到这钱拿到时的用法去了。

——先生,这个替我拿一拿好吗?

忽然身边有凉爽的声音,有轻推他肩膀的手。H翻过身来看铁栏外站的是刚才在台上对他微笑的女人。她眼里表示着一种好朋友的亲密。H虽然被她这唐突的请求吓了一下,但是马上便显出对于女人殷勤的样子说:

——好的好的,你也买了五号?

女人用微笑答着,把素手里的几张青票子递给了他,便移着奢华的身子避开了这些暴力的人们。等不上两三分钟分牌人就来了。于是一句"二十五元!"便从嘴里走过了嘴里。洋钱和银角在柜上作响着,算盘就开始活动了。

好容易把将近一千元的钞票拿到,脱出了人群,就走向站在人们不挤的地方的她去。一个等待着的微笑。

——谢谢你!

——不客气。真挤得要命。

H略举起帽子,重新的表示了个敬意,便从衣袋里抽出手帕来拭着额角上的汗珠。

——那么,怎样办呢,就在这儿吗!

H示着手里的一束钞票说。

——怎么可以呢,坐也不能坐。

哼,H心里想一想,这么爽快又漂亮的一个女儿,把她当做一根手杖带在马路上走一走倒是不错的。如果她……肯呢,就把这一束碰运气的意外钱整束的送给了她也没有什么关系。他心里这样下了一个决意,于是便说:

夫人,不,小姐是一个人来的吗?

——可不是呢!

——那么,找个地方休息去,可以罢?

——也好的,我此刻并不忙。

——那么,那边街角有家美国人的吃茶店,那面很清净,冰淇淋也很讲究。

——那可以随便的。

她说着时忽被一个匆忙的人从背后推了一下,险些碰到 H 的身上来。H 忙把她的手腕握定,但她却一点不露什么感情,反紧地挟住了他的腕,恋人一般地拉着便走。

失了气力的人们和急忙算着钞票的人们都流向南面的大门口去了。一刻钟前还是那么紧张的场内,此刻已变成像抽去了气的气球一般地消沉着,只剩着这些恶运的纸票的碎片随风旋舞。不一会两个新侣伴便跟着一群人走出马臭很重的马霍路上来了。

——那么,就从这面走一走吧,热闹一点。

坐了半个钟头,用冷的饮料医过了渴,从吃茶店走出马路上来的 H 们已经是几年的亲友了。知道散步在近代的恋爱是个不能缺的因素,因为它是不长久的爱情的存在的唯一的示威,所以他一出来便这样提议。他想,这么美丽的午后,又有这么解事的伴侣是应该 demonstrate 的。怀里又有了这么多的钱,就使她要去停留在大商店的玻璃橱前不走也是不怕她的。

残日还抚摩着西洋梧桐新绿的梢头。铺道是擦了油一样地光滑的。轻快地,活泼地,两个人的跫音在水门汀上律韵地响着。一个穿着黄土色制服的外国兵带着个半东方种的女人前面来了。他们也是今天新交的一对呢!在这都市一切都是暂时和方便,比较地不变的就算这从街上竖起来的建筑物的断崖吧,但这也不过是四五十年的存在呢。H 这样想着,一会便觉得身边热闹起来了。这是因为他们已经走进了商业区的原故。

在马路的交叉处停留着好些甲虫似的汽车。"Fontegnac 1929"的一辆稍为诱惑了 H 的眼睛,但他是不会忘记身边的 fair sex 的。他一手扶助着她,横断了马路,于是便用最优雅的动作把她像手杖一般地从左腕搬过了右腕。市内三大怪物的百货店便在眼前了。

从赛马场到吃茶店,从吃茶店到热闹的马路上并不是什么稀奇的道程,可是好出风头的地方往往不是好的散步道。不意从前头来的一个青年瞧了瞧 H 所带的女人,便展着猜疑的眼睛,在他们的跟前站定了。

——还早呢,T,已经来了吗!

尚且是女人先开口:

——这是 H。我们是赛马回来的。这是 T。

H 感觉着了这突然的三角关系的苦味,轻轻对 T 点一点头便向女人问:

——你和 T 先生有什么约没有?

——有是有的,可是……我们一块走吧。

T好像有点不服,但也没有法子,只得便这样提议:

——那么,就到这儿的茶舞去,好吗?

H是只好随便了。他真不懂这女人跟人家有了约怎么不早点说。这样答应了自己两个人的散步,这会又另外地钩起一个旁的人来。

五分钟之后他们就坐在微昏的舞场的一角了。茶舞好像正在酣热中。客人,舞女和音乐队员都呈着热烘烘的样子,H把周围看了一看,觉得氛围气还好,很可以坐坐,但他总想这些懂也不懂什么的,年纪过轻的舞女真是不能适他的口味。他实在没有意思跳舞,可是他对于这女人的兴味并没有失去。或者在华尔兹的旋律中把她抱住在怀里,再开始强要的交涉吧。这样他想着,于是便把稍累了的身体用强烈的黑咖啡鼓励起来。

——怎么样,赛马好玩吗?

一会儿T对女人问。

——不是赛马好玩,看人和赢钱好玩呵。

——你赢了吗,多少?

——我倒不怎么,H赢得多呢。

向H投过来的一双神妙的眼睛。

——H先生赢了多少?

——没有的。不过玩意儿。

H把这个裹在时髦的西装里的青年仔细一看,觉得仿佛是见过了的。大概总不外是跑跳舞场和影戏院的人吧。但是当他想到这人跟女人不晓得有什么关系,却就郁悴起来了。他觉得三个人的茶会总是扫兴的。

忽然光线一变,勃路斯的音乐开始了。T并不客气,只说声对不住便拉了女人跳了去,H只凝视着他们两个人身体在微光下高低上下地旋转着律动着,一会提起杯子去把塞住了的感情灌下去。他真想喝点强的阿尔柯尔了。在急了的心里,等待的时间真是难过。

但是华尔兹下次便来了。H抑止着暴跳的神经,把未爆发的感情尽放在腕里,把一个柔软的身体一抱便说:

——我们慢慢地来吧。

——你欢喜跳华尔兹吗?

——并不,但是我要跟你说的话,不是华尔兹却说不出来。

——你要跟我说什么?

——你愿意听吗?

——你说呀。

——我说你很漂亮。

——我以为……

——我说我很爱你。一见便爱了你。

H盯了她一眼,紧抱着她,转了两个轮,继续地说,

——我翻头看见了你时,真不晓得看你好还是看马好了。

——我可不是一样吗。你看见我的时候,我已经看着你好一会了。你那兴奋的样子,真比一匹可爱的骏马好看啊!你的眼睛太好了。

她说着便把脸凑上他的脸去。

——T是你的什么人?

——你问他干什么呢?

——不是像你一样是我的朋友吗?

——我说,可不可不留他在这儿,我们走了?

——你没有权力说这话呵。我和他是先约。我应许你的时间早已过了呢。

——那么,你说我的眼睛好有什么用?

——啊,真是小孩。谁叫你这样手足鲁钝。什么吃冰淇淋啦散步啦,一大堆唠苏。你知道Love-making是应该在汽车上风里干的吗?郊外是有绿荫的呵。我还未曾跟一个gentleman一块儿过过三个钟头以上呢。这是破例呵。

H觉得华尔兹真像变了狐步舞了。他这会才摸出这怀里的人是什么一个女性。但是这时还不慢呢。他想他自己的男性魅力总不会在T之下的。可是音乐却已经停止了。他们回到桌子时,T只一个人无聊地抽着香烟。于是他们饮,抽,谈,舞的过了一个多钟头时,忽然女人看看腕上的表说:

——那么,你们都在这儿玩玩去吧,我先走了。

——怎么,怎么啦?

H、T两个人同一个声音,同样展着怪异的眼睛。

——不,我约一个人吃饭去,我要去换衣衫。你们坐坐去不是很好吗?那面几个女人都是很可爱的。

——但是,我们的约怎么了呢!今夜我已经去定好了呵。

——呵呵,老T,谁约了你今夜不今夜。你的时候,你不自己享用,还要跳什么舞。你就把老H赶了走,他敢说什么。是吗,老H,可是我们再见吧!

于是她凑近H的耳朵边,"你的眼睛真好呵,不是老T在这儿我一定非给它一只一个吻不可",这样细声地说了几句话,微笑着拿起Opera-bag来,便留着两个呆得出神的人走去了。

(初载《都市风景线》,水沫书店1930年版)

茅 盾

春　蚕

一

老通宝坐在"塘路"边的一块石头上,长旱烟管斜摆在他身边。"清明"节后的太阳已经很有力量,老通宝背脊上热烘烘地,像背着一盆火。"塘路"上拉纤的快班船上的绍兴人只穿了一件蓝布单衫,敞开了大襟,弯着身子拉,额角上黄豆大的汗粒落到地下。

看着人家那样辛苦的劳动,老通宝觉得身上更加热了;热的有点儿发痒。他还穿着那件过冬的破棉袄,他的夹袄还在当铺里,却不防才得"清明"边,天就那么热。

"真是天也变了!"

老通宝心里说,就吐一口浓厚的唾沫。在他面前那条"官河"内,水是绿油油的,来往的船也不多,镜子一样的水面这里那里起了几道皱纹或是小小的涡漩,那时候,倒影在水里的泥岸和岸边成排的桑树,都晃乱成灰暗的一片。可是不会很长久的。渐渐儿那些树影又在水面上显现,一弯一曲地蠕动,像是醉汉,再过一会儿,终于站定了,依然是很清晰的倒影。那拳头模样的丫枝顶都已经簇生着小手指儿那么大的嫩绿叶。这密密层层的桑树,沿着那"官河"一直望去,好像没有尽头。田里现在还只有干裂的泥块,这一带,现在是桑树的势力! 在老通宝背后,也是大片的桑林,矮矮的,静穆的,在热烘烘的太阳光下,似乎那"桑拳"上的嫩绿叶过一秒钟就会大一些。

离老通宝坐处不远,一所灰白色的楼房蹲在"塘路"边,那是茧厂。十多天前驻扎过军队,现在那边田里留着几条短短的战壕。那时都说东洋兵要打进来,镇上有钱人都逃光了;现在兵队又开走了,那座茧厂依旧空关在那里,等候春茧上市的时候再热闹一番。老通宝也听得镇上小陈老爷的儿子——陈大少爷说过,今年上海不太平,丝厂都关门,恐怕这里的茧厂也不能开;但老通宝是不肯相信的。他活了六十岁,反乱年头也经过好几个,从没见过绿油油的桑叶白养在树上等到成了"枯叶"去喂羊吃;除非是"蚕花"

不熟,但那是老天爷的"权柄",谁又能够未卜先知?

"才得清明边,天就那么热!"

老通宝看着那些桑拳上怒茁的小绿叶儿,心里又这么想,同时有几分惊异,有几分快活。他记得自己还是二十多岁少壮的时候,有一年也是"清明"边就得穿夹,后来就是"蚕花二十四分",自己也就在这一年成了家。那时,他家正在"发";他的父亲像一头老牛似的,什么都懂得,什么都做得;便是他那创家立业的祖父,虽说在长毛窝里吃过苦头,却也愈老愈硬朗。那时候,老陈老爷去世不久,小陈老爷还没抽上鸦片烟,"陈老爷家"也不是现在那么不像样的。老通宝相信自己一家和"陈老爷家"虽则一边是高门大户,而一边不过是种田人,然而两家的运命好像是一条线儿牵着。不但"长毛造反"那时候,老通宝的祖父和陈老爷同被长毛掳去,同在长毛窝里混上了六七年,不但他们俩同时从长毛营盘里逃了出来,而且偷得了长毛的许多金元宝——人家到现在还是这么说;并且老陈老爷做丝生意"发"起来的时候,老通宝家养蚕也是年年都好,十年中间挣得了二十亩的稻田和十多亩的桑地,还有三开间两进的一座平屋。这时候,老通宝家在东村庄上被人人所妒羡,也正像"陈老爷家"在镇上是数一数二的大户人家。可是以后,两家都不行了;老通宝现在已经没有自己的田地,反欠出三百多块钱的债,"陈老爷家"也早已完结。人家都说"长毛鬼"在阴间告了一状,阎罗王追还"陈老爷家"的金元宝横财,所以败的这么快。这个,老通宝也有几分相信:不是鬼使神差,好端端的小陈老爷怎么会抽上了鸦片烟?

可是老通宝死也想不明白为什么"陈老爷家"的"败"会牵动到他家。他确实知道自己家并没得过长毛的横财。虽则听死了的老头子说,好像那老祖父逃出长毛营盘的时候,不巧撞着了一个巡路的小长毛,当时没法,只好杀了他,——这是一个"结"!然而从老通宝懂事以来,他们家替这小长毛鬼拜忏念佛烧纸锭,记不清有多少次了。这个小冤魂,理应早投凡胎。老通宝虽然不很记得祖父是怎样"做人",但父亲的勤俭忠厚,他是亲眼看见的;他自己也是规矩人,他的儿子阿四,儿媳四大娘,都是勤俭的。就是小儿子阿多年纪青,有几分"不知苦辣",可是毛头小伙子,大都这么着,算不得"败家相"!

老通宝抬起他那焦黄的皱脸,苦恼地望着他面前的那条河,河里的船,以及两岸的桑地。一切都和他二十多岁时差不了多少,然而"世界"到底变了。他自己家也要常常把杂粮当饭吃一天,而且又欠出了三百多块钱的债。

呜!呜,呜,呜,——

汽笛叫声突然从那边远远的河身的弯曲地方传了来。就在那边,蹲着又一个茧厂,远望去隐约可见那整齐的石"帮岸"。一条柴油引擎的小轮船很威严地从那茧厂后驶出来,拖着三条大船,迎面向老通宝来了。满河平静的水立刻激起泼剌剌的波浪,一齐向两旁的泥岸卷过来。一条乡下"赤膊船"赶快拢岸,船上人揪住了泥岸上的树根,船和人都好像在那里打秋千。轧轧轧的轮机声和洋油臭,飞散在这和平的绿的田野。老通宝满脸恨意,看着这小轮船来,看着它过去,直到又转一个弯,呜呜呜地又叫了几声,就看不见。老通宝向来仇恨小轮船这一类洋鬼子的东西!他从没见过洋鬼子,可是他从他的父亲嘴里知道老陈老爷见过洋鬼子:红眉毛,绿眼睛,走路时两条腿是直的。并且老陈老爷也是很恨洋鬼子,常常说"铜钿都被洋鬼子骗去了"。老通宝看见老陈老爷的时候,不过八九岁,——现在他所记得的关于老陈老爷的一切都是听来的,可是他想起了"铜钿都被洋鬼子骗去了"这句话,就仿佛看见了老陈老爷捋着胡子摇头的神气。

洋鬼子怎样就骗了钱去,老通宝不很明白。但他很相信老陈老爷的话一定不错。并且他自己也明明看到自从镇上有了洋纱,洋布,洋油,——这一类洋货,而且河里更有了小火轮船以后,他自己田里生出来的东西就一天一天不值钱,而镇上的东西却一天一天贵起来。他父亲留下来的一分家产就这么变小,变做没有,而且现在负了债。老通宝恨洋鬼子不是没有理由的!他这坚定的主张,在村坊上很有名。五年前,有人告诉他:朝代又改了,新朝代是要"打倒"洋鬼子的。老通宝不相信。为的他上镇去看见那新到的喊着"打倒洋鬼子"的年青人们都穿了洋鬼子衣服。他想来这伙年青人一定私通洋鬼子,却故意来骗乡下人。后来果然就不喊"打倒洋鬼子"了,而且镇上的东西更加一天一天贵起来,派到乡下人身上的捐税也更加多起来。老通宝深信这都是串通了洋鬼子干的。

然而更使老通宝去年几乎气成病的,是茧子也是洋种的卖得好价钱;洋种的茧子,一担要贵上十多块钱。素来和儿媳总还和睦的老通宝,在这件事上可就吵了架。儿媳四大娘去年就要养洋种的蚕。小儿子跟他嫂嫂是一路,那阿四虽然嘴里不多说,心里也是要洋种的。老通宝拗不过他们,末了只好让步。现在他家里有的五张蚕种,就是土种四张,洋种一张。

"世界真是越变越坏!过几年他们连桑叶都要洋种了!我活得厌了!"

老通宝看着那些桑树,心里说,拿起身边的长旱烟管恨恨地敲着脚边的泥块。太阳现在正当他头顶,他的影子落在泥地上,短短地像一段乌焦木头,还穿着破棉袄的他,觉得浑身躁热起来了。他解开了大襟上的钮扣,又抓着衣角扇了几下,站起来回家去。

那一片桑树背后就是稻田。现在大部分是匀整的半翻着的燥裂的泥块。偶尔也有了种了杂粮的,那金黄一般的菜花散出强烈的香味。那边远远地一簇房屋,就是老通宝他们住了三代的村坊,现在那些屋上都袅起了白的炊烟。

老通宝从桑林里走出来,到田塍上,转身又望那一片爆着嫩绿的桑树。忽然那边田里跳跃着来了一个十来岁的男孩子,远远地就喊道:

"阿爹!妈等你吃中饭呢!"

"哦——"

老通宝知道是孙子小宝,随口应着,还是望着那一片桑林。才只得"清明"边,桑叶尖儿就抽得那么小指头儿似的,他一生就只见过两次。今年的蚕花,光景是好年成。三张蚕种,该可以采多少茧子呢?只要不像去年,他家的债也许可以拨还一些罢。

小宝已经跑到他阿爹的身边了,也仰着脸看那绿绒似的桑拳头;忽然他跳起来拍着手唱道:

"清明削口,看蚕娘娘拍手!"

老通宝的皱脸上露出笑容来了。他觉得这是一个好兆头。他把手放在小宝的"和尚头"上摩着,他的被穷苦弄麻木了的老心里勃然又生出新的希望来了。

二

天气继续暖和,太阳光催开了那些桑拳头上的小手指儿模样的嫩叶,现在都有小小的手掌那么大了。老通宝他们那村庄四周围的桑林似乎发长得更好,远望去像一片绿锦平铺在密密层层灰白色矮矮的篱笆上。"希望"在老通宝和一般农民们的心里一点一点一天一天强大。蚕事的动员令也在各方面发动了。藏在柴房里一年之久的养蚕用具都拿出来洗刷修补。那条穿村而过的小溪旁边,蠕动着村里的女人和孩子,工作着,嚷着,笑着。

这些女人和孩子们都不是十分健康的脸色,——从今年开春起,他们都只吃个半饱;他们身上穿的,也只是些破旧的衣服。实在他们的情形比叫花子好不了多少。然而他们的精神都很不差。他们有很大的忍耐力,又有很大的幻想。虽然他们都负了天天在增大的债,可是他们那简单的头脑老是这么想:只要蚕花熟,就好了!他们想象到一个月以后那些绿油油的桑叶就会变成雪白的茧子,于是又变成丁丁当当响的洋钱,他们虽然肚子里饿得咕咕地叫,却也忍不住要笑。

这些女人中间也就有老通宝的媳妇四大娘和那个十二岁的小宝。这娘儿两个已经洗好了那些"团匾"和"蚕箪",坐在小溪边的石头上撩起布衫角揩脸上的汗水。

"四阿嫂!你们今年也看(养)洋种么?"

小溪对岸的一群女人中间有一个二十岁左右的姑娘隔溪喊过来了。四大娘认得是隔溪的对门邻舍陆福庆的妹子六宝。四大娘立刻把她的浓眉毛一挺,好像正想找人吵架似的嚷了起来:

"不要来问我!阿爹做主呢!——小宝的阿爹死不肯,只看了一张洋种!老糊涂的听得带一个洋字就好像见了七世冤家!洋钱,也是洋,他倒又要了!"

小溪旁那些女人们听得笑起来了。这时候有一个壮健的小伙子正从对岸的陆家稻场上走过,跑到溪边,跨上了那横在溪面用四根木头并排做成的雏形的"桥"。四大娘一眼看见,就丢开了"洋种"问题,高声喊道:

"多多弟!来帮我搬东西罢!这些匾,浸湿了,就像死狗一样重!"

小伙子阿多也不开口,走过来拿起五六只"团匾",湿漉漉地顶在头上,却空着一双手,划桨似的荡着,就走了。这个阿多高兴起来时,什么事都肯做,碰到同村的女人们叫他帮忙拿什么重家伙,或是下溪去捞什么,他都肯;可是今天他大概有点不高兴,所以只顶了五六只"团匾"去,却空着一双手。那些女人们看着他戴了那特别大箬帽似的一叠"匾",袅着腰,学镇上女人的样子走着,又都笑起来了。老通宝家紧邻的李根生的老婆荷花一边笑,一边叫道:

"喂,多多头!回来!也替我带一点儿去!"

"叫我一声好听的,我就给你拿。"

阿多也笑着回答,仍然走。转眼间就到了他家的廊下,就把头上的"团匾"放在廊檐口。

"那么,叫你一声干儿子!"

荷花说着就大声的笑起来,她那出众地白净然而扁得作怪的脸上看去就好像只有一张大嘴和眯紧了好像两条线一般的细眼睛。她原是镇上人家的婢女,嫁给那不声不响整天苦着脸的半老头子李根生还不满半年,可是她的爱和男子们胡调已经在村中很有名。

"不要脸的!"

忽然对岸那群女人中间有人轻声骂了一句。荷花的那对细眼睛立刻睁大了,怒声嚷道:

"骂哪一个?有本事,当面骂,不要躲!"

"你管得我?棺材横头踢一脚,死人肚里自得知:我就骂那不要脸的骚货!"

隔溪立刻回骂过来了,这就是那六宝,又一位村里有名淘气的大姑娘。

于是对骂之下,两边又泼水。爱闹的女人也夹在中间帮这边帮那边。小孩子们笑着狂呼。四大娘是老成的,提起她的"蚕簟",喊着小宝,自回家去。阿多站在廊下看着笑。他知道为什么六宝要跟荷花吵架；他看着那"辣货"六宝挨骂，倒觉得很高兴。

老通宝掮着一架"蚕台"从屋子里出来。这三棱形家伙的木梗子有几条给白蚂蚁蛀过了，怕的不牢，须得修补一下。看见阿多站在那里笑嘻嘻地望着外边的女人们吵架，老通宝的脸色就板起来了。他这"多多头"的小儿子不老成，他知道。尤其使他不高兴的，是多多也和紧邻的荷花说说笑笑。"那母狗是白虎星，惹上了她就得败家"，——老通宝时常这样警戒他的小儿子。

"阿多！空手看野景么？阿四在后边扎'缀头'，你去帮他！"

老通宝像一匹疯狗似的咆哮着，火红的眼睛一直盯住了阿多的身体，直到阿多走进屋里去，看不见了，老通宝方才提过那"蚕台"来反复审察，慢慢地动手修补。木匠生活，老通宝早年是会的；但近来他老了，手指头没有劲，他修了一会儿，抬起头来喘气，又望望屋里挂在竹竿上的三张蚕种。

四大娘就在廊檐口糊"蚕箪"。去年他们为的想省几百文钱，是买了旧报纸来糊的。老通宝直到现在还说是因为用了报纸——不惜字纸，所以去年他们的蚕花不好。今年是特地全家少吃一餐饭，省下钱来买了"糊箪纸"来了。四大娘把那鹅黄色坚韧的纸儿糊得很平贴，然后又照品字式糊上三张小小的花纸——那是跟"糊箪纸"一块儿买来的，一张印的花色是"聚宝盆"，另两张都是手执尖角旗的人儿骑在马上，据说是"蚕花太子"。

"四大娘！你爸爸做中人借来三十块钱，就只买了二十担叶，后天米又吃完了，怎么办？"

老通宝气喘喘地从他的工作里抬起头来，望着四大娘。那三十块钱是二分半的月息。总算有四大娘的父亲张财发做中人，那债主也就是张财发的东家"做好事"，这才只要了二分半的月息。条件是蚕事完后本利归清。

四大娘把糊好了的"蚕箪"放在太阳底下晒，好像生气似的说：

"都买了叶！又像去年那样多下来——"

"什么话！你倒先来发利市了！年年像去年么？自家只有十来担叶；五张布子(蚕种)，十来担叶够么？"

"噢，噢；你总是不错的！我只晓得有米烧饭，没米饿肚子！"

四大娘气哄哄地回答；为了那"洋种"问题，她到现在常要和老通宝抬杠。

老通宝气得脸都紫了。两个人就此再没有一句话。

但是"收蚕"的时期一天一天逼近了。这二三十人家的小村落突然呈现了一种大紧张，大决心，大奋斗，同时又是大希望。人们似乎连肚子饿都忘记了。老通宝他们家东借一点，西赊一点，居然也一天一天过着来。也不仅老通宝他们,村里哪一家有两三斗米放在家里呀!去年秋收固然还好,可是地主,债主,正税,杂捐,一层一层地剥削来,早就完了。现在他们唯一的指望就是春蚕,一切临时借贷都是指明在这"春蚕收成"中偿还。

他们都怀着十分希望又十分恐惧的心情来准备这春蚕的大搏战!

"谷雨"节一天近一天了。村里二三十人家的"布子"都隐隐现出绿色来。女人们在稻场上碰见时,都匆忙地带着焦灼而快乐的口气互相告诉道:

"六宝家快要'窝种'了呀!"

"荷花说她家明天就要'窝'了。有这么快!"

"黄道士去测一字,今年的青叶要贵到四洋!"

四大娘看自家的五张"布子"。不对!那黑芝麻似的一片细点子还是黑沉沉,不见绿影。她的丈夫阿四拿到亮处去细看,也找不出几点"绿"来。四大娘很着急。

"你就先'窝'起来罢!这余杭种,作兴是慢一点的。"

阿四看着他老婆,勉强自家宽慰。四大娘堵起了嘴巴不回答。

老通宝哭丧着干皱的老脸,没说什么,心里却觉得不妙。

幸而再过了一天,四大娘再细心看那"布子"时,哈,有几处转成绿色了!而且绿的很有光彩。四大娘立刻告诉了丈夫,告诉了老通宝,多多头,也告诉了她的儿子小宝。她就把那些布子贴肉揾在胸前,抱着吃奶的婴孩似的静静儿坐着,动也不敢多动了。夜间,她抱着那五张"布子"到被窝里,把阿四赶去和多多头做一床。那"布子"上密密麻麻的蚕子儿贴着肉,怪痒痒的;四大娘很快活,又有点儿害怕,她第一次怀孕时胎儿在肚子里动,她也是那样半惊半喜的!

全家都是惴惴不安地又很兴奋地等候"收蚕"。只有多多头例外。他说:今年蚕花一定好,可是想发财却是命里不曾来。老通宝骂他多嘴,他还是要说。

蚕房早已收拾好了。"窝种"的第二天,老通宝拿一个大蒜头涂上一些泥,放在蚕房的墙脚边;这也是年年的惯例,但今番老通宝更加虔诚,手也抖了。去年他们"卜"的非常灵验。可是去年那"灵验",现在老通宝想也不敢想。

现在这村里家家都在"窝种"了。稻场上和小溪边顿时少了那些女人们的踪迹。一个"戒严令"也在无形中颁布了;乡农们即使平日是最好的,也不往来;人客来冲了蚕神不是玩的!他们至多在稻场上低声交谈一二句就走开。这是个"神圣"的季节。

老通宝家的五张布子上也有些"乌娘"蠕蠕地动了。于是全家的空气,突然紧张。那正是"谷雨"前一日。四大娘料来可以挨过了"谷雨"节那一天。布子不须再"窝"了,很小心地放在"蚕房"里。老通宝偷眼看一下那个躺在墙脚边的大蒜头,他心里就一跳。那大蒜头上还只有一两茎绿芽!老通宝不敢再看,心里祷祝后天正午会有更多更多的绿芽。

终于"收蚕"的日子到了。四大娘心神不定地淘米烧饭,时时看饭锅上的热气有没有直冲上来。老通宝拿出预先买了来的香烛点起来,恭恭敬敬放在灶君神位前。阿四和阿多去到田里采野花。小小宝帮着把灯芯草剪成细末子,又把采来的野花揉碎。一切都准备齐全了时,太阳也近午刻了,饭锅上水蒸气嘟嘟地直冲,四大娘立刻跳了起来,把"蚕花"和一对鹅毛插在发髻上,就到"蚕房"里。老通宝拿着秤杆,阿四拿了那揉碎的野花片儿和灯芯草碎末。四大娘揭开"布子",就从阿四手里拿过那野花碎片和灯芯草末子撒在"布子"上,又接过老通宝手里的秤杆来,将"布子"挽在秤杆上,于是拔下发髻上的鹅毛在"布子"上轻轻儿拂;野花片,灯芯草末子,连同"乌娘",都拂在那"蚕箪"里了。一张,两张,……都拂过了;最后一张是洋种,那就收在另一个"蚕箪"里。末了,四大娘又拔下发髻上那朵"蚕花",跟鹅毛一块插在"蚕箪"的边儿上。

这是一个隆重的仪式!千百年相传的仪式!那好比是誓师典礼,以后就要开始了一个月光景的和恶劣的天气和恶运以及和不知什么的连日连夜无休息的大决战!

"乌娘"在"蚕箪"里蠕动,样子非常强健;那黑色也是很正路的。四大娘和老通宝他们都放心地松一口气了。但当老通宝悄悄地把那个"命运"的大蒜头拿起来看时,他的脸色立刻变了!大蒜头上还只得三四茎嫩芽!天哪!难道又同去年一样?

三

然而那"命运"的大蒜头这次竟不灵验。老通宝家的蚕非常好!虽然头眠二眠的时候连天阴雨,气候是比"清明"边似乎还要冷一点,可是那些"宝宝"都很强健。

村里别人家的"宝宝"也都不差。紧张的快乐弥漫了全村庄,似那小溪里淙淙的流水也像是朗朗的笑声了。只有荷花家是例外。她们家看了一张"布子",可是"出火"只称得二十斤;"大眠"快边人们还看见那不声不响晦气色的丈夫根生倾弃了三"蚕箪"在那小溪里。

这一件事,使得全村的妇人对于荷花家特别"戒严"。她们特地避路,不从荷花的门前走,远远的看见了荷花或是她那不声不响丈夫的影儿就赶快躲开;这些幸运的人儿惟恐看了荷花他们一眼或是交谈半句话就传染了晦气来！

老通宝严禁他的小儿子多多头跟荷花说话。——"你再跟那东西多嘴，我就告你忤逆！"老通宝站在廊檐外高声大气喊，故意要叫荷花他们听得。

小小宝也受到严厉的嘱咐，不许跑到荷花家的门前，不许和他们说话。

阿多像一个聋子似的不理睬老头子那早早夜夜的唠叨，他心里却在暗笑。全家就只有他不大相信那些鬼禁忌。可是他也没有跟荷花说话，他忙都忙不过来。

"大眠"捉了毛三百斤，老通宝全家连十二岁的小宝也在内，都是两日两夜没有合眼。蚕是少见的好，活了六十岁的老通宝记得只有两次是同样的，一次就是他成家的那年，又一次是阿四出世那一年。"大眠"以后的"宝宝"第一天就吃了七担叶，个个是生青滚壮，然而老通宝全家都瘦了一圈，失眠的眼睛上布满了红丝。

谁也料得到这些"宝宝"上山前还得吃多少叶。老通宝和儿子阿四商量了：

"陈大少爷借不出，还是再求财发的东家罢？"

"地头上还有十担叶，够一天。"

阿四回答，他委实是支撑不住了，他的一双眼皮像有几百斤重，只想合下来。老通宝却不耐烦了，怒声喝道：

"说什么梦话！刚吃了两天老蚕呢。明天不算，还得吃三天，还要三十担叶，三十担！"

这时外边稻场上忽然人声喧闹，阿多押了新发来的五担叶来了。于是老通宝和阿四的谈话打断，都出去"捋叶"。四大娘也慌忙从蚕房里钻出来。隔溪陆家养的蚕不多，那大姑娘六宝抽得出工夫，也来帮忙了。那时星光满天，微微有点风，村前村后都断断续续传来了吆喝和欢笑，中间有一个粗暴的声音嚷道：

"叶行情飞涨了！今天下午镇上开到四洋一担！"

老通宝偏偏听得了，心里急得什么似的。四块钱一担，三十担可要一百二十块呢，他哪来这许多钱！但是想到茧子总可以采五百多斤，就算五十块钱一百斤，也有这么二百五，他又心里一宽。那边"捋叶"的人堆里忽然又有一个小小的声音说：

"听说东路不大好，看来叶价钱涨不到多少的！"

老通宝认得这声音是陆家的六宝。这使他心里又一宽。

那六宝是和阿多同站在一个筐子边"捋叶"。在半明半暗的星光下，她和阿多靠得很近。忽然她觉得在那"杠条"的隐蔽下，有一只手在她大腿上

拧了一把。她好像知道是谁拧的,她忍住了不笑,也不声张。蓦地那手又在她胸前摸了一把,六宝直跳起来,出惊地喊了一声:

"嗳哟!"

"什么事?"

同在那筐子边捋叶的四大娘问了,抬起头来。六宝觉得自己脸上热烘烘了,她偷偷地瞪了阿多一眼,就赶快低下头,很快地捋叶,一面回答:

"没有什么。想来是毛毛虫刺了我一下。"

阿多咬住了嘴唇暗笑。虽然在这半个月来也是半饱而且少睡,也瘦了许多了,他的精神可还是很饱满。老通宝那种忧愁,他是永远没有的。他永不相信靠一次蚕花好或是田里熟,他们就可以还清了债再有自己的田;他知道单靠勤俭工作,即使做到背脊骨折断也是不能翻身的。但是他仍旧很高兴地工作着,他觉得这也是一种快活,正像和六宝调情一样。

第二天早上,老通宝就到镇里去想法借钱来买叶。临走前,他和四大娘商量好,决定把他家那块出产十五担叶的桑地去抵押。这是他家最后的产业。

叶又买来了三十担。第一批的十担发来时,那些壮健的"宝宝"已经饿了半点钟了。"宝宝"们尖出了小嘴巴,向左向右乱晃,四大娘看得心酸。叶铺了上去,立刻蚕房里充满着萨萨萨的响声,人们说话也不大听得清。不多一会儿,那些"团匾"里立刻又全见白了,于是又铺上厚厚的一层叶。人们单是"上叶"也就忙得透不过气来。但这是最后五分钟了。再得两天,"宝宝"可以上山。人们把剩余的精力榨出来拼死命干。

阿多虽然接连三日三夜没有睡,却还不见怎么倦。那一夜,就由他一个人在"蚕房"里守那上半夜,好让老通宝以及阿四夫妇都去歇一歇。那是个好月夜,稍稍有点冷。蚕房里爇了一个小小的火。阿多守到二更过,上了第二次的叶,就蹲在那个"火"旁边听那些"宝宝"萨萨萨地吃叶。渐渐儿他的眼皮合上了。恍惚听得有门响,阿多的眼皮一跳,睁开眼来看了看,就又合上了。他耳朵里还听得萨萨萨的声音和屑索屑索的怪声。猛然一个跟跄,他的头在自己膝头上磕了一下,他惊醒过来,恰就听得蚕房的芦帘拍叉一声响,似乎还看见有人影一闪。阿多立刻跳起来,到外面一看,门是开着,月光下稻场上有一个人正走向溪边去。阿多飞也似跳出去,还没看清那人是谁,已经把那人抓过来摔在地下。他断定了这是一个贼。

"多多头!打死我也不怨你,只求你不要说出来!"

是荷花的声音,阿多听真了时不禁浑身的汗毛都竖了起来。月光下他又看见那扁得作怪的白脸儿上一对细圆的眼睛定定地看住了他。可是恐怖的意思那眼睛里也没有。阿多哼了一声,就问道:

"你偷什么?"

"我偷你们的宝宝!"

"放到哪里去了?"

"我扔到溪里去了!"

阿多现在也变了脸色。他这才知道这女人的恶意是要冲克他家的"宝宝"。

"你真心毒呀!我们家和你们可没有冤仇!"

"没有么?有的,有的!我家自管蚕花不好,可并没害了谁,你们都是好的!你们怎么把我当作白老虎,远远地望见我就别转了脸?你们不把我当人看待!"

那妇人说着就爬了起来,脸上的神气比什么都可怕。阿多瞅着那妇人好半晌,这才说道:

"我不打你,走你的罢!"

阿多头也不回的跑回家去,仍在"蚕房"里守着。他完全没有睡意了。他看那些"宝宝",都是好好的。他并没想到荷花可恨或可怜,然而他不能忘记荷花那一番话;他觉到人和人中间有什么地方是永远弄不对的,可是他不能够明白想出来是什么地方,或是为什么。再过一会儿,他就什么都忘记了。"宝宝"是强健的,像有魔法似的吃了又吃,永远不会饱!

以后直到东方快打白了时,没有发生事故。老通宝和四大娘来替换阿多了,他们拿那些渐渐身体发白而变短了的"宝宝"在亮处照着,看是"有没有通"。他们的心被快活胀大了。但是太阳出山时四大娘到溪边汲水,却看见六宝满脸严重地跑过来悄悄地问道:

"昨夜二更过,三更不到,我远远地看见那骚货从你们家跑出来,阿多跟在后面,他们站在这里说了半天话呢!四阿嫂!你们怎么不管事呀?"

四大娘的脸色立刻变了,一句话也没说,提了水桶就回家去,先对丈夫说了,再对老通宝说。这东西竟偷进人家"蚕房"来了,那还了得!老通宝气得直跺脚,马上叫了阿多来查问。但是阿多不承认,说六宝是做梦见鬼。老通宝又去找六宝询问。六宝是一口咬定了看见的。老通宝没有主意,回家去看那"宝宝",仍然是很健康,瞧不出一些败相来。

但是老通宝他们满心的欢喜却被这件事打消了。他们相信六宝的话不会毫无根据。他们唯一的希望是那骚货或者只在廊檐口和阿多鬼混了一阵。

"可是那大蒜头上的苗却当真只有三四茎呀!"

老通宝自心里这么想,觉得前途只是阴暗。可不是,吃了许多叶去,一直落来都很好,然而上了山却干僵了的事,也是常有的。不过老通宝无论如何不敢想到这上头去;他以为即使是肚子里想,也是不吉利。

四

"宝宝"都上山了,老通宝他们还是捏着一把汗。他们钱都花光了,精力也绞尽了,可是有没有报酬呢,到此时还没有把握。虽则如此,他们还是硬着头皮去干。"山棚"下爇了火,老通宝和阿四他们伛着腰慢慢地从这边蹲到那边,又从那边蹲到这边。他们听得山棚上有些屑屑索索的细声音,他们就忍不住想笑,过一会儿又不听得了,他们的心就重甸甸地往下沉了。这样地,心是焦灼着,却不敢向山棚上望。偶或他们仰着的脸上淋到了一滴蚕尿了,虽然觉得有点难过,他们心里却快活;他们巴不得多淋一些。

阿多早已偷偷地挑开"山棚"外围着的芦帘望过几次了。小小宝看见,就扭住了阿多,问"宝宝"有没有做茧子。阿多伸出舌头做一个鬼脸,不回答。

"上山"后三天,息火了。四大娘再也忍不住,也偷偷地挑开芦帘角看了一眼,她的心立刻卜卜地跳了。那是一片雪白,几乎连"缀头"都瞧不见;那是四大娘有生以来从没有见过的"好蚕花"呀!老通宝全家立刻充满了欢笑。现在他们一颗心定下来了!"宝宝"们有良心,四洋一担的叶不是白吃的;他们全家一个月的忍饿失眠总算不冤枉,天老爷有眼睛!

同样的欢笑声在村里到处都起来了。今年蚕花娘娘保佑这小小的村子。二三十人家都可以采到七八分,老通宝家更是比众不同,估量来总可以采一个十二三分。

小溪边和稻场上现在又充满了女人和孩子们。这些人都比一个月前瘦了许多,眼眶陷进了,嗓子也发沙,然而都很快活兴奋。她们嘈嘈地谈论那一个月内的"奋斗"时,她们的眼前便时时现出一堆堆雪白的洋钱,她们那快乐的心里便时时闪过了这样的盘算:夹衣和夏衣都在当铺里,这可先得赎出来;过端阳节也许可以吃一条黄鱼。

那晚上荷花和阿多的把戏也是她们谈话的资料。六宝见了人就宣传荷花的"不要脸,送上门去!"男人们听了就粗暴地笑着,女人们念一声佛,骂一句,又说老通宝家总算幸气,没有犯克,那是菩萨保佑,祖宗有灵!

接着是家家都"浪山头"了,各家的至亲好友都来"望山头"。老通宝的亲家张财发带了小儿子阿九特地从镇上来到村里。他们带来的礼物,是软糕,线粉,梅子,枇杷,也有咸鱼。小小宝快活得好像雪天的小狗。

"通宝,你是卖茧子呢,还是自家做丝?"

张老头子拉老通宝到小溪边一棵杨柳树下坐了,这么悄悄地问。这张老头子张财发是出名"会寻快活"的人,他从镇上城隍庙前露天的"说书场"听来了一肚子的疙瘩东西;尤其烂熟的,是"十八路反王,七十二处烟尘",程咬金卖柴扒,贩私盐出身,瓦岗寨做反王的《隋唐演义》。他向来说话"没正经",老通宝是知道的;所以现在听得问是卖茧子或者自家做丝,老通宝并没把这话看重,只随口回答道:

"自然卖茧子。"

张老头子却拍着大腿叹一口气。忽然他站了起来,用手指着村外那一片秃头桑林后面耸露出来的茧厂的风火墙说道:

"通宝!茧子是采了,那些茧厂的大门还关得紧洞洞呢!今年茧厂不开秤!——十八路反王早已下凡,李世民还没出世,世界不太平!今年茧厂关门,不做生意!"

老通宝忍不住笑了,他不肯相信。他怎么能够相信呢?难道那"五步一岗"似的比露天毛坑还要多的茧厂会一齐都关了门不做生意?况且听说和东洋人也已"讲拢",不打仗了,茧厂里驻的兵早已开走。

张老头子也换了话,东拉西扯讲镇里的"新闻",夹着许多"说书场"上听来的什么秦叔宝,程咬金。最后,他代他的东家催那三十块钱的债,为的他是"中人"。

然而老通宝到底有点不放心。他赶快跑出村去,看看"塘路"上最近的两个茧厂,果然大门紧闭,不见半个人;照往年说,此时应该早已摆开了柜台,挂起了一排乌亮亮的大秤。

老通宝心里也着慌了,但是回家去看见了那些雪白发光很厚实硬古古的茧子,他又忍不住嘻开了嘴。上好的茧子!会没有人要,他不相信。并且他还要忙着采茧,还要谢"蚕花利市",他渐渐不把茧厂的事放在心上了。

可是村里的空气一天一天不同了。才得笑了几声的人们现在又都是满脸的愁云。各处茧厂都没开门的消息陆续从镇上传来,从"塘路"上传来。往年这时候,"收茧人"像走马灯似的在村里巡回,今年没见半个"收茧人",却换替着来了债主和催粮的差役。请债主们就收了茧子罢,债主们板起面孔不理。

全村子都是嚷骂,诅咒,和失望的叹息!人们做梦也不会想到今年"蚕花"好了,他们的日子却比往年更加困难。这在他们是一个青天的霹雳!并且愈是像老通宝他们家似的,蚕愈养得多,愈好,就愈加困难,——"真正世界变了!"老通宝捶胸跺脚地没有办法。然而茧子是不能搁久了的,总得赶快想法:不是卖出去,就是自家做丝。村里有几家已经把多年不用的丝车拿出来修理,打算自家把茧做成了丝再说。六宝家也打算这么办。老通宝便也和儿子媳妇商量道:

"不卖茧子了,自家做丝!什么卖茧子,本来是洋鬼子行出来的!"

"我们有四百多斤茧子呢,你打算摆几部丝车呀!"

四大娘首先反对了。她这话是不错的。五百斤的茧子可不算少,自家做丝万万干不了。请帮手么?那又得花钱。阿四是和他老婆一条心。阿多抱怨老头子打错了主意,他说:

"早依了我的话,扣住自己的十五担叶,只看一张洋种,多么好!"

老通宝气得说不出话来。

终于一线希望忽又来了。同村的黄道士不知从哪里得的消息,说是无锡脚下的茧厂还是照常收茧。黄道士也是一样的种田人,并非吃十方的"道士",向来和老通宝最说得来。于是老通宝去找那黄道士详细问过了以后,便又和儿子阿四商量把茧子弄到无锡脚下去卖。老通宝虎起了脸,像吵架似的嚷道:

"水路去有三十多九呢!来回得六天!他妈的!简直是充军!可是你有别的办法么?茧子当不得饭吃,蚕前的债又逼紧来!"

阿四也同意了。他们去借了一条赤膊船,买了几张芦席,赶那几天正是好晴,又带了阿多。他们这卖茧子的"远征军"就此出发。

五天以后,他们果然回来了;但不是空船,船里还有一筐茧子没有卖出。原来那三十多九水路远的茧厂挑剔得非常苛刻:洋种茧一担只值三十五元,土种茧一担二十元,薄茧不要。老通宝他们的茧子虽然是上好的货色,却也被茧厂里挑剩了那么一筐,不肯收买。老通宝他们实卖得一百十一块钱,除去路上盘川,就剩了整整的一百元,不够偿还买青叶所借的债!老通宝路上气得生病了,两个儿子扶他到家。

打回来的八九十斤茧子,四大娘只好自家做丝了。她到六宝家借了丝车,又忙了五六天。家里米又吃完了。叫阿四拿那丝上镇里去卖,没有人要;上当铺当铺也不收。说了多少好话,总算把清明前当在那里的一石米换了出来。

就是这么着,因为春蚕熟,老通宝一村的人都增加了债!老通宝家为的养了五张布子的蚕,又采了十多分的好茧子,就此白赔上十五担叶的桑地和三十块钱的债!一个月光景的忍饥熬夜还不算!

1932 年 11 月 1 日

(初载 1932 年 11 月 1 日《现代》第 2 卷第 1 期)

子夜(第二章)

清晨五时许,疏疏落落下了几点雨。有风。比昨晚上是凉快得多了。华氏寒暑表降低了差不多十度。但是到了九时以后,太阳光射散了阴霾的云气,像一把火伞撑在半天,寒暑表的水银柱依然升到八十度,人们便感得更不可耐的热浪的威胁。

拿着"引"字白纸帖的吴府执事人们,身上是黑大布的长褂,腰间扣着老大厚重又长又阔整段白布做成的一根腰带,在烈日底下穿梭似的刚从大门口走到作为灵堂的大客厅前,便又赶回到大门口再"引"进新来的吊客——一个个都累得满头大汗了。十点半钟以前,这一班的八个人有时还能在大门口那班鼓乐手旁边的木长凳上尖着屁股坐这么一二分钟,撩起腰间的白布带来擦脸上的汗,又用那"引"字的白纸帖代替扇子,透一口气,抱怨吴三老爷不肯多用几个人;可是一到了毒太阳直射头顶的时候,吊客像潮水一般涌到,大门口以及灵堂前的两班鼓乐手不换气似的吹着吹着,打着打着,这班"引"路的执事人们便简直成为来来往往跑着的机器,连抱怨吴三老爷的念头也没有工夫去想了,至多是偶然望一望灵堂前伺候的六个执事人,暗暗羡慕他们的运气好。

汽车的喇叭叫;笛子、唢呐、小班锣,混合着的哀乐;当差们挤来挤去高呼着"某处倒茶,某处开汽水"的叫声;发车饭钱处的争吵;大门口巡捕暗探赶走闲杂人们的吆喝;烟卷的辣味,人身上的汗臭;都结成一片,弥漫了吴公馆的各厅各室以及那个占地八九亩的园子。

灵堂右首的大餐室里,满满地挤着一屋子的人。环洞桥似的一架红木百宝橱跨立在这又长又阔的大餐室的中部,把这屋子分隔为前后两部。后半部右首一排窗,望出去就是园子,紧靠着窗,就有一架高大的木香花棚,将绿荫和浓香充满了这半间房子;左首便是墙壁了,却开着一前一后的两道门,落后的那道门外边是游廊,此时也摆着许多茶几椅子,也攒集着一群吊客,在那里高谈阔论;"标金"、"大条银"、"花纱"、"几两几钱"的声浪,震得人耳聋,中间更夹着当差们开汽水瓶的嗤的声音。但在游廊的最左端,靠近着一道门,却有一位将近三十岁的男子,一身黄色军衣,长统马靴,左胸挂着三四块景泰蓝的证章,独自坐在一张摇椅里,慢慢地喝着汽水,时时把眼光射住了身边的那一道门。这门现在关着,偶或闪开了一条缝,便有醉人的脂粉香和细碎的笑语声从缝里逃出来。

忽然这位军装男子放下了汽水杯子站起来,马靴后跟上的钢马刺碰出叮——的声音,他作了个立正的姿势,迎着那道门里探出来的一个女人的半身,就是一个六十度的鞠躬。

女人是吴少奶奶,冷不防来了这么一个隆重的敬礼,微微一怔。但当这位军装男子再放直了身体的时候,吴少奶奶也已经恢复了常态,微笑点着头说:

"呀,是雷参谋!几时来的?——多谢,多谢!"

"那里话,那里话!本想明天来辞行,如今恰又碰上老太爷的大事,是该当来行礼送殓的了。听说老太爷是昨晚上去世,那么,吴夫人,您一定辛苦得很。"

雷参谋谦逊地笑着回答,眼睛却在打量吴少奶奶的居丧素装:黑纱旗袍,紧裹在臂上的袖子长过肘,裙长到踝,怪幽静地衬出颀长窈窕的身材;脸上没有脂粉,很自然的两道弯弯的不浓也不淡的眉毛,眼眶边微微有点红,眼睛却依然那样发光,滴溜溜地时常转动,——每一转动,放射出无限的智慧,无限的爱娇。雷参谋忍不住心里一跳。这样清丽秀媚的"吴少奶奶",在他是第一次看到,然而埋藏在他心深处已有五年之久的另一个清丽秀媚的影子——还不叫做"吴少奶奶"而只是"密司林佩瑶",猛的浮在他眼前,而且在啃啮他的心了。这一"过去"的再现,而且恰在此时,委实太残酷!于是雷参谋不等吴少奶奶的回答,咬着嘴唇,又是一个鞠躬,就赶快走开,从那些"标金""花纱"的声浪中穿过,他跑进那大餐室的后半间去了。

刚一进门,就有两个声音同时招呼他:

"呀!雷参谋!来得好,请你说罢!"

这一声不约而同的叫唤,像禁咒似的立刻奏效;正在争论着什么事的人声立刻停止了,许多脸都转了方向,许多眼光射向这站在门边的雷参谋的身上。尚在雷参谋脑膜上粘着的吴少奶奶淡妆的影子也立刻消失了。他微微笑着,眼光在众人脸上扫过,很快的举起右手碰一下他的军帽沿,又很快的放下,便走到那一堆人跟前,左手拍着一位矮胖子的肩膀,右手抓住了伸出来给他的一只手,好像松出一口气似的说道:

"你们该不是在这里讨论几两几钱的标金和花纱罢?那个,我是全然外行。"

矮胖子不相信似的挺起眉毛大笑,可是他的说话机会却被那位伸手给雷参谋的少年抢了去了:

"不是标金,不是花纱,却也不是你最在行的狐步舞,探戈舞,或是《丽娃丽妲》歌曲,我们是在这里谈论前方的军事。先坐了再说罢。"

"哎!黄奋!你的嘴里总没有好话!"

雷参谋装出抗议的样子,一边说,一边皱一下眉头,便挤进了那位叫做黄奋的西装少年所坐的沙发榻里。和雷参谋同是黄埔出身,同在战场上嗅过火药,而且交情也还不差,但是雷参谋所喜欢的擅长的玩意儿,这黄奋却是全外行;反之,这黄奋爱干的"工作",虽然雷参谋也能替他守秘密,可是谈起来的时候,雷参谋总是摇头。这两个人近来差不多天天见面,然而见面时没有一次不是吵吵闹闹的。现在,当这许多面熟陌生的人们跟前,黄奋还是那股老脾气,雷参谋就觉得怪不自在,很想躲开去,却又不好意思拔起腿来马上就走。

静默了一刹那。似乎因为有了新来者,大家都要讲究礼让,都不肯抢先说话。此时麇集在这大餐室前半间的另一群人却在嘈杂的谈话中爆出了哄笑。"该死!……还不打他?"夹在笑声中,有人这么嚷。雷参谋觉得这声音很熟,转过脸去看,但是矮胖子和另一位细头长脖子的男人遮断了他的视线。他们是坐在一张方桌子的旁边,背向着那架环洞桥式的百宝橱;桌子上摆满了汽水瓶和水果碟。矮胖子看见雷参谋的眼光望着细头长脖子的男人,便以为雷参谋要认识他,赶快站起来说:

"我来介绍。雷参谋。这位是孙吉人先生,太平洋轮船公司总经理。"

雷参谋笑了,他对孙吉人点点头;接过一张名片来,匆匆看了一眼,就随便应酬着:

"孙先生还办皖北长途汽车么?一手兼绾水陆交通。佩服,佩服。"

"可不是!孙吉翁办事有毅力,又有眼光,就可惜这次一开仗,皖北恰在军事区域,吉翁的事业只得暂时停顿一下。——但是,雷参谋,近来到底打得怎样了?"

矮胖子代替了孙吉人回答。他是著名的"喜欢拉拢",最会替人吹,朋友中间给他起的诨名叫做"红头火柴",——并非因为他是光大火柴厂的老板,却实在是形容他的到处"一擦就着"就和红头火柴差不多。他的真姓名周仲伟反而因此不彰。

当下周仲伟的话刚刚出口,就有几个人同声喊道:

"到底打得怎样了?怎样了?"

雷参谋微微一笑,只给了个含糊的回答:

"大致和报纸上的消息差不多。"

"那是天天说中央军打胜仗罗,然而市面上的消息都说是这边不利。报纸上没有正确的消息,人心就更加恐慌。"

一位四十多岁长着两撇胡子的人说,声音异常高朗。雷参谋认得他是大兴煤矿公司的总经理王和甫;两年前雷参谋带一团兵驻扎在河南某县的时候,曾经见过他。

大家都点头,对于王和甫的议论表同情。孙吉人这时摇着他的长脖子发言了。

"市面上的消息也许过甚其词。可是这次来的伤兵真不少!敝公司的下水船前天在浦口临时被扣,就运了一千多伤兵到常州,无锡一带安插。据伤兵说的看来,那简直是可怕。"

"日本报上还说某人已经和北方默契,就要倒戈!"

坐在孙吉人斜对面的一位丝厂老板朱吟秋抢着说,敌意地看了雷参谋一眼,又用肘弯碰碰他旁边的陈君宜,五云织绸厂的老板,一位将近四十岁的瘦男子。陈君宜却只是微笑。

雷参谋并没觉到朱吟秋的眼光有多少不友意,也没留意到朱吟秋和陈君宜中间的秘密的招呼;可是他有几分窘了。身为现役军人的他,对于这些询问当真难以回答。尤其使他不安的,是身边还有一个黄奋素来惯放"大炮"。沉吟了一下以后,他就看着孙吉人说:

"是贵公司的船运了一千伤兵么?这次伤的人,光景不少。既然是认真打仗,免不了牺牲;可是敌方的牺牲更大!黄奋,你记得十六年五月我们在京汉线上作战的情形么?那时,我们四军十一军死伤了两万多,汉口和武昌成了伤兵世界,可是我们到底打了胜仗呢。"

说到这里,雷参谋的脸上闪出红光来了;他向四周围的听者瞥了一眼,考察他自己的话语起了多少影响,同时便打算转换谈话的方向。却不料黄奋冷笑着说出这么几句尖利的驳正:

"你说十六年五月京汉线上的战事么?那和现在是很不相同的呀!那时的死伤多,因为是拼命冲锋!但现在,大概适得其反罢?"

就好像身边爆开了一颗炸弹,雷参谋的脸色突然变了。他站了起来,向四周围看看,蓦地又坐了下去,勉强笑着说:

"老黄,你不要随便说话!"

"随便说话?我刚才的话语是不是随便,你自然明白。不然,为什么你到现在还逗留在后方?"

"后天我就要上前线去了!"

雷参谋大声回答,脸上逼出一个狞笑。这一声"宣言"式的叫喊,不但倾动了眼前这一群人,连那边——前半间的人们,也都受了刺激;那边的谈话声突然停止了,接着就有几个人跑过来。他们并没听清楚是怎么一回事,只看见"红头火柴"周仲伟堆起满脸笑容,手拉着雷参谋的臂膊,眼看着孙吉人说：

"吉翁，我们明天就给雷参谋饯行，明天晚上？"

孙吉人还没回答，王和甫抢先表示同意：

"我和雷参谋有旧，算我的东罢！——再不然，就是三个人的公份，也行。"

于是这小小的临时谈话会就分成了两组。周仲伟，孙吉人，王和甫以及其他的三四位，围坐在那张方桌子旁边，以雷参谋为中心，互相交换着普通酬酢的客气话。另一组，朱吟秋，陈君宜等八九人，则攒集在右首的那排窗子前，大半是站着，以黄奋为中心，依然在谈论着前方的胜败。从那边——大餐室前半间跑来的几位，就加入了这一组。黄奋的声音最响，他对着新加进来的一位唐云山，很露骨地说：

"云山，你知道么？雷鸣也要上前线去了！这就证明了前线确是吃紧；不然，就不会调到他。"

"那还用说！前几天野鸡岗一役，最精锐的新编第一师全军覆没。德国军官的教练，最新式的德国军械，也抵不住西北军的不怕死！——可是，雷鸣去干什么？仍旧当参谋罢？"

"大概是要做旅长了。这次阵亡的旅团长，少说也有半打！"

"听说某人要受了伤，某军长战死，——是假呢，是真？"

朱吟秋突然插进来问。唐云山大笑，眼光在黄奋脸上一掠，似乎说："你看！消息传得广而且快！"可是他的笑声还没完，就有一位补充了朱吟秋的报告：

"现在还没死。光景是重伤。确有人看见他住在金神父路的法国医院里。"

说这话的是陈君宜，似乎深恐别人不相信他这确实的消息，既然用了十分肯定的口吻，又掉转头去要求那位又高又大的丁医生出来作一个旁证：

"丁医生，你一定能够证明我这消息不是随便说的罢？法国医院里的柏医生好像就是你的同学。你不会不知道。"

大家的眼光都看定了丁医生了。在先，丁医生似乎摸不着头脑，不懂得陈君宜为什么要拉扯到他；但他随即了然似的一笑，慢慢地说：

"不错。受伤的军官非常多。我是医生，什么枪弹伤，刺刀伤，炮弹碎片伤，我不会不知道，我可以分辨得明明白白；但是讲到什么军长呀，旅团长呀，我可是整个儿搅不明白。我的职业是医生，在我看来，小兵身上的伤和军长身上的伤，根本就没有什么两样；所以弄来弄去，我还是不知道究竟有没有军长，或者谁是军长！"

嗤！——静听着的那班人都笑出声来了。笑声过后，就是不满意。第一个是陈君宜,老大不高兴地摇着头。七嘴八舌的争议又起来了。但是忽然从外间跑来了一个人,一身白色的法兰绒西装,梳得很光亮的头发,匆匆地挤进了丁医生他们这一堆,就像鸟儿拣食似的拣出了一位穿淡青色印度绸长衫,嘴唇上有一撮"牙刷须"的中年男子,拍着他的肩膀喊道:

"壮飞,公债又跌了!你的十万裁兵怎样?谣言太多,市场人气看低,估量来还要跌哪!"

这比前线的战报更能震动人心!嘴唇上有一撮"牙刷须"的李壮飞固然变了脸色,那边周仲伟和雷参谋的一群也赶快跑过来探询。这年头儿,凡是手里有几文的,谁不钻在公债里翻觔斗?听说是各项公债库券一齐猛跌,各人的心事便各人不同:"空头"们高兴得张大了嘴巴笑,"多头"们眼泪往肚子里吞!

"公债又跌了!停板了!"

有人站在那道通到游廊去的门边高声喊叫。立刻就从游廊上涌进来一彪人,就是先前在那里嚷着"标金""花纱""几两几钱"的那伙人,都瞪大了眼睛,伸长了脖子,向这边探一下,向那边挤一步,乱烘烘地问道:

"是关税么?"

"是编遣么?"

"是裁兵么?"

"棺材边!大家做吴老太爷哪!"

这一句即景生情的俏皮话引得一些哭丧着脸儿的投机失败者也破声笑了。此时尚留在大餐室前半间的五六位也被这个突然卷起来的公债旋涡所吸引了。可是他们站得略远些,是旁观者的态度。这中间就有范博文和荪甫的远房族弟吴芝生,社会学系的大学生。范博文闭起一只眼睛,嘴里喃喃地说:

"投机的热狂哟!投机的热狂哟!你,黄金的洪水!泛滥罢!泛滥罢!冲毁了一切堤防!……"

于是他猛的在吴芝生的肩头拍一下,大声问道:

"芝生,刚才跑进来的那个穿白色西装的漂亮男子,你认识么?他是一个怪东西呢!韩孟翔是他的名字,他做交易所的经纪人,可是他也会做诗,——很好的诗!咳,黄金和诗意,在他身上,就发生了古怪的联络!——算了,我们走罢,找小杜和佩珊去罢!那边小客厅里的空气大概没有这里那么混浊,没有那么铜臭冲天!"

范博文不管吴芝生同意与否,拉住他就走。此时哄集在大餐室里的人们也渐渐走散,只剩下五六位,——和公债涨跌没有多大切身关系的企业家以及雷参谋,黄奋,唐云山那样的政治人物,在那里喝多量的汽水,谈许多的话。可是他们的谈话题材现在却从军事政治移到了娱乐——轮盘赌,咸肉庄,跑狗场,必诺浴,舞女,电影明星;现在,雷参谋觉得发言很自由了。

时间也慢慢地移近了正午。吊客渐少。大门口以及灵堂前的两班鼓乐手现在是换班似的吹打着。有时两班都不作声,人们便感到那忽然从耳朵边抽去了什么似的异样的清寂。那时候,"必诺浴""舞女""电影明星",一切这些魅人的名词便显得格外响亮。

蓦地大家的嘴巴都闭住了,似乎这些赤裸裸的肉感的纵谈在这猛然清寂的场合,有点不好意思。

唐云山下意识地举起手来搔他那光秃秃的头顶,向座中的人们瞥了一眼,突然哈哈大笑。于是大家也会意似的一阵轰笑,挽回了那个出乎意料之外的僵局。

笑声过后,雷参谋望着周仲伟,很正经地说:

"大家都说金贵银贱是中国振兴实业推广国货的好机会,实际上究竟怎样?"

周仲伟闭了眼睛摇头。过一会儿,他这才睁开眼来忿忿地回答:

"我是吃尽了金贵银贱的亏!制火柴的原料——药品,木梗,盒子壳,全是从外洋来的;金价一高涨,这些原料也跟着涨价,我还有好处么?采购本国原料罢?好!原料税,子口税,厘捐,一重一重加上去,就比外国原料还要贵了!况且日本火柴和瑞典火柴又是拼命来竞争,中国人又不知道爱国,不肯用国货……"

但是周仲伟这一套提倡国货的大演说只好半途停止了,因为他瞥眼看见桌子上赛银烟灰盘旁边的火柴却正是瑞典货的凤凰牌。他不自然地"咳"了几声,掏出一块手帕来揿在他的胖脸上拼命的揩。唐云山笑了一笑,随手取过那盒瑞典火柴来又燃起一根茄立克,喷出一口浓烟,在周仲伟的肩头猛拍了一下说:

"对不起,周仲翁。说句老实话,贵厂的出品当真还得改良。安全火柴是不用说了,就是红头火柴也不能'到处一擦就着',和你仲翁的雅号比较起来,差得远了。"

周仲伟的脸上立刻通红了,真像一根红头火柴。幸而孙吉人赶快来解围:

"这也怪不得仲翁。工人太嚣张,指挥不动。自从有了工会,各厂的出品都是又慢又坏;哎,朱吟翁,我这话对么?"

"就是这么一回事!但是,吉翁只知其一,未知其二!拿我们丝业而论,目今是可怜的很,四面围攻:工人要加工钱,外洋销路受日本丝的竞争,本国捐税太重,金融界对于放款又不肯通融!你想,成本重,销路不好,资本短绌,还有什么希望?我是想起来就灰心!"

朱吟秋也来发牢骚了。在他眼前,立刻浮现出他的四大敌人,尤其是金融界,扼住了他的咽喉;旧历端阳节转瞬便到,和他有往来的银行钱庄早就警告他不能再通融,他的押款一定要到期结清,可是丝价低落,洋庄清淡,他用什么去结清?他叹了一声,愤愤地又说下去:

"从去年以来,上海一埠是现银过剩。银根并不紧。然而金融界只晓得做公债,做地皮,一千万,两千万,手面阔得很!碰到我们厂家一时周转不来,想去做十万八万的押款呀,那就简直像是要了他们的性命;条件的苛刻,真叫人生气!"

大家一听这话太露骨,谁也不愿意多嘴。黄奋似乎很同情于朱吟秋,却又忍不住问道:

"我就不明白为什么你们的'厂经'专靠外洋的销路?那么中国的绸缎织造厂用的是什么丝?"

"是呀,我也不明白呢!陈先生,你一定可以回答这个问题。"

雷参谋也跟着说,转脸看看那位五云织绸厂的老板陈君宜。

可是这位老板不作声,只在那里微笑。朱吟秋代他回答:

"他们用我们的次等货。近来连次等货也少用。他们用日本生丝和人造丝。我们的上等货就专靠法国和美国的销路,一向如此。这两年来,日本政府奖励生丝出口,丝茧两项,完全免税,日本丝在里昂和纽约的市场上就压倒了中国丝。"

雷参谋和黄奋跳起来大叫怪事。他们望着在座众人的脸孔,一个一个地挨次看过去,希望发见一些"同意",可是更使他们纳罕的是这班人的脸上一点惊异的表示都没有,好像中国丝织业不用中国丝,是当然的!此时陈君宜慢吞吞地发言了:

"掺用些日本丝和人造丝,我们也是不得已。譬如朱吟翁的厂丝,他们成本重,丝价已经不小,可是到我们手里,每担丝还要纳税六十五元六角;各省土丝呢,近来也跟着涨价了,而且每担土丝纳税一百十一元六角九分,也是我们负担的。这还是单就原料而论。制成了绸缎,又有出产税,销场税,通过税,重重叠叠的捐税,几乎是货一动,跟着就来了税。自然羊毛出在羊身上,什么都有买客来负担去,但是销路可就减少了。我们厂家要维持销路,就不得不想法减轻成本,不得不掺用些价格比较便宜的原料品。……大家都说绸缎贵,可是我们厂家还是没有好处!"

接着是一刹那的沉默。风吹来外面鼓乐手的唢呐和笛子的声音,也显得异常悲凉,像是替中国的丝织业奏哀乐。

175 | 子夜(第二章)

好久没有说话的王和甫突然站起身来,双手一拍,开玩笑似的说道:

"得了!陈君翁还可以掺用些日本丝和人造丝。我和孙吉翁呢?这回南北一开火,就只好呆在上海看跑狗,逛堂子!算了罢,他妈的实业!我们还是想点什么玩意儿来乐一下!"

他这话还没说完,猛的一阵香风,送进了一位袒肩露臂的年青女子。她的一身玄色轻纱的一九三〇年式巴黎夏季新装,更显出她皮肤的莹白和嘴唇的鲜红。没有开口说话,就是满脸的笑意;她远远地站着,只把她那柔媚的眼光瞟着这边的人堆。

第一个发见她的是周仲伟。嘴里"啊哟"了一声,这矮胖子就跳起来,举起一双臂膊在空中乱舞,嘻开了大嘴巴,喊道:

"全体起立欢迎交际花徐曼丽女士!"

男人们都愕然转过身去,还没准备好他们欢迎漂亮女子常用的那种笑脸,可是那位徐曼丽女士却已经扭着腰,用小手帕掩着嘴唇,吃吃地笑个不住。这时雷参谋也站起来了,走前一步,伸出右手来,微笑着说:

"曼丽,怎么到此刻才来?一定要罚你!"

"怎样罚呢?"

徐曼丽又是一扭腰,侧着头,故意忍住了笑似的说,同时早已走到雷参谋跟前,抓住了他的手,紧捏一下,又轻轻搔着约有四五秒钟,然后蓦地摔开,回头招呼周仲伟他们。

谈话自然又热闹起来,刚才发牢骚的朱吟秋和陈君宜也是满脸春色。乘着徐曼丽和别人周旋的时候,朱吟秋伸过头去在唐云山耳朵边说了几句。唐云山便放声大笑,不住地拿眼瞅着徐曼丽。这里,朱吟秋故意高声说:

"君翁,我想起来了。昨天和赵伯韬到华懋饭店开房间的女人是——"

徐曼丽猛的掉转头来,很用心地看了朱吟秋一眼,但立刻就又回过脸去,继续她的圆熟的应酬,同时她尖起了耳朵,打算捉住朱吟秋的每一个字。

不料接着来的却是陈君宜的声音:

"赵伯韬?做公债的赵伯韬么?他是大户多头,各项公债他都扒进。"

"然而他也扒进各式各样的女人。昨天我看见的,好像是某人家的寡妇。"

朱吟秋故意低声说,可是他准知道徐曼丽一定听得很清楚。并且他还看见这位交际花似乎全身一震,连笑声都有点异样地发抖。

雷参谋此时全神贯注在徐曼丽身上。渐渐他俩的谈话最多,也最亲热。不知他说了一句什么话,徐曼丽的脸上忽然飞起一片红晕来了;很娇媚地把头一扭,她又吃吃地笑着。王和甫坐在他们对面,看见了这个情形,翘起一个大拇指,正想喝一声"好呀"!突然唐云山从旁边闪过来,一手扳住了雷

参谋的肩头,发了一句古怪的问话:

"老雷!你是在'杀多头'么?"

"什么?我从来不做公债!"

雷参谋愕然回答。

"那么,人家扒进去的东西,你为什么拼命想把她挤出来呢?"

说着,唐云山自己忍不住笑了。朱吟秋和陈君宜竟拍起掌来,也放大了喉咙笑。徐曼丽的一张粉脸立刻通红,假装作不理会,连声唤当差们拿汽水。但是大家都猜测到大概是怎么一回事,一片哄笑声就充满了这长而且阔的大餐室。

也许这戏谑还要发展,如果不是杜竹斋匆匆地跑了进来。

仿佛突然意识到大家原是来吊丧的,而且隔壁就是灵堂,而且这位杜竹斋又是吴府的至亲,于是这一群快乐的人们立刻转为严肃,有几位连连打呵欠。

杜竹斋照例的满脸和气,一边招呼,一边好像在那里对自己说:

"怎么?这里也没有荪甫啊!"

"荪甫没有来过。"

有人这么回答。杜竹斋皱起眉头,很焦灼地转了一个身,便在一连串的"少陪"声中匆匆地走了。跟着是徐曼丽和雷参谋一前一后的也溜了出去。这时大家都觉得坐腻了,就有几位跑到大餐室后面的游廊找熟人,只剩下黄奋,唐云山和孙吉人三个,仍旧挤在一张沙发榻上密谈;现在他们的态度很正经,声音很低,而且谈话的中心也变成"北方扩大会议"以及冯阎军的战略了。

杜竹斋既然没有找得吴荪甫,就跑到花园里,抄过一段柏油路,走上最大的一座假山。在山顶的六角亭子里,有两位绅士正等得不耐烦。一个是四十多岁,中等身材,一张三角脸,深陷的黑眼睛炯炯有光;他就是刚才朱吟秋他们说起的赵伯韬,公债市场上的一位魔王。他先看见了杜竹斋气咻咻地走上假山来,就回头对他的同伴说:

"仲老,你看,只有竹斋一个,光景是荪甫不上钩罢?"

所谓仲老者,慢慢地捻着他的三寸多长的络腮胡子,却不回答。他总有六十岁了,方面大耳细眼睛,仪表不俗;当年洪宪皇帝若不是那么匆促地就倒了台,他——尚仲礼,很有文学侍从的资格,现在他由官入商,弄一个信托公司的理事长混混,也算是十分委屈的了。

杜竹斋到了亭子里坐下,拿出手帕来擦干了脸上的细汗珠,这才看着赵尚两位说:

"找不到荪甫。灵堂前固然没有,太太们也说不知道。楼上更没有。我又不便到处乱问。不是你们叮嘱过留心引起别人的注意么?——你们先把事情说清楚了,回头我再和他商量罢。"

"事情就是组织秘密公司做公债多头,刚才已经说过了;两天之内,起码得调齐四百万现款,我和仲老的力量不够。要是你和荪甫肯加入,这件事就算定规了,不然,大家拉倒!"

赵伯韬打起他的粤腔普通话,很快地说。他那特有的炯炯的眼光从深陷的眼眶里射出来,很留心的在那里观察杜竹斋的表情。

"我就不明白为什么你还想做多头。这几天公债的跌风果然是受了战事的影响,将来还可以望涨,但战事未必马上就可以结束罢?并且陇海,平汉两路,中央军非常吃紧,已经是公开的秘密了。零星小户多头一齐出笼,你就尽量收,也抬不起票价。况且离本月交割期不过十来天,难道到期你想收货么?那个,四百万现款也还不够!——"

"你说的是大家的看法。这中间还有奥妙!"

赵伯韬截住了杜竹斋的议论,很神秘地微笑着。杜竹斋仰起头来闭了眼睛,似乎很在那里用心思。他知道赵伯韬神通广大,最会放空气,又和军政界有联络,或许他得了什么秘密的军事消息罢?然而不像。杜竹斋再睁开眼来,猛的看见赵伯韬的尖利而阴沉的眼光正射在自己脸上,于是突然一个转念在他脑筋上一跳:老赵本来是多头大户,交割期近,又夹着个旧历端阳节,他一定感到恐慌,因而什么多头公司莫非是他的"金蝉脱壳"计罢?但是尚仲礼为什么也跟着老赵呢?老尚可不是多头呀!这么自己心里又一反问,杜竹斋忍不住对尚仲礼瞥了一眼。

可是这位尚仲老神色很安详,翘起三根指头在那里慢慢地捋胡子。

"什么奥妙?"

杜竹斋一面还在心里盘算,一面随口问;他差不多已经决定了敷衍几句就走,决定不加入赵伯韬的阴谋中间了,可是赵伯韬的回答却像一道闪电似的使他一跳:

"仲老担保,西北军马上就要退!本月份交割以前,公债一定要回涨!"

虽然赵伯韬说的声音极低,杜竹斋却觉得正像晴天一霹雳,把满园子的嘈杂声和两班鼓乐手的吹打声都压下去了,他愕然望着尚仲礼,半信半疑地问道:

"哦——仲老看得那么准?"

"不是看的准,是'做'的准呀!"

尚仲礼捋着胡子低声回答,又笑迷迷地看了赵伯韬一眼。然而杜竹斋还是不明白。尚仲礼说的这个"做"字,自然有奥妙,并且竹斋素来也信托尚仲礼的担保,但目前这件事进出太大,不能不弄个明白。迟疑不定的神色就很显然地浮上了杜竹斋的山羊脸儿。

赵伯韬拍着腿大笑,凑到杜竹斋的耳朵边郑重地说:

"所以我说其中有奥妙啦!花了钱可以打胜仗,这是大家都知道的。但是花了钱也可叫人家打败仗,那就没有几个人想得到了。——人家得了钱,何乐而不败一仗。"

杜竹斋几乎不能相信自己的耳朵。他想了一想,猛然站起来,伸出手来,翘起一个大拇指在尚仲礼脸前一晃,啧啧地满口恭维话:

"仲老,真佩服,满腹经纶!这果然是奥妙!"

"那你是一定加一股了。荪甫呢?你和他接洽。"

赵伯韬立刻逼紧一步;看他那神气,似乎要马上定局。

尚仲礼却看出杜竹斋还有点犹豫。他知道杜竹斋虽然好利,却又异常多疑,远不及吴荪甫那样敢作敢为,富于魄力。于是他就故意放松一步,反倒这么说:

"虽然是有人居间,和那边接洽过一次,而且条件也议定了,却是到底不敢说十拿九稳呀。和兵头儿打交道,原来就带三分危险;也许那边临时又变卦。所以竹翁还是先去和荪甫商量一下,回头我们再谈。"

"条件也讲定了么?"

"讲定了。三十万!"

赵伯韬抢着回答,似乎有点不耐烦。

杜竹斋把舌头一伸,嘻嘻地笑了。

"整整三十万!再多,我们不肯;再少,他们也不干。实足一万银子一里路;退三十里,就是三十万。"

尚仲礼慢吞吞地说,他那机灵的细眼睛钉住了杜竹斋的山羊脸。

经过了一个短短的沉默。终于杜竹斋的眼睛里耀着坚决的亮光,看看尚仲礼,又看看赵伯韬,三个人不约而同地大笑起来。接着,三个头便攒在一处,唧唧喳喳地谈得非常有劲儿。

这时候,隔了一个鱼池,正对着那个六角亭子的柳树荫下草地上,三个青年男子和两位女郎也正在为了一些问题而争论。女郎们并不多说话,只把她们的笑声送到鱼池边,惊起了水面上午睡的白鹅。

"算了!你们停止辩论,我就去找他们来。"

一位精神饱满的猫脸少年说。他是杜竹斋的幼弟学诗,工程科的大学生。

"林小姐,你赞成么?"

吴芝生转过脸去问林佩珊。但是林佩珊装作不曾听得,只顾拉着张素素的手好像打秋千似的荡着。范博文站在林佩珊的旁边,不置可否地微笑。

"没有异议就算通过!"

杜学诗一边叫,一边就飞步跑向灵堂那边去了。这里吴芝生垂着头踱了几步,忽然走近范博文身边,很高兴地问道:

"还有一个问题,你敢再和我打赌么?"

"你先说出来,也许并不成问题的。"

"就是四小姐蕙芳和七少爷阿萱的性格将来会不会起变化。"

"这个,我就不来和你赌了。"

"我来赌!芝生,你先发表你的意见,变呢,不变?"

张素素摔开了林佩珊的手,插进来说,就走到吴芝生的跟前。

"赌什么呢,也是一个 kiss 罢?"

"如果我赢了呢?我可不愿意 kiss 你那样的鬼脸!"

范博文他们都笑起来了。张素素却不笑,翘起一条腿,跳着旋一个圈子,她想到吴四小姐那样的拘束腼腆,叫人看着又生气又可怜;阿萱呢,相貌真不差,然而神经错乱,有时聪明,有时就浑得厉害。都是吴老太爷的《太上感应篇》教育的成绩。这么想着,张素素觉得心口怪不舒服,她倒忘记了赌赛,恰好那时杜学诗又飞跑着来了,后面两个人,一位是吴府法律顾问秋隼律师,另一位便是李玉亭。

此时从对面假山上的六角亭子里送来了赵伯韬他们三个人的笑声。李玉亭抬头一看,就推着秋隼的臂膊,低声说:

"金融界三巨头!你猜他们在那里干什么?"

秋隼微笑,正想回答,却被吴芝生的呼声打断了:

"秋律师,李教授,现在要听你们两人的意见。——你们不能说假话!我和范博文是打了赌的!问题是:一个人又要顾全民族的利益,又要顾全自己阶级的利益,这中间有没有冲突?"

"把你们的意见老实说出来!芝生和博文是打了赌的,这中间关系不浅!"

杜学诗也在一旁帮着喊,却拿眼去看林佩珊。但是林佩珊装作什么都不管,蹲在草地上拣起一片一片的玫瑰花瓣来摆成了很大的一个"文"字。

因为秋隼摇头,李玉亭就先发言:

"那要看是怎样身份的人了。"

"不错。我们已经举过例了。譬如说,苏甫厂里的工人。现在厂丝销路清淡,苏甫对工人说:'我们的厂丝成本太重,不能和日本丝竞争,我们的丝业就要破产了;要减轻成本,就不得不减低工钱。为了民族的利益,工人们只好忍痛一时,少拿几个工钱。'但是工人们回答:'生活程度高了,本来就吃不饱,再减工钱,那是要我们的命了。你们有钱做老板,总不会饿肚子,你们要顾全民族利益,请你们忍痛一时,少赚几文罢。'——看来两方面都有理。可是两方面的民族利益和阶级利益就发生了冲突。"

"自然饿肚子也是一件大事——"

李玉亭说了半句,就又缩住,举起手来搔头皮。张素素很注意地看了他一眼,他也不觉得。全体肃静,等待他说下去。鱼池对面的六角亭子里又传过一阵笑声来。李玉亭猛一跳,就续完了他的意见:

"但是无论如何,资本家非有利润不可!不赚钱的生意根本就不能成立!"

吴芝生大笑,回头对范博文说:

"如何?是我把李教授的意见预先猜对了。诗人,你已经输了一半!第二个问题要请你自己来说明了。——素素,留心着佩珊溜走呀!"

范博文冷冷地微笑,总没出声。于是杜学诗就抢着来代替他说:

"工人要加工钱,老板说,那么只好请你另就,我要另外招工人。可是工人却又硬不肯走,还是要加工钱。——这就要请教法律顾问了。"

"劳资双方是契约关系,谁也不能勉强谁的。"

秋隼这话刚刚说完,吴芝生他们都又笑起来了,连范博文自己也在内。蹲在地下似乎并没有在那里听的林佩珊就跳起来拔脚想跑。然而已经太迟,吴芝生和张素素拦在林佩珊面前叫道:

"不要跑!诗人完全输了,你就该替诗人还账!不然,我们要请秋律师代表提出诉讼了。小杜,你是保人呀!你这保人不负责么?"

林佩珊只是笑,并不回答,觑机会就从张素素腋下冲了出去,沿着鱼池边的虎皮纹碎石子路向右首跑。"啊——"张素素喊一声,也跟着追去了。范博文却拉住了吴芝生的肩膀说:

"你不要太高兴!保人小杜还没有下公断呢!"

"什么话!又做保人,又兼公断!没有这种办法。况且没有预先说明。"

"说明了的:'如果秋律师和李玉亭的话语发生疑义的时候,就由小杜公断。'现在我认为秋律师和李教授的答复都有疑义,不能硬派我是猜输了的。"

"都是不负责任的话!没有说出个所以然来的浮话!"

杜学诗也加进来说,他那猫儿脸突然异常严肃。

这不但吴芝生觉得诧异,秋隼和李玉亭也莫名其妙。大家围住了杜学诗看着他。

"什么民族,什么阶级,什么劳资契约,都是废话!我只知道有一个国家。而国家的舵应该放在刚毅的铁掌里;重在做,不在说空话!而且任何人不能反对这管理国家的铁掌!譬如说中国丝不能和日本丝竞争罢,管理国家的铁掌就应该一方面减削工人的工钱,又一方面强制资本家用最低的价格卖出去,务必要在欧美市场上将日本丝压倒!要是资本家不肯亏本抛售,好!国家就可以没收他的工厂!"

杜学诗一口气说完,瞪出一双圆眼睛,将身体摆了几下,似乎他就是那铁掌!

听着的四位都微笑,可是谁也不发言。张素素和林佩珊的笑声从池子右首的密树中传来,一点一点的近了。范博文向那笑声处望了一眼,回头在杜学诗的肩头重重地拍一下,冷冷地说:

"好!就可惜你既不是资本家,也不是工人,更不是那铁掌!还有一层,你的一番演说也是'没有说出所以然来的浮话'!请不要忘记,我刚才和芝生打赌的,不是什么事情应该怎样办,而是看谁猜对了秋律师和李教授的意见!——算了,我们这次赌赛,就此不了而了。"

最后的一句还没说完,范博文就迎着远远而来的张素素和林佩珊跑了去。

"不行!诗人,你想逃走么?"

吴芝生一面喊着,一面就追。李玉亭和秋律师在后面大笑。

可是正当范吴两位将要赶到林佩珊她们跟前的时候,迎面又来了三个人,正是杜竹斋和赵伯韬,尚仲礼;一边走,一边还在低声谈话。他们对这四个青年男女看了一眼,便不说话了,默默地沿着这池子边的虎皮纹石子路走到那柳荫左近,又特地绕一个弯,避过了李玉亭和秋律师的注意,向灵堂那方面去了。然而李玉亭眼快,已经看得明明白白;他拉一下秋律师的衣角,轻声说:

"看见么?金融界三巨头!重要的事情摆在他们脸上。"

"因为我们这里刚刚发生了一只铁掌呀!"

秋隼回答,又微笑。李玉亭也笑了。沉浸在自己思想中的杜学诗却是什么也没有听到,什么也没有看见。

在灵堂阶前,杜竹斋碰到新来的一位吊客,吴府远亲陆匡时,交易所经纪人又兼大亚证券信托公司的什么襄理。一眼看见了杜竹斋,这位公债里翻筋斗的陆匡时就抢前一步,拉住了杜竹斋的袖口,附耳低声说:

"我得了个秘密消息,中央军形势转利,公债马上就要回涨呢。目前还没有人晓得。人心总是看低。我这里的散户多头都是急于要脱手。你为什么不乘这当口,扒进几十万呢?你向来只做标金,现在乘机会我劝你也试试公债,弄几文来香香手,倒也不坏!"

这一番话,在陆匡时,也许是好意,但正在参加秘密多头公司的杜竹斋却怕得什么似的,几乎变了脸色。他一面在听,一面心里滚起了无数的疑问:难道是尚仲礼的计划已经走漏了消息?难道当真中央军已经转利?抑或是赵伯韬和尚仲礼串通了在他头上来干新式的翻戏?再不然,竟不过是这陆匡时故意造谣言,想弄点好处么?——杜竹斋几乎没有了主意,回答不出话来。他偷偷地对旁边的赵伯韬使了个眼色。不,他是想严密地观察一下老赵的神色,但不知怎地却变成了打招呼的眼色了。即使老练如他,此时当真有点乱了章法。

幸而来了一个救星。当差高升匆匆地跑到竹斋跟前说:

"我们老爷在书房里。请姑老爷就去!"

杜竹斋觉得心头一松,随口说一句"知道了",便转脸敷衍陆匡时道:

"对不起,少陪了,回头我们再谈。请到大餐间里去坐坐罢。高升,给陆老爷倒茶。"

这么着把陆匡时支使开了,杜竹斋就带着赵尚两位再到花园里,找了个僻静地点,三个头又攒在一处,渐渐三张脸上都又泛出喜气来了。

"那么,我就去找荪甫。请伯韬到大餐间去对老陆用点工夫,仲老回去和那边切实接洽。"

最后是杜竹斋这么说,三个人就此分开。

然而杜竹斋真没料到吴荪甫是皱紧了眉尖坐在他的书房里。昨晚上吴老太爷断气的时候,荪甫的脸上也没有现在那样忧愁。杜竹斋刚刚坐下,还没开口,荪甫就将一张纸摺给他看。

这是一个电报,很简单的几个字:"四乡农民不稳,镇上兵力单薄,危在旦夕,如何应急之处,乞速电复。费,巧。"

杜竹斋立刻变了脸色。他虽然不像荪甫那样还有许多财产放在家乡,但是先人庐墓所在之地,无论如何不能不动心的。他放下电报,看着荪甫的脸,只说了四个字:

"怎么办呢?"

"那只好尽人力办了去再看了。幸而老太爷和四妹七弟先出来两天,不然,那就糟透了。目前留在那里的,不过是当铺,钱庄,米厂之类,虽说为数不小,到底总算是身外之物。——怎么办?我已经打电报给费小胡子,叫他赶快先把现款安顿好,其余各店的货物能移则移,……或者,不过是一场虚惊,依然太平过去,也难说。但兵力单薄,到底不行;我们应该联名电请省政府火速调保安队去镇压。"

吴荪甫也好像有点改常,夹七夹八说了一大段,这才落到主要目的。他把拟好了打给省政府请兵的电稿给竹斋过目,就去按背后墙上的电铃。

书房的门轻轻开了。进来的却是两个人,当差高升以外,还有厂里的账房莫干丞。

吴荪甫一眼看见莫干丞不召自来,眉头就皱得更紧些,很威严地喊道:

"干丞,对你说过,今天不用到这里来,照顾厂里要紧!"

这一下叱责,把账房莫干丞吓糊涂了;回答了两个"是",直挺挺僵在那里。

"厂里没有事么?"

吴荪甫放平了脸色,随口问一句,他的心思又转到家乡的农民暴动的威胁上去了。然而真不料莫干丞却抖抖索索说出了这么一句话:

"就因为厂里有些不妙——"

"什么!赶快说!"

"也许不要紧,可是,可是,风色不对。我们还没布告减工钱,可是,工人们已经知道了。她们,她们,今天从早上起,就有点——有点怠工的样子。我特来请示——怎样办。"

现在是吴荪甫的脸色突然变了,僵在那里不动,也不说话;他脸上的紫疱,一个一个都冒出热气来。这一阵过后,他猛的跳起来,像发疯的老虎似的咆哮着;他骂工人,又骂莫干丞以下的办事员:

"她们先怠工么?混账东西!给她们颜色看!你们管什么的?直到此刻来请示办法?哼,你们只会在厂里胡调,吊膀子,轧姘头!说不定还是你们自己走漏了减削工钱的消息!"

莫干丞只是垂头站在旁边,似乎连气都不敢透一下。看着这不中用的样子,吴荪甫的怒火更加旺了,他右手叉在腰间,左手握成拳头,搁在那张纯钢的写字台边缘,眼睛里全是红光,闪闪地向四面看,好像想找什么东西来咬一口似的。忽然他发现了高升直挺挺地站在一边,他就怒声斥骂道:

"你站在这里干什么?"

"老爷刚才按了电铃,这才进来的。"

于是荪甫方才记起了那电报稿子,并且记起了写字台对面的高背沙发里还坐着杜竹斋。此时竹斋早已看过电稿,嘴里斜衔着一枝雪茄,闭了眼睛在那里想他自己的心事。

荪甫拿起那张电稿交给高升,一面挥手,一面说:

"马上去打,愈快愈好!"

说完,吴荪甫就坐到他的纯钢转椅里,拿起笔来在一张信纸上飞快地写了一行,却又随手团皱,丢在字纸篓里,提着笔沉吟。

杜竹斋睁开眼来了,看见了荪甫的踌躇态度,竹斋就轻声说:

"苏甫,硬做不如软来罢。"

"我也是这个意思——"

吴苏甫回答。现在他已经气平了,将手里的笔杆转了两下,回头就对莫干丞说:

"干丞,坐下了,你把今天早上起的事情,详细说出来。"

摸熟了吴苏甫脾气的这位账房先生,知道现在可以放胆说话,不必再装出那种惶恐可怜的样子来了。他于是坦然坐在写字桌横端的一张弹簧软椅里,就慢慢地说:

"是早上九点钟光景,第二号管车王金贞,跑到账房间来报告第十二排车的姚金凤犯了规则,不服管理;当时九号管车薛宝珠要喊她上账房间,哪里知道,第十二排车的女工就都关了车,帮着姚金凤闹起来——我们听了王金贞的报告,正想去弹压,就听得一片声叫喊,薛宝珠扭着姚金凤来了,但是车间里的女工已经全都关了车——"

吴苏甫皱了眉头,尖锐地看了莫干丞一眼,很不耐烦似的打断了莫干丞的报告,问道:

"简简单单说,现在闹到怎么一个地步?"

"现在车间里五百二十部车,只有一小半还在那里做工——算是做工,其实是糟蹋茧子。"

听到这最后一句,吴苏甫怒吼一声,猛的站起来;但倏又坐下,口音很快地问道:

"怠工的原因是?——"

"要求开除薛宝珠。"

"什么理由呢?"

"说她打人。——还有,她们又要求米贴。前次米价涨到二十元一石时曾经要求过,这次又是。"

吴苏甫鼻子里哼了一声,转脸对杜竹斋说:

"竹斋——这丝厂老板真难做。米贵了,工人们就来要求米贴;但是丝价钱贱了,要亏本,却没有人给我丝贴。好!干丞,你回去对工人说,她们要米贴,老板情愿关厂!"

莫干丞答应了一声"是",但他的两只老鼠眼睛却望着吴苏甫的脸,显出非常为难的神气。

"还有什么事呢?"

"嗯,嗯,请三老爷明鉴。关厂的话,现在说出去,恐怕会闹乱子——"

"什么话?"

"这一回工人很齐心,好像预先有过商量的。"

"呸!你们这班人都是活死人么?事前怎么一点儿也不知道,临到出了事,才来向我讨办法!第二号管车王金贞和稽查李麻子都是领了津贴的,平常日子不留心工人的行动!难道我钱多,没处花,白养这些狗!"

此时莫干丞忽然胆大起来了,竟敢回三老爷的话:

"他们两个也还出力,他们时时刻刻在那里留心工人的举动!可是——好像他们面孔上刻着'走狗'两个字,到处碰壁,一点消息也探不出来。三老爷!工人们就像鬼迷了一般!姚金凤向来是老实的,此番她领头了。现在车间里一片声嚷闹:'上次要求米贴,被你们一番鬼话哄过去了,今回定要见个你死我活!你们还想克减工钱么?我们要米贴,米贴!'听说各厂的情形都不稳。工人们都像鬼迷了一般!"

"鬼迷了么?哈,哈!我知道这个鬼!生活程度高,她们吃不饱!可是我还知道另外一个鬼,比这更大更厉害的鬼:世界产业凋敝,厂丝跌价!……"

吴荪甫突然冷笑着高声大喊,一种铁青色的苦闷和失望,在他的紫酱色脸皮上泛出来。然而只一刹那,他又回复了刚毅坚决的常态。他用力一挥手,继续说下去,脸上转为狞笑:

"好!你这鬼!难道我们就此束手待毙么?不!我们还要拼一下哪!——但是,干丞,怎么工人就知道我们打算克减工钱?一定是账房间里有人走漏了消息!"

莫干丞猛一怔,背脊上透出一片冷汗。迟疑了片刻,他忽然心生一计,就鬼鬼祟祟地说:

"我疑心一个人。就是屠维岳。这个小伙子近来发昏了,整天在十九排车的女工朱桂英身上转念头,有人看见他常常在朱桂英家里进出——"

此时书房门忽开,二小姐芙芳的声音打断了莫干丞借刀杀人的谗言。

"三弟,万国殡仪馆的人和东西都来了。可是,那个棺材,我看着不合式!"

二小姐站在门边,一面说,一面眼看着她的丈夫。

"等一会儿,我就来。竹斋,请你先去看看——"

但是杜竹斋连连摇手,从雪茄烟的浓烟中对二小姐说:

"我们就来,就来,时候还早呢!看了不对再去换,也还来得及。"

"还早么?十二点一刻了,外边已经开饭!"

二小姐说着,也就走了,这里吴荪甫转脸朝莫干丞看了一眼,很威严地发出这样的命令来:

"现在你立刻回厂去出布告:因为老太爷故世了,今天下午放假半天,工钱照给。先把工人散开,免得聚在厂里闹乱子。可是,下半天你们却不能休息。你们要分头到工人中间做工夫,打破她们的团结。限今天晚上把事情办好！一面请公安局派警察保护工厂，一面呈报社会局。还有，那个屠维岳，叫他来见我。叫他今晚上来。都听明白了么？去罢！"

打发开了莫干丞以后，吴荪甫就站起来，轻声叹一口气，自言自语地说：

"开什么厂！真是淘气！当初为什么不办银行？凭我这资本，这精神，办银行该不至于落在人家后面罢？现在声势浩大的上海银行开办的时候不过十万块钱……"

他顿了一顿，用手去摸下额；但随即转成坚决的态度，右手握拳打着左手的掌心：

"不！我还是要干下去的！中国民族工业就只剩下屈指可数的几项了！丝业关系民族的前途尤大！——只要国家像个国家，政府像个政府，中国工业一定有希望的！——竹斋，我有一个大计划。但是现在没有工夫细谈了，我们出去看看万国殡仪馆送来的棺材罢。"

"不忙！我还有事和你商量。"

杜竹斋把半段雪茄从嘴唇边拿开，也站了起来，挨近吴荪甫身旁，就将赵伯韬他们的密谋从头说了一遍；最后他这么问道：

"你看这件事有没有风险？要是你不愿意插一脚，那么，我也打算不干。"

"每人一百万，今天先交五十万？"

吴荪甫反过来回，并不表示对于这件事的意见，脸色异常沉静。

"这也是老赵他们的主张。老赵的步骤是：今天下午，就要卖出三百万，把票价再压低——"

"那是一定会压低的。说不定会跌落两三元。那时我们就补进？"

"不！明天前市第一盘，我们再卖出五百万，由赵伯韬出面！"

"哦！那就票价还要跌呢！老赵是有名的大户多头，他一出笼，散户多头就更加恐慌，拼命要脱手了，而且一定还有许多新空头会乘势跳落。"

"是呀。所以要到明天后市我们这才动手补进来。我们慢慢地零零碎碎地补进，就不至于引起人家的注意，到本月份交割前四五天，我们至少要收足五千万——"

"那时候，西北军退却的捷报也在各方面哄起来了！"

"不错。那时候，散户又要一窝蜂来做多头，而且交割期近，又碰着旧历端阳节，空头也急于要补进，涨风一定很厉害！"

"我们的五千万就此放出去做了他们的救苦救难观世音菩萨！"

说到这里，吴荪甫和杜竹斋一齐笑起来；两个人的眼睛都闪着兴奋的光彩。

笑过了后，吴荪甫奋然说：

"好!我们决定干一下罢!可是未免太便宜了老赵这个多头大户了。我们在公账之外,应得对他提出小小的条件。我们找他谈判去!"

于是吴荪甫和杜竹斋就此离开了那书房。而那个久在吴荪甫构思中的大计划,此时就更加明晰地兜住了吴荪甫的全意识。他又浑身充满了大规模地进行企业的活力和野心了!

(初载上海开明书店《子夜》1933年版)

穆时英

夜总会里的五个人

一　五个从生活里跌下来的人

一九三二年四月六日星期六下午：

金业交易所里边挤满了红着眼珠子的人。

标金的跌风用一小时一百基罗米突的速度吹着把那些人吹成野兽,吹去了理性,吹去了神经。

胡钧益满不在乎地笑。他说：

"怕什么呢？再过五分钟就转涨风了！"

过了五分钟,——

"六百两进关了！"

交易所里又起了谣言："东洋大地震！"

"八十七两！"

"三十二两！"

"七钱三！"

（一个穿毛葛袍子,嘴犄角儿咬着象牙烟嘴的中年人猛的晕倒了。）

标金的跌风加速地吹着。

再过五分钟,胡钧益把上排的牙齿,咬着下嘴唇——

嘴唇碎了的时候,八十万家产也叫标金的跌风吹破了。

嘴唇碎了的时候,一颗坚强的近代商人的心也碎了。

一九三二年四月六日星期六下午：

郑萍坐在校园里的池旁。一对对的恋人从他前面走过去。他睁着眼看；他在等,等着林妮娜。

昨天晚上他送了只歌谱去,在底下注着：

"如果你还允许我活下去的话,请你明天下午到校园里的池旁来。为了你,我是连头发也愁白了！"

林妮娜并没把歌谱退回来——一晚上,郑萍的头发又变黑啦。

今天他吃了饭就在这儿等,一面等,一面想:

"把一个钟头分为六十分钟,一分钟分为六十秒,那种分法是不正确的。要不然,为什么我只等了一点半钟,就觉得胡髭又在长起来了呢?"

林妮娜来了,和那个长腿汪一同地。

"Hey,阿萍,等谁呀?"长腿汪装鬼脸。

林妮娜歪着脑袋不看他。

他哼着歌谱里的句子:

"陌生人啊!

从前我叫你我的恋人,

现在你说我是陌生人!

陌生人啊!

从前你说我是你的奴隶,

现在你说我是陌生人!

陌生人啊……"

林妮娜拉了长腿汪往外走,长腿汪回过脑袋来再向他装鬼脸。他把上面的牙齿,咬着下嘴唇:——

嘴唇碎了的时候,郑萍的头发又白了。

嘴唇碎了的时候,郑萍的胡髭又从皮肉里边钻出来了。

一九三二年四月六日星期六下午:

霞飞路,从欧洲移植过来的街道。

在浸透了金黄色的太阳光和铺满了阔树叶影子的街道上走着。在前面走着的一个年轻人忽然回过脑袋来看了她一眼,便和旁边的还有一个年轻人说起话来。

她连忙竖起耳朵来听:

年轻人甲——"五年前顶抖的黄黛茜吗!"

年轻人乙——"好眼福!生得真……阿门!"

年轻人甲——"可惜我们出世太晚了!阿门!女人是过不得五年的!"

猛的觉得有条蛇咬住了她的心,便横冲到对面的街道上去。一抬脑袋瞧见橱窗里自家儿的影子——青春是从自家儿身上飞到别人身上去了。

"女人是过不得五年的!"

便把上面的牙齿咬紧了下嘴唇:——

嘴唇碎了的时候,心给那蛇吞了。

嘴唇碎了的时候,她又跑进买装饰品的法国铺子里去了。

一九三二年四月六日星期六下午：

季洁的书房里。

书架上放满了各种版本的莎士比亚的 Hamlet，日译本、德译本、法译本、俄译本、西班牙译本……甚至于土耳其文的译本。

季洁坐在那儿抽烟，瞧着那烟往上腾，飘着，飘着。忽然他觉得全宇宙都化了烟往上腾——各种版本的 Hamlet 张着嘴跟他说起话来啦：

"你是什么？我是什么？什么是你？什么是我？"

季洁把上面的牙齿咬着下嘴唇。

"你是什么？我是什么？什么是你？什么是我，"

嘴唇碎了的时候，各种版本的 Hamlet 笑了。

嘴唇碎了的时候，他自家儿也变了烟往上腾了。

一九三二年四月六日——星期六下午

市政府。

一等书记缪宗旦忽然接到了市长的手书。

在这儿干了五年，市长换了不少，他却生了根似地，只会往上长，没降过一次级，可是也从没接到过市长的手书。

在这儿干了五年，每天用正楷写小字，坐沙发，喝清茶，看本埠增刊，从不迟到，从不早走，把一肚皮的野心，梦想，和罗曼史全扔了。

在这儿干了五年，从没接到过市长的手书！今儿忽然接到了市长的手书，便怀着那种谨慎心情拆了开来。谁知道呢？是封撤职书。

一会儿，地球的末日到啦！

他不相信：

"我做错了什么事呢？"

再看了两遍，撤职书还是撤职书。

他把上面的牙齿咬着下嘴唇：——

嘴唇破了的时候，墨盒里的墨他不用再磨了。

嘴唇破了的时候，会计科主任把他的薪水送来了。

二 星期六晚上

厚玻璃的旋转门：停着的时候，像荷兰的风车；动着的时候，像水晶柱子。

五点到六点，全上海几十万辆的汽车从东部往西部冲锋。

可是办公处的旋转门像了风车,饭店的旋转门便像了水晶柱子。人在街头站住了,交通灯的红光潮在身上泛溢着,汽车从鼻子前擦过去。水晶柱子似的旋转门一停,人马上就鱼似地游进去。

星期六晚上的节目单是:

1.一顿丰盛的晚宴,里边要有冰水和冰淇淋;

2.找恋人;

3.进夜总会;

4.一顿滋补的点心,冰水、冰淇淋和水果绝对禁止。

(附注:醒回来是礼拜一了——因为礼拜日是公息日。)

吃完了Chickenalaking是水果,是黑咖啡。恋人是Chickenalaking那么娇嫩的,水果那么新鲜的。可是她的灵魂是咖啡那么黑色的……伊甸园里逃出来的蛇啊!

星期六晚上的世界是在爵士的轴子上回旋着的"卡通"的地球,那么轻快,那么疯狂地;没有了地心吸力,一切都建筑在空中。

星期六的晚上,是没有理性的日子。

星期六的晚上,是法官也想犯罪的日子。

星期六的晚上,是上帝进地狱的日子。

带着女人的人全忘了民法上的诱奸律,每一个让男子带着的女子全说自己还不满十八岁,在暗地里伸一伸舌尖儿。开着车的人全忘了在前面走着的,因为他的眼珠子正在玩赏着恋人身上的风景线,他的手却变了触角。

星期六的晚上,不做贼的人也偷了东西,顶爽直的人也满肚皮是阴谋,基督教徒说了谎话,老年人拼着命吃返老还童药片,老练的女人全预备了Kissproof的点唇膏。……

街:——

(普益地产公司每年纯利达资本三分之一

100000两

东三省沦亡了吗

没有 东三省的义军还在雪地和日寇作殊死战

同胞们快来加入月捐会

《大陆报》销路已达五万份

一九三三年宝塔克

自由吃排)

《大晚夜报》!卖报的孩子张着蓝嘴,嘴里有蓝的牙齿和蓝的舌尖儿,他对面的那只蓝霓虹灯的高跟儿鞋尖正冲着他的嘴。

《大晚夜报》!忽然他又有了红嘴,从嘴里伸出舌尖儿来,对面的那只大酒瓶里倒出葡萄酒来了。

红的街,绿的街,蓝的街,紫的街……强烈的色调化装着的都市啊!霓虹灯跳跃着——五色的光潮,变化着的光潮,没有色的光潮——泛滥着光潮的天空,天空中有了酒,有了烟,有了高跟儿鞋,也有了钟……

请喝白马牌威士忌酒……吉士烟不伤吸者咽喉……

亚力山大鞋店,约翰生酒铺,拉萨罗烟商,德茜音乐铺,朱古力糖果铺,国泰大戏院,汉密而登旅社……

回旋着,永远回旋着的霓虹灯——

忽然霓虹灯固定了:

"皇后夜总会"

玻璃门开的时候,露着张印度人的脸;印度人不见了,玻璃门也关啦。门前站着个穿蓝褂子的人,手里拿着许多白哈吧狗儿,吱吱地叫着。

一只大青蛙,睁着两支大圆眼爬过来啦,肚子贴着地,在玻璃门前吱的停了下来。低着脑袋,从车门里出来了那么漂亮的一位小姐,后边儿跟着钻出来了一位穿晚礼服的绅士,马上把小姐的胳膊拉上了。

"咱们买个哈吧狗儿。"

绅士马上掏出一块钱来,拿了支哈吧狗给小姐。

"怎么谢我?"

小姐一缩脖子,把舌尖冲着他一吐,绉着鼻子做了个鬼脸。

"Charming, Dear!"

便按着哈吧狗儿的肚子,让它吱吱地叫着,跑了进去。

三　五个快乐的人

白的台布,白的台布,白的台布,白的台布……白的——

白的台布上面放着:黑的啤酒,黑的咖啡,……黑的,黑的……

白的台布旁边坐着的穿晚礼服的男子:黑的和白的一堆:黑头发,白脸,黑眼珠子,白领子,黑领结,白的浆褶衬衫,黑外褂,白背心,黑裤子……黑的和白的……

白的台布后边站着侍者,白衣服,黑帽子,白裤子上一条黑镶边……

白人的快乐,黑人的悲哀。非洲黑人吃人典礼的音乐,那大雷和小雷似的鼓声,一只大号角呜呀呜的,中间那片地板上,一排没落的斯拉夫公主们在跳着黑人的踢踏舞,一条条白的腿在黑缎裹着的身子下面弹着:——

得得得——得达!

又是黑和白的一堆!为什么在她们的胸前给镶上两块白的缎子,小腹那儿镶上一块白的缎子呢？跳着,斯拉夫的公主们;跳着,白的腿,白的胸噗儿和白的小腹;跳着,白的和黑的一堆……白的和黑的一堆。全场的人全害了疟疾。疟疾的音乐啊,非洲的林莽里是有毒蚊子的。

哈吧狗儿从扶梯那儿叫上来。玻璃门开啦,小姐在前面,绅士在后面。

"你瞧,彭洛夫班的猎舞!"

"真不错!"绅士说。

舞客的对话:

"瞧,胡钧益!胡钧益来了。"

"站在门口的那个中年人吗?"

"正是。"

"旁边那个女的是谁呢?"

"黄黛茜吗!嗳,你这人怎么的!黄黛茜也不认识。"

"黄黛茜那会不认识。这不是黄黛茜!"

"怎么不是?谁说不是?我跟你赌!"

"黄黛茜没这么年青!这不是黄黛茜!"

"怎么没这么年青,她还不过三十岁左右吗!"

"那边儿那个女的有三十岁吗?二十岁还不到——"

"我不跟你争。我说是黄黛茜,你说不是,我跟你赌一瓶葡萄汁。你再仔细瞧瞧。"

黄黛茜的脸正在笑着,在玛瑙希拉式的短发下面,眼只有了一只,眼角边有了好多皱纹,却巧妙地在黑眼皮和长眉尖中间隐没啦。她有一只高鼻子,把嘴旁的皱纹用阴影来遮了。可是那只眼里的憔悴味是即使笑也是遮不了的。

号角急促地吹着,半截白半截黑的斯拉夫公主们一个个的,从中间那片地板上,溜到白台布里边,一个个在穿晚礼服的男子中间溶化啦。一声小铜钹像玻璃盘子掉在地上似地,那最后一个斯拉夫公主便矮了半截,接着就不见了。

一阵拍手,屋顶要会给炸破了似的。

黄黛茜把哈吧狗儿往胡钧益身上一扔,拍起手来,胡钧益连忙把拍着的手接住了那支狗,哈哈地笑着。

舞客的对话:

"行,我跟你赌!我说那女的不是黄黛茜——嗳,慢着,我说黄黛茜没那么年轻,我说她已经快三十岁了。你说她是黄黛茜。你去问她,她要是没到二十五岁的话,那就不是黄黛茜,你输我一瓶葡萄汁。"

"她要是过了二十五岁的话呢?"

"我输你一瓶。"

"行！说了不准翻悔,啊？"

"还用说吗？快去！"

黄黛茜和胡钧益坐在白台布旁边,一个侍者正在她旁边用白手巾包着酒瓶把橙黄色的酒倒到高脚杯里。胡钧益看着酒说：

"酒那么红的嘴唇啊！你嘴里的酒是比酒还醉人的。"

"顽皮！"

"是一只歌谱里的句子呢。"

哈,哈,哈！

"对不起,请问你现在是二十岁还是三十岁？"

黄黛茜回过脑袋来,却见顾客甲立在她后边儿。她不明白他是在跟谁讲话,只望着他。

"我说,请问你今年是二十岁还是三十岁？因为我和我的朋友在——"

"什么话,你说？"

"我问你今年是不是二十岁？还是——"

黄黛茜觉得白天的那条蛇又咬住她的心了,猛的跳起来,拍,给了一个耳刮子,马上把手缩回来,咬着嘴唇,把脑袋伏在桌上哭啦。

胡钧益站起来道："你是什么意思？"

顾客甲把左手掩着左面的腮帮儿："对不起,请原谅我,我认错人了。"鞠了一个躬便走了。

"别放在心里,黛茜。这疯子看错人咧。"

"钧益,我真的看着老了吗？"

"那里？那里！在我的眼里你是永远年青的！"

黄黛茜猛的笑了起来："在'你'的眼里我是永远年青的！哈哈,我是永远年青的！"把杯子提了起来。"庆祝我的青春啊！"喝完了酒便靠胡钧益肩上笑开啦。

"黛茜怎么啦？你怎么啦？黛茜！瞧,你疯了！你疯了！"一面按着哈吧狗儿的肚子,吱吱地叫着。

"我才不疯呢！"猛的静了下来。过了会儿猛的又笑了起来,"我是永远年青的——咱们乐一晚上吧。"便拉着胡钧益跑到场里去了。

留下了一只空台子。

旁边台子上的人悄悄地说着：

"这女的疯了不成！"

"不是黄黛茜吗？"

"正是她！究竟老了！"

"和她在一块儿的那男的很像胡钧益,我有一次朋友请客,在酒席上碰到过他的。"

"可不正是他,金子大王胡钧益。"

"这几天外面不是传得很厉害,说他做金子蚀光了吗?"

"我也听见人家这么说。可是,今儿我还瞧见他坐了那辆'林肯',陪了黄黛茜在公司里买了许多东西的——我想不见得一下子就蚀得光,他又不是第一天做金子。"

玻璃门又开了。和笑声一同进来的是一个二十二三岁的男子,还有一个差不多年纪的人扠着他的胳膊,一位很年轻的小姐摆着张焦急的脸,走在旁边儿,稍为在后边儿一点。那先进来的一个,瞧见了舞场经理的秃脑袋,一抬手用大手指在光头皮上划了一下:

"光得可以!"

便哈哈地捧着肚子笑得往后倒。

大伙儿全回过脑袋来瞧他:

礼服胸前的衬衫上有了一堆酒渍,一丝头发拖在脑门上,眼珠子像发寒热似的有点儿润湿,红了两片腮帮儿,胸襟那儿的小口袋里胡乱地塞着条麻纱手帕。

"这小子喝多了酒咧!"

"喝得那个模样儿!"

秃脑袋上给划了一下的舞场经理跑过去帮着扶住他,一边问还有一个男子:"郑先生在那儿喝了酒的?"

"在饭店里吗!喝得那个模样还硬要上这儿来。"忽然凑着他的耳朵道:"你瞧见林小姐到这儿来没有,那个林妮娜?"

"在这里!"

"跟谁一同来的?"

这当儿,那边儿桌子上的一个女的跟桌子上的男子说:"我们走吧?那醉鬼来了!"

"你怕郑萍吗?"

"不是怕他。喝醉了酒,给他侮辱了,划不来的。"

"要出去,不是得打他前边儿过吗?"

那女的便软着声音,说梦话似的道:"我们去吧!"

男的把脑袋低着些,往前凑着些:"行,亲爱的妮娜!"

妮娜笑了一下,便站起来往外走,男的跟在后边儿。

舞场经理拿嘴冲着他们一努:"那边儿不是吗?"

和那个喝醉了的男子一同进来的那女子插进来道:

"真给他猜对了。那个不是长脚汪吗？"

"糟糕！冤家见面了！"

长脚汪和林妮娜走过来。林妮娜看见了郑萍,低着脑袋,轻轻儿的喊："明新！"

"妮娜,我在这儿,别怕！"

郑萍正在那儿笑,笑着,笑着,不知怎么的笑出眼泪来啦,猛的从泪珠儿后边儿看出去,妮娜正冲着自家儿走来,乐得刚叫：

"妮——"

一擦泪,擦了眼泪却清清楚楚的瞧见妮娜挂在长脚汪的胳膊上,便：

"妮！——你！哼,什么东西！"胳膊一挣。

他的朋友连忙又揪住了他的胳膊："你瞧错人咧",揪着他往前走。同来的那位小姐跟妮娜点了点头,妮娜浅浅儿的笑了笑,便低下脑袋和冲郑萍瞪眼的长脚汪走出去了,走到门口,开玻璃门出去。刚有一对男女从外面开玻璃门进来,门上的霓虹灯反映在玻璃上的光一闪——

一个思想在长脚汪的脑袋里一闪："那女的不正是从前扔过我的芝君吗？怎么和缪宗旦在一块儿？"

一个思想在芝君的脑袋里一闪："长脚汪又交了新朋友了！"

长脚汪推左面的那扇门,芝君推右边的一扇门,玻璃门一动,反映在玻璃上的霓虹灯光一闪,长脚汪马上揪着妮娜的胳膊肘,亲亲热热地叫一声："Dear！"

芝君马上挂到缪宗旦的胳膊上,脑袋稍为抬了点儿：

"宗旦……"宗旦的脑袋里是："此致缪宗旦君,市长的手书,市长的手书,此致缪宗旦君……"

玻璃门一关上,门上的绿丝绒把长脚汪的一对和缪宗旦的一对隔开了。走到走廊里,正碰见打鼓的音乐师约翰生急急忙忙的跑出来,缪宗旦一扬手"Hello, Johny！"

约翰生眼珠子歪了一下,便又往前走道："等会儿跟你谈。"

缪宗旦走到里边刚让芝君坐下,只看见对面桌子上一个头发散乱的人猛的一挣胳膊,碰在旁边桌上的酒杯上,橙黄色的酒跳了出来,跳到胡钧益的腿上,胡钧益正在那儿跟黄黛茜说话,黄黛茜却早已吓得跳了起来。

胡钧益莫名其妙地站了起来："怎么会翻了的？"

黄黛茜瞧着郑萍,郑萍歪着眼道："哼,什么东西！"

他的朋友一面把他按住在椅子上,一面跟胡钧益赔不是："对不起的很,他喝醉了。""不相干！"掏出手帕来问黄黛茜弄脏了衣服没有,忽然觉得自家的腿湿了,不由的笑了起来。

好几个白衣侍者围了上来,把他们遮着了。

这当儿约翰生走了来,在芝君的旁边坐了下来:

"怎么样,Baby?"

"多谢你,很好。"

"Johny, you look very sad!"

约翰生耸了耸肩膀,笑了笑。

"什么事?"

"我的妻子正在家生孩子,刚才打电话来叫我回去——你不是刚才瞧见我急急忙忙的跑出去吗?——我跟经理说,经理不让我回去。"说到这儿,一个侍者跑来道:"密司特约翰生,电话。"他又急急忙忙的跑去了。

电灯亮了的时候,胡钧益的桌子上又放上了橙黄色的酒,胡钧益的脸又凑在黄黛茜的脸前面,郑萍摆着张愁白了头发的脸,默默地坐着,他的朋友拿手帕在擦汗。芝君觉得后边儿有人在瞧她,回过脑袋去,却是季洁,那两只眼珠子像黑夜似的,不知道那瞳子有多深,里边有些什么。

"坐过来吧?"

"不。我还是独自个儿坐。"

"怎么坐在角上呢?"

"我喜欢静。"

"独自个儿来的吗?"

"我爱孤独。"

他把眼光移了开去,慢慢地,像僵尸的眼光似地,注视着她的黑鞋跟,她不知怎么的哆嗦了一下,把脑袋回过来。

"谁?"缪宗旦问。

"我们校里的毕业生。我进一年级的时候,他是毕业班。"

缪宗旦在拗着火柴梗,一条条拗断了,放在烟灰缸里。

"宗旦,你今儿怎的?"

"没怎么!"他伸了伸腰,抬起眼光来瞧着她。

"你可以结婚了,宗旦。"

"我没有钱。"

"市政府的薪水还不够用吗?你又能干。"

"能干——"把话咽住了,恰巧约翰生接了电话进来,走到他那儿:"怎么啦?"

约翰生站到他前面,慢慢儿的道:"生出来一个男孩子,可是死了。我的妻子晕了过去。他们叫我回去,我却不能回去。"

"晕了过去,怎么呢?"

"我不知道。"便默着,过了会儿才说道:"我要哭的时候人家叫我笑!"

"I'm sorry for you, Johny!"

"Let's cheer up!"一口喝干了一杯酒,站了起来,拍着自家儿的腿,跳着跳着道:"我生了翅膀,我会飞! 啊,我会飞,我会飞!"便那么地跳着跳着的飞去啦。

芝君笑弯了腰,黛茜拿手帕掩着嘴,缪宗旦哈哈地大声儿的笑开啦。郑萍忽然也捧着肚子笑起来。胡钧益赶忙把一口酒咽了下去跟着笑。

哈,哈,哈! 哈! 哈! 哈,哈,哈! 哈,哈,哈哈!

黛茜把手帕不知扔到那儿去啦,脊梁盖儿靠着椅背,脸望着上面的红霓虹灯。大伙儿也跟着笑——张着的嘴,张着的嘴,张着的嘴……越看越不像嘴啦。每个人的脸全变了模样儿,郑萍有了个尖下巴,胡钧益有了个圆下巴,缪宗旦的下巴和嘴分开了,像从喉结那儿生出来的,黛茜下巴下面全是皱纹。

只有季洁一个人不笑,静静地用解剖刀似的眼光望着他们,竖起了耳朵,在森林中的猎狗似的,想抓住每一个笑声。

缪宗旦瞧见了那解剖刀似的眼光,那竖着的耳朵,忽然他听见了自家儿的笑声,也听见了别人的笑声,心里想着:——"多怪的笑声啊!"

胡钧益也瞧见了——"这是我在笑吗?"

黄黛茜朦胧地记起了小时候有一次从梦里醒来,看到那暗屋子,曾经大声地嚷过的——"怕!"

郑萍模模糊糊地——"这是人的声音吗? 那些人怎么在笑的!"

一会儿这四个人全不笑了。四面还有些咽住了的,低低的笑声,没多久也没啦。深夜在森林里,没一点火,没一个人,想找些东西来倚靠,那么的又害怕又寂寞的心情侵袭着他们,小铜钹呛的一声儿,约翰生站在音乐台上:

"Cheer up, ladies and gentlemen!"

便咚咚地敲起大鼓来,那么急地,一阵有节律的旋风似的。一对对男女全给卷到场里去啦,就跟着那旋风转了起来。黄黛茜拖了胡钧益就跑,缪宗旦把市长的手书也扔了,郑萍刚想站起来时,扠他进来的那位朋友已经把胳膊搁在那位小姐的腰上咧。

"全逃啦! 全逃啦!"他猛的把手掩着脸,低下了脑袋,怀着逃不了的心境坐着。忽然他觉得自家儿心里清楚了起来,觉得自家儿一点也没有喝醉似的。抬起脑袋来,只见给自己打翻了酒杯的桌上的那位小姐正跟着那位中年绅士满场的跑,那样快的步武,疯狂似地。一对舞侣飞似的转到他前面,一转又不见啦。又是一对,又不见啦。"逃不了的! 逃不了的!"一回脑袋想找地方儿躲似的,却瞧见季洁正在凝视着他,便走了过去道:"朋友,我讲笑话你听。"马上话匣子似的讲着话,季洁也不作声,只瞧着他,心里说:——"什么是你!什么是我!我是什么!你是什么!"

郑萍只见自家儿前面是化石和眼珠子,一动也不动的,他不管,一边讲,一边笑。

芝君和缪宗旦跳完了回来,坐在桌子上。芝君微微地喘着气,听郑萍的笑话,听了便低低的笑,还没笑完,又给缪宗旦拉了去啦。季洁的耳朵听着郑萍,手指却在那儿拗火柴梗,火柴梗拗完了,便拆火柴盒,火柴盒拆完了,便叫侍者再去拿。

侍者拿了盒新火柴来道:"先生,你的桌子全是拗断了的火柴梗了!"

"四秒钟可以把一根火柴拗成八根,一个钟头一盒半,现在是——现在是几点钟?"

"两点钟还差一点,先生。"

"那么,我拗断了六盒火柴,就可以走啦。"一面还是拗着火柴。

侍者白了他一眼便走了。

顾客的对话:

顾客丙——"那家伙倒有味儿,到这儿来拗火柴。买一块钱不是能在家里拗一天了吗?"

顾客丁——"吃了饭没事做,上这儿拗火柴来,倒是快乐人哪。"

顾客丙——"那喝醉了的傻瓜不乐吗?一进来就把人家的酒打翻了。还骂人家什么东西,现在可拼命和人家讲起笑话来咧。"

顾客丁——"这溜儿那几个全是快乐人!你瞧,黄黛茜和胡钧益,还有他们对面的那两个,跳得多有劲!"

顾客丙——"可不是,不怕跳断腿似的。多晚了,现在?"

顾客丁——"两点多咧。"

顾客丙——"咱们走吧?人家多走了。"

玻璃门开了,一对男女,男的歪了领带,女的蓬了头发,跑出去啦。

玻璃门又开了,又是一对男女,男的歪了领带,女的蓬了头发,跑出去啦。

舞场慢慢儿的空了,显着很冷静的,只见经理来回的踱,露着发光的秃脑袋,一回儿红,一回儿绿,一回儿蓝,一回儿白。

胡钧益坐了下来,拿手帕抹脖子里的汗道:"我们停一支曲子,别跳吧?"

黄黛茜说:"也好——不,为什么不跳呢?今儿我是二十八岁,明儿就是二十八岁零一天了!我得老一天了!我是一天比一天老的。女人是差不得一天的!为什么不跳呢,趁我还年轻?为什么不跳呢!"

"黛茜——"手帕还拿在手里,又给拉到场里去啦。

缪宗旦刚在跳着,看见上面横挂着的一串串汽球的绳子在往下松,马上跳上去抢到了一个,在芝君的脸上拍了一下道:"拿好了,这是世界!"芝君把汽球搁在他们的脸中间,笑着道:

"你在西半球,我在东半球!"

不知道是谁在他们的汽球上弹了一下,汽球碰的爆破啦。缪宗旦正在微微笑着的脸猛的一怔:"这是世界! 你瞧,那破了的汽球——破了的汽球啊!"猛的把胸噗儿推住了芝君的,滑冰似地往前溜,从人堆里,拐弯抹角的溜过去。

"算了吧,宗旦,我得跌死了!"芝君笑着喘气。

"不相干,现在三点多啦,四点关门,没多久了! 跳吧! 跳!"一下子碰在人家身上。"对不起!"又滑了过去。季洁拗了一地的火柴——

一盒,两盒,三盒,四盒,五盒……

郑萍还在那儿讲笑话,他自家儿也不知道在讲什么,尽笑着,尽讲着。

一个侍者站在旁边打了个呵欠。

郑萍猛的停住不讲了。

"嘴干了吗?"季洁不知怎么的会笑了起来。

郑萍不作声,哼着:

"陌生人啊!

从前我叫你我的恋人,

现在你说我是陌生人!

陌生人啊!"

季洁看了看表,便搓了搓手,放下了火柴:"还有二十分钟咧。"

时间的足音在郑萍的心上悉悉地响着,每一秒钟像一只蚂蚁似地打他的心脏上面爬过去,一只一只地,那么快的,却又那么多,没结没完的——"妮娜抬着脑袋等长腿汪的嘴唇的姿态啊! 过一秒钟,这姿态就会变的,再过一秒钟,又会变的,变到现在,不知从等吻的姿态换到那一种姿态啦。"觉得心脏慢慢儿的缩小了下来,"讲笑话吧!"可是连笑话也没有咧。

时间的足音在黄黛茜的心上悉悉地响着,每一秒钟像一只蚂蚁似地打她心脏上面爬过去,一只一只地,那么快的,却又那么多,没结没完的——"一秒钟比一秒钟老了!""女人是过不得五年的。""也许明天就成了个老太婆儿啦!"觉的心脏慢慢儿的缩小了下来。"跳哇!"可是累得跳也跳不成了。

时间的足音在胡钧益的心上悉悉地响着,每一秒钟像一只蚂蚁似地打他心脏上面爬过去。一只一只地,那么快的,却又那么多,没结没完的……

"天一亮,金子大王胡钧益就是个破产的人了!法庭,拍卖行,牢狱……"觉得心脏慢慢儿的缩小了下来。他想起了床旁小几上的那瓶安眠药,餐间里那把割猪排的餐刀,外面汽车里在打瞌睡斯拉夫王子腰里的六寸手枪,那么黑的枪眼……"这小东西里边能有什么呢?"——渴望着睡觉,渴慕着那黑的枪眼。

时间的足音在缪宗旦的心上悉悉地响着,每一秒钟像一只蚂蚁似地打他心脏上面爬过去,一只一只地,那么快的,却又那么多,没结没完的——"下礼拜起我是个自由人咧,我不用再写小楷,我不用再一清早赶到枫林桥去,不用再独自个坐在二十二路公共汽车里喝风,可不是吗?我是自由人啦!""觉得心脏慢慢儿的缩小了下来。""乐吧!喝个醉吧!明天起没有领薪水的日子了!"在市政府做事的谁能相信缪宗旦会有那堕落放浪的思想呢,那么个谨慎小心的人?不可能的事,可是不可能的也终有一天可能了!

白台布旁坐着的小姐们一个个站了起来,把手提袋拿到手里,打开来,把那面小镜子照着自家儿的鼻子擦粉,一面想:"像我那么可爱的人——"因为她们只看到自家儿的鼻子,或是一支眼珠子,或是一张嘴,或是一缕头发;没有看到自家儿整个的脸。绅士们全拿出烟来,擦火柴点他们的最后的一支。

音乐才放送着:

"晚安了,亲爱的!"俏皮的,短促的调子。

"最后一支曲子咧!"大伙儿全站起来舞着。场里只见一排排凌乱的白台布,拿着扫帚在暗角里等着的侍者们的打着呵欠的嘴,经理的秃脑袋这儿那儿的发着光,玻璃门开直了,一串串男女从梦里走到明亮的走廊里去。咚的一声儿大鼓,场里的白灯全亮啦,音乐台上的音乐师们低着身子收拾他们的乐器。拿着扫帚的侍者们全跑了出来,经理站在门口跟每个人道晚安,一回儿舞场就空了下来。剩下来的是一间空屋子,凌乱的,寂寞的,一片空的地板,白灯光把梦全赶走了。

缪宗旦站在自家儿的桌子旁边——"像一只爆了的汽球似的!"

黄黛茜望了他一眼——"像一只爆了的汽球似的。"

胡钧益叹息了一下——"像一只爆了的汽球似的!"

郑萍按着自家儿酒后涨热的脑袋——"像一只爆了的汽球似的!"

季洁注视着挂在中间的那只大灯座——"像一只爆了的汽球似的!"

什么是汽球?什么是爆了的汽球?

约翰生皱着眉尖儿从外面慢慢儿的走进来。

"Good-night, Johny!"缪宗旦说。

"我的妻子也死了!"

"I'm awfully sorry for you, Johny!"缪宗旦在他肩上拍了一下。
"你们预备走了吗?"
"走也是那么,不走也是那么!"
黄黛茜——"我随便跑那去,青春总不会回来的。"
郑萍——"我随便跑那去,妮娜总不会回来的。"
胡钧益——"我随便跑那去,八十万家产总不会回来的。"
"等回儿,我再奏一支曲子,让你们跳,行不行?"
"行吧。"

约翰生走到音乐台那儿拿了只小提琴来,到舞场中间站住了,下巴扣着提琴,慢慢儿的,慢慢儿的拉了起来,从棕色的眼珠子里掉下来两颗泪珠到弦线上面。没了灵魂似的,三对疲倦的人,季洁和郑萍一同地,胡钧益和黄黛茜一同地,缪宗旦和芝君一同地在他四面舞着。

猛的,硼!弦线断了一条。约翰生低着脑袋,垂下了手。
"I can't help!"
舞着的人也停了下来,望他。怔着。
郑萍耸了耸肩膀道:"No one can help!"
季洁忽然看看那条断了的弦线道:"C'est totne savie."
一个声音悄悄地在这五个人的耳旁吹嘘着:"No one can help!"
一声儿不言语的,像五个幽灵似地,带着疲倦的身子和疲倦的心一步步的走了出去。

在外面,在胡钧益的汽车旁边,猛的砰的一声儿。
车胎?枪声?
金子大王胡钧益躺在地上,太阳那儿一个枪洞,在血的下面,他的脸痛苦地皱着。黄黛茜吓呆在车厢里。许多人跑过来看,大声地问着,忙乱着,谈论着,太息着,又跑开去了。

天慢慢儿亮了起来,在皇后夜总会的门前,躺着胡钧益的尸身,旁边站着五个人,约翰生,季洁,缪宗旦,黄黛茜,郑萍,默默地看着他。

四 四个送殡的人

一九三二年四月十日,四个人从万国公墓出来,他们去送胡钧益入土的。这四个人是愁白了头发的郑萍,失了业的缪宗旦,二十八岁零四天的黄黛茜,睁着解剖刀似的眼珠子的季洁。

黄黛茜——"我真做人做疲倦了!"
缪宗旦——"他倒做完了人咧!能像他那么憩一下多好啊!"

郑萍——"我也有了颗老人的心了!"

季洁——"你们的话我全不懂。"

大家便默着。

一长串火车驶了过去,驶过去,驶过去,在悠长的铁轨上,嘟的叹了口气。

辽远的城市,辽远的旅程啊!

大家太息了一下,慢慢儿的走着——走着,走着。前面是一条悠长的,寥落的路……

辽远的城市,辽远的旅程啊!

1932 年 12 月 22 日

(初载 1933 年 2 月《现代》第 2 卷第 4 期)

施蛰存

梅雨之夕

梅雨又淙淙地降下了。

对于雨,我倒并不觉得嫌厌,所嫌厌的是在雨中疾驰的摩托车的轮,它会得溅起泥水猛力地洒上我的衣裤,甚至会连嘴里也拜受了美味。我常常在办公室里,当公事空闲的时候,凝望着窗外淡白的空中的雨丝,对同事们谈起我对于这些自私的车轮的怨苦。下雨天是不必省钱的,你可以坐车,舒服些。他们会这样善意地劝告我。但我并不曾屈就了他们的好心,我不是为了省钱,我喜欢在滴沥的雨声中撑着伞回去。我的寓所离公司是很近的,所以我散工出来,便是电车也不必坐,此外还有一个我所以不喜欢在雨天坐车的理由,那是因为我还不曾有一件雨衣,而普通在雨天的电车里,几乎全是裹着雨衣的先生们,夫人们或小姐们,在这样一间狭窄的车厢里,滚来滚去的人身上全是水,我一定会虽然带着一柄上等的伞,也不免满身淋漓地回到家里。况且尤其是在傍晚时分,街灯初上,沿着人行路用一些暂时安逸的心境去看看都市的雨景,虽然拖泥带水,也不失为一种自己的娱乐。在蒙雾中来来往往的车辆人物,全都消失了清晰的轮廓,广阔的路上倒映着许多黄色的灯光,间或有几条警灯的红色和绿色在闪烁着行人的眼睛。雨大的时候,很近的人语声,即使声音很高,也好像在半空中了。

人家时常举出这一端来说我太刻苦了,但他们不知道我会得从这里找出很大的乐趣来,即使偶尔有摩托车的轮溅满泥泞在我身上,我也并不曾因此而改了我的习惯。说是习惯,有什么不妥呢,这样的已经有三四年了。有时也偶尔想着总得买一件雨衣来,于是可以在雨天坐车,或者即使步行,也可以免得被泥水溅着了上衣,但到如今这仍然留在心里做一种生活上的希望。

在近来的连日的大雨里,我依然早上撑着伞上公司去,下午撑着伞回家,每天都是如此。

昨日下午,公事堆积得很多。到了四点钟,看看外面雨还是很大,便独自留下在公事房里,想索性再办了几桩,一来省得明天要更多地积起来,二来也借此避雨,等它小一些再走。这样地竟逗留到六点钟,雨早已止了。

走出外面,虽然已是满街灯火,但天色却转清朗了。曳着伞,避着檐滴,缓步过去,从江西路走到四川路桥,竟走了差不多有半点钟光景。邮政局的大钟已是六点二十五分了。未走上桥,天色早已重又暝晦下来,但我并没有介意,因为晓得是傍晚的时分了,刚走到桥头,急雨骤然从乌云中漏下来,潇潇的起着繁响。看下面北四川路上和苏州河两岸行人的纷纷乱窜乱避,只觉得连自己心里也有些着急。他们在着急些什么呢?他们也一定知道这降下来的是雨,对于他们没有生命上的危险,但何以要这样急迫地躲避呢?说是为了恐怕衣裳给淋湿了,但我分明看见手中持着伞的和身上披了雨衣的人也有些脚步踉跄了。我觉得至少这是一种无意识的纷乱。但要是我不曾感觉到雨中闲行的滋味,我也是会得和这些人一样地急突地奔下桥去的。

何必这样的奔逃呢,前路也是在下着雨,张开我的伞来的时候,我这样漫想着。不觉已走过了天潼路口。大街上浩浩荡荡地降着雨,真是一个伟观,除了间或有几辆摩托车,连续地冲破了雨仍旧钻进了雨中地疾驰过去之外,电车和人力车全不看见。我奇怪他们都躲到什么地方去了。至于人,行走着的几乎是没有,但在店铺的檐下或蔽荫下是可以一团一团地看得见,有伞的和无伞的,有雨衣的和无雨衣的,全都聚集着,用嫌厌的眼望着这奈何不得的雨。我不懂他们这些雨具是为了怎样的天气而买的。

至于我,已经走近文监师路了。我并没什么不舒服,我有一柄好的伞,脸上决不会给雨水淋湿,脚上虽然觉得有些潮扭扭,但这至多是回家后换一双袜子的事。我且行且看着雨中的北四川路,觉得朦胧的颇有些诗意。但这里所说的"觉得",其实也并不是什么具体的思绪,除了"我该得在这里转弯了"之外,心中一些也不意识着什么。

从人行路上走出去,探头看看街上有没有往来的车辆,刚想穿过街去转入文监师路,但一辆先前并没有看见的电车已停在眼前。我止步了,依然退进到人行路上,在一支电杆边等候着这辆车的开出。在车停的时候,其实我是可以安心地对穿过去的,但我并不曾这样做。我在上海住得很久,我懂得走路的规则,我为什么不在这个可以穿过去的时候走到对街去呢,我没知道。

我数着从头等车里下来的乘客。为什么不数三等车里下来的呢?这里并没有故意的挑选,头等座在车底前部,下来的乘客刚在我面前,所以我可以很看得清楚。第一个,穿着红皮雨衣的俄罗斯人,第二个是中年的日本妇人,她急急地下了车,撑开了手里提着的东洋粗柄雨伞,缩着头鼠窜似地绕过车前,转进文监师路去了。我认识她,她是一家果子店的女店主。第三,第四,是像宁波似的我国商人,他们都穿着绿色的橡皮华式雨衣。第五个下来的乘客,也即是末一个了,是一位姑娘。她手里没有伞,身上也没有穿雨衣,好像是在雨停止了之后上电车的,而不幸在到目的地的时候却下着这样的大雨。我猜想她一定是从很远的地方上车的,至少应当在卡德路以上的几站罢。

她走下车来,缩着瘦削的,但并不露骨的双肩,窘迫地走上人行路的时候,我开始注意着她的美丽了。美丽有许多方面,容颜的姣好固然是一重要素,但风仪的温雅,肢体的停匀,甚至谈吐的不俗,至少是不惹厌,这些也有着份儿,而这个雨中的少女,我事后觉得她是全适合这几端的。

她向路的两边看了一看,又走到转角上看着文监师路。我晓得她是急于要招呼一辆人力车。但我看,跟着她的眼光,大路上清寂地没一辆车子徘徊着,而雨还尽量地落下来。她旋即回了转来,躲避在一家木器店的屋檐下,露着烦恼的眼色,并且蹙着细淡的修眉。

我也便退进在屋檐下,虽则电车已开出,路上空空地,我照理可以穿过去了。但我何以不穿过去,走上了归家的路呢?为了对于这少女有什么依恋?并不,绝没有这种依恋的意识。但这也决不是为了我家里有着等候我回去在灯下一同吃晚饭的妻,当时是连我已有妻的思想都不曾有,面前有着一个美的对象,而又是在一重困难之中,孤寂地只身呆立着望这永远地,永远地垂下来的梅雨,只为了这些缘故,我不自觉地移动了脚步站在她旁边了。

虽然在屋檐下,虽然没有粗重的檐溜滴下来,但每一阵风会得把凉凉的雨丝吹向我们。我有着伞,我可以如中古时期骁勇的武士似地把伞当作盾牌,挡着扑面袭来的雨丝的箭,但这个少女却身上间歇地被淋得很湿了。薄薄的绸衣,黑色也没有效用了,两只手臂已被画出了它们的圆润。她屡次旋转身去,侧立着,避免这轻薄的雨之侵袭她的前胸。肩臂上受些雨水,让衣裳贴着了肉倒不打紧吗?我曾偶尔这样想。

天晴的时候,马路上多的是兜搭生意的人力车,但现在需要它们的时候,却反而没有了。我想着人力车夫的不善于做生意,或许是因为需要的人太多了,供不应求,所以即使在这样繁盛的街上,也不见一辆车子的踪迹。或许车夫也都在避雨呢,这样大的雨,车夫不该避一避吗?对于人力车之有无,本来用不到关心的我,也忽然寻思起来,我并且还甚至觉得那些人力车夫是可恨的,为什么你们不拖着车子走过来接应这生意呢,这里有一位美丽的姑娘,正窘立在雨中等候着你们的任何一个。

如是想着,人力车终于没有踪迹。天色真的晚了。远处对街的店铺门前有几个短衣的男子已经等得不耐而冒着雨,他们是拼着淋湿一身衣裤的,跨着大步跑去了。我看这位少女的长眉已颦蹙得更紧,眸子莹然,像是心中很着急了。她的忧闷的眼光正与我的互相交换,在她眼里,我懂得我是正受着诧异,为什么你老是站在这里不走呢。你有着伞,并且穿着皮鞋,等什么人么?雨天在街路上等谁呢?眼睛这样锐利地看着我,不是没怀着好意么?从她将钉住着在我身上打量我的眼光移向着阴黑的天空的这个动作上,我肯定地猜测她是在这样想着。

我有着伞呢,而且大得足够容两个人的蔽荫的,我不懂何以这个意识不早就觉醒了我。但现在它觉醒了我将使我做什么呢?我可以用我的伞给她障住这样的淫雨,我可以陪伴她走一段路去找人力车,如果路不多,我可以送她到她的家。如果路很多,又有什么不成呢?我应当跨过这一箭路,去表白我的好意吗?好意,她不会有什么别方面的疑虑吗?或许她会得像刚才我所猜想着的那样误解了我,她便会得拒绝了我。难道她宁愿在这样不止的雨和风中,在冷静的夕暮的街头,独自个立到很迟吗?不啊!雨是不久就会停的,已经这样连续不断地降下了……多久了,我也完全忘记了时间在这雨水中间流过。我取出时计来,七点三十四分。一小时多了。不至于老是这样地降下来吧,看,排水沟已经来不及宣泄,多量的水已经积聚在它上面,打着旋涡,挣扎不到流下去的路,不久怕会溢上了人行路么?不会的,决不会有这样持久的雨,再停一会,她一定可以走了。即使雨不就停止,人力车是大约总能够来一辆的。她一定会不管多大的代价坐了去的。然则我是应当走了么?应当走了。为什么不?……

这样地又十分钟过去了。我还没有走。雨没有住,车儿也没有影踪。她也依然焦灼地立着。我有一个残忍的好奇心,如她这样的在一重困难中,我要看她终于如何处理她自己。看着她这样窘急,怜悯和旁观的心理在我身中各占了一半。

她又在惊异地看着我。

忽然,我觉得,何以刚才不觉得呢,我奇怪,她好像在等待我拿我的伞贡献给她,并且送她回去,不,不一定是回去,只是到她所要到的地方去。你有伞,但你不走,你愿意分一半伞荫蔽我,但还在等待什么更适当的时候呢?她的眼光在对我这样说。

我脸红了,但并没有低下头去。

用羞赧来对付一个少女的注目,在结婚以后,我是不常有的。这是自己也随即觉得可怪了。我将用何种理由来譬解我的脸红呢?没有!但随即有一种男子的勇气升上来,我要求报复,这样说或许是较言重了,但至少是要求着克服她的心在我身里急突地催促着。

终归是我移近了这少女,将我的伞分一半荫蔽她。

——小姐,车子恐怕一时不会得有,假如不妨碍,让我来送一送罢。我有着伞。

我想说送她回府,但随即想到她未必是在回家的路上,所以结果是这样两用地说了。当说着这些话的时候,我竭力做得神色泰然,而她一定已看出了这勉强的安静的态度后面藏匿着的我的血脉之急流。

她凝视着我半微笑着。这样好久。她是在估量我这种举止的动机,上海是个坏地方,人与人都用一种不信任的思想交际着!她也许是正在自己委决不下,雨真的在短时期内不会止么?人力车真的不会来一辆么?要不要借着他的伞姑且走起来呢?也许转一个弯就可以有人力车,也许就让他送到了。那不妨事么?……不妨事。遇见了认识人不会猜疑么?……但天太晚了,雨并不觉得小一些。

于是她对我点了点头,极轻微地。

——谢谢你。朱唇一启,她迸出柔软的苏州音。

转进靠西边的文监师路,在响着雨声的伞下,在一个少女的旁边,我开始诧异我的奇遇。事情会得展开到这个现状吗?她是谁,在我身旁同走,并且让我用伞荫蔽着她,除了和我的妻之外,近几年来我并不曾有过这样的经历。我回转头去,向后面斜看,店铺里有许多人歇下了工作对我,或是我们,看着。隔着雨的帡幪,我看得见他们的可疑的脸色。我心里吃惊了,这里有着我认识的人吗?或是可有着认识她的人吗?……再回看她,她正低下着头,拣着踏脚地走。我的鼻子刚接近了她的鬓发,一阵香。无论认识我们之中任何一个的人,看见了这样的我们的同行,会怎样想?……我将伞沉下了些,让它遮蔽到我们的眉额。人家除非故意低下身子来,不能看见我们的脸面。这样的举动,她似乎很中意。

我起先是走在她右边,右手执着伞柄,为了要让她多得些荫蔽,手臂便凌空了。我开始觉得手臂酸痛,但并不以为是一种苦楚。我侧眼看她,我恨那个伞柄,它遮隔了我的视线。从侧面看,她并没有从正面看那样的美丽。但我却从此得到了一个新的发现:她很像一个人。谁?我搜寻着,我搜寻着,好像很记得,岂但……几乎每日都在意中的,一个我认识的女子,像现在身旁并行着的这个一样的身材,差不多的面容,但何以现在百思不得了呢?……啊,是了,我奇怪为什么我竟会得想不起来,这是不可能的!我的初恋的那个少女,同学,邻居,她不是很像她吗?这样的从侧面看,我与她离别了好几年了,在我们相聚的最后一日,她还只有十四岁,……一年……二年……七年了呢。我结婚了,我没有再看见她,想来长成得更美丽了……但我并不是没有看见她长大起来,当我脑中浮起她的印象来的时候,她并不还保留着十四岁的少女的姿态。我不时在梦里,睡梦或白日梦,看见她在长大起来,我会自己构成她是个美丽的二十岁年纪的少女。她有好的声音和姿态,当偶然悲哀的时候,她在我的幻觉里会得是一个妇人,或甚至是一个年轻的母亲。

但她何以这样的像她呢？这个容态,还保留十四岁时候的余影,难道就是她自己么？她为什么不会到上海来呢？是她！天下有这样容貌完全相同的人么？不知她认出了我没有……我应该问问她了。

——小姐是苏州人么？

——是的。

确然是她,罕有的机会啊！她几时到上海来的呢？她的家搬到上海来了吗？还是,哎,我怕,她嫁到上海来了呢？她一定已经忘记我了,否则她不会允许我送她走。……也许我的容貌有了改变,她不能再认识我,年数确是很久了。……但她知道我已经结婚吗？要是没有知道,而现在她认识了我,怎么办呢？我应当告诉她吗？如果这样是须要的,我将怎么措辞呢？……

我偶然向道旁一望,有一个女子倚在一家店里的柜上。用着忧郁的眼光,看着我,或者也许是看着她。我忽然好像发现这是我的妻,她为什么在这里？我奇怪。

我们走在什么地方了。我留心看。小菜场。她恐怕快要到了。我应当不失了这个机会。我要晓得她更多一些,但要不要使我们继续已断的友谊呢,是的,至少也得是友谊？还是仍旧这样地让我在她的意识里只不过是一个不相识的帮助女子的善意的人呢？我开始踌躇了。我应当怎样做才是最适当的。

我似乎还应该知道她正要到那里去。她未必是归家去吧。家——要是父母的家倒也不妨事的,我可以进去,如像幼小的时候一样。但如果是她自己的家呢？我为什么不问她结婚了不曾呢……或许,连自己的家也不是,而是她的爱人的家呢,我看见一个文雅的青年绅士。我开始后悔了,为什么今天这样高兴,剩下妻在家里焦灼地等候着我,而来管人家的闲事呢。北四川路上,终于会有人力车往来的？即使我不这样地用我的伞伴送她,她也一定早已能雇到车子了。要不是自己觉得不便说出口,我是已经会得剩了她在雨中反身走了。

还是再考验一次罢。

——小姐贵姓？

——刘。

刘吗？一定是假的。她已经认出了我,她一定都知道了关于我的事,她哄我了。她不愿意再认识我了,便是友谊也不想继续了。女人！……她为什么改了姓呢？……也许这是她丈夫的姓？刘……刘什么？

这些思想的独白,并不占有了我多少时候。它们是很迅速地翻舞过我心里,就在与这个好像有魅力的少女同行过一条马路的几分钟之内。我的眼不常离开她，雨到这时已在小下来也没有觉得。眼前好像来来往往的人在多起来了，人力车也恍惚看见了几辆。她为什么不雇车呢？或许快要到达她的目的地了。她会不会因为心里已认识了我，不敢厮认，所以故意延滞着和我同走么？

一阵微风，将她的衣缘吹起，飘漾在身后。她扭过脸去避对面吹来的风，闭着眼睛，有些娇媚。这是很有诗兴的姿态，我记起日本画伯铃木春信的一帖题名叫"夜雨宫诣美人图"的画。提着灯笼，遮着被斜风细雨所撕破的伞，在夜的神社之前走着，衣裳和灯笼都给风吹卷着，侧转脸儿来避着风雨的威势，这是颇有些洒脱的感觉的。现在我留心到这方面了，她也有些这样的丰度。至于我自己，在旁人眼光里，或许成为她的丈夫或情人了，我很有些得意着这种自譬的假饰。是的，当我觉得她确是幼小时候初恋着的女伴的时候，我是如像真有这回事似地享受着这样的假饰。而从她鬓边颊上被潮润的风吹过来的粉香，我也闻嗅得出是和我妻所有的香味一样的。……我旋即想到古人有"担簦亲送绮罗人"那么一句诗，是很适合于今日的我的奇遇的。铃木画伯的名画又一度浮现上来了。但铃木的所画的美人并不和她有一些相像，倒是我妻的嘴唇却与画里的少女的嘴唇有些仿佛的。我再试一试对于她的凝视，奇怪啊，现在我觉得她并不是我适才所误会着的初恋的女伴了。她是另外一个不相干的少女。眉额，鼻子，颚骨，即使说是有年岁的改换，也绝对地找不出一些踪迹来。而我尤其嫌厌着她的嘴唇，侧看过去，似乎太厚一些了。

我忽然觉得很舒适，呼吸也更通畅了。我若有意若无意地替她撑着伞，徐徐觉得手臂太酸痛之外，没什么感觉。在身旁由我伴送着的这个不相识的少女的形态，好似已经从我的心的樊笼中被释放了出去。我才觉得天已完全夜了，而伞上已听不到些微的雨声。

——谢谢你，不必送了，雨已经停了。

她在我耳朵边这样地嘤响。

我蓦然惊觉，收拢了手中的伞。一缕街灯的光射上了她的脸，显着橙子的颜色。她快要到了吗？可是她不愿意我伴她到目的地，所以趁此雨已停住的时候要辞别我吗？我能不能设法看一看她究竟到什么地方去呢？……

——不要紧，假使没有妨碍，让我送到了罢。

——不敢当呀，我一个人可以走了，不必送罢。时光已是很晚了，真对不起得很呢。

看来是不愿我送的了。但假如还是下着大雨便怎么了呢？……我怨怼着不情的天气，何以不再继续下半小时雨呢，是的，只要再半小时就够了。一瞬间，我从她的对于我的凝视——那是为了要等候我的答话——中看出一种特殊的端庄,我觉得凛然,像雨中的风吹上我的肩膀。我想回答,但她已不再等候我。

——谢谢你,请回转罢,再会。……

她微微地侧面向我说着,跨前一步走了,没有再回转头来。我站在中路,看她的后影,旋即消失在黄昏里。我呆立着,直到一个人力车夫来向我兜揽生意。

在车上的我,好像飞行在一个醒觉之后就要忘记了的梦里。我似乎有一桩事情没有做完,我心里有着一种牵挂。但这并不曾很清晰地意识着。我几次想把手中的伞张起来,可是随即会自己失笑这是无意识的。并没有雨降下来,完全地晴了,而天空中也稀疏地有了几颗星。

下车了,我叩门。

——谁?

这是我在伞底下伴送着走的少女的声音!奇怪,她何以又会在我家里?……门开了。堂中灯火通明,背着灯光立在开着一半的大门边的,倒并不是那个少女。朦胧里,我认出她是那个倚在柜台上用嫉妒的眼光看着我和那个同行的少女的女子。我惝恍地走进门。在灯下,我很奇怪,为什么从我妻的脸色上再也找不出那个女子的幻影来。

妻问我何故归家这样的迟,我说遇到了朋友,在沙利文吃了些小点,因为等雨停止,所以坐得久了。为了要证实我这谎话,夜饭吃得很少。

(初载《梅雨之夕》,上海新中国书局1933年版)

巴 金

家（第二十六章）

第二十六章　生与死

就在琴伤心痛哭的这个晚上,夜深人静的时候,鸣凤被唤到太太的面前。在黯淡的清油灯光下,露出周氏的那张虽然生得相当动人、但是没有表情的胖脸。鸣凤不知道太太要对她说些什么话,然而她料想太太不会带给她好的消息。她又想起了这天下午冯老太太过来看老太爷和陈姨太的事情。她怀着颤抖的心,立在周氏的面前,甚至她的眼光也有点摇晃不定。在说话的时候,周氏的淡淡擦了一点白粉的圆脸渐渐变为浮肿而成了一个很大的圆东西,不停地在她的眼前摇荡,使她更加胆怯了。

"鸣凤,你在公馆里头做了这几年,也做得够了,"周氏开始慢腾腾地说,但是依旧比别人说得快些,而且以后愈说愈快,好像一盘珠子在不停地滚动一般。"我想你一定愿意早些出去。今天老太爷吩咐说,要送你到冯家去,给冯老太爷做小。下个月初一是个好日子,冯家就要在那天接人。今天是二十八,离初一还有三天。明天起你不必做事情了,你好好休息两天,等着到冯家去。……你到冯家去要好好地服侍冯老太爷两夫妇,听说冯老太爷脾气古怪,冯老太太脾气也不大好,你遇事要将就他们,不要使性子。冯家还有老爷、太太、孙少爷。你也应该尊敬他们。你在我房里做了几年丫头,也没有得到多少好处。现在给你找到这门亲事,我也算放了心。冯家很有钱,只要你在那边安分守己,你一生穿衣吃饭一点也不用忧愁。这样也比五太太的喜儿好得多。……你服侍我几年,我没有什么报答你,我明天就叫裁缝来给你做两身好衣服,还给你预备点首饰……"她还要说下去,却被鸣凤的哭声止住了。

这些话的每一个字都像利刀刺进鸣凤的心,她只得任它们乱刺,没法防卫自己。她的希望完全破灭了。人们甚至连她所赖以生活的爱情也要给她夺去了。把自己的青春拿去服侍一个脾气古怪的老头子,得不到一点怜惜。在那种家庭里做姨太太的人的命运是极其明显的:流眼泪,吃打骂,受闲气,依旧会成为她的生活里的重要事情。所不同的是她还要把自己的身体交给那个脾气古怪的老头子蹂躏。做姨太太，这是何等可耻的事。在平日她们丫头的骂人术语里，"给人家做小"也就是一句。然而在高家经过了八年的忠心的苦役之后，她所得到的报酬，却是去做姨太太，给人家蹂躏，让人家折磨。她的前途依然是一片浓密的黑暗，那一线被纯洁的爱情所带来的光明也给人家摧残了。一个青年的和善的面颜在她的面前溜了过去，接着许多狞笑的歪脸恶狠狠地向她逼来。她害怕地用手遮住脸，她好像在跟什么可怕的幻象挣扎。忽然一个声音在她的耳边响起来，好像有人在说："一切都是命中注定了的。你不能够改变它。"于是一种不可抗拒的绝望的感觉紧紧地抓住了她。她忍不住伤心地哭起来。

周氏的话像珠子一般地滚着。她一口气说了许多，很难马上止住。现在她才注意到鸣凤的这种不寻常的举动，而且也听见了这个少女的悲惨的哭声，她惊愕地闭了口，注意地观察鸣凤的举动。她还不能够明白鸣凤为什么要这样伤心。但是她已经被这个少女的哭声感动了。她温和地问道："鸣凤，怎么了？你哭什么？"

"太太，我不愿意去！"鸣凤的口里迸出了哭声道。"我宁愿在公馆里做一辈子的丫头，服侍太太，服侍小姐，服侍少爷。……太太，我只求你不要送我出去，我在公馆里事情还没有做得够！……我才只做了八年。……太太，我年纪还轻，请你不要把我送出去。……"

这种情形触动了周氏的平常很少被触到的母性，她带着凄然的微笑说："本来我也怕你不愿意，实在说冯老太爷的年纪太大了，论年纪你可以做他的孙女。然而这是老太爷的意思，我也只得听他的话。不过只要你到了那边好好地服侍冯老太爷，日子也并不怎样难过，倒强似嫁一个贫家男人，连衣食也顾不周到。……"

"太太，我宁愿受冻挨饿，我不情愿给人家做小……"鸣凤吐出了这句话以后，觉得自己的全身的力量都用尽了，她站不住，跪下来，抓着周氏的膝头哀求道："太太，请你不要把我送走，我愿意在公馆里做一辈子的丫头。我愿意服侍你一辈子。……太太，可怜我，我年纪轻！……你打我、骂我都可以，只是不要把我送到冯家去。……我怕，我怕过那种日子。……太太，请你发点慈悲，可怜可怜我吧。……太太，我不能去啊！"她说到这里，一阵更大的悲哀压倒了她，她觉得有什么东西潮也似地从她的心底直涌上来，无数凄惨的话到了她的喉边又被她咽下去，她的口已经被什么东西塞住了。她不能再说一句话，只顾低声哭着，愈哭愈伤心，她觉得要把她的心哭出来才痛快。

周氏被鸣凤这一哭引起了自己的心事。她看见那个跪在她面前把头俯在她的膝上哀哀哭着的少女,也觉得凄然。这时候她的母性完全被触动了。她并不推开鸣凤,却温和地用手摩抚鸣凤的头发,爱怜地说:"我也知道你太年轻,老实说我也不愿意把你送到冯家去。……然而这是老太爷答应了的。他说怎么办就要怎么办,我做媳妇的怎敢违抗?……现在没有法子挽回了。无论如何你初一一定要去。……你不要哭了,哭也没有用。……其实到了冯家也会有好日子过。你不要怕,好心的人终有好报的。……你快起来,回屋去睡吧。"

鸣凤把周氏的腿抱得愈紧,她觉得这时候只有这一双腿可以救她。她绝望地作最后的努力,哀声说:"太太,你当真不肯救我?你一点也不可怜我吗?……救救我吧,我宁死也不要到冯家去!"她抬起头来把满是泪痕的脸对着周氏的眼睛,她拉住太太的一只手哀求地说:"太太,救救我吧。"声音非常凄惨。

周氏不住地摇着头凄然说道:"现在实在没有法子可想。我自己要不放你去,也不行。老太爷的话,连我也不敢不听。……快起来,好好地去睡吧。"她说着便挣开手去拉鸣凤的膀子。

鸣凤默默地让周氏拉她起来。她茫然地立在周氏的面前,觉得好像是在做梦。她痴痴地立了片刻。又把眼睛向四面看,周围是阴沉沉的。她的哭声止了。她还在抽泣。最后她连抽泣也止住了。她极力忍住悲哀,拉起衫子的底襟角揩了眼泪,用冷冷的、但依旧是凄凉的声音说:"太太,我听你的话……"她还想说什么,但是看见周氏疲倦地站起来,又听见周氏说:"好,只要你肯听话,我也就放心了。"她知道再留在这里多说也等于白说。太太的脾气她已经摸熟了。她无精打采地说一声:"太太,我去睡了,"便慢慢地移动脚步走出了太太的房间。她用手按住自己的胸膛,她怕她的心会炸裂。周氏看见鸣凤出去了,望着她的背影叹了两口气。周氏这时候很同情鸣凤,因为自己不能够帮助她而感到痛苦。可是过了一个钟头,太太又把这个少女的事情忘在脑后了。

天井里只有一片黑。鸣凤看不见一个人影。黯淡的灯光从觉慧的房间里射出来。她本来想回到仆婢室里去睡,却被这灯光引诱着轻脚轻手地走到了觉慧的窗下。三扇玻璃窗都被白纱窗帷遮住,灯光从细孔里漏出来,投了美丽的花纹在地上。这窗帷,这玻璃窗,这房间,如今在她的眼前变得非常可爱了。她不闪眼地立在窗前石阶上,仰望着白纱窗帷。她不做出一点声音,唯恐惊动里面的人。过了一些时候,白纱窗帷渐渐地带了空幻的色彩,而变得更加美丽了。模糊中在里面出现了美丽的人物,男男女女,穿得很漂亮,态度也很轩昂。他们走过她的面前,带着轻视的眼光看她一眼,便急急地掉过头走开了。忽然在人丛中出现了她朝夕想念的那个人,他投了

家(第二十六章)

一瞥和善的眼光在她的脸上。他站住，好像要跟她说话，但是后面一群人猛然拥挤过来，把他挤得不见了。她注意地用眼光去找寻他，然而在她面前白纱窗帷静静地遮住了房里的一切。她看不见别的什么。她走近窗户想伸起头去望里面，但是窗台转高，她的头达不到。她试了两次，都没有用，便绝望地退了几步。一个不留心，她把手触到了窗板，发出一个低微的响声，接着房里起了一声咳嗽，正是那个人的声音。她才知道他还没有睡。她盼望他走到窗前揭起窗帷来看她，她在那里等待着。然而里面又寂然了，只有笔落在纸上的极其低微的声音。她又走去在窗板上敲了两下，她盼望他会听见敲声。但是这一次他只在里面做出两三下响声，好像是移动了椅子，接着落笔的声音更勤了些。她知道轻敲是没有用的，待要重敲，又害怕惊动了别人。因为他和他的哥哥同住在这间屋里。然而她还怀着最后的希望，又一次走到窗前轻轻敲了三下，又低声叫了一次："三少爷"，便退后两步，静静地站着。她想这一次他一定会出现了。但是过了一些时候还是没有动静，只是落笔的声音更急了。接着她又听见他放下笔，用惊讶的声音自言自语："怎么就两点钟了？……明早晨八点钟还有课。……"于是落笔的声音又起了。她痴痴地立在那里，她明白她再要敲也是没有用的，他不会听见。她并不怨他，她反而更加爱他。他的这两句话还在她的耳边荡漾，在她，它们比音乐还好听。她默默地回味着这两句话，她觉得他就在她的身边，活泼的，热烈的，跟平时一样。忽然另一个思想又来到她的脑子里，她想，他正需要着一个女人来爱他，来照料他，来服侍他。她又知道在这个世界上并没有人像她这样地爱他，她真愿意为他做一切的事情。然而同时她又知道有一堵墙横在她跟他的中间，而且现在人们就要送她到冯家去了，并不要多久，就在三天以后。那时候她便成了冯家的人。她再没有机会看见他了。任她怎样受人侮辱，怎样呻吟哀叫，他也不会知道，也不会来救她了。分离，永久的分离，这种情形比死别还要难堪。她觉得这样的生活是值不得留恋的了。当她向太太说"宁死也不要到冯家去"的时候，她并非拿这句话来威胁太太，她确实想到了那个"死"字。大小姐教过她，这个"死"字便是薄命女子的唯一的出路，她很相信这个。

　　房里一声长叹把她从纷乱的思想中唤醒过来。她凄凉地朝四面望了一下。周围静寂寂没有人声，黑魆魆没有光明。她忽然记起来几个月以前也曾经有过跟这相似的情景，那时候是他在窗外而她在房里。而且那时的传闻如今却成了事实。她又细细地回味着那一晚的情景。她想起他对她的态度，又想起她对他说过的话："我向你赌咒，我决不去跟别人……"她的心好像被什么东西绞着，刺着，痛得厉害，她的眼睛又被泪珠打湿了。房里的灯光爱怜地抚着她的眼睛。她带着贪婪的眼光看那灯光，一种欲望渐渐地抓住了她。她想不顾一切地跑进房里,跪在他的面前,向他哭诉她的痛苦,并且哀求他把她从不幸的遭遇中拯救出来。她愿意永远做他的奴隶,爱他,服侍他。

她决定要跑进去了。然而……眼前一阵漆黑。房里的灯光突然灭了。她睁大眼睛,但是她什么也看不见。她拔不动脚,孤零零地立在黑暗里。无情的黑暗从四面八方包围过来。过了一些时候,她才提起脚,慢慢地走回自己的房间去。一路上什么都不存在了。她只顾在黑暗中摸索着,费了许久的功夫,她才摸到自己的房间,推开半掩着的门进去。

瓦油灯上结了一个大灯花,使微弱的灯光变得更加阴暗。屋子里到处都是阴影。两边的几张木板床上摆了一些死尸似的身体。粗促的鼾声从肥胖的张嫂的床上发出来,四处撞击,显得很可怕。鸣凤一进门便吃了一惊,连忙站住,打起精神四面一看。她懒洋洋地走到桌子前,把灯芯朝外拨,灯花去掉。屋子里马上亮了许多。她正要解衣服,忽然一阵悲哀压倒了她,她支持不住就扑倒在床上哭起来,头紧紧地压在被上,不多几时就把被褥弄湿了一滩。她愈想愈伤心。后来她的哭声把老黄妈惊醒了。老黄妈用不十分清楚的声音问:"鸣凤,你在哭什么?"她不回答,只顾哭着。老黄妈劝了她两句,翻一个身又睡熟了,剩下鸣凤一个人伤心地哭着,一直哭到她进入梦中的时候。

从第二天起鸣凤的态度完全改变了。她整天不露一个笑脸,做事情也是没精打采的,而且害怕跟人接近。她看见一个人,马上就疑心她的事情已经被那个人知道了,她就在那个人的脸上看见了轻视或嘲笑的表情,她连忙躲开。她看见两三个女佣或仆人轿夫在一起谈话,她就疑心她们(或他们)在谈论她的事情。"姨太太"、"小老婆"、"小",这些字眼好像到处都有人在讲,后来甚至主人们也谈论起来了。她好像听见五老爷对人说:"好个标致的姑娘,白白送给老头子做姨太太,真可惜。"又有一次她似乎在厨房里听见那个肥胖的张嫂鄙夷地说:"呸,年纪轻轻就给死老头子做小。再有多少钱我才不干喇!"到处都听见这一类的嘲骂的语句。她什么地方都不敢去了,除了每天两顿饭以外,其余的时间里她不是躲在自己房中就是藏在花园里。有时候婉儿、倩儿或喜儿来找她谈些话。但是她们也很忙,只能够偷偷地抽出一点空时间来看她,安慰她。老黄妈温和地跟她谈过一次话。她不等老黄妈讲完就借故跑开了。她害怕多听安分守己、顺从命运这一类的话。

这两天鸣凤很想找到觉慧,跟他谈谈她的事。她时时刻刻等着这个机会。然而近来觉慧弟兄似乎比从前更忙,他们每天早晨绝早就出去上学,下午很迟才回来,在家里吃过饭,马上又出去,往往到九、十点钟才回家,回来就关在房里写文章、读书。她难得见到觉慧一面,即使两人遇见了,也不过是他投一瞥爱怜的眼光过来,温和地看她几眼,或者对她微笑,却难得对她讲几句话。自然这些也是爱的表示。她觉得他的忙碌是正当的,虽然因此对她疏远一点,她也并不怪他。

然而实际上她就只有两天的时间。这么短!她必须跟觉慧谈一次话,把她的痛苦告诉他,看他有什么意见。无论如何她必须同他商量。然而他仿佛完全不知道这一回事情,他并不给她一个这样的机会。花园里没有他的脚迹。只有在吃午饭的时候,她才可以见到他,但是他放下饭碗就匆忙地走了,她待要追上去说话也来不及。晚上他回家很迟。再要找像从前那样的跟他一起谈笑的机会,是不可能的了。

三十日终于到了。鸣凤的事公馆里知道的人并不太多,觉慧一点也不知道,因为:一则,在外面他们的周报社里发生了变故,他用了全副精神去应付这件事,就没有心肠管家里的事情;二则,他在家里时也忙着写文章或者读书,没有机会听见别人谈鸣凤的事。

三十日在觉慧看来不过是这个月的最后一日,然而在鸣凤却是她一生的最后一天了,她的命运就要在这一天决定了:或者永远跟他分离,或者永远和他厮守在一起。然而事实上后一个希望却是非常渺茫。她自己也知道。自然她满心希望他来拯救她,让她永远和他厮守在一起;但是在他们两个人的中间横着那一堵不能推倒的墙,使他们不能够接近。这就是身份的不同。她是知道的。她从前在花园里对他说"不,不……我没有那样的命"时,她就已经知道这个了。虽然他答应要娶她,然而老太爷、太太们以及所有公馆里的人全隔在他们两个人的中间,他又有什么办法?在老太爷的命令下现在连太太也没有办法,何况做孙儿的他?她的命运似乎已经决定,是无可挽回的了。然而她还不能放弃最后的希望,她不能甘心情愿地走到毁灭的路上去,而没有一点留恋。她还想活下去,还想好好地活下去。她要抓住任何的希望。她好像是在欺骗自己,因为她明明知道连一点希望也没有了,而且也不能够有了。

这一天她怀着颤抖的心等着跟觉慧见面。然而觉慧回来的时候已经是晚上九点钟了。她走到他的窗下,听见他的哥哥说话的声音,她觉得胆怯了。她在那里徘徊着,不敢进去,但是又不忍走开,因为要是这一晚再错过机会,不管是生与死,她永远不能再看见他了。

好容易挨过了一些时候,屋里起了脚步声,她知道有人走出,便往角落里一躲,果然看见一个黑影从里面闪出来。这是觉民。她看见他走远了,连忙走进房里去。

觉慧正埋着头在电灯光下面写文章,他听见她的脚步声并不抬起头,也不分辨这是谁在走路。他只顾专心写文章。鸣凤看见他不抬头,便走到桌子旁边胆怯地但也温柔地叫了一声:"三少爷。"

"鸣凤,是你?"他抬起头惊讶地说,对她笑了笑。"什么事?"

"我想看看你……"她说话时两只忧郁的眼睛呆呆地望着他的带笑的脸。她的话没有说完,就被他接下去说:

"你是不是怪我这几天不跟你说话?你以为我不理你吗?"

他温和地笑道,"不是,你不要起疑心。你看我这几天真忙,又要读书,又要写文章,还有别的事情。"他指着面前一大堆稿件,几份杂志和一叠原稿纸对她说:"你看我忙得跟蚂蚁一样。……再过两天就好了,我就把这些事情都做完了,再过两天。……我答应你,再过两天。"

"再过两天……"她绝望地悲声念着这四个字,好像不懂它们的意义,过后又茫然地问道:"再过两天?……"

"对,"他笑着说,"再过两天,我的事情就做完了。只消等两天。再过两天,我要跟你谈许许多多的事情。"他又埋下头去写字。

"三少爷,我想跟你说两句话。……"她极力忍住眼泪,不要哭出声来。

"鸣凤,你不看见我这样忙?"他短短地说,便抬起头来。看见她的眼里闪着泪光,他马上心软了。他伸手去捏了捏她的手,又站起来,关心地问道:"你受了什么委屈吗?不要难过。"他真想丢开面前的原稿纸,带着她到花园里好好地安慰她。可是他马上又想起明天早晨就要交出去的文章,想起周报社的斗争,便改变了主意说:"你忍耐一下,过两天我们好好地商量,我一定给你帮忙。我明天会找你,现在你让我安安静静地做事情。"他说完,放下她的手,看见她还用期待的眼光在看他,他一阵感情冲动,连自己说不出是为了什么,他忽然捧住她的脸,轻轻地在她的嘴上吻了一下,又对她笑了笑。他回到座位上,又抬起头看了她一眼,然后埋下头,拿起笔继续做他的工作。但是他的心还怦怦地跳动,因为这是他第一次吻她。

鸣凤不说一句话,她痴呆地站在那里。她甚至不知道自己在这时候想些什么,又有什么样的感觉。她轻轻地摩抚她的第一次被他吻了的嘴唇。过了一会儿她又喃喃地念着:"再过两天……"

这时外面起了吹哨声,觉慧又抬起头催促鸣凤:"快去,二少爷来了。"

鸣凤好像从梦中醒过来似的,她的脸色马上变了。她的嘴唇微微动着,但是并没有说出什么。她的非常温柔而略带忧郁的眼光留恋地看了他几眼,忽然她的眼睛一闪,眼泪流了下来,她的口里迸出了一声:"三少爷。"声音异常凄惨。觉慧惊奇地抬起头来看,只看见她的背影在门外消失了。

"女人的心理真古怪,"他叹息地自语道,过后又埋下头写字。

觉民走进房里,第一句话就问:"刚才鸣凤来过吗?""嗯,"觉慧过了半响才简单地答道。他依旧在写字,并不看觉民。

"她一点也不像丫头,又聪明,又漂亮,还认得字。可惜得很!……"觉民自语似地叹息道。

"你说什么?你可惜什么?"觉慧放下笔,吃惊地问。

"你还不晓得?鸣凤就要嫁了。"

"鸣凤要嫁了!哪个说的?我不相信!她这样年轻!"

"爷爷把她送给冯乐山做姨太太了。"

"冯乐山?我不相信!他不是孔教会里的重要分子吗?他六十岁了,还讨小老婆?"

"你忘记了去年他们几个人发表梨园榜,点小旦薛月秋做状元,被高师的方继舜在《学生潮》上面痛骂了一顿?他们那种人什么事都做得出来,横竖他们是本省的绅士,名流。明天就是他接人的日子。我真替鸣凤可惜。她今年才十七岁!"

"我怎么早不晓得?……哦,我明明听见过这样的消息,怎么我一点儿也记不起来?"觉慧大声说,他马上站起来,一直往外面走,一面拚命抓自己的头发,他的全身颤抖得厉害。

"明天!""嫁!""做姨太太!""冯乐山!"这些字像许多根皮鞭接连地打着觉慧的头,他觉得他的头快要破碎了。他走出门去,耳边顿时起了一阵悲惨的叫声。突然他发见在他的面前是一个黑暗的世界。四周真静,好像一切生物全死灭了。在这茫茫天地间他究竟走向什么地方去?"他徘徊着。他抓自己的头发,打自己的胸膛,这都不能够使他的心安静。一个思想开始来折磨他。他恍然明白了。她刚才到他这里来,是抱了垂死的痛苦来向他求救。她因为相信他的爱,又因为爱他,所以跑到他这里来要求他遵守他的诺言,要求他保护她,要求他把她从冯乐山的手里救出来。然而他究竟给了她什么呢?他一点也没有给。帮助,同情,怜悯,他一点也没有给。他甚至不肯听她的哀诉就把她遣走了。如今她是去了,永久地去了。明天晚上在那个老头子的怀抱里,她会哀哀地哭着她的被摧残的青春,同时她还会诅咒那个骗去她的纯洁的少女的爱而又把她送进虎口的人。这个思想太可怕了,他不能够忍受。

去,他必须到她那里去,去为他自己赎罪。

他走到仆婢室的门前,轻轻地推开了门。屋里漆黑。他轻轻地唤了两声"鸣凤",没有人答应。难道她就上床睡了?他不能够进去把她唤起来,因为在那里还睡着几个女佣。他回到屋里,却不能够安静地坐下来,马上又走出去。他又走到仆婢室的门前,把门轻轻地推开,只听见屋里的鼾声。他走进花园,黑暗中在梅林里走了好一阵,他大声唤:"鸣凤",听不见一声回答。他的头几次碰到梅树枝上,脸上出了血,他也不曾感到痛。最后他绝望地走回到自己的房里,他看见屋子开始在他的四周转动起来……

其实这时候他所寻找的她并不在仆婢室,却在花园里面。鸣凤从觉慧的房里出来,她知道这一次真正是一点希望也没有了。她并不怨他,她反而更加爱他。而且她相信这时候他依旧像以前那样地爱她。她的嘴唇还热,这是他刚才吻过的;她的手还热,这是他刚才捏过的。这证明了他的爱,然而同时又说明她就要失掉他的爱到那个可怕的老头子那里去了。她永远不能够再看见他了。以后的长久的岁月只是无终局的苦刑。这无爱的人间还有什么值得留恋?她终于下了决心了。

她不回自己的房间,却一直往花园里走去。她一路上摸索着,费了很大的力,才走到她的目的地——湖畔。湖水在黑暗中发光,水面上时时有鱼的唼喋声。她茫然地立在那里,回想着许许多多的往事。他跟她的关系一幕一幕地在她的脑子里重现。她渐渐地可以在黑暗中辨物了。一草一木,在她的眼前朦胧地显露出来,变得非常可爱,而同时她清楚地知道她就要跟这一切分开了。世界是这样静。人们都睡了。然而他们都活着。所有的人都活着,只有她一个人就要死了。过去十七年中她所能够记忆的是打骂,流眼泪,服侍别人,此外便是她现在所要身殉的爱。在生活里她享受的比别人少,而现在在这样轻的年纪,她就要最先离开这个世界了。明天,所有的人都有明天,然而在她的前面却横着一片黑暗,那一片一片接连着一直到无穷的黑暗,在那里是没有明天的。是的,她的生活里是永远没有明天的。明天,小鸟在树枝上唱歌,朝日的阳光染黄树梢,在水面上散布无数明珠的时候,她已经永远闭上眼睛看不见这一切了。她想,这一切是多么可爱,这个世界是多么可爱。她从不曾伤害过一个人。她跟别的少女一样,也有漂亮的面孔,有聪明的心,有血肉的身体。为什么人们单单要蹂躏她,伤害她,不给她一瞥温和的眼光,不给她一颗同情的心,甚至没有人来为她发出一声怜悯的叹息!她顺从地接受了一切灾祸,她毫无怨言。后来她终于得到了安慰,得到了纯洁的、男性的爱,找到了她崇拜的英雄。她满足了。但是他的爱也不能拯救她,反而给她添了一些痛苦的回忆。他的爱曾经允许过她许多美妙的幻梦,然而它现在却把她丢进了黑暗的深渊。她爱生活,她爱一切,可是生活的门面面地关住了她,只给她留下那一条堕落的路。她想到这里,那条路便明显地在她的眼前伸展,她带着恐怖地看了看自己的身子。虽然在黑暗里她看不清楚,然而她知道她的身子是清白的。好像有什么人要来把她的身子投到那条堕落的路上似的,她不禁痛惜地、爱怜地摩抚着它。这时候她下定决心了。她不再迟疑了。她注意地看那平静的水面。她要把身子投在晶莹清澈的湖水里,那里倒是一个很好的寄身的地方,她死了也落得一个清白的身子。她要跳进湖水里去。

忽然她又站住了。她想她不能够就这样地死去,她至少应该再见他一面,把自己的心事告诉他,他也许还有挽救的办法。她觉得他的接吻还在她的唇上燃烧,他的面颜还在她的眼前荡漾。她太爱他了,她不能够失掉他。在生活中她所得到的就只有他的爱。难道这一点她也没有权利享受?为什么所有的人都还活着,她在这样轻的年纪就应该离开这个世界?这些问题一个一个在她的脑子里盘旋。同时在她的眼前又模糊地现出了一幅乐园的图画,许多跟她同年纪的有钱人家的少女在那里嬉戏,笑谈,享乐。她知道这不是幻象,在那个无穷大的世界中到处都有这样的幸福的女子,到处都有这样的乐园,然而现在她却不得不在这里断送她的年轻的生命。就在这个时候也没有一个人为她流一滴同情的眼泪,或者给她送来一两句安慰的话。她死了,对这个世界,对这个公馆并不是什么损失,人们很快地就忘记了她,好像她不曾存在过一般。"我的生存就是这样地孤寂吗?"她想着,她的心里充满着无处倾诉的哀怨。泪珠又一次迷糊了她的眼睛。她觉得自己没有力量支持了,便坐下去,坐在地上。耳边仿佛有人接连地叫"鸣凤",她知道这是他的声音,便止了泪注意地听。周围是那样地静寂,一切人间的声音都死灭了。她静静地倾听着,她希望再听见同样的叫声,可是许久,许久,都没有一点儿动静。她完全明白了。他是不能够到她这里来的。永远有一堵墙隔开他们两个人。他是属于另一个环境的。他有他的前途,他有他的事业。她不能够拉住他,她不能够妨碍他,她不能够把他永远拉在她的身边。她应该放弃他。他的存在比她的更重要。她不能让他牺牲他的一切来救她。她应该去了,在他的生活里她应该永久地去了。她这样想着,就定下了最后的决心。她又感到一阵心痛。她紧紧地按住了胸膛。她依旧坐在那里,她用留恋的眼光看着黑暗中的一切。她还在想。她所想的只是他一个人。她想着,脸上时时浮出凄凉的微笑,但是眼睛里还有泪珠。

最后她懒洋洋地站起来,用极其温柔而凄楚的声音叫了两声:"三少爷,觉慧,"便纵身往湖里一跳。

平静的水面被扰乱了,湖里起了大的响声,荡漾在静夜的空气中许久不散。接着水面上又发出了两三声哀叫,这叫声虽然很低,但是它的凄惨的余音已经渗透了整个黑夜。不久,水面在经过剧烈的骚动之后又恢复了平静。只是空气里还弥漫着哀叫的余音,好像整个的花园都在低声哭了。

(初载《家》,上海开明书店1933年版)

艾 芜

山　峡　中

　　江上横着铁链作成的索桥,巨蟒似的,现出顽强古怪的样子,终于渐渐吞蚀在夜色中了。
　　桥下凶恶的江水,在黑暗中奔腾着,咆哮着,发怒地冲打崖石,激起吓人的巨响。
　　两岸蛮野的山峰,好象也在怕着脚下的奔流,无法避开一样,都把头尽量地躲入疏星寥落的空际。
　　夏天的山中之夜,阴郁、寒冷、怕人。
　　桥头的神祠,破败而荒凉的,显然已给人类忘记了,遗弃了,孤零零地躺着,只有山风、江流送着它的余年。
　　我们这几个被世界抛却的人们,到晚上的时候,趁着月色星光,就从远山那边的市集里,悄悄地爬了下来,进去和残废的神们,一块儿住着,作为暂时的自由之家。
　　黄黑斑驳的神龛面前,烧着一堆煮饭的野火,跳起熊熊的红光,就把伸手取暖的阴影,鲜明地绘在火堆的周遭。上面金衣剥落的江神,虽也在暗淡的红色光影中,显出一足踏着龙头的悲壮样子,但人一看见那只扬起的握剑的手,是那么地残破,危危欲坠了,谁也要怜惜他这位末路英雄的。锅盖的四围,呼呼地冒出白色的蒸气,咸肉的香味和着松柴的芬芳,一时到处弥漫起来。这是宜于哼小曲、吹口哨的悠闲时候,但大家都是静默地坐着,只在暖暖手。
　　另一边角落里,燃着一节残缺的蜡烛,摇曳地吐出微黄的光辉,展画出另一个暗淡的世界。没头的土地菩萨侧边,躺着小黑牛,污腻的上身完全裸露出来,正无力地呻唤着,衣和裤上的血迹,有的干了,有的还是湿渍渍的。夜白飞就坐在旁边,给他揉着腰杆,擦着背,一发现重伤的地方,便惊讶地喊：
　　"呵呀,这一处！"
　　接着咒骂起来：
　　"他妈的！这地方的人,真毒！老子走尽天下,也没碰见过这些吃人的东西！……这里的江水也可恶,象今晚要把我们冲走一样！"

夜愈静寂,江水也愈吼得厉害,地和屋宇和神龛都在震颤起来。

"小伙子,我告诉你,这算什么呢？对待我们更要残酷的人,天底下还多哩,……苍蝇一样的多哩！"

这是老头子不高兴的声音,由那薄暗的地方送来,仿佛在说,"你为什么要大惊小怪哪！"他躺在一张破烂虎皮的毯子上面,样子却望不清楚,只是铁烟管上的旱烟,现出一明一暗的红焰。复又吐出教训的话语:

"我么？人老了,拳头棍棒可就挨得不少。……想想看,吃我们这行饭,不怕挨打就是本钱哪！……没本钱怎么做生意呢？"

在这边烤火的鬼冬哥把手一张,脑袋一仰,就大声插嘴过去,一半是讨老人的好,一半是夸自己的狠。

"是呀,要活下去。我们这批人打断腿子倒是常有的事情,……象那回在鸡街,鼻血打出了,牙齿打脱了,腰杆也差不多伸不起来,我回来的时候,不是还在笑吗？……"

"对哪！"老头子高兴地坐了起来,"还有,小黑牛就是太笨了,嘴巴又不会扯谎,有些事情一说就说脱了的。象今天,你说,也掉东西,谁还拉着你哩？……只晓得说'不是我,不是我',就是这一句,人家怎不搜你身上呢？……不怕挨打,也好嘛！……呻唤,呻唤,尽是呻唤！"

我虽是没有就着火光看书了,但却仍旧把书拿在手里。鬼冬哥得了老头子的赞许,就动手动足起来,一把抓着我的书喊道:

"看什么？书上的废话,有什么用呢？一个钱也不值,……烧起来还当不得这一根干柴。……听,老人家在讲我们的学问哪！"

一面就把一根干柴,送进火里。

老头子在砖上叩去了铁烟管上的余烬,很矜持地说道:

"我们的学问,没有写在纸上,……写来给傻子读么？……第一……一句话,就是不怕和扯谎！……第二……我们的学问,哈哈哈。"

似乎一下子觉出了,我才同他合伙没久的,便用笑声掩饰着更深一层的话了。

"烧了吧,烧了吧,你这本傻子才肯读的书！"

鬼冬哥作势要把书抛进火里去,我忙抢着喊:

"不行！不行！"

侧边的人就叫了起来:

"锅碰倒了！锅碰倒了！"

"同你的书一块去跳江吧！"

鬼冬哥笑着把书丢给了我。

老头子轻徐地向我说道：

"你高兴同我们一道走，还带那些书做什么呢？……那是没用的，小时候我也读过一两本。"

"用处是不大的，不过闲着的时候，看看罢了，象你老人家无事的时候吸烟一样。……"

我不愿同老头子引起争论，因为就有再好的理由也说不服他这顽强的人的，所以便这样客气地答复他。他得意地笑了，笑声在黑暗中散播着。至于说到要同他们一道走，我却没有如何决定，只是一路上给生活压来说气忿话的时候，老头子就误以为我真的要入伙了。今天去干的那一件事，无非由于他们的逼迫，凑凑角色罢了，并不是另一个新生活的开始。我打算趁此向老头子说明，也许不多几天，就要独自走我的，但却给小黑牛突然一阵猛烈的呻唤打断了。

大家皱着眉头沉默着。

在这些时候，不息地打着桥头的江涛，仿佛要冲进庙来，扫荡一切似的。江风也比往天晚上大些，挟着尘沙，一阵阵地滚入，简直要连人连锅连火吹走一样。

残烛熄灭，火堆也闷着烟，全世界的光明，统给风带走了，一切重返于无涯的黑暗。只有小黑牛痛苦的呻吟，还表示出了我们悲惨生活的存在。

野老鸦拨着火堆，尖起嘴巴吹，闪闪的红光，依旧喜悦地跳起，周遭不好看的脸子，重又画出来了。大家吐了一口舒适的气。野老鸦却是流着眼泪了，因为刚才吹的时候，湿烟熏着了他的眼睛，他伸手揉揉之后，独自悠悠地说：

"今晚的大江，吼得这么大……又凶，……象要吃人的光景哩，该不会出事吧……"

大家仍旧沉默着。外面的山风、江涛，不停地咆哮，不停地怒吼，好象诅咒我们的存在似的。

小黑牛突然大声地呻唤，发出痛苦的呓语：

"哎呀，……哎……害了我了……害了我了，……哎呀……哎呀……我不干了！我不……"

替他擦着伤处的夜白飞，点燃了残烛，用一只手挡着风，照映出小黑牛打坏了的身子——正痉挛地做出要翻身不能翻的痛苦光景，就赶快替他往腰部揉一揉，狠狠地抱怨他：

"你在说什么？你……鬼附着你哪！"

同时掉头回去，恐怖地望望黑暗中的老头子。

小黑牛突地翻过身，嘎声嘶叫：

"你们不得好死的!你们!……菩萨!菩萨呀!"

已经躺下的老头子突然坐了起来,轻声说道:

"这样吗?……哦……"

忽又生气了,把铁烟管用力地往砖上扣了一下,说:

"菩萨,菩萨,菩萨也同你一样的倒楣!"

交闪在火光上面的眼光,都你望我我望你地,现出不安的神色。

野老鸦向着黑暗的门外看了一下,仍旧静静地说:

"今晚的江水实在吼得太大了!……我说嘛……"

"你说,……你一开口,就是吉利的!"

鬼冬哥粗暴地盯了野老鸦一眼,狠狠地咒诅着。

一阵风又从破门框上刮了进来,激起点点红艳的火星,直朝鬼冬哥的身上迸射。他赶快退后几步,向门外黑暗中的风声,扬着拳头骂:

"你进来!你进来!……"

神祠后面的小门一开,白色鲜朗的玻璃灯光和着一位油黑蛋脸的年青姑娘,连同笑声,挤进我们这个暗淡的世界里来了。黑暗、沉闷和忧郁,都悄悄地躲去。

"喂,懒人们!饭煮得怎样了?……孩子都要饿哭了哩!"

一手提灯,一手抱着一块木头人儿,亲昵地偎在怀里,做出母亲那样高兴的神情。

蹲着暖手的鬼冬哥把头一仰,手一张,高声哗笑起来:

"哈呀,野猫子,……一大半天,我说你在后面做什么?……你原来是在生孩子哪!……"

"呸,我在生你!"

接着啵的响了一声,野猫子生气了,鼓起原来就是很大的乌黑眼睛,把木人儿打在鬼冬哥的身旁;一下子冲到火堆边上,放下了灯,揭开锅盖,用筷子查看锅里翻腾滚沸的咸肉。白蒙蒙的蒸气,便在雪亮的灯光中,袅袅地上升着。

鬼冬哥拾起木人儿,做模做样地喊道:

"呵呀,……尿都跌出来了!……好狠毒的妈妈!"

野猫子不说话,只把嘴巴一尖,头颈一伸,向他做个顽皮的鬼脸,就撕着一大块油腻腻的肉,有味地嚼她的。

小骡子用手肘碰碰我,斜起眼睛打趣说:

"今天不是还在替孩子买衣料吗?"

接着大笑起来:

"吓吓,……酒鬼……吓吓,酒鬼。"

鬼冬哥也突地记起了,哗笑着,向我喊:

"该你抱!该你抱!"

就把木人儿递在我的面前。

野猫子将锅盖骤然一盖,抓着木人儿,抓着灯,象风一样莓地卷开了。

小骡子的眼珠跟着她的身子溜,点点头说:

"活象哪,活象哪,一条野猫子!"

她把灯、木人儿和她自己,一同蹲在老头子的面前,撒娇地说:

"爷爷,你抱抱!娃儿哭哩!"

老头子正生气地坐着,虎着脸,耳根下的刀疤,绽出红涨的痕迹,不答理他的女儿。女儿却不怕爸爸的,就把木人儿的蓝色小光头,伸向短短的络腮胡上,顽皮地乱闯着,一面努起小嘴巴,娇声娇气地说:

"抱,嗯,抱,一定要抱!"

"不!"

老头子的牙齿缝里挤出这么一声。

"嗯,一定要抱,一定要,一定!"

老头子在各方面,都很顽强的,但对女儿却每一次总是无可如何地屈服了。接着木人儿,对在鼻子尖上,鼓大眼睛,粗声粗气地打趣道:

"你是哪个的孩子?……喊声外公吧!喊,蠢东西!"

"不给你玩!拿来,拿来!"

野猫子一把抓去了,气得翘起了嘴巴。

老头子却粗暴地哗笑起来。大家都感到了异常的轻松,因为残留在这个小世界里的怒气,这一下子也已完全冰消了。

我只把眼光放在书上,心里却另外浮起了今天那一件新鲜而有趣的事情。

早上,他们叫我装做农家小子,拿着一根长烟袋,野猫子扮成农家小媳妇,提着一只小竹篮,同到远山那边的市集里,假做去买东西。他们呢,两个三个地远远尾在我们的后面,也装做忙忙赶市的样子。往日我只是留着守东西,从不曾伙同他们去干的,今天机会一到,便逼着扮演一位不重要的角色,可笑而好玩地登台了。

山里的市集,也很热闹的,拥挤着许多远地来的庄稼人。野猫子同我走到一家布摊子的面前,她就把竹篮子套在手腕上,乱翻起摊子上的布来,选着条纹花的说不好,选着棋盘格的也说不好,惹得老板也感到烦厌了。最后她扯出一匹蓝底白色的印花布,喜孜孜地叫道:

"呵呀,这才好看哪!"

随即转掉身来,仰起乌溜溜的眼睛,对我说:

"爸爸,……买一件给阿狗穿!"

我简直想笑起来——天呀! 她怎么装得这样象! 幸好始终板起了面孔,立刻记起了他们教我的话。

"不行,太贵了!……我没那样多的钱花!"

"酒鬼,我晓得! 你的钱,是要喝马尿水的!"

同时在我的鼻子尖上,竖起一根示威的指头,点了两点。说完就一下子转过身去,气狠狠地把布丢在摊子上。

于是,两个人就小小地吵起嘴来了。

满以为狡猾的老板总要看我们这幕滑稽剧的,哪知道他才是见惯不惊了,眼睛始终照顾着他的摊子。

野猫子最后赌气说:

"不买了,什么也不买了!"

一面却向对面街边上的货摊子望去。突然做出吃惊的样子,低声地向我也是向着老板喊:

"呀! 看,小偷在摸东西哪!"

我一望去,简直吓灰了脸,怎么野猫子会来这一着? 在那边干的人不正是夜白飞、小黑牛他们吗?

然而,正因为这一着,事情却得手了。后来,小骡子在路上告诉我,就是在这个时候,狡猾的老板始把时时刻刻都在提防的眼光引向远去,他才趁势偷去一匹上好的细布的。当时我却不知道,只听得老板幸灾乐祸地袖着手说:

"好呀! 好呀! 王老三,你也倒楣了!"

我还呆着看,野猫子便揪了我一把,喊道:

"酒鬼,死了么?"

我便跟着她赶快走开,却听着老板在后面冷冷地笑着,说风凉话哩。

"年纪青青,就这样的泼辣! 咳!"

野猫子掉回头来啐了一口。

…………

"看进去了! 看进去了!"

鬼冬哥一面端开炖肉的锅,一面打趣着我。

于是,我的回味,便同山风刮着的火烟,一道儿溜走了。

中夜,纷乱的足声和嘈杂的低语,惊醒了我;我没有翻爬起来,只是静静地睡着。象是野猫子吧? 走到我所睡的地方,站了一会,小声说道:

"睡熟了,睡熟了。"

我知道一定有什么瞒我的事在发生着了,心里禁不住惊跳起来,但却不

敢翻动,只是尖起耳朵凝神地听着。忽然听见夜白飞哀求的声音,在暗黑中颤抖地说着:

"这太残酷了,太,太残酷了……魏大爷,可怜他是……"

尾声低小下去,听着的只是夜深打岸的江涛。

接着老头子发出钢铁一样的高音,叱责着。

"天底下的人,谁可怜过我们?……小伙子,个个都对我们捏着拳头哪!要是心肠软一点,还活得到今天吗?你……哼,你!小伙子,在这里,懦弱的人是不配活的。……他,又知道我们的……咳,那么多!怎好白白放走呢?"

那边角落里躺着的小黑牛,似乎被人抬了起来,一路带着痛苦的呻唤和着杂乱的足步,流向神祠的外面去。一时屋里静悄悄的了,简直空洞得十分怕人。

我轻轻地抬起头,朝破壁缝中望去,外面一片清朗的月色,已把山峰的姿影、崖石的面部和林木的参差,或浓或淡地画了出来,更显着峡壁的阴森和凄郁,比黄昏时候看起来还要怕人些。山脚底,汹涌着一片蓝色的奔流,碰着江中的石礁,不断地在月光中,溅跃起、喷射起银白的水花。白天,尤其黄昏时候,看起来象是顽强古怪的铁索桥呢,这时却在皎洁的月下,露出妩媚的修影了。

老头子和野猫子站在桥头。影子投在地上。江风掠飞着他们的衣裳。

另外抬着东西的几个阴影,走到索桥的中部,便停了下来。蓦地一个人那么样的形体,很快地丢下江去。原先就是怒吼着的江涛,却并没有因此激起一点另外的声息,只是一霎时在落下处,跳起了丈多高亮晶晶的水珠,然而也就马上消灭了。

我明白了,小黑牛已经在这世界上凭借着一只残酷的巨手,完结了他的悲惨的命运了。但他往天那样老实而苦恼的农民样子,却还遗留在我的心里,搅得我一时无法安睡。

他们回来了。大家都是默无一语地悄然睡下,显见得这件事的结局是不得已的,谁也不高兴做的。在黑暗中,野老鸦翻了一个身,自言自语地低声说道:

"江水实在吼得太大了!"

没有谁答一句话,只有庙外的江涛和山风,鼓噪地应和着。

我回忆起小黑牛坐在坡上歇气时,常常爱说的那一句话了。

"那多好呀!……那样的山地!……还有那小牛!"

随着他那忧郁的眼睛了望去,一定会在晴明的远山上面,看出点点灰色的茅屋和正在缕缕升起的蓝色轻烟的。同伴们也知道,他是被那远处人家的景色,勾引起深沉的怀乡病了,但却没有谁来安慰他,只是一阵地瞎打趣。

小骡子每次都爱接着他的话说:

"还有那白白胖胖的女人罗!"

另一人插嘴道:

"正在张太爷家里享福哪,吃好穿好的。"

小黑牛呆住了,默默地低下了头。

"鬼东西,总爱提这些!……我们打几盘再走吧,牌喃?牌喃?……谁捡着?"

夜白飞始终袒护着小黑牛;众人知道小黑牛的悲惨故事,也是由他的嘴巴传达出来的。

"又是在想,又是在想!你要回去死在张太爷的拳头下才好的!……同你的山地牛儿一块去死吧!"

鬼冬哥在小黑牛的鼻子尖上示威似地摇一摇拳头,就抽身到树荫下打纸牌去了。

小黑牛在那个世界里躲开了张太爷的拳击,掉过身来在这个世界里,却仍然又免不了江流的吞食。我不禁就由这想起,难道穷苦人的生活本身,便原是悲痛而残酷的么?也许地球上还有另外的光明留给我们的吧?明天我终于要走了。

次晨醒来,只有野猫子和我留着。

破败凋残的神祠,灰尘满积的神龛,吊挂蛛网的屋角,俱如我枯燥的心地一样,是灰色的、暗淡的。

除却时时刻刻都在震人心房的江声而外,在这里简直可以说没有一样东西使人感到兴奋了。

野猫子先我起来,穿着青花布的短衣,大脚统的黑绸裤,独自生着火,燉着开水,悠悠闲闲地坐在火旁边唱着:

　　江水呵,
　　慢慢流,
　　流呀流,
　　流到东边大海头,

我一面爬起来扣着衣纽,听着这样的歌声,越发感到岑寂了。便没精打采地问(其实自己也是知道的):

"野猫子,他们哪里去了?"

"发财去了!"

接着又唱她的:

那儿呀,没有忧!

那儿呀,没有愁!

她见我不时朝昨夜小黑牛睡的地方瞭望,便打探似地说道:

"小黑牛昨夜可真叫得凶,大家都吵来睡不着。"

一面闪着她乌黑的狡猾的眼睛。

"我没听见。"

打算听她再捏造些什么话,便故意这样地回答。

她便继续说:

"一早就抬他去医伤去了!……他真是个该死的家伙,不是爸爸估着他,说着好,他还不去呢!"

她比着手势,很出色地形容着,好象真有那么一回事一样。

刚在火堆边坐着的我,简直感到忿怒了,便低下头去,用干枝拨着火冷冷地说:

"你的爸爸,太好了,太好了!……可惜我却不能多跟他老人家几天了。"

"你要走了吗?"她吃了一惊,随即生气地骂道,"你也想学小黑牛了!"

"也许……不过……"

我一面用干枝画着灰,一面犹豫地说。

"不过什么?不过!……爸爸说的好,懦弱的人,一辈子只有给人踏着过日子的。……伸起腰杆吧!抬起头吧!……羞不羞哪,象小黑牛那样子!"

"你的爸爸,说的话,是对的,做的事,却错了!"

"为什么?"

"你说为什么?……并且昨夜的事情,我通通看见了!"

我说着,冷冷的眼光浮了起来。看见她突然变了脸色,但又一下子恢复了原状,而且狡猾地说见:"吓吓,就是为了这才要走吗?你这不中用的!"

马上揭开开水罐子看,气冲冲地骂:

"还不开!还不开!"

蓦地象风一样卷到神殿后面去,一会儿,抱了一抱干柴出来。一面拨大火,一面柔和地说:

"害怕吗?要活下去,怕是不行的。昨夜的事,多着哩,久了就会见惯了的。……是吗?规规矩矩地跟我们吧,……你这阿狗的爹,哈哈哈!"

她狂笑起来,随即抓着昨夜丢下了的木人儿,顽皮的命令我道:

"木头,抱,抱,他哭哩!"

我笑了起来,但却仍然去整顿我的衣衫和书。

"真的要走么？来来来，到后面去！"

她的两条眉峰一竖，眼睛露出恶毒的光芒，看起来，却是又美丽又可怕的。

她比我矮一个头，身子虽是结实，但却总是小小的，一种好奇的冲动作弄着我：于是无意识地笑了一下，便尾着她到后面去了。

她从柴草中抓出一把雪亮的刀来，半张不理地递给我，斜瞬着狡猾的眼睛，命令道：

"试试看，你砍这棵树！"

我由她摆布，接着刀，照着面前的黄桷树，用力砍去，结果只砍了半寸多深。因为使刀的本事，我原是不行的。

"让我来！"

她突地活跃了起来，夺去了刀，做出一个侧面骑马的姿势，很结实地一挥，喳的一刀，便没入树身三四寸的光景，又毫不费力地拔了出来，依旧放在柴草里边，然后气昂昂地走来我的面前，两手插在腰上，微微地噘起嘴巴，笑嘻嘻地嘲弄我：

"你怎么走得脱呢？……你怎么走得脱呢？"

于是，在这无人的山中，我给这位比我小块的野女子窘住了。正还打算这样地回答她：

"你的爸爸会让我走的！"

但她却忽然抽身跑开了，一面高声唱着，仿佛奏着凯旋一样：

> 这儿呀，也没有忧，
> 这儿呀，也没有愁。

我慢步走到江边去，无可奈何地徘徊着。

峰尖浸着粉红的朝阳。半山腰，抹着一两条淡淡的白雾。崖头苍翠的树丛，如同洗后一样的鲜绿。峡里面，到处都流溢着清新的晨光。江水仍旧发着吼声，但却没有夜来那样的怕人。清亮的波涛，碰在嶙峋的石上，溅起万朵灿然的银花，宛若江在笑着一样。谁能猜到这样美好的地方，曾经发生过夜来那样可怕的事情呢？

午后，在江流的澎湃中，迸裂出马铃子连击的声响，渐渐强大起来。野猫子和我都感到非常的诧异，赶快跑出去看。久无人行的索桥那边，从崖上转下来一小队人，正由桥上走了过来。为首的一个胖家伙，骑着马，十多个灰衣的小兵，尾在后面。还有两三个行李挑子，和一架坐着女人的滑竿。

"糟了！我们的对头呀！"

野猫子恐慌起来，我却故意喜欢地说道：

"那么,是我的救星了!"

野猫子狠狠地看了我一眼,把嘴唇紧紧地闭着,两只嘴角朝下一弯,傲然地说:

"我还怕么?……爸爸说的,我们原是在刀上过日子哪!迟早总有那么一天的。"

他们一行人来到庙前,便息了下来。老爷和太太坐在石阶上,互相温存地问询着。勤务兵似的孩子,赶忙在挑子里面,找寻着温水瓶和毛巾。抬滑竿的伕子,满头都是汗,走下江边去喝江水。兵士们把枪横在地上,从耳上取下香烟缓缓地点燃,吸着。另一个班长似的灰衣汉子,军帽挂在脑后,毛巾缠在颈上,走到我们的面前。枪兜子抵在我的足边,眼睛盯着野猫子,盘问我们是做什么的,从什么地方来,到什么地方去。

野猫子咬着嘴唇,不做声。

我就从容地回答他,说我们是山那边的人,今天从丈母家回来,在此歇歇气的。同时催促野猫子说:

"我们走吧?——阿狗怕在家里哭哩!"

"是呀,我很担心的。……唉,我的足怪疼哩!"

野猫子做出焦眉愁眼的样子,一面就摸着她的足,叹气。

"那就再歇一会吧。"

我们便开始讲起山那边家中的牛马和鸡鸭,竭力做出一对庄稼人的应有的风度。

他们歇了一会,就忙着赶路走了。

野猫子欢喜得直是跳,抓着我喊:

"你怎么不叫他们抓我呢?怎么不呢?怎么不呢?"

她静下来叹一口气,说:

"我倒打算杀你哩;唉,我以为你是恨我们的。……我还想杀了你,好在他们面前显显本事。……先前,我还不曾单独杀过一个人哩。"

我静静地笑着说:

"那末,现在还可以杀哩。"

"不,我现在为什么要杀你呢?……"

"那么,规规矩矩地让我走吧!"

"不!你得让爸爸好好地教导一下子!……往后再吃几个人血馒头就好了!"

她坚决地吐出这话之后,就重又唱着她那常常在哼的歌曲,我的话、我的祈求,全不理睬了。

于是,我只好待着黄昏的到来,抑郁地。

晚上，他们回来了，带着那么多的"财喜"，看情形，显然是完全胜利，而且不象昨天那样小干的了。老头子喝得泥醉，由鬼冬哥的背上放下，便呼呼地睡着。原来大家因为今天事事得手，就都在半路上的山家酒店里，喝过庆贺的酒了。

夜深都睡得很熟，神殿上交响着鼻息的鼾声。我却不能安睡下去，便在江流激湍中，思索着明天怎样对付老头子的话语，同时也打算趁此夜深人静，悄悄地离开此地。但一想到山中不熟悉的路径，和夜间出游的野物，便又只好等待天明了。

大约将近天明的时候，我才昏昏地沉入梦中。醒来时，已快近午，发现出同伴们都已不见了，空空洞洞的破残神祠里，只我一人独自留着。江涛仍旧热心地打着崖石，不过比往天却显得单调些、寂寞些了。

我想着，这大概是我昨晚独自儿在这里过夜，做了一场荒诞不经的梦，今朝从梦中醒来，才有点感觉异常吧。

但看见躺在砖地上的灰堆，灰堆旁边的木人儿，与乎留在我书里的三块银元时，烟霭也似的遐思和怅惘，便在我岑寂的心上缕缕地升起来了。

1933 年冬，上海
（初载 1934 年 3 月《青年界》第 5 卷第 3 号）

废 名

菱 荡

陶家村在菱荡圩的坝上,离城不过半里,下坝过桥,走一个沙洲,到城西门。

一条线排着,十来重瓦屋,泥墙,石灰画得砖块分明,太阳底下更有一种光泽,表示陶家村总是兴旺的。屋后竹林,绿叶堆成了台阶的样子,倾斜至河岸,河水沿竹子打一个湾,潺潺流过。这里离城才是真近,中间就只有河,城墙的一段正对了竹子临水而立。竹林里一条小路,城上也窥得见,不当心河边忽然站了一个人,——陶家村人出来挑水。落山的太阳射不过陶家村的时候(这时游城的很多)少不了有人攀了城垛子探首望水,但结果城上人望城下人,仿佛不会说水清竹叶绿,——城下人亦望城上。

陶家村过桥的地方有一座石塔,名叫洗手塔。人说,当初是没有桥的,往来要"摆渡"。摆渡者,是指以大乌竹做成的筏载行人过河。一位姓张的老汉,专在这里摆渡过日,须发白得像银丝。一天,何仙姑下凡来,度老汉升天,老汉道:"我不去。城里人如何下乡?乡下人如何进城?"但老汉这天晚上死了。清早起来,河有桥,桥头有塔。何仙姑一夜修了桥。修了桥洗一洗手,成洗手塔。这个故事,陶家村的陈聋子独不相信,他说,"张老头子摆渡,不是要渡钱吗?"摆渡依然要人家给钱他,同聋子"打长工"是一样,所以决不能升天。

塔不高,一棵大枫树高高的在塔之上,远路行人总要歇住乘一乘凉。坐在树下,菱荡圩一眼看得见,——看见的也仅仅只有菱荡圩的天地了,坝外一重山,两重山,虽知道隔得不近,但树林是山腰。菱荡圩算不得大坝,花篮的形状,花篮里却没有装一朵花,从底绿起,——若是荞麦或油菜花开的时候,那又尽是花了。稻田自然一望而知,另外树林子堆的许多球,那怕城里人时常跑到菱荡圩来玩,也不能一一说出,那是村,那是园,或者水塘四围栽了树,坝上的树叫菱荡圩的天比地更来得小,除了陶家村以及陶家村对面的一个小庙,走路是在树林里走了一圈。有时听得斧头斫树响,一直听到不再响了还是一无所见。那个小庙,从这边望去,露出一幅白墙,虽是深藏也逃不了是一个小庙。到了晚半天,这一块儿首先没有太阳,树色格外深。有人想,这庙大概是村庙,因为那么小,实在同它背后山腰里的水竹寺差不多大小,不过水竹寺的林子是远山上的竹林罢了。城里人有终其身没有向陶家村人问过这庙者,终其身也没有再见过这么白的墙。

陶家村门口的田十年九不收谷的,本来也就不打算种谷,太低,四季有水,收谷是意外的丰年。(按:陶家村的丰年是岁旱。)水草连着菖蒲,菖蒲长到坝脚,树阴遮得这一片草叫人无风自凉。陶家村的牛在这坝脚下放,城里的驴子也在这坝脚下放。人又喜欢伸开他的手脚躺在这里闭眼向天。环着这水田的一条沙路环过菱荡。

菱荡圩是以这个菱荡得名。

菱荡属陶家村,周围常青树的矮林,密得很。走在坝上,望见白水的一角。荡岸,绿草散着野花,成一个圈圈。两个通口,一个连菜园。陈聋子种的几畦园也在这里。

菱荡的深,陶家村的二老爹知道,二老爹是七十八岁的老人,说,道光十九年,剩了他们的菱荡没有成干土,但也快要见底了。网起来的大小鱼真不少,鲤鱼大的有二十斤。这回陶家村可热闹,六城的人来看,洗手塔上是人,荡当中人挤人,树都挤得稀疏了。

菱叶差池了水面,约半荡,余则是白水。太阳当顶时,林茂无鸟声,过路人不见水的过去。如果是熟客,绕到进口的地方进去玩,一眼要上下闪,天与水。停了脚,水里唧唧响,——水仿佛是这一个一个的声音填的!偏头,或者看见一人钓鱼,钓鱼的只看他的一根线。一声不响的你又走出来了。好比是进城去,到了街上你还是菱荡的过客。

这样的人,总觉得有一个东西是深的,碧蓝的,绿的,又是那么圆。

城里人并不以为菱荡是陶家村的,是陈聋子的。大家都熟识这个聋子,喜欢他,打趣他,尤其是那般洗衣的女人,——洗衣的多半住在西城根,河水渴了到菱荡来洗。菱荡的深,这才被他们搅动了。太阳落山以及天刚刚破晓的时候,坝上也听得见他们喉咙叫,甚至,衣篮太重了坐在坝脚下草地上"打一栈"的也与正在捶捣杵的相呼应。野花做了他们的蒲团,原来青青的草他们踏成了路。

陈聋子,平常略去了陈字,只称聋子。他在陶家村打了十几年长工,轻易不见他说话,别人说话他偏肯听,大家都嫉妒他似的这样叫他。但这或者不始于陶家村,他到陶家村来似乎就没有带来别的名字了。二老爹的园是他种,园里出的菜也要他挑上街去卖。二老爹相信他一人,回来一文一文的钱向二老爹手上数。洗衣女人问他讨萝卜吃——好比他正在萝卜田里,他也连忙拔起一个大的,连叶子给她。不过问萝卜他就答应一个萝卜,再说他的萝卜不好,他无话回,笑是笑的。菱荡圩的萝卜吃在口里实在甜。

菱荡满菱角的时候,菱荡里不时有一个小划子(这划子一个人背得起),坐划子菱叶上打回旋的常是陈聋子。聋子到那里去了,二老爹也不知道。二老爹或者在坝脚下看他的牛吃草,没有留心他的聋子进菱荡。聋子挑了菱角回家——聋子是在菱荡摘菱角!

聋子总是这样的去摘菱角,恰如菱荡在菱荡圩不现其水。

有一回聋子送一篮菱角到石家井去,——石家井是城里有名的巷子,石姓所居,两边院墙夹成一条深巷,石铺的道,小孩子走这里过,故意踏得响,逗回声。聋子走到石家大门,站住了,抬了头望院子里的石榴,仿佛这样望得出人来。两匹狗朝外一奔,跳到他的肩膀上叫。一匹是黑的,一匹白的,聋子分不开眼睛,尽站在一块石上转,两手紧握篮子,一直到狗叫出了石家的小姑娘,替他喝住狗。石家姑娘见了一篮红菱角,笑道:"是我家买的吗?"聋子被狗呆住了的模样,一言没有发,但他对了小姑娘牙齿都笑出来了。小姑娘引他进门,一会儿又送他出门。他连走路也不响。

以后逢着二老爹的孙女儿吵嘴,聋子就咕噜一句:

"你看街上的小姑娘是多么好!"

他的话总是这样的说。

一日,太阳已下西山,青天罩着菱荡圩照样的绿,不同的颜色,坝上庙的白墙,坝下聋子人一个,他刚刚从家里上园来,挑了水桶,挟了锄头。他要挑水浇一浇园里的青椒。他一听——菱荡洗衣的有好几个。风吹得很凉快。水桶歇下畦径,荷锄沿畦走,眼睛看一个一个的茄子。青椒已经有了红的,不到跟前看不见。

走回了原处,扁担横在水桶上,他坐在扁担上,拿出烟竿来吃,他的全副家伙都在腰边。聋子这个脾气利害,倘是别个,二老爹一天少不了罗苏几遍,但是他的聋子。(圩里下湾的王四牛却这样说:一年四吊毛钱,不吃烟做什么?何况聋子挑了水,卖菜卖菱角!)

打火石打得火喷,——这一点是陈聋子替菱荡圩添的。

吃烟的聋子是一个驼背。

衔了烟偏了头,听——

是张大嫂,张大嫂讲了一句好笑的话。聋子也笑。

烟竿系上腰。扁担挑上肩。

"今天真热!"张大嫂的破喉咙。

"来了人看怎么办?"

"把人热死了怎么办?"

两边的树还遮了挑水桶的,水桶的一只已经进了菱荡。

"嗳呀——"

"哈哈哈,张大嫂好大奶!"

这个绰号鲇鱼,是王大妈的第三的女儿,刚刚洗完衣同张大嫂两人坐在岸上。张大嫂解开了她的汗湿的褂子兜风。

"我道是谁——聋子。"

聋子眼睛望了水,笑着自语——

"聋子!"

一九二七年十月

(收入《桃园》,开明书店1928年2月版)

柔　石

为奴隶的母亲

　　她底丈夫是一个皮贩，就是收集乡间各猎户的兽皮和牛皮，贩到大埠上出卖的人。但有时也兼做点农作，芒种的时节，便帮人家插秧，他能将每行插得非常直，假如有五人同在一个水田内，他们一定叫他站在第一个做标准。然而境况总是不佳，债是年年积起来了。他大约就因为境况的不佳，烟也吸了，酒也喝了，钱也赌起来了。这样，竟使他变做一个非常凶狠而暴躁的男子，但也就更贫穷下去，连小小的移借，别人也不敢答应了。

　　在穷底结果的病以后，全身便变成枯黄色，脸孔黄的和小铜鼓一样，连眼白也黄了。别人说他是黄疸病，孩子们也就叫他"黄胖"了。有一天，他向他底妻说：

　　"再也没有办法了，这样下去，连小锅子也都卖去了。我想，还是从你底身上设法罢。你跟着我挨饿，有什么办法呢？"

　　"我底身上？……"

　　他底妻坐在灶后，怀里抱着她底刚满三周的男小孩——孩子还在啜着奶，她讷讷地低声地问。

　　"你，是呀，"她底丈夫病后的无力的声音，"我已经将你出典了……"

　　"什么呀？"他底妻几乎昏去似的。

　　屋内是稍稍静寂了一息。他气喘着说：

　　"三天前，王狼来坐讨了半天的债回去以后，我也跟着他去，走到了九亩潭边，我很不想要做人了。但是坐在那株爬上去一纵身就可落在潭里的树下，想来想去，总没有力气跳了。猫头鹰在耳朵边不住地哮，我的心被它叫寒起来，我只得回转身，但在路上，遇见了沈家婆，她问我，晚也晚了，在外做什么。我就告诉她，请她代我借一笔款，或向什么人家的小姐借些衣服或首饰去暂时当一当，免得王狼的狼一般的绿眼睛天天在家里闪烁。可是沈家婆向我笑道：

　　"'你还将妻养在家里做什么呢，你自己黄也黄到这个地步了？'

　　"我低着头站在她面前没有答，她又说：

　　"'儿子呢，你只有一个了，舍不得。但妻——'

"我当时想：'莫非叫我卖去妻了么？'
"而她继续道：
"'但妻——虽然是结发的，穷了，也没有法。还养在家里做什么呢？'
"这样，她就直说出：'有一个秀才，因为没有儿子，年纪已五十岁了，想买一个妾；又因他底大妻不允许，只准他典一个，典三年或五年，叫我物色相当的女人；年纪约三十岁左右，养过两三个儿子的，人要沉默老实，又肯做事，还要对他底大妻肯低眉下首。这次是秀才娘子向我说的，假如条件合，肯出八十元或一百元的身价。我代她寻了好几天，总没有相当的女人。'她说：现在碰到我，想起了你来，样样都对的。当时问我的意见怎样，我一边掉了几滴泪，一边却被她催的答应她了。"

说到这里，他垂下头，声音很低弱，停止了。他底妻简直痴似的，话一句没有。又静寂了一息，他继续说：

"昨天，沈家婆到过秀才底家里，她说秀才很高兴，秀才娘子也喜欢，钱是一百元，年数呢，假如三年养不出儿子，是五年。沈家婆并将日子也拣定了——本月十八，五天后。今天，她写典契去了。"

这时，他底妻简直连腑脏都颤抖，吞吐着问：
"你为什么早不对我说？"
"昨天在你底面前旋了三个圈子，可是对你说不出。不过我仔细想，除出将你底身子设法外，再也没有办法了。"
"决定了么？"妇人战着牙齿问。
"只待典契写好。"
"倒霉的事情呀，我！——一点也没有别的方法了么？春宝底爸呀！"
春宝是她怀里的孩子底名字。
"倒霉，我也想到过，可是穷了，我们又不肯死，有什么办法？今年，我怕连插秧也不能插了。"
"你也想到过春宝么？春宝还只有五岁，没有娘，他怎么好呢？"
"我领他便了。本来是断了奶的孩子。"
他似乎渐渐发怒了。也就走出门外去了。她，却呜呜咽咽地哭起来。

这时，在她过去的回忆里，却想起恰恰一年前的事：那时她生下了一个女儿，她简直如死去一般地卧在床上。死还是整个的，她却肢体分作四碎与五裂。刚落地的女婴，在地上的干草堆上叫："呱呀，呱呀"声音很重的，手脚揪缩。脐带绕在她的身上，胎盘落在一边，她很想挣扎起来给她洗好，可是她的头昂起来，身子凝滞在床上。这样，她看见她的丈夫，这个凶狠的男子，飞红着脸，提了一桶沸水到女婴的旁边。她简直用了她一生的最后的力向他喊："慢！慢……"但这个病前极凶狠的男子，没有一分钟商量的余地，也不答半句话,就将"呱呀,呱呀,"声音很重地在叫着的女儿,刚出世的新生命,用他的粗暴的两手捧起来,如屠户捧将杀的小羊一般,扑通,投下在沸水里了!除出沸水的溅声和皮肉吸收沸水的嘶声以外,女孩一声也不喊——她疑问地想,为什么也不重重地哭一声呢?竟这样不响地愿意冤枉死去么?啊!——她转念,那是因为她自己当时昏过去的缘故,她当时剜去了心一般地昏去了。

想到这里,似乎泪竟干涸了。"唉!苦命呀!"她低低地叹息了一声。这时春宝拔去了奶头,向他底母亲的脸上看,一边叫:

"妈妈!妈妈!"

在她将离别底前一晚,她拣了房子的最黑暗处坐着。一盏油灯点在灶前,萤火那么的光亮。她,手里抱着春宝,将她底头贴在他底头发上。她的思想似乎浮漂在极远,可是她自己捉摸不定远在那里。于是慢慢地跑回来,跑到眼前,跑到她底孩子底身上。她向她的孩子低声叫:

"春宝,宝宝!"

"妈妈,"孩子含着奶头答。

"妈妈明天要去了……"

"唔,"孩子似不十分懂得,本能地将头钻进他母亲底胸膛。

"妈妈不回来了,三年内不能回来了!"

她擦一擦眼睛,孩子放松口子问:

"妈妈那里去呢?庙里么?"

"不是,三十里路外,一家姓李的。"

"我也去。"

"宝宝去不得的。"

"呃!"孩子反抗地,又吸着并不多的奶。

"你跟爸爸在家里,爸爸会照料宝宝的:同宝宝睡,也带宝宝玩,你听爸爸的话好了。过三年……"

她没有说完,孩子要哭似地说:

"爸爸要打我的!"

"爸爸不再打你了,"同时用她底左手抚摸着孩子底右额,在这上,有他父亲在杀死他刚生下的妹妹后第三天,用锄柄敲他,肿起而又平复了的伤痕。

她似要还想对孩子说话,她底丈夫踏进门了。他走到她底面前,一只手放在袋里,掏取着什么,一边说:

"钱已经拿来七十元了。还有三十元要等你到了后十天付。"

停了一息说:"也答应轿子来接。"

又停了一息:"也答应轿夫一早吃好早饭来。"

这样,他离开了她,又向门外走出去了。

这一晚,她和她底丈夫都没有吃晚饭。

第二天,春雨竟滴滴淅淅地落着。

轿是一早就到了。可是这妇人,她却一夜不曾睡。她先将春宝底几件破衣服都修补好;春将完了,夏将到了,可是她,连孩子冬天用的破烂棉袄都拿出来,移交给他底父亲——实在,他已经在床上睡去了。以后,她坐在他底旁边,想对他说几句话,可是长夜是迟延着过去,她底话一句也说不出,而且,她大着胆向他叫了几声,发了几个听不清楚的音,声音在他底耳外,她也就睡下不说了。

等她朦朦胧胧地刚离开思索将要睡去,春宝又醒了。他就推叫他底母亲,要起来。以后当她给他穿衣服的时候,向他说:

"宝宝好好地在家里,不要哭,免得你爸爸打你。以后妈妈常买糖果来,买给宝宝吃,宝宝不要哭。"

而小孩子竟不知道悲哀是什么一回事,张大口子"唉,唉,"地唱起了。她在他底唇边吻了一吻,又说:

"不要唱,你爸爸被你唱醒了。"

轿夫坐在门首的板凳上,抽着旱烟,说着他们自己要听的话。一息,邻村的沈家婆也赶到了。一个老妇人,熟悉世故的媒婆,一进门,就拍拍她身上的雨点,向他们说:

"下雨了,下雨了,这是你们家里此后会有滋长的预兆。"

老妇人忙碌似地在屋内旋了几个圈,对孩子底父亲说了几句话,意思是讨酬报。因为这件契约之能订的如此顺利而合算,实在是她底力量。

"说实在话,春宝底爸呀,再加五十元,那老头子可以买一房妾了。"她说。

于是又转向催促她——妇人却抱着春宝,这时坐着不动。老妇人声音很高地:

"轿夫要赶到他们家里吃中饭的,你快些预备走呀!"

可是妇人向她瞧了一瞧,似乎说:

"我实在不愿离开呢!让我饿死在这里罢!"

声音是在她底喉下,可是媒婆懂得了,走近到她前面,迷迷地向她笑说:

"你真是一个不懂事的丫头,黄胖还有什么东西给你呢?那边真是一份有吃有剩的人家,两百多亩田,经济很宽裕,房子是自己底,也雇着长工养着牛。大娘底性子是极好的,对人非常客气,每次看见人总给人一些吃的东西。那老头子——实在并不老,脸是很白白的,也没有留胡子,因为读了书,背有些偻偻的,斯文的模样。可是也不必多说,你一走下轿就看见的,我是一个从不说谎的媒婆。"

妇人拭一拭泪,极轻地:

"春宝……我怎么能抛开他呢!"

"不用想到春宝了,"老妇人一手放在她底肩上,脸凑近她和春宝。"有五岁了,古人说:'三周四岁离娘身,'可以离开你了。只要你底肚子争气些,到那边,也养下一二个来,万事都好了。"

轿夫也在门首催起身了,他们噜苏着说:

"又不是新娘子,啼啼哭哭的。"

这样,老妇人将春宝从她底怀里拉去,一边说:

"春宝让我带去罢。"

小小的孩子也哭了,手脚乱舞的,可是老妇人终于给他拉到小门外去。当妇人走近轿门的时候,向他们说:

"带进屋里来罢,外边有雨呢。"

她底丈夫用手支着头坐着,一动没有动,而且也没有话。

两村的相隔有三十里路,可是轿夫的第二次将轿子放下肩,就到了。春天的细雨,从轿子的布篷里飘进,吹湿了她底衣衫。一个脸孔肥肥的,两眼很有心计的约摸五十四五岁的老妇人来迎她,她想:这当然是大娘了。可是只向她满面羞涩地看一看,并没有叫。她很亲昵似地将她牵上阶沿,一个长长的瘦瘦的而面孔圆细的男子就从房里走出来。他向新来的少妇,仔细地瞧了瞧,堆出满脸的笑容来,向她问:

"这么早就到了么?可是打湿你底衣裳了。"

而那位老妇人,却简直没有顾到他底说话,也向她问:

"还有什么在轿里么?"

"没有什么了,"少妇答。

几位邻舍的妇人站在大门外,探头张望的;可是她们走进屋里面了。

她自己也不知道这究竟为什么,她底心老是挂念着她底旧的家,掉不下她底春宝。这是真实而明显的,她应庆祝这将开始的三年的生活——这个家庭,和她所典给她的丈夫,都比曾经过去的要好,秀才确是一个温良和善的人,讲话是那么地低声,连大娘,实在也是一个出乎意料之外的妇人,她底态度之殷勤,和滔滔的一席话;说她和她丈夫底过去的生活之经过,从美满而漂亮的结婚生活起,一直到现在,中间的三十年。她曾做过一次的产,十五六年以前了,养下一个男孩子,据她说,是一个极美丽又极聪明的婴儿,可是不到十个月,竟患了天花死去了。这样,以后就没有再养过第二个。在她底意思中,似乎——似乎——早就叫她底丈夫娶一房妾。可是他,不知是爱她呢,还是没有相当的人——这一层她并没有说清楚;于是,就一直到现在。这样,竟说得这个具着朴素的心地的她,一时酸,一会苦,一时甜上心头,一时又咸的压下去了。最后,这个老妇人并将她底希望也向她说出来了。她底脸是娇红的,可是老妇人说:

"你是养过三四个孩子的女人了,当然,你是知道什么的,你一定知道的还比我多。"

这样,她说着走开了。

当晚,秀才也将家里底种种情形告诉她,实际,不过是向她夸耀或求媚罢了。她坐在一张橱子的旁边,这样的红的木橱,是她旧的家所没有的,她眼睛白晃晃地瞧着它。秀才也就坐到橱子底面前来,问她:

"你叫什么名字呢?"

她没有答,也并不笑,站起来,走到床底前面,秀才也跟到床底旁边,更笑地问她:

"怕羞么?哈,你想你底丈夫么?哈,哈,现在我是你底丈夫了。"声音是轻轻的,又用手去牵着她底袖子。"不要愁罢!你也想你底孩子的,是不是?不过——"

他没有说完,却又哈的笑了一声,他自己脱去他外面的长衫了。

她可以听见房外的大娘底声音在高声地骂着什么人,她一时听不出在骂谁,骂烧饭的女仆,又好像骂她自己,可是因为她底怨恨,仿佛又是为她而发的。秀才在床上叫道:

"睡罢,她常是这么噜噜苏苏的。她以前很爱那个长工,因为长工要和烧饭的黄妈多说话,她却常要骂黄妈的。"

日子是一天天地过去了。旧的家,渐渐地在她底脑子里疏远了,而眼前,却一步步地亲近她使她熟悉。虽则,春宝底哭声有时竟在她底耳朵边响,梦中,她也几次地遇到过他了。可是梦是一个比一个缥缈,眼前的事务是一天比一天繁多。她知道这个老妇人是猜忌多心的,外表虽则对她还算大方,可是她底嫉妒的心是和侦探一样,监视着秀才对她的一举一动。有时,秀才从外面回来,先遇见了她而同她说话,老妇人就疑心有什么特别的东西买给她了,非在当晚,将秀才叫到她自己底房内去,狠狠地训斥一番不可。"你给狐狸迷着了么?""你应该称一称你自己底老骨头是多少重!"像这样的话,她耳闻到不止一次了。这样以后,她望见秀才从外面回来而旁边没有她坐着的时候,就非得急忙避开不可。即使她在旁边,有时也该让开一些,但这种动作,她要做的非常自然,而且不能让旁人看出,否则,她又要向她发怒,说是她有意要在旁人的前面暴露她大娘底丑恶。而且以后,竟将家里的许多杂务都堆积在她底身上,同一个女仆那么样。她还算是聪明的,有时老妇人底换下来的衣服放着,她也给她拿去洗了,虽然她说:

"我底衣服怎么要你洗呢?就是你自己底衣服,也可叫黄妈洗的。"可是接着说:

"妹妹呀,你最好到猪栏里去看一看,那两只猪为什么这样喁喁叫的,或者因为没有吃饱罢,黄妈总是不肯给它们吃饱的。"

八个月了,那年冬天,她底胃却起了变化:老是不想吃饭,想吃新鲜的面,番薯等。但番薯或面吃了两餐,又不想吃,又想吃馄饨,多吃又要呕。而且还想吃南瓜和梅子——这是六月里的东西,真稀奇,向那里去找呢?秀才是知道在这个变化中所带来的预告了。他镇日地笑微微,能找到的东西,总忙着给她找来。他亲身给她到街上去买橘子,又托便人买了金柑来。他在廊沿下走来走去,口里念念有词的,不知说什么。他看她和黄妈磨过年的粉,但还没有磨了三升,就向她叫:"歇一歇罢,长工也好磨的,年糕是人人要吃的。"

有时在夜里,人家谈着话,他却独自拿了一盏灯,在灯下,读起《诗经》来了:

  关关雎鸠,
  在河之洲,
  窈窕淑女,
  君子好逑——

这时长工向他问:

"先生,你又不去考举人,还读它做什么呢?"

他却摸一摸没有胡子的口边,怡悦地说道:

"是呀,你也知道人生底快乐么?所谓:'洞房花烛夜,金榜挂名时。'你也知道这两句话底意思么?这是人生底最快乐的两件事呀!可是我对于这两件事都过去了,我却还有比这两件更快乐的事呢!"

这样,除了他底两个妻以外,其余的人们都大笑了。

这些事,在老妇人眼睛里是看得非常气恼了。她起初闻到她底受孕也欢喜,以后看见秀才的这样奉承她,她却怨恨她自己肚子底不会还债。有一次,次年三月了,这妇人因为身体感觉不舒服,头有些痛,睡了三天。秀才呢,也愿她歇息歇息,更不时地问她要什么,而老妇人却着实地发怒了。她说她装娇,噜噜苏苏地也说了三天。她先是恶意地讥嘲她:说是一到秀才底家里就高贵起来了,什么腰酸呀,头痛呀,姨太太的架子也都摆出来了;以前在她自己底家里,她不相信她有这样的娇养,恐怕竟和街头的母狗一样,肚子里有着一肚皮的小狗,临产了,还要到处地奔求着食物。现在呢,因为"老东西"——这是秀才的妻叫秀才的名字——趋奉了她,就装着娇滴滴的样子了。

"儿子,"她有一次在厨房里对黄妈说,"谁没有养过呀?我也曾怀过十个月的孕,不相信有这么的难受。而且,此刻的儿子,还在'阎罗王的簿里',谁保的定生出来不是一只癞虾蟆呢?也等到真的'鸟儿'从洞里钻出来看见了,才可在我底面前显威风,摆架子,此刻,不过是一块血的猫头鹰,就这么的装腔,也显得太早一点!"

当晚这妇人没有吃晚饭,这时她已经睡了,听了这一番婉转的冷嘲与热骂,她呜呜咽咽地低声哭泣了。秀才也带衣服坐在床上,听到浑身透着冷汗,发起抖来。他很想扣好衣服,重新走起来,去打她一顿,抓住她底头发狠狠地打她一顿,泄泄他一肚皮的气。但不知怎样,似乎没有力量,连指也颤动,臂也酸软了,一边轻轻地叹息着说:

"唉,一向实在太对她好了。结婚了三十年,没有打过她一掌,简直连指甲都没有弹到她底皮肤上过,所以今日,竟和娘娘一般地难惹了。"

同时,他爬过到床底那端,她底身边,向她耳语说:

"不要哭罢,不要哭罢,随她吠去好了!她是阉过的母鸡,看见别人的孵卵是难受的。假如你这一次真能养出一个男孩子来,我当送你两样宝贝——我有一只青玉的戒指,一只白玉的……"

他没有说完,可是他忍不住听下门外的他底大妻底喋喋的讥笑的声音,他急忙地脱去衣服,将头钻进被窝里去,凑向她底胸膛,一边说:

"我有白玉的……"

肚子一天天地膨胀的如斗那么大,老妇人终究也将产婆雇定了,而且在别人的面前,竟拿起花布来做婴儿用的衣服。

酷热的暑天到了尽头,旧历的六月,他们在希望的眼中过去了。秋开始,凉风也拂拂地在乡镇上吹送。于是有一天,这全家的人们都到了希望底最高潮,屋里底空气完全地骚动起来。秀才底心更是异常地紧张,他在天井上不断地徘徊,手里捧着一本历书,好似要读它背诵那么地念去——"戊辰","甲戌","壬寅之年",老是反复地轻轻地说着。有时他底焦急的眼光向一间关了窗的房子望去——在这间房子内是有产母底低声呻吟的声音;有时他向天上望一望被云笼罩着的太阳,于是又走向房门口,向站在房门内的黄妈问:

"此刻如何？"

黄妈不住地点着头不做声响，一息，答：

"快下来了，快下来了。"

于是他又捧了那本历书，在廊下徘徊起来。

这样的情形，一直继续到黄昏底青烟在地面起来，灯火一盏盏的如春天的野花般在屋内开起，婴儿才落地了，是一个男的。婴儿的声音是很重地在屋内叫，秀才却坐在屋角里，几乎快乐到流出眼泪来了。全家的人都没有心思吃晚饭，在平淡的晚餐席上，秀才底大妻向用人们说道：

"暂时瞒一瞒罢，给小猫头避避晦气；假如别人问起，也答养一个女的好了。"

他们都微笑地点点头。

一个月以后，婴儿底白嫩的小脸孔，已在秋天的阳光里照耀了。这个少妇给他哺着奶，邻舍的妇人围着他们瞧，有的称赞婴儿底鼻子好，有的称赞婴儿底口子好，有的称赞婴儿底两耳好；更有的称赞婴儿底母亲，也比以前好，白而且壮了。老妇人却正和老祖母那么地吩咐着，保护着，这时开始说：

"够了，不要弄他哭了。"

关于孩子底名字，秀才是煞费苦心地想着，但总想不出一个相当的字来。据老妇人的意见，还是从"长命富贵"或"福禄寿喜"里拣一个字，最好还是"寿"字或与"寿"同意义的字，如"其颐"，"彭祖"等。但秀才不同意，以为太通俗，人云亦云的名字。于是翻开了《易经》，《书经》，向这里面找，但找了半月，一月，还没有恰贴的字。在他底意思：以为在这个名字内，一边要祝福孩子，一边要包含他底老而得子底蕴义，所以竟不容易找。这一天，他一边抱着三个月的婴儿，一边又向书里找名字，戴着一副眼镜，将书递到灯底旁边去。婴儿底母亲呆呆地坐在房内底一边，不知思想着什么，却忽然开口说道：

"我想，还是叫他'秋宝'罢。"屋内的人们底几对眼睛都转向她，注意地静听着："他不是生在秋天吗？秋天的宝贝——还是叫他'秋宝'罢。"

秀才立刻接着说道：

"是呀，我真极费心思了。我年过半百，实在到了人生的秋期；孩子也正养在秋天；'秋'是万物成熟的季节，秋宝，实在是一个很好的名字呀！而且《书经》里没有么？'乃亦有秋，'我真乃亦有'秋'了！"

接着，又称赞了一通婴儿底母亲：说是呆读书实在无用，聪明是天生的。这些话，说的这妇人连坐着都觉着局促不安，垂下头，苦笑地又含泪地想：

"我不过因春宝想到罢了。"

秋宝是天天成长的非常可爱地离不开他底母亲了。他有出奇的大的眼睛,对陌生人是不倦地注视地瞧着,但对他底母亲,却远远地一眼就知道了。他整天地抓住了他底母亲,虽则秀才是比她还爱他,但不喜欢父亲;秀才底大妻呢,表面也爱他,似爱她自己亲生的儿子一样,但在婴儿底大眼睛里,却看她似陌生人,也用奇怪的不倦的视法。可是他的执住他底母亲愈紧,而他底母亲的离开这家的日子也愈近了。春天底口子咬住了冬天底尾巴;而夏天底脚又常是紧随着在春天底身后的;这样,谁都将孩子底母亲底三年快到的问题横放在心头上。

秀才呢,因为爱子的关系,首先向他底大妻提出来了:他愿意再拿出一百元钱,将她永远买下来。可是他底大妻底回答是:

"你要买她,那先给我药死罢!"

秀才听到这句话,气的只向鼻孔放出气,许久没有说;以后,他反而做着笑脸地:

"你想想孩子没有娘……"

老妇人也尖利地冷笑地说:

"我不好算是他底娘么?"

在孩子底母亲的心呢,却正矛盾着这两种的冲突了:一边,她底脑里老是有"三年"这两个字,三年是容易过去的,于是她底生活便变做在秀才底家里底用人似的了。而且想像中的春宝,也同眼前的秋宝一样活泼可爱,她既舍不得秋宝,怎么就能舍得掉春宝呢?可是另一边,她实在愿永远在这新的家里住下去,她想,春宝的爸爸不是一个长寿的人,他底病一定是在三五年之内要将他带走到不可知的异国里去的,于是,她便要求她底第二个丈夫,将春宝也领过来,这样,春宝也在她底眼前。

有时,她倦坐在房外的沿廊下,初夏的阳光,异常地能令人昏朦地起幻想,秋宝睡在她底怀里,含着她底乳,可是她觉得仿佛春宝同时也站在她底旁边,她伸出手去也想将春宝抱近来,她还要对他们兄弟两人说几句话,可是身边是空空的。

在身边的较远的门口,却站着这位脸孔慈善而眼睛凶毒的老妇人,目光注视着她。这样,她也恍恍惚惚地敏悟:"还是早些脱离罢,她简直探子一样地监视着我了。"可是忽然怀内的孩子一叫,她却又什么也没有的只剩着眼前的事实来支配她了。

以后,秀才又将计划修改了一些:他想叫沈家婆来,叫她向秋宝底母亲底前夫去说,他愿否再拿进三十元——最多是五十元,将妻续典三年给秀才。秀才对他底大妻说:

"要是秋宝到五岁,是可以离开娘了。"

他底大妻正是手里捻着念佛珠,一边在念着"南无阿弥陀佛",一边答:"她家里也还有前儿在,你也应放她和她底结发夫妇团聚一下罢。"

秀才低着头,断断续续地仍然这样说:

"你想想秋宝两岁就没有娘……"

可是老妇人放下念佛珠说:

"我会养的,我会管理他的,你怕我谋害了他么?"

秀才一听到末一句话,就拔步走开了。老妇人仍在后面说:

"这个儿子是帮我生的,秋宝是我底;绝种虽然是绝了你家底种,可是我却仍然吃着你家底饭餐。你真被迷了,老昏了,一点也不会想了。你还有几年好活,却要拼命拉她在身边?双连牌位,我是不愿意坐的!"

老妇人似乎还有许多刻毒的锐利的话,可是秀才走远开听不见了。

在夏天,婴儿底头上生了一个疮,有时身体稍稍发些热,于是这位老妇人就到处地问菩萨,求佛药,给婴儿敷在疮上,或灌下肚里,婴儿底母亲觉得并不十分要紧,反而使这样小小的生命哭成一身的汗珠,她不愿意,或将吃了几口的药暗地里拿去倒掉了。于是这位老妇人就高声叹息,向秀才说:

"你看,她竟一点也不介意他底病,还说孩子是并不怎样瘦下去。爱在心里的是深的;专疼表面是假的。"

这样,妇人只有暗自挥泪,秀才也不说什么话了。

秋宝一周纪念的时候,这家热闹地排了一天的酒筵,客人也到了三四十,有的送衣服,有的送面,有的送银制的狮狌,给婴儿挂在胸前的,有的送镀金的寿星老头儿,给孩子钉在帽上的,许多礼物,都在客人底袖子里带来了。他们祝福着婴儿的飞黄腾达,赞颂着婴儿的长寿永生;主人底脸孔,竟是荣光照耀着,有如落日的云霞反映着在他底颊上似的。

可是在这天,正当他们筵席将举行的黄昏时,来了一个客,从朦胧的暮光中向他们底天井走进,人们都注意他:一个憔悴异常的乡人,衣服补衲的,头发很长,在他底腋下,挟着一个纸包。主人骇异地迎上前去,问他是那里人,他口吃似地答了,主人一时糊涂的,但立刻明白了,就是那个皮贩。主人更轻轻地说:

"你为什么也送东西来呢?你真不必的呀!"

来客胆怯地向四周看看,一边答说:

"要,要的……我来祝祝这个宝贝长寿千……"

他似没有说完,一边将腋下的纸包打开来了,手指颤动地打开了两三重的纸,于是拿出四只铜制镀银的字,一方寸那么大,是"寿比南山"四字。

秀才的大娘走来了,向他仔细一看,似乎不大高兴。秀才却将他招待到席上,客人们互相私语着。

两点钟的酒与肉,将人们弄得胡乱与狂热了:他们高声猜着拳,用大碗盛着酒互相比赛,闹得似乎房子都被震动了。只有那个皮贩,他虽然也喝了两杯酒,可是仍然坐着不动,客人们也不招呼他。等到兴尽了,于是各人草草地吃了一碗饭,互祝着好话,从两两三三的灯笼光影中,走散了。

而皮贩,却吃到最后,用人来收拾羹碗了,他才离开了桌,走到廊下的黑暗处。在那里,他遇见了他底被典的妻。

"你也来做什么呢?"妇人问,语气是非常凄惨的。

"我那里又愿意来,因为没有法子。"

"那末你为什么来的这样晚?"

"我那里来买礼物的钱呀?!奔跑了一上午,哀求了一上午,又到城里买礼物,走得乏了,饿了,也迟了。"

妇人接着问:

"春宝呢?"

男子沉吟了一息答:

"所以,我是为春宝来的。……"

"为春宝来的?"妇人惊异地回音似地问。

男人慢慢地说:

"从夏天来,春宝是瘦的异样了。到秋天,竟病起来了。我又那里有钱给他请医生吃药,所以现在,病是更厉害了!再不想法救救他,眼见得要死了!"静寂了一刻,继续说:"现在,我是向你来借钱……"

这时妇人底胸膛内,简直似有四五只猫在抓她,咬她,咀嚼着她底心脏一样。她恨不得哭出来,但在人们个个向秋宝祝颂的日子,她又怎么好跟在人们底声音后面叫哭呢? 她吞下她底眼泪,向她丈夫说:

"我又那里有钱呢? 我在这里,每月只给我两角钱的零用,我自己又那里要用什么,悉数补在孩子底身上了。现在,怎么好呢?"

他们一时没有话,以后,妇人又问:

"此刻有什么人照顾着春宝呢?"

"托了一个邻舍。今晚,我仍旧想回家,我就要走了。"

他一边说着,一边揩着泪。女的同时哽咽着说:

"你等一下罢,我向他去借借看。"

她就走开了。

三天以后的一天晚上,秀才忽然问这妇人道:

"我给你的那只青玉戒指呢?"

"在那天夜里,给了他了。给了他拿去当了。"

"没有借你五块钱么?"秀才愤怒地。

妇人低着头停了一息答:

"五块钱怎么够呢!"

秀才接着叹息说:

"总是前夫和前儿好,无论我对你怎么样!本来我很想再留你两年的,现在,你还是到明春就走罢!"

女人简直连泪也没有地呆着了。

几天后,他还向她那么地说:

"那只戒指是宝贝,我给你是要你传给秋宝的,谁知你一下就拿去当了!幸得她不知道,要是知道了,有三个月好闹了!"

妇人是一天天地黄瘦了。没有精彩的光芒在她底眼睛里起来,而讥笑与冷骂的声音又充塞在她底耳内了。她是时常记念着她底春宝的病的,探听着有没有从她底本乡来的朋友,也探听着有没有向她底本乡去的便客,她很想得到一个关于"春宝的身体已复原"的消息,可是消息总没有;她也想借两元钱或买些糖果去,方便的客人又没有,她不时地抱着秋宝在门首过去一些的大路边,眼睛望着来和去的路。这种情形却很使秀才底大妻不舒服了,她时常对秀才说:

"她那里愿意在这里呢,她是极想早些飞回去的。"

有几夜,她抱着秋宝在睡梦中突然喊起来,秋宝也被吓醒,哭起来了。秀才就追逼地问:

"你为什么?你为什么?"

可是女人拍着秋宝,口子哼哼的没有答。秀才继续说:

"梦着你底前儿死了么,那么地喊?连我都被你叫醒了。"

女人急忙地一边答:

"不,不,……好像我底前面有一圹坟呢!"

秀才没有再讲话,而悲哀的幻像更在女人底前面展现开来,她要走向这坟去。

冬末了,催离别的小鸟,已经到她底窗前不住地叫了。先是孩子断了奶,又叫道士们来给孩子度了一个关,于是孩子和他亲生的母亲的别离——永远的别离的运命就被决定了。

这一天,黄妈先悄悄地向秀才底大妻说:

"叫一顶轿子送她去么?"

秀才底大妻还是手里捻着念佛珠说:

"走走好罢,到那边轿钱是那边付的,她又那里有钱呢,听说她底亲夫连饭也没得吃,她不必摆阔了。路也不算远,我也是曾经走过三四十里路的人,她底脚比我大,半天可以到了。"

这天早晨当她给秋宝穿衣服的时候,她底泪如溪水那么地流下,孩子向她叫:"婶婶,婶婶"——因为老妇人要他叫她自己是"妈妈",只准叫她是"婶婶"——她向他咽咽地答应。她很想对他说几句话,意思是:

"别了,我底亲爱的儿子呀!你底妈妈待你是好的,你将来也好好地待还她罢,永远不要再记念我了!"

可是她无论怎样也说不出。她也知道一周半的孩子是不会了解的。

秀才悄悄地走向她,从她背后的腋下伸进手来,在他底手内是十枚双毫角子,一边轻轻说:

"拿去罢,这两块钱。"

妇人扣好孩子底钮扣,就将角子塞在怀内的衣袋里。

老妇人又进来了,注意着秀才走出去的背后,又向妇人说:

"秋宝给我抱去罢,免得你走时他哭。"

妇人不做声响,可是秋宝总不愿意,用手不住地拍在老妇人底脸上。于是老妇人生气地又说:

"那末你同他去吃早饭去罢,吃了早饭交给我。"

黄妈拼命地劝她多吃饭,一边说:

"半月来你就这样了,你真比来的时候还瘦了。你没有去照照镜子。今天,吃一碗下去罢,你还要走三十里路呢。"

她只不关紧要地说了一句:

"你对我真好!"

但是太阳是升的非常高了,一个很好的天气,秋宝还是不肯离开他底母亲,老妇人便狠狠地将他从她底怀里夺去,秋宝用小小的脚踢在老妇人底肚子上,用小小的拳头搔住她底头发,高声呼喊地。妇人在后面说:

"让我吃了中饭去罢。"

老妇人却转过头,汹汹地答:

"赶快打起你底包袱去罢,早晚总有一次的!"

孩子底哭声便在她底耳内渐渐远去了。

打包裹的时候,耳内是听着孩子的哭声。黄妈在旁边,一边劝慰着她,一边却看她打进什么去。终于,她挟着一只旧的包裹走了。

她离开他底大门时,听见她底秋宝的哭声;可是慢慢地远远地走了三里路了,还听见她底秋宝的哭声。

暖和的太阳所照耀的路,在她底面前竟和天一样无穷止地长。当她走到一条河边的时候,她很想停止她底那么无力的脚步,向明澈可以照见她自己底身子的水底跳下去了。但在水边坐了一会之后,她还得依前去的方向,移动她自己底影子。

太阳已经过午了,一个村里的一个年老的乡人告诉她,路还有十五里;于是她向那个老人说:

"伯伯,请你代我就近叫一顶轿子罢,我是走不回去了!"

"你是有病的么?"老人问。

"是的,"

她那时坐在村口的凉亭里面。

"你从那里来?"

妇人静默了一时答:

"我是向那里去的;早晨我以为自己会走的。"

老人怜悯地也没有多说话,就给她找了两位轿夫,一顶没篷的轿。因为那是下秧的时节。

下午三四时的样子,一条狭窄而污秽的乡村小街上,抬过了一顶没篷的轿子,轿里躺着一个脸色枯萎如同一张干瘪的黄菜叶么的中年妇人,两眼朦胧地颓唐地闭着。嘴里的呼吸只有微弱地吐出。街上的人们个个睁着惊异的目光,怜悯地凝视着过去。一群孩子们,争噪地跟在轿后,好像一件奇异的事情落到这沉寂的小村镇里来了。

春宝也是跟在轿后的孩子们中底一个,他还在似赶猪么地哗着轿走,可是当轿子一转一个弯,却是向他底家里去的路,他却伸直了两手而奇怪了,等到轿子到了他家里的门口,他简直呆似地远远地站在前面,背靠在一株柱子上,面向着轿,其余的孩子们胆怯地围在轿的两边。妇人走出来了,她昏迷的眼睛还认不清站在前面的,穿着褴褛的衣服,头发蓬乱的,身子和三年前一样的短小,那个八岁的孩子是她底春宝。突然,她哭出来地高叫了:

"春宝呀!"

一群孩子们,个个无意地吃了一惊,而春宝简直吓的躲进屋里他父亲那里去了。

妇人在灰暗的屋内坐了许久许久,她和她底丈夫都没有一句话。夜色降落了,他下垂的头昂起来,向她说:

"烧饭吃罢!"

妇人就不得已地站起来,向屋角上旋转了一周,一点也没有气力地对她丈夫说:

"米缸内是空空的⋯⋯"

男人冷笑了一声,答说:

"你真在大人家底家里生活过了！米,盛在那只香烟盒子内。"

当天晚上,男子向他底儿子说:

"春宝,跟你底娘去睡!"

而春宝却靠在灶边哭起来了。他底母亲走近他,一边叫:

"春宝,宝宝!"

可是当她底手去抚摸他底时候,他又躲闪开了。男子加上说:

"会生疏得那么快,一顿打呢!"

她眼睁睁地睡在一张龌龊的狭板床上,春宝陌生似地睡在她底身边。在她底已经麻木的脑内,仿佛秋宝肥白可爱地在她身边挣动着,她伸出两手想去抱,可是身边是春宝。这时,春宝睡着了,转了一个身,他底母亲紧紧地将他抱住,而孩子却从微弱的鼾声中,脸伏在她底胸膛上,两手抚摸着她底两乳。

沉静而寒冷的死一般的长夜,似无限地拖延着,拖延着……

1930 年 1 月 20 日

(收入《为奴隶的母亲》,齿轮编译社 1941 年 5 月版)

老 舍

月 牙 儿

一

是的,我又看见月牙儿了,带着点寒气的一钩儿浅金。多少次了,我看见跟现在这个月牙儿一样的月牙儿;多少次了。它带着种种不同的感情,种种不同的景物,当我坐定了看它,它一次一次的在我记忆中的碧云上斜挂着。它唤醒了我的记忆,像一阵晚风吹破一朵欲睡的花。

二

那第一次,带着寒气的月牙儿确是带着寒气。它第一次在我的云中是酸苦,它那一点点微弱的浅金光儿照着我的泪。那时候我也不过是七岁吧,一个穿着短红棉袄的小姑娘。戴着妈妈给我缝的一顶小帽儿,蓝布的,上面印着小小的花,我记得。我倚着那间小屋的门垛,看着月牙儿。屋里是药味,烟味,妈妈的眼泪,爸爸的病;我独自在台阶上看着月牙,没人招呼我,没人顾得给我作晚饭。我晓得屋里的惨凄,因为大家说爸爸的病……可是我更感觉自己的悲惨,我冷,饿,没人理我。一直的我立到月牙儿落下去。什么也没有了,我不能不哭。可是我的哭声被妈妈的压下去;爸,不出声了,面上蒙了块白布。我要掀开白布,再看看爸,可是我不敢。屋里只是那么点点地方,都被爸占了去。妈妈穿上白衣,我的红袄上也罩了个没缝襟边的白袍,我记得,因为不断地撕扯襟边上的白丝儿。大家都很忙,嚷嚷的声儿很高,哭得很凶,可是事情并不多,也似乎值不得嚷;爸爸就装入那么一个四块薄板的棺材里,到处都是缝子。然后,五六个人把他抬了走。妈和我在后边哭。我记得爸,记得爸的木匣。那个木匣结束了爸的一切:每逢我想起爸来,我就想到非打开那个木匣不能见着他。但是,那木匣是深深地埋在地里,我明知在城外哪个地方埋着它,可又像落在地上的一个雨点,似乎永难找到。

三

妈和我还穿着白袍,我又看见了月牙儿。那是个冷天,妈妈带我出城去看爸的坟。妈拿着很薄很薄的一罗儿纸。妈那天对我特别的好,我走不动便背我一程,到城门上还给我买了一些炒栗子。什么都是凉的,只有这些栗子是热的;我舍不得吃,用它们热我的手。走了多远,我记不清了,总该是很远很远吧。在爸出殡的那天,我似乎没觉得这么远,或者是因为那天人多;这次只是我们娘儿俩,妈不说话,我也懒得出声,什么都是静寂的;那些黄土路静寂得没有头儿。天是短的,我记得那个坟:小小的一堆儿土,远处有一些高土岗儿,太阳在黄土岗儿上头斜着。妈妈似乎顾不得我了,把我放在一旁,抱着坟头儿去哭。我坐在坟头的旁边,弄着手里那几个栗子。妈哭了一阵,把那点纸焚化了,一些纸灰在我眼前卷成一两个旋儿,而后懒懒地落在地上;风很小,可是很够冷的。妈妈又哭起来。我也想爸,可是我不想哭他;我倒是为妈妈哭得可怜而也落了泪。过去拉住妈妈的手:"妈不哭!不哭!"妈妈哭得更恸了。她把我搂在怀里。眼看太阳就落下去,四外没有一个人,只有我们娘儿俩。妈似乎也有点怕了,含着泪,扯起我就走,走出老远,她回头看了看,我也转过身去;爸的坟已经辨不清了;土岗的这边都是坟头,一小堆一小堆,一直摆到土岗底下。妈妈叹了口气。我们紧走慢走,还没有走到城门,我看见了月牙儿。四外漆黑,没有声音,只有月牙儿放出一道儿冷光。我乏了,妈妈抱起我来。怎样进的城,我就不知道了,只记得迷迷糊糊的天上有个月牙儿。

四

刚八岁,我已经学会了去当东西。我知道,若是当不来钱,我们娘儿俩就不要吃晚饭;因为妈妈但分有点主意,也不肯叫我去。我准知道她每逢交给我个小包,锅里必是连一点粥底儿也看不见了。我们的锅有时干净得像个体面的寡妇。这一天,我拿的是一面镜子。只有这件东西似乎是不必要的,虽然妈妈天天得用它。这是个春天,我们的棉衣都刚脱下来就入了当铺。我拿着这面镜子,我知道怎样小心,小心而且要走得快,当铺是老早就上门的。我怕当铺的那个大红门,那个大高长柜台。一看见那个门,我就心跳。可是我必须进去,似乎是爬进去,那个高门坎儿是那么高。我得用尽了力量,递上我的东西,还得喊:"当当!"得了钱和当票,我知道怎样小心的拿着,快快回家,晓得妈妈不放心。可是这一次,当铺不要这面镜子,告诉我再添一号来。我懂得什么叫"一号"。把镜子搂在胸前,我拼命的往家跑。妈妈哭了;她找不到第二件东西。我在那间小屋住惯了,总以为东西不少;及至帮着妈妈一找可当的衣物,我的小心里才明白过来,我们的东西很少,很少。妈妈不叫我去了。可是"妈妈咱们吃什么呢?"妈妈哭着递给我她头上的银簪——只有这一件东西是银的。我知道,她拔下过来几回,都没肯交给我去当。这是妈妈出门子时,姥姥家给的一件首饰。现在,她把这么一件银器给了我,叫我把镜子放下。我尽了我的力量赶回当铺,那可怕的大门已经严严地关好了。我坐在那门墩上,握着那根银簪。不敢高声地哭,我看着天,啊,又是月牙儿照着我的眼泪!哭了好久,妈妈在黑影中来了,她拉住了我的手,呕,多么热的手,我忘了一切的苦处,连饿也忘了,只要有妈妈这只热手拉着我就好。我抽抽搭搭地说:"妈!咱们回家睡觉吧。明儿早上再来!"妈一声没出。又走了一会儿:"妈!你看这个月牙;爸死的那天,它就是这么歪歪着。为什么她老这么斜着呢?"妈还是一声没出,她的手有点颤。

五

妈妈整天地给人家洗衣裳。我老想帮助妈妈,可是插不上手。我只好等着妈妈,非到她完了事,我不去睡。有时月牙儿已经上来,她还哼哧哼哧地洗。那些臭袜子,硬牛皮似的,都是铺子里的伙计们送来的。妈妈洗完这些"牛皮"就吃不下饭去。我坐在她旁边,看着月牙,蝙蝠专会在那条光儿底下穿过来穿过去,像银线上穿着个大菱角,极快的又掉到暗处去。我越可怜妈妈,便越爱这个月牙,因为看着它,使我心中痛快一点。它在夏天更可爱,它老有那么点凉气,像一条冰似的。我爱它给地上的那点小影子,一会儿就没了;迷迷糊糊的不甚清楚,及至影子没了,地上就特别的黑,星也特别的亮,花也特别的香——我们的邻居有许多花木,那棵高高的洋槐总把花儿落到我们这边来,像一层雪似的。

六

妈妈的手起了层鳞,叫她给搓搓背顶解痒痒了。可是我不敢常劳动她,她的手是洗粗了的。她瘦,被臭袜子熏的常不吃饭。我知道妈妈要想主意了,我知道。她常把衣裳推到一边,愣着。她和自己说话。她想什么主意呢?我可是猜不着。

七

　　妈妈嘱咐我不叫我别扭,要乖乖地叫"爸";她又给我找到一个爸。这是另一个爸,我知道,因为坟里已经埋好一个爸了。妈嘱咐我的时候,眼睛看着别处。她含着泪说:"不能叫你饿死!"呕,是因为不饿死我,妈才另给我找了个爸!我不明白多少事,我有点怕,又有点希望——果然不再挨饿的话。多么凑巧呢,离开我们那间小屋的时候,天上又挂着月牙。这次的月牙比哪一回都清楚,都可怕;我是要离开这住惯了的小屋。妈坐了一乘红轿,前面还有几个鼓手。吹打得一点也不好听。轿在前边走,我和一个男人在后边跟着,他拉着我的手。那可怕的月牙放着一点光,仿佛在凉风里颤动。街上没有什么人,只有些野狗追着鼓手们咬;轿子走得很快。上哪去呢?是不是把妈抬到城外去,抬到坟地去?那个男人扯着我走,我喘不过气来,要哭都哭不出来。那男人的手心出了汗,凉得像个鱼似的,我要喊"妈",可是不敢。一会儿,月牙像个要闭上的一道大眼缝,轿子进了个小巷。

八

　　我在三四年里似乎没再看见月牙。新爸对我们很好,他有两间屋子,他和妈住在里间,我在外间睡铺板。我起初还想跟妈妈睡,可是几天之后,我反倒爱"我的"小屋了。屋里有白白的墙,还有条长桌,一把椅子。这似乎都是我的。我的被子也比从前的厚实暖和了。妈妈也渐渐胖了点,脸上有了红色,手上的那层鳞也慢慢掉净。我好久没去当当了。新爸叫我去上学。有时候他还跟我玩一会儿。我不知道为什么不爱叫他"爸",虽然我知道他很可爱。他似乎也知道这个,他常常对我那么一笑;笑的时候他有很好看的眼睛。可是妈妈偷告诉我叫爸,我也不愿十分的别扭。我心中明白,妈和我现在是有吃有喝的,都因为有这个爸,我明白。是的,在这三四年里我想不起曾经看见过月牙儿;也许是看见过而不大记得了。爸死时那个月牙,妈轿子前面那个月牙,我永远忘不了。那一点点光,那一点寒气,老在我心中,比什么都亮,都清凉,像块玉似的,有时候想起来仿佛能用手摸到似的。

九

　　我很爱上学。我老觉得学校里有不少的花,其实并没有;只是一想起学校就想到花罢了,正像一想起爸的坟就想起城外的月牙儿——在野外的小风里歪歪着。妈妈是很爱花的,虽然买不起,可是有人送给她一朵,她就顶喜欢地戴在头上。我有机会便给她折一两朵来;戴上朵鲜花,妈的后影还很年轻似的。妈喜欢,我也喜欢。在学校里我也很喜欢。也许因为这个,我想起学校便想起花来?

十

当我要在小学毕业那年,妈又叫我去当当了。我不知道为什么新爸忽然走了。他上了哪儿,妈似乎也不晓得。妈妈还叫我上学,她想爸不久就会回来的。他许多日子没回来,连封信也没有。我想妈又该洗臭袜子了,这使我极难受。可是妈妈并没这么打算。她还打扮着,还爱戴花;奇怪!她不落泪,反倒好笑;为什么呢?我不明白!好几次,我下学来,看她在门口儿立着。又隔了不久,我在路上走,有人"嗨"我了:"嗨!给你妈捎个信儿去!""嗨!你卖不卖呀?小嫩的!"我的脸红得冒出火来,把头低得无可再低。我明白,只是没办法。我不能问妈妈,不能。她对我很好,而且有时候极郑重地说我:"念书!念书!"妈是不识字的,为什么这样催我念书呢?我疑心;又常由疑心而想到妈是为我才作那样的事。妈是没有更好的办法。疑心的时候,我恨不能骂妈妈一顿。再一想,我要抱住她,央告她不要再作那个事。我恨自己不能帮助妈妈。所以我也想到:我在小学毕业后又有什么用呢?我和同学们打听过了,有的告诉我,去年毕业的有好几个作姨太太的。有的告诉我,谁当了暗门子。我不大懂这些事,可是由她们的说法,我猜到这不是好事。她们似乎什么都知道,也爱偷偷地谈论她们明知是不正当的事——这些事叫她们的脸红红的而显出得意。我更疑心妈妈了,是不是等我毕业好去作……这么一想,有时候我不敢回家,我怕见妈妈。妈妈有时候给我点心钱,我不肯花,饿着肚子去上体操,常常要晕过去。看着别人吃点心,多么香甜呢!可是我得省着钱,万一妈妈叫我去……我可以跑,假如我手中有钱。我最阔的时候,手中有一毛多钱!在这些时候,即使在白天,我也有时望一望天上,找我的月牙儿呢。我心中的苦处假若可以用个形状比喻起来,必是个月牙儿形的。它无倚无靠的在灰蓝的天上挂着,光儿微弱,不大会儿便被黑暗包住。

十一

叫我最难过的是我慢慢地学会了恨妈妈。可是每当我恨她的时候,我不知不觉地便想起她背着我上坟的光景。想到了这个,我不能恨她了。我又非恨她不可。我的心像——还是像那个月牙儿,只能亮那么一会儿,而黑暗是无限的。妈妈的屋里常有男人来了,她不再躲避着我。他们的眼像狗似地看着我,舌头吐着,垂着涎。我在他们的眼中是更解馋的,我看出来。在很短的期间,我忽然明白了许多的事。我知道我得保护自己,我觉出我身上好像有什么可贵的地方,我闻得出我已有一种什么味道,使我自己害羞,多感。我身上有了些力量,可以保护自己,也可以毁了自己。我有时很硬气,有时候很软。我不知怎样好。我愿爱妈妈,这时候我有好些必要问妈妈的事,需要妈妈的安慰;可是正在这个时候,我得躲着她,我得恨她;要不然我自己便不存在了。当我睡不着的时节,我很冷静地思索,妈妈是可原谅的。她得顾我们俩的嘴。可是这个又使我要拒绝再吃她给我的饭菜。我的心就这么忽冷忽热,像冬天的风,休息一会儿,刮得更要猛;我静候着我的怒气冲来,没法儿止住。

十二

事情不容我想好方法就变得更坏了。妈妈问我,"怎样?"假若我真爱她呢,妈妈说,我应该帮助她。不然呢,她不能再管我了。这不像妈妈能说得出的话,但是她确是这么说了。她说得很清楚:"我已经快老了,再过二年,想白叫人要也没人要了!"这是对的,妈妈近来擦许多的粉,脸上还露出折子来。她要再走一步,去专伺候一个男人。她的精神来不及伺候许多男人了。为她自己想,这时候能有人要她——是个馒头铺掌柜的愿要她——她该马上就走。可是我已经是个大姑娘了,不像小时候那样容易跟在妈妈轿后走过去了。我得打主意安置自己。假若我愿意"帮助"妈妈呢,她可以不再走这一步,而由我代替她挣钱。代她挣钱,我真愿意;可是那个挣钱方法叫我哆嗦。我知道什么呢,叫我像个半老的妇人那样去挣钱?!妈妈的心是狠的,可是钱更狠。妈妈不逼着我走哪条路,她叫我自己挑选——帮助她,或是我们娘儿俩各走各的。妈妈的眼没有泪,早就干了。我怎么办呢?

十三

我对校长说了。校长是个四十多岁的妇人,胖胖的,不很精明,可是心热。我是真没了主意,要不然我怎会开口述说妈妈的……我并没和校长亲近过。当我对她说的时候,每个字都像烧红了的煤球烫着我的喉,我哑了,半天才能吐出一个字。校长愿意帮助我。她不能给我钱,只能供给我两顿饭和住处——就住在学校和个老女仆作伴儿。她叫我帮助文书写写字,可是不必马上就这么办,因为我的字还需要练习。两顿饭,一个住处,解决了天大的问题,我可以不连累妈妈了。妈妈这回连轿也没坐,只坐了辆洋车,摸着黑走了。我的铺盖,她给了我。临走的时候,妈妈挣扎着不哭,可是心底下的泪到底翻上来了。她知道我不能再找她去,她的亲女儿。我呢,我连哭都忘了怎么哭了,我只咧着嘴抽达,泪蒙住了我的脸。我是她的女儿、朋友、安慰。但是我帮助不了她,除非我得作那种我决不肯作的事。在事后一想,我们娘儿俩就像两个没人管的狗,为我们的嘴,我们得受着一切的苦处,好像我们身上没有别的,只有一张嘴。为这张嘴,我们得把其余一切的东西都卖了。我不恨妈妈了,我明白了。不是妈妈的毛病,也不是不该长那张嘴,是粮食的毛病,凭什么没有我们的吃食呢?这个别离,把过去一切的苦楚都压过去了。那最明白我的眼泪怎流的月牙这回会没出来,这回只有黑暗,连点萤火的光也没有。妈妈就在暗中像个活鬼似的走了,连个影子也没有。即使她马上死了,恐怕也不会和爸埋在一处了,我连她将来的坟在哪里都不会知道。我只有这个妈妈,朋友。我的世界里剩下我自己。

十四

妈妈永不能相见了,爱死在我心里,像被霜打了的春花。我用心地练字,为是能帮助校长抄写写些不要紧的东西。我必须有用,我是吃着别人的饭。我不像那些女同学,她们一天到晚注意别人,别人吃了什么,穿了什么,说了什么;我老注意我自己,我的影子是我的朋友。"我"老在我的心上,因为没人爱我。我爱我自己,可怜我自己,鼓励我自己,责备我自己;我知道我自己,仿佛我是另一个人似的。我身上有一点变化都使我害怕,使我欢喜,使我莫名其妙。我在我自己手中拿着,像捧着一朵娇嫩的花。我只能顾目前,没有将来,也不敢深想。嚼着人家的饭,我知道那是晌午或晚上了,要不然我简直想不起时间来;没有希望,就没有时间。我好像钉在个没有日月的地方。想起妈妈,我晓得我曾经活了十几年。对将来,我不像同学们那样盼望放假,过节、过年;假期、节、年,跟我有什么关系呢?可是我的身体是往大了长呢,我觉得出。觉出我又长大了一些,我更渺茫,我不放心我自己。我越往大了长,我越觉得自己好看,这是一点安慰;美使我抬高了自己的身分。可是我根本没身分,安慰是先甜后苦的,苦到末了又使我自傲。穷,可是好看呢!这又使我怕:妈妈也是不难看的。

十五

我又老没看月牙了,不敢去看,虽然想看。我已毕了业,还在学校里住着。晚上,学校里只有两个老仆人,一男一女。他们不知怎样对待我好,我既不是学生,也不是先生,又不是仆人,可有点像仆人。晚上,我一个人在院中走,常被月牙给赶进屋来,我没有胆子去看它。可是在屋里,我会想象它是什么样,特别是在有点小风的时候。微风仿佛会给那点微光吹到我的心上来,使我想起过去,更加重了眼前的悲哀。我的心就好像在月光下的蝙蝠,虽然是在光的下面,可是自己是黑的;黑的东西,即使会飞,也还是黑的,我没有希望。我可是不哭,我只常皱着眉。

十六

我有了点进款:给学生织些东西,她们给我点工钱。校长允许我这么办。可是进不了许多,因为她们也会织。不过她们自己急于要用,而赶不来,或是给家中人打双手套或袜子,才来照顾我。虽然是这样,我的心似乎活了一点,我甚至想到:假若妈妈不走那一步,我是可以养活她的。一数我那点钱,我就知道这是梦想,可是这么想使我舒服一点。我很想看看妈妈。假若她看见我,她必能跟我来,我们能有方法活着,我想——可是不十分相信。我想妈妈,她常到我的梦中来。有一天,我跟着学生们去到城外旅行,回来的时候已经是下午四点多了。为是快点回来,我们抄了个小道。我看见了妈妈!在个小胡同里有一家卖馒头的,门口放着个元宝筐,筐上插着个顶大的白木头馒头。顺着墙坐着妈妈,身儿一仰一弯地拉风箱呢。从老远我就看见了那个大木馒头与妈妈,我认识她的后影。我要过去抱住她。可是我不敢,我怕学生们笑话我,她们不许我有这样的妈妈。越走越近了,我的头低下去,从泪中看了她一眼,她没看见我。我们一群人擦着她的身子走过去,她好像是什么也没看见,专心地拉她的风箱。走出老远,我回头看了看,她还在那儿拉呢。我看不清她的脸,只看到她的头发在额上披散着点。我记住这个小胡同的名儿。

十七

像有个小虫在心中咬我似的,我想去看妈妈,非看见她我心中不能安静。正在这个时候,学校换了校长。胖校长告诉我得打主意,她在这儿一天便有我一天的饭食与住处,可是她不能保险新校长也这么办。我数了数我的钱,一共是两块七毛零几个铜子。这几个钱不会叫我在最近的几天中挨饿,可是我上哪儿呢?我不敢坐在那儿呆呆地发愁,我得想主意。找妈妈去是第一个念头。可是她能收留我吗?假若她不能收留我,而我找了她去,即使不能引起她与那个卖馒头的吵闹,她也必定很难过。我得为她想,她是我的妈妈,又不是我的妈妈,我们母女之间隔着一层用穷作成的障碍。想来想去,我不肯找她去了。我应当自己担着自己的苦处。可是怎么担着自己的苦处呢?我想不起。我觉得世界很小,没有安置我与我的小铺盖卷的地方。我还不如一条狗,狗有个地方便可以躺下睡;街上不准我躺着。是的,我是人,人可以不如狗。假若我扯着脸不走,焉知新校长不往外撵我呢?我不能等着人家往外推。这是个春天。我只看见花儿开了,叶儿绿了,而觉不到一点暖气。红的花只是红的花,绿的叶只是绿的叶,我看见些不同的颜色,只是一点颜色;这些颜色没有任何意义,春在我的心中是个凉的死的东西。我不肯哭,可是泪自己往下流。

十八

我出去找事了。不找妈妈,不依赖任何人,我要自己挣饭吃。走了整整两天,抱着希望出去,带着尘土与眼泪回来。没有事情给我作。我这才真明白了妈妈,真原谅了妈妈。妈妈还洗过臭袜子,我连这个都作不上。妈妈所走的路是唯一的。学校里教给我的本事与道德都是笑话,都是吃饱了没事时的玩艺。同学们不准我有那样的妈妈,她们笑话暗门子;是的,她们得这样看,她们有饭吃。我差不多要决定了:只要有人给我饭吃,什么我也肯干;妈妈是可佩服的。我才不去死,虽然想到过;不,我要活着。我年轻,我好看,我要活着。羞耻不是我造出来的。

十九

这么一想,我好像已经找到了事似的。我敢在院中走了,一个春天的月牙在天上挂着。我看出它的美来。天是暗蓝的,没有一点云。那个月牙清亮而温柔,把一些软光儿轻轻送到柳枝上。院中有点小风,带着南边的花香,把柳条的影子吹到墙角有光的地方来,又吹到无光的地方去;光不强,影儿不重,风微微地吹,都是温柔,什么都有点睡意,可又要轻软地活动着。月牙下边,柳梢上面,有一对星儿好像微笑的仙女的眼,逗着那歪歪的月牙和那轻摆的柳枝。墙那边有棵什么树,开满了白花,月的微光把这团雪照成一半儿白亮,一半儿略带点灰影,显出难以想到的纯净。这个月牙是希望的开始,我心里说。

二十

我又找了胖校长去,她没在家。一个青年把我让进去。他很体面,也很和气。我平素很怕男人,但是这个青年不叫我怕他。他叫我说什么,我便不好意思不说;他那么一笑,我心里就软了。我把找校长的意思对他说了,他很热心,答应帮助我。当天晚上,他给我送了两块钱来,我不肯收,他说这是他姆母——胖校长——给我的。他并且说他的姆母已经给我找好了地方住,第二天就可以搬过去。我要怀疑,可是不敢。他的笑脸好像笑到我的心里去。我觉得我要疑心便对不起人,他是那么温和可爱。

二十一

他的笑唇在我的脸上,从他的头发上我看着那也在微笑的月牙。春风像醉了,吹破了春云,露出月牙与一两对儿春星。河岸上的柳枝轻摆,春蛙唱着恋歌,嫩蒲的香味散在春晚的暖气里。我听着水流,像给嫩蒲一些生力,我想象着蒲梗轻快地往高里长。小蒲公英在潮暖的地上生长。什么都在溶化着春的力量,然后放出一些香味来。我忘了自己,我没了自己,像化在了那点春风与月的微光中。月儿忽然被云掩住,我想起来自己。我失去那个月牙儿,也失去了自己,我和妈妈一样了!

二十二

我后悔,我自慰,我要哭,我喜欢,我不知道怎样好。我要跑开,永不再见他;我又想他,我寂寞。两间小屋,只有我一个人,他每天晚上来。他永远俊美,老那么温和。他供给我吃喝,还给我作了几件新衣。穿上新衣,我自己看出我的美。可是我也恨这些衣服,又舍不得脱去。我不敢思想,也懒得思想,我迷迷糊糊的,腮上老有那么两块红。我懒得打扮,又不能不打扮,太闲了,总得找点事作。打扮的时候,我怜爱自己;打扮完了,我恨自己。我的泪很容易下来,可是我设法不哭,眼终日老那么湿润润的,可爱。我有时候疯了似的吻他,然后把他推开,甚至于破口骂他;他老笑。

二十三

我早知道,我没希望;一点云便能把月牙遮住,我的将来是黑暗。果然,没有多久,春便变成了夏,我的春梦作到了头儿。有一天,也就是刚晌午吧,来了一个少妇。她很美,可是美得不玲珑,像个磁人儿似的。她进到屋中就哭了。不用问,我已明白了。看她那个样儿,她不想跟我吵闹,我更没预备着跟她冲突。她是个老实人。她哭,可是拉住我的手:"他骗了咱们俩!"她说。我以为她也只是个"爱人"。不,她是他的妻。她不跟我闹,只口口声声的说:"你放了他吧!"我不知怎么才好,我可怜这个少妇。我答应了她。她笑了。看她这个样儿,我以为她是缺个心眼,她似乎什么也不懂,只知道要她的丈夫。

二十四

我在街上走了半天。很容易答应那个少妇呀,可是我怎么办呢?他给我的那些东西,我不愿意要;既然要离开他,便一刀两断。可是,放下那点东西,我还有什么呢?我上哪儿呢?我怎么能当天就有饭吃呢?好吧,我得要那些东西,无法。我偷偷的搬了走。我不后悔,只觉得空虚,像一片云那样的无倚无靠。搬到一间小屋里,我睡了一天。

二十五

我知道怎样俭省,自幼就晓得钱是好的。凑合着手里还有那点钱,我想马上去找个事。这样,我虽然不希望什么,或者也不会有危险了。事情可是并不因我长了一两岁而容易找到。我很坚决,这并无济于事,只觉得应当如此罢了。妇女挣钱怎么这么不容易呢!妈妈是对的,妇人只有一条路走,就是妈妈所走的路。我不肯马上就往那么走,可是知道它在不很远的地方等着我呢。我越挣扎,心中越害怕。我的希望是初月的光,一会儿就要消失。一两个星期过去了,希望越来越小。最后,我去和一排年轻的姑娘们在小饭馆受选阅。很小的一个饭馆,很大的一个老板;我们这群都不难看,都是高小毕业的少女们,等皇赏似的,等着那个破塔似的老板挑选。他选了我。我不感谢他,可是当时确有点痛快。那群女孩子们似乎很羡慕我,有的竟自含着泪走去,有的骂声"妈的!"女人够多么不值钱呢!

二十六

　　我成了小饭馆的第二号女招待。摆菜、端菜、算账、报菜名，我都不在行。我有点害怕。可是"第一号"告诉我不用着急，她也都不会。她说，小顺管一切的事；我们当招待的只要给客人倒茶，递手巾把，和拿账条；别的不用管。奇怪！"第一号"的袖口卷起来很高，袖口的白里子上连一个污点也没有。腕上放着一块白丝手绢，绣着"妹妹我爱你"。她一天到晚往脸上拍粉，嘴唇抹得血瓢似的。给客人点烟的时候，她的膝往人家腿上倚；还给客人斟酒，有时候她自己也喝了一口。对于客人，有的她伺候得非常的周到；有的她连理也不理，她会把眼皮一搭拉，假装没看见。她不招待的，我只好去。我怕男人。我那点经验叫我明白了些，什么爱不爱的，反正男人可怕。特别是在饭馆吃饭的男人们，他们假装义气，打架似的让座让账；他们拼命的猜拳，喝酒；他们野兽似的吞吃，他们不必要而故意的挑剔毛病，骂人。我低头递茶递手巾，我的脸发烧。客人们故意的和我说东说西，招我笑；我没心思说笑。晚上九点多钟完了事，我非常的疲乏了。到了我的小屋，连衣裳没脱，我一直地睡到天亮。醒来，我心中高兴了一些，我现在是自食其力，用我的劳力自己挣饭吃。我很早的就去上工。

二十七

　　"第一号"九点多才来，我已经去了两点多钟。她看不起我，可也并非完全恶意地教训我："不用那么早来，谁八点来吃饭？告诉你，丧气鬼，把脸别搭拉得那么长；你是女跑堂的，没让你在这儿送殡玩。低着头，没人多给酒钱；你干什么来了？不为挣子儿吗？你的领子太矮，咱这行全得弄高领子，绸子手绢，人家认这个！"我知道她是好意，我也知道设若我不肯笑，她也得吃亏，少分酒钱；小账是大家平分的。我也并非看不起她，从一方面看，我实在佩服她，她是为挣钱。妇女挣钱就得这么着，没第二条路。但是，我不肯学她。我仿佛看得很清楚：有朝一日，我得比她还开通，才能挣上饭吃。可是那得到了山穷水尽的时候；"万不得已"老在那儿等我们女人，我只能叫它多等几天。这叫我咬牙切齿，叫我心中冒火，可是妇女的命运不在自己手里。又干了三天，那个大掌柜的下了警告：再试我两天，我要是愿意往长了干呢，得照"第一号"那么办。"第一号"一半嘲弄，一半劝告的说："已经有人打听你，干吗藏着乖的卖傻的呢？咱们谁不知道谁是怎着？女招待嫁银行经理的，有的是；你当是咱们低贱呢？闯开脸儿干呀，咱们也他妈的坐几天汽车!"这个,逼上我的气来,我问她:"你什么时候坐汽车?"她把红嘴唇撇得要掉下去:"不用你耍嘴皮子,干什么说什么;天生下来的香屁股,还不会干这个呢!"我干不了,拿了一块另五分钱,我回了家。

二十八

最后的黑影又向我迈了一步。为躲它,就更走近了它。我不后悔丢了那个事,可我也真怕那个黑影。把自己卖给一个人,我会,自从那回事儿,我很明白了些男女之间的关系。女人把自己放松一些,男人闻着味儿就来了。他所要的是肉,他发散了兽力,你便暂时有吃有穿;然后他也许打你骂你,或者停止了你的供给。女人就这么卖了自己,有时候还很得意,我曾经觉到得意。在得意的时候说的净是一些天上的话;过了会儿,你觉得身上的疼痛与丧气。不过,卖给一个男人,还可以说些天上的话;卖给大家,连这些也没法说了,妈妈就没说过这样的话。怕的程度不同,我没法接受"第一号"的劝告;"一个"男人到底使我少怕一点。可是,我并不想卖我自己。我并不需要男人,我还不到二十岁。我当初以为跟男人在一块儿必定有趣,谁知道到了一块他就要求那个我所害怕的事。是的,那时候我像把自己交给了春风,任凭人家摆布;过后一想,他是利用我的无知,畅快他自己。他的甜言蜜语使我走入梦里;醒过来,不过是一个梦,一些空虚;我得到的是两顿饭,几件衣服。我不想再这样挣饭吃,饭是实在的,实在地去挣好了。可是,若真挣不上饭吃,女人得承认自己是女人,得卖肉!一个多月,我找不到事作。

二十九

我遇见几个同学,有的升入了中学,有的在家里作姑娘。我不愿理她们,可是一说起话儿来,我觉得我比她们精明。原先,在学校的时候,我比她们傻;现在,"她们"显着呆傻了。她们似乎还都作梦呢。她们都打扮得很好,像铺子里的货物。她们的眼溜着年轻的男人,心里好像作着爱情的诗。我笑她们。是的,我必定得原谅她们,她们有饭吃,吃饱了当然只好想爱情,男女彼此织成了网,互相捕捉;有钱的,网大一些,捉住几个,然后从容地选择一个。我没有钱,我连个结网的屋角都找不到。我得直接地捉人,或是被捉,我比她们明白一些,实际一些。

三十

有一天,我碰见那个小媳妇,像磁人似的那个。她拉住了我,倒好像我是她的亲人似的。她有点颠三倒四的样儿。"你是好人!你是好人!我后悔了,"她很诚恳地说,"我后悔了!我叫你放了他,哼,还不如在你手里呢!他又弄了别人,更好了,一去不回头了!"由探问中,我知道她和他也是由恋爱而结的婚,她似乎还很爱他。他又跑了。我可怜这个小妇人,她也是还作着梦,还相信恋爱神圣。我问她现在的情形,她说她得找到他,她得从一而终。要是找不到他呢?我问。她咬上了嘴唇,她有公婆,娘家还有父母,她没有自由,她甚至于羡慕我,我没有人管着。还有人羡慕我,我真要笑了!我有自由,笑话!她有饭吃,我有自由;她没自由,我没饭吃,我俩都是女人。

三十一

自从遇上那个小磁人,我不想把自己专卖给一个男人了,我决定玩玩了;换句话说,我要"浪漫"地挣饭吃了。我不再为谁负着什么道德责任,我饿。浪漫足以治饿,正如同吃饱了才浪漫,这是个圆圈,从哪儿走都可以。那些女同学与小磁人都跟我差不多,她们比我多着一点梦想,我比她们更直爽,肚子饿是最大的真理。是的,我开始卖了。把我所有的一点东西都折卖了,作了一身新行头,我的确不难看。我上了市。

三十二

我想我要玩玩,浪漫。啊,我错了。我还是不大明白世故。男人并不像我想的那么容易勾引。我要勾引文明一些的人,要至多只赔上一两个吻。哈哈,人家不上那个当,人家要初次见面便得到便宜。还有呢,人家只请我看电影,或逛逛大街,吃杯冰激凌;我还是饿着肚子回家。所谓文明人,懂得问我在哪儿毕业,家里作什么事。那个态度使我看明白,他若是要你,你得给他相当的好处;你若是没有好处可贡献呢,人家只用一角钱的冰激凌换你一个吻。要卖,得痛痛快快地。我明白了这个。小磁人们不明白这个。我和妈妈明白,我很想妈了。

三十三

据说有些女人是可以浪漫地挣饭吃，我缺乏资本；也就不必再这样想了。我有了买卖。可是我的房东不许我再住下去，他是讲体面的人，我连瞧他也没瞧，就搬了家，又搬回我妈妈和新爸爸曾经住过的那两间房。这里的人不讲体面，可也更真诚可爱。搬了家以后，我的买卖很不错。连文明人也来了。文明人知道了我是卖，他们是买，就肯来了；这样，他们不吃亏，也不丢身分。初干的时候，我很害怕，因为我还不到二十岁。及至作过了几天，我也就不怕了。多咱他们像了一摊泥，他们才觉得上了算，他们满意，还替我作义务的宣传。干过了几个月，我明白的事情更多了，差不多每一见面，我就能断定他是怎样的人。有的很有钱，这样的人一开口总是问我的身价，表示他买得起我。他也很嫉妒，总想包了我；逛暗娼他也想独占，因为他有钱。对这样的人，我不大招待。他闹脾气，我不怕，我告诉他，我可以找上他的门去，报告给他的太太。在小学里念了几年书，到底是没白念，他唬不住我。"教育"是有用的，我相信了。有的人呢，来的时候，手里就攥着一块钱，唯恐上了当。对这种人，我跟他细讲条件，他就乖乖地回家去拿钱，很有意思。最可恨的是那些油子，不但不肯花钱，反倒要占点便宜走，什么半盒烟卷呀，什么一小瓶雪花膏呀，他们随手拿去。这种人还是得罪不的，他们在地面上很熟，得罪了他们，他们会叫巡警跟我捣乱。我不得罪他们，我喂着他们；及至我认识了警官，才一个个的收拾他们。世界就是狼吞虎咽的世界，谁坏谁就占便宜。顶可怜的是那像学生样儿的，袋里装着一块钱，和几十铜子，叮当地直响，鼻子上出着汗。我可怜他们，可是也照常卖给他们。我有什么办法呢！还有老头子呢，都是些规矩人，或者家中已然儿孙成群。对他们，我不知道怎样好，但是我知道他们有钱，想在死前买些快乐，我只好供给他们所需要的。这些经验叫我认识了"钱"与"人"。钱比人更厉害一些，人若是兽，钱就是兽的胆子。

三十四

我发现了我身上有了病。这叫我非常的苦痛，我觉得已经不必活下去了。我休息了，我到街上去走；无目的，乱走。我想去看看妈，她必能给我一些安慰，我想象着自己已是快死的人了。我绕到那个小巷，希望见着妈妈；我想起她在门外拉风箱的样子。馒头铺已经关了门。打听，没人知道搬到哪里去。这使我更坚决了，我非找到妈妈不可。在街上丧胆游魂地走了几天,没有一点用。我疑心她是死了,或是和馒头铺的掌柜的搬到别处去,也许在千里以外。这么一想,我哭起来。我穿好了衣裳,擦上了脂粉,在床上躺着,等死。我相信我会不久就死去的。可是我没死。门外又敲门了,找我的。好吧,我伺候他,我把病尽力地传给他。我不觉得这对不起人,这根本不是我的过错。我又痛快了些,我吸烟,我喝酒,我好像已是三四十岁的人了。我的眼圈发青,手心发热,我不再管;有钱才能活着,先吃饱再说别的吧。我吃得并不错,谁肯吃坏的呢!我必须给自己一点好吃食,一些好衣裳,这样才稍微对得起自己一点。

三十五

一天早晨,大概有十点来钟吧,我正披着件长袍在屋中坐着,我听见院中有点脚步声。我十点来钟起来,有时候到十二点才想穿好衣裳,我近来非常的懒,能披着件衣服呆坐一两个钟头。我想不起什么,也不愿想什么,就那么独自呆坐。那点脚步声,向我的门外来了,很轻很慢。不久,我看见一对眼睛,从门上那块小玻璃向里面看呢。看了一会儿,躲开了;我懒得动,还在那儿坐着。待了一会儿,那对眼睛又来了。我再也坐不住,我轻轻的开了门。"妈!"

三十六

我们母女怎么进了屋,我说不上来。哭了多久,也不大记得。妈妈已老得不像样儿了。她的掌柜的回了老家,没告诉她,偷偷地走了,没给她留下一个钱。她把那点东西变卖了,辞退了房,搬到一个大杂院里去。她已找了我半个多月。最后,她想到上这儿来,并没希望找到我,只是碰碰看,可是竟自找到了我。她不敢认我了,要不是我叫她,她也许就又走了。哭完了,我发狂似的笑起来:她找到了女儿,女儿已是个暗娼!她养着我的时候,她得那样;现在轮到我养着她了,我得那样!女人的职业是世袭的,是专门的!

三十七

我希望妈妈给我点安慰。我知道安慰不过是点空话,可是我还希望来自妈妈的口中。妈妈都往往会骗人,我们把妈妈的诓骗叫作安慰。我的妈妈连这个都忘了。她是饿怕了,我不怪她。她开始检点我的东西,问我的进项与花费,似乎一点也不以这种生意为奇怪。我告诉她,我有了病,希望她劝我休息几天。没有;她只说出去给我买药。"我们老干这个吗?"我问她。她没言语。可是从另一方面看,她确是想保护我,心疼我。她给我作饭,问我身上怎样,还常常偷看我,像妈妈看睡着了的小孩那样。只是有一层她不肯说,就是叫我不用再干这行了。我心中很明白——虽然有一点不满意她——除了干这个,还想不到第二个事情作。我们母女得吃得穿——这个决定了一切。什么母女不母女,什么体面不体面,钱是无情的。

三十八

妈妈想照应我,可是她得听着看着人家蹂躏我。我想好好对待她,可是我觉得她有时候讨厌。她什么都要管管,特别是对于钱。她的眼已失去年轻时的光泽,不过看见了钱还能发点光。对于客人,她就自居为仆人,可是当客人给少了钱的时候,她张嘴就骂。这有时候使我很为难。不错,既干这个还不是为钱吗?可是干这个的也似乎不必骂人。我有时候也会慢待人,可是我有我的办法,使客人急不得恼不得。妈妈的方法太笨了,很容易得罪人。看在钱的面上,我们不应当得罪人。我的方法或者出于我还年轻,还幼稚;妈妈便不顾一切的单单站在钱上了,她应当如此,她比我大着好些岁。恐怕再过几年我也就这样了,人老心也跟着老,渐渐老得和钱一样的硬。是的,妈妈不客气。她有时候劈手就抢客人的皮夹,有时候留下人家的帽子或值钱一点的手套与手杖。我很怕闹出事来,可是妈妈说的好:"能多弄一个是一个,咱们是拿十年当作一年活着的,等七老八十还有人要咱们吗?"有时候,客人喝醉了,她便把他架出去,找个僻静地方叫他坐下,连他的鞋也拿回来。说也奇怪,这种人倒没有来找账的,想是已人事不知,说不定也许病一大场。或者事过之后,想过滋味,也就不便再来闹了,我们不怕丢人,他们怕。

三十九

妈妈是说对了:我们是拿十年当一年活着。干了二三年,我觉出自己是变了。我的皮肤粗糙了,我的嘴唇老是焦的,我的眼睛里老灰渌渌的带着血丝。我起来的很晚,还觉得精神不够。我觉出这个来,客人们更不是瞎子,熟客渐渐少起来。对于生客,我更努力的伺候,可是也更厌恶他们,有时候我管不住自己的脾气。我暴躁,我胡说,我已经不是我自己了。我的嘴不由的老胡说,似乎是惯了。这样,那些文明人已不多照顾我,因为我丢了那点"小鸟依人"——他们唯一的诗句——的身段与气味。我得和野鸡学了。

我打扮得简直不像个人,这才招得动那不文明的人。我的嘴擦得像个红血瓢,我用力咬他们,他们觉得痛快。有时候我似乎已看见我的死,接进一块钱,我仿佛死了一点。钱是延长生命的,我的挣法适得其反。我看着自己死,等着自己死。这么一想,便把别的思想全止住了。不必想了,一天一天地活下去就是了,我的妈妈是我的影子,我至好不过将来变成她那样,卖了一辈子肉,剩下的只是一些白头发与抽皱的黑皮。这就是生命。

四十

我勉强地笑,勉强地疯狂,我的痛苦不是落几个泪所能减除的。我这样的生命是没什么可惜的,可是它到底是个生命,我不愿撒手。况且我所作的并不是我自己的过错。死假如可怕,那只因为活着是可爱的。我决不是怕死的痛苦,我的痛苦久已胜过了死。我爱活着,而不应当这样活着。我想象着一种理想的生活,像作着梦似的;这个梦一会儿就过去了,实际的生活使我更觉得难过。这个世界不是个梦,是真的地狱。妈妈看出我的难过来,她劝我嫁人。嫁人,我有了饭吃,她可以弄一笔养老金。我是她的希望。我嫁谁呢?

四十一

因为接触的男子很多了,我根本已忘了什么是爱。我爱的是我自己,及至我已爱不了自己,我爱别人干什么呢?但是打算出嫁,我得假装说我爱,说我愿意跟他一辈子。我对好几个人都这样说了,还起了誓;没人接受。在钱的管领下,人都很精明。嫖不如偷,对,偷省钱。我要是不要钱,管保人人说爱我。

四十二

正在这个期间,巡警把我抓了去。我们城里的新官儿非常地讲道德,要扫清了暗门子。正式的妓女倒还照旧作生意,因为她们纳捐;纳捐的便是名正言顺的,道德的。抓了去,他们把我放在了感化院,有人教给我作工。洗、做、烹调、编织,我都会;要是这些本事能挣饭吃,我早就不干那个苦事了。我跟他们这样讲,他们不信,他们说我没出息,没道德。他们教给我工作,还告诉我必须爱我的工作。假如我爱工作,将来必定能自食其力,或是嫁个人。他们很乐观。我可没这个信心。他们最好的成绩,是已经有十几多个女的,经过他们感化而嫁了人。到这儿来领女人的,只须花两块钱的手续费和找一个妥实的铺保就够了。这是个便宜。从男人方面看;据我想,这是个笑话。我干脆就不受这个感化。当一个大官儿来检阅我们的时候,我唾了他一脸唾沫。他们还不肯放了我,我是带危险性的东西。可是他们也不肯再感化我。我换了地方,到了狱中。

四十三

狱里是个好地方,它使人坚信人类的没有起色;在我作梦的时候都见不到这样丑恶的玩艺。自从我一进来,我就不再想出去,在我的经验中,世界比这儿并强不了许多。我不愿死,假若从这儿出去而能有个较好的地方;事实上既不这样,死在哪儿不一样呢。在这里,在这里,我又看见了我的好朋友,月牙儿!多久没见着它了!妈妈干什么呢?我想起来一切。

(收入《樱海集》,人间书屋1935年8月版)

骆驼祥子(第六章)

初秋的夜晚,星光叶影里阵阵的小风,祥子抬起头,看着高远的天河,叹了口气。这么凉爽的天,他的胸脯又是那么宽,可是他觉到空气仿佛不够,胸中非常憋闷。他想坐下痛哭一场。以自己的体格,以自己的忍性,以自己的要强,会让人当作猪狗,会维持不住一个事情,他不只怨恨杨家那一伙人,而渺茫的觉到一种无望,恐怕自己一辈子不会再有什么起色了。拉着铺盖卷,他越走越慢,好象自己已经不是拿起腿就能跑个十里八里的祥子了。

到了大街上,行人已少,可是街灯很亮,他更觉得空旷渺茫,不知道往哪里去好了。上哪儿?自然是回人和厂。心中又有些难过。作买卖的,卖力气的,不怕没有生意,倒怕有了照顾主儿而没作成买卖,象饭铺理发馆进来客人,看了一眼,又走出去那样。祥子明知道上工辞工是常有的事,此处不留爷,自有留爷处。可是,他是低声下气的维持事情,舍着脸为的是买上车,而结果还是三天半的事儿,跟那些串惯宅门的老油子一个样,他觉着伤心。他几乎觉得没脸再进人和厂,而给大家当笑话说:"瞧瞧,骆驼祥子敢情也是三天半就吹呀,哼!"

不上人和厂,又上哪里去呢?为免得再为这个事思索,他一直走向西安门大街去。人和厂的前脸是三间铺面房,当中的一间作为柜房,只许车夫们进来交账或交涉事情,并不准随便来回打穿堂儿,因为东间与西间是刘家父女的卧室。西间的旁边有一个车门,两扇绿漆大门,上面弯着一根粗铁条,悬着一盏极亮的,没有罩子的电灯,灯下横悬着铁片涂金的四个字——"人和车厂"。车夫们出车收车和随时来往都走这个门。门上的漆深绿,配着上面的金字,都被那支白亮亮的电灯照得发光;出来进去的又都是漂亮的车,黑漆的黄漆的都一样的油汪汪发光,配着雪白的垫套,连车夫们都感到一些骄傲,仿佛都自居为车夫中的贵族。由大门进去,拐过前脸的西间,才是个四四方方的大院子,中间有棵老槐。东西房全是敞脸的,是存车的所在;南房和南房后面小院里的几间小屋,全是车夫的宿舍。

大概有十一点多了,祥子看见了人和厂那盏极明而怪孤单的灯。柜房和东间没有灯光,西间可是还亮着。他知道虎姑娘还没睡。他想轻手蹑脚的进去,别教虎姑娘看见;正因为她平日很看得起他,所以不愿头一个就被她看见他的失败。他刚把车拉到她的窗下,虎妞由门里出来了:

"哟,祥子? 怎——"她刚要往下问,一看祥子垂头丧气的样子,车上拉着铺盖卷,把话咽了回去。

怕什么有什么,祥子心里的惭愧与气闷凝成一团,登时立住了脚,呆在了那里。说不出话来,他傻看着虎姑娘。她今天也异样,不知是电灯照的,还是擦了粉,脸上比平日白了许多;脸上白了些,就掩去好多她的凶气。嘴唇上的确是抹着点胭脂,使虎妞也带出些媚气。祥子看到这里,觉得非常的奇怪,心中更加慌乱,因为平日没拿她当过女人看待,骤然看到这红唇,心中忽然感到点不好意思。她上身穿着件浅绿的绸子小夹袄,下面一条青洋绉肥腿的单裤。绿袄在电灯下闪出些柔软而微带凄惨的丝光,因为短小,还露出一点点白裤腰来,使绿色更加明显素净。下面的肥黑裤被小风吹得微动,象一些什么阴森的气儿,想要摆脱开那贼亮的灯光,而与黑夜联成一气。祥子不敢再看了,茫然的低下头去,心中还存着个小小的带光的绿袄。虎姑娘一向——他晓得——不这样打扮。以刘家的财力说,她满可以天天穿着绸缎,可是终日与车夫们打交待,她总是布衣布裤,即使有些花色,在布上也不惹眼。祥子好似看见一个非常新异的东西,既熟识,又新异,所以心中有点发乱。

心中原本苦恼,又在极强的灯光下遇见这新异的活东西,他没有了主意。自己既不肯动,他倒希望虎姑娘快快进屋去,或是命令他干点什么,简直受不了这样的折磨,一种什么也不象而非常难过的折磨。

"嗨!"她往前凑了一步,声音不高的说:"别愣着! 去,把车放下,赶紧回来,有话跟你说。屋里见。"

平日帮她办惯了事,他只好服从。但是今天她和往日不同,他很想要思索一下;愣在那里去想,又怪僵得慌;他没主意,把车拉了进去。看看南屋,没有灯光,大概是都睡了;或者还有没收车的。把车放好,他折回到她的门前。忽然,他的心跳起来。

"进来呀,有话跟你说!"她探出头来,半笑半恼的说。

他慢慢走了进去。

桌上有几个还不甚熟的白梨,皮儿还发青。一把酒壶,三个白磁酒盅。一个头号大盘子,摆着半只酱鸡,和些熏肝酱肚之类的吃食。

"你瞧,"虎姑娘指给他一个椅子,看他坐下了,才说:"你瞧,我今天吃犒劳,你也吃点!"说着,她给他斟上一杯酒;白干酒的辣味,混合上熏酱肉味,显着特别的浓厚沉重。"喝吧,吃了这个鸡;我已早吃过了,不必让! 我刚才用骨牌打了一卦,准知道你回来,灵不灵?"

"我不喝酒!"祥子看着酒盅出神。

"不喝就滚出去;好心好意,不领情是怎着?你个傻骆驼!辣不死你!连我还能喝四两呢。不信,你看看!"她把酒盅端起来,灌了多半盅,一闭眼,哈了一声。举着盅儿:"你喝!要不我揪耳朵灌你!"

祥子一肚子的怨气,无处发泄;遇到这种戏弄,真想和她瞪眼。可是他知道,虎姑娘一向对他不错,而且她对谁都是那么直爽,他不应当得罪她。既然不肯得罪她,再一想,就爽性和她诉诉委屈吧。自己素来不大爱说话,可是今天似乎有千言万语在心中憋闷着,非说说不痛快。这么一想,他觉得虎姑娘不是戏弄他,而是坦白的爱护他。他把酒盅接过来,喝干。一股辣气慢慢的,准确的,有力的,往下走,他伸长了脖子,挺直了胸,打了两个不十分便利的嗝儿。

虎妞笑起来。他好容易把这口酒调动下去,听到这个笑声,赶紧向东间那边看了看。

"没人。"她把笑声收了,脸上可还留着笑容,"老头子给姑妈作寿去了,得有两三天的耽误呢;姑妈在南苑住。"一边说,一边又给他倒满了盅。

听到这个,他心中转了个弯,觉出在哪儿似乎有些不对的地方。同时,他又舍不得出去;她的脸是离他那么近,她的衣裳是那么干净光滑,她的唇是那么红,都使他觉到一种新的刺激。她还是那么老丑,可是比往常添加了一些活力,好似她忽然变成另一个人,还是她,但多了一些什么。他不敢对这点新的什么去详细的思索,一时又不敢随便的接受,可也不忍得拒绝。他的脸红起来。好象为是壮壮自己的胆气,他又喝了口酒。刚才他想对她诉诉委屈,此刻又忘了。红着脸,他不由的多看了她几眼。越看,他心中越乱;她越来越显出他所不明白的那点什么,越来越有一点什么热辣辣的力量传递过来,渐渐的她变成一个抽象的什么东西。他警告着自己,须要小心;可是他又要大胆。他连喝了三盅酒,忘了什么叫作小心。迷迷糊糊的看着她,他不知为什么觉得非常痛快,大胆;极勇敢的要马上抓到一种新的经验与快乐。平日,他有点怕她;现在,她没有一点可怕的地方了。他自己反倒变成了有威严与力气的,似乎能把她当作个猫似的,拿到手中。

屋内灭了灯。天上很黑。不时有一两个星刺入了银河,或划进黑暗中,带着发红或发白的光尾,轻飘的或硬挺的,直坠或横扫着,有时也点动着,颤抖着,给天上一些光热的动荡,给黑暗一些闪烁的爆裂。有时一两个星,有时好几个星,同时飞落,使静寂的秋空微颤,使万星一时迷乱起来。有时一个单独的巨星横刺入天角,光尾极长,放射着星花;红,渐黄;在最后的挺进,忽然狂悦似的把天角照白了一条,好象刺开万重的黑暗,透进并逗留一些乳白的光。余光散尽,黑暗似晃动了几下,又包合起来,静静懒懒的群星又复了原位,在秋风上微笑。地上飞着些寻求情侣的秋萤,也作着星样的游戏。

第二天,祥子起得很早,拉起车就出去了。头与喉中都有点发痛,这是因为第一次喝酒,他倒没去注意。坐在一个小胡同口上,清晨的小风吹着他的头,他知道这点头疼不久就会过去。可是他心中另有一些事儿,使他憋闷得慌,而且一时没有方法去开脱。昨天夜里的事教他疑惑,羞愧,难过,并且觉着有点危险。

他不明白虎姑娘是怎么回事。她已早不是处女,祥子在几点钟前才知道。他一向很敬重她,而且没有听说过她有什么不规矩的地方;虽然她对大家很随便爽快,可是大家没在背地里讲论过她;即使车夫中有说她坏话的,也是说她厉害,没有别的。那么,为什么有昨夜那一场呢?

这个既显着胡涂,祥子也怀疑了昨晚的事儿。她知道他没在车厂里,怎能是一心一意的等着他?假若是随便哪个都可以的话……祥子把头低下去。他来自乡间,虽然一向没有想到娶亲的事,可是心中并非没有个算计;假若他有了自己的车,生活舒服了一些,而且愿意娶亲的话,他必定到乡下娶个年轻力壮,吃得苦,能洗能作的姑娘。象他那个岁数的小伙子们,即使有人管着,哪个不偷偷的跑"白房子"?祥子始终不肯随和,一来他自居为要强的人,不能把钱花在娘儿们身上;二来他亲眼得见那些花冤钱的傻子们——有的才十八九岁——在厕所里头顶着墙还撒不出尿来。最后,他必须规规矩矩,才能对得起将来的老婆,因为一旦要娶,就必娶个一清二白的姑娘,所以自己也得象那么回事儿。可是现在,现在……想起虎妞,设若当个朋友看,她确是不错;当个娘们看,她丑,老,厉害,不要脸!就是想起抢去他的车,而且几乎要了他的命的那些大兵,也没有象想起她这么可恨可厌!她把他由乡间带来的那点清凉劲儿毁尽了,他现在成了个偷娘们的人!

再说,这个事要是吵嚷开,被刘四知道了呢?刘四晓得不晓得他女儿是个破货呢?假若不知道,祥子岂不独自背上黑锅?假若早就知道而不愿意管束女儿,那么他们父女是什么东西呢?他和这样人掺和着,他自己又是什么东西呢?就是他们父女都愿意,他也不能要她;不管刘老头子是有六十辆车,还是六百辆,六千辆!他得马上离开人和厂,跟他们一刀两断。祥子有祥子的本事,凭着自己的本事买上车,娶上老婆,这才正大光明!想到这里,他抬起头来,觉得自己是个好汉子,没有可怕的,没有可虑的,只要自己好好的干,就必定成功。

让了两次座儿,都没能拉上。那点别扭劲儿又忽然回来了。不愿再思索,可是心中堵得慌。这回事似乎与其他的事全不同,即使有了解决的办法,也不易随便的忘掉。不但身上好象粘上了点什么,心中也仿佛多了一个黑点儿,永远不能再洗去。不管怎样的愤恨,怎样的讨厌她,她似乎老抓住了他的心,越不愿再想,她越忽然的从他心中跳出来,一个赤裸裸的她,把一切丑陋与美好一下子,整个的都交给了他,象买了一堆破烂那样,碎铜烂铁之中也有一二发光的有色的小物件,使人不忍得拒绝。他没和任何人这样亲密过,虽然是突乎其来,虽然是个骗诱,到底这样的关系不能随便的忘记,就是想把它放在一旁,它自自然然会在心中盘绕,象生了根似的。这对他不仅是个经验,而也是一种什么形容不出来的扰乱,使他不知如何是好。他对她,对自己,对现在与将来,都没办法,仿佛是碰在蛛网上的一个小虫,想挣扎已来不及了。

迷迷糊糊的他拉了几个买卖。就是在奔跑的时节,他的心中也没忘了这件事,并非清清楚楚的,有头有尾的想起来,而是时时想到一个什么意思,或一点什么滋味,或一些什么感情,都是渺茫,而又亲切。他很想独自去喝酒,喝得人事不知,他也许能痛快一些,不能再受这个折磨!可是他不敢去喝。他不能为这件事毁坏了自己。他又想起买车的事来。但是他不能专心的去想,老有一点什么拦阻着他的心思;还没想到车,这点东西已经偷偷的溜出来,占住他的心,象块黑云遮住了太阳,把光明打断。到了晚间,打算收车,他更难过了。他必须回车厂,可是真怕回去。假如遇上她呢,怎办?他拉着空车在街上绕,两三次已离车厂不远,又转回头来往别处走,很象初次逃学的孩子不敢进家门那样。

奇怪的是,他越想躲避她,同时也越想遇到她,天越黑,这个想头越来得厉害。一种明知不妥,而很愿试试的大胆与迷惑紧紧的捉住他的心,小的时候去用竿子捅马蜂窝就是这样,害怕,可是心中跳着要去试试,象有什么邪气催着自己似的。渺茫的他觉到一种比自己还更有力气的劲头儿,把他要揉成一个圆球,抛到一团烈火里去;他没法阻止住自己的前进。

他又绕回西安门来,这次他不想再迟疑,要直入公堂的找她去。她已不是任何人,她只是个女子。他的全身都热起来。刚走到门脸上,灯光下走来个四十多岁的男人,他似乎认识这个人的面貌态度,可是不敢去招呼。几乎是本能的,他说了声:"车吗?"那个人愣了一愣:"祥子?"

"是呀。"祥子笑了,"曹先生?"

曹先生笑着点了点头:"我说祥子,你要是没在宅门里的话,还上我那儿来吧?我现在用着的人太懒,他老不管擦车,虽然跑得也怪麻利的;你来不来?"

"还能不来,先生!"祥子似乎连怎样笑都忘了,用小毛巾不住的擦脸。

"先生,我几儿上工呢?"

"那什么……"曹先生想了想,"后天吧。"

"是了,先生!"祥子也想了想,"先生,我送回你去吧?"

"不用;我不是到上海去了一程子吗,回来以后,我不在老地方住了。现今住在北长街;我晚上出来走走。后天见吧。"曹先生告诉了祥子门牌号数,又找补了一句,"还是用我自己的车。"

祥子痛快得要飞起来,这些日子的苦恼全忽然一齐铲净,象大雨冲过的白石路。曹先生是他的旧主人,虽然在一块没有多少日子,可是感情顶好;曹先生是非常和气的人,而且家中人口不多,只有一位太太,和一个小男孩。

他拉着车一直奔了人和厂去。虎姑娘屋中的灯还亮着呢。一见这个灯亮,祥子猛的木在那里。

立了好久,他决定进去见她;告诉她他又找到了包月;把这两天的车份儿交上;要出他的储蓄;从此一刀两断——这自然不便明说,她总会明白的。

他进去先把车放好,而后回来大着胆叫了声刘姑娘。

"进来!"

他推开门,她正在床上斜着呢,穿着平常的衣裤,赤着脚。依旧斜着身,她说:"怎样?吃出甜头来了是怎着?"

祥子的脸红得象生小孩时送人的鸡蛋。愣了半天,他迟迟顿顿的说:"我又找好了事,后天上工。人家自己有车……"

她把话接了过来:"你这小子不懂好歹!"她坐起来,半笑半恼的指着他:"这儿有你的吃,有你的穿;非去出臭汗不过瘾是怎着?老头子管不了我,我不能守一辈女儿寡!就是老头子真犯牛脖子,我手里也有俩体己,咱俩也能弄上两三辆车,一天进块儿八毛的,不比你成天满街跑臭腿去强?我哪点不好?除了我比你大一点,也大不了多少!我可是能护着你,疼你呢!"

"我愿意去拉车!"祥子找不到别的辩驳。

"地道窝窝头脑袋!你先坐下,咬不着你!"她说完,笑了笑,露出一对虎牙。

祥子青筋蹦跳的坐下。"我那点钱呢?"

"老头子手里呢;丢不了,甭害怕;你还别跟他要,你知道他的脾气!够买车的数儿,你再要,一个小子儿也短不了你的;现在要,他要不骂出你的魂来才怪!他对你不错!丢不了,短一个我赔你俩!你个乡下脑颏!别让我损你啦!"

祥子又没的说了,低着头掏了半天,把两天的车租掏出来,放在桌上:"两天的。"临时想起来:"今儿个就算交车,明儿个我歇一天。"他心中一点也不想歇息一天;不过,这样显着干脆;交了车,以后再也不住人和厂。

虎姑娘过来,把钱抓在手中,往他的衣袋里塞:"这两天连车带人都白送了!你这小子有点运气!别忘恩负义就得了!"说完,她一转身把门倒锁上。

(初载1936年9月至1937年10月《宇宙风》第25期至第48期)

李劼人

死水微澜

第四部分　兴顺号的故事

一

　　天回镇云集栈的场合,自把顾天成轰走,没有一丝变动,在众人心里,也不存留一丝痕迹。惟有刘三金一个人,比起众人来,算是更事不多,心想顾天成既不是一个甚么大粮户,着众人弄了手脚,输了那么多,又着轰走,难免不想报复;他们是通皮的,自然不怕;只有自己顶弱了。并且算起来,顾天成之吃亏,全是张占魁提调着自己做的,若果顾天成清醒一点,难免不追究到"就是那婊子害了人!"那么,能够赖着罗歪嘴他们过一辈子么?势所不能,不如早些抽身。

　　一夜,在床上,她服伺了罗歪嘴之后,说着她离开内江,已经好几年,现在蒙干达达的照顾,使她积攒了一些钱,现已冬月中旬了,她问罗歪嘴,许不许她回内江去过一个年?罗歪嘴迷迷胡胡的要紧睡觉,只是哼了几声。

　　到第二天上午,她又在烟盘子上说起,罗歪嘴调笑她道:"你走是可以的,只我咋个舍得你呢?"

　　"哎呀!干达达,好甜的嘴呀!象我们这样的人,你有啥舍不得的!"

　　罗歪嘴定眼看着她,并伸手过去,把她两颊一摸道:"就因你长得好,又有情趣!"

　　这或者是他的老实话,因他还有这样一番言语:"以前,我手上经过的女人,的确有比你好的,但是没有你这样精灵;也有比你风骚几倍的,却不及你有情趣。……我嫖了几十年,没有一点流连,说丢手,就丢手,那里还向她们殷勤过?……我想,这必是我只管尝着了女人的身体,却未尝着女人的心!……说不定,从前年轻气盛,把女人只是看做床上的玩货,玩了就丢开。如今,上了点年纪,除却女人的身体,似乎还要点别的东西,……你就明白,我虽是每晚都要同你睡,你算算看,同你做那个,有几夜认真过?甚至十天八天的不想。但是没有你在身边,又睡不好,又不高兴。……我也说不出这是啥道理。不过我并不留你,因我自小赌过咒不安家的。……"

刘三金也微微动了一个念头,便引逗他道:"你不晓得吗?人到有了年纪,是要一个知心识意的女人,来温存他的。你既有了这个心,为啥不安个家呢?年轻不懂事时,赌个把咒算得啥子!……若你当真舍不得我,我就不走了,跟你一辈子,好不好?"

罗歪嘴哈哈一笑道:"只要你有这句话,我就多谢你了!老实告诉你,我当真要安家,必须讨一个正经女人才对,正经女人又不合我的口味。你们倒好,但我又害怕着绿帽子压死!"

她把手指在他额上一戳,似笑不笑的瞅着他道:"你这个嘴呀!……你该晓得婊子过门为正?婊子从了良,那里还能乱来?她不怕挨刀吗?……我还是要跟着你,也不要你讨我,只要你不缺我的穿,不少我的吃!……"

他坐了起来,正正经经的说道:"三儿,现在不同你开玩笑了。你慢慢收拾好,别人有欠你的,赶快收。至迟月底,我打发张占魁送你回石桥。你还年轻风流,正是走运气过好日子的时候。跟着我没有好处,我到底是个没脚蟹,我不能一年到头守着你,也不能把你象香荷包样拖在身边,不但误了你,连我也害了。你有点喜欢我,我也有点喜欢你,这是真的。我们就好好的把这点'喜欢'留在心头,将来也有个好见面的日子。我前天才叫人买了一件衣料同周身的阑干回来,你拿去做棉袄穿,算是我送你的一点情谊,待你走时,再跟你一锭银子做盘川。"

刘三金遂哭了起来道:"干达达,你真是好人呀!……我咋个舍得你!……我要想法子报答你的!……"

二

报答?刘三金并不是只在口头说说,她硬着手进行起来。

她这几天,觉得很忙,忙着做鞋面,忙着做帽条子。在云集栈的时候很少,在兴顺号同蔡大嫂一块商量的时候多。有时到下午回来,两颊吃得红馥馥的,两眼带着微醺,知是又同蔡大嫂共饮了来。有时邀约罗歪嘴一同去,估着他到红锅饭馆去炒菜,不过总没有畅畅快快的吃一台,不是张占魁等找了来,就是旁的事情将他找了去。

直到冬月二十一夜里,众人都散了,房间里只有他们两个人。入冬以来,这一夜算是有点寒意;窗子外吹着北风,干的树叶,吹得哗喇哗喇的响。上官房里住了几个由省回家的老陕,高声谈笑,笑声一阵阵的被风吹过墙来。

罗歪嘴穿了件羊皮袍,倒在烟盘边,拿着本新刻的八仙图在念。刘三金双脚盘坐在床边上,一个邛州竹烘笼放在怀中,手上抱着白铜水烟袋。因为怕冷,拿了一角绣花手巾将烟袋套子包着。

她吃烟时,连连拿眼睛去看罗歪嘴,他依然定睛看着书,低低的打着调子在念,心里好象平静得了不得,为平常夜里所无有的。

她吃到第五袋烟,实在忍不住了,唤着罗歪嘴道:"喂!说一句话罢!尽看些啥子?"

罗歪嘴把书一放,看着她笑道:"说嘛!有啥子话?我听着在!"

"我想着,我也要走了,你哩,又是离不开女人的人,我走后,你找那个呢?"

罗歪嘴瞪着两眼,简直答应不出。

她把眉头蹙起,微微叹了一声道:"一个人总也要打打自己的主意呀!我遇合的人,也不算少,活到三十岁快四十岁象你这样潇洒的,真不多见!你待我也太好了,我晓得,倒也不是专对我一个人才这样;别的人我不管他,只就我一个人说,我是感激你的。任凭你咋个,我总要替你打个主意,你若是稍为听我几句,我走了也才放心!"

他不禁笑了笑,也坐了起来道:"有话哩,请说!何必这样的绕弯子?"

"那吗,我还是要问你:我走后,你到底打算找那个?"

"这个,如何能说?说难道不晓得天回镇上除了你还有第二个不成?"

"你说没有第二个,是说没有第二个做生意的吗?还是说没有第二个比我好的?"

"自然两样都是。"

她摇了摇头道:"不见得罢?做生意的,我就晓得,明做的没有,暗做的就不少,用不着我说,你是晓得的;不过我也留心看来,那都不是你的对子。若说天回镇上没有第二个比我好的女人,这你又说冤枉话了,眼面前明明放着一个,你未必是瞎子?"

罗歪嘴只是眨了几下眼睛,不开口。

"你一定是明白的,不过你不肯说。我跟你戳穿罢,这个人不但在天回镇比我好,就随便放在那里,都要算是盖面菜。这人就是你的亲戚蔡大嫂,是心里顶爱你的一个人!……"

罗歪嘴好象甚么机器东西,被人把发条开动了,猛的一下,跳下床来,几乎把脚下的铜炉都踢翻了。

刘三金忙伸手去挽住他,笑道:"慌些啥子?人就喜欢得迷了窍,也不要这样狂呀!"

他顺手抓住她手膀道:"你胡说些啥子?……"

"我没有胡说,我说的是老实话!"

"你说啥子人心里顶爱我?"

"蔡大嫂!你的亲戚!"

"唉!你不怕挨嘴巴子吗?"

她把嘴一撇,脸一扬道:"那个敢?"

"蔡大嫂就敢!她还要问你为啥子胡说八道?"

她笑了起来道:"说你装疯哩,看又不象;说你当真没心哩,你看起人来又那么下死眼的。所以蔡嫂子说你是个皮蛋,皮子亮,心里浑的!且不忙说人家,只问你爱不爱她?想不想她?老老实实的说,不许撒一个字的谎!"

他定睛看着她道:"你为啥子问起这些来?"

她把眼睛一溜道:"你还在装疯吗?我在跟你拉皮条!拉蔡嫂子的皮条!告诉你,她那面的话,已说好了;她并不图你啥子,她只爱你这个人!她向我说得很清楚,自从嫁跟蔡傻子起,她就爱起你了,只怪你麻麻胡胡的;又象晓得,又象不晓得。……"

罗歪嘴伸手把她的嘴一拧道:"你硬编得象!你却不晓得,蔡大嫂是规规矩矩的女人,又是我的亲戚,你跟她有好熟,她能这样向你说?"

她把头一侧,将他的手摆脱,盹了他一眼道:"我是尽了心,信不信由你!你又不是婆娘,你那晓得婆娘们的想头?有些女人,你看她外面只管正经,其实想偷男人的心比我们还切,何况蔡家的并不那么正经!你说亲戚,我又可以说,亲戚中间就不干净。你看戏上唱的,有好多不是表妹偷表哥,嫂嫂偷小叔子呢?我也用不着多说。总之,蔡家的是一个好看的女人,又有情趣,又不野,心里又是有你的。你不安家,又要一个合口味的女人来亲近你,我看来,蔡家的顶好了。我是尽了心,我把她的隐情,已告诉跟了你,并且已把她说动了,把你的好处,也告诉跟了她。你信不信,动不动手,全由你;本来,牛不吃水,也不能强按头的。只是蔡家的被我勾引动了,一块肥肉,终不会是蔡傻子一个人尽吃得了的!"

据说,罗歪嘴虽没有明白表示,但是那一个整晚,都在刘三金身边翻过去复过来,几乎没有睡好。

三

天色刚明,他就起来了。刘三金犹然酣睡未醒,一个吊扬州纂乱蓬蓬的揉在枕头上,印花洋缎面子的被盖,齐颈偎着。虽然有一些残脂剩粉,但经白昼的阳光一显照,一张青黄色脸,终究说出了她那不堪的身世,而微微浮起的眼睖,更说出了她的疲劳来。

房间窗户关得很紧,一夜的烟子人气,以及菜油灯上的火气,很是沉重,他遂开门出来,顺手卷了一袋叶子烟咂燃。

天上有些云彩,知道是个晴天。屋瓦上微微有点青霜。北风停止了,不觉得很冷,只是手指微微有点僵。一阵阵寒鸦从树顶上飞过。

上官房的陕西客人,也要起身了,都是一般当铺里的师字号高字号的先生们,受雇期满,照例回家过年的。他们有个规矩,由号上起身时,一乘对班轿子,尽你所能携带的,完全塞在轿里,拴在轿外,而不许加在规定斤头的挑子和杠担上。大约一乘轿子,连人总在一百六七十斤上下,而在这条路线上抬陕西客的轿夫们,也都晓得规矩的,任凭轿子再重,在号上起肩时,绝不说重。总是强忍着,一肩抬出北门,大概已在午响过了。然后五里一歇肩,十里一歇脚,走二十里到天回镇落店,差不多要黄昏了,这才向坐轿客人提说轿子太重了,抬不动。坐轿客人因这二十里的经验,也就相信这是实话,方能答应将轿内东西拿出,另雇一根挑子。所以到次早起身时,争轻论重,还要闹一会的。

罗歪嘴忽然觉得肚里有点饿,才想起昨夜只喝了两杯烧酒,并未吃饭。他遂走到前院,陕西客人正在起身,幺师正在收检被盖。他本想叫幺师去买一碗汤圆来吃的,一转念头,不如自己去,倒吃得热落些。

他一出栈房门,不知不觉便走到兴顺号。蔡傻子已把铺板下了,堆在内货间里,拿着扫帚,躬着身子在扫地。他走去坐在铺面外那只矮脚宝座上,把猴儿头烟竿向地下一磕,磕了一些灰白色烟灰在地上。

蔡傻子这才看见了他,伸起腰来道:"大老表早啦!"

"你们才早哩,就把铺面打开了!"

"赶场日子,我们总是天见亮就起来了。"

"赶场?……哦!今天老实的是二十二啦!你看我把日子都忘记了。……你们不是已吃过早饭了?"

"就要吃了,你吃过了吗?"

"我那里有这样早的!我本打算来买汤圆吃的,昨夜没吃饭,早起有点饿。……"

金娃子忽在后面哭叫起来。蔡大嫂尖而清脆的声音,也随之叫道:"土盘子你背了时呀!把他绊这一交!……乖儿,快没哭!我就打他!……"

蔡兴顺一声不响,恍若无事的样子,仍旧扫他的地。

罗歪嘴不由的站起来。提着烟竿,掀开门帘,穿过间不很亮的内货间,走到灶房门口,大声问道:"金娃子绊着了吗?"

蔡大嫂正高高挽着衣袖,系着围裙,站在灶前,一手提着锅铲,一手拿着一只小筲箕盛的白菜;锅里的菜油,已煎得热气腾腾,看样子是熟透了。

"哗喇!"菜下了锅,菜上的水点,着滚油煎得满锅呐喊。蔡大嫂的锅铲,很玲珑的将菜翻炒着,一面洒盐,一面笑嘻嘻的掉过头来向罗歪嘴说话,语音却被菜的呐喊掩住了。

金娃子扑在烧火板凳上,已住了哭了,几点眼泪还挂在脸上。土盘子把小案板上盛满了饭的一个瓦钵,双手捧向外面去了。

菜上的水被滚油赶跑之后,才听见她末后的一句:"……就在这里吃早饭,好不好?"

"好的!……只是我还没洗脸哩!"

"你等一下,等我炒了菜,跟你舀热水来。"

"何必等你动手?我自己来舀,不对吗?"

他走进他们的卧室,看见床铺已打叠得整整齐齐,家具都已抹得放光,地板也扫得干干净净的;就是柜桌上的那只锡灯盏,也放得颇为适宜,她的那只御用的红漆木洗脸盆,正放在架子床侧一张圆凳上。

他将脸盆取了出来时,心头忽然发生了一点感慨:"居家的妇女与玩家比起来,真不同!我的那间房子,要是稍为打叠一下也好啦!"

在灶前瓦吊壶里取了热水,顺便放在一条板凳上,抓起盆里原有的洋葛巾就洗。蔡大嫂赶去把一个瓦盒取来,放在他跟前道:"这里有香肥皂,绿豆粉。"又问他用盐洗牙齿吗,还是用生石膏粉?

他道:"我昨天才用柴灰洗了的,漱一漱,就是了。"

灶房里还在弄菜,他把脸洗了,口漱了,来到铺面方桌前时,始见两样小菜之外,还炒了一碗嫩蛋。

罗歪嘴搓着手笑道:"还要费事,咋使得呢?"

蔡兴顺已端着饭碗在吃了,蔡大嫂盛了一碗饭递给罗歪嘴道:"大老表难逢难遇来吃顿饭,本待炒样臊子的,又怕你等不得。我晓得你的公忙,稍为耽搁一下,这顿饭你又会吃不成了。只有炒蛋快些,还来得及,就只猪油放少了点,又没有葱花,不香,将就吃罢!"

这番话本是她平常说惯了的谦逊话,任何人听来,都不觉奇;不知为什么,罗歪嘴此刻听来,仿佛话里还有什么文章,觉得不炒臊子而炒蛋,正是她明白表示体贴他的意思,他很兴奋的答道:"好极了!象炒得这样嫩的蛋,我在别处,真没有吃过!"

于是做菜一事,便成了吃饭中间,他与她的谈资。她说得很有劲,他每每停着筷子看着她说。

她那鹅卵形的脸蛋儿,比起两年前新嫁来时,瘦了好些。两个颧骨,渐渐突了起来。以前笑起来时,两只深深的酒涡,现在也很浅了。皮肤虽还那样细腻,而额角上,到底被岁月给镂上了几条细细的纹路。今天虽是打扮了,搽了点脂粉,头发梳得溜光,横抹着一条漂白布的窄窄的包头帕子,显得黑的越黑,白的越白,红的越红,比起平常日子,自然更俏皮一点;但是微瘦的鼻梁与眼眶之下的雀斑,终于掩不住,觉得也比两年前多了些;不过一点不觉得不好看,有了它,好似一池澄清的春水上面,点缀了一些花片萍叶,仿佛必如此才感觉出景色的佳丽来。眼眶也比前大了些,而那两枚乌黑眼珠,却格外有光,格外玲珑。与以前顶不同的,就是以前未当妈妈和刚当了妈妈不久时,同你说起话来,只管大方,只管不象一般的乡间妇女,然而总不免带点怯生生的模样;如今,则顾瞻起来,很是大胆,敢于定睛看着你,一眼不眨,并且笑得也有力,眼珠流动时,自然而有情趣。

土盘子将金娃子抱了出来,一见他的妈,金娃子便扑过来要她抱,她不肯,说"等我吃完饭抱你!"孩子不听话,哇的便哭了起来。

蔡大嫂生了气,翻手就在他屁股上拍打了两下。

罗歪嘴忙挡住道:"娃儿家,见了妈妈是要闹的。……土盘子抱开!莫把你师娘的手打闪了!"

蔡大嫂扑嗤一声,把饭都喷了出来,拿筷子把他一指道:"大老表,你今天真爱说笑!我这一双手,打铁都去得了,还说得那么娇嫩?"低头吃饭时,又笑着瞥了他一眼。

这时,赶场的人已逐渐来了。

四

在赶场的第二天,场上人家正在安排吃午饭的时候,罗歪嘴兴匆匆的亲自提了三尾四寸来长鲜活的鲫鱼,走到兴顺号来。

一个女的正在那里买香蜡纸马,说是去还愿的,蔡傻子口里叼着叶子烟,在柜台内取东西。铺子里两张方桌,都是空的,闲场时的酒客,大抵在黄昏时节才来。

罗歪嘴将鱼提得高高的,隔着柜台向蔡兴顺脸上一扬道:"嗨!傻子,请你吃鱼!"

蔡兴顺咧着嘴傻笑了两声。那买东西的女人称赞道:"啧啧啧!好大的鲜鱼!罗五爷,在沟里钓的吗?"

罗歪嘴把她睨了一眼道:"水沟里有这大的鱼吗?……"把门帘一撩,向灶房走去,还一面在说:"花了四个钱一两买来的哩!……"

蔡大嫂从烧火板凳上站起来道:"啥东西,四个钱一两?……哦!鲫鱼!难怪这样贵法!……你买来请那个吃的?"

罗歪嘴把鱼提得高高的,那鱼是被一根细麻索将背鳍拴着,把麻索一顿,它自然而然就头摇尾摆,腮动口张起来。

蔡大嫂也啧啧赞道:"好鲜!"又道:"看样子还一定是河鱼哩!……你是买来孝敬你的刘老三的吗?"

他把眼睛一挤,嘴角一歪道:"她配!……我是特为我们金娃子的小妈妈买来的!……赏收不赏收?"

她眼珠一闪,一种衷心的笑,便挂上嘴边,她勉强忍住,做得毫不经意的样子,伸手去接道:"这才经当不起呀!只好做了起来请刘三姐来吃,我没有这福气!"

拴鱼的麻索已到了她的指头上,而罗歪嘴似乎还怕她提得不稳,紧紧一把连她的手一并握着。

她的眼睛只把鱼端详着,脸上带点微笑,没有搽胭脂的眼角渐渐红了起来。他放低声气,几乎是说悄悄话一样,直把头凑了过来道:"你没有福气,那个才有福气?只怪我以前眼睛瞎了,没有把人看清楚!从今以后,我有啥子,全拿来孝敬你一个人,若说半句诳话,……"

土盘子背着他师弟进来了。

她把鱼提了过去,看着他笑道:"土盘子去淘米!我来破鱼!只是咋个做呢?你说。"

罗歪嘴笑道:"我是只会吃的。你喜欢咋个做,就咋个做。我再去割一斤肉来,弄盐煎肉,今天天气太好,我们好生吃一顿!"

"又不过年,又不过节,又没有人做生,有了鱼,也就够了!"

"管他的,只要高兴,多使几百钱算啥!"

今天天气果然好。好久不见的太阳,在昨天已出了半天,今天更是从清早以来,就亮晶晶的挂在天上。天是碧蓝的,也时而有几朵薄薄的白云,但不等飞近太阳,就被微风吹散了。太阳如此晒了大半天,所以空气很是温和,前两天的轻寒,早已荡漾得干干净净。人在太阳光里,很有点春天的感觉。

罗歪嘴本不会做甚么的,却偏要虱在灶房里,摸这样,摸那样,惹得蔡大嫂不住的笑。她的丈夫知道今天有好饮食吃,也很高兴,不时丢开铺面,钻到灶房来帮着烧火,剥蒜。

又由蔡大嫂配了两样菜,盐煎肉也煎好了,鱼已下了锅,叫土盘子摆筷子了,罗歪嘴才提说不要搬到铺面上去吃,就在灶房外院坝当中吃。恁好的天气,自然很合宜的。谁照料铺面呢,就叫土盘子背着金娃子挟些菜在饭碗上,端着出去吃。

于是一张矮方桌上,只坐了三个人。蔡大嫂又提说把刘三金叫来,罗歪嘴不肯,他说:"我们亲亲热热的吃得不好吗?为啥子要掺生水?"

蔡兴顺把自己铺子上卖的大曲酒用砂瓦壶量了一壶进来,先给罗歪嘴斟上,他老婆摇头道:"不要跟我斟。"

罗歪嘴侧着头问道:"为啥子不吃呢?"

"吃了,脸红心跳的。"

蔡兴顺道:"有好菜,就该吃一杯,醉了,好睡。"

她盼了他一眼道,"都象你吗,好酒贪杯的,吃了就醉,醉了就睡!"

罗歪嘴把酒壶接过去,拉开她按着杯子的手,给她斟了一满杯道:"看我的面子,吃一杯!天气跟春天一样,吃点酒,好助兴!"

她笑了笑道:"大老表,我看你不等吃酒,兴致已好了。"

他摇了摇头道:"不见得,不见得!"

吃酒中间,谈到室家一件事上,罗歪嘴不禁大发感慨道:"常言说得好,傻子有傻福,这话硬一点不错!就拿蔡傻子来说罢,姑夫姑妈苦了一辈子,省吃俭用的,死了,跟他剩下这所房子,还有二三百两银子的一个小营生。傻子自幼就没有吃过啥子苦,顺顺遂遂的当了掌柜不算外,还讨这么一个好老婆!……"

蔡兴顺只顾咧着嘴傻笑,只顾吃菜吃酒。他老婆插嘴打岔道:"你就吃醉了吗?我是啥子好老婆?若果是好老婆,傻子早好了。"

"还要谦逊不好?又长得好!又能干!又精灵!有嘴有手的!我不是当面凑合的话,真是傻子福气好,要不是讨了你,不要说别的,就他这小本营生,怕不因他老实过余,早倒了灶了,还能象现在这样安安逸逸的过活吗?并且显考也当了,若是后来金娃子读书成行,不又是个现成老封翁?说起我来,好象比傻子强。其实一点也比不上,第一,三十七岁了,还没有遇合一个好女人!"

他的话,不知是故意说的吗?或是当真有点羡慕?当真有点嫉妒?只是还动人。

大家都无话说,吃了一回酒,蔡大嫂才道:"大老表是三十七岁的人,倒看不出。你比他大三岁,大我十二岁。但你到底是个男子汉,有出息的人!"

罗歪嘴叹了一声道:"再不要说有出息的话!跑了二十几年的滩,还是一个光杆。若是拿吃苦来说,那倒不让人;若是说到钱,经手的也有万把银子,但是都烊和了。以前也太荒唐,我自己很明白,对待女人,总没有拿过真心出来;却也因历来遇合的女人,没一个值得拿真心去对待的。那些女人之对待我,又那一个不把我当作个肯花钱的好保爷,又那一个曾拿真情真义来交结过我?唉!想起以前的事,真够令人叹息!"

蔡大嫂大半杯酒已下了肚,又因太阳从花红树干枝间漏下,晒着她,使她一张脸通红起来,瞧着罗歪嘴笑道:"在外面做生意的女人,到底赶不到正经人家的女人有情有义。你讨一个正经人家的姑娘,不就如了愿吗?"

罗歪嘴皱起眉头道:"说得容易,你心头有没有这样一个合式的女人?"

"要啥样子的?"

"同你一样的!"他说时,一只手已从桌下伸去,把她的大腿摸了摸,捏了捏。

她不但不躲闪,并且掉过脸来,向他笑了笑道:"我看刘三金就好,也精灵,也能干,有些地方,比我还要好些。"

"哈哈!亏你想到了她!不错,在玩家当中,她要算是好看的,能干的,也比别一些精灵有心胸;但是比起你来,那就差远了!……傻子,你也有眼睛的,你说我的话,对不对?"

蔡兴顺已经有几分醉意了,朦朦胧胧,睁着眼睛,只是点头。两个人又大笑起来。罗歪嘴十分胆大了,竟拉着蔡大嫂一只手,把手伸进那尺把宽的衣袖,一直去摸她的膀膊。她轻轻拿手挡了两下,也就让他去摸。一面笑道:"照你说,你为啥子还包了她几个月,那样爱法?"

罗歪嘴有点喘道:"是她向你说过,说我爱她吗?"

"不是,她并未说过,是我从旁看来,觉得你在爱她。"

"我晓得她向你说的是些啥子话,就这一点,我觉得她还好。但是,就说她对我有真情真义,那她又何至于要走呢?我对待她,的确比对别一些玩家好些,钱也跟得多些,若说我爱她,我又为何要叫她走呢?舍得离开的,就不算爱!……"

他的手太伸进去了一点,她怕痒,用力把他的手拉出来,握在自己掌中道:"那你当真爱一个人,不是就永远不离开了?"

他很是感动,咬着牙齿道:"不是吗?"

她将他的手一丢,把酒杯端起,一口喝空,哈哈大笑道:"说倒说得好,我就长着眼睛看罢!"

蔡兴顺醉了,仰在所坐的竹椅背上,循例的打起鼾声。

土盘子在铺面上很久很久了,不知为一件甚么事,走进来找罗歪嘴。只见矮方桌前,只剩一个睡着了的师父,桌子上杯盘狼藉,鱼骨头吐了一地,而罗五爷与师娘都不见。

五

要上灯了,罗歪嘴回到栈房。场合正热闹,因为汉州来了三个有钱朋友,成都又上来一个有力量的片官。朱大爷且于今天下午,提着钱褡裢来走了一遭,人人都是很上劲的。

罗歪嘴也走了一个游台,招呼应酬了一遍,方回到耳房。

刘三金正在收拾衣箱,陆茂林满脸不自在的躺在烟盘旁边,挑了一烟签的鸦片烟在烧牛屎堆。

他一看见罗歪嘴进来,把烟签一丢,跳到当地道:"罗五爷,你回来啦!

咋个说起的,三儿就要走咧?"

"就要走吗,今夜?"

刘三金站了起来笑道:"哎呀!那处没找到你,你跑往那里去了?说是在兴顺号吃着酒就不见了,我生怕你吃醉了跌到沟里去了!"

罗歪嘴又问道:"咋个说今夜就走?"

"那个说今夜走?我是收拾收拾,打算明天走,意思找你回来说一声,好早点雇轿子挑子,偏偏找不着你。老陆来了,缠着人不要走,跟离不开娘的奶娃儿一样,说着说着,都要哭了,你说笑不笑人?"

罗歪嘴看着陆茂林丧气的样子,也不禁大笑道:"老陆倒变成情种了!人为情死,鸟为食亡,老陆,你该不会死罢?"

刘三金道:"我已向他说过多少回。我们的遇合,只算姻缘簿上有点露水姻缘,那里认得那么真!你是花钱的嫖客,只要有钱,到处都可买得着情的。我不骗你,我们虽是睡过觉,我心里并没有你这个人,你不要乱迷窍!我不象别的人,只图骗你的钱,口头甜蜜蜜的,生怕你丢开了手,心里却辣得很,恨不得把你连皮带骨吞了下去!我这回走,是因为要回去看看,不见得就从良嫁人,说不定我们还是可以会面的,你又何必把我留得这样痴呆呆的呢?可是偏说不醒,把人缠了一下午,真真讨厌死了!你看他还气成那个样子。"

陆茂林眯着眼睛,拿了块乌黑手帕子,连连把鼻头揩着道:"罗五爷,你不要尽信她的话。我就再憨,也不会呆到那样。我的意思,不过说过年还早,大家处得好好的,何必这样着急走哩!多玩几天,我们也好饯个行,尽尽我们的情呀!……"

刘三金把脚几顿,一根指头直指到他鼻子上道:"你才会说啦!若只是这样说,我还会跟你生气吗?还有杜老四做眼证哩!你去把他找进来问问看,我若冤枉了你,我……"

罗歪嘴把手一摆道:"不许乱赌咒!你也不要怪他,他本是一个见色迷窍的人。不过这回遇合了你,玉美人似的,又风骚,又率真,所以他更着了迷。你走了,我相信他必要害相思的。老陆,你也不要太胡闹了。你有好多填尿坑的钱用不完,见一个,迷一个?象你这脾气,只好到女儿国招驸马去。三儿要走,并不是今天才说起的,你如何留得下她?就说她看你的痴情,留几天,我问你,你又能得多少好处?她能不能把大家丢开,昼夜陪伴你一个人呢?你说饯行的话,倒对!既她明天准走,我们今夜就饯行,安排闹一个整晚,明天绝早送她走!三儿,你说好吗?"

刘三金笑道:"饯行不敢当!不过大家都住熟了,分手时,热闹一下,倒是对的。陆九爷,别怄气呀!宴息多跟你亲一个!……"

陆茂林惨然一笑道："那才多谢你啦！……罗哥，我们该咋个准备，该招呼那些人，可就商量得了。"

罗歪嘴颓然向床上一躺道："你把田长子喊来，我交代他去办好了！……三儿，快来跟我烧袋烟，今天太累了，有点撑不住。"

陆茂林出去走了一大转，本想就此不再与刘三金见面了的，既然她那样绝情寡义。只是心里总觉有点不好过，回头一想：见一面，算一面，她明早就要走了，知道以后还见得着么。脚底下不知不觉又走向耳房来，还未跨进门去，听见刘三金正高声的在笑，笑得象是很乐意的。他心里更其难过，寻思一定是在笑他。他遂冒了火，冲将进去，只听见刘三金犹自说着她未说完的话："……这该是我的功劳啦！若不是我先下了药，你那能这样容易就上了手？可是也难说，精灵爱好的女人，多不会尽守本分的。……"

罗歪嘴诧异的瞪着他道："这样气冲冲的，又着啥子鬼祟起了？"

陆茂林很不好意思，只好借口说："既是明天一早要走，为啥子还不把挑子收拾好？你两个还这样的腻在一起，我倒替你们难过！"

两个人都大笑起来。刘三金道："这话倒是对的。干达达，你去叫挑夫，我去看看蔡大嫂，一来辞行，二来道喜。"

陆茂林道："道啥子喜？我陪你去！"

罗歪嘴向她挤了个眼睛，她点头微笑道："你放心，没人会晓得的！……老陆陪我走，也使得，只是第一不准你胡说胡问，第二不准你胡钻胡走，第三不准你胡听胡讲，……"

陆茂林不由笑了起来道："使得，使得，把我变成一个瘸子瞎子聋子哑子，只剩一个鼻头来闻你两个婆娘的骚气！……"

刘三金笑着向他背上就是一拳道："连鼻子都不准闻！"

又是一阵哈哈，三个人便一路走出。

兴顺号酒座上点了一盏油盖水的玻璃神灯，一举两便，既可光照壁上神龛，又可光照常来的酒客。柜台上放着只长方形纱号灯，写着红黑扁体字：兴顺老号。在习惯的眼睛看来，也还辨得出人的面孔。

他们来时，蔡傻子已醉醒了，坐在柜台上挂账。土盘子在照顾酒客。灯光中，照见有三个人在那里细细的吃酒。

刘三金问了土盘子，知道他师娘带着金娃子在卧室里，便向陆茂林道："你就在这外面安安静静的等我！若果不听话，走了进来，……"遂凑着他耳朵道："……那你休想我拿香香跟你吃！"一笑的就跑进内货间去了。

陆茂林只好靠在柜台上，看蔡兴顺挂账，他的算盘真熟，滴滴达达只是打。要同他说两句话，他连连摇头，表示他不肯分心。

半袋叶子烟时，只听见蔡大嫂与刘三金的笑声，直从柜房壁上纸窗隙间漏出,一个是极清脆的,一个是有点哑的,把他的心笑得好象着嫩葱在搔的一样,又许久,方听见一阵细碎的脚步声从卧室走到内货间,知道她们说完话出来了。但是听见她们在内货间犹自唧唧哝哝了一会,才彼此一路哈哈,走出铺面。刘三金在前,蔡大嫂抱着金娃子在后,灯光中看见两个女人的脸,都是通红的。

刘三金走到柜台边,向蔡兴顺打着招呼道:"蔡掌柜,恭喜发财!我明天要走了,我愿意再来时,你掌柜的生意更要兴隆!"又是一阵哈哈,回头向蔡大嫂牵着袖子拂了一拂道:"嫂子,我就别过了!愿你顺心如意的直到你金娃戴红顶子!"

蔡大嫂只是笑,并不开口。陆茂林本想同她调笑一两句的,却被刘三金把袖子挽着就走。

六

天回镇的热闹,好象被刘三金带走了。这因为腊八之后,赌博收了场;过路客商也因腊月关系,都要赶路,天回镇只是一个过站,谁肯在此流连?罗歪嘴又因伤风咳嗽,嫌一个人住在云集栈的后院不方便,遂迁到兴顺号去居住。

他本要同土盘子住在楼上的。蔡大嫂说,一天到晚,上楼几次,下楼几次,多不好!害病的人,那能这样劳苦!于是,把内货间腾了一下,有些不常用的东西和笨货,都架到卧室楼上。通后头院坝的小门上,挂了一幅门帘,便没有过道风吹人。原来的亮瓦,叫泥水匠来洗了一洗,又由罗歪嘴出钱,新添三行亮瓦,房间里也有了光。然后安了一张床,一张条桌,两张方凳,——这都是老蔡兴顺遗留下来的东西,也是两年前曾为罗歪嘴使用过的。——就算是罗歪嘴的行辕。过了两夜,罗歪嘴说夜里还是有风吹进帐子。蔡大嫂又主张:在夜里,罗歪嘴到卧室架子床上去睡,她同丈夫孩子移出来,到罗歪嘴的床上。

罗歪嘴原本不肯的,说:"那有这样喧宾夺主之理?我来养病,劳烦你夫妇随时照料,已经够了!"但她的理由也充足:"你害的既是伤寒病,那能在夜里再感冒?你是来此养病,不是来此添病,若是我们不管,叫人听见了,岂不要议论我们的不对?我们就不说是亲戚,便是邻居咧,也不能这样的见死不救!设若你仍在云集栈,我们没法子照管,还可以推口,既在我们家里,我们咋好只图自己舒服,连房间都不让一让呢?况且又无妨碍,一样的有床,有枕头,有被盖。……"

蔡兴顺也帮着劝,并且主张:"不管他答不答应,到夜里,我们先就在他床上睡了。"他才无计奈何答应了,但附了两个条件,其一,以他的病愈为止;其二,金娃子太小,也受不住夜寒,让他在架子床上同睡,蔡大嫂可以随时进来喂他的奶。房门自是不关的。

　　同时,蔡兴顺也很高兴他因罗歪嘴之来,公然得以顺遂恢复了讨老婆以前的快活习惯,而再不受老婆的罗唣。就是在关了铺子之后,杯酒自劳,吃得半醺的,清清静静的上床去酣然一觉。

　　罗歪嘴日间也常出去干他的正经事。一回来,把鸦片烟盘子一摆,蔡大嫂总自然而然的要在烟盘边来陪他。起初还带着金娃子坐在对面说笑,有一次,她要罗歪嘴教她烧烟泡,竟无所顾忌的移到罗歪嘴这边,半坐半躺,以便他从肩上伸手过去捉住她的手教。恰这时候,张占魁田长子两个人猛的掀开帘子进来。罗歪嘴便一个翻身,离开蔡大嫂有五六寸远,而她哩,却毫无其事的,依然那样躺着烧她的烟泡,还一面翘起头来同他们交谈。

　　事情是万万掩不住的。罗歪嘴倒有意思隐秘一点,而蔡大嫂好象着了魔似的,偏偏要在人跟前格外表示出来。于是他们两个的勾扯,在不久之间,已是尽人皆知。蔡大嫂自然更无顾忌,她竟敢于当着张占魁等人而与罗歪嘴打情骂俏,甚至坐在他的怀中。罗歪嘴也扯破面子,不再作假,有人问着,他竟老实承认他爱蔡大嫂;并且甚为得意的说,枉自嫖了二十年,到如今,才算真正尝着了妇人的情爱。他们如此一来,反而得了众人的谅解,当面自是没有言语,俨然公认他们的行为是正当的。即在背后,也只这样讥讽蔡大嫂:"正经毕竟是绷不久啦!与其不能正经到底,不如早点下水,还多快活两年!"也只这样嘲笑罗歪嘴:"大江大海都搅过来的,却在阴沟里翻了船!口口声声说是不着迷,女人玩了便丢开,如今哩,岂但着了迷,连别人多看她一眼,你瞧,他就嫉妒起来!"

(初载《死水微澜》,中华书局 1936 年版)

张天翼

华威先生

转弯抹角算起来——他算是我的一个亲戚。我叫他"华威先生"。他觉得这种称呼不大好。

"嗳,你真是!"他说。"为什么一定要个'先生'呢。你应当叫我'威弟'。再不然叫'阿威'。"

把这件事交涉过了之后,他立刻戴上了帽子:

"我们改日再谈好不好?我总想畅畅快快跟你谈一次——唉,可总是没有时间。今天刘主任起草了一个县长公余工作方案,硬叫我参加意见,叫我替他修改。三点钟又还有一个集会。"

这里他摇摇头,没奈何地苦笑了一下。他声明他并不怕吃苦:在抗战时期大家都应当苦一点。不过——时间总要够支配呀。

"王委员又打了三个电报来,硬要请我到汉口去一趟。这里全省文化界抗敌总会又成立了,一切抗战工作都要领导起来才行。我怎么跑得开呢,我的天!"

于是匆匆忙忙跟我握了握手,跨上他的包车。

他永远挟着他的公文皮包。并且永远带着他那根老粗老粗的黑油油的手杖。左手无名指上带着他的结婚戒指。拿着雪茄的时候就叫这根无名指微微地弯着,而小指翘得高高的,构成一朵兰花的图样。

这个城市里的黄包车谁都不作兴跑,一脚一脚挺踏实地踱着,好象饭后千步似的。可是包车例外:叮当,叮当,叮当,——一下子就抢到了前面。黄包车立刻就得往左边躲开,小推车马上打斜。担子很快地就让到路边。行人赶紧就避到两旁的店铺里去。

包车踏铃不断地响着。钢丝在闪着亮。还来不及看清楚——它就跑得老远老远的了,象闪电一样快。

而——据这里有几位抗战工作者的上层分子的统计——跑得顶快的是那位华威先生的包车。

他的时间很要紧。他说过——

"我恨不得取消晚上睡觉的制度。我还希望一天不止二十四小时。抗战工作实在太多了。"

接着掏出表来看一看,他那一脸丰满的肌肉立刻紧张了起来。眉毛皱着,嘴唇使劲撮着,好象他在把全身的精力都要收敛到脸上似的。他立刻就走:他要到难民救济会去开会。

照例——会场里的人全到齐了坐在那里等着他。他在门口下车的时候总得顺便把踏铃踏它一下:叮!

同志们彼此看着:唔,华威先生到会了。有几位透了一口气。有几位可就拉长了脸瞧着会场门口。有一位甚至于要准备决斗似的——抓着拳头瞪着眼。

华威先生的态度很庄严,用种从容的步子走进去,他先前那副忙劲儿好象被他自己的庄严态度消解掉了。他在门口稍为停了一会儿,让大家好把他看个清楚,仿佛要唤起同志们的一种信任心,仿佛要给同志们一种担保——什么困难的大事也都可以放下心来。他并且还点点头。他眼睛并不对着谁,只看着天花板。他是在对整个集体打招呼。

会场里很静。会议就要开始。有谁在那里翻着什么纸张,窸窸窣窣的。

华威先生很客气地坐到一个冷角落里,离主席位子顶远的一角。他不大肯当主席。

"我不能当主席,"他拿着一支雪茄烟打手势。"工人抗战工作协会的指导部今天开常会。通俗文艺研究会的会议也是今天。伤兵工作团也要去的,等一下。你们知道我的时间不够支配:只容许我在这里讨论十分钟。我不能当主席。我想推举刘同志当主席。"

说了就在嘴角上闪起一丝微笑,轻轻地拍几下手板。

主席报告的时候,华威先生不断地在那里括洋火点他的烟。把表放在面前,时不时象计算什么似地看看它。

"我提议!"他大声说。"我们的时间是很宝贵的:我希望主席尽可能报告得简单一点。我希望主席能够在两分钟之内报告完。"

他括了两分钟洋火之后,猛的站了起来。对那正在哇啦哇啦的主席摆摆手:

"好了,好了。虽然主席没有报告完,我已经明白了。我现在还要赴别的会,让我先发表一点意见。"

停了一停。抽两口雪茄,扫了大家一眼。

"我的意见很简单,只有两点,"他舔舔嘴唇。"第一点,就是——每个工作人员不能够怠工。而是相反,要加紧工作。这一点不必多说,你们都是很努力的青年,你们都能热心工作。我很感谢你们。但是还有一点——你们时时刻刻不能忘记,那就是我要说的第二点。"

他又抽了两口烟,嘴里吐出来的可只有热气。这就又括了一根洋火。

"这第二点呢就是:青年工作人员要认定一个领导中心。你们只有在这一个领导中心的领导之下,抗战工作才能够展开。青年是努力的,是热心的,但是因为理解不够,工作经验不够,常常容易犯错误。要是上面没有一个领导中心,往往要弄得不可收拾。"

瞧瞧所有的脸色,他脸上的肌肉耸动了一下——表示一种微笑。他往下说:

"你们都是青年同志,所以我说得很坦白,很不客气。大家都要做抗战工作,没有什么客气可讲。我想你们诸位青年同志一定会接受我的意见。我很感激你们。好了,抱歉得很,我要先走一步。"

把帽子一戴,把皮包一挟,瞧着天花板点点头,挺着肚子走了出去。

到门口可又想起了一件什么事。他把当主席的同志拽开,小声儿谈了几句。

"你们工作——有什么困难没有?"他问。

"我刚才的报告提到了这一点,我们……"

华威先生伸出个食指顶着主席的胸脯:

"唔,唔,唔。我知道我知道。我没有多余的时间来谈这件事。以后——你们凡是想到的工作计划,你们可以到我家里去找我商量。"

坐在主席旁边那个长头发青年注意地看着他们,现在可忍不住插嘴了:

"星期三我们到华先生家里去过三次,华先生不在家……"

那位华先生冷冷地瞅他一眼,带着鼻音哼了一句——"唔,我有别的事,"又对主席低声说下去:

"要是我不在家,你们跟密司黄接头也可以。密司黄知道我的意见,她可以告诉你们。"

密司黄就是他的太太。他对第三者说起她来,总是这么称呼她的。

他交代过了这才真的走开。这就到了通俗文艺研究会的会场。他发现别人已经在那里开会,正有一个人在那里发表意见。他坐了下来,点着了雪茄,不高兴地拍了三下手板。

"主席!"他叫。"我因为今天另外还有一个集会,我不能等到终席。我现在有点意见,想要先提出来。"

于是他发表了两点意见:第一,他告诉大家——在座的人都是当地的文化人,文化人的工作是很重要的,应当加紧地做去。第二,文化人应当认清一个领导中心,文化人在文抗会的领导中心的领导之下团结起来,统一起来。

五点三刻他到了文化界抗敌总会的会议室。

这回他脸上堆上了笑容,并且对每一个人点头。

"对不住得很,对不住得很:迟到了三刻钟。"

主席对他微笑一下,他还笑着伸了伸舌头,好象闯了祸怕挨骂似的。他四面瞧瞧形势,就拣在一个小胡子的旁边坐下来。

他带着很机密很严重的脸色——小声儿问那个小胡子:

"昨晚你喝醉了没有?"

"还好,不过头有点子晕。你呢?"

"我啊——我不该喝了那三杯猛酒,"他严肃地说。"尤其是汾酒,我不能猛喝。刘主任硬要我干掉——嗨,一回家就睡倒了。密司黄说要跟刘主任去算账呢:要质问他为什么要把我灌醉。你看!"

一谈了这些,他赶紧打开皮包,拿出一张纸条——写几个字递给了主席。

"请你稍为等一等,"主席打断了一个正在发言的人的话。"华威先生还有别的事情要走。现在他有点意见,要求先让他发表。"

华威先生点点头站了起来。

"主席!"腰板微微地一弯。"各位先生!"腰板微微地一弯。"兄弟首先要请求各位原谅:我到会迟了点,而又要提前退席。……"

随后他说出了他的意见。他声明——这文化界抗敌总会的常务理事会,是一切救亡工作的领导机关,应该时刻刻起领导中心作用。

"群众是复杂的。工作又很多。我们要是不能起领导作用,那就很危险,很危险。事实上,此地各方面的工作也非有个领导中心不可。我们的担子真是太重了,但是我们不怕怎样的艰苦,也要把这担子担起来。"

他反复地说明了领导中心作用的重要,这就戴起帽子去赴一个宴会。他每天都这么忙着。要到刘主任那里去联络。要到各学校去演讲。要到各团体去开会。而且每天——不是别人请他吃饭,就是他请人吃饭。

华威太太每次遇到我,总是代替华威先生诉苦。

"唉,他真苦死了!工作这么多,连吃饭的工夫都没有。"

"他不可以少管一点,专门去做某一种工作么?"我问。

"怎么行呢?许多工作都要他去领导呀。"

可是有一次,华威先生简直吃了一大惊。妇女界有些人组织了一个战时保婴会,竟没有去找他!

他开始打听,调查。他设法把一个负责人找来。

"我知道你们委员会已经选出来了。我想还可以多添加几个。由我们文化界抗敌总会派人来参加。"

他看见对方在那里踌躇,他把下巴挂了下来:

"问题是在这一点:你们委员是不是能够真正领导这工作？你能不能够对我担保——你们会内没有汉奸,没有不良分子？你能不能担保——你们以后工作不至于错误,不至于怠工？你能不能担保,你能不能？你能够担保的话,那我要请你写个书面的东西,给我们文抗会常务理事会。以后万一——如果你们的工作出了毛病,那你就要负责。"

接着他又声明:这并不是他自己的意思。他不过是一个执行者。这里他食指点点对方胸脯:

"如果我刚才说的那些你们办不到,那不是就成了非法团体了么？"

这么谈判了两次,华威先生当了战时保婴会的委员。于是在委员会开会的时候,华威先生挟着皮包去坐这么五分钟,发表了一两点意见就跨上了包车。

有一天他请我吃晚饭。他说因为家乡带来了一块腊肉。

我到他家里的时候,他正在那里对两个学生样的人发脾气。他们都挂着文化界抗敌总会的徽章。

"你昨天为什么不去,为什么不去？"他吼着。"我叫你拖几个人去的。但是我在台上一开始演讲,一看——连你都没有去听！我真不懂你们干了些什么？"

"昨天——我去出席日本问题座谈会的。"

华威先生猛地跳起来了:

"什么！什么！日本问题座谈会？怎么我不知道,怎么不告诉我？"

"我们那天部务会议决议了的。我来找过华先生,华先生又是不在家——"

"好啊,你们秘密行动！"他瞪着眼。"你老实告诉我——这个座谈会到底是什么背景,你老实告诉我！"

对方似乎也动了火:

"什么背景呢,都是中华民族！部务会议议决的,怎么是秘密行动呢。……华先生又不到会,开会也不终席,来找又找不到……我们总不能把部里的工作停顿起来。"

"混蛋！"他咬着牙,嘴唇在颤抖着。"你们小心！你们,哼,你们！你们！……"他倒到了沙发上,嘴巴痛苦地抽得歪着。"妈的！这个这个——你们青年！……"

五分钟之后他抬起头来,害怕地四面看一看。那两个客人已经走了。他叹一口长气,对我说:

"唉,你看你看！现在的青年怎么办,现在的青年！"

这晚他没命地喝了许多酒,嘴里嘶嘶地骂着那些小伙子。他打碎了一

只茶杯。密司黄扶着他上了床,他忽然打个寒噤说:

"明天十点钟有个集会……"

1938 年 2 月

(初载 1938 年 4 月 16 日《文艺阵地》第 1 卷第 1 期)

沙　汀

在其香居茶馆里

　　坐在其香居茶馆里的联保主任方治国,当他看见从东头走来,嘴里照例扰嚷不休的邢幺吵吵,他简直立刻冷了半截,觉得身子快要坐不稳了。

　　使他发生这种异状的有下面几个原因:为了种种糊涂的措施,他目前正处在全镇市民的围攻当中,这是一;其次,幺吵吵第二个儿子,因为缓役了四次,好多人在讲闲话了;加之,新县长又是宣言了要整顿兵役的,于是他糊糊涂涂地上了一封密告,而在三天前被兵役科捉进城了。

　　但最重要的是:如全市所批评,幺吵吵是不忌生冷的人,什么话都说得出来的。而他本人虽不可怕,但他的大哥是全县极有威望的耆宿,他的舅子是财务委员,县政上的活动分子,并且,就是主任的令尊在世的时候,也是对幺吵吵那张嘴表示头痛的。

　　但幺吵吵终于吵过来了。这是那种精力充足,对这世界上任何物事都抱了一种毫不在意的态度的典型男性。在这类人身上是找不出悲观和扫兴的。他常打着哈哈在茶馆里自白道:

　　"老子这张嘴么,就这样,说是要说的,吃也是要吃的;说够了回去两杯甜酒一喝,倒下去就睡……"

　　现在,他一面跨上其香居的阶沿,拖了把圈椅坐了下去,一面直着嗓子,干笑着嚷道:

　　"嗨,对! 看阳沟里还把船翻了么!"

　　他所参加的桌子已经有着三个茶客,全是熟人:十年前当过视学的俞视学;前征收局的管账,现在靠着利金生活的黄光锐;会文纸店的老板汪世模汪二。

　　他们大家,以及旁的茶客,都向他打着招呼:

　　"拿碗来,茶钱我给了。"

　　"坐上来好吧,"视学客气道,"这里要舒服些。"

　　"我要那么舒服的做什么哇,"出乎意外,吵吵红着脸叫嚷道:"你知道么。我坐了上席会头昏的,……没有那个资格!"

　　本分人的视学禁不住红起脸来。但他立刻觉得幺吵吵是针对着联保主任说的,因为在说的时候,他看见他满含恶意地瞥了坐在后面首席上的方治国一眼。

除却主任,那桌还坐着的有张三监爷。他们都说他是方治国的军师,但实际上,他只能跟主任坐坐酒馆。在紧要关头,尽点忠告。但这又并不特别,他原是对什么事也关心的,而往往忽略了自己。他的老婆在家里是经常饿着饭的。

同监爷对坐着的是黄毛牛肉,正在吞服着一种秘制的戒烟丸药。他是主任的重要助手;虽然并无过人之才,唯一的特点是毫无顾忌;"现在的事你管那么多做什么哇,"他常常说,"拿得到的你就拿!"

他应付这世界上一切足以使人大惊小怪的事变,只有一种态度,装做不懂。因此,他小声向主任说道:

"你不要管他的,"他眨眼而且努嘴,"发神经!"

"这回子把蜂窝戳破了。"主任发出苦笑说。

"我看要赶紧'缝'啊,"监爷拿着暗淡无光的黄铜水烟袋,沉吟道:"另外找一个人'抵'怎样?"

"已经来不及了呀。"

"不要管他的,"牛肉道,"他是个火炮性子。"

这时,幺吵吵已经拍着桌子,放开嗓子叫了。但他的战术还停留在第一阶段上,即并不指出被攻击的人的姓名,只是隐射着,似乎像一通没头没脑的漫骂。

"搞到我名下来了。"他佯装着打了一串哈哈,"好得很!老子今天就要看他是什么鸡巴人出来的:人鸡巴,狗鸡巴,你们见过狗鸡巴么,嗨,那才有兴趣!"

于是他又比又说地形容起来了。虽然已经蓄了十年上下的胡子,但他是以粗鲁话出名的。许多闲着无事的人,有时甚至故意挑弄他说下流话。他所谓的"狗"是指他的仇人说的,因为主任的外祖当过衙役,而这又是方府上下人等最大的忌讳。

因为他形容得太难堪了,那视学插嘴道:

"少造点口孽,有道理讲得清的。"

"我有什么道理哇!"吵吵忽然正色道,"有道理我也当什么鸡巴主任了。两眼墨黑,见钱就拿!"

"吓,邢表叔!"

气得脸青面黑的瘦小的主任,一下子忍不住站起来了。

"吓,邢表叔,"他说,"你说话要负责啊!"

"什么叫做负责哇!我就不懂,——什么人是你的表叔,你认错人了,是你表叔你也不吃我了!"

"对,对,对,我吃你。"主任解嘲地说,一面坐了下去。

"不是吗?"么吵吵拍了一掌桌子,"兵役科的人亲自对我老大说的!你的报告真做得好呢。我倒要看你今天是长的几个卵子!……"

他愈说,就愈觉得这并非玩笑的事。如一向以来的瞎吵瞎闹一样,他感到愤激了。

他相信,要是一年或者半年以前,他是用不着怎样着急的,事情好办得很,只需给他大哥一个通知,他的老二就会自自由由走回来的。而且以往他就避掉过四次。但现在是不同了,一切都要照规矩办了。而且更重要的,他的老二已经抓进城了。

照经验,事情一露了头,弄得县长面前去了,就难办的。他已经派了老大进城,但带回来的口信是:因为新县长的脾气还不清楚,而且一接印就宣布他是要整顿兵役的,所以他的伯父和舅父都表示情形的险恶。额外那捎信人又说,壮丁就要送进省了。

凡是邢大老爷们都感觉棘手的事,人还能有什么办法呢?这也是说,他的老二只有作炮灰了。

"你怕我是聋子吧,"么吵吵简直在咆哮了,"去年蒋家寡母子的儿子五百,你放了;陈二靴子两百,你也放了!你比土匪头儿肖大个子还厉害,钱也拿了,脑壳也保住了,——老子也有钱!你要张一张嘴呀?……"

"说话要负责啊!邢么老爷!"

主任咕噜着,而且现出假装的笑容。

这是一个糊涂而胆怯的人。胆怯是因为富有,而且在这个边野地方,从来没有摸过枪炮的原故。这里是每一个人都能来两手的。他一直规规矩矩地吃着祖宗的田产,在好几年以前,因为预征太多,许多人怕当公事,于是在一种策动下,他当团总了。

他明白这是阴谋。但一向忍气吞声的日子引诱他接受了这个挑战。他起初老是垫钱,但后来他发觉甜头了:回扣、黑粮等等,并且走进茶馆的时候,招呼茶钱的声音也来得更响亮,更众多了。

而在五年以前,他的大门上已经有了一道县长颁赠的匾额:

"尽瘁桑梓"

但不管怎样,如他自己所感觉的一般,在回龙镇,还是有人压住他的。他看得清楚,所以他现在很失悔做了糊涂事情。他老是强笑着,满不在意似的说道:

"你发气做什么啊,都不是外人。……"

"你也知道不是外人么?"对方反问道:"你知道不是外人,就不该搞我了,告我的密了!"

"我只问你一句!"

主任又站起来了。他笑问道:

"你说一句就是了:兵役科什么人告诉你的?"

"总有那个人呀!"

吵吵说,十分气派地摊在圈椅里面;一面冷笑着加添道:

"像还是我造谣呢。"

"不是,你要告诉我呀。"

看见吵吵松了劲,主任知道可以说理的机会到了,他就势坐向视学侧面去,赌咒发誓地分辩起来,说他是一辈子都不会做出这样胆大糊涂的事情来的。

但却并不向着吵吵,而是视学们。他说:

"你们想吧,"他平摊开手,侧仰他那瘦瘦的铁青的脸蛋,"你们想,我是吃饭长大的呀!并且,我一定要他去做什么呢?难道委员长会给我一个状元当么?没讲的话,这街上的事,一向糊得圆我总是糊的!"

"你才会糊!"吵吵叹着气抵了一句。

"那总是我吹牛啊!"主任无可奈何地说,"别的不讲,就拿公债来说吧,别人写的多少,你写的多少?"

他又挨近视学的耳朵呻唤道:

"连丁八字都是五百元呀!"

他之所以说得如此秘密的有两个原因,其一,是想充分表示出事情的重要性;又其一,是因为街上看热闹的人已经多了。公开宣布出来究竟太不光彩,而且容易引起纠纷。

大约视学相信了他的话,或者被他的诚意感动了。兼之又是出名的好好先生;因此他劝解道:

"幺哥!我看这样啊,"他斯斯文文地扫了扫喉咙,"人不抓,已经抓去了,横竖是为了国家。……"

"这你才会说呢!"吵吵一下撑起来了:"这样会说,你怎么不把你自己的送去呢?"

"好!我不同你讲。"

视学红着脸说,故意勾脑袋吃茶去了。

"你讲呀!"吵吵重又坐了下去,继续道;"真是没有生过娃娃不晓得×痛!怎么把你个好好先生遇到了啊;东瓜做不做得甑子?做得。蒸垮了呢?那是要垮的,——你个老哥子真是!"

他的形容引来了一片笑声。但他自己并不笑,他把他那结实的身子移

动了一下,抹抹胡子,宣言道:

"闲话少讲!方大主任,说不清楚你走不掉的!"

"好呀,"对方漫应着,一面懒懒退还原地方去;"回龙镇只有这样大一个地方哩。往那里跑?要跑也跑不脱的。"

他的声口和表情照例带着一种嘲笑的意味,至于是嘲笑自己或者对方,那就要凭你猜了。他是经常凭藉了这点武器来掩护他自己的。而且经常弄得顽强的敌手哭笑不是。他们叫他做软硬人。

当回到原位的时候,他的助手一面吞服着戒烟丸,生气道:

"我白还懒得答呢,你就让他吵去!"

"不行不行,"监爷意味深长地说,"事情不同了。"

他一直这样坚持自己的意见是有理由的。他确信镇上已在进行一种大规模的控告;而且邢大老爷是可以左右它的;他可以使这成为事实,也可以打消它,所以联络邢家乃是一个必要的步骤。

何况谁知道新县长是怎样一副脾气的人呢!

这时候,茶堂里的来客已增多了。连平时懒于出门的陈新老爷也走来了。新老爷是科举时代最末一次的秀才,当了十年团总,十年哥老会的头目,八年前才退休。但他的说话还是同团总一样有效。

这可见么吵吵已经布置好一台讲茶了。茶堂里响着一片呼唤声,有单向堂倌叫拿茶来的,有站起来让座位的,有的甚至于怒气冲冲地吼道:

"不许乱收钱啦!嗨!这个龟儿子听到没有?……"

于是立刻跑去塞一张钞票在堂倌手里。

在这种种热情的骚动中间,争执的双方,已经变平静了。主任知道自己会亏理的,他在殷勤地争取着客人,希望能于自己有利。而么吵吵则一直闷气着,这是因为当着这许多漂亮人面前,他忽然直觉到,既然他的老二被抓,这就等于说他已经没面子了。

这镇上是流行着这样一种风气的,凡是按规矩行事的,就是平常人,重要人物都是站在一切规矩之外的。比如陈新老爷,他并不是惜疼金钱的角色,但就连打醮这种小事他也是没有份的;不然便是惹起人们大惊小怪,以为新老爷失了面子,快倒霉了。

面子在这里就如此的厉害,所以吵吵闷着脸,只是懒懒地打着招呼。直到新老爷问起他是否欠安的时候,他才稍稍振作地答道:

"人倒是好的,"他苦笑着,"就是眉毛快给人剪光了!"他一连打了一串干燥无味的哈哈。

"你瞎说!"新老爷严肃地晃着脑袋,切断他。"你瞎说!"

"当真哩,不然也不敢劳驾你老哥子动步了。"

为了表示关切,新老爷叹了口气;并且问道:

"大哥有信来没有呢?"

"他也没办法呀!"

吵吵呻唤了。但为了免除人们的误会,以为他的大哥已经成了没面子的角色,遂又立刻加上一番解释:

"你想吧,新县长的脾气又没有摸到,他怎么办呢? 常言说,新官上任三把火,他又是闹起要搞兵役的;谁晓得他会发什么猫儿毛病呢! 前天我又托蒋门神打听去了。"

"这个人怕难说话,"一个新近从城里回来的小商人插入道,"看样子就晓得了;戴他妈副黑眼镜子……"

但严肃沉默的空气没有使小商人说下去。

大家都不知道应该如何表示自己的感情才好。表示高兴是会得罪人的,因为情形确乎有些严重;但说是严重吧,也不对,又将显得邢府上太无能了。所以彼此只好暧昧不明地摇头叹气,喝起茶来。

看出主任有点焦灼和担心的神情,似乎正在考虑一种行动,牛肉包着丸药,小声道:

"不要管,这么快县长就叫他们喂家了么!"

"去找新老爷是对的!"监爷说。

这个脸面浮肿,常以足智多谋自负的没落者的建议正投了主任的机,他是已经在考虑着这个必要的办法的了。

使他迟疑的是他和新老爷的关系,与新老爷同邢家的关系的比较。他觉得差得多,并且虽然在派款和收粮上面,并没有对不住团总的地方,但在几件小事情上,他是开罪过他的。

比如,有一回曾布客想压制他,抬出老团总的招牌来,说道:

"好的,我们在新老爷那里去说!"

"你把时候记错了!"他发火道,"前几年的皇历用不上了! ——你想吓倒我不行!"

后来,事情虽然依然在团总的意志下和平解决,但他的话语也一定散播开去。团总给记下一笔账了。可是他终于站起身来,向了新老爷走去。

这行动立刻使人们振作起来了,他们都期待着一个新的开端和发展。有几人在大叫拿开水来,以图缓和一下他们紧张的心情。吵吵自然也是注意到主任的攻势的,但他不当作攻势看,以为他是要求新老爷转圆的。但他却猜不准转圆的方式。

而且,他又觉得,在他目前的处境上,任何调解他都是难于接受的。这不能道歉了事,也不能用金钱的赔偿弥补,那么剩下的只有上法庭了。然则在一个整饬兵役的县长面前这件事他会操胜算么!

他觉得苦恼,而且一切都不对劲。这个坚实乐观的人第一次被烦扰所袭击了。

他在桌面上拍了一掌,苦笑着自言自语道:

"哼,乱整吧,老子大家乱整!"

"你又来了,"那视学说,"他总会拿话出来说呀。"

"这还有什么说的呢?你个老哥怎么不想想啊:难道什么天王老子还有面子把人给我取脱么?!"

"不是那么讲。取不出来也有取不出来的办法的。"

"那我就请教你,"幺吵吵依旧忍耐着说,"什么办法呢?!说一句对不住了事?打死了让他赔命?……"

"也不是那样讲。……"

"那又是怎样讲?"他简直大发起火了;"老实说吧!他就没有办法!我们只有到场外前大河里去喝水。"

他愤怒地吼叫着,真像要拼掉他的命了。

这宣言引起一阵新的骚动。许多人都像预感到节目的精彩部分了。一个看客,他是立在阶沿下人堆里的,他大声回绝着朋友的催促:

"你走你的嘛!我还要玩一会!"

茶堂倌也在兴高采烈叫道:

"让开点,你个龟儿子,看把脑壳烫肿!"

在当街的最末一张桌子上,那里离幺吵吵隔着四张桌子,一种平心静气的谈判已近结束。但效果显然很少,因为长条子的团总,忽然板着脸站起来了。

他仰着脸把颈子一扭,大叫道:

"你倒说条件啊!"

但他随又坐了下去,手指很响地击着桌面。

"老弟!"他一直望着主任,"我不会害你的!一个人眼光要远大点,目前的事是谁也料不到的。"

"我知道呀!你都会害我么?"

"那你就该听大家劝呀?"

"查出来要这样呀,我的老先人?"

他苦滞地叫着,用手在后颈一比:他怕杀头。

这确也可虑,因为严惩兵役舞弊的明令,已经来过三四次了。这就算不上数,我们这里隔上峰还远,但县长于我们的情形却全然不相同了:他简直就在你的鼻子下面。并且既已捉去,要额外买人替换是更难了。

加之前一任县长正为壮丁问题撤职的,而新县长一上任便宣称他要扫除兵役上的种种积弊。谁知道也如一般新县长一样,说过了事,或者他更认真干一下?他的脾气又是怎么样的呢?

此外,他还有不能冒这危险的理由。他已经四十岁了,但他还没有取得父亲的资格。他的两个太太都不中用,虽然一般人把这责任归在他的先天不足上面,好像就是再活下去,他也将永远无济于事。

但不管如何,便从他那畏惧的性格着想,他也是决不冒险的了。所以停停,他又解嘲地继续道:

"我的老先人!这个险我是不敢冒的。你说认真是我密告他的我都想得过……"

他佯笑着,而且装得很安静的神情。同幺吵吵一样,他也看出了事情的诸般困难的;而他应该否认那密告的责任。但他没料到,他是把新老爷激恼了。

那个人并不让他说完便很生气地,截住他道:

"你才会装呢!可惜是大老爷亲自听兵役科说的!"

"方大主任,"吵吵也直接插入了,"是人鸡巴搞出来的你就撑住吧!我告诉你:赖是赖不脱的!"

"嘴巴不要伤人啊!"

主任认真起来了;但对方的嗓子也更提高了:

"是的,老子说了,是人搞出来的你撑住!"

"好嘛,你多凶啊。"

"老子就是这样!"

"对对对,你是老子!哈哈!……"

联保主任干笑着,一壁退回自己原先的座位上去。他觉得他在全市镇的人家面前受了辱,他决心要同他的敌人斗了。

他的同伴依旧担心着他。那牛肉说:

"你愈让他就愈来了,是吧!"

"不行不行,事情不同了,"监生叹着气。

许多人都感到事情已经闹僵了局,接着而来的一定是漫骂,是散场了。因为情形很明显,争吵的双方都是不会动拳头的,有的人是在准备回家吃午饭了。

但茶客们却谁也不能动身,这会很失体统,得罪人的。并且新老爷已经请了吵吵过去,在互相商量着,希望能有一个顾全体面的办法,虽然一个二十岁的青年人的生命不会恰恰就和体面相等。

然而由于一种不得已的苦衷,幺吵吵终至让步了;他带着决然忍受一切

的神情,说道:

"好好,就照你哥子说的做吧!"

"那么方主任,"于是团总站起来宣布了,"这一下就看你怎样:一切用费么老爷出,人由你找。事情由你进城办;办不通还有他们大老爷,——"

"就请林大老爷不更方便些么!"主任插入说。

"是呀!也请他们大老爷,不过你负责就是了。"

"我负不了这个责。"

"什么呀?"

"你想,我怎么能负责呢?"

"好!"

新老爷简紧地说,闷着脸坐下去了。他显然是被对方弄得不快意了;但沉默一会,他随耐着性子问道:

"你是怕用的钱会推在你身上么?"

"笑话!我怕什么,又不是我的事。"

"那是什么人的事呢?"

"我晓得的呀!"

主任说这些话的时候一直带着一种做作的安闲态度,而且嘲弄似的笑着;好像他什么都不懂,因此什么也不觉可怕,但他没有料到吵吵冲过来了。而且那个气的胡子发抖的汉子一把扭牢了他。

他扭住他的领口朝街面上拖,嚷叫道:

"我晓得你是个软硬人,我晓得你是个软硬人!"

"有话好好说啊!"人们劝解着;"都是熟人熟事的!"

但一面劝解、一面偷溜开的人也就不少。堂倌已经在忙着收茶碗了。监爷在四处向人求援。

"这太不成了,"他摇着头说,"大家把他们分开吧!"

"我管不了!"视学微笑着说,"看血喷在我身上。"

牛肉在包裹着戒烟丸药,一面咕咕道:

"这样就好!那个没有生得有手么!好得很!"

但当他收拾停当的时候,他的朋友已经吃了亏了。他淌着鼻血,左眼睛已经青肿。他已经被团总解救出来;他一只手摸着眼睛,嚷叫道:

"你姓邢的是对的,你打得好!……"

"你嘴硬吧!"吵吵则在唾着牙血,喘气着,"你嘴硬吧!"

黄毛牛肉建议主任应该即到医生那里去,但他被拒绝了,反而要他赶快去租滑竿。他觉得还是保持原样的好,因为他就要进城向县署控告去了。

他的眷属,尤其是他的母亲,那个以悭吝出名的小老太婆,一看过主任

的成绩便连连叫道:

"咦,兴这样打么!这样的眼睛不认人么!"

那么太太也在丈夫耳朵边咕咕哝哝着:

"眼睛都肿来像毛桃子了!"

"不要管,"吵吵吐着牙血,一面说,"打死了还有我报命!"

别的来看热闹的妇女也不少,整个市镇几乎全给翻了转来。吵架和打架本身就值得看,一对有面子的人的动手动脚,自然也就更可观了!

但正当人心沸腾的时候,一个左腿微跛,满脸胡须的矮汉子忽然挤将进来。这正是蒋米贩子,因为人呆滞尴尬,他又叫蒋门神。前天进城吵吵就托过他捎信的。所以他立刻为大家所注意了。首先拖住他的是幺太太。

这是个顶着假发的胖妇人,爱做作,爱谈话,诨名九娘子。她担心地,颤声颤气地问道:

"怎么样了?……你坐下来说吧!"

"怎么样,"跛子冷淡地说。"人已经出来了。"

"当真的呀!"许多人吃惊了。

"那还是假话么!我走的时候还在十字口牌桌子上呢。昨天夜里点名,报数报错了,队长说他不够资格打国仗就开革了;打了一百军棍。"

"一百军棍?"又是许多声音。

"不是面子大,你就是挨一百也出来不了呢。起初都讲新县长厉害,其实很好说话。前天大老爷请客,一个人早就到了,戴他妈副黑眼镜子……"

正说着,他忽然注意到了幺吵吵和联保主任。纵然是一个那么迟钝的人,他们的形状,也不免略略叫他吃惊起来了。

"你们是怎么搞的?"他问着,"你牙齿痛吗?你的眼睛怎么肿了?……"

(初载1940年12月1日《抗战文艺》第6卷第4期)

萧　红

呼兰河传(第三章)

一

呼兰河这小城里边住着我的祖父。

我生的时候,祖父已经六十多岁了,我长到四五岁,祖父就快七十了。

我家有一个大花园,这花园里蜂子、蝴蝶、蜻蜓、蚂蚱,样样都有。蝴蝶有白蝴蝶、黄蝴蝶。这种蝴蝶极小,不太好看。好看的是大红蝴蝶,满身带着金粉。

蜻蜓是金的,蚂蚱是绿的,蜂子则嗡嗡地飞着,满身绒毛,落到一朵花上,胖圆圆地就和一个小毛球似的不动了。

花园里边明晃晃的,红的红,绿的绿,新鲜漂亮。

据说这花园,从前是一个果园。祖母喜欢吃果子就种了果园。祖母又喜欢养羊,羊就把果树给啃了。果树于是都死了。到我有记忆的时候,园子里就只有一棵樱桃树,一棵李子树,因为樱桃和李子都不大结果子,所以觉得他们是并不存在的。小的时候,只觉得园子里边就有一棵大榆树。

这榆树在园子的西北角上,来了风,这榆树先啸,来了雨,大榆树先就冒烟了。太阳一出来,大榆树的叶子就发光了,它们闪烁得和沙滩上的蚌壳一样了。

祖父一天都在后园里边,我也跟着祖父在后园里边。祖父戴一个大草帽,我戴一个小草帽,祖父栽花,我就栽花;祖父拔草,我就拔草。当祖父下种,种小白菜的时候,我就跟在后边,把那下了种的土窝,用脚一个一个地溜平,哪里会溜得准,东一脚的,西一脚的瞎闹。有的把菜种不单没被土盖上,反而把菜子踢飞了。

小白菜长得非常之快,没有几天就冒了芽了。一转眼就可以拔下来吃了。

祖父铲地,我也铲地;因为我太小,拿不动那锄头杆,祖父就把锄头杆拔下来,让我单拿着那个锄头的"头"来铲。其实哪里是铲,也不过爬在地上,用锄头乱勾一阵就是了。也认不得哪个是苗,哪个是草。往往把韭菜当做野草一起地割掉,把狗尾草当做谷穗留着。

等祖父发现我铲的那块满留着狗尾草的一片,他就问我:"这是什么?"

我说:"谷子。"

祖父大笑起来,笑得够了,把草摘下来问我:"你每天吃的就是这个吗?"

我说:"是的。"

我看着祖父还在笑,我就说:"你不信,我到屋里拿来你看。"

我跑到屋里拿了鸟笼上的一头谷穗,远远地就抛给祖父了,说:"这不是一样的吗?"

祖父慢慢地把我叫过去,讲给我听,说谷子是有芒针的。狗尾草则没有,只是毛嘟嘟的真像狗尾巴。

祖父虽然教我,我看了也并不细看,也不过马马虎虎承认下来就是了。一抬头看见了一个黄瓜长大了,跑过去摘下来,我又去吃黄瓜去了。

黄瓜也许没有吃完,又看见了一个大蜻蜓从旁飞过,于是丢了黄瓜又去追蜻蜓去了。蜻蜓飞得多么快,哪里会追得上。好在一开初也没有存心一定追上,所以站起来,跟了蜻蜓跑了几步就又去做别的去了。

采一个倭瓜花心,捉一个大绿豆青蚂蚱,把蚂蚱腿用线绑上,绑了一会,也许把蚂蚱腿就绑掉了,线头上只拴了一只腿,而不见蚂蚱了。

玩腻了,又跑到祖父那里去乱闹一阵,祖父浇菜,我也抢过来浇,奇怪的就是并不往菜上浇,而是拿着水瓢,拼尽了力气,把水往天空里一扬,大喊着:"下雨了,下雨了。"

太阳在园子里是特大的,天空是特别高的,太阳的光芒四射,亮得使人睁不开眼睛,亮得蚯蚓不敢钻出地面来,蝙蝠不敢从什么黑暗的地方飞出来。

是凡在太阳下的,都是健康的、漂亮的,拍一拍连大树都会发响的,叫一叫就是站在对面的土墙都会回答似的。

花开了,就像花睡醒了似的。鸟飞了,就像鸟上天了似的。虫子叫了,就像虫子在说话似的。一切都活了。都有无限的本领,要做什么,就做什么。要怎么样,就怎么样。都是自由的。倭瓜愿意爬上架就爬上架,愿意爬上房就爬上房。黄瓜愿意开一个谎花,就开一个谎花,愿意结一个黄瓜,就结一个黄瓜。若都不愿意,就是一个黄瓜也不结,一朵花也不开,也没有人问它。玉米愿意长多高就长多高,他若愿意长上天去,也没有人管。蝴蝶随意的飞,一会从墙头上飞来一对黄蝴蝶,一会又从墙头上飞走了一个白蝴蝶。它们是从谁家来的,又飞到谁家去?太阳也不知道这个。

只是天空蓝悠悠的,又高又远。

可是白云一来了的时候,那大团的白云,好像洒了花的白银似的,从祖父的头上经过,好像要压到了祖父的草帽那么低。

我玩累了,就在房子底下找个阴凉的地方睡着了。不用枕头,不用席子,把草帽遮在脸上就睡了。

二

祖父的眼睛是笑盈盈的,祖父的笑,常常笑得和孩子似的。

祖父是个长得很高的人,身体很健康,手里喜欢拿着个手杖。嘴上则不住地抽着旱烟管,遇到了小孩子,每每喜欢开个玩笑,说:"你看天空飞个家雀。"

趁那孩子往天空一看,就伸出手去把那孩子的帽给取下来了,有的时候放在长衫的下边,有的时候放在袖口里头。他说:"家雀叨走了你的帽啦。"

孩子们都知道了祖父的这一手了,并不以为奇,就抱住他的大腿,向他要帽子,摸着他的袖管,撕着他的衣襟,一直到找出帽子来为止。

祖父常常这样做,也总是把帽放在同一的地方,总是放在袖口和衣襟下。

那些搜索他的孩子没有一次不是在他衣襟下把帽子拿出来的,好像他和孩子们约定了似的:"我就放在这块,你来找吧!"

这样的不知做过了多少次,就像老太太永久讲着"上山打老虎"这一个故事给孩子们听似的,哪怕是已经听过了五百遍,也还是在那里回回拍手,回回叫好。

每当祖父这样做一次的时候,祖父和孩子们都一齐地笑得不得了。好象这戏还像第一次演似的。

别人看了祖父这样做,也有笑的,可不是笑祖父的手法好,而是笑他天天使用一种方法抓掉了孩子的帽子,这未免可笑。

祖父不怎样会理财,一切家务都由祖母管理。祖父只是自由自在地一天闲着;我想,幸好我长大了,我三岁了,不然祖父该多寂寞。我会走了,我会跑了。我走不动的时候,祖父就抱着我;我走动了,祖父就拉着我。一天到晚,门里门外,寸步不离,而祖父多半是在后园里,于是我也在后园里。

我小的时候,没有什么同伴,我是我母亲的第一个孩子。

我记事很早,在我三岁的时候,我记得我的祖母用针刺过我的手指,所以我很不喜欢她。我家的窗子,都是四边糊纸,当中嵌着玻璃,祖母是有洁癖的,以她屋的窗纸最白净。别人抱着把我一放在祖母的炕边上,我不加思索地就要往炕里边跑,跑到窗子那里,就伸出手去,把那白白透着花窗棂的纸窗给捅了几个洞,若不加阻止,就必得挨着排给捅破,若有人招呼着我,我也得加速的抢着多捅几个才能停止。手指一触到窗上,那纸窗像小鼓似的,嘭嘭地就破了。破得越多,自己越得意。祖母若来追我的时候,我就越得意了,笑得拍着手,跳着脚的。

有一天祖母看我来了,她拿了一个大针就到窗子外边去等我去了。我刚一伸出手去,手指就痛得厉害。我就叫起来了,那就是祖母用针刺了我。

从此,我就记住了,我不喜欢她。

虽然她也给我糖吃,她咳嗽时吃猪腰烧川贝母,也分给我猪腰,但是我吃了猪腰还是不喜欢她。

在她临死之前,病重的时候,我还会吓了她一跳。有一次她自己一个人坐在炕上熬药,药壶是坐在炭火盆上,因为屋里特别的寂静,听得见那药壶骨碌骨碌地响。祖母住着两间房子,是里外屋,恰巧外屋也没有人,里屋也没人,就是她自己。我把门一开,祖母并没有看见我,于是我就用拳头在板隔壁上,咚咚地打了两拳。我听到祖母"哟"地一声,铁火剪子就掉了地上了。

我再探头一望,祖母就骂起我来。她好像就要下地来追我似的。我就一边笑着,一边跑了。

我这样地吓唬祖母,也并不是向她报仇,那时我才五岁,是不晓得什么的。也许觉得这样好玩。

祖父一天到晚是闲着的,祖母什么工作也不分配给他。只有一件事,就是祖母的地榇上的摆设,有一套锡器,却总是祖父擦的。这可不知道是祖母派给他的,还是他自动的愿意工作。每当祖父一擦的时候,我就不高兴,一方面是不能领着我到后园里去玩了,另一方面祖父因此常常挨骂,祖母骂他懒,骂他擦的不干净。祖母一骂祖父的时候,就常常不知为什么连我也骂上。

祖母一骂祖父,我就拉着祖父的手往外边走,一边说:"我们后园里去吧。"

也许因此祖母也骂了我。她骂祖父是"死脑瓜骨",骂我是"小死脑瓜骨"。

我拉着祖父就到后园里去了,一到了后园里,立刻就另是一个世界了。决不是那房子里的狭窄的世界,而是宽广的,人和天地在一起,天地是多么大,多么远,用手摸不到天空。而土地上所长的又是那么繁华,一眼看上去,是看不完的,只觉得眼前鲜绿的一片。

一到后园里,我就没有对象地奔了出去,好像我是看准了什么而奔去了似的,好像有什么在那儿等着我似的。其实我是什么目的也没有。只觉得这园子里边无论什么东西都是活的,好像我的腿也非跳不可了。

若不是把全身的力量跳尽了,祖父怕我累了想招呼住我,那是不可能的,反而他越招呼,我越不听话。

等到自己实在跑不动了,才坐下来休息,那休息也是很快的,也不过随便在秧子上摘下一个黄瓜来,吃了也就好了。

休息好了又是跑。

樱桃树,明明没有结樱桃,就偏跑到树上去找樱桃。李子树是半死的样子,本不结李子的,就偏去找李子。一边在找,还一边大声的喊,在问着祖父:"爷爷,樱桃树为什么不结樱桃?"

祖父老远的回答着:"因为没有开花,就不结樱桃。"

再问:"为什么樱桃树不开花?"

祖父说:"因为你嘴馋,它就不开花。"

我一听了这后,明明是嘲笑我的话,于是就飞奔着跑到祖父那里,似乎是很生气的样子。等祖父把眼睛一抬,他用了完全没有恶意的眼睛一看我,我立刻就笑了。而且是笑了半天的工夫才能够止住,不知哪里来了那许多的高兴。把后园一时都让我搅乱了,我笑的声音不知有多大,自己都感到震耳了。

后园中有一棵玫瑰,一到五月就开花的,一直开到六月。花朵和酱油碟那么大,开得很茂盛,满树都是。因为花香,招来了很多的蜂子,嗡嗡地在玫瑰树那儿闹着。

别的一切都玩厌了的时候,我就想起来去摘玫瑰花,摘了一大堆把草帽脱下来用帽兜子盛着。在摘那花的时候,有两种恐惧,一种是怕蜂子的勾刺人,另一种是怕玫瑰的刺刺手。好不容易摘了一大堆,摘完了可又不知道做什么了。忽然异想天开,这花若给祖父戴起来该多好看。

祖父蹲在地上拔草,我就给他戴花。祖父只知道我是在捉弄他的帽子,而不知道我到底是在干什么。我把他的草帽给他插了一圈的花,红通通的二三十朵。我一边插着一边笑,当我听到祖父说:"今年春天雨水大,咱们这棵玫瑰开得这么香,二里路也怕闻得到的。"就把我笑得哆嗦起来。我几乎没有支持的能力再插上去。等我插完了,祖父还是安然的不晓得。他还照样地拔着垅上的草。我跑得很远的站着,我不敢往祖父那边看,一看就想笑。所以我借机进屋去找一点吃的来,还没有等我回到园中,祖父也进屋来了。

那满头红通通的花朵,一进来祖母就看见了。她看见什么也没说,就大笑了起来。父亲母亲也笑了起来,而以我笑得最厉害,我在炕上打着滚笑。

　　祖父把帽子摘下来一看,原来那玫瑰的香并不是因为今年春天雨水大的缘故,而是那花就顶在他的头上。

　　他把帽子放下,他笑了十多分钟还停不住,过一会一想起来,又笑了。

　　祖父刚有点忘记了,我就在旁边提着说:"爷爷……今年春天雨水大呀……"

　　一提起,祖父的笑就来了。于是我也在炕上打起滚来。

　　就这样一天一天的,祖父,后园,我,这三样是一样也不可缺少的了。

　　刮了风,下了雨,祖父不知怎样,在我却是非常寂寞的了。去没有去处,玩没有玩的,觉得这一天不知有多少日子那么长。

三

　　偏偏这后园每年都要封闭一次的,秋雨之后这花园就开始凋零了,黄的黄、败的败,好像很快似的一切花朵都灭了,好像有人把它们摧残了似的。

　　它们一齐都没有从前那么健康了,好像它们都很疲倦了,而要休息了似的,好像要收拾收拾回家去了似的。

　　大榆树也是落着叶子,当我和祖父偶尔在树下坐坐,树叶竟落在我的脸上来了。树叶飞满了后园。

　　没有多少时候,大雪又落下来了,后园就被埋住了。

　　通到园去的后门,也用泥封起来了,封得很厚,整个的冬天挂着白霜。

　　我家住着五间房子,祖母和祖父共住两间,母亲和父亲共住两间。祖母住的是西屋,母亲住的是东屋。

　　是五间一排的正房,厨房在中间,一齐是玻璃窗子,青砖墙,瓦房间。

　　祖母的屋子,一个是外间,一个是内间。外间里摆着大躺箱,地长桌,太师椅。椅子上铺着红椅垫,躺箱上摆着朱砂瓶,长桌上列着座钟。钟的两边站着帽筒。帽筒上并不挂着帽子,而插着几个孔雀翎。

　　我小的时候,就喜欢这个孔雀翎,我说它有金色的眼睛,总想用手摸一摸,祖母就一定不让摸,祖母是有洁癖的。

　　还有祖母的躺箱上摆着一个座钟,那座钟是非常希奇的,画着一个穿着古装的大姑娘,好像活了似的,每当我到祖母屋去,若是屋子里没有人,她就总用眼睛瞪我,我几次的告诉祖父,祖父说:"那是画的,她不会瞪人。"

　　我一定说她是会瞪人的,因为我看得出来,她的眼珠像是会转。

　　还有祖母的大躺箱上也尽雕着小人,尽是穿古装衣裳的,宽衣大袖,还戴顶子,带着翎子。满箱子都刻着,大概有二三十个人,还有吃酒的,吃饭的,还有作揖的……

我总想要细看一看,可是祖母不让我沾边,我还离得很远的,她就说:"可不许用手摸,你的手脏。"

祖母的内间里边,在墙上挂着一个很古怪很古怪的挂钟,挂钟的下边用铁链子垂着两穗铁苞米。铁苞米比真的苞米大了很多,看起来非常重,似乎可以打死一个人。再往那挂钟里边看就更希奇古怪了,有一个小人,长着蓝眼珠,钟摆一秒钟就响一下,钟摆一响,那眼珠就同时一转。

那小人是黄头发,蓝眼珠,跟我相差太远,虽然祖父告诉我,说那是毛子人,但我不承认她,我看她不像什么人。

所以我每次看这挂钟,就半天半天的看,都看得有点发呆了。我想:这毛子人就总在钟里边呆着吗?永久也不下来玩吗?

外国人在呼兰河的土语叫做"毛子人"。我四五岁的时候,还没有见过一个毛子人,以为毛子人就是因为她的头发毛烘烘地卷着的缘故。

祖母的屋子除了这些东西,还有很多别的,因为那时候,别的我都不发生什么趣味,所以只记住了这三五样。

母亲的屋里,就连这一类的古怪玩艺也没有了,都是些普通的描金柜,也是些帽筒、花瓶之类,没有什么好看的,我没有记住。

这五间房子的组织,除了四间住房一间厨房之外,还有极小的、极黑的两个小后房。祖母一个,母亲一个。

那里边装着各种样的东西,因为是储藏室的缘故。

坛子罐子、箱子柜子、筐子篓子。除了自己家的东西,还有别人寄存的。

那里边是黑的,要端着灯进去才能看见。那里边的耗子很多,蜘蛛网也很多。空气不大好,永久有一种扑鼻的和药的气味似的。

我觉得这储藏室很好玩,随便打开那一只箱子,里边一定有一些好看的东西,花丝线、各种色的绸条、香荷包、搭腰、裤腿、马蹄袖、绣花的领子。

古香古色,颜色都配得特别的好看。箱子里边也常常有蓝翠的耳环或戒指,被我看见了,我一看见就非要一个玩不可,母亲就常常随手抛给我一个。

还有些桌子带着抽屉的,一打开那里边更有些好玩的东西,铜环、木刀、竹尺、观音粉。这些个都是我在别的地方没有看过的。而且这抽屉始终也不锁的。所以我常常随意地开,开了就把样样,似乎是不加选择地都搜了出去,左手拿着木头刀,右手拿着观音粉,这里砍一下,那里画一下。后来我又得到了一个小锯,用这小锯,我开始毁坏起东西来,在椅子腿上锯一锯,在炕沿上锯一锯。我自己竟把我自己的小木刀也锯坏了。

无论吃饭和睡觉,我这些东西都带在身边,吃饭的时候,我就用这小锯,锯着馒头。睡觉做起梦来还喊着:"我的小锯哪里去了?"

储藏室好像变成我探险的地方了。我常常趁着母亲不在屋我就打开门进去了。这储藏室也有一个后窗,下半天也有一点亮光,我就趁着这亮光打开了抽屉,这抽屉已经被我翻得差不多的了,没有什么新鲜的了。翻了一会,觉得没有什么趣味了,就出来了。到后来连一块水胶,一段绳头都让我拿出来了,把五个抽屉通通拿空了。

除了抽屉还有筐子笼子,但那个我不敢动,似乎每一样都是黑洞洞的,灰尘不知有多厚,蛛网蛛丝的不知有多少,因此我连想也不想动那东西。

记得有一次我走到这黑屋子的极深极远的地方去,一个发响的东西撞住我的脚上,我摸起来抱到光亮的地方一看,原来是一个小灯笼,用手指把灰尘一划,露出来是个红玻璃的。

我在一两岁的时候,大概我是见过灯笼的,可是长到四五岁,反而不认识了。我不知道这是个什么。我抱着去问祖父去了。

祖父给我擦干净了,里边点上个洋蜡烛,于是我欢喜得就打着灯笼满屋跑,跑了好几天,一直到把这灯笼打碎了才算完了。

我在黑屋子里边又碰到了一块木头,这块木头是上边刻着花的,用手一摸,很不光滑,我拿出来用小锯锯着。祖父看见了,说:"这是印帖子的帖板。"

我不知道什么叫帖子,祖父刷上一片墨刷一张给我看,我只看见印出来几个小人。还有一些乱七八糟的花,还有字。祖父说:"咱们家开烧锅的时候,发帖子就是用这个印的,这是一百吊的……还有伍十吊的十吊的……"

祖父给我印了许多,还用鬼子红给我印了些红的。

还有戴缨子的清朝的帽子,我也拿了出来戴上。多少年前的老大的鹅翎扇子,我也拿了出来吹着风。翻了一瓶莎仁出来,那是治胃病的药,母亲吃着,我也跟着吃。

不久,这些八百年前的东西,都被我弄出来了。有些是祖母保存着的,有些是已经出了嫁的姑母的遗物,已经在那黑洞洞的地方放了多少年了,连动也没有动过,有些个快要腐烂了,有些个生了虫子,因为那些东西早被人们忘记了,好像世界上已经没有那么一回事了。而今天忽然又来到了他们的眼前,他们受了惊似的又恢复了他们的记忆。

每当我拿出一件新的东西的时候,祖母看见了,祖母说:"这是多少年前的了!这是你大姑在家里边玩的……"

祖父看见了,祖父说:"这是你二姑在家时用的……"

这是你大姑的扇子,那是你三姑的花鞋……都有了来历。但我不知道谁是我的三姑,谁是我的大姑。也许我一两岁的时候,我见过她们,可是我到四五岁时,我就不记得了。

我祖母有三个女儿,到我长起来时,她们都早已出嫁了。可见二三十年内就没有小孩子了。而今也只有我一个。实在的还有一个小弟弟,不过那时他才一岁半岁的,所以不算他。

家里边多少年前放的东西,没有动过,他们过的是既不向前,也不回头的生活,是凡过去的,都算是忘记了,未来的他们也不怎样积极地希望着,只是一天一天地平板地、无怨无尤地在他们祖先给他们准备好的口粮之中生活着。

等我生来了,第一给了祖父的无限的欢喜,等我长大了,祖父非常地爱我。使我觉得在这世界上,有了祖父就够了,还怕什么呢?虽然父亲的冷淡,母亲的恶言恶色,和祖母的用针刺我手指的这些事,都觉得算不了什么。何况又有后花园!后园虽然让冰雪给封闭了,但是又发现了这储藏室。这里边是无穷无尽地什么都有,这里边宝藏着的都是我所想像不到的东西,使我感到这世界上的东西怎么这样多!而且样样好玩,样样新奇。

比方我得到了一包颜料,是中国的大绿,看那颜料闪着金光,可是往指甲上一染,指甲就变绿了,往胳臂上一染,胳臂立刻飞来了一张树叶似的。

实在是好看,也实在是莫名其妙,所以心里边就暗暗地欢喜,莫非是我得了宝贝吗?

得了一块观音粉。这观音粉往门上一划,门就白了一道,往窗上一划,窗就白了一道。这可真有点奇怪,大概祖父写字的墨是黑墨,而这是白墨吧。

得了一块圆玻璃,祖父说是"显微镜"。他在太阳底下一照,竟把祖父装好的一袋烟照着了。

这该多么使人欢喜,什么什么都会变的。你看他是一块废铁,说不定他就有用,比方我捡到一块四方的铁块,上边有一个小窝。祖父把榛子放在小窝里边,打着榛子给我吃。在这小窝里打,不知道比用牙咬要快了多少倍。

何况祖父老了,他的牙又多半不大好。

我天天从那黑屋子往外搬着,而天天有新的。搬出来一批,玩厌了,弄坏了,就再去搬。

因此使我的祖父、祖母常常地慨叹。

他们说这是多少年前的了,连我的第三个姑母还没有生的时候就有这东西。那是多少年前的了,还是分家的时候,从我曾祖那里得来的呢。又哪样哪样是什么人送的,而那家人家到今天也都家败人亡了,而这东西还存在着。

又是我在玩着的那葡蔓藤的手镯,祖母说她就戴着这个手镯,有一年夏天坐着小车子,抱着我大姑去回娘家,路上遇了土匪,把金耳环给摘去了,而没有要这手镯。若也是金的银的,那该多危险,也一定要被抢去的。

我听了问她:"我大姑在哪儿?"

祖父笑了,祖母说:"你大姑的孩子比你都大了。"

原来是四十年前的事情,我哪里知道。可是藤手镯却戴在我的手上,我举起手来,摇了一阵,那手镯好像风车似的,滴溜溜地转,手镯太大了,我的手太细了。

祖母看见我把从前的东西都搬出来了,她常常骂我:"你这孩子,没有东西不拿着玩的,这小不成器的⋯⋯"

她嘴里虽然是这样说,但她又在光天化日之下得以重看到这东西,也似乎给了她一些回忆的满足。所以她说我是并不十分严苛的,我当然是不听她,该拿还是照旧地拿。

于是我家里久不见天日的东西,经我这一搬弄,才得以见了天日。于是坏的坏,扔的扔,也就都从此消灭了。

我有记忆的第一个冬天,就这样过去了。没有感到十分的寂寞,但总不如在后园里那样玩着好。但孩子是容易忘记的,也就随遇而安了。

四

第二年夏天,后园里种了不少的韭菜,是因为祖母喜欢吃韭菜馅的饺子而种的。

可是当韭菜长起来时,祖母就病重了,而不能吃这韭菜了,家里别的人也没有吃这韭菜,韭菜就在园子里荒着。

因为祖母病重,家里非常热闹,来了我的大姑母,又来了我的二姑母。

二姑母是坐着她自家的小车子来的。那拉车的骡子挂着铃铛,哗哗啷啷的就停在窗前了。

从那车上第一个就跳下来一个小孩,那小孩比我高了一点,是二姑母的儿子。

他的小名叫"小兰",祖父让我向他叫兰哥。

别的我都不记得了,只记得不大一会工夫我就把他领到后园里去了。

告诉他这个是玫瑰树,这个是狗尾草,这个是樱桃树。樱桃树是不结樱桃的,我也告诉了他。

不知道在这之前他见过我没有,我可并没有见过他。

我带他到东南角上去看那棵李子树时,还没有走到眼前,他就说:"这树前年就死了。"

他说了这样的话,是使我很吃惊的。这树死了,他可怎么知道的？心中立刻来了一种忌妒的情感,觉得这花园是属于我的,和属于祖父的,其余的人连晓得也不该晓得才对的。

我问他："那么你来过我们家吗？"

他说他来过。

这个我更生气了,怎么他来我不晓得呢？

我又问他："你什么时候来过的？"

他说前年来的,他还带给我一个毛猴子。他问着我："你忘了吗？你抱着那毛猴子就跑,跌倒了你还哭了哩！"

我无论怎样想,也想不起来了。不过总算他送给我过一个毛猴子,可见对我是很好的,于是我就不生他的气了。

从此天天就在一块玩。

他比我大三岁,已经八岁了,他说他在学堂里边念了书的,他还带来了几本书,晚上在煤油灯下他还把书拿出来给我看。书上有小人,有剪刀,有房子。因为都是带着图,我一看就连那字似乎也认识了,我说："这念剪刀,这念房子。"

他说不对："这念剪,这念房。"

我拿过来一细看,果然都是一个字,而不是两个字,我是照着图念的,所以错了。

我也有一盒方字块,这边是图,那边是字,我也拿出来给他看。从此整天的玩。祖母病重与否,我不知道。不过在她临死的前几天就穿上了满身的新衣裳,好像要出门做客似的。说是怕死了来不及穿衣裳。

因为祖母病重,家里热闹得很,来了很多亲戚。忙忙碌碌不知忙些个什么。有的拿了些白布撕着,撕得一条一块的,撕得非常的响亮,旁边就有人拿着针在缝那白布。还有的把一个小罐里边装了米,罐口蒙上了红布。还有的在后园门口拢起火来,在铁火勺里边炸着面饼了。问她："这是什么？"

"这是打狗饽饽。"

她说阴间有十八关,过到狗关的时候,狗就上来咬人,用这饽一打,狗吃了饽饽就不咬人了。

似乎是姑妄言之、姑妄听之,我没有听进去。

家里边的人越多,我就越寂寞,走到屋里,问问这个,问问那个,一切都不理解。祖父也似乎把我忘记了。我从后园里捉了一个特别大的蚂蚱送给他去看,他连看也没有看,就说："真好,真好,上后园去玩去吧！"

新来的兰哥也不陪我时,我就在后园里一个人玩。

五

祖母已经死了,人们都到龙王庙上去报过庙回来了。而我还在后园里边玩着。

后园里边下了点雨,我想要进屋去拿草帽去,走到酱缸旁边(我家的酱缸是放在后园里的),一看,有雨点拍拍的落到缸帽子上。我想这缸帽子该多大,遮起雨来,比草帽一定更好。

于是我就从缸上把它翻下来了,到了地上它还乱滚一阵,这时候,雨就大了。我好不容易才设法钻进这缸帽子去。因为这缸帽子太大了,差不多和我一般高。

我顶着它,走了几步,觉得天昏地暗。而且重也是很重的,非常吃力。

而且自己已经走到哪里了,自己也不晓,只晓得头顶上拍拍拉拉的打着雨点。

往脚下看着,脚下只是些狗尾草和韭菜。找了一个韭菜很厚的地方,我就坐下了,一坐下这缸帽子就和个小房似的扣着我。这比站着好得多,头顶不必顶着,帽子就扣在韭菜地上。但是里边可是黑极了,什么也看不见。

同时听什么声音,也觉得都远了。大树在风雨里边被吹得呜呜的,好像大树已经被搬到别人家的院子去似的。

韭菜是种在北墙根上,我是坐在韭菜上。北墙根离家里的房子很远的,家里边那闹嚷嚷的声音,也像是来在远方。

我细听了一会,听不出什么来,还是在我自己的小屋里边坐着。这小屋这么好,不怕风,不怕雨。站起来走的时候,顶着屋盖就走了,有多么轻快。

其实是很重的了,顶起来非常吃力。

我顶着缸帽子,一路摸索着,来到了后门口,我是要顶给爷爷看看的。

我家的后门坎特别高,迈也迈不过去,因为缸帽子太大,使我抬不起腿来。好不容易两手把腿拉着,弄了半天,总算是过去了。虽然进了屋,仍是不知道祖父在什么方向,于是我就大喊,正在这喊之间,父亲一脚把我踢翻了,差点没把我踢到灶口的火堆上去。缸帽子也在地上滚着。

等人家把我抱了起来,我一看,屋子里的人,完全不对了,都穿了白衣裳。

再一看,祖母不是睡在炕上,而是睡在一张长板上。

从这以后祖母就死了。

六

  祖母一死,家里继续着来了许多亲戚,有的拿着香、纸,到灵前哭了一阵就回去了。有的就带大包小包的来了就住下了。

  大门前边吹着喇叭,院子里搭了灵棚,哭声终日,一闹闹了不知多少日子。

  请了和尚道士来,一闹闹到半夜,所来的都是吃、喝、说、笑。

  我也觉得好玩,所以就特别高兴起来。又加上从前我没有小同伴,而现在有了。比我大的,比我小的,共有四五个。我们上树爬墙,几乎连房顶也要上去了。

  他们带我到小门洞子顶上去捉鸽子,搬了梯子到房檐头上去捉家雀。后花园虽然大,已经装不下我了。

  我跟着他们到井口边去往井里边看,那井是多么深,我从未见过。在上边喊一声,里边有人回答。用一个小石子投下去,那响声是很深远的。

  他们带我到粮食房子去,到碾磨房去,有时候竟把我带到街上,是已经离开家了,不跟着家人在一起,我是从来没有走过这样远。

  不料除了后园之外,还有更大的地方,我站在街上,不是看什么热闹,不是看那街上的行人车马,而是心里边想:是不是我将来一个人也可以走得很远?

  有一天,他们把我带到南河沿上去了,南河沿离我家本不算远,也不过半里多地。可是因为我是第一次去,觉得实在很远。走出汗来了。走过一个黄土坑,又过一个南大营,南大营的门口,有兵把守门。那营房的院子大得在我看来太大了,实在是不应该。我们的院子就够大的了,怎么能比我们家的院子更大呢,大得有点不大好看了,我走过了,我还回过头来看。

  路上有一家人家,把花盆摆到墙头上来了,我觉得这也不大好,若是看不见人家偷去呢!

  还看见了一座小洋房,比我们家的房不知好了多少倍。若问我,哪里好?我也说不出来,就觉得那房子是一色新,不像我家的房子那么陈旧。

  我仅仅走了半里多路,我所看见的可太多了。所以觉得这南河沿实在远。

  问他们:"到了没有?"

  他们说:"就到的,就到的。"

  果然,转过了大营房的墙角,就看见河水了。

  我第一次看见河水,我不能晓得这河水是从什么地方来的?走了几年了?

那河太大了,等我走到河边上,抓了一把沙子抛下去,那河水简直没有因此而脏了一点点。河上有船,但是不很多,有的往东去了,有的往西去了。

也有的划到河的对岸去的,河的对岸似乎没有人家,而是一片柳条林。再往远看,就不能知道那是什么地方了,因为也没有人家,也没有房子,也看不见道路,也听不见一点音响。

我想将来是不是我也可以到那没有人的地方去看一看。

除了我家的后园,还有街道。除了街道,还有大河。除了大河,还有柳条林。除了柳条林,还有更远的,什么也没有的地方,什么也看不见的地方,什么声音也听不见的地方。

究竟除了这些,还有什么,我越想越不知道了。

就不用说这些我未曾见过的。就说一个花盆吧,就说一座院子吧。院子和花盆,我家里都有。但说那营房的院子就比我家的大,我家的花盆是摆在后园里的,人家的花盆就摆到墙头上来了。

可见我不知道的一定还有。

所以祖母死了,我竟聪明了。

七

祖母死了,我就跟祖父学诗。因为祖父的屋子空着,我就闹着一定要睡在祖父那屋。

早晨念诗,晚上念诗,半夜醒了也是念诗。念了一阵,念困了再睡去。

祖父教我的有《千家诗》,并没有课本,全凭口头传诵,祖父念一句,我就念一句。

祖父说:"少小离家老大回……"

我也说:"少小离家老大回……"

都是些什么字,什么意思,我不知道,只觉得念起来那声音很好听。所以很高兴地跟着喊。我喊的声音,比祖父的声音更大。

我一念起诗来,我家的五间房都可以听见,祖父怕我喊坏了喉咙,常常警告着我说:"房盖被你抬走了。"

听了这笑话,我略微笑了一会工夫,过不了多久,就又喊起来了。

夜里也是照样地喊,母亲吓唬我,说再喊她要打我。

祖父也说:"没有你这样念诗的,你这不叫念诗,你这叫乱叫。"

但我觉得这乱叫的习惯不能改,若不让我叫,我念它干什么。每当祖父教我一个新诗,一开头我若听了不好听,我就说:"不学这个。"

祖父于是就换一个，换一个不好，我还是不要。

"春眠不觉晓，处处闻啼鸟，夜来风雨声，花落知多少。"

这一首诗，我很喜欢，我一念到第二句，"处处闻啼鸟"那处处两字，我就高兴起来了。觉得这首诗，实在是好，真好听，"处处"该多好听。

还有一首我更喜欢的：

"重重叠叠上楼台，几度呼童扫不开。

刚被太阳收拾去，又为明月送将来。"

就这"几度呼童扫不开"，我根本不知道什么意思，就念成西沥忽通扫不开。

越念越觉得好听，越念越有趣味。

还当客人来了，祖父总是呼我念诗的，我就总喜念这一首。

那客人不知听懂了与否，只是点头说好。

八

就这样瞎念，到底不是久计。念了几十首之后，祖父开讲了。

"少小离家老大回，乡音无改鬓毛衰。"

祖父说："这是说小时候离开了家到外边去，老了回来了。乡音无改鬓毛衰，这是说家乡的口音还没有改变，胡子可白了。"

我问祖父："为什么小的时候离家？离家到哪里去？"

祖父说："好比爷像你那么大离家，现在老了回来了，谁还认识呢？儿童相见不相识，笑问客从何处来。小孩子见了就招呼着说：你这个白胡老头，是从哪里来的？"

我一听觉得不大好，赶快就问祖父："我也要离家的吗？等我胡子白了回来，爷爷你也不认识我了吗？"

心里很恐惧。

祖父一听就笑了："等你老了还有爷爷吗？"

祖父说完了，看我还是不很高兴，他又赶快说："你不离家的，你哪里能够离家……快再念一首诗吧！念春眠不觉晓……"

我一念起春眠不觉晓来，又是满口的大叫，得意极了。完全高兴，什么都忘了。

但从此再读新诗，一定要先讲的，没有讲过的也要重讲。似乎那大嚷大叫的习惯稍稍好了一点。

"两个黄鹂鸣翠柳，一行白鹭上青天。"

这首诗本来我也很喜欢的，黄梨是很好吃的。经祖父这一讲，说是两个鸟。于是不喜欢了。

"去年今日此门中,人面桃花相映红。

人面不知何处去,桃花依旧笑春风。"

这首诗祖父讲了我也不明白,但是我喜欢这首。因为其中有桃花。桃树一开了花不就结桃吗?桃子不是好吃吗?

所以每念完这首诗,我就接着问祖父:"今年咱们的樱桃树开不开花?"

九

除了念诗之外,还很喜欢吃。

记得大门洞子东边那家是养猪的,一个大猪在前边走,一群小猪跟在后边。有一天一个小猪掉井了,人们用抬土的筐子把小猪从井里吊了上来。吊上来,那小猪早已死了。井口旁边围了很多人看热闹,祖父和我也在旁边看热闹。

那小猪一被打上来,祖父就说他要那小猪。

祖父把那小猪抱到家里,用黄泥裹起来,放在灶坑里烧上了,烧好了给我吃。

我站在炕沿旁边,那整个的小猪,就摆在我的眼前,祖父把那小猪一撕开,立刻就冒了油,真香,我从来没有吃过那么香的东西,从来没有吃过那么好吃的东西。第二次,又有一只鸭子掉井了,祖父也用黄泥包起来,烧上给我吃了。

在祖父烧的时候,我也帮着忙,帮着祖父搅黄泥,一边喊着,一边叫着,好象拉拉队似的给祖父助兴。

鸭子比小猪更好吃,那肉是不怎样肥的。所以我最喜欢吃鸭子。

我吃,祖父在旁边看着。祖父不吃。等我吃完了,祖父才吃。他说我的牙齿小,怕我咬不动,先让我选嫩的吃,我吃剩了的他才吃。

祖父看我每咽下去一口,他就点一下头。而且高兴地说:"这小东西真馋,"或是"这小东西吃得真快。"

我的手满是油,随吃随在大襟上擦着,祖父看了也并不生气,只是说:"快蘸点盐吧,快蘸点韭菜花吧,空口吃不好,等会要反胃的……"

说着就捏几个盐粒放在我手上拿着的鸭子肉上。我一张嘴又进肚去了。

祖父越称赞我能吃,我越吃得多。祖父看看不好了,怕我吃多了。让我停下,我才停下来。我明明白白的是吃不下去了,可是我嘴里还说着:"一个鸭子还不够呢!"

自此吃鸭子的印象非常之深,等了好久,鸭子再不掉到井里,我看井沿有一群鸭子,我拿秫杆就往井里边赶,可是鸭子不进去,围着井口转,而呱呱地叫着。我就招呼了在旁边看热闹的小孩子,我说:"帮我赶哪!"

正在吵吵叫叫的时候,祖父奔到了,祖父说:"你在干什么?"

我说:"赶鸭子,鸭子掉井,捞出来好烧吃。"

祖父说:"不用赶了,爷爷抓个鸭子给你烧着。"

我不听他的话,我还是追在鸭子的后边跑着。

祖父上前来把我拦住了,抱在怀里,一面给我擦着汗一面说:"跟爷爷回家,抓个鸭子烧上。"

我想:不掉井的鸭子,抓都抓不住,可怎么能规规矩矩贴起黄泥来让烧呢?于是我从祖父的身上往下挣扎着,喊着:"我要掉井的!我要掉井的!"

祖父几乎抱不住我了。

一九四〇年十二月廿日香港完稿

(初载《呼兰河传》,上海杂志公司1941年版)

苏 青

蛾

　　幽幽的月光,稀疏的星,庭院静悄悄地。明珠站在窗口,心想今夜要防空,恐怕没有朋友会到这里来了吧。没有朋友来的时候是寂寞,朋友来得多了的时候会烦恼,来得少了的时候可无聊,而当他们回去之后却又使她感到无限的空虚。她对他们说:她爱静。于是他们都走了,走得干干净净。

　　她一面想,一面对着庭院痴痴望。只见门外有辆车子停下来,她的心里就一惊。接着她瞧见隐隐绰绰地飘进来二个影子,是男与女,手挽手儿,看上去像在交头接耳地谈话。他们走到明珠站着的窗前,男的忽然把嘴更加凑紧女的耳际去说了句话,于是女的就把头一偏,低声啐他道:"当心给人听见!"可是明珠已听见了,而且听得很清楚,二个影子很快的又飘逝而去。

　　明珠瞧了眼幽幽的月光,稀疏的星,马上就把黑绒窗帘放下来。厚的,重的,黑沉沉的帘幕,替她隔开了这静悄悄的庭院,隐隐绰绰的影子,以及外边的整个使她不安的世界。

　　她茫然站在房中央,房间黑黝黝地。是春天了啊,空气还是这么的阴凉。她看不清这房里的一切,但是嗅着,嗅着,她能够嗅出一切东西的所在:当中是一张床,床边有台灯,灯罩是绿玉色的,只要用手一扳开关机,它马上就会吐出幽幽的光辉来。"要不要开灯呢?"她暗暗问着自己。自己说:"不开灯真是太阴凉了。"但是她虽然找出了要开的理由,却仍旧没有勇气去实行,脚是僵冷的,手指也僵冷,动弹不得。

　　刹那间,黑暗与僵冷,寂静与恐惧,一齐袭击到她身上来了。她觉得自己的膝盖已经冷得发抖,但是她得用力支持着,深恐一不留心会乘势跪下去,向全世界的人类屈膝。她想:她是只肯向上帝求救,而决不肯向这个庸俗的世界屈膝的。

　　但是今夜里上帝似乎也冷酷得很。他像是冰块塑成的东西,晶莹洁白得连尘埃也染不上。他不能接触热情,她的热情才一流向他,他便溶化了,很快的变成水。她怕水。她常把自己的心境比做蔚蓝的天空,可以挂一轮红日,可以铺密密浓云,就是怕下雨。雨水冲洗过,一切都干干净净,便又空虚了。

她不能不怕空虚,犹如她不能逃避空虚一样。她走到那儿,空虚便追到那儿,向她挑衅,把她包围,终于使她无以自存为止。她也知道,唯一解脱的办法,便是睡觉。她睡着了,空虚便给挡驾在外,不能追随她入梦,侵扰她的梦中的热闹。有时候,实在睡不着,她也想多做些事情来消遣时光,但是事情做完了,或者好梦醒转来之后,空虚又会找上她,冷冷地向她一笑道:"你总不能撇弃我吧?我的乖乖!"

　　她茫然站在房中央,瞧到的是空虚,嗅到的是空虚,感到的也还是空虚。没有快乐,没有痛苦,什么也没有,黑暗的房间冷冰冰地,只有她一人在承受无边的,永久的寂寞与空虚。

　　我要……!
　　我要……!
　　我要……呀!

　　她想喊,猛烈地喊,但却寒噤住不能发声,房间是死寂的,庭院也死寂了,整个的宇宙都死寂得不闻人声。她想:怎么好呢?开了灯,一线光明也许会带来一线温暖吧?……但是她的眼睛直瞪着,脚是僵冷的,手指也僵冷。渐渐地房间门开启了,一个颀长的影子悄悄溜了进来。是鬼还是人,她也不暇细问,只向他做个手势,似乎在命令他速速开灯。拍的一声,绿幽幽灯光喷射到床上了,被单是洁白的,湖色织锦缎棉被折成小方块放在上面,显得单薄,也显得有些孤寒。

　　"你一个人住在这里很寂寞吧?"客人笑嘻嘻地说,样子有些轻薄。明珠更不答话,心里很恨他,同时也有些喜欢他。

　　"怎么?你的脸色这样坏!病了吧?"客人逼近问,伸开双臂,似乎想抱她,但马上就放下了。明珠仍不答话,身躯本能地颤动了一下,似乎有温暖从心内发散出来,弥漫到全身。

　　灯光幽幽地流着,流到洁白的被单上,流到湖色织锦缎的被面上,流到站在床前的客人身上。客人穿着黑漆光亮的皮鞋,笔挺的条子西装裤子,深蓝色,象征着庄严的美。渐渐地,灯光似乎集中了力气,一齐照向他身上来,他也知道自己已成为焦点,于是便挺起前胸,肩膀显得更阔些。白衬衫领子硬绷绷地,高托着他的俊秀的面庞。他的皮肤是象牙色的,眼珠乌黑,眉毛很浓,头发有些儿卷曲。

　　"明珠!"他颤抖着叫唤一声,声音低而嘶哑。灯光强烈地刺着他的眼,他的眼睛带着迷惑,但却富有吸引力,终于把明珠牵过来了。"明珠!"他再喊一声,热情地,迫切地。明珠没有作声,她的颊上发热,眼睛再不敢瞧他,只默默对着床旁的灯。

　　于是房间里空气都换了样,阴冷是没有了,却有些陌生与新鲜刺激。各人的心里似乎都像火药般要爆炸起来,但却又恐惧爆炸,紧紧地按着使不许动。光与热,情欲与理智,在紧张地战斗着,灯望着客人,客人望着明珠,明珠又望着床旁的灯。

"今夜是防空呵!"客人说了声,明珠没有回答。深蓝色的条子西装裤移向床旁去了,拍的一声,电灯随着熄灭。明珠觉得很紧张,但是紧张更加逼近人来,顾长的身躯似乎就站在她面前,她的心里像马上要爆炸,但是手指却阴凉的。

阴凉的手指颤抖着,不知安放处,摸摸自己头发,却又滑到胸口下去了,另外一只手很快地就把它捉住,接着它感到那只手又热,又软,又有力。便是一阵无声的诉说,他的嘴已经凑紧在她的耳际了,她颤抖着,欲答无话,欲哭无泪。

房间是黑黝黝的,空气紧张得很。她嗅着,嗅着,便知道一切东西的所在。她知道他拥她到了床旁,洁白的被单,湖色织锦缎棉被,……一切的阴凉都消失了,火般的热情,手挽手儿,两人同入于疯狂的世界。

他说:"我不会使你养孩子的。"她点点头,眼泪直流下来。她知道,她此刻在他的心中,只不过是一件叫做"女"的东西,而没有其他什么"人"的成分存在。欲望像火,人便像扑火的蛾,飞呀,飞呀,飞在火焰旁,赞美光明,崇拜热烈,都不过是自己骗自己,使得增加力气,勇于一扑罢了。

"请你……请你不要让我有孩子呀!"明珠垂泪恳求他,屈辱地,似乎已经向这个庸俗的世界求饶了。但是他更不理会,只是猛烈地吮着她,她咬他耳朵,他也不退避,两个人身子贴得更近,心思却离得更远了。

黑暗的房间,更加黑暗了起来。明珠的心里充满着气恼,厌恶,恐怖,以及莫名其妙的新的空虚,他吻着她,轻轻说:"恕饶了我吧,明珠!"但是听出这声音里没有温存,没有喜悦,只有无限的疲乏与冷漠。

"别同我敷衍!"她恨恨地说,猛力推开他。但是他更不靠近来,只是懒洋洋地摸一摸她的下巴,说道:"不会有孩子吧,只这么一次。"

扑灯的蛾,为了追求热烈,假如葬身在火焰中,还算是死得悲壮痛快的。只怕是灼着而未死,损伤了翅膀,给人家笑话,飞又飞不动,跌落在阴冷的角落里,独个儿委委屈屈地受苦。"不会有孩子吧……只这么一次……"明珠痛苦地反复辨味这句话。这是句不负责任的话,他说过后就要扬长而去了,她还能向他要求些什么?

她对他说:她爱静。

他想了一想回答道:他知道,以后再不敢多来吵扰。

于是他们便分了手,陌生的,平淡的,再也没有新鲜的刺激,他知道她不爱他,她也知道男女间根本难得所谓爱,欲望像火,人便是扑火的蛾!

于是她更加沉默了，即使在白天，也要放下黑绒窗帘，把房间遮得黑黝黝的。她不再咒诅空虚，只想解除痛苦，唯一的留在她身上的最大的痛苦。

她找到了一位产科女医生，女医生说，要解决这件事起码要两万元，手术是靠得住的，她犹豫着自己钱不够，但是那位女医生却不耐烦地嗤之以鼻道："何不向那位荒唐的先生去要呢？他做错了事，不该负责任吗？"

明珠退了出来，默默地更不说话。她想起教堂里碰见过的一位外科老医生，从来不结婚，性情相当怪僻，然而待她却好，她找到了他，羞惭地把一切经过说了出来，老医生更不多话，只把她引进手术室里，关上门，只让她一个人坐着。

当你笑的时候，
全世界向着你笑，
但在哭的时候，
却只有一个人了。

明珠默默地念着这两句话，空虚地，却又带些感伤。她想到了自己的房间：有床，床旁有台灯，灯罩是绿玉色的，拍的一声把它开了，它便吐出幽幽的光辉来，照耀着洁白的被单，湖色的织锦缎棉被，以及床周围的一切。但是眼前这些东西都不见了，就想嗅，也嗅不到，生命是值得留恋的，就是给火灼伤了翅膀，也还想活着。

手术室的门开了，老医生穿着白外套幽幽地进来。他严肃地握住明珠的手，说道："好孩子，不用怕，快睡到床上去。"

一阵阵剧痛，痛得明珠快晕了过去。她想不到不要养一个孩子也要受这番痛苦，痛苦得没有代价，究竟是为了什么？老医生严肃地在旁边站着，瞧着她痛苦，似乎并没有不安。她的心里骤然起了阵反感，心想可恶的老东西，原来他不肯结婚，就是不愿女人有小孩子，不想人类有后代……

但是老东西的脸也模糊起来了，瞧不清楚。她只痛得忘记了愤恨，忘记了恐惧，忘记了自己，也忘记了这个庸俗的世界。突然间，一阵热血直冲了出来，她知道这是一个小生命完结了，没有见过太阳，没有呼吸过空气，没有在人世上生存过一刻。

她觉得后悔起来，人世毕竟是可恋的，生命也应该宝贵。她杀了自己的孩子，为了顾全面子，为了怕麻烦，可耻的妇人呀。她现在才知道扑火般欲望为什么有这般强烈，有了孩子，便什么痛苦也可以忍受，什么损失也可以补偿，什么空虚也可以填满的了。

多愚笨呀，她自己！多残忍呀，那个老医生！

于是她恨恨地瞧了他一眼，低声向他说：请你走开吧，我要静。

老医生默默地走开了，临去不敢再望她，脸色似乎很悲哀。

明珠独躺在手术室中,心里只感到后悔。假如有一个孩子能带回家去,放在当中的床上,捻开了绿玉色罩子的台灯,用幽幽的光辉瞧着他小脸,那又该多么好。那时候,阴凉的房间便变成温暖,沉寂的空气便被呀哑的声音打破了,永远是春天,春天般兴奋。扑火般热情不是无目的的,它创造了美丽的生命,快乐的气氛。

但是现在呵!

老医生幽幽地进来了,两眼噙着泪。他颤着声音对明珠说:"孩子,我害了你了,我早知你如此,便不该替你动手术。现在你是后悔了,我也后悔得很,这都是我的错误。但是你要知道,我是一个私生子,从小受人奚落,因此起了变态心理,一方面怨恨自己的母亲,一方面看轻一切的女人。自从我在教堂里遇见了你,孩子,我便觉得你的可爱。我是不想害你的。不料今天你犯了罪,我深恐那个孩子养下来要遭受同我一般的命运,因此我便把你引进手术室里来了。可是,孩子,如今我亲眼看见了你的痛苦,我便觉得后悔起来,我觉得以前我母亲……"

"你的母亲是不错的!"明珠流下泪,认真地说。

"是吗?"老医生替她拭去眼泪,一面额上直冒汗:"我想不到你会如此痛苦,现在我是连后悔也来不及了。现在我只好先送你回家,替你安顿好,希望你早日复原,好好嫁个人吧,不要再胡闹了。"

明珠默默地听从老医生把她送到了家里,房间仍是黑黝黝地,因为老医生恐防她吹风,早已替她把黑绒窗帘全放下了。她侧卧在洁白的被单上,盖着湖色织锦缎薄被,眼睛只望着绿玉色的台灯。老医生歉仄地问:"孩子,你在想些什么,可要告诉我吧?"于是明珠翕动着嘴唇低低地回答道:"老医生,请你不要笑我,我是还想做扑火的飞蛾,只要有目的,便不算胡闹。"

(初载《杂志》1944年第13卷第1期)

赵树理

小二黑结婚

一 神仙的忌讳

刘家峧有两个神仙,邻近各村无人不晓:一个是前庄上的二诸葛,一个是后庄上的三仙姑。二诸葛原来叫刘修德,当年作过生意,抬脚动手都要论一论阴阳八卦,看一看黄道黑道。三仙姑是后庄于福的老婆,每月初一十五都要顶着红布摇摇摆摆装扮天神。

二诸葛忌讳"不宜栽种",三仙姑忌讳"米烂了"。这里边有两个小故事:有一年春天大旱,直到阴历五月初三才下了四指雨。初四那天大家都抢着种地,二诸葛看了看历书,又掐指算了一下说:"今日不宜栽种。"初五日是端午,他历年就不在端午这天做什么,又不曾种;初六倒是个黄道吉日,可惜地干了,虽然勉强把他的四亩谷子种上了,却没有出够一半。后来直到十五才又下雨,别人家都在地里锄苗,二诸葛却领着两个孩子在地里补空子。邻家有个后生,吃饭时候在街上碰上二诸葛便问道:"老汉!今天宜栽种不宜?"二诸葛翻了他一眼,扭转头返回去了,大家就嘻嘻哈哈传为笑谈。

三仙姑有个女孩叫小芹。一天,金旺他爹到三仙姑那里问病,三仙姑坐在香案后唱,金旺他爹跪在香案前听。小芹那年才九岁,晌午做捞饭,把米下进锅里了,听见她娘哼哼得很中听,站在桌前听了一会,把做饭也忘了。一会,金旺他爹出去小便,三仙姑趁空子向小芹说:"快去捞饭!米烂了!"这句话却不料就叫金旺他爹听见,回去就传开了。后来有些好玩笑的人,见了三仙姑就故意问别人"米烂了没有?"

二 三仙姑的来历

三仙姑下神,足足有三十年了。那时三仙姑才十五岁,刚刚嫁给于福,是前后庄上第一个俊俏媳妇。于福是个老实后生,不多说一句话,只会在地里死受。于福的娘早死了,只有个爹,父子两个一上了地,家里就只留下新媳妇一个人。村里的年轻人们觉着新媳妇太孤单,就慢慢自动的来跟新媳妇作伴,不几天就集合了一大群,每天嘻嘻哈哈,十分哄伙。于福他爹看见不像个样子,有一天发了脾气,大骂一顿,虽然把外人挡住了,新媳妇却跟他闹起来。新媳妇哭了一天一夜,头也不梳,脸也不洗,饭也不吃,躺在炕上,谁也叫不起来,父子两个没了办法。邻家有个老婆替她请了一个神婆子,在她家下了一回神,说是三仙姑跟上她了,她也哼哼唧唧自称吾神长吾神短,从此以后每月初一十五就下起神来,别人也给她烧起香来求财问病,三仙姑的香案便从此设起来了。

　　青年们到三仙姑那里去,要说是去问神,还不如说是去看圣象。三仙姑也暗暗猜透大家的心事,衣服穿得更新鲜,头发梳得更光滑,首饰擦得更明,官粉搽得更匀,不由青年们不跟着她转来转去。

　　这是三十来年前的事。当时的青年,如今都已留下胡子,家里大半又都是子媳成群,所以除了几个老光棍,差不多都没有那些闲情到三仙姑那里去了。三仙姑却和大家不同,虽然已经四十五岁,却偏爱当个老来俏,小鞋上仍要绣花,裤腿上仍要镶边,顶门上的头发脱光了,用黑手帕盖起来,只可惜官粉涂不平脸上的皱纹,看起来好像驴粪蛋上下了霜。

　　老相好都不来了,几个老光棍不能叫三仙姑满意,三仙姑又团结了一伙孩子们,比当年的老相好更多,更俏皮。

　　三仙姑有什么本领能团结这伙青年呢?这秘密在她女儿小芹身上。

三　小　芹

　　三仙姑前后共生过六个孩子,就有五个没有成人,只落了一个女儿,名叫小芹。小芹当两三岁时候,就非常伶俐乖巧,三仙姑的老相好们,这个抱过来说是"我的",那个抱起来说是"我的",后来小芹长到五六岁,知道这不是好话,三仙姑教她说:"谁再这么说,你就说'是你的姑姑'。"说了几回,果然没有人再提了。

　　小芹今年十八了,村里的轻薄人说,比她娘年轻时候好得多。青年小伙子们,有事没事,总想跟小芹说句话。小芹去洗衣服,马上青年们也都去洗;小芹上山采野菜,马上青年们也都去采。

　　吃饭时候,邻居们端上碗爱到三仙姑那里坐一会,前庄上的人来回一里路,也并不觉得远。这已经是三十年来的老规矩,不过小青年们也这样热心,却是近二三年来才有的事。三仙姑起先还以为自己仍有勾引青年的本领,日子长了,青年们并不真正跟她接近,她才慢慢看出门道来,才知道人家来了为的是小芹。

不过小芹却不跟三仙姑一样,表面上虽然也跟大家说说笑笑,实际上却不跟人乱来,近二三年,只是跟小二黑好一点。前年夏天,有一天前响,于福去地,三仙姑去串门,家里只留下小芹一个人,金旺来了,嬉皮笑脸向小芹说:"这会可算是个空子吧?"小芹板起脸来说:"金旺哥!咱们以后说话要规矩些!你也是娶媳妇大汉了!"金旺撇撇嘴说:"咦!装什么假正经?小二黑一来管保你就软了!有便宜大家讨开点,没事;要正经除非自己锅底没有黑!"说着就拉住小芹的胳膊悄悄说:"不用装模作样了!"不料小芹大声喊道:"金旺!"金旺赶紧放手跑出来,一边还咄念道:"等得住你!"说着就悄悄溜走了。

四　金旺兄弟

提起金旺来,刘家峧没有人不恨他,只有他一个本家兄弟名叫兴旺跟他对劲。

金旺他爹虽是个庄稼人,却是刘家峧一只虎,当过几十年老社首,捆人打人是他的拿手好戏。金旺长到十七八岁,就成了他爹的好帮手;兴旺也学会了帮虎吃食,从此金旺他爹想要捆谁,就不用亲自动手,只要下个命令,自有金旺兴旺代办。

抗战初年,汉奸敌探溃兵土匪到处横行,那时金旺他爹已经死了,金旺、兴旺弟兄两个,给一支溃兵作了内线工作,引路绑票,讲价赎人,又做巫婆又做鬼,两头出面装好人。后来八路军来,打垮溃兵土匪,他两人才又回到刘家峧。

山里人本来就胆子小,经过几个月大混乱,死了许多人,弄得大家更不敢出头了。别的大村子都成立了村公所、各救会、武委会,刘家峧却除了县府派来一个村长以外,谁也不愿意当干部。不久,县里派人来刘家峧工作,要选举村干部,金旺跟兴旺两个人看出这又是掌权的机会,大家也巴不得有人愿干,就把兴旺选为武委会主任,把金旺选为村政委员,连金旺老婆也被选为妇救会主席,其他各干部,硬捏了几个老头子出来充数。只有青抗先队长,老头子充不得。兴旺看见小二黑这个小孩子漂亮好玩,随便提了一下名就通过了,他爹二诸葛虽然不愿,可是惹不起金旺,也没有敢说什么。

村长是外来的,对村里情形不十分了解,从此金旺兴旺比前更厉害了,只要瞒住村长一个人,村里人不论哪个都得由他两个调遣。这几年来,村里别的干部虽然调换了几个,而他两个却好像铁桶江山。大家对他两个虽是恨之入骨,可是谁也不敢说半句话,都恐怕扳不倒他们,自己吃亏。

五 小二黑

小二黑,是二诸葛的二小子,有一次反"扫荡"打死过两个敌人,曾得到特等射手的奖励。说到他的漂亮,那不只在刘家峧有名,每年正月扮故事,不论去到哪一村,妇女们的眼睛都跟着他转。

小二黑没有上过学,只是跟着他爹识了几个字。当他六岁时候,他爹就教他识字。识字课本既不是五经四书,也不是常识国语,而是从天干、地支、五行、八卦、六十四卦名等学起,进一步便学些《百中经》、《玉匣记》、《增删卜易》、《麻衣神相》、《奇门遁甲》、《阴阳宅》等书。小二黑从小就聪明,像那些算属相、卜六壬课、念大小流年或"甲子乙丑海中金"等口诀,不几天就都弄熟了,二诸葛也常把他引在人前卖弄。因为他长得伶俐可爱,大人们也都爱跟他玩,这个说:"二黑,算一算十岁属什么?"那个说:"二黑,给我卜一课!"后来二诸葛因为说"不宜栽种"误了种地,老婆也埋怨,大黑也埋怨,庄上人也都传为笑谈,小二黑也跟着这事受了许多奚落。那时候小二黑十三岁,已经懂得好歹了,可是大人们仍把他当成小孩来玩弄,好跟二诸葛开玩笑的,一到了家,常好对着二诸葛问小二黑道:"二黑!算算今天宜不宜栽种?"和小二黑年纪相仿的孩子们,一跟小二黑生了气,就连声喊道:"不宜栽种不宜栽种……"小二黑因为这事,好几个月见了人躲着走,从此就和他娘商量成一气,再不信他爹的鬼八卦。

小二黑跟小芹相好已经二三年了。那时候他才十六七,原不过在冬天夜长时候,跟着些闲人到三仙姑那里凑热闹,后来跟小芹混熟了,好像是一天不见面也不能行。后庄上也有人愿意给小二黑跟小芹做媒人,二诸葛不愿意,不愿意的理由有三:第一小二黑是金命,小芹是火命,恐怕火克金;第二小芹生在十月,是个犯月;第三是三仙姑的声名不好。恰巧在这时候,彰德府来了一伙难民,其中有个老李带来个八九岁的小姑娘,因为没有吃的,愿意把姑娘送给人家逃个活命。二诸葛说是个便宜,先问了一下生辰八字,掐算了半天说:"千里姻缘使线牵",就替小二黑收作童养媳。

虽然二诸葛说是千合适万合适,小二黑却不认账。父子俩吵了几天,二诸葛非养不行,小二黑说:"你愿意养你就养着,反正我不要!"结果虽把小姑娘留下了,却到底没有说清楚算什么关系。

六 斗争会

金旺自从碰了小芹的钉子以后,每日怀恨,总想设法报一报仇。有一次武委会训练村干部,恰巧小二黑发疟疾没有去。训练完毕之后,金旺就向兴旺说:"小二黑是装病,其实是被小芹勾引住了,可以斗争他一顿。"兴旺就是武委会主任,从前也碰过小芹一回钉子,自然十分赞成金旺的意见,并且又叫金旺回去和自己的老婆说一下,发动妇救会也斗争小芹一番。金旺老婆现任妇救会主席,因为金旺好到小芹那里去,早就恨得小芹了不得。现在金旺回去跟她说要斗争小芹,这才是巴不得的机会,丢下活计,马上就去布置。第二天,村里开了两个斗争会,一个是武委会斗争小二黑,一个是妇救会斗争小芹。

小二黑自己没有错,当然不承认,嘴硬到底,兴旺就下命令,把他捆起来送交政权机关处理。幸而村长脑筋清楚,劝兴旺说:"小二黑发疟疾是真的,不是装病,至于跟别人恋爱,不是犯法的事,不能捆人家。"兴旺说:"他已是有了女人的。"村长说:"村里谁不知道小二黑不承认他的童养媳。人家不承认是对的;男不过十六,女不过十五,不到订婚年龄。十来岁小姑娘,长大也不会来认这笔账。小二黑满有资格跟别人恋爱,谁也不能干涉。"兴旺没话说了,小二黑反要问他:"无故捆人犯法不犯?"经村长双方劝解,才算放了完事。

兴旺还没有离村公所,小芹拉着妇救会主席也来找村长,她一进门就说:"村长!捉贼要赃,捉奸要双,当了妇救会主席就不说理了?"兴旺见拉着金旺的老婆,生怕说出这事与自己有关,赶紧溜走。后来村长问了问情由,费了好大一会唇舌,才给她们调解开。

七　三仙姑许亲

两个斗争会开过以后,事情包也包不住了,小二黑也知道这事是合理合法的了,索性就跟小芹公开商量起来。

三仙姑却着了急。她跟小芹虽是母女,近几年来却不对劲。三仙姑爱的是青年们,青年们爱的是小芹。小二黑这个孩子,在三仙姑看来好像鲜果,可惜多一个小芹,就没有自己的份儿。她本想早给小芹找个婆家推出门去,可是因为自己声名不正,差不多都不愿意跟她结亲。开罢斗争会以后,风言风语都说小二黑要跟小芹自由结婚,她想要真是那样的话,以后想跟小二黑说句笑话都不能了,那是多么可惜的事,因此托东家求西家要给小芹找婆家。

"插起招军旗,就有吃粮人。"有个吴先生是在阎锡山部下当过旅长的退职军官,家里很富,才死了老婆。他在奶奶庙大会上见过小芹一面,愿意续她,媒人向三仙姑一说,三仙姑当然愿意。不几天过了礼帖,就算定了,三仙姑以为了却一宗心事。

小芹已经和小二黑商量得差不多了,如何肯听她娘的话?过礼那一天,小芹跟她娘闹起来,把吴先生送来的首饰绸缎扔下一地。媒人走后,小芹跟她娘说:"我不管!谁收了人家的东西谁跟人家去!"

三仙姑愁住了,睡了半天,晚饭以后,说是神上了身,打了两个呵欠就唱起来。她起先责备起福管不了家,后来说小芹跟吴先生是前世姻缘,还唱些什么"前世姻缘由天定,不顺天意活不成……"于福跪在地下哀求,神非教他马上打小芹一顿不可。小芹听了这话,知道跟这个装神弄鬼的娘说不出什么道理来,干脆躲了出去,让她娘一个人胡说。

小芹一个人悄悄跑到前庄上去找小二黑,恰在路上碰上小二黑去找她,两个就悄悄拉着手到一个大窑里去商量对付三仙姑的法子。

八 拿 双

小芹把她娘怎样主婚怎样装神,唱些什么,从头至尾细细向小二黑说了一遍,小二黑说:"不用理她!我打听过区上的同志,人家说只要男女本人愿意,就能到区上登记,别人谁也作不了主……"说到这里,听见外边有脚步声,小二黑伸出头来一看,黑影里站着四五个人,有一个说:"拿双拿双!"他两人都听出是金旺的声音,小二黑起了火,大叫道:"拿?没有犯了法!"兴旺也来了,下命令道:"捉住捉住!我就看你犯法不犯法,给你操了好几天心了!"小二黑说:"你说去哪里咱就去哪里,到边区政府你也不能把谁怎么样!走!"兴旺说:"走?便宜了你!把他捆起来!"小二黑挣扎了一会,无奈没有他们人多,终于被他们七手八脚打了一顿捆起来了。兴旺说:"里边还有个女的,也捆起来!捉奸要双,这是她自己说的!"说着就把小芹也捆起来了。

前庄上的人都还没有睡,听见有人吵架,有些人就跑出来看,麻秆火把下看见捆着的两个人,大家不问就都知道了八九分。二诸葛也出来了,见小二黑被人家捆起来,就跪在兴旺面前哀求道:"兴旺!咱两家没有什么仇!看在我老汉面上,请你们诸位高高手……"兴旺说:"这事情,我们管不了,送给上级再说吧!"小二黑说:"爹!你不用管!送到哪里也不犯法!我不怕他!"兴旺说:"好小子!要硬你就硬到底!"又逼住三个民兵说:"带他们走!"一个民兵问:"带到村公所?"兴旺说:"还到村公所干什么?上一回不是村长放了的?送给区武委会主任按军法处理!"说着就把他两个人拥上走了。

九　二诸葛的神课

邻居们见是兴旺弟兄们捆人,也没有人敢给小二黑讲情,直等到他们走后,才把二诸葛招呼回家。

二诸葛连连摇头说:"唉!我知道这几天要出事啦!前天早上我上地去,才上到岭上,碰上个骑驴媳妇,穿了一身孝,我就知道坏了。我今年是罗睺星照运,要谨防带孝的冲了运气,因此哪里也不敢去,谁知躲也躲不过,昨天晚上二黑他娘梦见庙里唱戏。今天早上一个老鸦落在东房上叫了十几声……唉!反正是时运,躲也躲不过。"他罗哩罗嗦念了一大堆,邻居们听了有些厌烦,又给他说了一会宽心话,就都散了。

有事人哪里睡得着?人散了之后,二诸葛家里除了童养媳之外,三个人谁也没有睡。二诸葛摸了摸脸,取出三个制钱占了一卦,占出之后吓得他面色如土。他说:"了不得呀了不得!丑土的父母动出午火的官鬼,火旺于夏,恐怕有些危险了。唉!人家把他选成青年队长,我就说过不叫他当,小杂种硬要充人物头!人家说要按军法处理,要不当队长哪里犯得了军法?"老婆也拍手跺脚道:"小爹呀!谁知道你要闯这么大的事啦?"大黑劝道:"不怕!事已经出下了,由他去吧!我想这又不是人命事,也犯不了什么大罪!既然他们送到区上了,我先到区上打听打听!你们都睡吧!"说着点了个灯笼就走了。

二诸葛打发大黑去后,仍然低头细细研究方才占的那一卦。停了一会,远远听着有个女人哭,越哭越近,不大一会就来到窗下,一推门就进来了。二诸葛还没有看清是谁,这女人就一把把他拉住,带哭带闹说:"刘修德!还我闺女!你的孩子把我的闺女勾引到哪里了?还我……"二诸葛老婆正气得死去活来,一看见来的是三仙姑,正赶上出气,从炕上跳下来拉住她道:"你来了好!省得我去找你!你母女两个好生生把我个孩子勾引坏,你倒有脸来找我!咱两人就也到区上说说理!"两个女人滚成一团,二诸葛一个人拉也拉不开,也再顾不上研究他的卦。三仙姑见二诸葛老婆已经不顾了命,自己先胆怯了几分,不敢恋战,少闹了一会挣脱出来就走了。二诸葛老婆追出门来,被二诸葛拦回去,还骂个不休。

十　恩典恩典

二诸葛一夜没有睡,一遍一遍念:"大黑怎么还不回来,大黑怎么还不回来。"第二天天不明就启程往区上走,走到半路,远远看见大黑、三个民兵已都回来了,还来了区上一个助理员,一个交通员。他远远就喊叫道:"大黑!怎么样?要紧不要紧?"大黑说:"没有事!不怕!"说着就走到跟前,助理员跟三个民兵先走了。大黑告交通员说:"这就是我爹!"又向二诸葛说:"区上添传你跟于福老婆。你去吧,没有事!二黑跟小芹两个人,一到区上就放开了。区上早就说兴旺跟金旺两个人不是东西,已经把他两个人押起来了,还派助理员到咱村开大会调查他们横行霸道的证据。我赶到那里人家就问罢了,听说区上还许咱二黑跟小芹结婚。"二诸葛说:"不犯罪就好,结婚可不行,命相不对!你没有听说添传我做什么?"大黑说:"不知道,大约也没有什么大事。你去吧,我先回去告我娘说。"交通员说:"老汉,这就算见了你了!你去吧,我再传那一个去!"说了就跟大黑相跟着走了。

　　二诸葛到了区上,看见小二黑跟小芹坐在一条板凳上,他就指着小二黑骂道:"闯祸东西!放了你你还不快回去?你把老子吓死了!不要脸!"区长道:"干什么?区公所是骂人的地方?"二诸葛不说话了。区长问:"你就是刘修德?"二诸葛答:"是!"问:"你给刘二黑收了个童养媳?"答:"是!"问:"今年几岁了?"答:"属猴的,十二岁了。"区长说:"女不过十五岁不能订婚,把人家退回娘家去,刘二黑已经跟于小芹订婚了!"二诸葛说:"她只有个爹,也不知逃难逃到哪里去了,退也没处退。女不过十五不能订婚,那不过是官家规定,其实乡间七八岁订婚的多着哩。请区长恩典恩典就过去了……"区长说:"凡是不合法的订婚,只要有一方面不愿意都得退!"二诸葛说:"我这是两家情愿!"区长问小二黑道:"刘二黑!你愿意不愿意?"小二黑说:"不愿意!"二诸葛的脾气又上来了,瞪了小二黑一眼道:"由你啦?"区长道:"给他订婚不由他,难道由你啦?老汉,如今是婚姻自主,由不得你了,你家养的那个小姑娘,要真是没有娘家,就算成你的闺女好了。"二诸葛道:"那也可以,不过还得请区长恩典恩典,不能叫他跟于福这闺女订婚!"区长说:"这你就管不着了!"二诸葛发急道:"千万请区长恩典恩典,命相不对,这是一辈子的事!"又向小二黑道:"二黑!你不要糊涂了!这是你一辈子的事!"区长道:"老汉!你不要糊涂了,强逼着你十九岁的孩子娶上个十二岁的小姑娘,恐怕要生一辈子气!我不过是劝一劝你,其实只要人家两个人愿意,你愿意不愿意都不相干。回去吧!童养媳没处退就算成你的闺女!"二诸葛还要请区长"恩典恩典",一个交通员把他推出来了。

十一　看看仙姑

　　三仙姑去寻二诸葛,一来为的是逞逞闹气的本领,二来为的是遮遮外人的耳目,其实让小芹吃一吃亏她很高兴,所以跟二诸葛老婆闹了一阵之后,回去就睡了。第二天早上,她起得很迟,于福虽比她着急,可是自己既没有主意,又不敢叫醒她,只好自己先去做饭;饭快成的时候,三仙姑慢慢起来梳妆。于福问她道:"不去打听打听小芹?"她说:"打听她做甚啦?她的本领多大啦?"于福也再没有敢说什么,把饭菜做成了放在炉边等,直等到她梳妆罢了才开饭。

饭还没有吃罢,区上的交通员来传她。她好像很得意,嗓子拉得长长地说:"闺女大了咱管不了,就去请区长替咱管教管教!"她吃完了饭,换上新衣服、新首帕、绣花鞋、镶边裤,又擦了一次粉,加了几件首饰,然后叫于福给她备上驴,她骑上,于福给她赶上,往区上去。到了区上,交通员把她引到区长房子里,她趴下就磕头,连声叫道:"区长老爷,你可要给我作主!"区长正伏在桌上写字,见她低着头跪在地下,头上戴了满头银首饰,还以为是前两天跟婆婆生了气的那个年轻媳妇,便说道:"你婆婆不是有保人吗?为什么不找保人?"三仙姑莫名其妙,抬头看了看区长的脸。区长见是个擦着粉的老太婆,才知道是认错人了。交通员道:"认错人了!这就是于小芹的娘!"区长打量了她一眼道:"你就是小芹的娘呀?起来!不要装神做鬼!我什么都清楚!起来!"三仙姑站起来了。区长问:"你今年多大岁数?"三仙姑说:"四十五。"区长说:"你自己看看你打扮得像个人不像!"门边站着老乡一个十来岁的小闺女嘻嘻嘻笑了。交通员说:"到外边耍!"小闺女跑了。区长问:"你会下神是不是?"三仙姑不敢答话。区长问:"你给你闺女找了个婆家?"三仙姑答:"找下了!"问:"使了多少钱?"答:"三千五!"问:"还有些什么?"答:"有些首饰布匹!"问:"跟你闺女商量过没有?"答:"没有!"问:"你闺女愿意不愿意?"答:"不知道!"区长道:"我给你叫来你亲自问问她!"又向交通员道:"去叫于小芹!"

刚才跑出去那个小闺女,跑到外边一宣传,说有个打官司的老婆,四十五了,擦着粉,穿着花鞋。邻近的女人们都跑来看,挤了半院,唧唧哝哝说:"看看!四十五了!""看那裤腿!""看那鞋!"三仙姑半辈没有脸红过,偏这会撑不住气了,一道道热汗在脸上流。交通员领着小芹来了,故意说:"看什么?人家也是个人吧,没有见过?闪开路!"一伙女人们哈哈大笑。

把小芹叫来,区长说:"你问问你闺女愿意不愿意!"三仙姑只听见院里人说:"四十五""穿花鞋",羞得只顾擦汗,再也开不得口。院里的人们忽然又转了话头,都说"那是人家的闺女""闺女不如娘会打扮",也有人说"听说还会下神",偏又有个知道底细的断断续续讲"米烂了"的故事,这时三仙姑恨不得一头碰死。

区长说:"你不问我替你问!于小芹,你娘给你找的婆家你愿意跟人家结婚不愿意?"小芹说:"不愿意!我知道人家是谁?"区长问三仙姑道:"你听见了吧？"又给她讲了一会婚姻自主的法令，说小芹跟小二黑订婚完全合法，还盼咐她把吴家送来的钱和东西原封退了，让小芹跟小二黑结婚。她羞愧之下，一一答应了下来。

十二　怎么到底

三个民兵回到刘家峧，一说区上把兴旺金旺二人押起来，又派助理员来调查他们的罪恶，真是人人拍手称快。午饭后，庙里开一个群众大会，村长报告了开会宗旨，就请大家举他两个人的作恶事实。起先大家还怕扳不倒人家，人家再返回来报仇，老大一会没有人说话；有几个胆子太小的人，还悄悄劝大家说："忍事者安然。"有个被他两人作践垮了的年轻人说："我从前没有忍过？越忍越不得安然！你们不说我说！"他先从金旺领着土匪到他家绑票说起，一连说了四五款，才说道："我歇歇再说，先让别人也说几款！"他一说开了头，许多受过害的人也都抢着说起来：有给他们花过钱的，有被他们逼着上过吊的，也有产业被他们霸了的，老婆被他们奸淫过的；他两人还派上民兵给他们自己割柴，拨上民夫给他们自己锄地；浮收粮、私派款，强迫民兵捆人，……你一宗他一宗，从晌午说到太阳落，一共说了五六十款。

区上根据这些罪状把他两人送到县里，县里把罪状一一证实之后，除叫他们赔偿大家损失外，又判了十五年徒刑。

经过这次大会之后，村里人也都敢出头了。不久，村干部又都经过大改选，村里人再也不敢乱投坏人的票了。这其间，金旺老婆自然也落了选。偏她还变了口吻，说："以后我也要进步了。"

两个神仙也有了变化：

三仙姑那天在区上被一伙妇女围住看了半天，实在觉得不好意思，回去对着镜子研究了一下，真有点打扮得不像样；又想到自己的女儿快要跟人结婚，自己还卖什么老俏？这才下了个决心，把自己的打扮从顶到底换了一遍，弄得像个当长辈人的样子，把三十年来装神弄鬼的那张香案也悄悄拆去。

二诸葛那天从区上回去，又向老婆提起二黑跟小芹的命相不对，他老婆道："把你的鬼八卦收起吧！你不是说二黑这回了不得吗？你一辈子放个屁也要卜一课，究竟抵了些什么事？我看小芹满不错，能跟咱二黑过就很好！什么命相对不对？你就不记得'不宜栽种'？"二诸葛见老婆都不信自己的阴阳，也就不好意思再到别人跟前卖弄他那一套了。

小芹和小二黑各回各家，见老人们的脾气都有些改变，托邻居们趁势和说和说，两位神仙也就顺水推舟同意他们结婚。后来两家都准备了一下，就过门。过门之后,小两口都十分得意,邻居们都说是村里第一对好夫妻。

夫妻们在自己卧房里有时候免不了说玩话:小二黑好学三仙姑下神时候唱"前世姻缘由天定",小芹好学二诸葛说"区长恩典,命相不对"。淘气的孩子们去听窗,学会了这两句话,就给两位神仙加了新外号:三仙姑叫"前世姻缘",二诸葛叫"命相不对"。

1943年5月写于太行

(初载《小二黑结婚》,华北新华书店1943年版)

张爱玲

倾城之恋

　　上海为了"节省天光",将所有的时钟都拨快了一小时,然而白公馆里说:"我们用的是老钟。"他们的十点钟是人家的十一点。他们唱歌唱走了板,跟不上生命的胡琴。

　　胡琴咿咿呀呀拉着,在万盏灯的夜晚,拉过来又拉过去,说不尽的苍凉的故事——不问也罢!……胡琴上的故事是应当由光艳的伶人来扮演的,长长的两片红胭脂夹住琼瑶鼻,唱了,笑了,袖子挡住了嘴……然而这里只有白四爷单身坐在黑沉沉的破阳台上,拉着胡琴。

　　正拉着,楼底下门铃响了。这在白公馆是一件稀罕事。按照从前的规矩,晚上绝对不作兴出去拜客。晚上来了客,或是平空里接到一个电报,那除非是天字第一号的紧急大事,多半是死了人。

　　四爷凝神听着,果然三爷三奶奶四奶奶一路嚷上楼来,急切间不知他们说些什么。阳台后面的堂屋里,坐着六小姐、七小姐、八小姐,和三房四房的孩子们,这时都有些皇皇然。四爷在阳台上,暗处看亮处,分外眼明,只见门一开,三爷穿着汗衫短裤,揸开两腿站在门槛上,背过手去,啪啦啪啦扑打股际的蚊子,远远的向四爷叫道:"老四你猜怎么着?六妹离掉的那一位,说是得了肺炎,死了!"四爷放下胡琴往房里走,问道:"是谁来给的信?"三爷道:"徐太太。"说着,回过头用扇子去撑三奶奶道:"你别跟上来凑热闹呀!徐太太还在楼底下呢,她胖,怕爬楼。你还不去陪陪她!"三奶奶去了,四爷若有所思道:"死的那个不是徐太太的亲戚么?"三爷道:"可不是。看这样子,是他们家特为托了徐太太来递信给我们的,当然是有用意的。"四爷道:"他们莫非是要六妹去奔丧?"三爷用扇子柄刮了刮头皮道:"照说呢,倒也是应该……"他们同时看了六小姐一眼。白流苏坐在屋子的一角,慢条斯理绣着一只拖鞋,方才三爷四爷一递一声说话,仿佛是没有她发言的余地,这时她便淡淡地道:"离过婚了,又去做他的寡妇,让人家笑掉了牙齿!"她若无其事地继续做她的鞋子,可是手指头上直冒冷汗,针涩了,再也拔不过去。

　　三爷道:"六妹,话不是这么说。他当初有许多对不起你的地方,我们全知道。现在人已经死了,难道你还记在心里?他丢下的那两个姨奶奶,自然是守不住的。你这会子堂堂正正地回去替他戴孝主丧,谁敢笑你?你虽然没生下一男半女,他的侄子多着呢。随你挑一个,过继过来。家私虽然不剩什么了,他家是个大族,就是拨你看守祠堂,也饿不死你母子。"白流苏冷笑道:"三哥替我想得真周到!就可惜晚了一步,婚已经离了这么七八年了。依你说,当初那些法律手续都是糊鬼不成?我们可不能拿着法律闹着玩哪!"三爷道:"你别动不动就拿法律来唬人!法律呀,今天改,明天改,我这天理人情,三纲五常,可是改不了的!你生是他家的人,死是他家的鬼,树高千丈,叶落归根——"流苏站起身来道:"你这话,七八年前为什么不说?"三爷道:"我只怕你多了心。只当我们不肯收容你。"流苏道:"哦?现在你就不怕我多心了?你把我的钱用光了,你就不怕我多心了?"三爷直问到她脸上道:"我用了你的钱?我用了你几个大钱?你住在我们家,吃我们的,喝我们的,从前还罢了,添个人不过添双筷子,现在你去打听打听看,米是什么价钱?我不提钱,你倒提起钱来了!"

四奶奶站在三爷背后,笑了一声道:"自己骨肉,照说不该提钱的话。提起钱来,这话可就长了!我早就跟我们老四说过——我说:老四,你去劝劝三爷,你们做金子,做股票,不能用六姑奶奶的钱哪,没的沾上了晦气!她一嫁到了婆家,丈夫就变成了败家子。回到娘家来,眼见得娘家就要败光了——天生的扫帚星!"三爷道:"四奶奶这话有理。我们那时候,如果没让她入股子,决不至于弄得一败涂地!"

流苏气得浑身乱颤,把一只绣了一半的拖鞋面子抵住了下颔,下颔抖得仿佛要落下来。三爷又道:"想当初你哭哭啼啼回家来,闹着要离婚。怪只怪我是个血性汉子,眼见你给他打成那个样子,心有不忍,一拍胸脯子站出来说:好!我白老三穷虽穷,我家里短不了我妹子这一碗饭!我只道你们少年夫妻,谁没有个脾气?大不了回娘家来住个三年五载的,两下里也就回心转意了。我若知道你们认真是一刀两断,我会帮着你办离婚么?拆散人家夫妻,这是绝子绝孙的事。我白老三是有儿子的人,我还指望着他们养老呢!"流苏气到了极点,反倒放声笑了起来道:"好,好,都是我的不是!你们穷了,是我把你们吃穷。你们亏了本,是我带累了你们。你们死了儿子,也是我害了你们伤了阴骘!"四奶奶一把揪住了她儿子的衣领把她儿子的头去撞流苏叫道:"赤口白话的咒起孩子来了!就凭你这句话,我儿子死了,我就得找着你!"流苏连忙一闪身躲过了,抓住四爷道:"四哥你瞧,你瞧——你——你倒是评评理看!"四爷道:"你别着急呀,有话好说,我们从长计议。三哥这都是为你打算——"流苏赌气摔开了手,一径进里屋去了。

里屋没点灯,影影绰绰的只看见珠罗纱帐子里,她母亲躺在红木大床上,缓缓挥动白团扇。流苏走到床跟前,双膝一软,就跪了下来,伏在床沿上,哽咽道:"妈。"白老太太耳朵还好,外间屋里说的话她全听见了。她咳嗽了一声,伸手在枕边摸索到了小痰罐子,吐了一口痰,方才说道:"你四嫂就是这么碎嘴子!你可不能跟她一样的见识。你知道,各人有各人的难处。你四嫂天生的要强性儿,一向管着家,偏生你四哥不争气,狂嫖滥赌的,玩出一身病来不算,不该挪了公帐上的钱,害得你四嫂面上无光,只好让你三嫂当家,心里咽不下这口气,着实不舒坦。你三嫂精神又不济,支持这份家,可不容易!种种地方,你得体谅他们一点。"流苏听她母亲这话风,一味的避重就轻,自己觉得好没意思,只得一言不发。白老太太翻身朝里睡了,又道:"先两年,东捞西凑的卖一次田,还够两年吃的。现在可不行了。我年纪大了,说声走,一撒手就走了,可顾不得你们。天下没有不散的筵席。你跟着我,总不是长久之计。倒是回去是正经。领个孩子过活,熬个十几年总有你出头之日。"

　　正说着,门帘一动,白老太太道:"是谁?"四奶奶探头进来道:"妈,徐太太还在楼下呢,等着跟您说七妹的婚事。"白老太太道:"我这就起来。你把灯捻开。"屋里点上了灯,四奶奶扶着老太太坐起身来,伺候她穿衣下来。白老太太问道:"徐太太那边找到了合适的人?"四奶奶道:"听她说得怪好的,就是年纪大了几岁。"白老太太咳了一声道:"宝络这孩子,今年也二十四了,真是我心上一个疙瘩,白替她操了心,还让人家说我,她不是我亲生的,我存心耽搁了她!"四奶奶把老太太搀到外房去,老太太道:"你把我那儿的新茶叶拿出来给徐太太泡一碗,绿洋铁筒子里的是大姑奶奶去年带来的龙井,高罐儿里的是碧螺春,别弄错了。"四奶奶一面答应着,一面叫喊道:"来人哪!开灯哪!"只听见一阵脚步响来了些粗手大脚的孩子们,帮着老妈子把老太太搬运下楼去了。

　　四奶奶一个人在外间屋里翻箱倒柜找寻老太太的私房茶叶,忽然笑道:"咦!七妹你打哪儿钻出来了,吓我一跳!我说怎么的,刚才你一晃就不见影儿了!"宝络细声道:"我在阳台上乘凉。"四奶奶格格笑道:"害臊呢!我说,七妹,赶明儿你有了婆家,凡事可得小心一点,别那么由着性儿闹。离婚岂是容易的事?要离就离了,稀松平常!果真那么容易,你四哥不成材,我干吗不离婚哪!我也有娘家呀,我不是没处可投奔的,可是这年头儿我不能不给他们划算划算,我是有点人心的,就得顾着他们一点,不能靠定了人家,把人家拖穷了。我还有三分廉耻呢!"

　　白流苏在她母亲床前凄凄凉凉跪着,听见了这话,把手里的绣花鞋帮子紧紧按在心口上,戳在鞋上的一枚针,扎了手也不觉得疼,小声道:"这屋子里可住不得了!……住不得了!"她的声音灰暗而轻飘,像断断续续的尘灰吊子。她仿佛做梦似的，满头满脸都挂着尘灰吊子，迷迷糊糊向前一扑，自己以为是枕住了她母亲的膝盖，呜呜咽咽哭了起来道："妈，妈，你老人家给我做主！"她母亲呆着脸，笑嘻嘻的不做声。她搂住她母亲的腿，使劲摇撼着，哭道："妈！妈！"恍惚又是多年前，她还只十来岁的时候，看了戏出来，在倾盆大雨中和家里人挤散了。她独自站在人行道上，瞪着眼看人，人也瞪着眼看她，隔着雨淋淋的车窗，隔着一层无形的玻璃罩——无数的陌生人。人人都关在他们自己的小世界里，她撞破了头也撞不进去。她似乎是魔住了。忽然听见背后有脚步声，猜着是她母亲来了，便竭力定了一定神，不言语。她所祈求的母亲与她真正的母亲根本是两个人。

那人走到床前坐下了，一开口，却是徐太太的声音。徐太太劝道："六小姐，别伤心了，起来，起来，大热的天……"流苏撑着床勉强站了起来，道："婶子，我……我在这儿再也呆不下去了。早就知道人家多嫌着我，就只差明说。今儿当面锣，对面鼓，发过话了，我可没有脸再住下去了！"徐太太扯她在床沿上一同坐下，悄悄地道："你也太老实了，不怪人家欺负你，你哥哥们把你的钱盘来盘去盘光了，就养活你一辈子也是应该的。"

流苏难得听见这几句公道话，且不问她是真心还是假意，先就从心里热起来，泪如雨下，道："谁叫我自己糊涂呢！就为了这几个钱，害得我要走也走不开。"徐太太道："年纪轻轻的人，不怕没有活路。"流苏道："有活路，我早走了！我又没念过两句书，肩不能挑，手不能提，我能做什么事？"徐太太道："找事，都是假的，还是找个人是真的。"流苏道："那怕不行。我这一辈子早完了。"徐太太道："这句话，只有有钱的人，不愁吃，不愁穿，才有资格说。没钱的人，要完也完不了哇！你就是剃了头发当姑子去，化个缘罢，也还是尘缘——离不了人！"流苏低头不语。徐太太道："你这件事，早两年托了我，又要好些。"流苏微微一笑道："可不是，我已经二十八了。"徐太太道："放着你这样好的人才，二十八也不算什么。我替你留心着。说着我又要怪你了，离了婚七八年了，你早点儿拿定了主意，远走高飞，少受多少气！"流苏道："婶子你又不是不知道，像我们这样的家庭，哪儿肯放我们出去交际？倚仗着家里人罢，别说他们根本不赞成，就是赞成了，我底下还有两个妹妹没出阁，三哥四哥的几个女孩子也渐渐地长大了，张罗她们还来不及呢，还顾得到我？"

徐太太笑道："提起你妹妹，我还等着他们的回话呢。"流苏道："七妹的事，有希望么？"徐太太道："说得有几分眉目了。刚才我有意的让娘儿们自己商议商议，我说我上去瞧瞧六小姐就来。现在可该下去了。你送我下去，成不成？"流苏只得扶着徐太太下楼，楼梯又旧，徐太太又胖，走得吱吱格格一片响。到了堂屋里，流苏欲待开灯，徐太太道："不用了，看得见。他们就在东厢房里。你跟我来,大家说说笑笑.事情也就过去了,不然,明儿吃饭的时候免不了要见面的,反而僵得慌。"流苏听不得"吃饭"这两个字,心里一阵刺痛,硬着嗓子,强笑道:"多谢婶子——可是我这会子身子有点不舒服,实在不能够见人,只怕失魂落魄的,说话闯了祸,反而辜负了您待我的一片心。"徐太太见流苏一定不肯,也就罢了,自己推门进去。

门掩上了,堂屋里暗着。门的上端的玻璃格子里透进两方黄色的灯光,落在青砖地上。朦胧中可以看见堂屋里顺着墙高高下下堆着一排书箱,紫檀匣子,刻着绿泥款识。正中天然几上,玻璃罩子里,搁着珐琅自鸣钟,机括早坏了,停了多年。两旁垂着朱红对联,闪着金色寿字团花,一朵花托住一个墨汁淋漓的大字。在微光里,一个个的字都像浮在半空中,离着纸老远。流苏觉得自己就是对联上的一个字,虚飘飘的,不落实地。白公馆有这么一点像神仙的洞府,这里悠悠忽忽过了一天,世上已经过了一千年。可是这里过了一千年,也同一天差不多,因为每天都是一样的单调与无聊。流苏交叉着胳膊,抱住她自己的颈项。七八年一眨眼就过去了。你年轻么?不要紧,过两年就老了,这里,青春是不希罕的。他们有的是青春——孩子一个个的被生出来,新的明亮的眼睛,新的红嫩的嘴,新的智慧。一年又一年的磨下来,眼睛钝了,人钝了,下一代又生出来了。这一代便被吸到朱红洒金的辉煌的背景里去,一点一点的淡金便是从前的人的怯怯的眼睛。

流苏突然叫了一声,掩住自己的眼睛,跌跌冲冲往楼上爬,往楼上爬……上了楼,到了她自己的屋子里,她开了灯,扑在穿衣镜上,端详她自己。还好,她还不怎么老。她那一类的娇小的身躯是最不显老的一种,永远是纤瘦的腰,孩子似的萌芽的乳。她的脸,从前是白得像瓷,现在由瓷变为玉——半透明的轻青的玉。下颔起初是圆的,近年来渐渐尖了,越显得那小小的脸,小得可爱。脸庞原是相当的窄,可是眉心很宽。一双娇滴滴,滴滴娇的清水眼。阳台上,四爷又拉起胡琴了。依着那抑扬顿挫的调子,流苏不由得偏着头,微微飞了个眼风,做了个手势。她对着镜子这一表演,那胡琴听上去便不是胡琴,而是笙箫琴瑟奏着幽沉的庙堂舞曲。她向左走了几步,又向右走了几步,她走一步路都仿佛是合着失了传的古代音乐的节拍。她忽然美了——阴阴的,不怀好意的一笑,那音乐便戛然而止。外面的胡琴继续拉下去,可是胡琴诉说的是一些辽远的忠孝节义的故事,不与她相干了。

这时候,四爷一个人躲在那里拉胡琴,却是因为他自己知道楼下的家庭会议中没有他置喙的余地。徐太太走了之后,白公馆里少不得将她的建议加以研究和分析。徐太太打算替宝络做媒说给一个姓范的,那人最近和余先生在矿务上有相当密切的联络,徐太太对于他的家世一向就很熟悉,认为绝对可靠。那范柳原的父亲是一个著名的华侨,有不少的产业分布在锡兰马来亚等处。范柳原今年三十三岁,父母双亡。白家众人质问徐太太,何以这样的一个标准夫婿到现在还是独身的,徐太太告诉他们,范柳原从英国回来的时候,无数的太太们急扯白脸的把女儿送上门来,硬要扭给他,勾心斗角,各显神通,大大热闹过一番。这一捧却把他捧坏了。从此他把女人看成他脚底下的泥。由于幼年时代的特殊环境,他脾气本来就有点怪僻。他父母的结合是非正式的。他父亲有一次出洋考察,在伦敦结识了一个华侨交际花,两人秘密地结了婚。原籍的太太也有点风闻。因为惧怕太太的报复,那二夫人始终不敢回国。范柳原就是在英国长大的。他父亲故世以后,虽然大太太只有两个女儿,范柳原要在法律上确定他的身份,却有种种棘手之处。他孤身流落在英伦,很吃过一些苦,然后方才获到了继承权。至今范家的族人还对他抱着仇视的态度,因此他总是住在上海的时候多,轻易不回广州老宅里去。他年纪轻轻的时候受了些刺激,渐渐的就往放浪的一条路上走,嫖赌吃喝,样样都来,独独无意于家庭幸福。白四奶奶就说:"这样的人,想必是喜欢存心挑剔。我们七妹是庶出的,只怕人家看不上眼。放着这么一门好亲戚,怪可惜了儿的!"三爷道:"他自己也是庶出。"四奶奶道:"可是人家多厉害呀,就凭我们七丫头那股子傻劲儿,还指望拿得住他?倒是我那个大女孩子机灵些,别瞧她,人小心不小,真识大体!"三奶奶道:"那似乎年岁差得太多了。"四奶奶道:"哟!你不知道,越是那种人,越是喜欢年纪轻的,我那个大的若是不成,还有二的呢。"三奶奶笑道:"你那个二的比姓范的小二十岁。"四奶奶悄悄扯了她一把,正颜厉色地道:"三嫂,你别那么糊涂!你护着七丫头,她是白家什么人?隔了一层娘肚皮,就差远了。嫁了过去,谁也别想在她身上得点什么好处!我这都是为了大家好。"然而白老太太一心一意只怕亲戚议论她亏待了没娘的七小姐,决定照原来计划,由徐太太择日请客,把宝络介绍给范柳原。

　　徐太太双管齐下,同时又替流苏物色到一个姓姜的,在海关里做事,新故了太太,丢下了五个孩子,急等着续弦。徐太太主张先忙完了宝络,再替流苏撮合,因为范柳原不久就要上新加坡去了。白公馆里对于流苏的再嫁,根本就拿它当一个笑话,只是为了要打发她出门,没奈何,只索不闻不问,由着徐太太闹去。为了宝络这头亲,却忙得鸦飞雀乱,人仰马翻。一样是两个女儿,一方面如火如荼,一方面冷冷清清,相形之下,委实使人难堪。白老太太将全家的金珠细软,尽情搜刮出来,能够放在宝络身上的都放在宝络身上。三房里的女孩子过生日的时候,干娘给的一件累丝衣料,也被老太太逼着三奶奶拿了出来,替宝络制了旗袍。老太太自己历年攒下的私房,以皮货居多,暑天里又不能穿皮子,只得典质了一件貂皮大袄,用那笔款子去把几件首饰改镶了时新款式。珍珠耳坠子,翠玉手镯,绿宝戒指,自不必说,务必把宝络打扮得花团锦簇。

到了那天，老太太、三爷、三奶奶、四爷、四奶奶自然都是要去的。宝络辗转听到四奶奶的阴谋，心里着实恼着她，执意不肯和四奶奶的两个女儿同时出场，又不好意思说不要她们，便下死劲拖流苏一同去。一部出差汽车黑压压坐了七个人，委实再挤不下了，四奶奶的女儿金枝金蝉便惨遭淘汰。他们是下午五点钟出发的，到晚上十一点方才回家。金枝金蝉哪里放得下心，睡得着觉？眼睁睁盼着他们回来了，却又是大伙儿哑口无言。宝络沉着脸走到老太太房里，一阵风把所有的插戴全剥了下来，还了老太太，一言不发回房去了。金枝金蝉把四奶奶拖到阳台上，一叠连声追问怎么了。四奶奶怒道："也没看见像你们这样的女孩子家，又不是你自己相亲，要你这样热辣辣的！"三奶奶跟了出来，柔声缓气说道："你这话，别让人家多了心去！"四奶奶索性冲着流苏的房间嚷道："我就是指桑骂槐，骂了她了，又怎么着？又不是千年万代没见过男子汉，怎么一闻见生人气，就痰迷心窍，发了疯了？"金枝金蝉被她骂得摸不着头脑，三奶奶做好做歹稳住了她们的娘，又告诉她们道："我们先去看电影。"金枝诧异道："看电影？"三奶奶道："可不是透着奇怪，专为看人去的，倒去坐在黑影子里，什么也瞧不见，后来徐太太告诉我说都是那范先生的主张，他在那里捣坏呢。他要把人家搁在那里搁个两三个钟头，脸上出了油，胭脂花粉褪了色，他可以看得亲切些。那是徐太太的猜想。据我看来，那姓范的始终就没有诚意。他要看电影，就为着懒得跟我们应酬。看完了戏，他不是就想溜么？"四奶奶忍不住插嘴道："哪儿的话，今儿的事，一上来挺好的，要不是我们自己窝儿里的人在里头捣乱，准有个七八成！"金枝金蝉齐声道："三妈，后来呢？后来呢？"三奶奶道："后来徐太太拉住了他，要大家一块儿去吃饭。他就说他请客。"四奶奶拍手道："吃饭就吃饭，明知道我们七小姐不会跳舞，上跳舞场去干坐着，算什么？不是我说，这就要怪三哥了，他也是外面跑跑的人，听见姓范的吩咐汽车夫上舞场去，也不拦一声！"三奶奶忙道："上海这么多的饭店，他怎么知道哪一个饭店有跳舞，哪一个饭店没有跳舞？他可比不得四爷是个闲人哪，他没那么多的工夫去调查这个！"金枝金蝉还要打听此后的发展，三奶奶给四奶奶几次一打岔，兴致索然。只道："后来就吃饭，吃了饭，就回来了。"

金蝉道："那范柳原是怎样的一个人？"三奶奶道："我哪儿知道？统共没听见他说过三句话。"又寻思了一会，道："跳舞跳得不错罢！"金枝咦了一声道："他跟谁跳来着？"四奶奶抢先答道："还有谁，还不是你那六姑！我们诗礼人家，不准学跳舞的，就只她结婚之后跟她那不成材的姑爷学会了这一手！好不害臊，人家问你，说不会跳不就结了？不会也不是丢脸的事。像你三妈，像我，都是大户人家的小姐，活过这半辈子了，什么世面没见过？我们就不会跳！"三奶奶叹了口气道："跳了一次，还说是敷衍人家的面子，还跳第二次，第三次！"金枝金蝉听到这里，不禁张口结舌。四奶奶又向那边喃喃骂道："猪油蒙了心！你若是以为你破坏了你妹子的事，你就有指望了，我叫你早早地歇了这个念头！人家连多少小姐都看不上眼呢，他会要你这败柳残花？"

　　流苏和宝络住着一间屋子，宝络已经上床睡了，流苏蹲在地下摸着黑点蚊烟香，阳台上的话听得清清楚楚，可是她这一次却非常的镇静，擦亮了洋火，眼看着它烧过去，火红的小小三角旗，在它自己的风中摇摆着，移，移到她手指边，她噗的一声吹灭了它，只剩下一截红艳的小旗杆，旗杆也枯萎了，垂下灰白蜷曲的鬼影子。她把烧焦的火柴丢在烟盘里。今天的事，她不是有意的，但是无论如何，她给了他们一点颜色看看。他们以为她这一辈子已经完了么？早哩！她微笑着。宝络心里一定也在骂她，骂得比四奶奶的话还要难听。可是她知道宝络恨虽恨她，同时也对她刮目相看，肃然起敬。一个女人，再好些，得不着异性的爱，也就得不着同性的尊重。女人们就是这点贱。

　　范柳原真心喜欢她么？那倒也不见得。他对她说的那些话，她一句也不相信。她看得出他是对女人说惯了谎的。她不能不当心——她是个六亲无靠的人。她只有她自己了。床架子上挂着她脱下来的月白蝉翼纱旗袍。她一歪身坐在地上，搂住了长袍的膝部，郑重地把脸偎在上面。蚊香的绿烟一蓬一蓬浮上来，直熏到她脑子里去。她的眼睛里，眼泪闪着光。

　　隔了几天，徐太太又来到白公馆。四奶奶早就预言过："我们六姑奶奶这样的胡闹，眼见得七丫头的事是吹了。徐太太岂有不恼的？徐太太怪了六姑奶奶，还肯替她介绍人么？这就叫偷鸡不着蚀把米。"徐太太果然不像先前那么一盆火似的了，远兜远转先解释她这两天为什么没上门。家里老爷有要事上香港去接洽，如果一切顺利，就打算在香港租下房子，住个一年半载的，所以她这两天忙着打点行李，预备陪他一同去。至于宝络的那件事，姓范的已经不在上海了，暂时只得搁一搁，流苏的可能的对象姓姜的，徐太太打听了出来，原来他在外面有了人，若要拆开，还有点麻烦。据徐太太看来，这种人不甚可靠，还是算了罢。三奶奶四奶奶听了这话，彼此使了个眼色，撇着嘴笑了一笑。

　　徐太太接下去攒眉说道："我们的那一位，在香港倒有不少的朋友，就可惜远水救不着近火……六小姐若是能够到那边去走一趟，倒许有很多的机会。这两年，上海人在香港的，真可以说是人才济济。上海人自然是喜欢上海人，所以同乡的小姐们在那边听说是很受人欢迎。六小姐去了，还愁没有相当的人？真可以抓起一把来拣拣！"众人觉得徐太太真是善于辞令。

前两天轰轰烈烈闹着做媒,忽然烟消火灭了,自己不得下场,便故作遁辞,说两句风凉话。白老太太便叹了口气道;"到香港去一趟,谈何容易!单讲——"不料徐太太很爽快的一口剪断了她的话道:"六小姐若是愿意去,我请她。我答应帮她的忙,就得帮到底。"大家不禁面面相觑,连流苏都怔住了。她估计着徐太太当初自告奋勇替她做媒,想必倒是一时仗义,真心同情她的境遇。为了她跑跑腿寻寻门路,治一桌酒席请请那姓姜的,这点交情是有的。但是出盘缠带她到香港去,那可是所费不赀。为什么徐太太平空的要在她身上花这些钱?世上的好人虽多,可没有多少傻子愿意在银钱上做好人。徐太太一定是有背景的。难不成是那范柳原的诡计?徐太太曾经说过她丈夫与范柳原在营业上有密切接触,夫妇两个大约是很热心地捧着范柳原。牺牲一个不相干的孤苦的亲戚来巴结他,也是可能的事。流苏在这里胡思乱想着,白老太太便道:"那可不成呀,总不能让您——"徐太太打了个哈哈道:"没关系,这点小东,我还做得起!再说,我还指望着六小姐帮我的忙呢。我拖着两个孩子,血压又高,累不得,路上有了她,凡事也有个照应。我是不拿她当外人的,以后还要她多多的费神呢!"白老太太忙代流苏客气了一番。徐太太掉过头来,单刀直入地问道:"那么六小姐,你一准跟我们跑一趟罢!就算是去逛逛,也值得。"流苏低下头去,微笑道:"您待我太好了。"她迅速地盘算了一下。姓姜的那件事是无望了。以后即使有人替她做媒,也不过是和那姓姜的不相上下,也许还不如他。流苏的父亲是一个有名的赌徒,为了赌而倾家荡产,第一个领着他们往破落户的路上走。流苏的手没有沾过骨牌和骰子,然而她也是喜欢赌的。她决定用她的前途来下注。如果她输了,她声名扫地,没有资格做五个孩子的后母。如果赌赢了,她可以得到众人虎视眈眈的目的物范柳原,出净她胸中这一口恶气。

　　她答应了徐太太。徐太太在一星期内就要动身。流苏便忙着整理行装。虽说家无长物,根本没有什么可整理的,却也乱了几天。变卖了几件零碎东西,添制了几套衣服。徐太太在百忙中还腾出时间来替她做顾问。徐太太这样的笼络流苏,被白公馆里的人看在眼里,渐渐的也就对流苏发生了新的兴趣。除了怀疑她之外,又存了三分顾忌,背后嘀嘀咕咕议论着,当面却不那么指着脸子骂了,偶然也还叫声"六妹","六姑","六小姐",只怕她当真嫁到香港的阔人,衣锦荣归,大家总得留个见面的余地,不犯着得罪她。

　　徐太太徐先生带着孩子一同乘车来接了她上船,坐的是一只荷兰船的头等舱。船小,颠簸得厉害,徐先生徐太太一上船便双双睡倒,吐个不休,旁边儿啼女哭,流苏倒着实服侍了他们几天。好容易船靠了岸,她方才有机会到甲板上去看看海景。那是个火辣辣的下午,望过去最触目的便是码头上围列着的巨型广告牌,红的,橘红的,粉红的,倒映在绿油油的海水里,一条条,一抹抹刺激性的犯冲的色素,窜上落下,在水底下厮杀得异常热闹。流苏想着,在这夸张的城里,就是栽个跟头,只怕也比别处痛些,心里不由得七上八下起来,忽然觉得有人奔过来抱住她的腿,差一点把她推了一跤,倒吃了一惊,再看原来是徐太太的孩子,连忙定了定神。过去助着徐太太照料一切。谁知那十来件行李与两个孩子,竟不肯被归着在一堆。行李齐了,一转眼又少了个孩子。流苏疲于奔命,也就不去看野眼了。

上了岸,叫了两部汽车到浅水湾饭店。那车驰出了闹市,翻山越岭,走了多时,一路只见黄土崖、红土崖,土崖缺口处露出森森绿树,露出蓝绿色的海。近了浅水湾,一样是土崖与丛林,却渐渐的明媚起来。许多游了山回来的人,乘车掠过他们的车,一汽车一汽车载满了花,风里吹落了零乱的笑声。

到了旅馆门前,却看不见旅馆在哪里。他们下了车,走上极宽的石级,到了花木萧疏的高台上,方见再高的地方有两幢黄色房子。徐先生早定下了房间,仆欧们领着他们沿着碎石小径走去,进了昏黄的饭厅,经过昏黄的穿堂,往二层楼上走。一转弯,有一扇门通着一个小阳台,搭着紫藤花架,晒着半壁斜阳。阳台上有两个人站着说话,只见一个女的,背向着他们,披着一头漆黑的长发,直垂到脚踝上,脚踝上套着赤金扭麻花镯子,光着脚,底下看不仔细是否趿着拖鞋,上面微微露出一截印度式桃红皱裥裆脚裤。被那女人挡住的一个男子,却叫了一声:"咦!徐太太!"便走了过来,向徐先生徐太太打招呼,又向流苏含笑点头。流苏见是范柳原,虽然早就料到这一着,一颗心依旧不免跳得厉害。阳台上的女人一闪就不见了。柳原伴着他们上楼,一路上大家仿佛他乡遇故知似的,不断的表示惊讶与愉快。那范柳原虽然够不上称做美男子,粗枝大叶的,也有他的一种风神。徐先生夫妇指挥着仆欧们搬行李,柳原与流苏走在前面,流苏含笑问道:"范先生,你没有上新加坡去?"柳原轻轻答道:"我在这儿等着你呢。"流苏想不到他这样直爽,倒不便深究,只怕说穿了,不是徐太太请她上香港而是他请的,自己反而下不落台,因此只当他说玩笑话,向他笑了一笑。

柳原问知她的房间是一百三十号,便站住了脚道:"到了。"仆欧拿钥匙开了门,流苏一进门便不由得向窗口笔直走过去。那整个的房间像暗黄的画框,镶着窗子里一幅大画。那酽酽的,滟滟的海涛,直溅到窗帘上,把帘子的边缘都染蓝了。柳原向仆欧道:"箱子就放在橱跟前。"流苏听他说话的声音就在耳根子底下,不觉震了一震,回过脸来,只见仆欧已经出去了,房门却没有关严。柳原倚着窗台,伸出一只手来撑在窗格子上,挡住了她的视线,只管望着她微笑。流苏低下头去。柳原笑道:"你知道么?你的特长是低头。"流苏抬头笑道:"什么?我不懂。"柳原道:"有的人善于说话,有的人善于笑,有的人善于管家,你是善于低头的。"流苏道:"我什么都不会。我是顶无用的人。"柳原笑道："无用的女人是最最厉害的女人。"流苏笑着走开了道："不跟你说了，到隔壁去看看罢。"柳原道："隔壁？我的房还是徐太太的房？"流苏又震了一震道："你就住在隔壁？"柳原已经替她开了门，道："我屋里乱七八糟的，不能见人。"

他敲了一敲一百三十一号的门，徐太太开门放他们进来道："在我们这边吃茶罢，我们有个起坐间。"便揿铃叫了几客茶点。徐先生从卧室里走了出来道："我打了个电话给老朱，他闹着要接风，请我们大伙儿上香港饭店。就是今天。"又向柳原道："连你在内。"徐太太道："你真有兴致，晕了几天的船，还不趁早歇歇？今儿晚上，算了罢！"柳原笑道："香港饭店，是我所见过的顶古板的舞场。建筑、灯光、布置、乐队，都是英国式，四五十年前顶时髦的玩艺儿，现在可不够刺激性了。实在没有什么可看的，除非是那些怪模怪样的西崽，大热的天，仿着北方人穿着扎脚裤——"流苏道："为什么？"柳原道："中国情调呀！"徐先生笑道："既来到此地，总得去看看。就委屈你做做陪客罢！"柳原笑道："我可不能说准。别等我。"流苏见他不像要去的神气，徐先生并不是常跑舞场的人，难得这么高兴，似乎是认真要替她介绍朋友似的，心里倒又疑惑起来。

然而那天晚上，香港饭店里为他们接风一班人，都是成双捉对的老爷太太，几个单身男子都是二十岁左右的年轻人。流苏正在跳着舞，范柳原忽然出现了，把她从另一个男子手里接了过来，在那荔枝红的灯光里，她看不清他的黝暗的脸，只觉得他异常的沉默。流苏笑道："怎么不说话呀？"柳原笑道："可以当着人说的话，我全说完了。"流苏噗嗤一笑道："鬼鬼祟祟的，有什么背人的话？"柳原道："有些傻话，不但是要背着人说，还得背着自己。让自己听见了也怪难为情的。譬如说，我爱你，我一辈子都爱你。"流苏别过头去，轻轻啐了一声道："偏有这些废话！"柳原道："不说话又怪我不说话了，说话，又嫌唠叨！"流苏笑道："我问你，你为什么不愿意我上跳舞场去？"柳原道："一般的男人，喜欢把好女人教坏了，又喜欢感化坏的女人，使她变为好女人。我可不想那么没事找事做。我认为好女人还是老实些的好。"流苏瞟了他一眼道："你以为你跟别人不同么？我看你也是一样的自私。"柳原笑道："怎样自私？"流苏心里想着：你最高的理想是一个冰清玉洁而又富于挑逗性的女人。冰清玉洁，是对于他人。挑逗，是对于你自己。如果我是一个彻底的好女人，你根本就不会注意到我。她向他偏着头笑道："你要我在旁人面前做一个好女人，在你面前做一个坏女人。"柳原想了一想道："不懂。"流苏又解释道："你要我对别人坏，独独对你好。"柳原笑道："怎么又颠倒过来了？越发把人家搅糊涂了！"他又沉吟了一会道："你这话不对。"流苏笑道："哦，你懂了。"柳原道："你好也罢，坏也罢，我不要你改变。

难得碰见像你这样的一个真正的中国女人。"流苏微微叹了口气道:"我不过是一个过了时的人罢了。"柳原道:"真正的中国女人是世界上最美的,永远不会过了时。"流苏笑道:"像你这样的一个新派人——"柳原道:"你说新派,大约就是指的洋派。我的确不能算一个真正的中国人,直到最近几年才渐渐的中国化起来。可是你知道,中国化的外国人,顽固起来,比任何老秀才都要顽固。"流苏笑道:"你也顽固,我也顽固,你说过的,香港饭店又是最顽固的跳舞场……"他们同声笑了起来。音乐恰巧停了。柳原扶着她回到座上,向众人笑道:"白小姐有点头痛,我先送她回去罢。"流苏没提防他有这一着,一时想不起怎样对付,又不愿意得罪了他,因为交情还不够深,没有到吵嘴的程度,只得由他替她披上外衣,向众人道了歉,一同走了出来。

迎面遇见一群西洋绅士,众星捧月一般簇拥着一个女人。流苏先就注意到那人的漆黑的头发,结成双股大辫,高高盘在头上。那印度女人,这一次虽然是西式装束,依旧带着浓厚的东方色彩。玄色轻纱氅底下,她穿着金鱼黄紧身长衣,盖住了手,只露出晶亮的指甲,领口挖成极狭的V形,直开到腰际,那是巴黎最新的款式,有个名式,唤做"一线天"。她的脸色黄而油润,像飞了金的观音菩萨,然而她的影沉沉的大眼睛里躲着妖魔。古典型的直鼻子,只是太尖,太薄一点。粉红的厚重的小嘴唇,仿佛肿着似的。柳原站住了脚,向她微微鞠了一躬。流苏在那里看她,她也昂然望着流苏,那一双骄矜的眼睛,如同隔着几千里地,远远的向人望过来。柳原便介绍道:"这是白小姐。这是萨黑荑妮公主。"流苏不觉肃然起敬。萨黑荑妮伸出一双手来,用指尖碰了一碰流苏的手,问柳原道:"这位白小姐,也是上海来的?"柳原点点头。萨黑荑妮微笑道:"她倒不像上海人。"柳原笑道:"像哪儿的人呢?"萨黑荑妮把一只食指按在腮帮子上,想了一想,翘着十指尖尖,仿佛是要形容而又形容不出的样子,耸肩笑了一笑,往里走去。柳原扶着流苏继续往外走,流苏虽然听不大懂英文,鉴貌辨色,也就明白了,便笑道:"我原是个乡下人。"柳原道:"我刚才对你说过了,你是个道地的中国人,那自然跟她所谓的上海人有点不同。"

他们上了车,柳原又道:"你别看她架子搭得十足。她在外面招摇,说是克力希纳·柯兰姆帕王公的亲生女,只因王妃失宠,赐了死,她也就被放逐了,一直流浪着,不能回国。其实,不能回国倒是真的,其余的,可没有人能够证实。"流苏道:"她到上海去过么?"柳原道:"人家在上海也是很有名的。后来她跟着一个英国人上香港来。你看见她背后那老头子么?现在就是他养活着她。"流苏笑道:"你们男人就是这样,当面何尝不奉承着她,背后就说得她一个钱不值。像我这样一个穷遗老的女儿,身份还不及她高的人,不知道你对别人怎样的说我呢!"柳原笑道:"谁敢一口气把你们两人的名字说在一起?"流苏撇了撇嘴道:"也许因为她的名字太长了,一口气念不完。"柳原道:"你放心。你是什么样的人,我就拿你当什么样的人看待,准没错。"流苏做出安心的样子,向车窗上一靠,低声道:"真的?"他这句话,似乎并不是挖苦她,因为她渐渐发觉了,他们单独在一起的时候,他总是斯斯文文的,君子模样。不知道为什么,他背着人这样稳重,当众却喜欢放肆。她一时摸不清那到底是他的怪脾气,还是他另有作用。

到了浅水湾,他搀着她下车,指着汽车道旁郁郁的丛林道:"你看那种树,是南边的特产。英国人叫它'野火花'。"流苏道:"是红的么?"柳原道:"红!"黑夜里,她看不出那红色,然而她直觉地知道它是红得不能再红了,红得不可收拾,一蓬蓬一蓬蓬的小花,窝在参天大树上,壁栗剥落燃烧着,一路烧过去,把那紫蓝的天也熏红了。她仰着脸望上去。柳原道:"广东人叫它'影树'。你看这叶子。"叶子像凤尾草,一阵风过,那轻纤的黑色剪影零零落落颤动着,耳边恍惚听见一串小小的音符,不成腔,像檐前铁马的叮哨。

柳原道:"我们到那边去走走。"流苏不做声。他走,她就缓缓的跟了过去。时间横竖还早,路上散步的人多着呢——没关系。从浅水湾饭店过去一截子路,空中飞跨着一座桥梁,桥那边是山,桥这边是一堵灰砖砌成的墙壁,拦住了这边的山。柳原靠在墙上,流苏也就靠在墙上,一眼看上去,那堵墙极高极高,望不见边。墙是冷而粗糙,死的颜色。她的脸,托在墙上,反衬着,也变了样——红嘴唇,水眼睛,有血,有肉,有思想的一张脸。柳原看着她道:"这堵墙,不知为什么使我想起地老天荒那一类的话。……有一天,我们的文明整个的毁掉了,什么都完了——烧完了,炸完了,坍完了,也许还剩下这堵墙。流苏,如果我们那时候在这墙根底下遇见了……流苏,也许你会对我有一点真心,也许我会对你有一点真心。"

流苏嗔道:"你自己承认你爱装假,可别拉扯上我。你几时捉出我说谎来着?"柳原嗤的笑道:"不错,你是再天真也没有的一个人。"流苏道:"得了,别哄我了!"

柳原静了半晌,叹了口气。流苏道:"你有什么不称心的事?"柳原道:"多着呢。"流苏叹道:"若是像你这样自由自在的人,也要怨命,像我这样的,早就该上吊了。"柳原道:"我知道你是不快乐的。我们四周的那些坏事,坏人,你一定是看够了。可是,如果你这是第一次看见他们,你一定更看不惯,更难受。我就是这样。我回中国来的时候,已经二十四了。关于我的家乡,我做了好些梦。你可以想象到我是多么的失望。我受不了这个打击,不由自主的就往下溜。你……你如果认识从前的我,也许你会原谅现在的我。"流苏试着想象她是第一次看见她四嫂。她猛然叫道:"还是那样的好,初次瞧见,再坏些,再脏些,是你外面的人,你外面的东西。你若是混在那里头长大了,你怎么分得清,哪一部份是他们,哪一部份是你自己?"柳原默然,隔了一会方道:"也许你是对的。也许我这些话无非是借口,自己糊弄自己。"他突然笑了起来道:"其实我用不着什么借口呀!我爱玩——我有这个钱,有这个时间,还得去找别的理由?"他思索了一会,又烦躁起来,向她说道:"我自己也不懂得我自己——可是我要你懂得我!我要你懂得我!"他嘴里这么说着,心里早已绝望了,然而他还是固执地,哀恳似的说着:"我要你懂得我!"

　　流苏愿意试试看。在某种范围内,她什么都愿意。她侧过脸去向着他,小声答应着:"我懂得,我懂得。"她安慰着他,然而她不由得想到了她自己的月光中的脸,那娇脆的轮廓,眉与眼,美得不近情理,美得渺茫。她缓缓垂下头去。柳原格格地笑了起来。他换了一副声调,笑道:"是的,别忘了,你的特长是低头。可是也有人说,只有十来岁的女孩子们适宜于低头。适宜于低头的人往往一来就喜欢低头。低了多年的头,颈子上也许要起皱纹的。"流苏变了脸,不禁抬起手来抚摸她的脖子。柳原笑道:"别着急,你决不会有的。待会儿回到房里去,没有人的时候,你再解开衣袖上的钮子,看个明白。"流苏不答,掉转身就走。柳原追了上去,笑道:"我告诉你为什么你保得住你的美。萨黑荑妮上次说,她不敢结婚,因为印度女人一闲下来,呆在家里,整天坐着,就发胖了。我就说,中国女人呢,光是坐着,连发胖都不肯发胖——因为发胖至少还需要一点精力。懒倒也有懒的好处!"

　　流苏只是不理他。他一路赔着小心,低声下气,说说笑笑,她到了旅馆里,面色方才和缓下来,两人也就各自归房安置。流苏自己忖量着,原来范柳原是讲究精神恋爱的。她倒也赞成,因为精神恋爱的结果永远是结婚,而肉体之爱往往就停顿在某一阶段,很少结婚的希望。精神恋爱只有一个毛病:在恋爱过程中,女人往往听不懂男人的话。然而那倒也没有多大关系。后来总还是结婚,找房子,置家具,雇佣人——那些事上,女人可比男人在行得多。她这么一想,今天这点小误会,也就不放在心上。

　　第二天早晨,她听徐太太屋里鸦雀无声,知道她一定起来得很晚。徐太太仿佛说过的,这里的规矩,早餐叫到屋里来吃,另外要付费,还要给小帐,因此流苏决定替人家节省一点,到食堂里去。她梳洗完了,刚跨出房门,一个守候在外面的仆欧,看见了她,便去敲范柳原的门。柳原立刻走了出来,笑道:"一块儿吃早饭去。"一面走,他一面问道:"徐先生徐太太还没升帐?"流苏笑道:"昨儿他们玩得太累了罢!我没听见他们回来,想必一定是近天亮。"他们在餐室外面的走廊上拣了个桌子坐下。石栏杆外生着高大的棕榈树,那丝丝缕缕披散着的叶子在太阳光里微微发抖,像光亮的喷泉。树底下也有喷水池子,可没有那么伟丽。柳原问道:"徐太太他们今天打算怎玩?"流苏道:"听说是要找房子去。"柳原道:"他们找他们的房子,我们玩我们的。你喜欢到海滩上去还是到城里去看看?"流苏前一天下午已经用望远镜看了看附近的海滩,红男绿女,果然热闹非凡,只是行动太自由了一点,她不免略具戒心,因此便提议进城去。他们赶上了一辆旅馆里特备的公共汽车,到了中心区。

柳原带她到大中华去吃饭。流苏一听,仆欧们全是说上海话的,四座也是乡音盈耳,不觉诧异道:"这是上海馆子?"柳原笑道:"你不想家么?"流苏笑道:"可是……专程到香港来吃上海菜,总似乎有点傻。"柳原道:"跟你在一起,我就喜欢做各种的傻事,甚至于乘着电车兜圈子,看一场看过了两次的电影……"流苏道:"因为你被我传染上了傻气,是不是?"柳原笑道:"你爱怎么解释,就怎么解释。"

吃完了饭,柳原举起玻璃杯来将里面剩下的茶一饮而尽,高高地擎着那玻璃杯,只管向里看着。流苏道:"有什么可看的,也让我看看。"柳原道:"你迎着亮瞧瞧,里头的景致使我想到马来的森林。"杯里的残茶向一边倾过来,绿色的茶叶粘在玻璃上,横斜有致,迎着光,看上去像一棵翠生生的芭蕉。底下堆积着的茶叶,蟠结错杂,就像没膝的蔓草与蓬蒿。流苏凑在上面看,柳原就探过身来指点着。隔着那绿阴阴的玻璃杯,流苏忽然觉得他的一双眼睛似笑非笑地瞅着她。她放下了杯子,笑了。柳原道:"我陪你到马来亚去。"流苏道:"做什么?"柳原道:"回到自然。"他转念一想,又道:"只是一件,我不能想象你穿着旗袍在森林里跑。……不过我也不能想象你不穿着旗袍。"流苏连忙沉下脸来道:"少胡说。"柳原道:"我这是正经话。我第一次看见你,就觉得你不应当光着膀子穿这种时髦的长背心,不过你也不应当穿西装。满洲的旗装,也许倒合式一点,可是线条又太硬。"流苏道:"总之,人长得难看,怎么打扮着也不顺眼!"柳原笑道:"别又误会了,我的意思是,你看上去不像这世界上的人。你有许多小动作,有一种罗曼谛克的气氛,很像唱京戏。"流苏抬起了眉毛,冷笑道:"唱戏,我一个人也唱不成呀!我何尝爱做作——这也是逼上梁山。人家跟我要心眼儿,我不跟人家要心眼儿,人家还拿我当傻子呢,准得找着我欺侮!"柳原听了这话,倒有些黯然。他举起了空杯,试着喝了一口,又放下了,叹道:"是的,都怪我。我装惯了假,也是因为人人都对我装假。只有对你,我说过句把真话。你听不出来。"流苏道:"我又不是你肚里的蛔虫。"柳原道:"是的,都怪我。可是我的确为你费了不少的心机。在上海第一次遇见你,我想着,离开了你家里那些人,你也许会自然一点。好容易盼着你到了香港……现在,我又想把你带到马来亚,到原始人的森林里去……"他笑他自己,声音又哑又涩,不等笑完他就喊仆欧拿账单来。他们付了账出来,他已经恢复原状,又开始他的上等的调情——顶文雅的一种。

　　他每天伴着她到处跑，什么都玩到了，电影，广东戏，赌场，格罗士打饭店，思豪酒店，青鸟咖啡馆，印度绸缎庄，九龙的四川菜……晚上他们常常出去散步，直到夜深。她自己都不能够相信他连她的手都难得碰一碰。她总是提心吊胆，怕他突然摘下假面具，对她作冷不防的袭击，然而一天又一天的过去了，他维持着他的君子风度。她如临大敌，结果毫无动静。她起初倒觉得不安，仿佛下楼梯的时候踏空了一级似的，心里异常怔忡，后来也就惯了。

　　只有一次，在海滩上。这时候流苏对柳原多了一层认识，觉得到海边上去去也无妨，因此他们到那里去消磨了一个上午。他们并排坐在沙上，可是一个面朝东，一个面朝西。流苏嚷有蚊子。柳原道："不是蚊子，是一种小虫，叫沙蝇。咬一口，就是个小红点，像朱砂痣。"流苏又道："这太阳真受不了。"柳原道："稍微晒一会儿，我们可以到凉棚底下去。我在那边租了一个棚。"那口渴的太阳汩汩地吸着海水，漱着，吐着，哗哗的响。人身上的水份全给它喝干了，人成了金色的枯叶子，轻飘飘的。流苏渐渐感到那奇异的眩晕与愉快，但是她忍不住又叫了起来："蚊子咬！"她扭过头去，一巴掌打在她裸露的背脊上。柳原笑道："这样好吃力。我来替你打罢，你来替我打。"流苏果然留心着，照准他臂上打去，叫道："哎呀，让它跑了！"柳原也替她留心着。两人劈劈啪啪打着，笑成一片。流苏突然被得罪了，站起身来往旅馆里走。柳原这一次并没有跟上来。流苏走到树阴里，两座芦席棚之间的石径上，停了下来，抖一抖短裙子上的沙，回头一看，柳原还在原处，仰天躺着，两手垫在颈项底下，显然是又在那里做着太阳里的梦了，人又晒成了金叶子。流苏回到了旅馆里，又从窗户里用望远镜望出来，这一次，他的身边躺着一个女人，辫子盘在头上。就把那萨黑荑妮烧了灰，流苏也认识她。

　　从这天起，柳原整日价的和萨黑荑妮厮混着。他大约是下了决心把流苏冷一冷。流苏本来天天出去惯了，忽然闲了下来，在徐太太面前交代不出理由，只得伤了风，在屋里坐了两天。幸喜天公识趣，又下起缠绵雨来，越发有了借口，用不着出门。有一天下午，她打着伞在旅舍的花园里兜了个圈子回来，天渐渐黑了，约摸徐太太他们看房子该回来了，她便坐在廊檐下等候他们，将那把鲜明的油纸伞撑开了横搁在栏杆上，遮住了脸。那伞是粉红地子，石绿的荷叶图案，水珠一滴滴从筋纹上滑下来。那雨下得大了，雨中有汽车泼喇泼喇航行的声音，一群男女嘻嘻哈哈推着挽着上阶来，打头的便是范柳原。萨黑荑妮被他搀着，却是够狼狈的，裸腿上溅了一点点的泥浆。她脱去了大草帽，便洒了一地的水。柳原瞥见流苏的伞，便在扶梯口上和萨黑荑妮说了几句话，萨黑荑妮单独上楼去了，柳原走了过来，掏出手绢子来不住地擦他身上脸上的水渍子。流苏和他不免寒暄了几句。柳原坐了下来道:"前两天听说有点不舒服?"流苏道:"不过是热伤风。"柳原道:"这天气真闷得慌。刚才我们到那个英国人的游艇上去野餐的,把船开到了青衣岛。"流苏顺口问他青衣岛的景致。正说着,萨黑荑妮又下楼来了,已经换了印度装,兜着鹅黄披肩,长垂及地。披肩上是二寸来阔的银丝堆花镶滚。她也靠着栏杆,远远的拣了个桌子坐下,一只手闲闲搁在椅背上,指甲上涂着银色蔻丹。流苏笑向柳原道:"你还不过去?"柳原笑道:"人家是有了主儿的人。"流苏道:"那老英国人,哪儿管得住她?"柳原笑道:"他管不住她,你却管得住我呢。"流苏抿着嘴笑道:"哟!我就是香港总督,香港的城隍爷,管这一方的百姓,我也管不到你头上呀!"柳原摇摇头道:"一个不吃醋的女人,多少有点病态。"流苏噗嗤一笑。隔了一会,流苏问道:"你看着我做什么?"柳原笑道:"我看你从今以后是不是预备待我好一点。"流苏道:"我待你好一点,坏一点,你又何尝放在心上?"柳原拍手道:"这还像句话!话音里仿佛有三分酸意。"流苏撑不住放声笑了起来道:"也没有看见你这样的人,死乞白咧的要人吃醋!"

两人当下言归于好,一同吃了晚饭。流苏表面上虽然和他热了些,心里却怙惕着:他使她吃醋,无非是用的激将法,逼着她自动的投到他怀里去。她早不同他好,晚不同他好,偏拣这个当口和他好了,白牺牲了她自己,他一定不承情,只道她中了他的计。她做梦也休想他娶她。……很明显的,他要她,可是他不愿意娶她。然而她家里穷虽穷,也还是个望族,大家都是场面上的人,他担当不起这诱奸的罪名。因此他采取了那种光明正大的态度。她现在知道了,那完全是假撇清。他处处地方希图脱卸责任。以后她若是被抛弃了,她绝对没有谁可抱怨。

流苏一念及此,不觉咬了咬牙,恨了一声。面子上仍旧照常跟他敷衍着。徐太太已经在跑马地租下了房子,就要搬过去了。流苏欲待跟过去,又觉得白扰了人家一个多月,再要长住下去,实在不好意思。这样僵持下去,也不是事。进退两难,倒煞费踌躇。这一天,在深夜里,她已经上了床多时,只是翻来覆去。好容易朦胧了一会,床头的电话铃突然朗朗响了起来。她一听,却是柳原的声音,道:"我爱你。"就挂断了。流苏心跳得扑通扑通,握住了耳机,发了一回愣,方才轻轻的把它放回原处。谁知才搁上去,又是铃声大作。她再度拿起听筒,柳原在那边问道:"我忘了问你一声,你爱我么?"流苏咳嗽了一声再开口,喉咙还是沙哑的。她低声道:"你早该知道了。我为什么上香港来?"柳原叹道:"我早知道了,可是明摆着的事实,我就是不肯相信。流苏,你不爱我。"流苏道:"怎见得我不?"柳原不语,良久方道:"诗经上有一首诗——"流苏忙道:"我不懂这些。"柳原不耐烦道:"知道你不懂,你若懂,也用不着我讲了!我念给你听:'死生契阔——与子相悦,执子之手,与子偕老。'我的中文根本不行,可不知道解释得对不对。我看那是最悲哀的一首诗,生与死与离别,都是大事,不由我们支配的。比起外界的力量,我们人是多么小,多么小!可是我们偏要说:'我永远和你在一起;我们一生一世都别离开。'——好像我们自己做得了主似的!"

流苏沉思了半晌,不由得恼了起来道:"你干脆说不结婚,不就完了!还得绕着大弯子!什么做不了主?连我这样守旧的人家,也还说'初嫁从亲,再嫁从身'哩!你这样无拘无束的人,你自己不能做主,谁替你做主?"柳原冷冷地道:"你不爱我,你有什么办法,你做得了主么?"流苏道:"你若真爱我的话,你还顾得了这些?"柳原道:"我不至于那么糊涂。我犯不着花了钱娶一个对我毫无感情的人来管束我。那太不公平了。对于你,那也不公平。噢,也许你不在乎。根本你以为婚姻就是长期的卖淫——"流苏不等他说完,啪的一声把耳机掼下了,脸气得通红。他敢这样侮辱她!他敢!她坐在床上,炎热的黑暗包着她像葡萄紫的绒毯子。一身的汗,痒痒的,颈上与背脊上的头发梢也刺挠得难受。她把两只手按在腮颊上,手心却是冰冷的。

铃又响了起来,她不去接电话,让它响去。"的铃铃……的铃铃……"声浪分外的震耳,在寂静的房间里,在寂静的旅舍里,在寂静的浅水湾。流苏突然觉悟了,她不能吵醒了整个的浅水湾饭店。第一,徐太太就在隔壁。她战战兢兢拿起听筒来,搁在褥单上。可是四周太静了,虽是离了这么远,她也听得见柳原的声音在那里心平气和地说:"流苏,你的窗子里看得见月亮么?"流苏不知道为什么,忽然哽咽起来。泪眼中的月亮大而模糊,银色的,有着绿的光棱。柳原道:"我这边,窗子上面吊下一枝藤花,挡住了一半。也许是玫瑰,也许不是。"他不再说话了,可是电话始终没挂上。许久许久,流苏疑心他可是盹着了,然而那边终于扑哧一声,轻轻挂断了。流苏用颤抖的手从褥单上拿起她的听筒,放回架子上。她怕他第四次再打来,但是他没有。这都是一个梦——越想越像梦。

第二天早上她也不敢问他,因为他准会嘲笑她——"梦是心头想",她这么迫切地想念他,连睡梦里他都会打电话来说"我爱你"?他的态度也和平时没有什么不同。他们照常的出去玩了一天。流苏忽然发觉拿他们当做夫妇的人很多很多——仆欧们,旅馆里和她搭讪的几个太太老太太。原不怪他们误会。柳原跟她住在隔壁,出入总是肩并肩,深夜还到海岸上去散步,一点都不避嫌疑。一个保姆推着孩子的车走过,向流苏点点头,唤了一声"范太太"。流苏脸上一僵,笑也不是,不笑也不是,只得皱着眉向柳原睃了一眼,低声道:"他们不知道怎么想着呢!"柳原笑道:"唤你范太太的人,且不去管他们;倒是唤你做白小姐的人,才不知道他们怎么想呢!"流苏变色。柳原用手抚摸着下巴,微笑道:"你别枉担了这个虚名!"

流苏吃惊地朝他望望,蓦地里悟到他这人多么恶毒。他有意的当着人做出亲狎的神气,使她没法可证明他们没有发生关系。她势成骑虎,回不得家乡,见不得爷娘,除了做他的情妇之外没有第二条路。然而她如果迁就了他,不但前功尽弃,以后更是万劫不复了。她偏不!就算她枉担了虚名,他不过口头上占了她一个便宜。归根究底,他还是没得到她。既然他没有得到她,或许他有一天还会回到她这里来,带了较优的议和条件。

她打定了主意,便告诉柳原她打算回上海去。柳原却也不坚留,自告奋勇要送她回去。流苏道:"那倒不必了。你不是要到新加坡去么?"柳原道:"反正已经耽搁了,再耽搁些时也不妨事,上海也有事等着料理呢。"流苏知道他还是一贯政策,唯恐众人不议论他们俩。众人越是说得凿凿有据,流苏越是百喙莫辩,自然在上海不能安身。流苏盘算着,即使他不送她回去,一切也瞒不了她家里的人。她是豁出去了,也就让他送她一程。徐太太见他们俩正打得火一般的热,忽然要拆开了,诧异非凡,问流苏,问柳原,两人虽然异口同声的为彼此洗刷,徐太太哪里肯信。

在船上,他们接近的机会很多,可是柳原既能抗拒浅水湾的月色,就能抗拒甲板上的月色。他对她始终没有一句扎实的话。他的态度有点淡淡的,可是流苏看得出他那闲适是一种自满的闲适——他拿稳了她跳不出他的手掌心去。

到了上海,他送她到家,自己没有下车。白公馆里早有了耳报神,探知六小姐在香港和范柳原实行同居了。如今她陪人家玩了一个多月,又若无其事的回来了,分明是存心要丢自家的脸。

流苏勾搭上了范柳原,无非是图他的钱。真弄到了钱,也不会无声无臭的回家来了,显然是没得到他什么好处。本来,一个女人上了男人的当,就该死;女人给当给男人上,那更是淫妇;如果一个女人想给当给男人上而失败了,反而上了人家的当,那是双料的淫恶,杀了她也还污了刀。平时白公馆里,谁有了一点芝麻大的过失,大家便炸了起来。逢到了真正耸人听闻的大逆不道,爷奶奶们兴奋过度,反而吃吃艾艾,一时发不出话来。大家先议定了:"家丑不可外扬",然后分头去告诉亲戚朋友,逼他们宣誓保守秘密,然后再向亲友们一个个的探口气,打听他们知道了没有,知道了多少。最后大家觉得到底是瞒不住,爽性开诚布公,打开天窗说亮话,拍着腿感慨一番。他们忙着这各种手续,也忙了一秋天,因此迟迟的没向流苏采取断然行动。流苏何尝不知道,她这一次回来,更不比往日。她和这家庭早是恩断义绝了。她未尝不想出去找个小事,胡乱混一碗饭吃。再苦些,也强如在家里受气。但是寻了个低三下四的职业,就失去了淑女的身份。那身份,食之无味,弃之可惜。尤其是现在,她对范柳原还没有绝望,她不能先自贬身价,否则他更有了借口,拒绝和她结婚了。因此她无论如何得忍些时。

熬到了十一月底,范柳原果然从香港来了电报。那电报,整个的白公馆里的人都传观过了,老太太方才把流苏叫去,递到她手里。只有寥寥几个字:"乞来港。船票已由通济隆办妥。"白老太太长叹了一声道:"既然是叫你去,你就去罢!"她就这样的下贱么?她眼里掉下泪来。这一哭,她突然失去了自制力,她发现她已经是忍无可忍了。一个秋天,她已经老了两年——她可禁不起老!于是她第二次离开了家上香港来。这一趟,她早失去了上一次的愉快的冒险的感觉。她失败了。固然,女人是喜欢被屈服的,但是那只限于某种范围内。如果她是纯粹为范柳原的风仪与魅力所征服,那又是一说了,可是内中还掺杂着家庭的压力——最痛苦的成分。

范柳原在细雨迷濛的码头上迎接她。他说她的绿色玻璃雨衣像一只瓶,又注了一句:"药瓶。"她以为他在那里讽嘲她的孱弱,然而他又附耳加了一句:"你就是医我的药。"她红了脸,白了他一眼。

他替她定下了原先的房间。这天晚上,她回到房里来的时候,已经两点钟了。在浴室里晚妆既毕,熄了灯出来,方才记起了,她房里的电灯开关装置在床头,只得摸着黑过来,一脚绊在地板上的一只皮鞋上,差一点栽了一跤,正怪自己疏忽,没把鞋子收好,床上忽然有人笑道:"别吓着了!是我的鞋。"流苏停了一会,问道:"你来做什么?"柳原道:"我一直想从你的窗户里看月亮。这边屋里比那边看得清楚些。"……那晚上的电话的确是他打来的——不是梦!他爱她。这毒辣的人,他爱她,然而他待她也不过如此!她不由得寒心,拨转身走到梳妆台前。十一月尾的纤月,仅仅是一钩白色,像玻璃窗上的霜花。然而海上毕竟有点月意,映到窗子里来,那薄薄的光就照亮了镜子。流苏慢腾腾摘下了发网,把头发一搅,搅乱了,夹钗叮铃当啷掉下地来。她又戴上网子,把那发网的梢头狠狠地衔在嘴里,拧着眉毛,蹲下身去把夹钗一只一只拣了起来,柳原已经光着脚走到她后面,一只手搁在她头上,把她的脸倒扳了过来,吻她的嘴。发网滑下地去了。这是他第一次吻她,然而他们两人都疑惑不是第一次,因为在幻想中已经发生过无数次了。从前他们有过许多机会——适当的环境,适当的情调;他也想到过,她也顾虑到那可能性。然而两方面都是精刮的人,算盘打得太仔细了,始终不肯冒失。现在这忽然成了真的,两人都糊涂了。流苏觉得她的溜溜转了个圈子,倒在镜子上,背心紧紧抵着冰冷的镜子。他的嘴始终没有离开过她的嘴。他还把她往镜子上推,他们似乎是跌到镜子里面,另一个昏昏的世界里去,凉的凉,烫的烫,野火花直烧上身来。

第二天,他告诉她,他一礼拜后就要上英国去。她要求他带她一同去,但是他回说那是不可能的。他提议替她在香港租下一幢房子住下,等个一年半载,他也就回来了。她如果愿意在上海住家,也听她的便。她当然不肯回上海。家里那些人——离他们越远越好。独自留在香港,孤单些就孤单些。问题却在他回来的时候,局势是否有了改变。那全在他了。一个礼拜的爱,吊得住他的心么？可是从另一方面看来,柳原是一个没长性的人,这样匆匆的聚了又散了,他没有机会厌倦她,未始不是于她有利的。一个礼拜往往比一年值得怀念。……他果真带着热情的回忆重新来找她,她也许倒变了呢！近三十的女人,往往有着反常的娇嫩,一转眼就憔悴了。总之,没有婚姻的保障而要长期抓住一个男人,是一件艰难的,痛苦的事,几乎是不可能的。啊,管它呢！她承认柳原是可爱的,他给她美妙的刺激,但是她跟他的目的究竟是经济上的安全。这一点,她知道她可以放心。

　　他们一同在巴而顿道看了一所房子,坐落在山坡上,屋子粉刷完了,雇定了一个广东女佣,名唤阿栗,家具只置办了几件最重要的,柳原就该走了。其余都丢给流苏慢慢的去收拾。家里还没有开火仓,在那冬天的傍晚,流苏送他上船时,便在船上的大餐间里胡乱的吃了些三明治。流苏因为满心的不得意,多喝了几杯酒,被海风一吹,回来的时候,便带着三分醉。到了家,阿栗在厨房里烧水替她随身带着的那孩子洗脚。流苏到处瞧了一遍,到一处开一处的灯。客室里的门窗上的绿漆还没干,她用食指摸着试了一试,然后把那粘粘的指尖贴在墙上,一贴一个绿迹子。为什么不？这又不犯法！这是她的家！她笑了,索性在那蒲公英黄的粉墙上打了一个鲜明的绿手印。

　　她摇摇晃晃走到隔壁屋里去。空房,一间又一间——清空的世界。她觉得她可以飞到天花板上去。她在空荡荡的地板上行走,就像是在洁无纤尘的天花板上。房间太空了,她不能不用灯光来装满它,光还是不够,明天她得记着换上几只较强的灯泡。

　　她走上楼梯去。空得好！她急需着绝对的静寂。她累得很,取悦于柳原是太吃力的事,他脾气向来就古怪；对于她,因为是动了真感情,他更古怪了,一来就高兴。他走了,倒好,让她松下这口气。现在她什么人都不要——可憎的人,可爱的人,她一概都不要。从小时候起,她的世界就嫌过于拥挤。推着,挤着,踩着,背着,抱着,驮着,老的小的,全是人。一家二十来口,合住一幢房子,你在屋里剪个指甲也有人在窗户眼里看着。好容易远走高飞,到了这无人之境。如果她正式做了范太太,她就有种种的责任,她离不了人。现在她不过是范柳原的情妇,不露面的,她应该躲着人,人也应该躲着她。清静是清静了,可惜除了人之外,她没有旁的兴趣。她所仅有的一点学识,全是应付人的学识。凭着这点本领,她能够做一个贤惠的媳妇,一个细心的母亲。在这里她可是英雄无用武之地。"持家"罢,根本无家可持,看管孩子罢,柳原根本不要孩子。省俭着过日子罢,她根本用不着为了钱操心。她怎样消磨这以后的岁月?找徐太太打牌去,看戏?然后渐渐地姘戏子,抽鸦片,往姨太太们的路上走?她突然站住了,挺着胸,两只手在背后紧紧互扭着。那倒不至于!她不是那种下流的人。她管得住她自己。但是……她管得住她自己不发疯么?楼上品字式的三间屋,楼下品字式的三间屋,全是堂堂地点着灯。新打了蜡的地板,照得雪亮。没有人影儿。一间又一间,呼喊着的空虚……流苏躺到床上去,又想下去关灯,又动弹不得。后来她听见阿栗趿着木屐上楼来,一路扑哧扑哧关着灯,她紧张的神经方才渐归松弛。

那天是十二月七日,一九四一年。十二月八日,炮声响了。一炮一炮之间,冬晨的银雾渐渐散开,山崖、山洼子里,全岛上的居民都向海面上望去,说"开仗了,开仗了。"谁都不能够相信,然而毕竟是开仗了。流苏孤身留在巴而顿道,哪里知道什么。等到阿栗从左邻右舍探到了消息,仓皇唤醒了她,外面已经进入酣战阶段。巴而顿道的附近有一座科学试验馆,屋顶上架着高射炮,流弹不停地飞过来,尖溜溜一声长叫,"吱呦呃呃呃呃……",然后"砰",落下地去。那一声声的"吱呦呃呃呃呃……"撕裂了空气,撕毁了神经。淡蓝的天幕被扯成一条一条,在寒风中簌簌飘动。风里同时飘着无数剪断了的神经的尖端。

流苏的屋子是空的,心里是宽的,家里没有置办米粮,因此肚子里也是空的。空穴来风,所以她感受恐怖的袭击分外强烈。打电话到跑马地徐家,久久打不通,因为全城装有电话的人没有一个不在打电话,询问哪一区较为安全,作避难的计划。流苏到下午方才接通了,可是那边铃尽管响着,老是没有人来听电话,想必徐先生徐太太已经匆匆出走,迁到平靖一些的地带。流苏没了主意。炮火却逐渐猛烈了。邻近的高射炮成为飞机注意的焦点。飞机营营地在顶上盘旋,"孜孜孜……"绕了一圈又绕回来,"孜孜……"痛楚地,像牙医的螺旋电器,直挫进灵魂的深处。阿栗抱着她的哭泣着的孩子坐在客室的门槛上,人仿佛入了昏迷状态,左右摇摆着,喃喃唱着呓语似的歌曲,哄着拍着孩子。窗外又是"吱呦呃呃呃呃……"一声,"砰!"削去屋檐的一角,沙石哗啦啦落下来。阿栗怪叫了一声,跳起身来,抱着孩子就往外跑。流苏在大门口追上了她,一把揪住她问道:"你上哪儿去?"阿栗道:"这儿蹲不得了!我——我带他到阴沟里去躲一躲。"流苏道:"你疯了!你去送死!"阿栗连声道:"你放我走!我这孩子——就只这一个——死不得的!……阴沟里躲一躲……"流苏拼命扯住了她,阿栗将她一推,她跌倒了,阿栗便闯出门去。正在这当口,轰天震地一声响,整个的世界黑了下来,像一只硕大无朋的箱子,啪地关上了盖。数不清的罗愁绮恨,全关在里面了。

流苏只道是没有命了,谁知还活着。一睁眼,只见满地的玻璃屑,满地的太阳影子。她挣扎着爬起身来,去找阿栗。一开门,阿栗紧紧搂着孩子,垂着头,把额角抵在门洞子里的水泥墙上,人是震糊涂了。流苏拉了她进来,就听见外面喧嚷着说隔壁落了个炸弹,花园里炸出一个大坑。这一次巨响,箱子盖关上了,依旧不得安静。继续的砰砰砰,仿佛在箱子盖上用锤子敲钉,捶不完地捶。从天明捶到天黑,又从天黑捶到天明。

流苏也想到了柳原,不知道他的船有没有驶出港口,有没有被击沉。可是她想起他便觉得有些渺茫,如同隔世。现在的这一段,与她的过去毫不相干,像无线电里的歌,唱了一半,忽然受了恶劣的天气的影响,劈劈啪啪炸了起来。炸完了,歌是仍旧要唱下去的,就只怕炸完了,歌已经唱完了,那就没得听了。第二天,流苏和阿栗母子分着吃完了罐子里的几片饼干,精神渐渐衰弱下来,每一个呼啸着的子弹的碎片便像打在她脸上的耳刮子。街上轰隆轰隆驰来一辆军用卡车,意外地在门前停下了。铃一响,流苏自己去开门,见是柳原,她捉住他的手,紧紧搂住他的手臂,像阿栗搂住孩子似的,人向前一扑,把头磕在门洞子里的水泥墙上。柳原用另外的一只手托住她的头,急促地道:"受了惊吓罢?别着急,别着急。你去收拾点得用的东西,我们到浅水湾去。快点,快点!"流苏跌跌冲冲奔了进去,一面问道:"浅水湾那边不要紧么?"柳原道:"都说不会在那边上岸的。而且旅馆里吃的方面总不成问题,他们收藏得很丰富。"流苏道:"你的船……"柳原道:"船没开出去。他们把头等舱的乘客送到了浅水湾饭店。本来昨天就要来接你的,叫不到汽车,公共汽车又挤不上。好容易今天设法弄到了这部卡车。"流苏哪里还定得下心整理行装,胡乱扎了个小包裹。柳原给了阿栗两个月的工钱,嘱咐她看家,两个人上了车,面朝下并排躺在运货的车厢里,上面蒙着黄绿色油布篷,一路颠簸着,把肘弯与膝盖上的皮都磨破了。

柳原叹道:"这一炸,炸断了多少故事的尾巴!"流苏也怆然,半晌方道:"炸死了你,我的故事就该完了。炸死了我,你的故事还长着呢!"柳原笑道:"你打算替我守节么?"他们两人都有点神经失常,无缘无故,齐声大笑。而且一笑便止不住。笑完了,浑身只打颤。

卡车在"吱呦呃呃……"的流弹网里到了浅水湾。浅水湾饭店楼下驻扎着军队,他们仍旧住到楼上的老房间里。住定了,方才发现,饭店里储藏虽富,都是留着给兵吃的。除了罐头装的牛乳,牛羊肉,水果之外,还有一麻袋一麻袋的白面包,麸皮面包。分配给客人的,每餐只有两块苏打饼干,或是两块方糖,饿得大家奄奄一息。

先两日浅水湾还算平静,后来突然情势一变,渐渐火炽起来。楼上没有掩蔽物,众人容身不得,都下楼来,守在食堂里,食堂里大开着玻璃门,门前堆着沙袋,英国兵就在那里架起了大炮往外打。海湾里的军舰摸准了炮弹的来源,少不得也一一还敬。隔着棕榈树与喷水池子,子弹穿梭般来往。柳原与流苏跟着大家一同把背贴在大厅的墙上。那幽暗的背景便像古老的波斯地毯,织出各色人物,爵爷,公主,才子,佳人。毯子被挂在竹竿上,迎着风扑打上面的灰尘,啪啪打着,下劲打,打得上面的人走投无路。炮子儿朝这边射来,他们便奔到那边;朝那边射来,便奔到这边。到后来一间敞厅打得千疮百孔,墙也坍了一面,逃无可逃了,只得坐下地来,听天由命。

流苏到了这个地步,反而懊悔她有柳原在身旁,一个人仿佛有了两个身体,也就蒙了双重危险。一颗子弹打不中她,还许打中他。他若是死了,若是残废了,她的处境更是不堪设想。她若是受了伤,为了怕拖累他,也只有横了心求死。就是死了,也没有孤身一个人死得干净爽利。她料着柳原也是这般想。别的她不知道,在这一刹那,她只有他,他也只有她。

停战了。困在浅水湾饭店的男女们缓缓向城中走去。过了黄土崖,红土崖,又是红土崖,黄土崖,几乎疑心是走错了道,绕回去了,然而不,先前的路上没有这炸裂的坑,满坑的石子。柳原与流苏很少说话。从前他们坐一截子汽车,也有一席话,现在走上几十里的路,反而无话可说了。偶然有一句话,说了一半,对方每每就知道了下文,没有往下说的必要。柳原道:"你瞧,海滩上。"流苏道:"是的。"海滩上布满了横七竖八割裂的铁丝网,铁丝网外面,淡白的海水汨汨吞吐淡黄的沙。冬季的晴天也是淡漠的蓝色。野火花的季节已经过去了。流苏道:"那堵墙……"柳原道:"也没有去看看。"流苏叹了口气道:"算了罢。"柳原走得热了起来,把大衣脱下来搁在臂上,臂上也出了汗。流苏道:"你怕热,让我给你拿着。"若在往日,柳原绝对不肯,可是他现在不那么绅士风了,竟交了给她。再走了一程子,山渐渐高了起来。不知道是风吹着树呢,还是云影的飘移,青黄的山麓缓缓地暗了下来。细看时,不是风也不是云,是太阳悠悠地移过山头,半边山麓埋在巨大的蓝影子里。山上有几座房屋在燃烧,冒着烟——山阴的烟是白的,山阳的是黑烟——然而太阳只是悠悠地移过山头。

到了家,推开了虚掩着的门,拍着翅膀飞出一群鸽子来。穿堂里满积着尘灰与鸽粪。流苏走到楼梯口,不禁叫了一声"哎呀。"二层楼上歪歪斜斜大张口躺着她新置的箱笼,也有两只顺着楼梯滚了下来,梯脚便淹没在绫罗绸缎的洪流里。流苏弯下腰来,捡起一件蜜合色衬绒旗袍,却不是她自己的东西,满是汗垢,香烟洞与贱价香水气味。她又发现了许多陌生的女人的用品,破杂志,开了盖的罐头荔枝,淋淋漓漓流着残汁,混在她的衣服一堆。这屋子里驻过兵么？——带有女人的英国兵？去得仿佛很仓促。挨户洗劫的本地的贫农，多半没有光顾过，不然，也不会留下这一切。柳原帮着她大声唤阿栗。来一只灰背鸽，斜刺里穿出来，掠过门洞子里的黄色的阳光，飞了出去。

阿栗是不知去向了，然而屋子里的主人们，少了她也还得活下去。他们来不及整顿房屋，先去张罗吃的，费了许多事，用高价买进一袋米。煤气的供给幸而没有断，自来水却没有。柳原拎了铅桶到山里去汲了一桶泉水，煮起饭来。以后他们每天只顾忙着吃喝与打扫房间。柳原各样粗活都来得，扫地，拖地板，帮着流苏拧绞沉重的褥单。流苏初次上灶做菜，居然带点家乡风味。因为柳原忘不了马来菜，她又学会了作油炸"沙袋"，咖喱鱼。他们对于饭食上虽然感到空前的兴趣，还是极力的撙节着。柳原身边的港币带得不多，一有了船，他们还要设法回上海。

在劫后的香港住下去究竟不是长久之计。白天这么忙忙碌碌也就混了过去。一到了晚上，在那死的城市里，没有灯，没有人声，只有那莽莽的寒风，三个不同的音阶，"喔……呵……呜"无穷无尽地叫唤着，这个歇了，那个又渐渐响了，三条骈行的灰色的龙，一直线地往前飞，龙身无限制地延长下去，看不见尾。"喔……呵……呜……"……叫唤到后来，索性连苍龙也没有了，只是三条虚无的气，真空的桥梁，通入黑暗，通入虚空的虚空。这里是什么都完了。剩下点断墙颓垣，失去记忆力的文明人在黄昏中跌跌绊绊摸来摸去，像是找着点什么，其实是什么都完了。

流苏拥被坐着，听着那悲凉的风。她确实知道浅水湾附近，灰砖砌的那一面墙，一定还屹然站在那里。风停了下来，像三条灰色的龙，蟠在墙头，月光中闪着银鳞。她仿佛做梦似的，又来到墙根下，迎面来了柳原。她终于遇见了柳原。……在这动荡的世界里，钱财，地产，天长地久的一切，全不可靠了。靠得住的只有她腔子里的这口气，还有睡在她身边的这个人。她突然爬到柳原身边，隔着他的棉被，拥抱着他。他从被窝里伸出手来握住她的手。他们把彼此看得透明透亮，仅仅是一刹那的彻底的谅解，然而这一刹那够他们在一起和谐地活个十年八年。

他不过是一个自私的男子，她不过是一个自私的女人。在这兵荒马乱的时代，个人主义者是无处容身的，可是总有地方容得下一对平凡的夫妻。

有一天，他们在街上买菜，碰着萨黑荑妮公主。萨黑荑妮黄着脸，把蓬松的辫子胡乱编了个麻花髻，身上不知从哪里借来一件青布棉袍穿着，脚下却依旧趿着印度式七宝嵌花纹皮拖鞋。她同他们热烈地握手，问他们现在住在哪里，急欲看看他们的新屋子。又注意到流苏的篮子里有去了壳的小蚝，愿意跟流苏学习烧制清蒸蚝汤。柳原顺口邀了她来吃便饭，她很高兴地跟了他们一同回去。她的英国人进了集中营,她现在住在一个熟识的,常常为她当点小差的印度巡捕家里。她有许久没有吃饱过。她唤流苏"白小姐"。柳原笑道:"这是我太太。你该向我道喜呢!"萨黑荑妮道:"真的么?你们几时结的婚?"柳原耸耸肩道:"就在中国报上登了个启事。你知道,战争期间的婚姻,总是潦草的……"流苏没听懂他们的话。萨黑荑妮吻了他又吻了她。然而他们的饭菜毕竟是很寒苦,而且柳原声明他们也难得吃一次蚝汤。萨黑荑妮没有再上门过。

当天他们送她出去,流苏站在门槛上,柳原立在她身后,把手掌合在她的手掌上,笑道:"我说,我们几时结婚呢?"流苏听了,一句话也没有,只低下了头,落下泪来。柳原拉住她的手道:"来来,我们今天就到报馆里去登启事。不过你也许愿意候些时,等我们回到上海,大张旗鼓的排场一下,请请亲戚们。"流苏道:"呸!他们也配!"说着,嗤的笑了出来,往后顺势一倒,靠在他身上。柳原伸手到前面去羞她的脸道:"又是哭,又是笑!"

两人一同走进城去,走到一个峰回路转的地方,马路突然下泻,眼前只是一片空灵——淡墨色的,潮湿的天。小铁门口挑出一块洋瓷招牌,写的是:"赵祥庆牙医。"风吹得招牌上的铁钩子吱吱响,招牌背后只是那空灵的天。

柳原歇下脚来望了半晌,感到那平淡中的恐怖,突然打起寒战来,向流苏道:"现在你可该相信了:'死生契阔,'我们自己哪儿做得了主?轰炸的时候,一个不巧——"流苏嗔道:"到了这个时候,你还说做不了主的话!"柳原笑道:"我并不是打退堂鼓。我的意思是——"他看了看她的脸色,笑道:"不说了。不说了。"他们继续走路。柳原又道:"鬼使神差地,我们倒真的恋爱起来了!"流苏道:"你早就说过你爱我。"柳原笑道:"那不算。我们那时候太忙着谈恋爱了,哪里还有工夫恋爱?"

结婚启事在报上刊出了,徐先生徐太太赶了来道喜。流苏因为他们在围城中自顾自搬到安全地带去,不管她的死活,心中有三分不快,然而也只得笑脸相迎。柳原办了酒菜,补请了一次客。不久,港沪之间恢复了交通,他们便回上海来了。

白公馆里流苏只回去过一次,只怕人多嘴多,惹出是非来。然而麻烦是免不了的。四奶奶决定和四爷进行离婚,众人背后都派流苏的不是。流苏离了婚再嫁,竟有这样惊人的成就,难怪旁人要学她的榜样。流苏蹲在灯影里点蚊烟香。想到四奶奶,她微笑了。

柳原现在从来不跟她闹着玩了。他把他的俏皮话省下来说给旁的女人听。那是值得庆幸的好现象,表示他完全把她当做自家人看待——名正言顺的妻。然而流苏还是有点怅惘。

香港的陷落成全了她。但是在这不可理喻的世界里,谁知道什么是因,什么是果?谁知道呢,也许就因为要成全她,一个大都市倾覆了。成千上万的人死去,成千上万的人痛苦着,跟着是惊天动地的大改革……流苏并不觉得她在历史上的地位有什么微妙之点。她只是笑吟吟地站起身来,将蚊烟香盘踢到桌子底下去。

传奇里的倾国倾城的人大抵如此。

到处都是传奇,可不见得有这么圆满的收场。胡琴咿咿哑哑拉着,在万盏灯火的夜晚,拉过来又拉过去,说不尽的苍凉的故事——不问也罢!

1943 年 9 月

(初载 1943 年 9 月、10 月《杂志》第 11 卷第 6 期、第 12 卷第 1 期)

金　锁　记

三十年前的上海，一个有月亮的晚上……我们也许没赶上看见三十年前的月亮。年轻的人想着三十年前的月亮该是铜钱大的一个红黄的湿晕，像朵云轩信笺上落了一滴泪珠，陈旧而迷糊。老年人回忆中的三十年前的月亮是欢愉的，比眼前的月亮大，圆，白；然而隔着三十年的辛苦路往回看，再好的月色也不免带点凄凉。

月光照到姜公馆新娶的三奶奶的陪嫁丫鬟凤箫的枕边。凤箫睁眼看了一看，只见自己一只青白色的手搁在半旧高丽棉的被面上，心中便道："是月亮光么？"凤箫打地铺睡在窗户底下。那两年正忙着换朝代，姜公馆避兵到上海来，屋子不够住的，因此这一间下房里横七竖八睡满了底下人。

凤箫恍惚听见大床背后有窸窸窣窣的声音，猜着有人起来解手，翻过身去，果见布帘子一掀，一个黑影跐着鞋出来了，约摸是伺候二奶奶的小双，便轻轻叫了一声"小双姐姐"。小双笑嘻嘻走来，踢了踢地下的褥子道："吵醒了你了。"她把两手抄在青莲色旧绸夹袄里，下面系着明油绿裤子。凤箫伸手捻了捻那裤脚，笑道："现在颜色衣服不大有人穿了。下江人时兴的都是素净的。"小双笑道："你不知道，我们家哪比得旁人家？我们老太太古板，连奶奶小姐们尚且做不得主呢，何况我们丫头？给什么，穿什么——一个个打扮得庄稼人似的！"她一蹲身坐在地铺上，拣起凤箫脚头一件小袄来，问道："这是你们小姐出阁，给你们新添的？"凤箫摇头道："三季衣裳，就只外场上看见的两套是新制的，余下的还不是拿上头人穿剩下的贴补贴补！"小双道："这次办喜事，偏赶着革命党造反，可委屈了你们小姐！"凤箫叹道："别提了！就说省俭些罢，总得有个谱子！也不能太看不上眼了。我们那一位，嘴里不言语，心里岂有不气的？"小双道："也难怪三奶奶不乐意。你们那边的嫁妆，也还凑合着，我们这边的排场，可太凄惨了。就连那一年娶咱们二奶奶，也还比这一趟强些！"凤箫愣了一愣道："怎么？你们二奶奶……"

小双脱下了鞋，赤脚从凤箫身上跨过去，走到窗户跟前，笑道："你也起来看看月亮。"凤箫一骨碌爬起身来，低声问道："我早就想问你了，你们二奶奶……"小双弯腰拾起那件小袄来替她披上了，道："仔细招了凉。"凤箫一面扣钮子,一面笑道:"不行,你得告诉我!"小双笑道:"是我说话不留神,闯了祸!"凤箫道:"咱们这都是自家人了,干吗这么见外呀?"小双道:"告诉你,你可别告诉你们小姐去!咱们二奶奶家里是开麻油店的。"凤箫哟了一声道:"开麻油店!打哪儿想起的?像你们大奶奶,也是公侯人家的小姐,我们那一位虽比不上大奶奶,也还不是低三下四的人——"小双道:"这里头自然有个缘故。咱们二爷你也见过了,是个残废。做官人家的女儿谁肯给他?老太太没奈何,打算替二爷置一房姨奶奶,做媒的给找了这曹家的,是七月里生的,就叫七巧。"凤箫道:"哦,是姨奶奶。"小双道:"原是做姨奶奶的,后来老太太想着,既然不打算替二爷另娶了,二房里没个当家的媳妇,也不是事,索性聘了来做正头奶奶,好教她死心塌地服侍二爷。"凤箫把手扶着窗台,沉吟道:"怪道呢!我虽是初来,也瞧料了两三分。"小双道:"龙生龙,凤生凤,这话是有的。你还没听见她的谈吐呢!当着姑娘们,一点忌讳也没有。亏得我们家一向内言不出,外言不入,姑娘们什么都不懂。饶是不懂,还臊得没处躲!"凤箫扑嗤一笑道:"真的?她这些村话,又是从哪儿听来的?就连我们丫头——"小双抱着胳膊道:"麻油店的活招牌,站惯了柜台,见多识广的,我们拿什么去比人家?"凤箫道:"你是她陪嫁来的么?"小双冷笑说:"她也配!我原是老太太跟前的人,二爷成天的吃药,行动都离不了人,屋里几个丫头不够使,把我拨了过去。怎么着?你冷哪?"凤箫摇摇头。小双道:"瞧你缩着脖子这娇模样儿!"一语未完,凤箫打了个喷嚏。小双忙推她道:"睡罢!睡罢!快焐一焐。"凤箫跪了下来脱袜子,笑道:"又不是冬天,哪儿就至于冻着了?"小双道:"你别瞧这窗户关着,窗户眼儿里吱溜溜的钻风。"

  两人各自睡下。凤箫悄悄地问道:"过来了也有四五年了罢?"小双道:"谁?"凤箫道:"还有谁?"小双道:"哦,她,可不是有五年了。"凤箫道:"也生男育女的——倒没闹出什么话柄儿?"小双道:"还说呢!话柄儿就多了!前年老太太领着合家上下到普陀山进香去,她做月子没去,留着她看家。舅爷脚步儿走得勤了些,就丢了一票东西。"凤箫失惊道:"也没查出个究竟来?"小双道:"问得出什么好的来?大家面子上下不去!那些首饰左不过将来是归大爷二爷三爷的。大爷大奶奶碍着二爷,没好说什么。三爷自己在外头流水似的花钱,欠了公账上不少,也说不响嘴。"

  她们俩隔着丈来远交谈。虽是极力地压低了喉咙,依旧有一句半句声音大了些,惊醒了大床上睡着的赵嬷嬷,赵嬷嬷唤道:"小双。"小双不敢答应。赵嬷嬷道:"小双,你再混说,让人家听见了,明儿仔细揭你的皮!"小双还是不做声。赵嬷嬷又道:"你别以为还是从前住的深堂大院哪,由得你疯疯癫癫!这儿可是挤鼻子挤眼睛的,什么事瞒得了人?趁早别讨打!"屋里顿时鸦雀无声。赵嬷嬷害眼,枕头里塞着菊花叶子,据说是使人眼目清凉的。她欠起头来按了一按髻上横绾的银簪,略一转侧,菊花便沙沙作响。赵嬷嬷翻了个身,吱吱格格牵动了全身的骨节,她哼了一声道:"你们懂得什么!"小双与凤箫依旧不敢接嘴。久久没有人开口,也就一个个的朦胧睡去了。

天就快亮了。那扁扁的下弦月,低一点,低一点,大一点,像赤金的脸盆,沉了下去。天是森冷的蟹壳青,天底下黑魆魆的只有些矮楼房,因此一望望得很远。地平线上的晓色,一层绿,一层黄,又一层红,如同切开的西瓜——是太阳要上来了。渐渐马路上有了小车与塌车辘辘推动,马车蹄声得得。卖豆腐花的挑着担子悠悠吆喝着,只听见那漫长的尾声:"花……呕!花……呕!"再去远些,就只听见"哦……呕!哦……呕!"

屋子里丫头老妈子也起身了,乱着开房门,打脸水,叠铺盖,挂帐子,梳头。凤箫伺候三奶奶兰仙穿了衣裳,兰仙凑到镜子前面仔细望了一望,从腋下抽出一条水绿洒花湖纺手帕,擦了擦鼻翅上的粉,背对着床上的三爷道:"我先去替老太太请安罢。等你,准得误了事。"正说着,大奶奶玳珍来了,站在门槛上笑道:"三妹妹,咱们一块儿去。"兰仙忙迎了出去道:"我正担心着怕晚了,大嫂原来还没上去。二嫂呢?"玳珍笑道:"她还有一会儿耽搁呢。"兰仙道:"打发二哥吃药?"玳珍四顾无人,便笑道:"吃药还在其次——"她把拇指抵着嘴唇,中间的三个指头握着拳头,小指头翘着,轻轻地"嘘"了两声。兰仙诧异道:"两人都抽这个?"玳珍点头道:"你二哥是过了明路的,她可是瞒着老太太的,叫我们夹在中间为难,处处还得替她遮盖遮盖。其实老太太有什么不知道?有意的装不晓得,照常地派她差使,零零碎碎给她罪受,无非是不肯让她抽个痛快罢了。其实也是的,年纪轻轻的妇道人家,有什么了不得的心事,要抽这个解闷儿?"

玳珍兰仙手挽手一同上楼,各人后面跟着贴身丫鬟,来到老太太卧室隔壁的一间小小的起坐间里。老太太的丫头榴喜迎了出来,低声道:"还没醒呢。"玳珍抬头望了望挂钟,笑道:"今儿老太太也晚了。"榴喜道:"前两天说是马路上人声太杂,睡不稳。这现在想是惯了,今儿补足了一觉。"

紫榆百龄小圆桌上铺着红毡条,二小姐姜云泽一边坐着,正拿着小钳子磕核桃呢,因丢下了站起来相见。玳珍把手搭在云泽肩上,笑道:"还是云妹妹孝心,老太太昨儿一时高兴,叫做糖核桃,你就记住了。"兰仙玳珍便围着桌子坐下了,帮着剥核桃衣子。云泽手酸了,放下了钳子,兰仙接了过来。玳珍道:"当心你那水葱似的指甲,养得这么长了,断了怪可惜的!"云泽道:"叫人去拿金指甲套子去。"兰仙笑道:"有这些麻烦的,倒不如叫他们拿到厨房里去剥了!"

众人低声说笑着,榴喜打起帘子,报道:"二奶奶来了。"兰仙云泽起身让座,那曹七巧且不坐下,一只手撑着门,一只手撑了腰,窄窄的袖口里垂下一条雪青洋绉手帕,身上穿着银红衫子,葱白线香滚,雪青闪蓝如意小脚裤子,瘦骨脸儿,朱口细牙,三角眼,小山眉,四下里一看,笑道:"人都齐了。今儿想必我又晚了!怎怪我不迟到——摸着黑梳的头!谁教我的窗户冲着后院子呢?单单就派了那么间房给我,横竖我们那位眼看是活不长的,我们净等着做孤儿寡妇了——不欺负我们,欺负谁?"玳珍淡淡的并不接口,兰仙笑道:"二嫂住惯了北京的屋子,怪不得嫌这儿憋闷得慌。"云泽道:"大哥当初找房子的时候,原该找个宽敞些的,不过上海像这样的,只怕也算敞亮的了。"兰仙道:"可不是!家里人实在多,挤是挤了点——"七巧挽起袖口,把手帕子掖在翡翠镯子里,瞟了兰仙一眼,笑道:"三妹妹原来也嫌人太多了。连我们都嫌人多,像你们没满月的自然更嫌人多了!"兰仙听了这话,还没怎么,玳珍先红了脸,道:"玩是玩,笑是笑,也得有个分寸,三妹妹新来乍到的,你让她想着咱们是什么样的人家?"七巧扯起手绢子的一角遮住了嘴唇道:"知道你们都是清门净户的小姐,你倒跟我换一换试试,只怕你一晚上也过不惯。"玳珍啐道:"不跟你说了,越说你越上头上脸的。"七巧索性上前拉住玳珍的袖子道:"我可以赌得咒——这三年里头我可以赌得咒!你敢赌么?"玳珍也撑不住扑嗤一笑,咕哝了一句道:"怎么你孩子也有了两个?"七巧道:"真的,连我也不知道这孩子是怎么生出来的!越想越不明白!"玳珍摇手道:"够了,够了,少说两句罢。就算你拿三妹妹当自己人,没什么避讳,现放着云妹妹在这儿呢,待会儿老太太跟前一告诉,管叫你吃不了兜着走!"

云泽早远远地走开了,背着手站在阳台上,撮尖了嘴逗芙蓉鸟。姜家住的虽然是早期的最新式洋房,堆花红砖大柱支着巍峨的拱门,楼上的阳台却是木板铺的地。黄杨木阑干里面,放着一溜大篾簸子,晾着笋干。敝旧的太阳弥漫在空气里像金的灰尘,微微呛人的金灰,揉进眼睛里去,昏昏的。街上小贩遥遥摇着拨浪鼓,那嘈腾的"不楞登……不楞登"里面有着无数老去的孩子们的回忆。包车叮叮地跑过,偶尔也有一辆汽车叭叭叫两声。

七巧自己也知道这屋子里的人都瞧不起她,因此和新来的人分外亲热些,倚在兰仙的椅背上问长问短,携着兰仙的手左看右看,夸赞了一回她的指甲,又道:"我去年小拇指上养的比这个足足还长半寸呢,掐花给弄断了。"兰仙早看穿了七巧的为人和她在姜家的地位,微笑尽管微笑着,也不大答理她。七巧自觉无趣,踅到阳台上来,拎起云泽的辫梢来抖了一抖,搭讪着笑着:"哟!小姐的头发怎么这样稀朗朗的?去年还是乌油油的一头好头发,该掉了不少罢?"云泽闪过身去护着辫子,笑道:"我掉两根头发,也要你管！"七巧只顾端详她，叫道："大嫂你来看看，云妹妹的确瘦多了。小姐莫不是有了心事了？"云泽啪的一声打掉了她的手，恨道："你今儿个真的发了疯了！平日还不够讨人嫌的？"七巧把两手筒在袖子里，笑嘻嘻地道："小姐脾气好大！"

玳珍探出头来道："云妹妹，老太太起来了。"众人连忙扯扯衣襟，摸摸鬓脚，打帘子进隔壁房里去，请了安，伺候老太太吃早饭。婆子们端着托盘从起坐间里穿了过去，里面的丫头接过碗碟，婆子们依旧退到外间来守候着。里面静悄悄的，难得有人说句把话，只听见银筷子头上的细银链条窸窣颤动。老太太信佛，饭后照例要做两个时辰的功课，众人退了出来，云泽背地里向玳珍道："二嫂不忙着过瘾去，还挨在里面做什么？"玳珍道："想是有两句私房话要说。"云泽不由得笑了起来道："她的话，老太太哪里听得进？"玳珍冷笑道："那倒也说不定。老年人心思总是活动的，成天在耳边絮聒着，十句里头相信一两句，也未可知。"

兰仙坐着磕核桃，玳珍和云泽便顺着脚走到阳台上来，虽不是存心偷听正房里的谈话，老太太上了年纪，有点聋，喉咙特别高些，有意无意之间不免有好些话吹到阳台上的人的耳朵里来。云泽把脸气得雪白，先是握紧了拳头，又把两只手使劲一撒，便向走廊的另一头跑去。跑了两步，又站住了，身子向前伛偻着，捧着脸呜呜哭了起来。玳珍赶上去扶着劝道："妹妹快别这么着！快别这么着！不犯着跟她这样的人计较！谁拿她的话当桩事！"云泽甩开了她，一径往自己屋里奔去。玳珍回到起坐间里来，一拍手道："这可闯出祸来了！"兰仙忙道："怎么了？"玳珍道："你二嫂去告诉了老太太，说女大不中留，让老太太写信给彭家，叫他们早早把云妹妹娶过去罢。你瞧，这算什么话！"兰仙也怔了一怔道："女家说出这种话来，可不是自己打脸么？"玳珍道："姜家没面子，还是一时的事，云妹妹将来嫁了过去，叫人家怎么瞧得起她？她这一辈子还要做人呢！"兰仙道："老太太是明白人，不见得跟那一位一样的见识。"玳珍道："老太太起先自然是不爱听，说咱们家的孩子，决不会生这样的心。她就说：'哟！您不知道现在的女孩子跟您从前做女孩子时候的女孩子，哪儿能够打比呀？时世变了，人也变了，要不怎么天下大乱呢？'你知道，年岁大的人就爱听这一套，说得老太太也有点疑疑惑惑起来。"兰仙叹道："好端端怎么想起来的，造这样的谣言！"玳珍两肘支在桌子上，伸着小指剔眉毛，沉吟了一会，嗤的一笑道："她自己以为她是特别的体贴云妹妹呢！要她这样体贴我，我可受不了！"兰仙拉了她一把道："你听——不能是云妹妹罢？"后房似乎有人在那里大放悲声，蹬得铜床柱子一片响。嘈嘈杂杂还有人在那里劝解，只是劝不住。玳珍站起身来道："我去看看。别瞧这位小姐好性儿，逼急了她，也不是好惹的。"

玳珍出去了,那姜三爷姜季泽却一路打着呵欠进来了。季泽是个结实小伙子,偏于胖的一方面,脑后拖一根三股油松大辫,生得天圆地方,鲜红的腮颊,往下坠着一点,青湿眉毛,水汪汪的黑眼睛里永远透着三分不耐烦,穿一件竹根青窄袖长袍,酱紫芝麻地一字襟珠扣小坎肩,问兰仙道:"谁在里头喊喊喳喳跟老太太说话?"兰仙道:"二嫂。"季泽抿着嘴摇摇头。兰仙笑道:"你也怕了她?"季泽一声儿不言语,拖过一把椅子,将椅背抵着桌面,把袍子高高的一撩,骑着椅子坐了下来,下巴搁在椅背上,手里只管把核桃仁一个一个拈来吃。兰仙睨了他一眼道:"人家剥了这一晌午,是专诚孝敬你的么?"正说着,七巧掀着帘子出来了,一眼看见了季泽,身不由主的就走了过来,绕到兰仙椅子背后,两手兜在兰仙脖子上,把脸凑了下去,笑道:"这么一个人才出众的新娘子!三弟你还没谢谢我哪!要不是我催着他们早早替你办了这件事,这一耽搁,等打完了仗,指不定要十年八年呢!可不把你急坏了!"兰仙生平最大的憾事便是出阁的日子正赶着非常时期,潦草成了家,诸事都欠齐全,因此一听见这不入耳的话,她那小长瓜子脸便往下一沉。季泽望了兰仙一眼,微笑道:"二嫂,自古好心没有好报,谁都不承你的情!"七巧道:"不承情也罢!我也惯了。我进了你姜家的门,别的不说,单只守着你二哥这些年,衣不解带的服侍他,也就是个有功无过的人——谁见我的情来?谁有半点好处到我头上?"季泽笑道:"你一开口就是满肚子的牢骚!"七巧长长地吁了一口气,只管拨弄兰仙衣襟上扣着的金三事儿和钥匙。半晌,忽道:"总算你这一个来月没出去胡闹过。真亏了新娘子留住了你。旁人跪下地来求你也留你不住!"季泽笑道:"是吗?嫂子并没有留过我,怎见得留不住?"一面笑,一面向兰仙使了个眼色。七巧笑得直不起腰道:"三妹妹,你也不管管他!这么个猴儿崽子,我眼看他长大的,他倒占起我的便宜来了!"

她嘴里说笑着,心里发烦,一双手也不肯闲着,把兰仙揣着捏着,搔着打着,恨不得把她挤得走了样才好。兰仙纵然有涵养,也忍不住要恼了,一性急,磕核桃使差了劲,把那二寸多长的指甲齐根折断。七巧哟了一声道:"快拿剪刀来修一修。我记得这屋里有一把小剪子的。"便唤:"小双!榴喜!来人哪!"兰仙立起身来道:"二嫂不用费事,我上我屋里铰去。"便抽身出去。七巧就在兰仙的椅子上坐下了,一手托着腮,抬高了眉毛,斜睨着季泽道:"她跟我生了气么?"季泽笑道:"她干吗生你的气?"七巧道:"我正要问呀——我难道说错了话不成?留你在家倒不好?她倒愿意你上外头逛去?"季泽笑道:"这一家子从大哥大嫂起,齐了心管教我,无非是怕我花了公账上的钱罢了。"七巧道:"阿弥陀佛,我保不定别人不安着这个心,我可不那么想。你就是闹了亏空,押了房子卖了田,我若皱一皱眉头,我也不是你二嫂了。谁叫咱们是骨肉至亲呢？我不过是要你当心你的身子。"季泽嗤的一笑道："我当心我的身子，要你操心？"七巧颤声道："一个人，身子第一要紧。你瞧你二哥弄的那样儿，还成个人吗？还能拿他当个人看？"季泽正色道："二哥比不得我，他一下地就是那样儿，并不是自己作践的。他是个可怜的人，一切全仗二嫂照护他了。"七巧直挺挺的站了起来，两手扶着桌子，垂着眼皮，脸庞的下半部抖得像嘴里含着滚烫的蜡烛油似的，用尖细的声音逼出两句话道："你去挨着你二哥坐坐！你去挨着你二哥坐坐！"她试着在季泽身边坐下，只搭着他的椅子的一角，她将手贴在他腿上，道："你碰过他的肉没有？是软的、重的，就像人的脚有时发了麻，摸上去那感觉……"季泽脸上也变了色，然而他仍旧轻佻地笑了一声，俯下腰，伸手去捏她的脚道："倒要瞧瞧你的脚现在麻不麻！"七巧道："天哪，你没挨着他的肉，你不知道没病的身子是多好的……多好的……"她顺着椅子溜下去，蹲在地上，脸枕着袖子，听不见她哭，只看见发髻上插的风凉针，针头上的一粒钻石的光，闪闪掣动着。发髻的心子里扎着一小截粉红丝线，反映在金刚钻微红的光焰里。她的背影一挫一挫，俯伏了下去。她不像在哭，简直像在翻肠搅胃地呕吐。

季泽先是愣住了，随后就立起来道："我走。我走就是了。你不怕人，我还怕人呢。也得给二哥留点面子！"七巧扶着椅子站了起来，呜咽道："我走。"她扯着衫袖里的手帕子揾了揾脸，忽然微微一笑道："你这样卫护你二哥！"季泽冷笑道："我不卫护他，还有谁卫护他？"七巧向门走去，哼了一声道："你又是什么好人？趁早不用在我跟前假撇清！且不提你在外头怎样荒唐，单只在这屋里……老娘眼睛是揉不下沙子去！别说我是你嫂子了，就是我是你奶妈，只怕你也不在乎。"季泽笑道："我原是个随随便便的人，哪禁得你挑眼儿？"七巧待要出去，又把背心贴在门上，低声道："我就不懂，我有什么地方不如人？我有什么地方不好……"季泽笑道："好嫂子，你有什么不好？"七巧笑了一声道："难不成我跟了个残废的人，就过上了残废的气，沾都沾不得？"她睁着眼直勾勾朝前望着，耳朵上的实心小金坠子像两只铜钉把她钉在门上——玻璃匣子里蝴蝶的标本，鲜艳而凄怆。

季泽看着她，心里也动了一动。可是那不行，玩尽管玩，他早抱定了宗旨不惹自己家里人，一时的兴致过去了，躲也躲不掉，踢也踢不开，成天在面前，是个累赘。何况七巧的嘴这样敞，脾气这样躁，如何瞒得了人？何况她的人缘这样坏，上上下下谁肯代她包涵一点？她也许是豁出去了，闹穿了也满不在乎。他可是年纪轻轻的，凭什么要冒这个险？他侃侃说道："二嫂，我虽年纪小，并不是一味胡来的人。"

仿佛有脚步声。季泽一撩袍子，钻到老太太屋子里去了，临走还抓了一大把核桃仁。七巧神志还不很清楚，直到有人推门，她方才醒了过来，只得将计就计，藏在门背后，见玳珍走了进来，她便夹脚跟出来，在玳珍背上打了一下。玳珍勉强一笑道："你的兴致越发好了！"又望了望桌上道："咦？那么些个核桃，吃得差不多了。再也没有别人，准是三弟。"七巧倚着桌子，面向阳台立着，只是不言语。玳珍坐了下来，嘟哝道："害人家剥了一早上，便宜他享现成的！"七巧捏着一片锋利的胡桃壳，在红毡条上狠命刮着，左一刮，右一刮，看看那毡子起了毛，就要破了。她咬着牙道："钱上头何尝不是一样？一味的叫咱们省，省下来让人家拿出去大把的花！我就不服这口气！"玳珍看了她一眼，冷冷地道："那可没有办法。人多了，明里不去，暗里也不见得不去。管得了这个，管不了那个。"七巧觉得她话中有刺，正待反唇相讥，小双进来了，鬼鬼祟祟走到七巧跟前，嗫嚅道："奶奶，舅爷来了。"七巧骂道："舅爷来了，又不是背人的事，你嗓子眼里长了疔是怎么着？蚊子哼哼似的！"小双倒退了一步，不敢言语。玳珍道："你们舅爷原来也到上海来了。咱们这儿亲戚倒都全了。"七巧移步出房道："不许他到上海来？内地兵荒马乱的，穷人也一样的要命呀！"她在门槛上站住了，问小双道："回过老太太没有？"小双道："还没呢。"七巧想了一想，毕竟不敢进去告诉一声，只得悄悄下楼去了。

玳珍问小双道："舅爷一个人来的？"小双道："还有舅奶奶，拎着四只提篮盒。"玳珍格的一笑道："倒破费了他们。"小双道："大奶奶不用替他们心疼。装得满满的进来，一样装得满满的出去。别说金的银的圆的扁的，就连零头鞋面儿裤腰都是好的！"玳珍笑道："别那么缺德了！你下去罢。她娘家人难得上门，伺候不周到，又该大闹了。"

小双赶了出去，七巧正在楼梯口盘问榴喜老太太可知道这件事。榴喜道："老太太念佛呢，三爷趴在窗口看野景，说大门口来了客。老太太问是谁，三爷仔细看了看，说不知是不是曹家舅爷，老太太就没追问下去。"七巧听了，心头火起，跺了跺脚，喃喃呐呐骂道："敢情你装不知道就算了！皇帝还有草鞋亲呢！这会子有这么势利的，当初何必三媒六聘的把我抬过来？快刀斩不断的亲戚，别说你今儿是装死，就是你真死了，他也不能不到你灵前磕三个头，你也不能不受着他的！"一面说，一面下去了。

她那间房，一进门便有一堆金漆箱笼迎面拦住，只隔开几步见方的空地。她一掀帘子，只见她嫂子蹲下身去将提篮盒上面的一屉酥盒子卸了下来，检视下面一屉里的菜可曾泼出来。她哥哥曹大年背着手弯着腰看着。七巧止不住一阵心酸，倚着箱笼，把脸偎在那沙蓝棉套子上，纷纷落下泪来。她嫂子慌忙站直了身子，抢步上前，两只手捧住她一只手，连连叫着姑娘。曹大年也不免抬起袖子来擦眼睛。七巧把那只空着的手去解箱套子上的钮扣,解了又扣上,只是开不得口。

她嫂子回过头去睃了她哥哥一眼道:"你也说句话呀!成日价念叨着,见了妹妹的面,又像锯了嘴的葫芦似的!"七巧颤声道:"也不怪他没有话——他哪儿有脸来见我!"又向她哥哥道:"我只道你这一辈子不打算上门了!你害得我好!你扔崩一走,我可走不了。你也不顾我的死活!"曹大年道:"这是什么话?旁人这么说还罢了,你也这么说!你不替我遮盖遮盖,你自己脸上也不见得光鲜。"七巧道:"我不说,我可禁不住人家不说。就为你,我气出了一身病在这里。今日之下,亏你还拿这话来堵我!"她嫂子忙道:"是他的不是,是他的不是!姑娘受了委屈了。姑娘受的委屈也不止这一件,好歹忍着罢,总有个出头之日。"她嫂子那句"姑娘受的委屈也不止这一件"的话却深深打进她心坎儿里去。七巧哀哀哭了起来,急得她嫂子直摇手道:"看吵醒了姑爷。"房那边暗昏昏的紫楠大床上,寂寂吊着珠罗纱帐子。七巧的嫂子又道:"姑爷睡着了罢?惊动了他,该生气了。"七巧高声叫道:"他要有点人气,倒又好了!"她嫂子吓得掩住她的嘴道:"姑奶奶别!病人听见了,心里不好受!"七巧道:"他心里不好受,我心里好受吗?"她嫂子道:"姑爷还是那软骨症?"七巧道:"就这一件还不够受了,还禁得起添什么?这儿一家子都忌讳痨病这两个字,其实还不就是骨痨!"她嫂子道:"整天躺着,有时候也坐起来一会儿么?"七巧哧哧地笑了起来道:"坐起来,脊梁骨直溜下去,看上去还没有我那三岁的孩子高哪!"她嫂子一时想不出劝慰的话,三个人都愣住了。七巧猛地顿脚道:"走罢,走罢,你们!你们来一趟,就害得我把前因后果重新在心里过一过。我禁不起这么折腾!你快给我走!"

曹大年道:"妹妹你听我一句话。别说你现在心里不舒坦,有个娘家走动着,多少好些,就是你有了出头之日了,姜家是个大族,长辈动不动就拿大帽子压人,平辈小辈一个个如狼似虎的,哪一个是好惹的?替你打算,也得要个帮手。将来你用得着你哥哥你侄儿的时候多着呢。"七巧啐了一声道:"我靠你帮忙,我也倒了霉了!我早把你看得透里透——斗得过他们,你到我跟前来邀功要钱,斗不过他们,你往那边一倒。本来见了做官的就魂都没有了,头一缩,死活随我去。"大年涨红了脸冷笑道:"等钱到了你手里,你再防着你哥哥分你的,也还不迟。"七巧道:"你既然知道钱还没到我手里,你来缠我做什么?"大年道:"远迢迢赶来看你,倒是我们的不是了!走!我们这就走!凭良心说,我就用你两个钱,也是该的。当初我若贪图财礼,问姜家多要几百两银子,把你卖给他们做姨太太,也就卖了。"七巧道:"奶奶不胜似姨奶奶吗?长线放远鹞,指望大着呢!"大年待要回嘴,他媳妇拦住他道:"你就少说一句罢!以后还有见面的日子呢。将来姑奶奶想到你的时候,才知道她就只这一个亲哥哥了!"大年督促他媳妇整理了提篮盒,拎起就待走。七巧道:"我希罕你?等我有了钱了,我不愁你不来,只愁打发你不开!"嘴里虽然硬着,煞不住那呜咽的声音,一声响似一声,憋了一上午的满腔幽恨,借着这因由尽情发泄了出来。

她嫂子见她分明有些留恋之意,便做好做歹劝住了她哥哥,一面半搀半拥把她引到花梨炕上坐下了,百般譬解,七巧渐渐收了泪。兄妹姑嫂叙了些家常。北方情形还算平靖,曹家的麻油铺还照常营业着。大年夫妇此番到上海来,却是因为他家没过门的女婿在人家当账房,光复的时候恰巧在湖北,后来辗转跟主人到上海来了,因此大年亲自送了女儿来完婚,顺便探望妹子。大年问候了姜家阖宅上下,又要参见老太太,七巧道:"不见也罢了,我正跟她怄气呢。"大年夫妇都吃了一惊,七巧道:"怎么不怄气呢?一家子都往我头上踩,我要是好欺负的,早给作践死了,饶是这么着,还气得我七病八痛的!"她嫂子道:"姑娘近来还抽烟不抽?倒是鸦片烟,平肝导气,比什么药都强,姑娘自己千万保重,我们又不在跟前,谁是个知疼着热的人?"

七巧翻箱子取出几件新款尺头送与她嫂子,又是一副四两重的金镯子,一对披霞莲蓬簪,一床丝棉被胎,侄女们每人一只金挖耳,侄儿们或是一只金锞子,或是一顶貂皮暖帽,另送了她哥哥一只珐琅金蝉打簧表,她哥嫂道谢不迭。七巧道:"你们来得不巧,若是在北京,我们正要上路的时候,带不了的东西,分了几箱给丫头老妈子,白便宜了他们。"说得她哥嫂讪讪的。临行的时候,她嫂子道:"忙完了闺女,再来瞧姑奶奶。"七巧笑道:"不来也罢了,我应酬不起!"

大年夫妇出了姜家的门,她嫂子便道:"我们这位姑奶奶怎么换了个人?没出嫁的时候不过要强些,嘴头子上琐碎些,就连后来我们去瞧她,虽是比前暴躁些,也还有个分寸,不似如今疯疯傻傻,说话有一句没一句,就没一点儿得人心的地方。"

七巧立在房里,抱着胳膊看小双祥云两个丫头把箱子抬回原处,一只一只叠了上去。从前的事又回来了:临着碎石子街的馨香的麻油店,黑腻的柜台,芝麻酱桶里竖着木匙子,油缸上吊着大大小小的铁匙子。漏斗插在打油的人的瓶里,一大匙再加上两小匙正好装满一瓶——一斤半。熟人呢,算一斤四两。有时她也上街买菜,蓝夏布衫裤,镜面乌绫镶滚。隔着密密层层的一排吊着猪肉的铜钩,她看见肉铺里的朝禄。朝禄赶着她叫曹大姑娘。难得叫声巧姐儿,她就一巴掌打在钩子背上,无数的空钩子荡过去锥他的眼睛,朝禄从钩子上摘下尺来宽的一片生猪油,重重的向肉案一抛,一阵温风直扑到她脸上,腻滞的死去的肉体的气味……她皱紧了眉毛。床上睡着的她的丈夫,那没有生命的肉体……

风从窗子里进来，对面挂着的回文雕漆长镜被吹得摇摇晃晃，磕托磕托敲着墙。七巧双手按住了镜子。镜子里反映着的翠竹帘子和一副金绿山水屏条依旧在风中来回荡漾着，望久了，便有一种晕船的感觉。再定睛看时，翠竹帘子已经褪了色，金绿山水换了一张她丈夫的遗像，镜子里的人也老了十年。

去年她戴了丈夫的孝，今年婆婆又过世了。现在正式挽了叔公九老太爷出来为他们分家。今天是她嫁到姜家来之后一切幻想的集中点。这些年了，她戴着黄金的枷锁，可是连金子的边都啃不到，这以后就不同了。七巧穿着白香云纱衫，黑裙子，然而她脸上像抹了胭脂似的，从那揉红了的眼圈儿到烧热的颧骨。她抬起手来揎了一揎脸，脸上烫，身子却冷得打颤。她叫祥云倒了杯茶来。(小双早已嫁了，祥云也配了个小厮。)茶给喝了下去，沉重地往腔子里流，一颗心便在热茶里扑通扑通跳。她背向着镜子坐下了，问祥云道："九老太爷来了这一下午，就在堂屋里跟马师爷查账?"祥云应了一声是。七巧又道："大爷大奶奶三爷三奶奶都不在跟前?"祥云又应了一声是。七巧道："还到谁的屋里去过?"祥云道："就到哥儿们的书房里兜了一兜。"七巧道："好在咱们白哥儿的书倒不怕他查考……今年这孩子就吃亏在他爸爸他奶奶接连着出了事，他若还有心念书，他也不是人养的!"她把茶吃完了，吩咐祥云下去看看堂屋里大房三房的人可都齐了，免得自己去早了，显得性急，被人耻笑。恰巧大房里也差了一个丫头出来探看，和祥云打了个照面。

七巧终于款款下楼来了。当屋里临时布置了一张镜面乌木大餐台，九老太爷独当一面坐了，面前乱堆着青布面，梅红签的账簿，又搁着一只瓜棱茶碗。四周除了马师爷之外，又有特地邀请的"公亲"，近于陪审员的性质。各房只派了一个男子作代表，大房是大爷，二房二爷没了，是二奶奶，三房是三爷。季泽很知道这总清算的日子于他没有什么好处，因此他到得最迟。然而来既来了，他决不愿意露出焦灼懊丧的神气，腮帮子上依旧是他那点丰肥的，红色的笑。眼睛里依旧是他那点潇洒的不耐烦。

九老太爷咳嗽了一声，把姜家的经济状况约略报告了一遍，又翻着账簿子读出重要的田地房产的所在与按年的收入。七巧两手紧紧扣在肚子上，身子向前倾着，努力向她自己解释他的每一句话，与她往日调查所得一一印证。青岛的房子，天津的房子，原籍的地，北京城外的地，上海的房子……三爷在公账上拖欠过巨，他的一部分遗产被抵消了之后，还净欠六万，然而大房二房也只得就此算了，因为他是一无所有的人。他所仅有的那一幢花园洋房，他为一个姨太太买的，也已经抵押了出去。其余只有老太太陪嫁过来的首饰，由兄弟三人均分，季泽的那一份也不便充公，因为是母亲留下的一点纪念。七巧突然叫了起来道："九老太爷,那我们太吃亏了!"

堂屋里本就肃静无声,现在这肃静却是沙沙有声,直锯进耳朵里去,像电影配音机器损坏之后的锈轧。九老太爷睁了眼望着她道："怎么?你连他娘丢下的几件首饰也舍不得给他?"七巧道："亲兄弟,明算账,大哥大嫂不言语,我可不能不老着脸开口说句话。我须比不得大哥大嫂——我们死掉的那个若是有能耐出去做两任官,手头活便些,我也乐得放大方些,哪怕把从前的旧账一笔勾销呢?可怜我们那一个病病哼哼一辈子,何尝有过一文半文进账,丢下我们孤儿寡妇,就指着这两个死钱过活。我是个没脚蟹,长白还不满十四岁,往后苦日子有得过呢!"说着,流下泪来。九老太爷道:"依你便怎样?"七巧呜咽道："哪儿由得我出主意呢?只求九老太爷替我们做主!"季泽冷着脸只不做声,满屋子的人都觉不便开口。九老太爷按捺不住一肚子的火,哼了一声道:"我倒想替你出主意呢,只怕你不爱听!二房里有田地没人照管,三房里有人没有地,我待要叫三爷替你照管,你多少贴他些,又怕你不要他!"七巧冷笑道:"我倒想依你呢,只怕死掉的那个不依!来人哪!祥云你把白哥儿给我找来!长白,你爹好苦呀!一下地就是一身的病,为人一场,一天舒坦日子也没过着,临了丢下你这点骨血,人家还看不得你,千方百计图谋你的东西!长白谁叫你爹拖着一身病,活着人家欺负他,死了人家欺负他的孤儿寡妇!我还不打紧,我还能活个几十年么?至多我到老太太灵前把话说明白了,把这条命跟人拼了。长白你可是年纪小着呢,就是喝西北风你也得活下去呀!"九老太爷气得把桌子一拍道:"我不管了!是你们求爹爹拜奶奶邀了我来的,你道我喜欢自找麻烦么?"站起来一脚踢翻了椅子,也不等人搀扶,一阵风走得无影无踪。众人面面相觑,一个个悄没声儿溜走了。惟有那马师爷忙着拾掇账簿子,落后了一步,看看屋里人全走光了,单剩下二奶奶一个人坐在那里捶着胸脯嚎啕大哭,自己若无其事地走了,似乎不好意思,只得走上前去,打躬作揖叫道:"二太太!二太太!……二太太!"七巧只顾把袖子遮住脸,马师爷又不便把她的手拿开,急得把瓜皮帽摘下来扇着汗。

维持了几天的僵局,到底还是无声无息照原定计划分了家。孤儿寡妇还是被欺负了。

七巧带着儿子长白,女儿长安另租了一幢屋子住下了,和姜家各房很少来往。隔了几个月,姜季泽忽然上门来了。老妈子通报上来,七巧怀着鬼胎,想着分家的那一天得罪了他,不知他有什么手段对付。可是兵来将挡,她凭什么要怕他?她家常穿着佛青实地纱袄子,特地系上一条玄色铁线纱裙,走下楼来。季泽却是满面春风的站起来问二嫂好,又问白哥儿可是在书房里,安姐儿的湿气可大好了,七巧心里便疑惑他是来借钱的,加意防备着,坐下笑道："三弟你近来又发福了。"季泽笑道："看我像一点儿心事都没有的人。"七巧笑道："有福之人不在忙吗！你一向就是无牵无挂的。"季泽笑道："等我把房子卖了，我还要无牵无挂呢！"七巧道："就是你做了押款的那房子，你还要卖？"季泽道："当初造它的时候，很费了点心思，有许多装置都是自己心爱的，当然不愿意脱手。后来你是知道的，那边地皮值钱了，前年把它翻造了弄堂房子，一家一家收租，跟那些住小家的打交道，我实在嫌麻烦，索性打算卖了它，图个清静。"七巧暗地里说道："口气好大！我是知道你的底细的，你在我跟前充什么阔大爷！"

虽然他不向她哭穷，但凡谈到银钱交易，她总觉得有点危险，便岔了开去道："三妹妹好么？腰子病近来发过没有？"季泽笑道："我也有许久没见过她的面了。"七巧道："这是什么话？你们吵了嘴么？"季泽笑道："这些时我们倒也没吵过嘴。不得已在一起说两句话，也是难得的，也没那闲情逸致吵嘴。"七巧道："何至于这样？我就不相信！"季泽两肘撑在藤椅的扶手上，交叉着十指，手搭凉棚，影子落在眼睛上，深深地唉了一声。七巧笑道："没有别的，要不就是你在外头玩得太厉害了。自己做错了事，还唉声叹气的仿佛谁害了你似的。你们姜家就没有一个好人！"说着，举起白团扇，作势要打。季泽把那交叉着的十指往下移了一移，两只大拇指按在嘴唇上，两只食指缓缓抚摸着鼻梁，露出一双水汪汪的眼睛来。那眼珠却是水仙花缸底的黑石子，上面汪着水，下面冷冷的没有表情。看不出他在想什么。七巧道："我非打你不可！"季泽的眼睛里突然冒出一点笑泡儿，道："你打，你打！"七巧待要打，又掣回手去，重新一鼓作气道："我真打！"抬高了手，一扇子劈下来，又在半空中停住了，吃吃笑将起来。季泽带笑将肩膀耸了一耸，凑了上去道："你倒是打我一下罢！害得我浑身骨头痒痒着，不得劲儿！"七巧把扇子向背后一藏，越发笑得格格的。

季泽把椅子换了个方向，面朝墙坐着，人向椅背上一靠，双手蒙住了眼睛，又是长长地叹了口气。七巧啃着扇子柄，斜瞟着他道："你今儿是怎么了？受了暑吗？"季泽道："你哪里知道？"半晌，他低低的一个字一个字说道："你知道我为什么跟家里的那个不好，为什么我拼命的在外头玩，把产业都败光了？你知道这都是为了谁？"七巧不知不觉有些胆寒，走得远远的，倚在炉台上，脸色慢慢地变了。季泽跟了过来。七巧垂着头，肘弯撑在炉台上，手里擎着团扇，扇子上的杏黄穗子顺着她的额角拖下来。季泽在她对面站住了，小声道："二嫂！……七巧！"

七巧背过脸去淡淡笑道："我要相信你才怪呢！"季泽便也走开了，道："不错。你怎么能够相信我？自从你到我家来，我在家一刻也待不住，只想出去。你没来的时候我并没有那么荒唐过，后来那都是为了躲你。娶了兰仙来,我更玩得凶了,为了躲你之外又要躲她,见了你,说不了两句话我就要发脾气——你哪儿知道我心里的苦楚?你对我好,我心里更难受——我得管着我自己——我不得平白的坑坏了你!家里人多眼杂,让人知道了,我是个男子汉,还不打紧,你可了不得!"七巧的手直打颤,扇柄上的杏黄须子在她额上苏苏磨擦着。季泽道:"你信也罢,不信也罢!信了又怎样?横竖我们半辈子已经过去了,说也是白说。我只求你原谅我这一片心。我为你吃了这些苦,也就不算冤枉了。"

七巧低着头,沐浴在光辉里,细细的音乐,细细的喜悦……这些年了,她跟他捉迷藏似的,只是近不得身,原来还有今天!可不是,这半辈子已经完了——花一般的年纪已经过去了。人生就是这样的错综复杂,不讲理。当初她为什么嫁到姜家来?为了钱么?不是的,为了要遇见季泽,为了命中注定她要和季泽相爱。她微微抬起脸来,季泽立在她跟前,两手合在她扇子上,面颊贴在她扇子上。他也老了十年了,然而人究竟还是那个人呵!他难道是哄她么?他想她的钱——她卖掉她的一生换来的几个钱?仅仅这一转念便使她暴怒起来。就算她错怪了他,他为她吃的苦抵得过她为他吃的苦么?好容易她死了心了,他又来撩拨她。她恨他。他还在看着她。他的眼睛——虽然隔了十年,人还是那个人呵!就算他是骗她的,迟一点儿发现不好么?即使明知是骗人的,他太会演戏了,也跟真的差不多罢?

不行!她不能有把柄落在这厮手里。姜家的人是厉害的,她的钱只怕保不住。她得先证明他是真心不是。七巧定了一定神,向门外瞧了一瞧,轻轻惊叫道:"有人!"便三脚两步赶出门去,到下房里吩咐潘妈替三爷弄点心去,快些端了来,顺便带把芭蕉扇进来替三爷打扇。七巧回到屋里来,故意皱着眉道:"真可恶,老妈子在门口探头探脑的,见了我抹过头去就跑,被我赶上去喝住了。若是关上了门说两句话,指不定造出什么谣言来呢!饶是独门独户住了,还没个清净。"潘妈送了点心与酸梅汤进来,七巧亲自拿筷子替季泽拣掉了蜜层糕上的玫瑰与青梅,道:"我记得你是不爱吃红绿丝的。"有人在跟前,季泽不便说什么,只是微笑。七巧似乎没话找话说似的,问道:"你卖房子,接洽得怎样了?"季泽一面吃,一面答道:"有人出八万五,我还没打定主意呢。"七巧沉吟道:"地段倒是好的。"季泽道:"谁都不赞成我脱手,说还要涨呢。"七巧又问了些详细情形,便道:"可惜我手头没有这一笔现款,不然我倒想买。"季泽道:"其实呢,我这房子倒不急,倒是咱们乡下你那些田,早早脱手的好。自从改了民国,接二连三的打仗,何尝有一年闲过?把地面上糟踏得不成样子,中间还被收租的,师爷,地头蛇一层一层勒掯着,莫说这两年不是水就是旱,就遇着了丰年,也没有多少进账轮到我们头上。"七巧寻思着,道:"我也盘算过来,一直挨着没有办。先晓得把它卖了,这会子想买房子,也不至于钱不凑手了。"季泽道:"你那田要卖趁现在就得卖了,听说直鲁又要开仗了。"七巧道:"急切间你叫我卖给谁去?"季泽顿了一顿道:"我去替你打听打听,也成。"七巧耸了耸眉毛笑道:"得了,你那些狐群狗党里头,又有谁是靠得住的?"季泽把咬开的饺子在小碟子里蘸了点醋,闲闲说出两个靠得住的人名,七巧便认真仔细盘问他起来,他果然回答得有条不紊,显然他是筹之已熟的。

  七巧虽是笑吟吟的,嘴里发干,上嘴唇黏在牙仁上,放不下来。她端起盖碗来吸了一口茶,舐了舐嘴唇,突然把脸一沉,跳起身来,将手里的扇子向季泽头上滴溜溜掷过去,季泽向左偏了一偏,那团扇敲在他肩膀上,打翻了玻璃杯,酸梅汤淋淋漓漓溅了他一身,七巧骂道:"你要我卖了田去买你的房子?你要我卖田?钱一经你的手,还有得说么?你哄我——你拿那样的话来哄我——你拿我当傻子——"她隔着一张桌子探身过去打他,然而她被潘妈下死劲抱住了。潘妈叫唤起来,祥云等人都奔了来,七手八脚按住了她,七嘴八舌求告着。七巧一头挣扎,一头叱喝着,然而她的一颗心直往下坠——她很明白她这举动太蠢——太蠢——她在这儿丢人出丑。

  季泽脱下了他那湿濡的白香云纱长衫,潘妈绞了手巾来代他揩擦,他理也不理,把衣服夹在手臂上,竟自扬长出门去了,临行的时候向祥云道:"等白哥儿下了学,叫他替他母亲请个医生来看看。"祥云吓糊涂了,连声答应着,被七巧兜脸给了她一个耳刮子。

  季泽走了。丫头老妈子也都给七巧骂跑了。酸梅汤沿着桌子一滴一滴朝下滴,像迟迟的夜漏——一滴,一滴……一更,二更……一年,一百年。真长,这寂寂的一刹那。七巧扶着头站着,倏地掉转身来上楼去,提着裙子,性急慌忙,跌跌绊绊,不住地撞到那阴暗的绿粉墙上,佛青袄子上沾了大块的淡色的灰。她要在楼上的窗户里再看他一眼。无论如何,她从前爱过他。她的爱给了她无穷的痛苦。单只这一点,就使他值得留恋。多少回了,为了要按捺她自己,她迸得全身的筋骨与牙根都酸楚了。今天完全是她的错。他不是个好人,她又不是不知道。她要他,就得装糊涂,就得容忍他的坏。她为什么要戳穿他?人生在世,还不就是那么一回事?归根究底,什么是真的,什么是假的?

  她到了窗前,揭开了那边上缀有小绒球的墨绿洋式窗帘,季泽正在弄堂里往外走,长衫搭在臂上,晴天的风像一群白鸽子钻进他的纺绸裤褂里去,哪儿都钻到了,飘飘拍着翅子。

  七巧眼前仿佛挂了冰冷的珍珠帘,一阵热风来了,把那帘子紧紧贴在她脸上,风去了,又把帘子吸了回去,气还没透过来,风又来了,没头没脸包住她——一阵凉,一阵热,她只是淌着眼泪。

玻璃窗的上角隐隐约约反映出弄堂里一个巡警的缩小的影子,晃着膀子踱过去。一辆黄包车静静在巡警身上辗过。小孩把袍子掖在裤腰里,一路踢着球,奔出玻璃的边缘。绿色的邮差骑着自行车,复印在巡警身上,一溜烟掠过。都是些鬼,多年前的鬼,多年后的没投胎的鬼⋯⋯什么是真的,什么是假的?

过了秋天又是冬天,七巧与现实失去了接触。虽然一样的使性子,打丫头,换厨子,总有些失魂落魄的。她哥哥嫂子到上海来探望了她两次,住不上十来天,末了永远是给她絮叨得站不住脚,然而临走的时候她也没有少给他们东西。她侄子曹春熹上城来找事,耽搁在她家里。那春熹虽是个浑头浑脑的年轻人,却也本本份份的。七巧的儿子长白,女儿长安,年纪到了十三四岁,只因身材瘦小,看上去才只七八岁的光景。在年下,一个穿着品蓝摹本缎棉袍,一个穿着葱绿遍地锦棉袍,衣服太厚了,直挺挺撑开了两臂,一般都是薄薄的两张白脸,并排站着,纸糊的人儿似的。这一天午饭后,七巧还没起身,那曹春熹陪着他兄妹俩掷骰子,长安把压岁钱输光了,还不肯歇手。长白把桌上的铜板一搂,笑道:"不跟你来了。"长安道:"我们用糖莲子来赌。"春熹道:"糖莲子揣在口袋里,看脏了衣服。"长安道:"用瓜子也好,柜顶上就有一罐。"便搬过一张茶几来,踩了椅子爬上去拿。慌得春熹叫道:"安姐儿你可别摔跤,回头我担不了这干系!"正说着,只见长安猛可里向后一仰,若不是春熹扶住了,早是一个倒栽葱。长白在旁拍手大笑,春熹嘟嘟哝哝骂着,也撑不住要笑,三人笑成一片。春熹将她抱下地来,忽然从那红木大橱的穿衣镜里瞥见七巧蓬着头叉着腰站在门口,不觉一怔,连忙放下了长安,回身道:"姑妈起来了。"七巧汹汹奔了过来,将长安向自己身后一推,长安立脚不稳,跌了一跤。七巧只顾将身子挡住了她,向春熹厉声道:"我把你这狼心狗肺的东西!我三茶六饭款待你这狼心狗肺的东西,什么地方亏待了你,你欺负我女儿?你那狼心狗肺,你道我揣摩不出么?你别以为你教坏了我女儿,我就不能不捏着鼻子把她许配给你,你好霸占我们的家产!我看你这混蛋,也还想不出这等主意来,敢情是你爹娘把着手儿教的!我把那两个狼心狗肺忘恩负义的老浑蛋!齐了心想我的钱,一计不成,又生一计!"春熹气得白瞪眼,欲待分辩,七巧道:"你还有脸顶撞我!你还不给我快滚,别等我乱棒打出去!"说着,把儿女们推推搡搡送了出去,自己也喘吁吁扶着个丫头走了。春熹究竟年纪轻火性大,赌气卷了铺盖,顿时离了姜家的门。

七巧回到起坐间里,在烟榻上躺下了。屋里暗昏昏的,拉上了丝绒窗帘。时而窗户缝里漏了风进来,帘子动了,方才在那墨绿小绒球底下毛茸茸地看见一点天色。只有烟灯和烧红的火炉的微光。长安吃了吓,呆呆坐在火炉边一张小凳上。七巧道:"你过来。"长安只道是要打,只是延挨着,搭讪把火炉边的洋铁围屏上晾着的小红格子法布衬衫翻了一翻,道:"快烤糊了。"衬衫发出热烘烘的毛气。

七巧却不像要责打她的光景,只数落了一番,道:"你今年过了年也有十三岁了,也该放明白些。表哥虽不是外人,天下的男子都是一样混账。你自己要晓得当心,谁不想你的钱?"一阵风过,窗帘上的绒球与绒球之间露出白色的寒天,屋子里暖热的黑暗给打上了一排小洞。烟灯的火焰往下一挫,七巧脸上的影子仿佛更深了一层。她突然坐起身来,低声道:"男人……碰都碰不得!谁不想你的钱?你娘这几个钱不是容易得来的,也不是容易守得住。轮到你们手里,我可不能眼睁睁看着你们上人的当——叫你以后提防着些,你听见了没有?"长安垂着头道:"听见了。"

七巧的一只脚有点麻,她探身去捏一捏她的脚。仅仅是一刹那,她眼睛里蠢动着一点温柔的回忆。她记起了想她的钱的一个男人。

她的脚是缠过的,尖尖的缎鞋里塞了棉花,装成半大的文明脚。她瞧着那双脚,心里一动,冷笑一声道:"你嘴里尽管答应着,我怎么知道你心里是明白还是糊涂?你人也有这么大了,又是一双大脚,哪里去不得?我就是管得住你,也没那个精神成天看着你。按说你今年十三了,裹脚已经嫌晚了,原怪我耽误了你。马上这就替你裹起来,也还来得及。"长安一时答不出话来,倒是旁边的老妈子们笑道:"如今小脚不时兴了,只怕将来给姐儿定亲的时候麻烦。"七巧道:"没的扯淡!我不愁我的女儿没人要,不劳你们替我担心!真没人要,养活她一辈子,我也还养得起!"当真替长安裹起脚来,痛得长安鬼哭神号的。这时连姜家这样守旧的人家,缠过脚的也都已经放了脚了,别说是没缠过的,因此都拿长安的脚传作笑话奇谈。裹了一年多,七巧一时的兴致过去了,又经亲戚们劝说,也就渐渐放松了,然而长安的脚可不能完全恢复原状了。

姜家大房三房里的儿女都进了洋学堂读书,七巧处处存心跟他们比赛着,便也要送长白去投考。长白除了打小牌之外,只喜欢跑跑票房,正在那里朝夕用功吊嗓子,只怕进学校要耽搁了他的功课,便不肯去。七巧无奈,只得把长安送到沪范女中,托人说了情,插班进去。长安换上了蓝爱国布的校服,不上半年,脸色也红润了,胳膊腿腕也粗了一圈。住读的学生洗换衣服,照例是送学校里包着的洗衣作里去的。长安记不清自己的号码,往往失落了枕套手帕种种零件。七巧便闹着说要去找校长说话。这一天放假回家,检点了一下,又发现有一条褥单是丢了。七巧暴跳如雷,准备明天亲自上学校去大兴问罪之师。长安着了急,拦阻了一声,七巧便骂道:"天生的败家精,拿你娘的钱不当钱。你娘的钱是容易得来的?——将来你出嫁,你看我有什么陪送给你!——给也是白给!"长安不敢做声,却哭了一晚上。她不能在她的同学跟前丢这个脸。对于十四岁的人,那似乎有天大的重要。她母亲去闹这一场,她以后拿什么脸去见人?她宁死也不到学校里去了。她的朋友们,她所喜欢的音乐教员,不久就会忘记了有这么一个女孩子,来了半年,又无缘无故悄悄地走了。走得干净,她觉得她这牺牲是一个美丽的,苍凉的手势。

半夜里她爬下床来,伸手到窗外去试试,漆黑的,是下了雨么?没有雨点。她从枕头边摸出一只口琴,半蹲半坐在地上,偷偷吹了起来。犹疑地,"Long, Long Ago"的细小的调子在庞大的夜里袅袅漾开。不能让人听见了。为了竭力按捺着,那呜呜的口琴忽断忽续,如同婴儿的哭泣。她接不上气来,歇了半晌,窗格子里,月亮从云里出来了。墨灰的天,几点疏星,模糊的缺月,像石印的图画,下面白云蒸腾,树顶上透出街灯淡淡的圆光。长安又吹起口琴来。"告诉我那故事,往日我最心爱的那故事,许久以前,许久以前……"

第二天她大着胆子告诉她母亲:"娘,我不想念下去了。"七巧睁着眼道:"为什么?"长安道:"功课跟不上,吃的也太苦了,我过不惯。"七巧脱下一只鞋来,顺手将鞋底抽了她一下,恨道:"你爹不如人,你也不如人?养下你来又不是个十不全,就不肯替我争口气!"长安反剪着一双手,垂着眼睛,只是不言语。旁边老妈子们便劝道:"姐儿也大了,学堂里人杂,的确有些不方便。其实不去也罢了。"七巧沉吟道:"学费总得想法子拿回来。白便宜了他们不成?"便要领了长安一同去索讨,长安抵死不肯去,七巧带着两个老妈子去了一趟回来了,据她自己铺叙,钱虽然没收回来,却也着实羞辱了那校长一场。长安以后在街上遇着了同学,脸上红一阵白一阵,无地自容,只得装做不看见,急急走了过去。朋友寄了信来,她拆也不敢拆,原封退了回去。她的学校生活就此告一结束。

有时她也觉得牺牲得有点不值得,暗自懊悔着,然而也来不及挽回了。她渐渐放弃了一切上进的思想,安分守己起来。她学会了挑是非,使小坏,干涉家里的行政。她不时地跟母亲怄气,可是她的言谈举止越来越像她母亲了。每逢她单叉着裤子,揸开了两腿坐着,两只手按在胯间露出的凳子上,歪着头,下巴搁在心口上凄凄惨惨瞅住了对面的人说道:"一家有一家的苦处呀,表嫂——一家有一家的苦处!"——谁都说她是活脱的一个七巧。她打了一根辫子,眉眼的紧俏有似当年的七巧,可是她的小小的嘴过于瘪进去,仿佛显老一点。她再年青些也不过是一棵较嫩的雪里红——盐腌过的。

也有人来替她做媒。若是家境推板一点的,七巧总疑心人家是贪她们的钱。若是那有财有势的,对方却又不十分热心,长安不过是中等姿色,她母亲出身既低,又有个不贤惠的名声,想必没有什么家教。因此高不成,低不就,一年一年耽搁了下去。那长白的婚事却不容耽搁。长白在外面赌钱,捧女戏子,七巧还没甚话说,后来渐渐跟着他三叔姜季泽逛起窑子来,七巧方才着了慌,手忙脚乱替他定亲,娶了一个袁家的小姐,小名芝寿。

行的是半新式的婚礼,红色盖头是蠲免了,新娘戴着蓝眼镜,粉红喜纱,穿着粉红彩绣裙袄。进了洞房,除去了眼镜,低着头坐在湖色帐幔里。闹新房的人围着打趣,七巧只看了一看便出来了。长安在门口赶上了她,悄悄笑道:"皮色倒白净,就是嘴唇太厚了些。"七巧把手撑着门,拔下一只金挖耳来搔搔头,冷笑道:"还说呢!你新嫂子这两片嘴唇,切切倒有一大碟子!"旁边一个太太便道:"说是嘴唇厚的人天性厚哇!"七巧哼了一声,将金挖耳指住了那太太,倒剔起一只眉毛,歪着嘴微微一笑道:"天性厚,并不是什么好话。当着姑娘们,我也不便多说——但愿咱们白哥儿这条命别送在她手里!"七巧天生着一副高爽的喉咙,现在因为苍老了些,不那么尖了,可是扁扁的依旧四面刮得人疼痛,像剃刀片。这两句话,说响不响,说轻也不轻。人丛里的新娘子的平板的脸与胸震了一震——多半是龙凤烛的火光的跳动。

三朝过后,七巧嫌新娘子笨,诸事不如意,每每向亲戚们诉说着。便有人劝道:"少奶奶年纪轻,二嫂少不得要费点心教导教导她。谁叫这孩子没心眼儿呢!"七巧啐道:"你别瞧咱们新少奶奶老实呀——一见了白哥儿,她就得去上马桶!真的!你信不信?"这话传到芝寿耳朵里,急得芝寿只待寻死。然而这还是没满月的时候,七巧还顾些脸面,后来索性这一类的话当着芝寿的面也说了起来,芝寿哭也不是,笑也不是,若是木着脸装不听见,七巧便一拍桌子嗟叹起来道:"在儿子媳妇手里吃口饭,可真不容易!动不动就给人脸子看!"

这天晚上,七巧躺着抽烟,长白盘踞在烟铺跟前的一张沙发椅上嗑瓜子,无线电里正唱着一出冷戏,他捧着戏考,一个字一个字跟着哼,哼上了劲,甩过一条腿去骑在椅背上,来回摇着打拍子。七巧伸过脚去踢了他一下道:"白哥儿你来替我装两筒。"长白道:"现放着烧烟的,偏要支使我!我手上有蜜是怎么着?"说着,伸了个懒腰,慢腾腾移身坐到烟灯前的小凳上,卷起了袖子。七巧笑道:"我把你这不孝的奴才!支使你,是抬举你!"她眯缝着眼望着他。这些年来她的生命里只有这一个男人。只有他,她不怕他想她的钱——横竖钱都是他的。可是,因为他是她的儿子,他这一个人还抵不了半个……现在,就连这半个人她也保留不住——他娶了亲。他是个瘦小白皙的年轻人,背有点驼,戴着金丝眼镜,有着工细的五官,时常茫然地微笑着,张着嘴,嘴里闪闪发着光的不知道是太多的唾沫水还是他的金牙。他敞着衣领,露出里面的珠羔里子和白小褂。七巧把一只脚搁在他肩膀上,不住的轻轻踢着他的脖子,低声道:"我把你这不孝的奴才!打几时起变得这么不孝了?"长安在旁笑道:"娶了媳妇忘了娘吗!"七巧道:"少胡说!我们白哥儿倒不是那们样的人!我也养不出那们样的儿子!"长白只是笑。七巧斜着眼看定了他,笑道:"你若还是我从前的白哥儿,你今儿替我烧一夜的烟!"长白笑道:"那可难不倒我!"七巧道:"盹着了,看我捶你!"

起坐间的帘子撤下送去洗濯了。隔着玻璃窗望出去,影影绰绰乌云里有个月亮,一搭黑,一搭白,像个戏剧化的狰狞的脸谱。一点,一点,月亮缓缓的从云里出来了,黑云底下透出一线炯炯的光,是面具底下的眼睛。天是无底洞的深青色。久已过了午夜了。长安早去睡了,长白打着烟泡,也前仰后合起来。七巧斟了杯浓茶给他,两人吃着蜜饯糖果,讨论着东邻西舍的隐私。七巧忽然含笑问道:"白哥儿你说,你媳妇儿好不好?"长白笑道:"这有什么可说的?"七巧道:"没有可批评的,想必是好的了?"长白笑着不做声。七巧道:"好,也有个怎么个好呀!"长白道:"谁说她好来着?"七巧道:"她不好?哪一点不好?说给娘听。"长白起初只是含糊对答,禁不起七巧再三盘问,只得吐露一二。旁边递茶递水的老妈子们都背过脸去笑得格格的,丫头们都掩着嘴忍着笑回避出去了。七巧又是咬牙,又是笑,又是喃喃咒骂,卸下烟斗来狠命磕里面的灰,敲得托托一片响。长白说溜了嘴,止不住要说下去,足足说了一夜。

次日清晨,七巧吩咐老妈子取过两床毯子来打发哥儿在烟榻上睡觉。这时芝寿也已经起了身,过来请安。七巧一夜没合眼,却是精神百倍,邀了几家女眷来打牌,亲家母也在内。在麻将桌上一五一十将她儿子亲口招供的她媳妇的秘密宣布了出来,略加渲染,越发有声有色。众人竭力地打岔,然而说不上两句闲话,七巧笑嘻嘻地转了个弯,又回到她媳妇身上来了。逼得芝寿的母亲脸皮紫涨,也无颜再见女儿,放下牌,乘了包车回去了。

七巧接连着教长白为她烧了两晚上的烟。芝寿直挺挺躺在床上,搁在肋骨上的两只手蜷曲着像死去的鸡的脚爪。她知道她婆婆又在那里盘问她丈夫,她知道她丈夫又在那里叙说一些什么事,可是天知道他还有什么新鲜的可说!明天他又该涎着脸到她跟前来了。也许他早料到她会把满腔的怨毒都结在他身上,就算她没本领跟他拼命,至不济也得质问他几句,闹上一场。多半他准备先声夺人,借酒盖住了脸,找点碴子,摔上两件东西。她知道他的脾气。末后他会坐到床沿上来,耸起肩膀,伸手到白绸小褂里面去抓痒,出人意料之外地一笑。他的金丝眼镜上抖动着一点光,他嘴里抖动着一点光,不知道是唾沫还是金牙。他摘去了他的眼镜。……芝寿猛然坐起身来,哗喇揭开了帐子。这是个疯狂的世界,丈夫不像个丈夫,婆婆也不像个婆婆。不是他们疯了,就是她疯了。今天晚上的月亮比哪一天都好,高高的一轮满月,万里无云,像是漆黑的天上一个白太阳。遍地的蓝影子,帐顶上也是蓝影子,她的一双脚也在那死寂的蓝影子里。

　　芝寿待要挂起帐子来,伸手去摸索帐钩,一只手臂吊在那铜钩上,脸偎住了肩膀,不由得就抽噎起来。帐子自动地放了下来。昏暗的帐子里除了她之外没有别人,然而她还是吃了一惊,仓皇地再度挂起了帐子。窗外还是那使人汗毛凛凛的反常的明月——漆黑的天上一个灼灼的小而白的太阳。屋里看得分明那玫瑰紫绣花椅披桌布,大红平金五凤齐飞的围屏,水红软缎对联,绣着盘花篆字。梳妆台上红绿丝网络着银粉缸,银漱盂,银花瓶,里面满满盛着喜果。帐檐上垂下五彩攒金绕绒花球,花盆,如意,粽子,下面滴滴溜溜坠着指头大的琉璃珠和尺来长的桃红穗子。偌大一间房里充塞着箱笼,被褥,铺陈,不见得她就找不出一条汗巾子来上吊。她又倒到床上去。月光里,她的脚没有一点血色——青,绿,紫,冷去的尸身的颜色。她想死,她想死。她怕这月亮光,又不敢开灯。明天她婆婆说:"白哥儿给我多烧了两口烟,害得我们少奶奶一宿没睡觉,半夜三更点着灯等他回来——少不了他吗!"芝寿的眼泪顺着枕头不停地流,她不用手帕去擦眼睛,擦肿了,她婆婆又该说了:"白哥儿一晚上没回房去睡,少奶奶就把眼睛哭得桃儿似的!"

　　七巧虽然把儿子媳妇描摹成这样热情的一对,长白对于芝寿却不甚中意,芝寿也把长白恨得牙痒痒的。夫妻不和,长白渐渐又往花街柳巷里走动。七巧把一个丫头绢儿给了他做小,还是牢笼不住他。七巧又变着方儿哄他吃烟。长白一向就喜欢玩两口,只是没上瘾,现在吸得多了,也就收了心不大往外跑了,只在家守着母亲与新姨太太。

　　他妹子长安二十四岁那年生了痢疾,七巧不替她延医服药,只劝她抽两筒鸦片,果然减轻了不少痛苦。病愈之后,也就上了瘾。那长安更与长白不同,未出阁的小姐,没有其他的消遣,一心一意的抽烟,抽的倒比长白还要多。也有人劝阻,七巧道:"怕什么!莫说我们姜家还吃得起,就是我今天卖了两顷地给他们姐儿俩抽烟,又有谁敢放半个屁?姑娘赶明儿聘了人家,少不得有她这一份嫁妆。她吃自己的,喝自己的,姑爷就是舍不得,也只好干望着她罢了!"

　　话虽如此说,长安的婚事毕竟受了点影响。来做媒的本就不十分踊跃,如今竟绝迹了。长安到了近三十的时候,七巧见女儿注定了是要做老姑娘的了,便又换了一种论调,道:"自己长得不好,嫁不掉,还怨我做娘的耽搁了她!成天挂搭着个脸,倒像我该她二百钱似的。我留她在家里吃一碗闲茶闲饭,可没打算留她在家里给我气受!"

姜季泽的女儿长馨过二十岁生日,长安去给她堂房妹子拜寿。那姜季泽虽然穷了,幸喜他交游广阔,手里还算兜得转。长馨背地里向她母亲道:"妈想法子给安姐姐介绍个朋友罢,瞧她怪可怜的。还没提起家里的情形,眼圈儿就红了。"兰仙慌忙摇手道:"罢!罢!这个媒我不敢做!你二妈那脾气是好惹的?"长馨年少好事,哪里理会得?歇了些时,偶然与同学们说起这件事,恰巧那同学有个表叔新从德国留学回来,也是北方人,仔细攀认起来,与姜家还沾着点老亲。那人名唤童世舫,叙起来比长安略大几岁。长馨竟自作主张,安排了一切,由那同学的母亲出面请客。长安这边瞒得家里铁桶相似。

七巧身子一向硬朗,只因她媳妇芝寿得了肺痨,七巧嫌她乔张做致,吃这个,吃那个,累又累不得,比寻常似乎多享了一些福,自己一赌气便也病了。起初不过是气虚血亏,却也将合家支使得团团转,哪儿还能够兼顾到芝寿?后来七巧认真得了病,卧床不起,越发鸡犬不宁。长安乘乱里便走开了,把裁缝唤到她三叔家里,由长馨出主意替她制了新装。赴宴的那天晚上,长馨先陪她到理发店去用钳子烫了头发,从天庭到鬓角一路密密贴着细小的发圈。耳朵上戴了二寸来长的玻璃翠宝塔坠子,又换上了苹果绿乔琪纱旗袍,高领圈,荷叶边袖子,腰以下是半西式的百褶裙。一个小大姐蹲在地上为她扣揿钮,长安在穿衣镜里端详着自己,忍不住将两臂虚虚地一伸,裙子一踢,摆了个葡萄仙子的姿势,一扭头笑了起来道:"把我打扮得天女散花似的!"长馨在镜子里向那小大姐做了个媚眼,两人不约而同也都笑了起来。长安妆罢,便向高椅上端端正正坐下了。长馨道:"我去打电话叫车。"长安道:"还早呢!"长馨看了看表道:"约的是八点,已经八点过五分了。"长安道:"晚个半个钟头,想必也不碍事。"长馨猜她是存心要搭点架子,心中又好气又好笑,打开银丝手提包来检点了一下,借口说忘了带粉镜子,径自走到她母亲屋里来,如此这般告诉了一遍,又道:"今儿又不是姓童的请客,她这架子是冲着谁搭的?我也懒得去劝她,由她挨到明儿早上去,也不干我事。"兰仙道:"瞧你这糊涂!人是你约的,媒是你做的,你怎么卸得了这干系?我埋怨过你多少回了——你早该知道了,安姐儿就跟她娘一样的小家子气,不上台盘。待会儿出乖露丑的,说起来是你姐姐,你丢人也是活该,谁叫你把这些是是非非,揽上身来,敢是闲疯了?"长馨咕嘟着嘴在她母亲屋里坐了半响,兰仙笑道:"看这情形,你姐姐是等着人催请呢。"长馨道:"我才不去催她呢!"兰仙道:"傻丫头,要你催,中什么用?她等着那边来电话哪!"长馨失声笑道:"又不是新娘子,要三请四催的,逼着上轿!"兰仙道:"好歹你打个电话到饭店里去,叫他们打个电话来,不就结了?快九点了,再挨下去,事情可真要崩了!"长馨只得依言做去,这边方才动了身。

长安在汽车里还是兴兴头头，谈笑风生的，到菜馆子里，突然矜持起来，跟在长馨后面，悄悄掩进了房间，怯怯地褪去了苹果绿鸵鸟毛斗篷，低头端坐，拈了一只杏仁，每隔两分钟轻轻啃去了十分之一，缓缓咀嚼着。她是为了被看而来的。她觉得她浑身的装束，无懈可击，任凭人家多看两眼也不妨事，可是她的身体完全是多余的，缩也没处缩。她始终缄默着，吃完了一顿饭。等着上甜菜的时候，长馨把她拉到窗子跟前去观看街景，又托故走开了，那童世舫便踱到窗前，问道："姜小姐这儿来过么？"长安细声道："没有。"童世舫道："我也是第一次。菜倒是不坏，可是我还是吃不大惯。"长安道："吃不惯？"世舫道："可不是！外国菜比较清淡些，中国菜要油腻得多。刚回来，连着几天亲戚朋友们接风，很容易的就吃坏了肚子。"长安反复地看她的手指，仿佛一心一意要数数一共有几个指纹是螺形的，几个是畚箕……

　　玻璃窗上面，没来由开了小小的一朵霓虹灯的花——对过一家店面里反映过来的，绿心红瓣，是尼罗河祀神的莲花，又是法国王室的百合徽章……

　　世舫多年没见过故国的姑娘，觉得长安很有点楚楚可怜的韵致，倒有几分喜欢。他留学以前早就定了亲，只因他爱上了一个女同学，抵死反对家里的亲事，路远迢迢，打了无数的笔墨官司，几乎闹翻了脸，他父母曾经一度断绝了他的接济，使他吃了不少的苦，方才依了他，解了约。不幸他的女同学别有所恋，抛下了他，他失意之余，倒埋头读了七八年的书。他深信妻子还是旧式的好，也是由于反应作用。

　　和长安见了这一面之后，两下里都有了意。长馨想着送佛送到西天，自己再热心些，也没有资格出来向长安的母亲说话，只得央及兰仙。兰仙执意不肯道："你又不是不知道，你爹跟你二妈仇人似的，向来是不见面的。我虽然没跟她红过脸，再好些也有限。何苦去自讨没趣？"长安见了兰仙，只是垂泪，兰仙却不过情面，只得答应去走一遭。妯娌相见，问候了一番，兰仙便说明了来意。七巧初听见了，倒也欣然，因道："那就拜托了三妹妹罢！我病病哼哼的，也管不得了，偏劳了三妹妹。这丫头就是我的一块心病。我做娘的也不能说是对不起她了，行的是老法规矩，我替她裹脚，行的是新派规矩，我送她上学堂——还要怎么着？照我这样扒心扒肝调理出来的人，只要她不疤不麻不瞎，还会没人要吗？怎奈这丫头天生的是扶不起的阿斗，恨得我只嚷嚷：多咱我一闭眼去了，男婚女嫁，听天由命罢！"

　　当下议妥了，由兰仙请客，两方面相亲。长安与童世舫只做没见过面模样，又会晤了一次。七巧病在床上，没有出场，因此长安便风平浪静的订了婚。在筵席上，兰仙与长馨强行拉着长安的手，递到童世舫手里，世舫当众替她套上了戒指。女家也回了礼，文房四宝虽然免了，却用新式的丝绒文具盒来代替，又添上了一只手表。

订婚之后，长安遮遮掩掩竟和世舫单独出去了几次。晒着秋天的太阳，两人并排在公园里走着，很少说话，眼角里带着一点对方的衣服与移动着的脚，女子的粉香，男子的淡巴菰气，这单纯而可爱的印象便是他们身边的栏杆，栏杆把他们与众人隔开了。空旷的绿草地上，许多人跑着，笑着，谈着，可是他们走的是寂寂的绮丽的回廊——走不完的寂寂的回廊。不说话，长安并不感到任何缺陷。她以为新式的男女间的交际也就"尽于此矣"。童世舫呢，因为过去的痛苦的经验，对于思想的交换根本抱着怀疑的态度。有个人在身边，他也就满足了。从前，他顶讨厌小说上的男人，向女人要求同居的时候，只说："请给我一点安慰。"安慰是纯粹精神上的，这里却做了肉欲的代名词。但是他现在知道精神与物质的界限不能分得这么清。言语究竟没有用。久久的握着手，就是较妥帖的安慰，因为会说话的人很少，真正有话说的人还要少。

有时在公园里遇着了雨，长安撑起了伞，世舫为她擎着。隔着半透明的蓝绸伞，千万粒雨珠闪着光，像一天的星。一天的星到处跟着他们，在水珠银烂的车窗上，汽车驰过了红灯，绿灯，窗子外营营飞着一窠红的星，又是一窠绿的星。

长安带了点星光下的乱梦回家来，人变得异常沉默了，时时微笑着。七巧见了，不由得有气，便冷言冷语道："这些年来，多多怠慢了姑娘，不怪姑娘难得开个笑脸。这下子跳出了姜家的门，趁了心愿了，再快活些，可也别这么摆在脸上呀——叫人寒心！"依着长安素日的性子，就要回嘴，无如长安近来像换了个人似的，听了也不计较，自顾自努力去戒烟。七巧也奈何她不得。

长安订婚那天，大奶奶玳珍没去，隔了些天来补道喜。七巧悄悄唤了声大嫂，道："我看咱们还得在外头打听打听哩，这事可冒失不得！前天我耳朵里仿佛刮着一点，说是乡下有太太，外洋还有一个。"玳珍道："乡下的那个没过门就退了亲。外洋那个也是这样，说是做了几年的朋友了，不知怎么又没成功。"七巧道："那还有个为什么？男人的心，说声变，就变了。他连三媒六聘的还不认账，何况那不三不四的歪辣货？知道他在外洋还有旁人没有？我就只这一个女儿，可不能糊里糊涂断送了她的终身，我自己是吃过媒人的苦的！"

长安坐在一旁用指甲去掐手掌心，手掌心掐红了，指甲却挣得雪白。七巧一抬眼望见了她，便骂道："死不要脸的丫头，竖着耳朵听呢！这话是你听得的么？我们做姑娘的时候，一声提起婆婆家，来不迭地躲开了。你姜家枉为世代书香，只怕你还要到你开麻油店的外婆家去学点规矩哩！"长安一头哭一头奔了出去。七巧拍着枕头嗐了一声道："姑娘急着要嫁，叫我也没法子。腥的臭的往家里拉。名为是她三婶给找的人，其实不过是拿她三婶做个幌子。多半是生米煮成了熟饭了，这才挽了三婶出来做媒。大家齐打伙儿糊弄我一个人……糊弄着也好！说穿了，叫做娘的做哥哥的脸往哪儿去放？"

又一天，长安托辞溜了出去，回来的时候，不等七巧查问，待要报告自己的行踪，七巧叱道："得了，得了，少说两句罢！在我面前糊什么鬼？有朝一日你让我抓着了真凭实据——哼！别以为你大了，订了亲了，我打不得你了！"长安急了道："我给馨妹妹送鞋样子去，犯了什么法了，娘不信，娘问三婶去！"七巧道："你三婶替你寻了汉子来，就是你的重生父母，再养爹娘！也没见你这样的轻骨头！……一转眼就不见你的人了。你家里供养了你这些年，就只差买个小厮来伺候你，哪一处对你不住了，你在家里一刻也坐不稳？"长安红了脸，眼泪直掉下来。七巧缓过一口气来，又道："当初多少好的都不要，这会子去嫁个不成器的，人家拣剩下来的，岂不是自己打嘴？他若是个人，怎么活到三十来岁，飘洋过海的，跑上十万里地，一房老婆还没弄到手？"

然而长安一味的执迷不悟。因为双方的年纪都不小了，订了婚不上几个月，男方便托了兰仙来议定婚期。七巧指着长安道："早不嫁，迟不嫁，偏赶着这两年钱不凑手！明年若是田上收成好些，嫁妆也还整齐些。"兰仙道："如今新式结婚，倒也不讲究这些了。就照新派办法，省着点也好。"七巧道："什么新派旧派？旧派无非排场大些，新派实惠些，一样还是娘家的晦气！"兰仙道："二嫂看着办就是了，难道安姐儿还会争多论少不成？"一屋子的人全笑了，长安也不觉微微一笑。七巧破口骂道："不害臊！你是肚子里有了搁不住的东西是怎么着？火烧眉毛，等不及的要过门！嫁妆也不要了——你情愿，人家倒许不情愿呢？你就拿准了他是图你的人？你好不自量，你有哪一点叫人看得上眼？趁早别自骗自了！姓童的还不是看上了姜家的门第！别瞧你们家轰轰烈烈，公侯将相的，其实全不是那么回事！早就是外强中干，这两年连空架子也撑不起了。人呢，一代坏似一代，眼里哪儿还有天地君亲？少爷们是什么都不懂，小姐们就知道霸钱要男人——猪狗都不如！我娘家当初千不该万不该跟姜家结了亲，坑了我一世，我待要告诉那姓童的趁早别像我似的上了当！"

自从吵闹过这一番，兰仙对于这头亲事便洗手不管了。七巧的病渐渐痊愈，略略下床走动，便逐日骑着门坐着，遥遥的向长安屋里叫喊道："你要野男人你尽管去找，只别把他带上门来认我做丈母娘，活活的气死了我！我只图个眼不见,心不烦。能够容我多活两年,便是姑娘的恩典了!"颠来倒去几句话,嚷得一条街上都听得见。亲戚丛中自然更将这事沸沸扬扬传了开去。

七巧又把长安唤到跟前,忽然滴下泪来道:"我的儿,你知道外头人把你怎么长怎么短糟踏得一个钱也不值!你娘自从嫁到姜家来,上上下下谁不是势利的,狗眼看人低,明里暗里我不知受了他们多少气。就连你爹,他有什么好处到我身上,我要替他守寡?我千辛万苦守了这二十年,无非是指望你姐儿俩长大成人,替我争回一点面子来。不承望今日之下,只落得这等的收场!"说着,呜咽起来。

长安听了这话,如同轰雷掣顶一般。她娘尽管把她说得不成人,外头人尽管把她说得不成人。她管不了这许多。唯有童世舫——他——他该怎么想?他还要她么?上次见面的时候,他的态度有点改变么?很难说……她太快乐了,小小的不同的地方她不会注意到……被戒烟期间身体上的痛苦与这种种刺激两面夹攻着,长安早就有点受不了,可是硬撑着也就撑了过去,现在她突然觉得浑身的骨骼都脱了节。向他解释么?他不比她的哥哥,他不是她母亲的儿女,他决不能彻底明白她母亲的为人。他果真一辈子见不到她母亲,倒也罢了,可是他迟早要认识七巧。这是天长地久的事,只有千年做贼的,没有千年防贼的——她知道她母亲会放出什么手段来?迟早要出乱子,迟早要决裂。这是她的生命里顶完美的一段,与其让别人给它加上一个不堪的尾巴,不如她自己早早结束了它。一个美丽而苍凉的手势……她知道她会懊悔的,她知道她会懊悔的,然而她抬了抬眉毛,做出不介意的样子,说道:"既然娘不愿意结这头亲,我去回掉他们就是了。"七巧正哭着,忽然住了声,停了一停,又抽答抽答哭了起来。

长安定了一定神,就去打了个电话给童世舫。世舫当天没有空,约了明天下午。长安所最怕的就是中间隔的这一晚,一分钟,一刻,一刻,啃进她心里去。次日,在公园里的老地方,世舫微笑着迎上前来,没跟她打招呼——这在他是一种亲昵的表示,他今天仿佛是特别的注意她,并肩走着的时候,屡屡地望着她的脸。太阳煌煌的照着,长安越发觉得眼皮肿得抬不起来了,趁他不在看她的时候把话说了罢。她用哭哑的喉咙轻轻唤了一声"童先生"。世舫没听见。那么,趁他看她的时候把话说了罢。她诧异她脸上还带着点笑,小声道:"童先生,我想——我们的事也许还是——还是再说罢。对不起得很。"她褪下戒指来塞在他手里,冷涩的戒指,冷湿的手。她放快了步子走去,他愣了一会,便追上来,问道:"为什么呢?对于我有不满意的地方么?"长安笔直向前望着,摇了摇头。世舫道:"那么,为什么呢?"长安道:"我母亲……"世舫道:"你母亲并没有看见过我。"长安道:"我告诉过你了,不是因为你。与你完全没有关系。我母亲……"世舫站定了脚。这在中国是很充分的理由了罢?他这么略一踌躇,她已经走远了。

园子在深秋的日头里晒了一上午又一下午,像烂熟的水果一般,往下坠着,坠着,发出香味来。长安悠悠忽忽听见了口琴的声音,迟钝地吹出了"Long, Long Ago"——"告诉我那故事,往日我最心爱的那故事。许久以前,许久以前……"这是现在,一转眼也就变了许久以前了,什么都完了。长安着了魔似的,去找那吹口琴的人——去找她自己。迎着阳光走着,走到树底下,一个穿着黄短裤的男孩骑在树桠枝上颠颠着,吹着口琴,可是他吹的是另一个调子,她从来没听见过的。不大的一棵树,稀稀朗朗的梧桐叶在太阳里摇着像金的铃铛。长安仰面看着,眼前一阵黑,像骤雨似的,泪珠一串串的披了一脸。世舫找到了她,在她身边悄悄站了半晌,方道:"我尊重你的意见。"长安举起了她的皮包来遮住了脸上的阳光。

他们继续来往了一些时。世舫要表示新人物交女朋友的目的不仅限于择偶,因此虽然与长安解除了婚约,依旧常常的邀她出去。至于长安呢,她是抱着什么样的矛盾的希望跟着他出去,她自己也不知道——知道了也不肯承认。订着婚的时候,光明正大的一同出去,尚且要瞒了家里,如今更成了幽期密约了。世舫的态度始终是坦然的。固然,她略略伤害了他的自尊心,同时他对于她多少也有点惋惜,然而"大丈夫何患无妻?"男子对于女子最隆重的赞美是求婚。他割舍了他的自由,送了她这一份厚礼,虽然她是"心领璧还"了,他可是尽了他的心。这是惠而不费的事。

无论两人之间的关系是怎样的微妙而尴尬,他们认真的做起朋友来了。他们甚至谈起话来。长安的没见过世面的话每每使世舫笑起来,说:"你这人真有意思!"长安渐渐的也发现了她自己原来是个"很有意思"的人。这样下去,事情会发展到什么地步,连世舫自己也会惊奇。

然而风声吹到了七巧耳朵里。七巧背着长安盼咐长白下帖子请童世舫吃便饭。世舫猜着姜家是要警告他一声,不准他和他们小姐藕断丝连,可是他同长白在那阴森高敞的餐室里吃了两盅酒,说了一回话,天气,时局,风土人情,并没有一个字沾到长安身上。冷盘撤了下去,长白突然手按着桌子站了起来。世舫回过头去,只见门口背着光立着一个小身材的老太太,脸看不清楚,穿一件青灰团龙宫织缎袍,双手捧着大红热水袋,身旁夹峙着两个高大的女仆。门外日色昏黄,楼梯上铺着湖绿花格子漆布地衣,一级一级上去,通入没有光的所在。世舫直觉地感到那是个疯人——无缘无故的,他只是毛骨悚然。长白介绍道:"这就是家母。"

世舫挪开椅子站起来,鞠了一躬。七巧将手搭在一个佣妇的胳膊上,款款走了进来,客套了几句,坐下来便敬酒让菜。长白道:"妹妹呢?来了客,也不帮着张罗张罗。"七巧道："她再抽两筒就下来了。"世舫吃了一惊,睁眼望着她。七巧忙解释道："这孩子就苦在先天不足,下地就得给她喷烟。后来也是为了病,抽上了这东西。小姐家,够多不方便哪！也不是没戒过,身子又娇,又是由着性儿惯了的,说丢,哪儿就丢得掉呀？戒戒抽抽,这也有十年了。"世舫不由得变了色。七巧有一个疯子的审慎与机智。她知道,一不留心,人们就会用嘲笑的,不信任的眼光截断了她的话锋,她已经习惯了那种痛苦。她怕话说多了要被人看穿了。因此及早止住了自己,忙着添酒布菜。隔了些时,再提起长安的时候,她还是轻描淡写的把那几句话重复了一遍。她那平扁而尖利的喉咙四面割着人像剃刀片。

长安悄悄地走下楼来,玄色花绣鞋与白丝袜停留在日色昏黄的楼梯上。停了一会,又上去了。一级一级,走进没有光的所在。

七巧道："长白你陪童先生多喝两杯,我先上去了。"佣人端上一品锅来,又换上了新烫的竹叶青。一个丫头慌里慌张站在门口将席上伺候的小厮唤了出去,嘀咕了一会,那小厮又进来向长白附耳说了几句,长白仓皇起身,向世舫连连道歉,说："暂且失陪,我去去就来。"三脚两步也上楼去了,只剩下世舫一人独酌。那小厮也觉过意不去,低低地告诉了他："我们绢姑娘要生了。"世舫道："绢姑娘是谁？"小厮道："是少爷的姨奶奶。"

世舫拿上饭来胡乱吃了两口,不便放下碗就走,只得坐在花梨炕上等着,酒酣耳热。忽然觉得异常的委顿,便躺了下来。卷着云头的花梨炕,冰凉的黄藤心子,柚子的寒香……姨奶奶添了孩子了。这就是他所怀念着的古中国……他的幽娴贞静的中国闺秀是抽鸦片的！他坐了起来,双手托着头,感到了难堪的落寞。

他取了帽子出门,向那小厮道："待会儿请你对上头说一声,改天我再面谢罢！"他穿过砖砌的天井,院子正中生着树,一树的枯枝高高印在淡青的天上,像瓷上的冰纹。长安静静的跟在他后面送了出来。她的藏青长袖旗袍上有着浅黄的雏菊。她两手交握着,脸上现出稀有的柔和。世舫回过身来道："姜小姐……"她隔得远远的站定了,只是垂着头。世舫微微鞠了一躬,转身就走了。长安觉得她是隔着相当的距离看这太阳里的庭院,从高楼上望下来,明晰,亲切,然而没有能力干涉,天井,树,曳着萧条的影子的两个人,没有话——不多的一点回忆,将来是要装在水晶瓶里双手捧着看的——她的最初也是最后的爱。

芝寿直挺挺躺在床上,搁在肋骨上的两只手蜷曲着像宰了的鸡的脚爪。帐子吊起了一半。不分昼夜她不让他们给她放下帐子来。她怕。

外面传进来说绢姑娘生了个小少爷。丫头丢下了热气腾腾的药罐子跑出去凑热闹了,敞着房门,一阵风吹了进来,帐钩豁朗朗乱摇,帐子自动地放了下来,然而芝寿不再抗议了。她的头向右一歪,滚到枕头外面去。她并没有死——又挨了半个月光景才死的。

绢姑娘扶了正,做了芝寿的替身。扶了正不上一年就吞了生鸦片自杀了。长白不敢再娶了,只在妓院里走走。长安更是早就断了结婚的念头。

七巧似睡非睡横在烟铺上。三十年来她戴着黄金的枷。她用那沉重的枷角劈杀了几个人,没死的也送了半条命。她知道她儿子女儿恨毒了她,她婆家的人恨她,她娘家的人恨她。她摸索着腕上的翠玉镯子,徐徐将那镯子顺着骨瘦如柴的手臂往上推,一直推到腋下。她自己也不能相信她年青的时候有过滚圆的胳膊。就连出了嫁之后几年,镯子里也只塞得进一条洋绉手帕。十八九岁做姑娘的时候,高高挽起了大镶大滚的蓝夏布衫袖,露出一双雪白的手腕,上街买菜去。喜欢她的有肉店里的朝禄,她哥哥的结拜弟兄丁玉根,张少泉,还有沈裁缝的儿子。喜欢她,也许只是喜欢跟她开开玩笑,然而如果她挑中了他们之中的一个,往后日子久了,生了孩子,男人多少对她有点真心。七巧挪了挪头底下的荷叶边小洋枕,凑上脸去揉擦了一下,那一面的一滴眼泪她就懒怠去揩拭,由它挂在腮上,渐渐自己干了。

七巧过世以后,长安和长白分了家搬出来住。七巧的女儿是不难解决她自己的问题的。谣言说她和一个男子在街上一同走,停在摊子跟前,他为她买了一双吊袜带。也许她用的是她自己的钱,可是无论如何是由男子的袋里掏出来的。……当然这不过是谣言。

三十年前的月亮早已沉了下去,三十年前的人也死了,然而三十年前的故事还没完——完不了。

(初载《杂志》1943年第12卷第2、3号)

钱锺书

围城(第九章)

鸿渐赞美他夫人柔顺,是在报告订婚的家信里。方遯翁看完信,叫得像母鸡下了蛋,一分钟内全家知道这消息。老夫妇惊异之后,继以懊恼。方老太太尤其怪儿子冒失,怎么不先征求父母的同意就订婚了。遯翁道:"咱们尽了做父母的责任了,替他攀过周家的女儿。这次他自己作主,好呢再好没有,坏呢将来不会怨到爹娘。你何必去管他们?"方老太太道:"不知道那位孙小姐是个什么样子,鸿渐真糊涂,照片也不寄一张!"遯翁向二媳妇手里要过信来看道:"他信上说她'性情柔顺'。"像一切教育程度不高的人,方老太太对于白纸上写的黑字非常迷信,可是她起了一个人文地理的疑问:"她是不是外省人?外省人的脾气总带点儿蛮,跟咱们合不来的。"二奶奶道:"不是外省人,是外县人。"遯翁道:"只要鸿渐觉得她柔顺,就好了。唉,现在的媳妇,你还希望对你孝顺么?这不会有的了。"二奶奶三奶奶彼此做个眼色,脸上的和悦表情同时收敛。方老太太道:"不知道孙家有没有钱?"遯翁笑道:"她父亲在报馆里做事,报馆里的人会敲竹杠,应当有钱罢,呵呵!我看老大这个孩子,痴人多福。第一次订婚的周家很有钱,后来看中苏鸿业的女儿,也是有钱有势的人家。这次的孙家,我想不会太糟。无论如何,这位小姐是大学毕业,也在外面做事,看来能够自立的。"遯翁这几句话无意中替柔嘉树了两个仇敌;二奶奶和三奶奶的娘家景况平常,她们只在中学念过书。

鸿渐在香港来信报告结婚,要父亲寄钱。遯翁看后,又惊又怒,立刻非常沉默。他跟方老太太关了房门,把信研究半天。方老太太怪柔嘉引诱儿子,遯翁也对自由恋爱和新式女人发表了不恭敬的意见。但他是一家之主,觉得家里任何人丢脸,就是自己丢脸,家丑不但不能外扬,并且不能内扬,要替大儿子大媳妇在他们兄弟妯娌之间遮隐。他叮嘱方老太太别对二媳妇三媳妇提起这件事,叹气道:"儿女真是孽债,一辈子要为他们操心。娘,你何必生气?他们还知道要结婚,这就是了。"吃晚饭时,遯翁笑得相当自然,说:"老大今天有信来,他们到了香港了。同走的几位朋友里,有人要在香港结婚,老大看了眼红,也要同时跟孙小姐举行婚礼。年轻人做事总是一窝蜂似的，喜欢凑热闹。他信上还说省我的钱，省我的事呢，这也算他体恤咱们了，娘，是不是？"等大家惊叹完毕，他继续说："鹏图凤仪结婚的费用，全是我负担的。现在结婚还要像从前在家乡那样的排场，我开支不起了。鸿渐省得我掏腰包，我何乐而不为？可是，鹏图，你明天替我电汇给他一笔钱，表示我对你们三兄弟一视同仁，免得将来老大怪父母不公平。"晚饭吃完，遯翁出坐时，又说："他这个办法很好。每逢结婚，两个当事人无所谓，倒是旁人替他们忙。假如他在上海结婚，我和娘不用说，就是你们夫妇也要忙得焦头烂额。现在大家都方便。"他自信这几句话，点明利害，儿子媳妇们不会起疑了。他当天日记上写道："渐儿香港来书，云将在港与孙柔嘉女士完姻，盖轸念时艰家毁，所以节用省事也。其意可嘉，当寄款玉成其事。"三奶奶回房正在洗脸，二奶奶来了，低声说："听见没有？我想这事不妙呀。从香港到上海这三四天的工夫都等不及了？"三奶奶不愿意输给她，便道："他们忽然在内地订婚，我那时候就觉得太突兀，这里面早有毛病。"二奶奶道："对了！我那时候也这样想。他们几月里订婚的？"两人屈指算了一下，相视而笑。凤仪是老实人，吓得目瞪口呆，二奶奶笑道："三叔，咱们这位大嫂，恐怕是方家媳妇里破记录的人了。"

过了几天，结婚照片寄到。柔嘉照上的脸差不多是她理想中自己的脸，遯翁见了喜欢，方老太太也几次三回戴上做活的眼镜细看。凤仪私下对他夫人说："孙柔嘉还漂亮，比死掉的周家的女儿好得多。"三奶奶冷笑道："照片靠不住的，要见了面才作准。有人上照，有人不上照，很难看的人往往照相很好，你别上当。为什么只照个半身？一定是全身不能照，披的纱，抱的花都遮盖不了，我跟你打赌。吓！我是你家明媒正娶的，现在要叫这种女人'大嫂嫂'，倒尽了霉！我真不甘心。你瞧，这就是大学毕业生！"二奶奶对丈夫发表感想如下："你留心没有？孙柔嘉脸上一股妖气，一看就是个邪道女人，所以会干那种无耻的事。你父亲母亲一对老糊涂，倒赞她美！不是我吹牛，我家的姊妹多少正经干净，别说从来没有男朋友，就是订了婚，跟未婚夫通信爹都不许的。"鹏图道："老大这个岳家恐怕比不上周家。周厚卿很会投机做生意，他的点金银行发达得很，老大和他闹翻，真是傻瓜！我前天碰见周厚卿的儿子，从前跟老大念过书，年纪十七八岁，已经做点金银行的襄理了，会开汽车。我想结交他父亲，把周方两家的关系恢复，将来可以合股投资。这话你别漏出去。"

柔嘉不愿意一下船就到婆家去，要先回娘家。鸿渐了解她怕生的心理，也不勉强。他知道家里分不出屋子来给自己住，脱离周家以后住的那间房，又黑又狭，只能搁张小床。柔嘉也声明过，她不会在大家庭里做媳妇的，暂时两人各住在自己家里，一面找房子。他们上了岸，向大法兰西共和国上海租界维持治安的巡警侦探们付了买路钱,赎出行李。鸿渐先送夫人到孙家,因为汽车等着,每秒钟都要算钱,谒见丈人丈母的礼节简略至于极点。他独自回家,方遯翁夫妇瞧新娘没同来,很不高兴,同时又放了心:鸿渐住的那间小屋,现在给两个老妈子睡,还没让出来,新娘真来了,连换衣服的地方都没有。老夫妇问了儿子许多话,关于新妇以外,还有下半年的职业。鸿渐撑场面,说报馆请他做资料室主任。遯翁道:"那么,你要长住在上海了。家里挤得很,又要费我的心,为你就近找间房子。唉!"至亲不谢,鸿渐说不出话。遯翁吩咐儿子晚上去请柔嘉明天过来吃午饭,同时问丈人丈母什么日子方便,他要挑个饭店好好的请亲家。他自负精通人情世故,笑对方老太太说:"照老式结婚的办法,一顶轿子就把新娘抬来了,管她怕生不怕生。现在不成了,我想叫二奶奶或者三奶奶陪老大到孙家去请她,表示欢迎。这样一来,她可以比较不陌生。"三奶奶沉着脸,二奶奶欢笑道:"好极了!咱们是要去欢迎大嫂的。明天我陪你去得了,大哥。"鸿渐忙一口谢绝。人散以后,三奶奶对二奶奶说:"姐姐,你真是好脾气!孙柔嘉是什么东西,摆臭架子,要我们去迎接她!我才不肯呢。"二奶奶说:"她今天不肯来,是不会来的了。我猜准她快要生产了,没有脸到婆家来,今天推明天,明天推后天,咱们索性等着双喜进门罢。我知道老大决不让我去的,你瞧他那时候多少着急。"三奶奶自愧不如,说:"老大虽然是长子,方家的长孙总是你阿丑了。孙柔嘉赶快生个儿子也没有用。"二奶奶指头点她一下道:"啐!他们方家有什么大家私可以分,这个年头儿还讲长子长孙么?阿丑和你们阿凶不是一样的方家孙子。老头子几个钱快完了,往常田里的那笔进账现在都落了空。老大三四个月不贴家用了,我看以后还要老头子替他养家呢。"三奶奶叹气道:"他们做父母的心全偏到夹肢窝里的!老大一个人大学毕业留洋,钱花得不少了,现在还要用老头子的钱。我就不懂,他留了洋有什么用,别说比不上二哥了,比我们老三都不如。"二奶奶道:"咱们瞧女大学生'自立'罢。"二人旧嫌尽释,亲热得有如结义姐妹(因为亲生姐妹倒彼此嫉妒的),孙柔嘉做梦也没想到她做了妯娌间的和平使者。

午饭后,遯翁睡午觉,老太太押着两个满不愿意的老妈子腾房间,二奶奶三奶奶各陪小孩子睡觉。阿丑阿凶没人照顾,便到客堂里缠住鸿渐。阿丑问大伯伯讨大伯母看,顽皮地问:"大伯伯,谁是孙柔嘉?"阿凶距离鸿渐几步,光着眼吃指头,听了这话,拔出指头,刁嘴咬舌道:"'孙柔嘉'不可以说的,要说'大娘'。大伯伯,我没有说'孙柔嘉'。"鸿渐心不在焉道:"你好。"阿丑讨喜酒吃,鸿渐说:"别吵,明天爷爷给你吃。"阿丑道:"那么你现在给我吃块糖。"鸿渐说:"你刚吃过饭,吃什么糖?你没有凶弟弟乖。"阿凶又拔出指头道:"我也要吃块糖。"鸿渐摇头道:"讨厌死了,没有糖吃。"阿丑爬上靠窗的桌子,看街上的行人,阿凶人小,爬不上,要大伯伯抱他上去,鸿渐忙着算账,不理他,他就哭丧着脸,嚷要撒尿。鸿渐没做过父亲,毫无办法,放下铅笔,说:"你憋住了。我挽你上楼去找张妈,可是你上了楼不许再下来。"阿凶不愿意上去,指桌子旁边的痰盂,鸿渐说:"随你便。"阿丑回过脸来说:"刚走过一个人,他一只手里拿一根棒冰,他有两根棒冰,舐了一根,又舐一根。大伯伯,他有两根棒冰。"阿凶听得忘了撒尿,说:"我也要看那个人,让我上去看。"阿丑得意道:"他走到不知哪儿去了,你看不见——大伯伯,你吃过棒冰没有?"阿凶老实说:"我要吃棒冰。"阿丑忙从桌上跳下来,也老实说:"我要吃棒冰。"鸿渐说,等张妈或孙妈收拾好房间差她去买,这时候不准吵,谁吵谁罚掉冰。阿丑问,收拾房间要多少时候。鸿渐说,至少等半个钟头。阿丑说:"我不吵,我看你写字。"阿凶吃够了右手的食指,换个左手的无名指尝新。鸿渐写不上十个字,阿丑道:"大伯伯,半个钟头到了没有?"鸿渐不耐烦道:"胡说,早得很呢!"阿丑熬了一会,说:"大伯伯,你这支铅笔好看得很。你让我写个字。"鸿渐知道铅笔到他手里,准处死刑断头,不肯给他。阿丑在客堂里东找西找,发现铅笔半寸,旧请客帖子一个,把铅笔头在嘴里吮了一吮,笔透纸背,写了"大"字和"方"字,像一根根火柴搭起来的。鸿渐说:"好,好。你上去瞧张妈收拾好没有。"阿丑去了下来,说还没有呢,鸿渐道:"你只能再等一下了。"阿丑道:"大伯伯,新娘来了,是不是住在那间房里?"鸿渐道:"不用你管。"阿丑道:"大伯伯,什么叫做'关系'?"鸿渐不懂,阿丑道:"你是不是跟大娘在学堂里有'关系'的?"鸿渐拍桌跳起来道:"什么话?谁教你说这种话的?"阿丑吓得脸涨得比鸿渐还红,道:"我——我听见妈妈对爸爸说的。"鸿渐愤恨道:"你妈妈混帐!你没有冰吃,罚掉你的冰!"阿丑瞧鸿渐认真,知道冰不会到嘴,来个精神战胜,退到比较安全的距离,说:"我不要你的冰,我妈妈会买给我吃。大伯伯最坏,坏大伯伯!死大伯伯!"鸿渐作势道:"你再胡说,我打你。"阿丑歪着头,鼓着嘴,表示倔强不服。阿凶走近桌子说:"大伯伯,我乖,我没有说。"鸿渐道:"你有冰吃的。别像他那样!"阿丑听说阿凶依然有冰吃,走上来一手拉住他手臂,一手摊掌,说:"你昨天把我的皮球丢了,快赔给我,我要我的皮球,这时候我要拍。"阿凶慌得叫大伯伯解围。鸿渐拉阿丑,阿丑就打阿凶一下耳光,阿凶大哭,撒得一地是尿。鸿渐正骂阿丑,二奶奶下来了责备道:"小弟弟都给你们吵醒了!"三奶奶听见儿子的哭声也赶下来。两个孩子都给自己的母亲拉上去,阿丑一路上声辩说:"为什么大伯伯给他吃冰,不给我吃冰。"鸿渐掏手帕擦汗,叹口气,想这种家庭里,柔嘉如何住得惯。想不到弟媳妇背后这样糟蹋人,她们当然还有许多不堪入耳的话,自己简直不愿意知道,阿丑那句话现在知道了都懊悔。一向和家庭习而相忘,不觉得它藏有多少仇嫉卑鄙，现在为了柔嘉，稍能从局外人的立场来观察，才恍然明白这几年来兄弟妯娌甚至父子间的真情实相，自己有如蒙在鼓里。

方老太太当夜翻箱倒箧，要找两件劫余的首饰，明天给大媳妇作见面礼。遯翁笑她说："她们新式女人还要戴你那种老古董么？我看算了罢。'赠人以车，不如赠人以言'；我明天倒要劝她几句话。"方老太太结婚三十余年，对丈夫掉的书袋，早失去索解的好奇心，只懂最后一句，忙说："你明天说话留神。他们过去的事，千万别提。"遯翁怫然道："除非我像你这样笨！我在社会上做了三十多年的事，这一点人情世故还不懂么？"明天上午鸿渐去接柔嘉，柔嘉道："你家里比我们古板，今天去了，有什么礼节？我是不懂的，我不去了。"鸿渐说："今天是彼此认识一下，毫无礼节，不过父亲的意思，要咱们对祖宗行个礼。"柔嘉撒娇道："算你们方家有祖宗，我们是天上掉下来的，没有祖宗！你为什么不对我们孙家的祖宗行礼？明天我教爸爸罚你对祖父祖母的照相三跪九叩首。我要报仇！"鸿渐听她口气松动，赔笑说："一切瞧我面上，受点委屈。"柔嘉道："不是为了你，我今天真不愿意去。我又不是新进门的小狗小猫，要人抱了去拜灶！"到了方家，老太太瞧柔嘉没有相片上美，暗暗失望，又嫌她衣服不够红，不像个新娘，尤其不赞成她脚上颜色不吉利的白皮鞋。二奶奶三奶奶打扮得淋漓尽致，天气热，出了汗，像半融化的奶油喜字蛋糕。她们见了大嫂的相貌，放心释虑，但对她的身材，不无失望。柔嘉虽然没有沙拉·贝恩哈脱（Sarah Bernhardt）年轻时的纤细腰肢，不至于吞下一粒奎宁丸肚子就像怀孕，但她的瘦削是不能否认的。"双喜进门"的预言没有落实。遯翁一团高兴，问长问短，笑说："以后鸿渐这孩子我跟他妈管不到他了，全交托给你了——"方老太太插口说："是呀！鸿渐从小不能干的，七岁还不会穿衣服。到现在我看他穿衣服不知冷暖，东西甜的咸的乱吃，完全像个孩子，少奶奶，你要留心他。鸿渐，你不听我的话，娶了媳妇，她说的话，你总应该听了。"柔嘉道："他也不听我的话的——鸿渐，你听见没有？以后你不听我的话，我就告诉婆婆。"鸿渐傻笑。二奶奶和三奶奶偷偷做个鄙薄的眼色。遯翁听柔嘉要做事，就说："我有句话劝你。做事固然很好，不过夫妇俩同在外面做事，'家无主，扫帚倒竖'，乱七八糟，家庭就有名无实了。我并不是顽固的人，我总觉得女人的责任是管家。现在要你们孝顺我们，我没有这个梦想了，你们对你们的丈夫总要服侍得他们称心的。可惜我在此地是逃难的局面，房子挤得很，你们住不下，否则你可以跟你婆婆学学管家了。"柔嘉勉强点头。行礼的时候，祭桌前铺了红毯，显然要鸿渐夫妇向空中往祖先灵魂下跪。柔嘉直挺挺踏上毯子，毫无下拜的趋势，鸿渐跟她并肩三鞠躬完事。旁观的人说不出心里的惊骇和反对，阿丑嘴快，问父亲母亲道："大伯伯大娘为什么不跪下去拜?"这句话像空房子里的电话铃响,无人接口。鸿渐窘得无地自容,亏得阿丑阿凶两人抢到红毯上去跪拜,险的打架,转移了大家的注意。方老太太满以为他们俩拜完了祖先,会向自己跟遯翁正式行跪见礼的。鸿渐全不知道这些仪节,他想一进门已经算见面了,不必多事。所以这顿饭吃得并不融洽。阿丑硬要坐在柔嘉旁边,叫大娘夹这样菜夹那样菜,差唤个不了。菜上到一半,柔嘉不耐烦敷衍这位讨厌侄儿了,阿丑便跪在椅子上,伸长手臂,自己去夹菜。一不小心,他把柔嘉的酒杯碰翻,柔嘉"啊呀"一声,快起身躲,新衣服早染了一道酒痕。遯翁夫妇骂阿丑,柔嘉忙说没有关系。鹏图和二奶奶也痛骂儿子,不许他再吃,阿丑哭丧了脸,赖着不肯下椅子。他们希望鸿渐夫妇会说句好话,替儿子留面子。谁知道鸿渐只关切地问柔嘉:"酒渍洗得掉么?亏得他夹的肉丸子没滚在你衣服上,险得很!"二奶奶板着脸,一把拉住阿丑上楼,大家劝都来不及。只听到阿丑半楼梯就尖声嚷痛,厉而长像特别快车经过小站不停时的汽笛,跟着号啕大哭。鹏图听了心痛,咬牙切齿道:"这孩子是该打,回头我上去也要打他呢。"

下午柔嘉临走,二奶奶还满脸堆笑说:"别走了,今天就住在这儿罢——三妹妹,咱们把她扣下来——大哥,只有你,还会送她回家!你就不要留住她么?"阿丑哭肿了眼,人也不理。方老太太因为儿子媳妇没对自己叩头,首饰也没给他们,送他们出了门,回房向遯翁叽咕。遯翁道:"孙柔嘉礼貌是不周到,这也难怪。学校里出来的人全野蛮不懂规矩,她家里我也不清楚,看来没有家教。"方老太太道:"我十月怀胎养大了他,到现在娶媳妇,受他们两个头都不该么?孙柔嘉就算不懂礼貌,老大应当教教她。我愈想愈气。"遯翁劝道:"你不用气,回头老大回来,我会教训他。鸿渐真是糊涂虫,我看他将来要怕老婆。不过孙柔嘉还像个明白懂道理的女人,我方才教她不要出去做事,你看她倒点头服从。"

柔嘉出了门,就说:"好好一件衣服,就算毁了,不知道洗得掉洗不掉。我从来没见过这种没管教的孩子。"鸿渐道:"我也真讨厌他们,好在将来不会一起住。我知道今天这顿饭把你的胃口全吃倒了。说到孩子,我倒想起来了,好像你应该给他们见面钱的,还有两个用人的赏钱。"柔嘉顿足道:"你为什么不早跟我说?我家里没有这一套,我自己刚脱离学校,全不知道这些奶奶经,麻烦死了,我不高兴做你们方家的媳妇了!"鸿渐安慰道:"没有关系,我去买几个红封套,替你给他们得了。"柔嘉道:"随你去办罢,反正我不会讨你家好的。你那两位弟媳妇,都不好对付。你父亲说的话也离奇;我孙柔嘉一个大学毕业生到你们方家来当没工钱的老妈子!哼!你们家里没有那么阔呢。"鸿渐忍不住回护遯翁道:"他也没有叫你当老妈子,他不过劝你不必出去做事。"柔嘉道:"在家里享福,谁不愿意?我并不喜欢出去做事呀！我问你,你赚多少钱一个月可以把我供在家里？还是你方家有祖传的家当？你自己下半年的职业,八字还未见一撇呢！我挣我的钱,还不好么？倒说风凉话！"鸿渐生气道:"这是另一件事。他的话也有点道理。"柔嘉冷笑道:"你和你父亲的头脑都是几千年前的古董,亏你还是个留学生。"鸿渐也冷笑道:"你懂什么古董不古董！我告诉你,我父亲的意见在外国时髦得很呢,你吃亏的就是没留过学。我在德国,就知道德国妇女的三K运动:教堂、厨房、保育室——"柔嘉道:"我不要听,随你去说。不过我今天才知道,你是位孝子,对你父亲的话这样听从——"这吵架没变严重,因为不能到孙家去吵,不能回方家去吵,不宜在路上吵,所以舌剑唇枪无用武之地。无家可归有时不失是桩幸事。

两亲家见过面,彼此请过客,往来拜访过,心里还交换过鄙视,谁也不满意谁。方家恨孙家简慢,孙家厌方家陈腐,双方背后都嫌对方不阔。遯翁一天听太太批评亲家母,灵感忽来,日记上添了精彩的一条,说他现在才明白为什么两家攀亲要叫"结为秦晋":"夫春秋之时,秦晋二国,世缔婚姻,而世寻干戈。亲家相恶,于今为烈,号曰秦晋,亦固其宜。"写完了,得意非凡,只恨不能送给亲翁孙先生赏鉴。鸿渐柔嘉两人左右为难,受足了气,只好在彼此身上出气。鸿渐为太太而受气,同时也发现受了气而有个太太的方便。从前受了气,只好闷在心里,不能随意发泄,谁都不是谁的出气筒。现在可不同了;对任何人发脾气,都不能够像对太太那样痛快。父母兄弟不用说,朋友要绝交,用人要罢工,只有太太像荷马史诗里风神的皮袋,受气的容量最大,离婚毕竟不容易。柔嘉也发现对丈夫不必像对父母那样有顾忌。但她比鸿渐有涵养,每逢鸿渐动了真气,她就不再开口。她仿佛跟鸿渐抢一条绳子,尽力各拉一头,绳子迸直欲断的时候,她就凑上几步,这绳子又松软下来。气头上虽然以吵嘴为快,吵完了,他们都觉得疲乏和空虚,像戏散场和酒醒后的心理。回上海以前的吵架,随吵随好,宛如富人家的饭菜,不留过夜。渐渐的吵架的余仇,要隔一天才会消释,甚至不了了之,没讲和就讲话。有一次斗口以后,柔嘉半认真半开顽笑地说:"你发起脾气来就像野兽咬人,不但不讲道理,并且没有情份。你虽然是大儿子,我看你父亲母亲并不怎样溺爱你,为什么这样任性？"鸿渐抱愧地笑。他刚才相骂赢了,胜利使他宽大,不必还敬说:"丈人丈母重男轻女,并不宝贝你,可是你也够难服侍。"

他到了孙家两次以后,就看出来柔嘉从前口口声声"爸爸、妈妈",而孙先生孙太太对女儿的事淡漠得等于放任。孙先生是个恶意义的所谓好人——无用之人,在报馆里当会计主任,毫无势力。孙太太老来得子,孙家是三代单传,把儿子的抚养作为宗教。他们供给女儿大学毕业,已经尽了责任,没心思再料理她的事。假如女婿阔得很,也许他们对柔嘉的兴趣会增加些。跟柔嘉亲密的是她的姑母,美国留学生,一位叫人家小孩子"你的Baby"、人家太太"你的 Mrs"那种女留学生。这位姑母,柔嘉当然叫她Auntie。她年轻时出过风头,到现在不能忘记,对后起的女学生批判甚为严厉。柔嘉最喜欢听她的回忆,所以独蒙怜爱。孙先生夫妇很怕这位姑太太,家里的事大半要请她过问。她丈夫陆先生,一脸不可饶恕的得意之色,好谈论时事。因为他两耳微聋,人家没气力跟他辩,他心里只听到自己说话的声音,愈加不可理喻。夫妇俩同在一家大纱厂里任要职,先生是总工程师,太太是人事科科长。所以柔嘉也在人事科里找到位置。姑太太认为侄女儿配错了人,对鸿渐的能力和资格坦白地瞧不起。鸿渐也每见她一次面,自卑心理就像战时物价又高涨一次。姑太太没有孩子,养一条小哈巴狗,取名Bobby,视为性命。那条狗见了鸿渐就咬;它女主人常说的话:"狗最灵,能够辨别好坏,"更使他听了生气。无奈狗以主贵,正如夫以妻贵,或妻以夫贵,他不敢打它。柔嘉要姑母喜欢自己的丈夫,常教鸿渐替陆太太牵狗出去撒尿拉屎,这并不能改善鸿渐对狗的感情。

鸿渐曾经恶意地对柔嘉说:"你姑母爱狗胜于爱你。"柔嘉道:"别胡闹"——又加上一句毫无意义的话——"她就是这个脾气。"鸿渐道:"她这样喜欢跟狗做伴侣,表示她不配跟人在一起。"柔嘉瞪眼道:"我看狗有时比人都好,至少 Bobby 比你好,它倒很有情义的,不乱咬人。碰见你这种人,是该咬。"鸿渐道:"你将来准像你姑母,也会养条狗。唉,像我这个倒霉人,倒应该养条狗。亲戚瞧不起,朋友没有,太太——呃——太太容易生气不理人,有条狗对我摇摇尾巴,总算世界上还有件东西比我都低,要讨我的好。你那位姑母在厂里有男女职工趋奉她,在家里旁人不用说,就是侄女儿对她多少千依百顺!她应当满意了,还要养条走狗对她摇头摆尾!可见一个人受马屁的容量,是没有底的。"柔嘉管制住自己的声音道:"请你少说一句,好不好? 不能有三天安静的,刚要好了不多几天,又来无事寻事了。"鸿渐扯淡笑道:"好凶! 好凶!"

鸿渐为哈巴狗而发的感慨,一半是真的。正像他去年懊悔到内地,他现在懊悔听了柔嘉的话回上海。在小乡镇时,他怕人家倾轧,到了大都市,他又恨人家冷淡,倒觉得倾轧还是瞧得起自己的表示。就是条微生虫,也沾沾自喜,希望有人搁它在显微镜下放大了看的。拥挤里的孤寂,热闹里的凄凉,使他像许多住在这孤岛上的人,心灵也仿佛一个无凑畔的孤岛。这一年的上海和去年大不相同了。欧洲的局势急转直下,日本人因此在两大租界里一天天的放肆。后来跟中国"并肩作战"的英美两国,那时候只想保守中立;中既然不中,立也根本立不住,结果这"中立"变成只求在中国有个立足之地，此外全让给日本人。"约翰牛"（John Bull）一味吹牛；"山姆大叔"（Uncle Sam）原来只是冰山（Uncle Sham），不是泰山；至于"法兰西雄鸡"（Gallic cock）呢，它确有雄鸡的本能——迎着东方引吭长啼，只可惜把太阳旗误认为真的太阳。美国一船船的废铁运到日本，英国在考虑封锁滇缅公路，法国虽然还没切断滇越边境，已扣留了一批中国的军火。物价像吹断了线的风筝，又像得道成仙，平地飞升。公用事业的工人一再罢工，电车和汽车只恨不能像戏院子和旅馆挂牌客满。铜元镍币全搜刮完了，邮票有了新用处，暂作辅币，可惜人不能当信寄，否则挤车的困难可以避免。生存竞争渐渐脱去文饰和面具，露出原始的狠毒。廉耻并不廉，许多人维持它不起。发国难财和破国难产的人同时增加，各不相犯；因为穷人只在大街闹市行乞，不会到财主的幽静住宅区去，只会跟着步行的人要钱，财主坐的流线型汽车是跟不上的。贫民区逐渐蔓延，像市容上生的一块癣。政治性的恐怖事件，几乎天天发生，有志之士被压迫得慢慢像西洋大都市的交通路线，向地下发展，地底下原有的那些阴毒暧昧的人形爬虫，攀附了他们自增声价。鼓吹"中日和平"的报纸每天发表新参加的同志名单，而这些"和奸"往往同时在另外的报纸上声明"不问政治"。

鸿渐回家第五天，就上华美新闻社拜见总编辑，辛楣在香港早通信替他约定了。他不愿找丈人做引导，一个人到报馆所在的大楼。报馆在三层，电梯外面挂的牌子写明到四楼才停。他虽然知道唐人"欲穷千里目，更上一层楼"的好诗，并没有乘电梯，走完两层楼早已气馁心怯，希望楼梯多添几级，可以拖延些时间。推进弹簧门，一排长柜台把馆内人跟馆外人隔开；假使这柜台上装置铜栏，光景就跟银行、当铺、邮局无别。报馆分里外两大间，外间对门的写字桌畔，坐个年轻女人，翘起戴钻戒的无名指，在修染红指甲；有人推门进来，她头也不抬。在平时，鸿渐也许会诧异何以办公室里的人，指头上不染墨水而指甲上染红油，可是匆遽中无心及此，隔了柜脱帽问讯。她抬起头来，满脸庄严不可侵犯之色，仿佛前生吃了男人的亏，今生还蓄着戒心似的。她打量他一下，尖了红嘴唇向左一歪，又低头修指甲。鸿渐依照她嘴的指示，瞧见一个像火车站买票的小方洞，上写"传达"，忙去一看，里面一个十六七岁的男孩子在理信。他唤起他注意道："对不住，我要找总编辑王先生。"那孩子只管理他的信，随口答道："他没有来。"他用最经济的口部肌肉运动说这四个字，恰够鸿渐听见而止，没多动一条神经，多用一丝声气。鸿渐发慌得腿都软了，说："咦，他怎么没有来！不会罢？请你进去瞧一瞧。"那孩子做了两年的传达，老于世故，明白来客分两类：低声下气请求"对不住，请你如何如何"的小客人，粗声大气命令"小孩儿，这是我的片子，找某某"的大客人。今天这一位是属于前类的，自己这时候正忙，没工夫理他。鸿渐暗想,假使这事谋成了,准想方法开除这小鬼,再鼓勇说:"王先生约我这时候来的。"那孩子听了这句话,才开口问那个女人道:"蒋小姐,王先生来了没有?"她不耐烦摇头道:"谁知道他!"那孩子叹口气,懒洋洋站起来,问鸿渐要片子。鸿渐没有片子,只报了姓方。那孩子正要尽传达的责任,一个人走来,孩子顺便问道:"王先生来了没有?"那人道:"好像没有来,今天没看见他,恐怕要到下午来了。"孩子摊着两手,表示自己变不出王先生。鸿渐忽然望见丈人在远远靠窗的桌子上办公,像异乡落难遇见故知。立刻由丈人陪了进去,见到王先生,谈得很投机。王先生因为他第一次来,坚持要送他出柜台。那女人不修指甲了,忙着运用中文打字机呢,依然翘着带钻戒的无名指。王先生教鸿渐上四层楼乘电梯下去,明天来办公也乘电梯到四层楼再下来,这样省走一层楼梯。鸿渐学了乖,甚为高兴,觉得已经是报馆老内行了。当夜写信给辛楣,感谢他介绍之恩,附笔开顽笑说,据自己今天在传达处的经验,恐怕本报其他报道和消息都不会准确。

  房子比职业更难找。满街是屋,可是轮不到他们住。上海仿佛希望每个新来的人都像只戴壳的蜗牛,随身带着宿舍。他们俩为找房子,心灰力竭,还贴上无谓的口舌。最后,靠遯翁的面子,在亲戚家里租到两间小房,没出小费。这亲戚一部分眷属要回乡去,因为方家的大宅子空着没被占领,愿意借住,遯翁提议,把这两间房作为交换条件。这事一说就成,遯翁有理由向儿子媳妇表功。儿子当然服帖,媳妇回娘家一说,孙太太道:"笑话!他早该给你房子住了。为什么鸿渐的弟媳好好的有房子住?你嫁到方家去,方家就应该给你房子。方家没有房子,害你们新婚夫妇拆散,他们对你不住,现在算找到两间房,有什么大了不得!我常说,结婚不能太冒昧的,譬如这个人家里有没有住宅,就应该打听打听。"幸而柔嘉不把这些话跟丈夫说,否则准有一场吵。她发现鸿渐虽然很不喜欢他的家,决不让旁人对它有何批评。为了买家具,两人也争执过。鸿渐认为只要向老家里借些来用用,将就得过就算了。柔嘉道地是个女人,对于自己管辖的领土比他看得重,要挣点家私。鸿渐陪她上木器店,看见一张桌子就想买,柔嘉只问了价钱,把桌子周身内外看个仔细,记在心里。要另外走好几家木器店,比较货色和价钱。鸿渐不耐烦,一次以后,不再肯陪她,她也不要他陪,自去请教她的姑母。

  家具粗备,陆先生夫妇来看侄女婿的新居。陆先生说楼梯太黑,该教房东装盏电灯。陆太太嫌两间房都太小,说鸿渐父亲当初该要求至少两间里有一间大房。陆先生听太太的话,耳朵不聋,也说:"这话很对。鸿渐,我想你府上那所房子不会很大。否则,他们租你的大房子,你租他们的小房间,这太吃亏了,呵呵。"他一笑,Bobby也跟着叫。他又问鸿渐这两天报馆里有什么新闻。鸿渐道:"没有什么消息。"他没有听清,问:"什么?"鸿渐凑近他耳朵高声说:"没有什么——"他跳起来皱眉搓耳道:"吓,你嘴里的气直钻进我的耳朵,痒得我要死!"陆太太送了侄女一房家具,而瞧侄女婿对自己丈夫的态度并不逊顺,便说:"他们的《华美新闻》,我从来不看,销路好不好? 我中文报不看的,只看英文报。"鸿渐道:"这两天,波兰完了,德国和俄国声势利害得很,英国压下去了,将来也许大家没有英文报看,姑母还是学学俄文和德文罢。"陆太太动了气,说她不要学什么德文,杂货铺子里的伙计都懂俄文的。陆先生明白了争点,也大发议论,说有美国,怕些什么,英国本来不算数。他们去了,柔嘉埋怨鸿渐。鸿渐道:"这是我的房子,我不欢迎他们来。"柔嘉道:"你这时候坐的椅子,就是他们送的礼。"鸿渐忙站起来,四望椅子沙发全是陆太太送的,就坐在床上,说:"谁教他们送的? 退还他们得了。我宁可坐在地板上的。"柔嘉又又笑道:"这种蛮不讲礼的话,只可以小孩子说,你讲了并不有趣。"男人或女人听异性以"小孩子"相称,无不驯服;柔嘉并非这样称呼鸿渐,可是这三个字的效力已经够了。

  遯翁夫妇一天上午也来看布置好的房间。柔嘉到办公室去了,鸿渐常常饭后才上报馆。他母亲先上楼,说:"爸爸在门口,他带给你一件东西,你快下去搬上来——别差女用人,粗手大脚,也许要碰碎玻璃的。"鸿渐忙下去迎接父亲,捧了一只挂在壁上的老式自鸣钟到房里。遯翁问他记得这个钟么,鸿渐摇头。遯翁慨然道:"要你们这一代保护祖物,世传下去,真是梦想了! 这只钟不是爷爷买的、挂在老家后厅里的么?"鸿渐记起来了。这是去年春天老二老三回家乡收拾劫余,雇夜航船搬出来的东西之一。遯翁道:"你小的时候,喜欢听这只钟打的声音,爷爷说,等你大了给你——唉,你全不记得了! 我上礼拜花钱叫钟表店修理一下,机器全没有坏;东西是从前的结实,现在的钟表那里有这样经用!"方老太太也说:"我看柔嘉戴的表,那样小,里面的机器都不会全的。"鸿渐笑道:"娘又说外行话了。'麻雀虽小,五脏俱全';机器当然应有尽有,就是不大牢。"他母亲道:"我是说它不牢。"遯翁挑好挂钟的地点,吩咐女用人向房东家借梯子,看鸿渐上去挂,替钟捏一把汗。梯子搬掉,他端详着壁上的钟,踌躇满志,对儿子说:"其实还可以高一点——让它去罢,别再动它了。这只钟走得非常准,我昨天试过的,每点钟只走慢七分钟,记好,要走慢七分。"方老太太看了家具说:"这种木器都不牢,家具是要红木的好。多少钱买的?"她听说是柔嘉姑丈送的,便问:"柔嘉家里给她东西没有?"鸿渐撒谎道:"那一间客室兼饭室的器具是她父母买的——"看母亲脸上并不表示满足——"还有灶下的一切用品也是丈人家办的。"方老太太的表情依然不满足,可是鸿渐一时想不起贵重的东西来替丈人家挣面子。方老太太指铁床道:"这明明是你们自己买的,不是她姑母送的。"鸿渐不耐烦道:"床总不能教人家送。"方老太太忽然想起布置新房一半也是婆家的责任,便不说了。遯翁夫妇又问柔嘉每天什么时候回来,平常吃些什么菜,女用人做菜好不好,要多少开销一天,一月要用几担煤球等等。鸿渐大半不能回答,遯翁摇头,老太太说:"全家托一个用人,太粗心大意了。这个李妈靠得住靠不住?"鸿渐道:"她是柔嘉的奶妈,很忠实,不会揩油。"遯翁"哼"一声道:"你这糊涂人,知道什么?"老太太道:"家里没有女主人总不行的。我要劝柔嘉别去做事了。她一个月会赚多少钱!管管家事,这几个钱从柴米油盐上全省下来了。"鸿渐忍不住说老实话:"她厂里酬报好,赚的钱比我多一倍呢!"二老敌意地静默,老太太觉得儿子偏袒媳妇,老先生觉得儿子坍尽了天下丈夫的台。回家之后,遯翁道:"老大准怕老婆,怎么可以让女人赚的钱比他多!这种丈夫还能振作乾纲么?"方老太太道:"我就不信柔嘉有什么本领,咱们老大留了洋倒不如她!她应当把厂里的事让给老大去做。"遯翁长叹道:"儿子没出息,让他去罢!"

柔嘉回家,刚进房,那只钟表示欢迎,发条唏哩呼噜转了一会,当当打五下。她诧异道:"这是什么地方来的?呀,不对,我表上快六点钟了。"李妈一一报告。柔嘉问:"老太太到灶下去看看没有?"李妈说没有。柔嘉又问她今天买的什么菜,释然道:"这些菜很好,倒没请老太太看看,别以为咱们饿瘦了她的儿子。"李妈道:"我只煎了一块排骨给姑爷吃,留下好几块生的浸在酱油酒里,等一会煎了给你吃晚饭。"柔嘉笑道:"我屡次教你别这样,你改不好的。我怎吃得下那么许多!你应当尽量给姑爷吃,他们男人吃量大,嘴又馋,吃不饱要发脾气的。"李妈道:"可不是么?我的男人老李也——"柔嘉没想到她会把鸿渐跟老李相比,忙截住说:"我知道,从小就听见你讲,端午吃粽子,他把有赤豆的粽子尖儿全吃了,给你吃粽子跟儿,对不对?"李妈补充道:"粽子跟儿大,没煎熟,我吃了生米,肚子胀了好几天呢!"晚上鸿渐回来,说明钟的历史,柔嘉说:"真是方府三代传家之宝——咦,怎么还是七点钟?"鸿渐告诉她每点钟走慢七分钟的事实。柔嘉笑道:"照这样说,恐怕它短针指的七点钟,还是昨天甚至前天的七点钟,要它有什么用?"她又说鸿渐生气的时候,拉长了脸,跟这只钟的轮廓很相像。鸿渐这两天伤风,嗓子给痰塞了,柔嘉拍手道:"我发现你说话以前嗓子里唏哩呼噜,跟它打的时候发条转动的声音非常之像。你是这钟变出来的妖精。"两人有说有笑,仿佛世界上没有夫妇反目这一回事。

一个星期六下午,二奶奶三奶奶同来作首次拜访。鸿渐在报馆里没回来,柔嘉忙做茶买点心款待,还说:"为什么两个孩子不带来?回头带点糖果回去给他们吃。"三奶奶道:"阿凶吵着要跟我来,我怕他来了闯祸,没带他。"二奶奶道:"我对阿凶说,大娘的房子干净,不比在家里可以随地撒尿,大伯伯要打的。"柔嘉不诚实道:"哪里的话!很好带他来。"三奶奶觉得儿子失了面子,报复说:"我们的阿凶是没有灵性的,阿丑比他大不了几岁,就很有心思,别以为他是个孩子!譬如他那一次弄脏了你的衣服,吃了一顿打,从此他记在心里,不敢跟你胡闹。"两人为了儿子暂时分裂,顷刻又合起来,同声羡慕柔嘉小家庭的舒服,说她好福气。三奶奶怨慕地说:"不知道何年何月我们也能够分出来独立门户呢!当然现在住在一起,我也沾了二姐姐不少光。"二奶奶道:"他们方家只有一所房子跟人家交换,我们是轮不到的。"柔嘉忙说:"我也很愿意住在大家庭里,事省,开销省。自开门户有自开门户的麻烦,柴米油盐啦,水电啦,全要自己管。鸿渐又没有二弟三弟能干。"二奶奶道:"对了!我不像三妹,我知道自己是个饭桶,要自开门户开不起来,还是混在大家庭里过糊涂日子罢。像你这样粗粗细细、内内外外全行,又有靠得住的用人,大哥又会赚钱,我们要跟你比,差得太远了。"柔嘉怕她们回去搬嘴,不敢太针锋相对。她们把两间房里的器具细看,问了价钱,同声推尊柔嘉能干精明,会买东西,不过时时穿插说:"我在什么地方也看见这样一张桌子(或椅子),价钱好像便宜些,可惜我没有买。"三奶奶问柔嘉道:"你有没有搁箱子的房间?"柔嘉道:"没有。我的箱子不多,全搁在卧室里。"二奶奶道:"上海的弄堂房子太小,就有搁箱子的房间,也搁不下多少箱子。我嫁到方家的时候新房背后算有个后房,我赔嫁的箱子啦、盆啦、桶啦、桌面啦,怎么也放不下,弄得新房里都搁满了,看了真不痛快。"三奶奶道:"我还不是跟你一样?死日本人把我们这些东西全抢光,想起来真伤心!现在要一件没一件,都要重新买。我的皮衣服就七八套呢,从珍珠皮旗袍到灰背外套都全的,现在自己倒没得穿!"二奶奶也开了自己嫁妆的虚账,还说:"倒是大姐姐这样好。外国在打仗啦,上海还不知道怎样呢!说不定咱们再逃一次难。东西多了,到时候带又带不走,丢了又舍不得。三妹,你还有点东西,我是什么都没有,走个光身,倒也干脆,哈哈!咱们该回去了。"柔嘉才明白她们俩来调查自己陪嫁的,气愤得晚饭都没胃口吃。

鸿渐回家,瞧她爱理不理,打趣她道:"今天在办公室碰了姑母的钉子,是不是?"她翻脸道:"我正发火呢,开什么玩笑!我家里一切人对我好好的,只有你们家里的人上门来给我气受。"鸿渐发慌,想莫非母亲来教训她一顿,上次母亲讲的话,自己都瞒她的,忙说:"谁呢?"柔嘉道:"还有谁!你那两位宝贝弟媳妇。"鸿渐连说"讨厌!"放了心。柔嘉道:"这是你的房子,你家的人当然可以直出直进,我一点主权没有的。我又不是你家里的人,没撵走就算运气了。"鸿渐拍她头道:"旧话别再提了。那句话算我说错。你告诉我,她们怎样欺负你。我看你也利害得很,是不是一个人打不过她们两个人?"柔嘉道:"我利害?没有你方家的人利害!全是三头六臂,比人家多个心,心里多几个窍,肠子都打结的。我睡着做梦给她们杀了,煮了,吃了,我梦还不醒呢。"鸿渐笑道:"何至于此!不过你睡得是死,我报馆回来迟一点,叫你都叫不醒的。"柔嘉板脸道:"你扯淡,我就不理你。"鸿渐道歉,问清楚了缘故,发狠道:"假如我那时候在家,我真要不客气揭破她们。她们有什么东西陪过来,对你吹牛!"柔嘉道:"这倒不能冤枉她们,她们嫁过来,你已经出洋了,你又没瞧见她们的排场。"鸿渐道:"我虽然当时不在场,她们的家境我很熟悉。老二的丈人家尤其穷,我在大学的时候,就想送女儿过门,倒是父亲反对早婚,这事谈了一阵,又一搁好几年。"柔嘉叹气道:"也算我倒霉!现在逼得和她们这种人姐妹相称,还要受她们的作践。她们看了家具,话里隐隐然咱们买贵了;她们一对能干奶奶,又对我关切,为什么不早来帮我买呀!"鸿渐急问:"那一间的器具你也说是买的没有?"柔嘉道:"我说了,为什么?"鸿渐拍自己的后脑道:"糟糕!糟透了!我懊悔那天没告诉你,"就把方老太太问丈人家送些什么的事说出来。柔嘉也跳脚道:"你为什么不早说?我还有脸到你家去做人么!她们回去准一五一十搬嘴对是非,连姑母送的家具都以为是咱们自己买的。你这人太糊涂,撒了谎当然也应该和我打个招呼。从结婚那一回事起,你总喜欢自作聪明,结果无不弄巧成拙。"鸿渐自知理屈,又不服骂,申辩说:"我撒这个谎也出于好意。我后来没告诉你,是怕你知道了生气。"柔嘉道:"不错,我知道了很生气。谢谢你一片好意,撒谎替我娘家挣面子。你应当老实对妈说,这是我预支了厂里的薪水买的。我们孙家穷,嫁女儿没有什么东西给她;你们方家为儿子娶媳妇花了聘金没有?给了儿子媳妇东西没有?吓,这两间房子,还是咱们出租金的——哦,我忘了,还有这只钟——"她瞧鸿渐的脸拉长,给他一面镜子——"你自己瞧瞧,不像钟么?我一点没有说错。"鸿渐忍不住笑了。

  这许多不如意的小事使柔嘉怕到婆家去。她常慨叹说:"咱们还没跟他们住在一起,已经惹了多少口舌。要过大家庭生活,需要训练的。只要看你两位弟妇训练得多么头尖、眼快、嘴利,我真斗不过她们,也没有心思跟她们斗,让她们去做孝顺媳妇罢。我只奇怪,你是在大家庭里长大的,怎么家里这种诡计暗算,全不知道?"鸿渐道:"这些事没结婚的男人不会知道,要结了婚,眼睛才张开。我有时想,家里真跟三闾大学一样是个是非窝,假使我结了婚几年然后到三闾大学去,也许训练有素,感觉灵敏些,不至于给人家暗算了。"柔嘉忙说:"这些话说它干吗?假如你早结了婚,我也不会嫁给你了——除非你娶了我懊悔。"鸿渐心境不好,没情绪来迎合柔嘉,只自言自语道:"School for scandal,全是 School for scandal,家庭罢,学校罢,彼此彼此。"他们俩虽然把家里当作"造谣学校",逃学可不容易。遯翁那天带钟来,交给儿子一张祖先忌辰单,表示这几天家祭,儿子媳妇都该回去参加行礼。柔嘉看见了就撇嘴。亏得她有办公做借口,中饭时不能赶回来。可是有几天忌辰刚是星期日,她要想故意忘掉,遯翁会吩咐二奶奶或三奶奶打电话到房东家里来请。尤其可厌的是,方家每来个亲戚,偶而说起没看见过大奶奶,遯翁夫妇就立刻打电话招柔嘉去,不论是下午六点钟她刚从办公室回家,或者星期六她要出去玩儿,或者星期天她要到姑母家或娘家去。死祖宗加上活亲戚,弄得柔嘉疲于奔命,常怨鸿渐说:"你们方家真是世家,有那许多祖宗!为什么不连黄帝的生日死日都算在里面?""你们方家真是大家!有了这许多亲戚有什么用?"她敷衍过几次以后,顾不得了,叫李妈去接电话,说她不在家。不肯去了四五回,渐渐内怯不敢去,怕看他们的嘴脸。鸿渐同情太太,而又不敢得罪父母,只好一个人回家。不过家里人的神情,仿佛怪他不"女起解"似的押了柔嘉来。他交不出人,也推三托四,不肯常回家。

假使"中心为忠"那句唐宋相传的定义没有错,李妈忠得不忠,因为她偏心。鸿渐叫她做的事,她常要先请柔嘉核准。譬如鸿渐叫她买青菜,她就说:"小姐爱吃菠菜的,我要先问问她。"柔嘉当然吩咐她照鸿渐的意思去办。鸿渐对她说:"天气冷了,我的夹衣服不会再穿了。今天太阳好,你替我拿出去晒一晒,回头给小姐收起来。"她坚持说,柔嘉的夹衣服还没有收起来,他不必急,天气会回暖的,等柔嘉晒衣服时一起晒。柔嘉已经出门,他没法使李妈了解年轻女人穿衣服跟男人不同,只要外套换厚的,夹衣服可以穿入冬季。李妈反说:"姑爷,晒衣服是娘儿们的事,您不用管。小姐大清早就出去办事了,您为什么不出去?这时候出去,晚上早点回来,不好么?"诸如此类,使他又好气又好笑。笑时称她为"李老太太"或者"Her Majesty",气时恨不能请她走。夫妇俩吵架,给她听见了,脸便绷得跟两位主人一样紧,正眼不瞧鸿渐,给他东西也只是一搡。他事后跟柔嘉叽咕道:"这不像话!你们一主一仆连结起来,会把我虐待死的。"柔嘉笑道:"我劝过她好几次了,她要帮我,我有什么办法?她说女人全吃丈夫的亏,她自己吃老李的亏——吃生米粽子。不过,我在你家里孤掌难鸣,现在也教你尝尝味道。"

柔嘉的父亲跟女婿客气得疏远,她兄弟发现姐夫武不能踢足球、打网球,文不能修无线电、开汽车,也觉得姐姐嫁错了人。鸿渐勉尽半子之职,偶到孙家一去。幸而柔嘉不常回娘家,只三天两天到姑母家去玩。搬进新居一个多月以后,鸿渐夫妇上陆家吃饭。两人吃完临走,陆太太生硬地笑道:"鸿渐,我要讨你厌,劝你一句话,你以后不许欺负柔嘉——"仿佛本国话力量不够,她订外交条约似的,来个华洋两份——"你再 bully 她,我不答应的。"鸿渐先听她有"讨厌话"相劝,早像箭猪碰见仇敌,毛根根竖直,到她说完,倒不明白她的意思,正想发问,柔嘉忙说:"Auntie,他对我很好,谁说他欺负我,我也不是好欺负的。"陆太太道:"鸿渐,你听听柔嘉多好,她还回护你呢!"鸿渐气冲冲道:"你怎么知道我欺负她?我——"柔嘉拉他道:"快走!快走!时间不早,电影要开场了。Auntie 跟你说着玩儿的。"鸿渐出了门,说:"我没有心思看电影,你一个人去罢。"柔嘉道:"咦!我又没有得罪你。你总相信我不会告诉她什么话。"鸿渐炸了:"我所以不愿意跟你到陆家去。在自己家里吃了亏不够,还要挨上门去受人家教训!我欺负你!哼,我不给你什么姑母妈妈欺负死,就算长寿了!倒说我方家的人难说话呢!你们孙家的人从上到下全像那只混账王八蛋的哈巴狗。我名气反正坏透了,今天索性欺负你一下,我走我的路,你去你的,看电影也好,回娘家也好!"把柔嘉的勾住的手都推脱了。柔嘉本来不看电影无所谓,但丈夫言动粗鲁,甚至不顾生物学上的可能性,把狗作为甲壳类来比自己家里的人,她也生气了;在街上不好吵,便说:"我一个人去看电影,有什么不好?不希罕你陪。"头一扭,撇下丈夫,独自过街到电车站去了。鸿渐一人站着,怅然若失,望柔嘉的背影在隔街人丛里出没,异常纤弱,不知哪儿来的怜惜和保护之心,也就赶过去。柔嘉正走,肩上有人一拍,吓得直跳,回头瞧是鸿渐,惊喜交集,说:"你怎么也来了?"鸿渐道:"我怕你跟人跑了,所以来监视你。"柔嘉笑道:"照你这样会吵,总有一天吵得我跑了,可是我决不跟人跑,受了你的气不够么?还要找男人,我真傻死了。"鸿渐道:"今天我不认错的,是你姑母冤枉我。"柔嘉道:"好,算我家里的人冤屈了你,我向你赔罪。今天电影我请客。"鸿渐两手到外套背心和裤子的大小口袋里去掏钱,柔嘉笑他道:"电车快来了,你别在街上捉虱。有了皮夹为什么不把钱放在一起?钱又不多,替你理衣服的时候,东口袋一张钞票,西口袋一张邮票。"鸿渐道:"结婚以前,请朋友吃饭,我把钱搁在皮夹里,付账的时候掏出来装门面。现在皮夹子旧了,给我扔在不知什么地方了。"柔嘉道:"讲起来可气。结婚以前,我就没吃过你好好的一顿饭;现在做了你老婆,别想你再请我一个人像模像样地吃了。"鸿渐道:"今天饭请不起,我前天把这个月的钱送给父亲了。零用还够请你吃顿点心,回头看完电影,咱们找个地方喝茶。"柔嘉道:"今天中饭不在家里吃,李妈等咱们回去吃晚饭的。吃了点心,就吃不下晚饭,东西剩下来全糟蹋了。不要吃点心罢——哈哈,你瞧我多贤惠,会作家;只有你老太太还说我不管家务呢。"电影看到一半,鸿渐忽然打搅她的注意,低声道:"我明白了,准是李妈那老家伙搬的嘴,你大前天不是差她送东西到陆家去的么?"她早料到是这么一回事,藏在心里没说,只说:"我回去问她。你千万别跟她吵,我会教训她。撵走了她,找不到替工的;像我们这种人家,单位小,不打牌,不请客,又出不起大工钱,用人用不牢的。姑妈方面,我自然会解释。你这时候看电影,别去想那些事,我也不说话了,已经漏看了一段了。"

等丈夫转了背,柔嘉盘问李妈。李妈一口否认道:"我什么都没有说,只说姑爷脾气躁得很。"柔嘉道:"这就够了,"警告她以后不许。那两天里,李妈对鸿渐言出令从。柔嘉想自己把方家种种全跟姑母谈过,幸亏她没漏出来,否则鸿渐更要吵得天翻地覆,他最要面子。至于自己家里的琐屑,她知道鸿渐决不会向方家去讲,这一点她相信得过。自己嫁了鸿渐,心理上还是孙家的人;鸿渐娶了自己,跟方家渐渐隔离了。可见还是女孩子好,只有自己的父亲糊涂,袒护着兄弟。

鸿渐从此不肯陪她到陆家去,柔嘉也不敢勉强。她每去了回来,说起这次碰到什么人,听到什么新闻,鸿渐总心里作酸,觉得自己冷落在一边,就说几句话含讽带刺。一个星期日早晨,吃完早点,柔嘉道:"我要出去了,鸿渐,你许不许?"鸿渐道:"是不是到你姑母家去?哼,我不许你,你还不是一样去!问我干吗?下半天去不好么?"柔嘉道:"来去我有自由,给你面子问你一声,倒惹你拿糖作醋。冬天日子短了,下午去没有意思。这时候太阳好,我还要带了绒线去替你结羊毛坎肩,跟她商量什么样子呢。"鸿渐冷笑道:"当然不回来吃饭。好容易星期日两个人中午都在家,你还要撇下我一个人到外面去吃饭。"柔嘉道:"唷!说得多可怜!倒像一刻离不开我似的!我在家里,你跟我有话说么?一个人踱来踱去,唉声叹气,问你有什么心事,理也不理——今天星期天,大家别吵,好不好?我去了就回来,"不等他回答,回卧房换衣服去了。她换好衣服出来,鸿渐坐在椅子里,报纸遮着脸,动也不动。她摸他头发说:"为什么懒得这个样子,早晨起来,头也不梳?今天可以去理发了。我走了。"鸿渐不理,柔嘉看他一眼,没透过报纸,转身走了。

她下午一进门就问李妈:"姑爷出去没有?"李妈道:"姑爷刚理了发回来,还没到报馆去。"她上楼,道:"鸿渐,我回来了。今天爸爸,兄弟,还有姑夫两个侄女儿都在。他们要拉我去买东西,我怕你等急了,所以赶早回来。"

鸿渐意义深长地看壁上的钟,又忙伸出手来看表道:"也不早了,快四点钟了。让我想一想,早晨九点钟出去的,是不是?我等你吃饭等到——"

柔嘉笑道:"你这人不要脸,无赖!你明明知道我不会回来吃饭的,并且我出门的时候,吩咐李妈十二点钟开饭给你吃——不是你这只传家宝钟上十二点,是闹钟上十二点。"

鸿渐无词以对,输了第一个回合,便改换目标道:"羊毛坎肩结好没有?我这时候要穿了出去。"

柔嘉不耐烦道："没有结！要穿,你自己去买。我没见过像你这样 nasty 的人！我忙了六天,就不许我半天快乐,回来准看你的脸。"

　　鸿渐道："只有你六天忙,我不忙的！当然你忙了有代价,你本领大,有靠山,赚的钱比我多——"

　　"亏得我会赚几个钱,否则我真给你欺负死了。姑妈说你欺负我,一点儿没有冤枉你。"

　　鸿渐发狠拍桌道："那么你快去请你家庭驻外代表李老太太上来,叫她快去报告你的 Auntie。"

　　"总有那一天,我自己会报告。像你这种不近人情的男人,世界上我想没有第二个。他们讨厌你,不上你的门,那也够了,你还不许我去看他们。你真要我断六亲？你那种孤独脾气不应当娶我的,只可惜泥里不会迸出女人来,天上不会掉下个女人来,否则倒无爷无娘,最配你的脾胃。吓,老实说,我看破了你。我孙家的人无权无势,所以讨你的厌；你碰见了什么苏文纨、唐晓芙的父亲,你不四脚爬地去请安,我就不信。"

　　鸿渐气得发颤道："你再胡说,我就打上来。"柔嘉瞧他脸青耳红,自知说话过火,闭口不响。停一会,鸿渐道："我倒给你害得自己家里都不敢去！你办公室里天天碰见你的姑妈,还不够么？姑妈既然这样好,你干脆去了别回来。"

　　柔嘉自言自语道："她是比你对我好,我家里的人也比你家里的人好。"

　　鸿渐的回答是："Sh——sh——sh——shaw！"

　　柔嘉道："随你去嘘。我家里的人比你家里的人好。我偏要常常回去,你管不住我。"

　　鸿渐对太太的执拗毫无办法,怒目注视她半天,奋然开门出去,直撞在李妈身上。他推得她险的摔下楼梯,一壁说："你偷听够了没有？快去搬嘴,我不怕你。"他报馆回来,柔嘉已经睡了,两人不讲话。明天亦复如是。第三天鸿渐忍不住了,吃早饭时把碗筷桌子打得一片响,柔嘉依然不睬。鸿渐自认失败,先开口道："你死了没有？"柔嘉道："你跟我讲话,是不是？我还不死呢,偏不让你清净！我在看你拍筷子,顿碗,有多少本领施展出来。"鸿渐叹气道："有时候,我真恨不能打你一顿。"柔嘉瞥他一眼道："我看动手打我的时候不远了。"这样,两人算讲了和。不过大吵架后讲了和,往往还要追算,把吵架时的话重温一遍。男人说："我否则不会生气的,因为你说了某句话；"女人说："那么你为什么先说那句话呢？"追算不清,可能赔上小吵一次。

　　鸿渐到报馆后,发见一个熟人,同在苏文纨家喝过茶的沈太太。她还是那时候赵辛楣介绍进馆编《家庭与妇女》副刊的,现在兼编《文化与艺术》副刊。她丰采依然,气味如旧,只是装束不像初回国时那样的法国化,谈话里的法文也减少了。她一年来见过的人太多,早忘记鸿渐,到鸿渐自我介绍过了,她娇声感慨道:"记得!记起来了!时间真快呀!你还是那时候的样子,所以我觉得面熟。我呢,我这一年来老得多了!方先生,你不知道我为了一切的一切心里多少烦闷!"鸿渐照例说她没有老。她问他最近碰见曹太太没有,鸿渐说在香港见到的。她自打着脖子道:"啊呀!你瞧我多糊涂!我上礼拜收到文纨的信,信上说碰见你,跟你谈得很痛快。她还托我替她办件事,我忙得没工夫替她办,我一天杂七杂八的事真多!"鸿渐心中暗笑她撒谎,问她沈先生何在。她高抬眉毛,圆睁眼睛,一指按嘴,法国表情十足,四顾无人注意,然后凑近低声道:"他躲起来了。他名气太大,日本人跟南京伪政府全要找他出来做事。你别讲出去!"鸿渐闭住呼吸,险的窒息,忙退后几步,连声说"是"。他回去和柔嘉谈起,因说天下真小,碰见了苏文纨以后,不料又会碰见她。柔嘉冷冷道:"是,世界是小。你等着罢,还会碰见个人呢。"鸿渐不懂,问碰见谁。柔嘉笑道:"还用我说么?您心里明白,哙,别烧盘。"他才会意是唐晓芙,笑骂道:"真胡闹!我做梦都没有想到。就算碰见她又怎么样?"柔嘉道:"问你自己。"他叹口气道:"只有你这傻瓜念念不忘地把她记在心里!我早忘了,她也许嫁了人,做了母亲,也不会记得我了。现在想想结婚以前把恋爱看得那样重,真是幼稚。老实说,不管你跟谁结婚,结婚以后,你总发现你娶的不是原来的人,换了另外一个。早知道这样,结婚以前那种追求,恋爱等等,全可以省掉。谈恋爱的时候,双方本相全收敛起来,到结婚还没有彼此认清,倒是老式婚姻干脆,索性结婚以前,谁也不认得谁。"柔嘉道:"你议论发完没有?我只有两句话:第一,你这人全无心肝,我到现在还把恋爱看得很郑重;第二,你真是你父亲的儿子,愈来愈顽固。"鸿渐道:"怎么'全无心肝',我对你不是很好么?并且,我这几句话不过是泛论,你总是死心眼儿,喜欢扯到自己身上。你也可以说,你结婚以前没发现我的本来面目,现在才知道我的真相。"柔嘉道:"说了半天废话,就是这一句中听。"鸿渐道:"你年轻得很呢,到我的年龄,也会明白这道理了。"柔嘉道:"别卖老,还是刚过三十岁的人呢!卖老要活不长的。我只怕不到三十岁,早给你气死了。"鸿渐笑道:"柔嘉,你这人什么都很文明,这句话可落伍。还像旧式女人把死来要挟丈夫的作风,不过不用刀子、绳子、砒霜,而用抽象的'气',这是不是精神文明?"柔嘉道:"呸!要死就死,要挟谁?吓谁?不过你别乐,我不饶你的。"鸿渐道:"你又当真了!再讲下去,要吵嘴了。你快睡罢,明天一早你要上办公室的,快闭眼睛。很好的眼睛,睡眠不够,明天肿了,你姑母要来质问的,"说时,拍小孩子睡觉似的拍她几下。等柔嘉睡熟了,他想到重逢唐晓芙的可能性,木然无动于中,真见了面,准也如此。缘故是一年前爱她的自己早死了,爱她、怕苏文纨、给鲍小姐诱惑这许多自己,一个个全死了。有几个死掉的自己埋葬在记忆里,立碑志墓,偶一凭吊,像对唐晓芙的一番情感。有几个自己,仿佛是路毙的,不去收拾,让它们烂掉化掉,给鸟兽吃掉——不过始终消灭不了,譬如向爱尔兰人买文凭的自己。

鸿渐进了报馆两个多月,一天早晨在报纸上看到沈太太用她常用的笔名登的一条启事,大概说她一向致力新闻事业,不问政治,外界关于她的传说,全是捕风捉影云云。他惊疑不已,到报馆一打听,才知道她丈夫已受伪职,她也到南京去了。他想起辛楣在香港警告自己的话,便写信把这事报告,问他结婚没有,何以好久无信。他回家跟太太讨论这件事,她也很惋惜。不过,她说:"她走了也好,我看她编的副刊并不精彩。她自己写的东西,今天明天,搬来搬去,老是那几句话,倒也省事。看报的人看完就把报纸扔了,不会找出旧报纸来对的。想来她不要出集子,否则几十篇文章其实只有一篇,那真是大笑话了。像她那样,《家庭与妇女》,我也会编;你可以替她的缺,编《文化与艺术》。"鸿渐道:"我没有你这样自信。好太太,你不知道拉稿子的苦。我老实招供给你听罢:《家庭与妇女》里《主妇须知》那一栏,什么'酱油上浇了麻油就不会发霉'等等,就是我写的。"柔嘉笑得肚子都痛了,说:"笑死我了!你懂得什么酱油上浇麻油!是不是向李妈学的?我倒一向没留心。"鸿渐道:"所以你这个家管不好呀。李妈好好的该拜我做先生呢!沈太太没有稿子,跟我来诉苦,说我资料室应该供给资料。我怕闻她的味道,答应了她,可以让她快点走。所以我找到一本旧的《主妇手册》,每期抄七八条,不等她来就送给她。你没有那种气味,要拉稿子,我第一个就不理你。"柔嘉皱眉道:"我不说好话,听得我恶心。你这话给她知道了,她准捉你到沪西七十六号去受拷打。"他夫人开的玩笑使他顿时严肃,说:"我想这儿不能再住下去。你现在明白为什么我当初不愿意来了。"

三星期后一个星期六,鸿渐回家很早。柔嘉道:"赵辛楣有封航空快信,我以为有什么要紧事,拆开看了。对不住。"

鸿渐一壁换拖鞋道:"他有信来了!快给我看,讲些什么话?"

"忙什么?并没有要紧的事。他写了快信,要打回单,倒害我找你的图章找了半天,信差在楼下催,急得死人!你以后图章别东搁西搁,放在一定的地方,找起来容易。这是咱们回上海以后,他第一次回你的信罢?我以为不必发快信,多写几封平信,倒是真的。"

鸿渐知道她对辛楣总有点冤仇,也不理她。信很简单,说历次信都收到,沈太太事知悉,上海江河日下,快来渝为上,或能同在一机关中服务,可到上次转运行李的那家公司上海办事处,见薛经理,商量行程旅伴。信末有

"内子嘱笔敬问嫂夫人好"。他像暗中摸索,忽见灯光,心里高兴,但不敢露在脸上,只说:"这家伙!结婚都不通知一声,也不寄张结婚照相来。我很愿意你看看这位赵太太呢。"

"我不看见也想得出。辛楣看中的女人,汪太太、苏小姐,我全瞻仰过了。想来也是那一派。"

"那倒不然。所以我希望他寄张照相来,给你看看。"

"咱们结婚照送给他的。不是我离间,我看你这位好朋友并不放你在心上。你去了有四五封信罢?他才潦潦草草来这么一封信,结婚也不通知你。他阔了,朋友多了,我做了你,一封信没收到回信,决不再去第二封。"

鸿渐给她说中了心事,支吾道:"你总喜欢过甚其词,我前后不过给他三封信。他结婚不通知我,是怕我送礼;他体谅我穷,知道咱们结婚受过他的厚礼,一定要还礼的。"

柔嘉干笑道:"哦,原来是这个道理!只有你懂他的意思了,毕竟是好朋友,知己知彼。不过,喜事不比丧事,礼可以补送的,他应当信上干脆不提'内子'两个字儿。你要送礼,这时候尽来得及。"

鸿渐被驳倒,只能敲诈道:"那么你替我去办。"

柔嘉一壁刷着头发道:"我没有工夫。"

鸿渐道:"早晨出去还是个人,这时候怎么变成刺猬了!"

柔嘉道:"我就是刺猬,你不要跟刺猬说话。"

沉默了一会,刺猬自己说话了:"辛楣信上劝你到重庆去,你怎样回复他?"

鸿渐嗫嚅道:"我想是想去,不过还要仔细考虑一下。"

"我呢?"柔嘉脸上不露任何表情,像下了百叶窗的窗子。鸿渐知道这是暴风雨前的静寂。

"就是为了你,我很踌躇。上海呢,我很不愿意住下去。报馆里也没有出路,这家庭一半还亏你维持的——"鸿渐以为这句话可以温和空气——"辛楣既然一番好意,我很想再到里面去碰碰运气。不过事体还没有定,带了家眷进去,许多不方便,咱们这次回上海找房子的苦,你当然记得。辛楣是结了婚的人,不比以前。我计划我一个人先进去,有了办法,再来接你,你以为何如?当然这要从长计议,我并没有决定,你的意见不妨说给我听听。"鸿渐说这一篇话,随时准备她截断,不知道她一言不发,尽他说。这静默使他愈说愈心慌。

"我在听你做多少文章。尽管老实讲出来得了。结了婚四个月,对家里又丑又凶的老婆早已厌倦了——压根儿就没爱过她——有机会远走高飞,为什么不换换新鲜空气。你的好朋友是你的救星,逼你结婚是他——我想着就恨——帮你恢复自由也是他。快去罢！他提拔你做官呢,说不定还替你找一位官太太呢！我们是配不上你的。"

鸿渐呲呲道:"那里来的话！真是神经过敏。"

"我一点儿不神经过敏。你尽管去,我决不扣留你。倒让你的朋友说我'千方百计'嫁了个男人,把他看得一步不放松,倒让你说家累耽误了你的前程。哼,我才不呢！我吃我自己的饭,从来没叫你养过,我不是你的家累,你这次去了,回来不回来,悉听尊便。"

鸿渐叹气道:"那么——"柔嘉等他说:"我就不去,"不料他说——"我带了你同进去,那总好了。"

"我这儿好好的有职业,为什么无缘无故扔了它跟你去。到了里面,万一两个人全找不到事,真叫辛楣养咱们一家？假使你有事,我没有事,那时候你不知要怎样欺负人呢！辛楣信上没说提拔我,我进去干什么？做花瓶？太丑,没有资格。除非服侍官太太做老妈子。"

"活见鬼！活见鬼！我没有欺负你,你自己动不动表示比我能干,赚的钱比我多。你现在也知道你在这儿是靠亲戚的面子,到了内地未必找到事罢？"

"我是靠亲戚,你呢？没有亲戚可靠,靠你的朋友,咱们俩还不是彼此彼此？并且我从来没说我比你能干,是你自己心地龌龊,咽不下我赚的钱比你多。内地呢,我也到过。别忘了三闾大学停聘的不是我。我为谁牺牲了内地的事到上海来的？真没有良心！"

鸿渐气得冷笑道:"提起三闾大学,我就要跟你算帐。我懊悔听了你的话,在衡阳写信给高松年谢他,准给他笑死了。以后我再不听你的话,你以为高松年给你聘书,真要留你么？别太得意,他是跟我捣乱哪！你这傻瓜！"

"反正你对谁的话都听,尤其赵辛楣的话比圣旨都灵,就是我的话不听。我只知道我有聘书你没有,管他'捣乱'不'捣乱'。高松年告诉你他在捣乱？你怎么知道？不是自己一个指头遮羞么？"

"是的。他真心要留住你,让学生再来一次 Beat down Miss Sung 呢。"

柔嘉脸红得像斗鸡的冠,眼圈也红了,定了定神,说:"我是个年轻女孩子,大学刚毕业,第一次做事,给那些狗男学生欺负,没有什么难为情。不像有人留学回来教书,给学生上公呈要赶走,还是我通的消息,保全他的饭碗。"

鸿渐有几百句话,同时夺口而出,反而一句说不出。柔嘉不等他开口,说:"我要睡了,"进浴室漱口洗脸去,随手带上了门。到她出来,鸿渐要继续口角,她说:"我不跟你吵。感情坏到这个田地,多说话有什么用？还是少说几句,留点余地罢。你要吵,随你去吵;我漱过口,不再开口了。"说完,她跳上床,盖上被,又起来开抽屉,找两团棉花塞在耳朵里,躺下去,闭眼静睡,一会儿鼻息调匀,像睡熟了。她丈夫恨不能拉她起来,逼她跟自己吵,只好对她的身体挥拳作势。她眼睫毛下全看清了,又气又暗笑。明天晚上,鸿渐回来,她烧了橘子酪等他。鸿渐怄气不肯吃,熬不住嘴馋,一壁吃,一壁骂自己不争气。她说:"回辛楣的信你写了罢?"他道:"没有呢,不回他信了,好太太。"她说:"我不是不许你去,我劝你不要太卤莽,辛楣人很热心,我也知道。不过,他有个毛病,往往空口答应在前面,事实上办不到。你有过经验的。三闾大学直接拍电报给你,结果还打了个折扣,何况这次是他私人的信,不过泛泛说句谋事有可能性呢?"鸿渐笑说:"你真是'千方百计',足智多谋,层出不穷。幸而他是个男人,假使他是个女人,我想不出你更怎样吃醋?"柔嘉微窘,但也轻松地笑道:"为你吃醋,还不好么?假使他是个女人,他会理你?他会跟你往来?你真在做梦!只有我哪,昨天挨了你的骂,今天还要讨你好。"

报馆为了言论激烈,收到恐吓信和租界当局的警告。办公室里有了传说,什么出面做发行人的美国律师不愿再借他的名字给报馆了,什么总编辑王先生和股东闹翻了,什么沈太太替敌伪牵线来收买了。鸿渐跟王先生还相处得来,听见这许多风声,便去问他,顺便给他看辛楣的信。王先生看了很以为然,但劝鸿渐暂时别辞职,他自己正为了编辑方针已去向管理方面力争,不久必有分晓。鸿渐慷慨道:"你先生哪一天走,我也哪一天走。"王先生道:"合则留,不合则去。这是各人的自由,我不敢勉强你。不过,辛楣把你重托给我的,我有什么举动,一定告诉你,决不瞒你什么。"鸿渐回去对柔嘉一字不提。他觉得半年以来,什么事跟她一商量就不能照原意去做,不痛快得很,这次偏偏自己单独下个决心,大有小孩子背了大人偷干坏事的快乐。柔嘉知道他没回辛楣的信,自以为感化劝服了他。

旧历冬至那天早晨,柔嘉刚要出门,鸿渐道:"别忘了,今天咱们要到老家里去吃冬至晚饭。昨天老太爷亲自打电话来叮嘱的,你不能再不去了。"柔嘉鼻梁皱一皱,做个厌恶表情道:"去,去,去!'丑媳妇见公婆'!真跟你计较起来,我今天可以不去。前一晚姑母家里宴会,你不肯陪我去,为什么今天我要陪你去?"鸿渐笑她拿糖作醋。柔嘉道:"我是要跟你说说,否则,你占了我的便宜还认为应该的呢。我回家来等你回来了同去,叫我一个人去,我不肯。"鸿渐道:"你又不是新娘第一次上门,何必要我多走一趟路。"柔嘉没回答就出门了。她出门不久,王先生来电话,请他立刻去。他猜想出了大事,怦怦心跳,急欲知道,又怕知道。王先生见了他,苦笑道:"董事会昨天晚上批准我辞职,随我什么时候离馆,他们早已找好替人,我想明天办交代,先通知你一声。"鸿渐道:"那么我今天向你辞职——我是你委任的——要不要书面辞职?"王先生道:"你去跟你老丈人商量一下,好不好?"鸿渐道:"这是我私人的事。"王先生是个正人,这次为正义被逼而走,喜欢走得热闹点,减少去职的凄黯,不肯私奔似的孑身溜掉。他入世多年,明白在一切机关里,人总有人可替,座位总有人来坐,怄气辞职只是辞的人吃亏,被辞的职位漠然不痛不痒;人不肯坐椅子,苦了自己的腿,椅子空着不会肚子饿,椅子立着不会腿酸的。不过椅子空得多些,可以造成不景气的印象。鸿渐虽非他的私人,多多益善,不妨凑个数目。所以他跟着国内新闻、国外新闻、经济新闻以及两种副刊的编辑同时提出辞职。报馆管理方面早准备到这一着,夹袋里有的是人;并且知道这次辞职有政治性,希望他们快走,免得另生枝节,反正这个月的薪水早发了。除掉经济新闻的编者要挽留以外,其余王先生送阅的辞职信都一一照准。资料室最不重要,随时可以换人,所以鸿渐失业最早,第一个准辞。当天下午,他丈人听到消息,忙来问他,这事得柔嘉同意没有,他随口说得她同意。丈人怏怏不信。鸿渐想明天不再来了,许多事要结束,打电话给柔嘉,说他今天没工夫回家同去,请她也直接去罢,不必等。电话里听得出她很不高兴,鸿渐因为丈人忽然又走来,不便解释。

他近七点钟才到老家,一路上懊悔没打电话问柔嘉走了没有,她很可能不肯单独来。大家见了他,问怎么又是一个人来,母亲铁青脸说:"你这位奶奶真是贵人不踏贱地,下帖子请都不来了。"鸿渐正在解释,柔嘉进门。二奶奶三奶奶迎上去,笑说:"真是稀客!"方老太太勉强笑了笑,仿佛笑痛了脸皮似的。柔嘉借口事忙。三奶奶说:"当然你在外面做事的人,比我们忙多了。"二奶奶说:"办公有一定时间的,大哥,三弟,我们老二也在外面做事,并没有成天不回家。大姐姐又做事,又管家务,所以分不出工夫来看我们了。"鸿渐因为她们说话像参禅似的,都隐藏着机锋,听着徒乱人意,便溜上楼去见父亲。讲不到三句话,柔嘉也来了,问了遯翁好,寒暄几句,熬不住埋怨丈夫道:"我现在知道你不回家接我的缘故了。你为什么向报馆辞职不先跟我商量? 就算我不懂事,至少你也应该先到这儿来请教爹爹。"遯翁没听见儿子说辞职,失声惊问。鸿渐窘道:"我正要告诉爹呢——你——你怎么知道的?"柔嘉道:"爸爸打电话给我的,你还哄他! 他都没有辞职,你为什么性急就辞,待下去看看风头再说,不好么?"鸿渐忙替自己辩护一番。遯翁心里也怪儿子莽撞,但不肯当媳妇的面坍他的台,反正事情已无可挽回,便说:"既然如此,你辞了很好。咱们这种人,万万不可以贪小利而忘大义。我所以宁可逃出来做难民,不肯回乡,也不过为了这一点点气节。你当初进报馆,我就不赞成,觉得比教书更不如了。明天你来,咱们爷儿俩讨论讨论,我替你找条出路。"柔嘉不再说话,板着脸。吃饭时,方老太太苦劝鸿渐吃菜,说:"你近来瘦了,脸上一点也不滋润。在家里吃些什么东西?柔嘉做事忙,没工夫当心你,你为什么不到这儿来吃饭?从小就吃我亲手做的菜,也没有把你毒死。"柔嘉低头,尽力抑制自己,挨了半碗饭,就不肯吃。方老太太瞧媳妇的脸不像好对付的,不敢再撩拨,只安慰自己总算媳妇没有敢回嘴。

回家路上,鸿渐再三代母亲道歉。柔嘉只简单地说:"你当时尽她说,没有替我表白一句。我又学了一个乖。"一到家,她说胃痛,叫李妈冲热水袋来暖胃。李妈忙问:"小姐怎么吃坏了?"她说,吃没有吃坏,气倒气坏了。在平时,鸿渐准要怪他为什么把主人的事告诉用人,今天他不敢说。当夜柔嘉没再理他,明早夫妇间还是鸦雀无声。吃早点时,李妈问鸿渐今天中饭要吃什么。鸿渐说有事要到老家去,也许不回来吃饭了,叫她不必做菜。柔嘉冷笑道:"李妈,以后你可以省事了。姑爷从此不在家吃饭,他们老太太说你做的菜里放毒药的。"

鸿渐皱眉道:"唉!你何必去跟她讲——"

柔嘉重顿着右脚的皮鞋跟道:"我偏要跟她讲。李妈在这儿做见证,我要讲讲明白。从此以后,你打死我,杀死我,我再不到你家去。我死了,你们诗礼人家做羹饭祭我,我的鬼也不来的——"说到此眼泪夺眶溢出,鸿渐心痛,站起来抚慰,她推开他——"还有,咱们从此河水不犯井水,一切你的事都不用跟我来说。我们全要做汉奸,只有你方家养的狗都深明大义的。"说完,回身就走,下楼时一路哼着英文歌调,表示她满不在乎。

鸿渐郁闷不乐,老家也懒去。遯翁打电话来催。他去听了遯翁半天的议论,并没有实际的指示和帮助。他对家里的人都起了憎恨,不肯多坐。出来了,到那家转运公司去找它的经理,想问问旅费,没碰见他,约明天再去。上王先生家去也找了个空。这时候电车里全是办公室下班的人,他挤不上,就走回家,一壁想怎样消释柔嘉的怨气。在街口瞧见一部汽车,认识是陆家的,心里有梗一梗。开后门经过跟房东合用的厨房,李妈不在,火炉上炖的罐头喋喋自语个不了。他走到半楼,小客室门罅开,有陆太太高声说话。他冲心的怒,不愿进去,脚仿佛钉住。只听她正说:"鸿渐这个人,本领没有,脾气倒很大,我也知道,不用李妈讲。柔嘉,男人像小孩子一样,不能 spoil 的,你太依顺他——"他血升上脸,恨不能大喝一声,直扑进去,忽听到李妈脚步声,向楼下来,怕给她看见,不好意思,悄悄又溜出门。火冒得忘了寒风砭肌,不知道这讨厌的女人什么时候滚蛋,索性不回去吃晚饭了,反正失了业准备讨饭,这几个小钱不用省它。走了几条马路,气愤稍平。经过一家外国面包店,橱窗里电灯雪亮,照耀各式糕点。窗外站一个短衣褴褛的老头子,目不转睛地看窗里的东西,臂上挽个篮,盛着粗拙的泥娃娃和蜡纸粘的风转。鸿渐想现在都市里的小孩子全不要这种笨朴的玩具了,讲究的洋货有的是,可怜这老头子,不会有生意。忽然联想到自己正像他篮里的玩具,这个年头儿没人过问,所以找职业这样困难。他叹口气,掏出柔嘉送的钱袋来,给老头子两张钞票。面包店门口候客人出来讨钱的两个小乞丐,就赶上来要钱,跟了他好一段路。他走得肚子饿了,挑一家便宜的俄国馆子,正要进去,伸手到口袋一摸,钱袋不知去向,急得在冷风里微微出汗,微薄得不算是汗,只譬如情感的蒸汽。今天真是晦气日子! 只好回家,坐电车的钱也没有,一股怨毒全结在柔嘉身上。假如陆太太不来,自己决不上街吃冷风,不上街就不会丢钱袋,而陆太太是柔嘉的姑母,是柔嘉请上门的——柔嘉没请也要冤枉她。并且自己的钱一向前后左右口袋里零碎搁着,扒手至多摸空一个口袋,有了钱袋一股脑儿放进去,倒给扒手便利,这全是柔嘉出的好主意。

李妈在厨房洗碗,见他进来,说:"姑爷,你吃过晚饭了?"他只作没听见。李妈从没有见过他这样板着脸回家,担心地目送他出厨房。柔嘉见是他,搁下手里的报纸,站起来说:"你回来了! 外面冷不冷? 在什么地方吃的晚饭? 我们等等你不回来,就吃了。"

鸿渐准备赶回家吃饭的,知道饭吃过了,失望中生出一种满意,仿佛这事为自己的怒气筑了牢固的基础,今天的吵架吵得响,沉着脸说:"我又没有亲戚家可以去吃白食,当然没有吃饭。"

柔嘉惊异道:"那么,快叫李妈去买东西。你到什么地方去了? 叫我们好等! 姑妈特来看你的。等等你不来,我就留她吃晚饭了!"

鸿渐像落水的人,捉到绳子的一头,全力挂住,道:"哦! 原来她来了! 怪不得! 人家把我的饭吃掉了,我自己倒没得吃。承她情来看我,我没有请她来呀! 我不上她的门,她为什么上我的门? 姑母要留住吃饭,丈夫是应该挨饿的。好,称了你的心罢,我就饿一天,不要李妈去买东西。"

柔嘉坐下去,拿起报纸,道:"我理了你都懊悔,你这不识抬举的家伙。你愿意挨饿,活该,跟我不相干。报馆又不去了,深明大义的大老爷在外面忙些什么国家大事呀? 到这时候才回来! 家里的开销,我负担一半的,我有权利请客,你管不着。并且,李妈做的菜有毒,你还是少吃为妙。"

鸿渐饿上加气,胃里刺痛,身边零用一个子儿没有了,要明天上银行去取,这时候又不肯向柔嘉要,说:"反正我饿死了你快乐。你的好姑母会替你找好丈夫。"

柔嘉冷笑道:"啐! 我看你疯了。饿不死的,饿了可以头脑清楚点。"

鸿渐的愤怒像第二阵潮水冒上来,说:"这是不是你那位好姑母传授你的秘诀?'柔嘉,男人不能太 spoil 的,要饿他,冻他,虐待他。'"

柔嘉仔细研究他丈夫的脸道:"哦,所以房东家的老妈子说看见你回来的。为什么不光明正大上楼呀?偷偷摸摸像个贼,躲在半楼梯偷听人说话。这种事只配你那二位弟媳妇去干,亏你是个大男人!羞不羞?"

鸿渐道:"我是要听听,否则我真蒙在鼓里,不知道人家在背后怎样糟踏我呢!"

"我们怎样糟踏你?你何妨说?"

鸿渐摆空城计道:"你心里明白,不用我说。"

柔嘉确曾把昨天吃冬至晚饭的事讲给姑母听,两人一唱一和地笑骂,以为全落在鸿渐耳朵里了,有点心慌,说:"本来不是说给你听的,谁教你偷听?我问你,姑母说要替你在厂里找个位置,你的尖耳朵听到没有?"

鸿渐跳起来大喝道:"谁要她替我找事?我讨饭也不要向她讨!她养了 Bobby 跟你孙柔嘉两条狗还不够么?你对她说,方鸿渐'本领虽没有,脾气很大',资本家走狗的走狗是不做的。"

两人对站着。柔嘉怒得眼睛异常明亮,说:"她那句话一个字儿没有错。人家倒可怜你,你不要饭碗,饭碗不会发霉。好罢,你父亲会替你'找出路'。不过,靠老头子不希奇,有本领自己找出路。"

"我谁都不靠。我告诉你,我今天已经拍电报给赵辛楣,方才跟转运公司的人全讲好了。我去了之后,你好清静,不但留姑妈吃晚饭,还可以留她住夜呢。或者干脆搬到她家去,索性让她养了你罢,像 Bobby 一样。"

柔嘉上下唇微分,睁大了眼,听完,咬牙说:"好,咱们算散伙。行李衣服,你自己去办,别再来找我。去年你浪荡在上海没有事,跟着赵辛楣到了内地,内地事丢了,靠赵辛楣的提拔到上海,上海事又丢了,现在再到内地投奔赵辛楣去。你自己想想,一辈子跟住他,咬住他的衣服,你不是他的走狗是什么?你不但本领没有,连志气都没有,别跟我讲什么气节了。小心别讨了你那位好朋友的厌,一脚踢你出来,那时候又回上海,看你有什么脸见人。你去不去,我全不在乎。"

鸿渐再熬不住,说:"那么,请你别再开口,"伸右手猛推她的胸口。她踉跄退后,撞在桌子边,手臂把一个玻璃杯带下地,玻璃屑混在水里。她气喘说:"你打我?你打我!"衣服厚实的李妈像爆进来一粒棉花弹,嚷:"姑爷,你怎么动手打人?你要打,我就叫。让楼下全听见——小姐,他打你什么地方,打伤没有?别怕,我老命一条跟他拼!老爷太太没打过你,我从小喂你吃奶,用气力拍你一下都没有,他倒动手打你!"说着眼泪滚下来。柔嘉也倒在沙发里心酸啜泣。鸿渐看她哭得可怜,而不愿意可怜,恨她转深。李妈在沙发边庇护着柔嘉,道:"小姐,你别哭!你哭我也要哭了——"说时又拉起围裙擦眼泪——"瞧,你打得她这个样子!小姐,我真想去告诉姑太太,就怕我去了,他又要打你。"

鸿渐厉声道:"你问你小姐,我打她没有?你快去请姑太太,我不打你小姐得了!"半推半搡,把李妈直推出房,不到一分钟,她又冲进来,说:"小姐,我请房东家大小姐替我打电话给姑太太,她马上就来,咱们不怕他了!"鸿渐和柔嘉都没想到她会当真,可是两人这时候还是敌对状态,不能一致联合怪她多事。柔嘉忘了哭,鸿渐惊奇地望着李妈,仿佛小孩子见了一只动物园里的怪兽。沉默了一会,鸿渐道:"好,她来我就走,你们两个女人结了党不够,还要添上一个,说起来倒是我男人欺负你们,等她走了我回来。"到衣架上取外套。

柔嘉不愿意姑母来把事闹大,但瞧丈夫这样退却,鄙恨得不复伤心,嘶声道:"你是个 Coward!Coward!Coward!我再不要看见你这个 Coward!"每个字像鞭子打一下,要鞭出她丈夫的胆气来,她还嫌不够狠,顺手抓起桌上一个象牙梳子尽力扔他。鸿渐正回头要回答,躲闪不及,梳子重重地把左颧打个正着,进到地板上,折为两段。柔嘉只听他"啊哟"叫痛,瞧梳子打处立刻血隐隐地红肿,倒自悔过分,又怕起来,准备他还手。李妈忙在两人间拦住。鸿渐惊骇她会这样毒手,看她扶桌僵立,泪渍的脸像死灰,两眼全红,鼻孔翕开,嘴咽唾沫,又可怜又可怕,同时听下面脚步声上楼,不计较了,只说:"你狠,啊!你闹得你家里人知道不够,还要闹得邻舍全知道,这时候房东家已经听见了。你新学会泼辣不要面子,我还想做人,倒要面子的。我走了,你老师来了再学点新的本领,你真是个好学生,学会了就用!你替我警告她,我饶她这一次。以后她再来教坏你,我会上门找她去,别以为我怕她。李妈,姑太太来,别专说我的错,你亲眼瞧见的是谁打谁。"走近门大声说:"我出去了,"慢慢地转门钮,让门外偷听的人得讯走开然后出去。柔嘉眼睁睁看他出了房,瘫倒在沙发里,扶头痛哭,这一阵泪不像只是眼里流的,宛如心里,整个身体里都挤出了热泪,合在一起宣泄。

鸿渐走出门,神经麻木得不感觉冷,意识里只有左颊在发烫。头脑里,情思弥漫纷乱像个北风飘雪片的天空。他信脚走着,彻夜不睡的路灯把他的影子一盏盏彼此递交。他仿佛另外有一个自己在说:"完了!完了!"散杂的心思立刻一撮似的集中,开始觉得伤心。左颊忽然星星作痛,他一摸湿腻腻的,以为是血,吓得心倒定了,脚里发软。走到灯下,瞧手指上没有痕迹,才知道流了眼泪。同时感到周身疲乏,肚子饥饿。鸿渐本能地伸手进口袋,想等个叫卖的小贩,买个面包,恍然记起身上没有钱。肚子饿的人会发火,不过这火像纸头烧起来的,不会耐久。他无处可去,想还是回家睡,真碰见了陆太太也不怕她。就算自己先动手,柔嘉报复得这样狠毒,两下勾销。

他看表上十点已过，不清楚自己什么时候出来的，也许她早走了。到弄口没见汽车，先放了心。他一进门，房东太太听见声音，赶出来说："方先生，是你！你家少奶奶不舒服，带了李妈到陆家去了，今天不回来了。这是你房门的钥匙，留下来交给你的。你明天早饭到我家来吃，李妈跟我讲好的。"鸿渐心直沉下去，捞不起来，机械地接钥匙，道声谢。房东太太像还有话说，他三脚两步逃上楼。开了卧室的门，拨亮电灯，破杯子跟断梳子仍在原处，成堆的箱子少了一只。他呆呆地站着，身心迟钝得发不出急，生不出气。柔嘉走了，可是这房里还留下她的怒容，她的哭声，她的说话，在空气里没有消失。他望见桌上一张片子，走近一看，是陆太太的。忽然怒起，撕为粉碎，狠声道："好，你倒自由得很，撇下我就走！滚你妈的蛋，替我滚，你们全替我滚！"这简短一怒把余劲都使尽了，软弱得要傻哭个不歇。和衣倒在床上，觉得房屋旋转，想不得了！万万生不得病，明天要去找那位经理，说妥了再筹旅费，旧历年可以在重庆过。心里又生希望，像湿柴虽点不着火，而开始冒烟，似乎一切会有办法。不知不觉中黑地昏天合拢，裹紧，像灭尽灯火的夜，他睡着了。最初睡得脆薄，饥饿像镊子要镊破他的昏迷，他潜意识挡住它。渐渐这镊子松了，钝了，他的睡也坚实得镊不破了，没有梦，没有感觉，人生最原始的睡，同时也是死的样品。

  那只祖传的老钟从容自在地打起来，仿佛积蓄了半天的时间，等夜深人静，搬出来一一细数："当、当、当、当、当、当"响了六下。六点钟是五个钟头以前，那时候鸿渐在回家的路上走，蓄心要待柔嘉好，劝她别再为昨天的事弄得夫妇不欢；那时候，柔嘉在家里等鸿渐回来吃晚饭，希望他会跟姑母和好，到她厂里做事。这个时间落伍的计时机无意中包涵对人生的讽刺和感伤，深于一切语言、一切啼笑。

（初载《围城》，上海晨光出版公司1947年版）